KB177604

▲〈펠리페 2세의 만토바 입성〉 틴토레토.
알테피나코테크 세르반떼스는 펠리페 2
세의 통치 때 그 일생 대부분을 보냈다.

▶〈펠리페 2세의 꿈〉 엘 그레고. 마드리
드, 에스코리알 수도원

▲〈산 킨틴의 전투〉 작자 미상. 마드리드, 에스코리알 수도원
1557년 8월 10일, 펠리페 2세는 프랑스와의 전투에서 승리를 거두었다.

◀〈이사벨 드 바로아〉 산체스 코엘료. 마드리드, 프라드 미술관

▼〈카를로스 왕자〉 산체스 코엘료. 마드리드, 프라드 미술관

▲마드리드 남부, 타호 강변에 위치한 아랑후에스 왕궁

▶〈이사벨 클라라〉 산체스 코엘료. 마드리드, 프라드 미술관
펠리페 2세의 세 번째 부인이 낳은 세 딸 가운데 하나.

▼로마 유적으로 옛 성벽 밖에 있는 성 파울로의 복도

〈투기시합〉 작자 미상. 로마, 브라스키 궁전

▲〈레비가에서의 만찬〉 베노제레. 베네치아
아카데미아 미술관

▶파도바 지방 아르쿠아의 페트라르카의 저택

▼세르반떼스가 생전에 사용하던 나이페(카르
타) 밀라니 시립도서관
군인들의 지루한 시간을 달래주던 카드의
일종.

▲〈레판토 해전(부분)〉 안드레아 비첸티노. 베네치아 두카레 궁전

◀교황 피우스 5세 통치 때, 그란베라 추기경이 총사령관 후안 데 아우스트리아에게 연합군 기를 전달하다

〈세바스티안 베르니에르〉 안드레아 비첸티노. 베네치아 코레르 미술관

▲〈레판토 전투〉 작자 미상. 베네치아 코레르 미술관

▶〈후안 데 아우스트리아〉 산체스 코엘료. 프라드 미술관

▼〈레판토 해전(부분)〉 안드레이 비첸티노. 베네치아 두카레 궁전
투르크군 총사령관 알리 파샤

▲알제에 있는 투르크군의 요새

◀포로로 잡혀 있던 당시 세르반떼스의 모습을 묘사한 19세기 판화

▼당시 마을 광경을 묘사한 기록

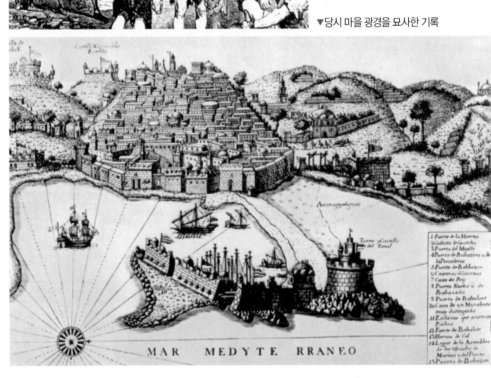

MAR MEDYTE RRANEO

세계문학전집011
Miguel de Cervantes
EL INGENIOSO HIDALGO
DON QUIJOTE DE LA MANCHA
돈끼호떼 I
미겔 데 세르반떼스/김현창 옮김

동서문화사

디자인 : 동서랑 미술팀

라만차의 재주 넘치는 시골 귀족 돈끼호떼

히브랄레온의 후작, 베날까사르와 바냐레스의 백작,
뿌에블라 데 알꼬쎄르의 자작,
까뻬야, 꾸리엘과 부르기요스 여러 도읍의 영주이신

베하르 공작에게 바칩니다

훌륭한 예술, 그 중에서도 각하의 수준에 걸맞게 대중의 인기나 이득에 흔들리지 않는 예술을 흔쾌히 도와주시는 높은 취향을 갖고 계신 각하의 두터운 환대와 영예를 믿으며, 저는 《라만차의 재주 넘치는 시골 귀족 돈끼호떼》를 각하의 빛나는 이름을 빌어 발표하려고 마음먹었습니다. 저는 각하의 고귀한 성품에 존경심을 갖고 있으며, 학식 있는 사람들 가문에서 만들어진 작품들이 지니기 마련인 우아함과 박식함 같은 고귀한 꾸밈은 없습니다만, 자신의 편협한 소견으로 남이 애써 쓴 작품에 준열하고 부당한 판단을 내리곤 하는 몇몇 사람들의 비판을 견뎌 낼 수 있도록, 각하께서 저를 지켜 주십사 하는 것입니다. 이를 각하께서 쾌히 받아주시기를 간청드립니다. 현명하신 각하께서 저의 뜻하는 바를 꿰뚫어 보시고 이 조그만 봉사의 빈약한 성의를 물리치지 않으시리라 믿습니다.

미겔 데 세르반테스 사베드라

돈끼호떼

차례

돈끼호떼 I

돈끼호떼 II

돈끼호떼 I

머리글

한가로운 독자여, 내 지혜의 산물인 이 책이 인간이 상상할 수 있는 것 중에 가장 아름답고 가장 사려깊고 가장 교묘하고 가장 치밀한 것이 되기를 바라는 마음은 이 자리에서 굳이 말씀드리지 않아도 짐작하리라 믿습니다. 그러나 모든 사물은 자기를 닮은 것밖에 낳지 못한다는 자연의 법칙을 거스를 수 없으니, 배움 없는 빈약한 내 재주가 갖가지 불편함과 쓸쓸함을 지닌 감옥 안에서 지어낸 메마르고 여위고 조잡스런 이야기 외에 무엇을 더 만들어낼 수 있겠습니까? 평화로운 공간, 아름다운 전원, 쾌청한 날씨, 졸졸 흐르는 샘물 소리, 고요한 영혼, 이런 것들이야말로 불임의 여신에게 자식들을 낳게 만들고, 이 세상을 경이와 환희로 채우는 힘을 가져다 줍니다. 못생기고 귀엽지도 않은 아들을 둔 아버지가 자식 사랑으로 눈이 어두워 그 결점을 못 볼 뿐더러, 심지어는 그것을 영리한 탓이라고 생각하고 좋은 점이라고 친구들에게 자랑삼아 큰소리치는 일도 드물지 않습니다. 그러나 나는 이 세상에 돈끼호떼의 아비로 알려져 있지만 실은 그의 의붓아비[*1]에 지나지 않으므로, 세상의 풍조에 따를 생각은 없습니다. 그래서 독자들에게 내 자식의 결점들을 관대히 봐주고 용서해 주시라고 눈물을 흘리며 부탁할 생각도 없습니다. 왜냐하면 당신은 아이의 친척도 아니고 친구도 아니기 때문입니다. 당신의 영혼은 자신의 몸 속에 버젓이 자리 잡은 자기 의지를 지녔고, 왕께서 마음대로 세금을 내라고 명령할 수 있는 것처럼, 당신의 집에서는 당신이 주인입니다. '내 외투 속에서는 왕도 해칠 수 있다'는 속담처럼 당신의 자유로운 선택과 의지를 따르십시오. 당신이 나쁜 의견을 가졌다고 해서 욕을 먹거나, 좋은 의견을 가졌다고 해서 상을 받을 리도 없습니다. 당신이 생각하는 대로 이 책에 대하여 무슨 말이라도 할 수 있습니다.

다만 내가 바라는 것은 흔히 머리말에 장식처럼 덧붙이는 진부한 꾸밈말을

[*1] 세르반떼스는 씨데 아메떼 베넨헬리라는 아라비아인 역사가를 《돈끼호떼》의 지은이로 내세우고 있다.

없애고, 이 이야기를 있는 그대로 당신에게 드리고 싶었습니다. 솔직히 말해서 이 이야기를 만드는 데 고생하기는 했지만, 당신이 지금 읽고 있는 이 서문을 만드는 것보다는 쉬웠습니다. 서문을 쓰려고 펜을 잡았다가 무엇을 써야 좋을지 몰라 펜을 내동댕이친 것이 몇 번인지 모릅니다. 그러다가 한 번은 종이를 앞에 펴놓고, 펜을 귀에 꽂고, 책상에 두 팔꿈치를 세우고, 손으로 볼을 괴고는 무엇을 쓸 것인지 골똘히 생각에 잠겼는데, 뜻밖에도 쾌활하고 이해심 많은 친구가 찾아왔습니다. 그는 내가 근심에 싸여 생각에 잠겨 있는 모습을 보고 까닭을 물었습니다. 나는 솔직하게 돈끼호떼 이야기의 머리말을 구상 중인데, 어찌나 고통스러운지 그토록 고매한 기사의 무용담에 대한 출판 자체를 포기할까 고민하는 중이라고 털어놓았습니다.

"왜냐하면 오랜 세월을 적막한 망각 속에서 자고 일어난 사람처럼, 나이만 잔뜩 먹어서 골풀처럼 메마르고, 창의성도 없고, 문체도 빈약하고, 사상도 희박하고, 학식도 갖추지 못하고, 책의 여백에 주석도 없는 가공적인 이야기를 들고 나타난다면, 속물인 늙은 입법자가 뭐라고 할지 잘 알기 때문이지. 다른 책들은 아무리 황당무계하고 조잡하다 해도 아리스토텔레스, 플라톤, 그 밖의 많은 철학자들이 심오한 말을 늘어놓아서 독자들은 감탄을 금치 못하고, 저자를 박식하고 언변이 좋다고 평가하기 마련이거든. 게다가 그들이 성서를 인용할 때는 참으로 놀랍지! 모두 성 토마스나 교회의 박사님들로 여겨질 정도야. 깊은 애정에 빠진 연인들을 묘사한 뒤에 다음 줄에는 듣기 좋고 읽기 좋은 유익한 설교 말씀을 적어놓는 교묘한 방법을 사용하니 말이야. 그런데 내 책에는 그런 것이 전혀 없다네. 내게는 여백에 인용할 만한 것도, 끝머리에 주석을 달만한 것도 없어. 모두들 그렇듯이 첫머리에 아리스토텔레스로 시작하여 크세노폰, 조일로스, 제우시스로 끝나는 것처럼, 하기야 이 가운데 한 사람은 혹평가이고 한 사람은 화공(畵工)이지만, 알파벳순으로 나열하고 싶어도 나는 어떤 작가를 인용해야 좋을지 모른단 말이야. 게다가 내 책은 첫머리에 실을 소네트, 즉 공작이나 후작, 백작이나 주교, 귀부인이나 유명한 시인들이 지은 시 한 편도 없네. 하긴 그런 방면에 소질이 있는 몇몇 친구들에게 부탁하면, 우리 스페인에서 명성을 떨치는 시인들이 무색할 정도로 훌륭한 작품들을 써 주기는 하겠지만 말일세. 어쨌든 이 사람아, 나는 하늘이 돈끼호떼를 장식해 줄 인물을 보내주실 때까지 그를 라만차의 서고 안에 내버려두기로 했다네. 나의 얕고 빈약한 재주로는 부족함을 채울 수 없고, 내 일을 대신 해줄 작자들을 찾아다니기에는 내가 워낙 게으르고 엉덩이도 무겁다네. 그래서 자네가 보다시피 이렇게 근심에 싸여 생각에 잠긴 것일세. 자네가 들어봐도 내가 근심할만하지 않는가?"

내 말을 끝까지 들은 친구는 자신의 이마를 탁 치더니, 파안대소하며 다음과 같이 말했다.

"하느님 맙소사! 여보게, 이제야 나는 자네를 안 뒤로 지금까지 빠져 있던 미망(迷妄)에서 눈을 떴네. 나는 자네가 하는 일마다 빈틈없고 사려 깊은 사람인 줄 알고 있었거든. 그런데 이제야말로 자네가 그런 것과는 거리가 멀다는 것을 알았네. 그건 그렇다 치고 이렇게 쉽게 처리할 수 있는 일이, 자네처럼 어떤 곤란한 일도 시원하게 해결해내는 숙달된 사람을 근심하게 만들고 의기소침하게 했으니 우스운 일이야. 이건 자네의 지혜가 부족해서가 아니라 요령이 모자라고 게을러서일세. 내 말이 사실이라는 증거를 보여줄까? 내 말을 잘 들어 보게. 내가 빠른 시일 내에 자네의 그 어려운 문제들을 해결해서, 방랑 기사의 빛이며 거울인 돈끼호떼 이야기 출판을 포기할 정도로 자네를 괴롭히던 모든 결점들을 고쳐줄 테니 말이야."

나는 친구의 말을 듣고 대답했다.

"이야기해 보게나. 자네가 내 걱정을 어떻게 채우고, 내 혼란을 어떻게 바로 잡겠다는 것인지 궁금하군."

이에 대해서 친구가 길고도 자세하게 대답했다.

"자네가 생각해야 할 첫 번째 문제는 첫머리에 쓸 저명인사들의 문구가 없다는 것일세. 그건 자네가 조금만 노력하면 간단히 해결되는 일이지. 그런 다음 그것들에 세례를 주고 세례명을 지어주는 거야. 예를 들어 인도의 후한 주교, 뜨라뻬손다 황제의 작품이라고 하면 되는 것 아닌가? 내가 듣기에 이 두 사람은 뛰어난 시인이라더군. 무식한 선생들이나 엉터리 학사들이 이 일로 자네를 헐뜯고 다닌다 하더라도 눈 하나 깜짝할 것 없네. 그들이 아무리 자네가 틀렸다고 증거를 들이대도 그것을 쓴 자네의 손을 자를 수는 없는 거니까. 그리고 자네 이야기에 주석을 다는 문제는 이렇게 해결하게. 자네가 기억하거나 그리 어렵지 않게 찾을 수 있는 격언과 라틴어 문구를 적당한 자리에 집어넣는 거야.

이를테면 자유와 속박에 대해서 말할 경우에는,

'Non bene pro toto libertas venditur auro'

(자유는 황금의 산과도 바꿀 수 없다)라는 말을 인용하고, 여백에 호라티우스라든가 그런 말을 할 만한 인물의 이름을 적는 거지.

그리고 죽음의 신을 주제로 한다면,

'Pallida mors quo pulsat pede pauperum tabemas, Regumque turres'

(창백한 죽음의 신은 똑같은 발로 가난한 이의 오두막도, 황제의 궁궐도 찾는 법이니라)라고 인용하면 되잖은가?

만일 우정이나 적까지 용서할 수 있는 사랑의 경우라면, 머뭇거릴 것도 없이 성서를 펼치게. 이건 조금만 찾아보면 가능한 일이고, 무엇보다도 하느님의 말씀으로 할 수 있는 일이지.

'Ego autem dico vobis : diligite inimicos vestros'

(그러나 그대들에게 말하노니 그대들의 적을 사랑하라) 하고 말일세.

만일 사악한 생각에 대해 쓸 경우라면, 복음서의

'De corde exeunt cogitationes mal'

(그릇된 생각은 마음에서 나온다)를 인용하게.

만일 친구는 믿기 어려운 존재라는 것을 다룰 생각이라면, 카토가 자신의 연구(連句)를 생각나게 해 줄 걸세.

'Donec eris fellx, multos numerabis amicos, Tempora si fuerint nubila, solus eris'

(그대 행복할 동안에는 친구가 많으나, 어려운 시절이 오면 고독해지리라)

이런 라틴어 문구를 인용하면 세상 사람들은 자네를 고전학자로 볼 것이 틀림없어. 고전학자가 되는 것은 요즘 세상에서는 적지 않게 명예롭고 이득도 있는 일이야.

그 다음 책 뒤에 주석을 다는 일은 이런 식으로 하면 쉽게 할 수 있네. 만일 자네가 책 속에 무슨 거인의 이름을 넣으려고 한다면, 그 거인은 골리앗으로 해 두게. 그러면 전혀 힘들 것도 없을 테고, 그것만으로도 대단한 주석이 될 테니 말일세. 말하자면 다음과 같이 할 수 있거든. '거인 골리아스 또는 골리앗은 삐리시떼(블레셋) 사람이었는데, 양치기 다비데(다윗)가 돌로 쳐서 떼레빈또 골짜기(성서에는 엘라 골짜기)에서 쓰러뜨렸음. 《열왕기》의 기록에 의함(국역 성서에는 《사무엘 상》 제17장).'

그 다음에 자네가 인문학이나 우주학에 조예가 깊다는 것을 나타내려면 자네 얘기 속에 강의 이름을 넣으면 되네. 그럼 금방 훌륭한 주석을 달 수 있을 걸세. 이렇게 쓰는 거지. '따호강은 에스빠냐 제국의 어느 국왕에 의해 명기되었음. 모모 땅에서 비롯되어 유명한 리스본 시의 성벽을 씻으며 바다로 흘러들어감. 이 강은 황금 모래를 가졌다고 일컬어짐' 이라고 말이야. 만일 자네가 도둑 이야기를 쓸 작정이라면 내가 기억하는 카쿠스 애기를 들려주지. 만일 타락하고 방종한 여자 이야기를 쓸 거라면 몬도녜도의 대주교*² 가 라미아, 라이다, 플로라에 대해 얘기해 줄 거야. 이 여자들에 대한 주석으로 자네는 틀림없이 명성을 얻을 걸세. 지독한 여자에 대한 것이라면 오비디우스가 메데이아 얘기를 들려줄 걸세. 마녀나 여자 마법사 이야기라면 호메로스가 칼립소를 빌려줄 거고, 베르길리우스가 키르케를 빌려주겠지. 호탕한 무장이라면 줄리어스 시저가 《갈리아 전기(戰記)》 속의 자신의 얘기를 들려 줄 것이고, 플루타르코스라면 알렉산드로스를 천 명쯤은 빌려 줄 걸세. 연애에 대해 쓸 생각이라면, 또스까나 말을 두 온스만 알고 있어도 레오네 에브레오*³ 와 만날 것이고, 그 사람이면 얼마든지 가르쳐 줄 걸세. 그러나 외국에서 구하는 것이 싫다면, 폰세까의 《신의 사랑에 대해서》라는 책이 있지. 이 책에는 연애에 대해서 사나이라면 누구나 알고 싶어하는 모든 것이 적혀 있네. 자네는 이런 사람들의 이름을 넣거나, 지금 내가 말한 여러 가지 이야기를 자네 작품 속에서 조금씩이라도 언급하기만 하면 되네. 주석이나 설명을 넣는 일은 모두 내게 맡기게. 맹세컨대 책의 빈 공간을 가득 채우고 끝머리의 페이지까지도 채울 테니까.

이번에는 다른 책에는 있고 자네 책에는 없다는, 저작자의 인용목록에 대한 문제로 옮겨가 보세. 대책은 매우 간단하네. 왜냐하면 자네가 아까 말한 것처럼 A에서 Z까지 알파벳순으로 저자 이름을 주욱 나열한 책만 찾으면 되니까 말일세. 그리고 알파벳순으로 고스란히 자네 책에 베껴 쓰면 되는 거야. 뭐, 이 속임수가 뻔히 들여다보인다고 하더라도 자네에게 그다지 지장은 없을 걸세. 아니, 어쩌면 자네의 그 단순하고 기발할 것도 없는 이야기 속에 정말로 그 저자들이 다 인용되었다고 생각하는 어리석은 사람이 있을지도 모르지. 그리고 이러한 방대한 저자 목록은 자네 책에 생각지 않던 권위를 부여해 줄지도

---

*2 안또니오 데 게바 라. 1480~1545.
*3 《사랑에 관한 대화》를 쓴 유대인 철학자. 1465~1535.

모르잖은가? 자네가 실제로 그 저자들을 추종했는지 아닌지 꼬치꼬치 캐낼 사람도 없을 걸. 그런 짓을 해봐야 아무 이득도 없을 테니 말이야. 이 책은 기사 이야기에 대해 공격하는 책이니까 그에 대해서는 걱정하지 않아도 돼. 그런 것은 아리스토텔레스가 꿈에도 생각지 않았던 일이고, 성 바실리우스도 언급한 적이 없으며, 키케로조차 몰랐던 일이니까. 기사도 책이 갖는 황당무계하고 터무니없는 세계에는 진실도, 점성(占星)의 관측도 아무 소용이 없네. 기하학의 척도도 소용없으며 수사학을 사용하는 논란도 아무 힘이 없네. 세속적 이야기와 하느님에 대한 것을 뒤섞어서 설교하려는 책도 아니네. 그 따위 설교는 어울리지 않는 교직(交織)이나 마찬가지야. 자네의 작품에서는 모방의 재능을 실컷 발휘하면 되는 거야. 모방을 잘하면 잘할수록 자네의 책은 훌륭한 것이 되네. 게다가 자네 작품의 목적은 기사도에 대한 서적이 세상과 대중들 사이에 지닌 세력을 타도하는 것이지 않은가? 자네는 철학자들에게서 잠언을, 성서에서 조언을, 시인들에게서 우화를, 수사학자들에게서 문장을, 성자들에게서 기적을 구할 필요가 전혀 없네. 그저 문장을 적절한 곳에 사용하여 자네의 뜻을 분명하게 전달하고, 뜻이 불분명한 단어 때문에 혼란을 가져오지 않으면 되네. 특히 중요한 것은 자네의 이야기를 읽으면서 침울한 자도 웃음을 터뜨리고, 쾌활한 자는 더욱 유쾌해지며, 어리석은 자도 싫어하지 않고, 재치 있는 자도 경탄하며, 고지식한 자의 빈축도 사지 않고, 현자도 칭찬을 아끼지 않을 수 있도록 해야 하네. 비록 허무맹랑한 기사담이지만 많은 사람들로부터 인기를 얻는데 목표를 두어야 한단 말일세. 그 일이 성공한다면, 결코 가벼이 볼 수 없는 공적이 될 걸세."

나는 묵묵히 친구의 말에 귀를 기울였습니다. 그의 주장이 너무나 선명한 인상을 주었으므로 나는 아무 이의도 제기하지 않고 그것으로 이 머리말을 만들자고 생각한 것입니다.

마음이 따뜻한 독자여, 당신은 이 머리말을 통해 내 친구의 사려 깊은 태도, 난처한 상황에서 이런 충고자를 발견한 나의 행운, 나아가 그 유명한 라만차의 돈끼호떼 이야기를 읽는 즐거움을 인정할 것이 분명합니다. 이 돈끼호떼라는 인물은 예전부터 지금까지 몬띠엘 평원에 나타난 자 중에서 가장 순진한 연인이자 가장 용감한 기사였다고 그 지방 사람들이 입을 모아 말하고 있습니다. 나는 이토록 기품이 높고 성실한 기사를 당신에게 소개하는 이 봉사를 지나치게 자랑할 생각은 없습니다. 그러나 돈끼호떼의 종자인 그 유명한 산초 빤사를 알게 해 준 데 대해서는 감사의 인사를 받고 싶습니다. 내 생각으로는 수많은 기사 이야기 속에 흩어져 있는 종자들의 모든 매력을 요약해서 이 사나이에 담아 독자에게 제공한 것 같습니다.

  그러면 하느님께서 당신에게 건강을 내려 주시기를, 그리고 하느님께서 나를 기억하시기를 기도하며, 안녕히.

라만차의 돈끼호떼 책에 부치는 시

**얼굴이 알려지지 않은 우르간다가
라만차의 돈끼호떼 책에 부치는 시**

책이여,
그대가 사려 깊고 훌륭한 사람들 곁에 있으면
어리석은 이들은 그대에게
부질없는 소리는 하지 않으리.
그러나 만일 어리석은 이들의 손에 넘어가면
비록 그들이 손가락을 물고 풍류시인인 체해도
그대는 금방 깨달으리.
그가 과녁에서 벗어난 것을.

큰 나무에 의지하면
훌륭한 그늘을 얻는다는 것을
경험이 가르쳐 주듯
그대를 지키는 행운의 별은
베하르의 큰 나무를 보리.
대대로 공자(公子)의 열매를 맺고,
이제야 꽃피우는 공작*¹은
고귀한 근세의 알렉산드로스 대제로다.
그 그늘에 몸을 의지하라.
행운은 용감한 이의 편이니.

---

*1 세르반떼스가 책을 헌정한 베하르 공작을 말함.

이롭지 않은 책을 많이 읽고
미친 라만차 사람.
그의 숱한 모험을
그대여, 자세히 이야기하라.
귀부인, 갑주, 기사 따위에 넋을 잃고
지난날의 오를란도*²의 감화를 얻어
가슴에 깃들이는 사랑의 마음을 조절하네.
뜻을 이룬 공주님은
또보소 마을의 둘씨네아.

상형문자의 문장(紋章)일랑
방패 위에 새기지 마라.
트럼프놀이는 장난일 뿐
승부는 가리는 것 아니니.
바치는 말씀을 삼갈 때에는
"돈 알바로 데 루나.
카르타고의 한니발.
스페인에 찾아온 프랑소와가
얼마나 불운을 한탄했더뇨?"
이렇게 빈정대지 마라.
검둥이 꼬마*³인 후안과는 달라서
라틴말에 통달하라고
하느님도 명령하지 않으시니
라틴어로 지껄일 필요 없노라.
예리함을 자랑할 것도 없고
철학자인 양 논하지 마라.
한마디도 모르는 바보들이
입을 삐죽이며 귓전에 대고

---

*2 프랑스의 서사시 《롤랑의 노래》의 주인공.
*3 바르베리아 태생의 흑인으로 라틴어를 잘했다.

속삭이는 말을 들어 보라.
"내게는 꽃 따위 필요도 없다."
모르는 남이 하는 짓을
설명하지도 알려고도 하지 마라
자기에게 관계없는 일은
참견 않음이 슬기로우니.
남을 야유할 때 돌아오는
보복의 말을 각오하라.
자기의 이름을 높이고자
그대는 오로지 노력하라.
부질없는 책을 내놓을 때에는
끊임없는 비난을 각오하라.

유리 지붕의 집에 살며
이웃 지붕을 치겠다고
돌을 집어 드는 것은
지혜 없는 짓인 줄 알아 두라.
사려 깊은 사람이 작품을 쓸 때
붓을 들고도 머뭇거림을
감히 나무라지 말지어다.
철없는 소녀의 즐거움을 위해
글을 쓰는 자는
어리석기에 쓰는 줄 알라.

아마디스 데 가울라가 돈끼호떼 데 라만차에게

임과 헤어진 외로움에
뽀브레 바위*⁴에 올라앉아

---

*4 아마디스 데 가울라가 고행한 섬의 산.

기쁨은 버리고 고통은 참으며
슬픈 수련을 배우는 그대.

두 눈에 철철 흘러내리는
차가운 눈물로 목을 축이고
은, 주석, 구리도 없이
흙을 양식으로 삼은 그대.

빛나는 아폴로가 하늘 높이
말을 달리는 그 사이에
영원한 삶을 얻으리라.

그대는 용맹을 떨칠 것이며
그대의 조국은 출중하고
그대의 작가는 유례 없으리라.

돈벨리아니스 데 그레시아가 돈끼호떼 데 라만차에게

세상의 그 어느 방랑 기사보다 뛰어나
쳤노라, 베었노라, 말했노라, 갔노라.
솜씨를 자랑하여 용감무쌍하게
악을 무찌르고 불의를 따졌노라.

영광은 영원히 그 이름 빛내고
예의를 존중하며 인정을 알았노라.
거인도 그대에겐 난쟁이만 못하고
명예에 대해서는 대단히 조심하며

운명의 여신을 발아래 꿇리고
뒷머리가 벗겨진 기회의 신의

앞머리를 움켜잡고 굴복시켰다.

행운은 항상 달에 걸려 있어도
그대의 공훈을 부러워하나니
아, 위대한 돈끼호떼여!

오리아나 공주가 둘씨네아 델 또보소에게

가련하다, 아름다운 둘씨네아.
미라플로레스*⁵를 또보소 삼아
나의 런던과 그대의 마을을 서로 바꾸어
다시없는 행복을 누릴 자 그 누구뇨?

그대의 생각과 그 자태를
마음에 품고 몸에 걸치고
그대로 인해 행복을 얻은 기사의
격렬한 싸움을 본 것은 누구뇨?

마음이 부드러운 돈끼호떼에게
그대가 한 일 바로 그대로
그 누가 깨끗이 몸 보존하여
아미디스님을 피하랴?
그러니 부러워할 것도 없고
부러움을 받을 나이기에
슬플 때도 즐거워하며
후회 없는 기쁨을 차지하리라!

---

*5 오리아나 공주가 사는 성.

아마디스 데 가울라의 종자 간달린이 돈끼호떼의 종자 산초 빤사에게

명성이 자자한 사나이여,
어쩌다가 종자의 역할을 맡아서
점잖고 근사하게 해치워서
불행 한번 겪지 않았구나.

무술 방랑에 괭이와 낫은
이제 조금도 어색하지 않으며
달을 밟으려는 오만을 나무라는
소탈한 종자의 모습이 지금은 태반이로다.

부럽구나, 자네의 당나귀와 명성.
빈틈없는 자네를 말해 주는
잔뜩 쑤셔 넣은 짐 보따리.

다시 말하지만 오, 산초여!
그대는 흠잡을 데 없이 좋은 사나이.
자네 한 사람에게
우리 스페인의 오비디우스가
장난기 머금고 인사를 한다.

주책스러운 시인 도노소가 산초 빤사에게

라만차에 사는 돈끼호떼의
종자 노릇하는 산초 빤사.
약삭빠르게 세상 살아가려고
달아날 준비 갖춘 엉덩이
잘도 달아나는 비야디에고의
남몰래 간직한 놀라운 장기는

삼십육계 달아남이 상책.
인간적인 면모를 조금이라도 숨겼다면
생각컨대
그것은 훌륭한 서적이 되었을
《셀레스띠나》(희곡체 소설의 이름)가 보여 주고 있듯이.

주책스러운 시인 도노소가 로시난떼에게

이것은 대(大)바비에까*⁶의 먼 자손인
세상에 이름난 로시난떼.
그토록 마른 몸으로
돈끼호떼를 주인 삼아
말발굽이 닳도록 뛰어다닌 덕분에
언제나 굶지 않는다.
장님에게서 훔친 술을 몰래 마시려고
보리빨대를 들이민
라사리요*⁷에게 배운 수단이 이것이로다.

미친 오를란도가 돈끼호떼 라만차에게

그대가 부유한 자제가 아니더라도 그대에게 맞설 사람은 없다.
숱한 소년 가운데서 참된 청년 될 사람이기에
그대 가는 곳 어디라도 그대에게 맞설 사람은 없다.
싸움에 임하여 늘 이기고, 고배를 마신 일 전혀 없다.

돈끼호떼여,
나는 오를란도, 안젤리까*⁸에게 사랑을 품고 넋을 잃어

---

*6 스페인의 국민적 영웅 엘 씨드 깜베아도르의 말.
*7 소설 《라사리요 데또르 메스의 생애》의 주인공.
*8 미친 오를란도의 연인.

그녀를 찾으려고 바다 끝까지 헤맸으며,
명예의 신전에 바친 것은 망각이 손대지 않은 용기.
비록 나를 닮아 그대 또한 제정신이 아니라 하더라도
그대의 영예는 오로지 그대의 공훈과 이름에 기인하는 것.
나 어찌 그대와 비교할 수 있으랴.
불행한 사랑을 하는 이유로 나와 그대를 친구라고 부르지 않겠는가.
그대 만일 오만한 무어나 스키타이를 평정하는 날에는
참으로 나의 친구가 되리라.

태양의 기사가 돈끼호떼 데 라만차에게

에스빠냐의 태양이여, 유례 없는 귀인이여.
나의 칼은 그대 칼의 날카로움에 미치지 못했노라.
해가 뜨고 지는 동안에 빛나던 나의 칼솜씨도
그 어찌 미치랴, 찬란히 빛나는 그대의 영예에.

나는 왕위도 버렸노라.
내 새벽의 여신이신
끌라리디아나*⁹의 아름답고도 긍지에 빛나는
그 얼굴을 한 번 보고자
먼동의 동방이 내게 선사해 준 국토도 헛되이 버렸노라.

다시없는 보배로서 나는 그녀를 끔찍이 사랑했으며
불행을 개의치 아니하는 나의 용기가 두려워서인지
지옥도 노여움을 죽였노라.

그러면 그대여,
빛나고 고귀하고 이름 높은 돈끼호떼여,

---

*9 태양의 기사의 연인.

둘씨네아로 인해 그대는 영원한 삶을 얻고
그대로 인해 그녀도 영예와 정결과 지혜를 얻노라.

솔리스단이 돈끼호떼 데 라만차에게

돈끼호떼 님이여,
그대가 미쳤다고 바보 같은 녀석들이 말하지만
그대는 천한 짓을 결코 하지 않겠지.

당신의 공적이 증명해 준다.
불의를 무찌르러 객지에 나갔다가
오만불손한 바보들에게
두들겨 맞은 적이 몇 번이었나.

아름다운 둘씨네아가
당신에게 냉정히 굴더라도
당신의 구애를 받아들이지 않더라도
산초 빤사가 중간에서
중매를 잘못한 탓이라 생각하라.
그 녀석은 어리석고, 그녀는 냉담하고, 당신은 버림받은 사나이니.

바비에까와 로시난떼의 대화

바비에까 : 어째서 자네는 그토록 말랐나. 로시난떼?
로시난떼 : 아무것도 먹지 않고 일하기 때문이지.
바비에까 : 보리나 짚도 먹지 못했단 말인가?
로시난떼 : 우리 주인은 제대로 먹여 주지 않는다네.
바비에까 : 허어, 자네 참 못됐군, 주인 욕을 하는 혓바닥은 당나귀와 똑같아.
로시난떼 : 누구나 태어나서 죽을 때까지 당나귀와 똑같은 법이지. 그 증거

로 사랑에 빠진 사람들을 봐.

　　바비에까 : 사랑을 하는 것이 어리석은가?

　　로시난떼 : 그다지 현명한 것은 아니지.

　　바비에까 : 자네는 너무 복잡해.

　　로시난떼 : 먹을 것을 못 먹어서 그렇다네.

　　바비에까 : 그렇다면 종자를 원망하게.

　　로시난떼 : 그것만으로는 성이 차지 않아.

　　주인과 종자가

　　로시난떼 못지않게 여위었다면

　　내가 푸념을 늘어놓을 수 없지 않은가?

제1장

라만차의 시골 귀족 돈끼호떼 사람됨과 살아가는 이야기

그리 오래되지 않은 옛날, 이름까지 기억할 필요는 없는 라만차의 어느 마을[*1]에 창걸이의 창, 낡은 방패, 여윈 말, 날쌘 사냥개를 가진 시골 귀족이 살고 있었다. 그는 낮에는 양고기보다 쇠고기를 더 많이 넣어서 삶은 요리를, 밤에는 잘게 썬 고기 요리를, 토요일에는 소금에 절인 돼지고기와 달걀 요리를, 금요일에는 콩국을, 일요일이면 새끼비둘기 요리를 먹느라고 수입의 4분의 3을 지출했다. 그리고 나머지 돈은 두꺼운 나사로 만든 망토와 축제용 벨벳으로 만든 짧은 바지와 슬리퍼를 샀으며, 평상시에도 최고급 양모직 옷을 입으며 뽐내느라고 모두 낭비했다. 집에는 마흔 살이 넘은 가정부, 스무 살이 채 못된 조카딸, 야윈 말, 말안장을 얹는 일과 정원 손질과 밭일, 장 보는 일을 하는 어린 종자가 있었다.

이 귀족의 나이는 오십에 가까웠으며, 얼굴과 몸은 말랐으나 뼈대가 튼튼하고 꼿꼿했다. 그는 이른 새벽에 일어나고 사냥을 즐겼다. 그는 '끼하다' 또는 '께사다'라고 불렸는데, 이에 대해 글을 쓴 저자들 간에는 다소의 의견 차이가 있다. 가장 믿을 만한 소문에 의하면 '끼하나'로 불렸다고 한다.

그는 한가한 시간이 있으면—하기야 일 년 중 대부분이 한가한 시간이지만—기사도 이야기[*2]를 읽는 데 골몰했으며, 그렇게 되면 사냥이나 재산 관리조차 잊었다. 나중에는 기사도 책을 구입하기 위해서 수많은 밭을 팔 정도였다. 그는 사들일 수 있는 한 많은 책을 사들여서 집 안에 가득 쌓아 놓았는데, 그

---

*1 지은이가 《돈끼호떼》의 구상을 얻은, 아니면 쓰기 시작한 알가 마실랴 데 알바라는 이야기가 전해짐.

*2 기사도 소설은 스페인에서는 14세기 초의 《기사 시파르》에서 비롯됐는데, 몬딸보의 《아마디스》의 출현으로 16세기는 스페인 기사도 소설의 전성기가 되어 이런 종류의 황당무계한 작품이 나왔다. 스페인에서의 마지막 기사도 소설은 후안 데 실바 작인 《뽀리시스네 데 보에시아》로 《돈끼호떼 I》이 나오기 조금 전인 1602년에 출판되었다.

중에서도 특히 유명한 펠리씨아노 데 실바*3가 지은 책을 가장 좋아했다. 문장이 명쾌하면서도 독특하고 복잡한 서술을 지녔기 때문이다. 특히 '나의 이성(理性)을 만든 이성 아닌 이성에 나의 이성도 힘을 잃고 그대의 아름다움을 한탄하니, 이 또한 이성이노라'*4와 같은 사랑의 밀어라든가 결투장면을 읽을 때 그런 믿음은 확고해졌고, '별들과 더불어 그대의 거룩함을 강화하고, 그대에게 그 고귀함에 어울리도록 하는 드높은 하늘' 따위의 대목을 읽을 때도 그랬다.

이런 문장들에 현혹된 이 귀족은 가엾게도 제정신을 잃었고, 아리스토텔레스가 다시 살아난다 해도 이해하지 못했을 구절들을 해석하기 위해 밤잠을 설치곤 했다. 그는 기사 벨리아니스*5가 상처를 입었거나 남에게 상처를 입혔던 일에 대해서 참을 수가 없었다. 그것은 그를 치료한 의사들이 아무리 훌륭한 솜씨를 지녔다 할지라도, 결국 그의 얼굴이나 온몸에 생긴 상처와 흉터를 없애지는 못할 것이라 생각했기 때문이다. 그러면서도 그는 《그리스의 벨리아니스 이야기》의 작가가 끝나지 않은 모험이라는 암시를 주며 이야기를 종결시킨 점을 무척 칭찬했다. 때때로 그는 이야기의 결말을 자기가 써서 끝내고 싶은 충동을 느꼈다. 만일 끊임없이 찾아오는 더 중요한 생각들이 아니었다면 그는 그것을 훌륭하게 실행했을 것이 틀림없다.

그는 마을의 신부—이 사람은 박학다식한 인물로서 1472년에 창립된 시구엔사 대학에서 학위를 받았다—를 만나기만 하면 빨메린 데 잉글라떼르라*6와 아마디스 데 가울라 두 사람 중 어느 쪽이 더 훌륭한 기사였나 하는 문제로 열띤 논쟁을 벌였다. 그런데 같은 마을의 이발사 니꼴라스 선생은 아무도 태양의 기사 페보에는 미치지 못한다고 주장했다. 혹시 페보와 어깨를 견줄 만한 사람이 있다면 아마디스 데 가울라의 동생인 돈갈라오르 정도라고 했다. 왜냐하면 돈갈라오르는 검술과 용맹이 형에게 조금도 뒤지지 않으며 모든 면에서 적절한 조건을 갖추었고, 자기 형처럼 울보가 아니었기 때문이다.

요컨대 그는 이런 종류의 책을 읽느라 매일 밤을 뜬눈으로 지새웠고, 낮에

---

*3 1492?~1558? 그 당시 인기 있던 기사도 소설 작가.
*4 펠리시아노 데 실바의 《프로리 세르 데 니께야》에 나오는 구절.
*5 헤르니모 페르난데스의 유명한 기사소설 《그리스의 벨리아니스 이야기》.
*6 포르투갈의 작가 프란시스꼬 데 모라이시의 작품에 나오는 인물.

는 낮대로 독서에만 열중했다. 이런 나날이 계속되자 마침내 그는 정신을 잃게 되었다. 책에서 읽은 요술, 싸움, 전투, 결투, 부상, 구애, 연인, 번민, 그 밖의 온갖 황당무계한 사건 등이 이상야릇한 환상으로 이어져 그의 머리에 가득 찼다. 그리하여 그 숱한 허황된 얘기들이 모두 진실로 여겨졌고, 이 세상에서 그보다 더 확실한 이야기는 없다고 생각할 정도가 되었다. 그는 엘 씨드 루이 디아스*⁷가 훌륭한 기사이긴 하지만 무지무시하고 어마어마한 거인을 두 명이나 한꺼번에 단칼로 두 동강을 낸 '불타는 칼의 기사'*⁸에는 도저히 미치지 못한다고 자주 이야기했다. 그는 베르나르도 델 까르삐오*⁹를 높이 평가했는데, 그것은 헤르쿨레스가 땅의 신의 아들 안떼오를 두 팔로 껴안아서 죽인 고사에 따라 그가 귀신같은 롤단을 론세스바이예스에서 무찔렀기 때문이다. 게다가 거인족속 중에서는 모르간떼만이 부드럽고 사람 됨됨이가 좋다면서 그를 극구 칭찬했다. 그 귀족이 가장 좋아한 사람은 프랑스 샤를마뉴의 열두 용사 중의 레이날도스 데 몬딸반이었는데, 이는 그가 성에서 뛰쳐나와 닥치는 대로 마구 무찌르고, 마호메트의 순금 성상을 바다 저편에서 빼앗는 대목을 읽었기 때문이었다. 배신자 갈랄론 백작—론세스바이예스 전투에서 열두 용사가 패하여 전사한 것은 갈랄론의 배신 때문—을 발로 걷어찰 수만 있었다면 그는 아마 자기 가정부뿐만 아니라 조카딸까지도 덤으로 내놓았을 것이다.

　정말이지 그는 사리분별을 잃어 버려서 어느 미치광이도 생각해 내지 못했던 해괴망측한 생각을 품게 되었다. 그것은 자신이 방랑 기사(放浪騎士)가 되어서 갑옷을 입고 말을 타고 무기를 들고는 온갖 모험을 찾아 세상을 돌아다니면서, 전부터 읽고 익힌 모든 방랑 기사의 이야기를 스스로 실천하겠다는 것이었다. 그리하여 온갖 비행(非行)을 바로잡고 수많은 시험과 궁지에 몸을 던져 그것들을 멋지게 극복하여 그 명성을 길이 남기겠다고 결심했다. 그것은 자기의 명예를 높이고 아울러 나라를 위해서도 봉사하는 중요한 일로 여겨졌다. 이 가엾은 사나이는 벌써 자기 힘으로 적어도 뜨라삐손다 제국의 왕위에라도

＊7 스페인의 전설적인 영웅. 그를 주인공으로 한 무훈시 《시드의 노래》는 스페인 문학에서 가장 오래된 작품이며, 꼬르네유의 《르 시드》도 그를 주인공으로 한 것이다.
＊8 펠리시아노 데 실바 작 《아마디스 데 그레시아》의 주인공의 다른 이름.
＊9 스페인의 반전설적 영웅. 778년의 론세스바이예스 전투에서 프랑스의 샤를마뉴의 열두 용사 중의 하나인 롤단을 껴안아 죽였다고 한다.

책에서 읽은 온갖 황당무계한 이야기들이 그의 머릿속을 꽉 채웠다.

오른 기분이 되었다. 그는 이런 즐거운 공상에서 파생된 야릇한 희열에 쫓겨어서 빨리 자기의 꿈을 실천에 옮기려고 서둘렀다.

그가 가장 먼저 한 일은 녹슬고 곰팡이가 슨 채 몇 백 년 동안 한쪽 구석에 처박혀 있던, 몇 대나 지난 조상의 낡은 갑옷을 손질하는 것이었다. 그는 갑옷을 정성들여 닦고 문지르다가 큰 결점을 발견했다. 투구에 얼굴 가리개가 달리지 않아서 단순한 쇠모자처럼 보인다는 것이다. 그러나 그는 이 결점을 자신의 손재주로 보충할 수 있었다. 두꺼운 판지로 얼굴 가리개를 만들어 쇠모자에 붙인 것이다. 그리고 그것이 얼마나 튼튼하며 칼날의 위험에 얼마나 견딜 수 있는지 시험하려고 칼을 뽑아 두어 번 내려쳤다. 그 순간 그것은 완전히 망가지고 말았다.

그는 어이없는 실패에 혀를 차고는, 이번에는 안쪽에 쇠를 대고 다시 공들여 스스로 만족할 수 있을 정도로 튼튼하게 만들었다. 그만하면 훌륭한 얼굴 가리개가 달린 투구가 되었다고 생각하고 그것을 쓰기로 결심했다.

그 다음 그는 자기의 여윈 말을 보러 갔다. 발굽이 쪼개어 놓은 것처럼 갈라져 있었고, tantum pelliset ossa fuit(가죽과 뼈 뿐이로다!)라는 그 고넬라*10의 말보다도 더 지독하게 여위었지만, 그의 눈에는 알렉산드로스 대제(大帝)의 부케팔루스보다도, 엘 씨드의 바비에카보다도 훌륭하게 보였다.

이 말의 이름을 짓는 데 꼬박 나흘이 걸렸다. 그 까닭은 자기 같은 훌륭한 기사의 말이라면 당연히 명마이니 그럴듯한 이름을 갖는 것이 당연했기 때문이다. 그래서 이 말이 방랑 기사의 애마가 되기 전에는 어떤 말이었으며, 아울러 지금의 신분도 확실하게 나타내 주는 이름을 생각해 내기에 고심했다.

이리하여 자신의 공상을 총동원하여 짓고 고치기를 수없이 반복한 뒤에 '로시난떼'라는 이름으로 정했다. 그 이름이야말로 품위도 있고 부르기도 좋았으며, 전에 한낱 평범한 말, 로신이었을 때와도 연결이 되는 이름이었다.

말에게 마음에 꼭 드는 이름을 지어 주자 이번에는 자신도 새 이름이 갖고 싶어졌다. 그리하여 다시 일주일 동안을 연구한 끝에 생각해 낸 것이 돈끼호떼였다. 용맹스러운 아마디스가 자신을 아마디스라고 부르는 데 만족하지 않

---

*10 삐에뜨로 고넬라. 15세기에 페랄라 공작에게 종사한 어릿광대로 그의 말이 몹시 여위었던 데서 나온 이야기. '가죽과 뼈뿐이로다' 라는 라틴말은 플라우투스의 《아울라리아(항아리)》 제3막에서 유래한다.

고, 조국의 이름을 높일 생각으로 자기 왕국과 고향의 이름을 덧붙여 아마디스 데 가울라라고 불렀던 것을 생각하고, 자기도 이를 본떠 자기 성(姓)에 고향의 이름을 붙여 돈끼호떼 데 라만차라고 하기로 했다. 이렇게 함으로써 자기 신분과 고향을 분명히 나타낼 수 있으리라고 생각했던 것이다.

갑옷을 손질했고, 얼굴 가리개가 달린 투구를 갖추었고, 여윈 말의 이름도 지어 주었고, 자신의 이름까지 고쳤으니, 이제 남은 일은 사랑을 바칠 귀부인을 찾는 것이었다. 연애 없는 방랑 기사란 잎이나 열매 없는 나무요, 영혼 없는 육체나 다름없기 때문이다. 그는 혼잣말로 중얼거렸다.

"내가 내 죄를 받느라고, 아니면 싸울 운이 있어서 방랑 기사들에게 항상 일어나는 일인 거인을 만나게 된다면, 단숨에 그 녀석을 때려눕히든가 몸뚱이를 두 동강 내어서 싸움에 이길 경우가 생길 것이다. 그 때 놈을 선물로 바칠 상대가 있다는 것은 얼마나 멋진 일일까? 그러면 놈을 나의 고귀한 부인에게 보내어 무릎을 꿇고 공손한 목소리로 이렇게 말하게 하는 거야. '부인이시여, 저는 악당의 섬, 마린드라니아 섬의 군주인 거인 까라꿀리암브로('떡판 같은 상판대기'쯤 되는 말)라고 하는데 어떤 말로도 칭송을 다하지 못할 방랑 기사 돈끼호떼 데 라만차 님과 싸워서 일격에 패했습니다. 그리하여 부인 앞에 나아가 부인의 뜻대로 처분을 받으라는 돈끼호떼 님의 분부를 받고 왔습니다.'"

우리 선량한 기사의 독백이 여기에 이르렀을 때, 아니 그보다도 자신이 이름을 지어 줄 사랑하는 귀부인을 생각해 냈을 때, 오! 그의 넘치는 기쁨을 상상해 보라!

사람들에 의하면, 실제로 그가 살고 있는 마을에서 가까운 농가에 매우 아름다운 처녀가 있었는데, 그는 한때 이 처녀를 연모한 적이 있었다고 한다. 그러나 그 처녀는 그것을 알지도 못했고 또 그를 생각해 본 적도 없었다. 그 처녀의 이름은 알돈사 로렌소였는데, 그는 이 처녀에게 자기의 사랑하는 귀부인의 이름을 주기로 했다. 그래서 자기와 어느 정도 균형이 맞고, 게다가 공주나 귀부인의 이름으로도 손색이 없을 이름을 이것저것 생각한 끝에 마침내 둘씨네아 델 또보소라고 부르기로 했다. 그것은 이 처녀가 또보소에서 태어났기 때문이었다. 이 이름 역시 자신이 지은 다른 이름들과 마찬가지로 그에게는 음악적이고 색다르고 함축성 있게 느껴졌다.

제2장
재기 넘치는 돈끼호떼가 고향을 떠나 주막에 들어간 이야기

　이렇게 모든 준비가 갖추어지자 그가 쳐부수어야 할 부조리, 바로잡아야 할 부정, 고쳐야 할 비리, 제거해야 할 폐해, 처리해야 할 부채가 산더미같이 쌓여 있어 자기가 지체할수록 그만큼 세상이 받는 손실이 크다는 생각에 그의 마음은 조급해졌다. 그리하여 아무에게도 자기 생각을 알리지 않고, 또한 아무의 눈에도 띄지 않게 어느 날 아침 날이 새기 전에—한창 뜨거운 7월의 어느 날이었다—단단히 무장을 갖추고 로시난떼 위에 올라앉았다. 그는 엉성한 얼굴 가리개가 달린 보기 흉한 투구를 눌러쓰고, 방패를 들고, 창을 비껴들었다. 그리고 희망의 첫걸음을 쉽게 내디딘 데 대한 더없는 만족감과 기쁨에 가득 차서 뒷문을 살짝 빠져 나와 들판으로 나섰다.

　그러나 들판으로 나서자마자 아주 무서운 생각이 그를 사로잡았다. 하마터면 모처럼 시작한 계획을 포기했을지도 모를 일이었다. 그것은 그가 아직 정식으로 기사 서임을 받지 않았다는 것이었다. 기사도 법에 따르면 그런 기사는 어떤 기사와도 무기를 들고 맞설 수 없었다. 또한 기사 서임을 받았다 할지라도 신참 기사는 어떤 무공을 세움으로써 문양을 얻을 때까지는 흰 갑옷(젊은 기사가 입는 무늬 없는 새 갑옷)을 입고 문장(紋章)을 새기지 않은 방패를 가져야만 했다.

　그 생각들은 순간적으로 그의 마음을 크게 흔들어 놓았다. 그러나 그는 이성보다는 광기가 앞섰기에, 일찍이 책에서 읽은 바에 따라 다른 많은 기사들을 흉내내어 맨 처음에 부딪치는 기사에게 정식으로 기사 서임을 받아야겠다고 생각했다. 백색의 갑옷과 투구는 시간이 있을 때마다 흰 담비가죽보다 더 정성들여 닦아 놓으리라 마음먹었다. 그러자 마음이 한결 가라앉았다. 그는 말이 가고 싶은 대로 길을 가게 내버려두었다. 모험의 묘미는 바로 거기에 있는 것이라고 믿으면서 여행을 계속하는 것이었다.

우리의 신출내기 모험가는 혼잣말을 하면서 방랑길을 계속했다.

"장차 때가 와서 나의 빛나는 행적이 기록된다면, 현자는 나의 첫 출발을 이렇게 그려야 한다. '먼동이 트는 새벽, 광막한 대지 위에 아폴로 신의 아름다운 금빛 머리칼이 펼쳐지면, 장밋빛 새벽의 여신은 시샘 많은 서방님의 부드러운 이부자리를 뛰쳐나와 라만차 지평선의 문간이나 노대 근처에서, 살아 있는 모든 자에게 그 모습을 나타낸다. 그러면 빛깔도 아름다운 새들이 하프보다 아름답게 노래하고, 은쟁반에 옥구슬이 구르는 듯한 소리로 지저귄다. 바로 그때 기사 돈끼호떼 데 라만차는 깃털 이부자리를 박차고 일어나, 세상에 이름난 말인 로시난떼를 타고 고풍스런 몬띠엘의 들판에 이르렀노라.'"

그는 정말 몬띠엘의 들판에 들어섰다. 돈끼호떼는 다시 말을 이었다.

"참으로 청동에 새기고 대리석에 파고 그림에 그릴 가치가 있는 나의 공훈이 세상에 널리 알려질 때야말로 복된 시대, 복된 세기라고 할 것이다. 그대 현명한 마법사여! 그 어떤 사람이건 이 흔하지 않은 이야기를 저술할 작자가 될 그대여! 나는 그대에게 부탁하노니, 나의 나그넷길의 변함없는 길동무인 내 애마 로시난떼를 제발 잊지 말아주오!"

그의 지껄임은 계속되었다.

"그대, 둘씨네아 공주여, 냉정한 공주여! 그대의 빛나는 얼굴 앞에서 사라지라는 말로 나를 거부하시다니, 너무 매정하시오. 공주여, 이토록 괴로워하며 그대의 정을 구하는 내 심정을 부디 마음에 새겨 주시오."

그는 책에서 익힌 대로 말투까지 흉내내어 지껄여댔다. 이리하여 그는 참으로 느릿하게 나그넷길을 계속했다. 태양은 그의 뇌수가 얼마간이라도 남아 있다면 모두 녹여 버릴 만큼 뜨겁게 타오르고 있었다.

그 날 하루 종일 돌아다녔으나 무엇 하나 이야기할 만한 일은 일어나지 않았다. 그래서 자기의 솜씨를 시험해 볼 상대를 한시바삐 만나고 싶어하던 그는 적잖이 실망했다.

그가 부닥친 첫 번째 모험은 라삐세 계곡의 사건이라고 말하는 작가들도 있고, 풍차의 모험이라고 말하는 작가들도 있다. 내가 이 점에 대해 조사한 것과 라만차 연대기에 쓰인 것을 보면 돈끼호떼는 그 날 온종일 걸었으며, 날이 저물자 그도, 여윈 말도 모두 지치고 배가 고파 죽을 지경이 되었다.

굶주린 배를 채우고 휴식을 취할 수 있는 성(城)이나 양치기들의 초막이라

우리의 모험가는 방랑길을 떠나면서 자신에게 말을 걸었다.

도 없나 하고 사방을 둘러보는데, 그리 멀지 않은 곳에 주막이 하나 있었다. 구원의 성으로 인도하는 별처럼 느껴졌다. 그는 어두워질 무렵에 그 주막에 이르렀다.

그 때 문 앞에는 두 명의 젊은 여자가 서 있었다. 철새처럼 떠돌아다니며 몸을 파는 여자들이었다. 그녀들은 몇 명의 마바리꾼들(말에 짐을 싣고 다니는 사람들)과 함께 세비야로 가는 도중이었는데, 그날 밤 그 주막에 묵게 된 것이었다.

그런데 생각하고, 보고, 공상하는 것이 책에서 읽은 그대로라고 믿고 있는 우리의 모험가는 이 주막을 보는 순간 누각과 은빛 찬란한 첨탑이 다 갖추어진 성이라고 생각했다.

그는 성으로 다가가자 로시난떼의 고삐를 당겨 세운 뒤, 나팔을 불어 기사의 출현을 알리는 난쟁이가 성루에 나타나기를 기다렸다. 그러나 당연히 있어야 할 접대 의식이 늦어지고, 로시난떼는 마구간에 가고 싶어 못 견뎠으므로 그는 하는 수 없이 주막의 문 쪽으로 가까이 갔다. 문 앞에는 두 젊은 여자가 우두커니 서 있었다. 그의 눈에는 그녀들이 성문 근처에서 노니는 어여쁜 공주나 우아한 귀부인으로 보였다.

이때 추수가 끝난 밭에서 돼지 떼들을 몰고 가던 돼지치기가 뿔나팔을 불었다. 돈끼호떼는 이제야 난쟁이가 자기가 온 것을 알리는 모양이라고 생각하여 기분이 좋아졌다. 여자들은 갑옷을 입고 창과 방패를 갖춘 사나이가 다가오자 겁을 잔뜩 집어먹고 주막 안으로 들어가려 했다. 여자들이 도망치는 것을 보고 무서워서 그러는 줄 짐작한 돈끼호떼는 얼굴 가리개를 쳐들어 앙상하게 마른 먼지투성이의 얼굴을 드러내 보이면서 부드럽고 의젓한 목소리로 말했다.

"피하지 마시오. 두려워하지도 마시오. 누군가에게 해를 끼친다는 것은 내가 신조로 삼는 기사의 법도에 없는 일이오. 하물며 그 자태로 알 수 있는 고귀하신 공주님들에게는 더욱 그러하오."

여자들은 보기 흉한 얼굴 가리개에 가리어진 그의 얼굴을 가만히 들여다보았다. 그리고 자기들의 신분과는 너무나 동떨어진 '공주'라는 말에 그만 '풋!' 하고 웃음을 터뜨렸다. 거리낌없는 그 웃음에 아무리 돈끼호떼지만 얼굴을 붉히지 않을 수 없었다.

"아름다우신 분들에게는 정숙한 태도가 더 어울리는 법이오. 별 이유도 없이 큰 소리로 웃는다는 것은 어리석기 짝이 없는 일이외다. 그렇다고 내가 두 공주님에게 언짢고 불쾌한 기분을 느끼게 하려고 이런 말씀을 드리는 것은 결코 아니오. 이 몸은 다만 공주님들을 섬기려는 마음뿐, 다른 뜻은 없습니다."

그 여자들은 전혀 알아들을 수 없는 우리 기사의 말에 자꾸만 웃어댔고, 그 행동은 우리 기사의 노여움을 불러일으켰다. 이때 시비를 싫어하는 주막 주인이 나오지 않았더라면 사태가 어떻게 되었을지 모를 일이다.

얼굴 가리개, 창, 둥근 방패, 흉갑 등 어울리지 않는 무장을 한 이 꼴사나운 사나이를 보자 주인도 그만 그 여자들과 한패가 되어 웃음을 터뜨릴 뻔했다. 그러나 그 무시무시한 무장에 한편으로는 겁이 나기도 한 주인은, 그저 공손하게 대하는 것이 상책이라고 생각하여 이렇게 말을 걸었다.

"기사 나리, 하룻밤 묵어 가시려고 하나요? 저희 집에는 침대 빼고(이 집에는 침대가 하나도 없었다) 다른 것은 무엇이든 다 갖추어져 있습니다."

주막을 성으로, 주인을 성주로 생각하는 돈끼호떼가 대답했다.

"까스떼야노(성주 또는 까스떼야 지방 사람이라는 뜻), 그런 것은 아무래도 좋습니다. 나에게 '갑옷은 곧 나들이옷이요, 전투는 곧 휴식'이니까요."

주인은 돈끼호떼가 까스떼야노라고 부른 것은 자신을 까스떼야의 촌놈으로 보았기 때문이라고 생각했다. 사실 그는 안달루시아의 산루까르 해안 출신의 도둑이었으며 악질적인 면이 있었다. 주인이 대답했다.

"그렇다면 '그대의 잠자리는 딱딱한 바위, 그대의 숙면은 숙직'이군요. 우선 말에서 내리십시오. 까짓 하룻밤이 문제겠습니까? 1년 내내라도 묵으십시오."

그러면서 주인은 돈끼호떼의 등자를 잡아 주려고 다가갔다. 그러나 그 날 하루종일 굶은 우리의 기사는 말에서 내리는 것조차 무척 힘들었다. 말에서 겨우 내린 돈끼호떼는 주인에게, 곡물을 먹는 동물 중에서 가장 뛰어난 이 말을 잘 보살펴 달라고 부탁했다. 아무리 눈을 크게 뜨고 살펴보아도 기사가 말한 것에 반도 못 미치는 말이었지만, 아무튼 주인은 그 말을 마구간에 넣고 손님의 시중을 들러 들어왔다. 여자들은 어느새 화해가 된 모양인지 기사의 갑옷을 벗기고 있었다.

그런데 여자들은 흉갑과 배갑은 벗겼지만 경갑(頸甲)과 그 엉성한 투구는 어떻게 벗겨야 할지 몰라 쩔쩔매었다. 투구는 초록빛 끈으로 단단히 매어져 있어서 그 매듭을 풀기 어려웠으므로 끊을 수밖에 없었는데, 돈끼호떼는 한사코 그 끈을 끊지 못하게 했다. 결국 그날 밤은 투구를 쓴 채로 보낼 수밖에 없게 되었으니, 그 얼마나 꼴불견일지 상상해 보라. 이렇게 자기의 갑옷을 벗겨 주는 여자들을 이 성에 사는 귀부인이라고 생각한 돈끼호떼는 의젓하게 말을 걸었다.

"고향을 떠나온 돈끼호떼처럼 이렇게 귀부인들의 시중을 받은 기사는 이 세상에 없으리라. 아가씨들은 그를 보살피고 공주님들은 로신을 보살피네. 아니, 로시난떼가 옳습니다. 로시난떼는 내 애마의 이름이고, 돈끼호떼 데 라만차는 내 이름입니다. 두 분 공주님을 위해 많은 공을 세울 때까지는 내 이름을 밝히지 않으려 했는데, 란사로떼의 옛 노래(앞의 노래는 이 노래를 이름만 바꾸어 부른 것이다)에 맞추어 부르느라 그만 이름을 알리고 말았습니다. 그러나 두 공주님께서 명령을 내리시고 이 몸이 그에 복종하며, 두 공주님을 섬기고 싶다는 소인의 소망을 이룰 때가 반드시 오고야 말 것입니다."

이런 미사여구를 들어 본 적이 없는 여자들은 무어라고 대답해야 할지 알 수 없었다. 그래서 무엇을 좀 들지 않겠느냐고 묻자, 돈끼호떼가 대답했다.

"무엇이든 좀 먹기는 해야겠군요. 그렇지 않아도 시장하던 참이었소."

다행인지 불행인지 그 날은 마침 금요일이었다. 그래서 새끼 건대구 같은 생선말고는 이 주막에서 먹을 만한 것은 아무것도 없었다. 여자들은 그에게 건대구라도 먹겠느냐고 물었다.

"새끼 건대구라도 많기만 하면 큰 건대구 한 마리쯤은 되겠지요. 8레알(1레알은 25센트)을 잔돈으로 받는 거나 화폐로 받는 거나 마찬가지 아니요? 쇠고기보다 송아지고기가 더 맛있고 염소보다 새끼 염소고기가 더 맛있듯이 그 건대구도 아마 훌륭할 거야. 어쨌든 빨리 가져오시오. 무거운 갑옷과 투구 때문에 배가 고파서 견딜 수가 없단 말이오!"

여자들은 시원한 자리를 마련하려고 문 앞에 식탁을 차려 놓았다. 주인은 잘 절여지지도 않고 제대로 익지도 않은 건대구 한 토막과 돈끼호떼의 갑옷처럼 뻣뻣한 빵 조각을 가져왔다. 돈끼호떼가 식사하는 모습이란 정말 우스웠다. 투구를 쓴 채 얼굴 가리개로 얼굴을 가리고 있었으므로 자기 손으로는 아무것도 입에 넣을 수가 없었다. 그래서 한 여자가 시중을 들었지만, 음료수를 입에 부어 넣는 일은 보통 어려운 게 아니었다. 주막 주인이 갈대 줄기를 끊어서 한쪽 끝은 돈끼호떼의 입에 물게 하고 다른 한쪽 끝에서 포도주를 부어 넣지 않았더라면 물 한 방울도 마시지 못했을 것이다. 투구의 끈을 자르지 않으려고 돈끼호떼는 이런 번거로움을 모두 참아냈다.

그 때 돼지를 거세하는 일을 하는 사나이가 이 주막에 들어서서 뿔피리를 네댓 번 불어댔다. 그 소리를 들은 돈끼호떼는 그것이 자기를 환영하는 음악이라고 생각했으며, 자기는 유명한 성 안에 있고, 건대구는 송어 요리요, 검은 빵은 흰 빵으로, 떠돌이 창녀는 귀부인으로, 주막 주인은 성주라고 확신했다. 그리고 자기의 결단과 출발이 아주 잘한 일이라고 생각했다. 다만 한 가지 마음에 걸리는 일은 정식으로 기사 서임식을 치르지 않은 것이었다. 그렇게 되면 기사의 등급을 받을 수 없을 뿐 아니라 합법적으로 모험을 할 수도 없었기 때문이다.

제3장
우스꽝스럽게 기사 서임식을 치르는 돈끼호떼 이야기

근심에 싸인 채 싸구려 주막에서 어설픈 저녁식사를 마친 돈끼호떼는 주인을 불러 마구간으로 데리고 갔다. 그리고는 다짜고짜 무릎을 꿇더니 이렇게 말하는 것이었다.

"용감하신 기사님, 이 몸이 바라는 바를 들어주실 때까지 이 자리에서 일어나지 않겠습니다. 그 일은 기사님의 명성을 높이는 일이며 동시에 만백성을 위하는 일이기도 합니다."

주인은 발 밑에 꿇어앉은 손님의 말에 어떻게 해야 좋을지, 어떤 대답을 해야 할지 몰라 그저 어리둥절해져서 바라볼 뿐이었다. 아무리 일어나라고 사정을 해도 막무가내였으므로 결국 주인은 부탁을 들어 주겠노라고 대답할 수밖에 없었다.

그러자 돈끼호떼가 말했다.

"기사님께서 들어주시리라고 이미 짐작하고 있었습니다. 제가 부탁할 일이란 다름이 아니라 내일 아침에 이 사람의 기사 서임식을 집행해 주십사 하는 것입니다. 오늘 밤 성 안의 예배당에서 갑옷 불침번을 서고, 내일은 방금 말씀드린 대로 이 몸이 바라던 소망을 꼭 이루고야 말겠습니다. 그리하여 약한 자들을 위한 모험을 위해 천하를 두루 돌아다니겠습니다. 이것이야말로 기사의 본분이요, 나와 같은 방랑 기사들이 해야 할 일이라고 생각합니다."

주막 주인은 교활한 사람인데다가 손님이 어리석다는 것을 짐작했다. 그래서 그날 밤 이 손님을 웃음거리로 삼아 보자고 마음먹고 그의 기분을 맞춰주기로 했다.

주인은 돈끼호떼에게, 그의 부탁은 아주 지당한 것이고 그의 우아한 몸집은 훌륭한 기사에 썩 잘 어울린다고 칭찬했다. 그리고 자기도 손님과 마찬가지로 젊었을 때에는 모험을 찾아 천하를 두루 돌아다니면서 명예로운 방랑에 몸을 바쳤던 사람이라고 말했다. 말라가의 어물 시장, 리아란 섬, 세비야의 색향(色鄉), 세고비아의 소시장(牛市場), 발렌시아의 올리브 숲, 그라나다 지방, 산루까르 해변, 꼬르도바의 공원, 똘레도의 선술집*¹을 비롯하여 온갖 곳을 돌아다니며 사기를 치고, 과부들을 농락하고, 숫처녀를 범하고, 젊은 사람들을 속이는 등 온갖 나쁜 짓을 하다가 끝내 스페인의 모든 관청과 법정에 이름을 떨치게 되었다는 것이다. 그러다가 이제는 은퇴하여 이 성에서 자기 재산과 남의 재산으로 생활하며 품위와 신분을 가리지 않고 모든 방랑 기사를 돌봐 주고 있는데, 그 까닭은 자기가 기사들을 좋아하기 때문이며, 자기의 호의에 대한 보답으로써 그들의 재물을 분배받고 싶기 때문이라고 말했다.

주인은 덧붙이기를, 현재 이 성은 새로 지을 생각으로 허물어 버렸기 때문에 갑옷을 지킬 예배당이 없지만, 필요하다면 어디서 불침번을 서도 상관없으니 오늘밤 이 성의 안뜰에서 지키는 것이 좋겠다고 했다. 또 내일 아침에 신의 도움으로 기사 서임식을 무사히 치르면 이 세상에서 누구도 맞설 자가 없는 훌륭한 기사가 되는 게 아니냐고 했다.

그러더니 주인은 돈을 가지고 있느냐고 물었다. 돈끼호떼는 동전 한 푼 없으며 지금까지 읽은 방랑 기사의 이야기책에 돈을 가지고 다녔다는 사람은 하나도 없었다고 대답했다. 이에 대해 주인은 그것은 잘못된 생각이며, 이야기책에 그것을 쓰지 않은 것은 방랑 기사들이 깨끗한 속옷과 돈을 갖고 다니는 것이 너무나 당연한 일이므로 구태여 그것을 쓸 필요가 없었기 때문이라고 말했다. 따라서 방랑 기사들은 누구나 할 것 없이 지갑에 돈을 두둑하게 넣고 다녔다고 생각해야 하며, 그들은 몇 벌의 속옷과 상처를 치료하기 위한 고약이 가득 든 작은 상자도 역시 몸에 지니고 다녔다고 했다. 왜냐하면 친구 중에 영리한 마법사라도 있어서 한 모금만 마셔도 상처가 단번에 치료되는 영험있는 물을 가진 처녀나 난쟁이들을 구름에 싣고 올 수 있는 상황도 아니고, 기사들이 싸우다가 들판이나 산에서 상처를 입었을 때 치료해 줄 사람이 언제나 곁에 있는 것도 아니기 때문이라고 설명했다. 그렇기 때문에 옛날의 기사들은 자기의 종자에게 돈과 치료용 실과 고약 등을 준비하는 것을 당연한 일로 여겨왔으니, 앞으로는 돈이나 기타 필수품 없이는 절대로 길을 나서지 말라고 주인은 충고

---

*1 위에 예를 든 곳들은 모두 그 당시 스페인 암흑가에서 무뢰한들이 모이던 장소.

했다.

돈끼호떼는 주인에게 충고대로 하겠다고 약속했다. 그리고 주막 옆에 있는 넓은 빈터에서 갑옷을 지키기로 결정했다. 돈끼호떼는 갑옷을 우물 옆의 물통 위에 얹어 놓았다. 그리고 방패를 끼고 창을 들고는 의젓한 표정으로 물통 앞을 왔다갔다하기 시작했다. 서서히 날이 저물고 있었다.

주막 주인은 주막에 묵고 있는 다른 손님들에게 돈끼호떼의 정신이 좀 이상하며, 내일 아침 기사 서임식을 받기 위해 지금 갑옷을 지키는 것이라고 지껄여댔다. 그러자 모두들 별난 미치광이도 다 보겠다고 괴상히 여기면서 구경이나 하자고 몰려들었다. 돈끼호떼는 의젓한 태도로 걸어다니다가 때로는 창을 짚고 서서 오랫동안 갑옷을 지켜보곤 했다. 밤이 깊었으나 달빛이 대낮같이 밝아서 사람들은 이 신출내기 기사의 거동을 하나도 빼놓지 않고 볼 수 있었다. 이때 마부 한 사람이 나귀에게 물을 먹이려고 했다. 그러자면 물통 위에 놓인 돈끼호떼의 갑옷을 치우지 않으면 안 되었다. 돈끼호떼는 마부가 가까이 다가오자 큰 소리로 외쳤다.

"누군지 모르지만 대담한 기사로구나! 칼을 찬 이 방랑 기사의 갑옷에 손을 대려 하다니. 그대의 행동을 조심하라. 대담한 행위의 대가로 목숨을 잃을 생각이 없다면, 그 갑옷과 투구에 손을 대지 마라!"

그러나 마부는 그 말에 아랑곳하지 않았다.(그는 자기의 몸을 생각해서 귀담아 들었어야 했다) 마부는 거침없이 갑옷의 가죽끈을 잡더니 번쩍 들어서 내던져 버렸다. 이것을 본 돈끼호떼는 허공을 우러러보며, 그의 사모하는 공주 둘씨네아에게 마음을 모아 빌었다.

"나의 사모하는 공주여, 그대를 섬기는 종인 나의 가슴에 울려 온 최초의 굴욕을 살피시고 나에게 힘을 주소서. 이 위기에 그대의 자비와 비호를 아낌없이 내리소서."

그러더니 돈끼호떼는 방패를 내던지고 두 손으로 창을 높이 쳐들어 마부의 머리를 힘껏 내리쳤다. 상대방은 땅바닥에 푹 고꾸라졌다. 만일 한 번 더 내리쳤다면 의사가 달려올 필요도 없었을 것이다. 이렇게 마부를 쓰러뜨린 돈끼호떼는 갑옷을 제자리에 갖다 놓고 다시 의젓한 걸음걸이로 갑옷 주변을 돌아다니기 시작했다. 얼마 뒤 다른 마부가 그동안 무슨 일이 일어났는지 모르고(아까의 마부는 그때까지 까무러쳐 있었다) 역시 나귀에게 물을 먹일 생각으로 다가와서 물통 위의 갑옷을 치우려 했다. 돈끼호떼는 아무 말도 하지 않고 이번에는 누구의 가호를 빌지도 않고 창을 치켜올렸다. 그는 두 번째 마부의 머리를 네 쪽으로 만들었다(머리를 네 쪽 낸다는 옛말이 있다. 넷은 다수의 의미로도 쓰인다).

이 소란에 주막 주인과 손님들이 달려 나왔다. 이것을 본 돈끼호떼는 팔에 방패를 끼고 칼에 손을 대며 소리쳤다.

"오, 나의 낙담한 마음에 힘을 주시는 아름다운 공주여. 지금이야말로 커다란 모험에 부닥친 이 기사에게 당신의 자비로운 눈길을 돌리실 때인가 합니다."

그는 온 세계의 마부가 모두 덤벼들지라도 한 걸음도 물러나지 않을 정도로 용기가 솟고 있었다.

부상한 마부의 패거리들은 자기네 동료가 쓰러져 있는 것을 보자 돈끼호떼에게 돌을 던지기 시작했다. 돈끼호떼는 온 힘을 다해 방패로 몸을 막았다. 그는 필사적으로 버티면서 물통에서 떠나려고 하지 않았다. 이때 주막 주인이 저런 자는 상관하지 말라고 하며, 이미 말했듯이 미치광이이므로 이 자리에 있는 사람을 모두 죽인다 해도 아무런 죄가 되지 않는다고 외쳤다. 그러자 돈끼호떼도 그에 못지않은 큰소리로 배신자들이라고 외치면서, 방랑 기사에게 이런 무례한 짓을 하게 내버려두는 이 성의 주인은 형편없는 겁쟁이며 비열한 기사라고 비웃었다. 또한 자기가 기사의 칭호를 얻게 되면 이 배덕행위에 대해 반드시 혼을 내주겠다고 으름장까지 놓았다.

"이놈들, 너희들 같은 오합지졸들은 문제도 안 된다. 마음대로 덤벼 보아라. 내 너희들의 무례하고 어리석은 행위에 보복을 해 줄 테다!"

그가 어찌나 기세등등했던지 덤벼들던 자들은 겁을 먹고 주춤거렸다. 그리고 주막 주인이 말리기도 했으므로 모두들 못 이기는 체 돌팔매질을 중지했다.

그러자 돈끼호떼도 부상자들을 끌어가도록 내버려두고 아까처럼 의젓한 태도로 갑옷을 지키며 밤샘을 하는 것이었다. 손님을 웃음거리로 삼으려던 생각이 잘못이었음을 깨달은 주인은, 재난이 또 일어나기 전에 어서 이 재수 없는 기사의 서임식을 치러 주어 일을 매듭지어야겠다고 마음먹었다. 그래서 돈끼호떼에게 다가가서, 천한 자들의 오만하고 무례한 행동을 용서하라고 빌었다.

창을 땅에 짚고 의젓하게 갑옷과 투구를 바라보며

그리고 그들은 자기들의 무모한 행동에 대한 벌을 받았다면서 아까도 말했듯이 이 성에는 예배당이 없지만, 지금부터 하고자 하는 의식에는 아무 지장이 없다고 말했다. 또 자기가 알고 있는 바에 의하면 기사 서임식에서 가장 중요한 행동은 목덜미를 때리는 것과 칼등으로 어깨를 때리는 것이니, 그것은 들판 한복판에서라도 할 수 있고, 갑옷을 지키는 밤샘 의식도 네 시간 이상이나 했으니 그만하면 이제 되었다고 말했다.

돈끼호떼는 주인의 말을 그대로 믿고, 자기는 지금 말한 대로 따를 테니 되도록 빨리 의식을 집행해 달라고 부탁했다. 또다시 공격을 당하면, 그 때는 기사의 신분이니 성주님이 부탁하는 사람들만 제외하고 성 안의 사람들을 모조리 죽이겠다고 말했다.

그 말에 겁이 난 주인은, 마부들에게 주는 짚과 보리의 양을 적어 놓은 장부를 가져왔다. 그리고 어린 사환이 가져온 쓰다 남은 초 토막을 들고 두 여자와 함께 돈끼호떼 앞에 서더니 돈끼호떼에게 무릎을 꿇으라고 했다. 그리고는 경건한 기도문을 외우듯 그 장부를 읽어나가면서 손으로 돈끼호떼의 목덜미를 후려치기도 하고, 칼등으로 어깨를 세게 내리치기도 했다. 그러고 나서 한 여자에게 기사의 칼을 채워 주라고 지시했다. 여자는 침착하고 신중하게 그 일을 해냈다. 이 의식이 진행되는 동안 모두들 웃음을 참느라고 무진 애를 썼다. 그들은 이미 이 신출내기 기사의 용맹함을 보고 난 뒤라 가까스로 웃음을 참을 수 있었다. 칼을 채워 줄 때 마음씨 고운 그 여자는 이렇게 말했다.

"부디 하느님의 은총으로 행운의 무사가 되고 많은 승리를 거두게 되기를."

돈끼호떼는 자기가 어느 분의 신세를 졌는지 분명히 알고 있어야 한다면서 여자의 이름을 물었다. 그것은 장차 자기의 용기로 얻는 영예의 일부를 그녀에게 주려는 생각에서였다. 여자는 아주 겸손하게 자기 이름은 똘로사이며, 산초 비에나야 광장의 상점 거리에 사는 구두 수선공의 딸인데, 앞으로 자기가 어디에 있든지 돈끼호떼를 상전으로 모시겠다고 말했다. 돈끼호떼는 그녀의 고운 마음씨에 보답하는 의미에서 돈(이름 앞에 붙이는 경칭)을 붙이도록 하겠으니 도냐(여자의 이름 앞에 붙이는 경칭) 똘로사라고 부르게 해 달라고 부탁했다. 그녀는 그렇게 하라고 허락했다. 다른 여자도 그에게 박차(拍車)를 신겨 주고 같은 질문을 받았다. 그녀의 이름은 몰리네라라고 하며, 안떼라에 사는 성실한 물방앗간집 딸이라고 했다. 돈끼호떼는 이 여자에게도 역시 영광을 나누어주려는 생각에 도냐 몰리네라라고 부르게 해 달라고 부탁했다.

  이런 전대미문의 의식을 벼락치기로 끝낸 돈끼호떼는 한시바삐 말을 타고 모험을 찾아 떠나고 싶어 견딜 수가 없었다. 그리하여 로시난떼에 안장을 얹고 올라타더니 주막 주인을 부둥켜안고 기사 서임식을 베풀어 준 데 대해 감사하며, 글로 옮겨 놓기 어려운 이상하고 미묘하기 짝이 없는 말들을 늘어놓았다. 빨리 그를 주막에서 내보내고 싶은 주인은 돈끼호떼에 못지않은 미사여구를 늘어놓아 그의 인사에 대답하고는, 숙박비 같은 것은 받을 생각도 하지 않았다.

제4장
주막을 나선 우리의 기사, 처음으로 재난을 겪은 이야기

먼동이 틀 무렵 돈끼호떼는 드디어 정식 기사가 되어 주막을 나섰다. 그는 만족스럽고 가벼운 마음이었으며 얼굴에는 환희가 가득했다. 그러다가 노자와 속옷 등 몸에 꼭 지녀야 할 물건들을 준비해야 한다던 주막 주인의 말이 떠올랐다. 그는 일단 집으로 돌아가서 모든 준비를 다시 갖추고 종자도 한 사람 구해야겠다고 마음먹었다. 이웃에 사는 가난하고 자식 많은 농부가 기사의 방패를 들기에 꼭 알맞겠다는 생각이 들었다. 그는 로시난떼의 머리를 고향 마을 쪽으로 돌렸다. 말은 제 집으로 가는 줄 알게 되자 기쁜 듯 발굽이 땅에 닿지도 않을 정도로 달리는 것이었다.

그렇게 얼마를 달렸을 때 오른쪽 숲 속에서 흐느끼는 듯한 목소리가 들려왔다. 그 소리를 들은 돈끼호떼가 입을 열었다.

"고마워라, 하늘이 주신 은혜여! 저 우는 듯한 소리는 분명히 나의 보호와 도움을 구하는 목소리임에 틀림없다."

돈끼호떼는 울음소리가 들려온 쪽으로 로시난떼를 몰아 나갔다. 숲 속으로 몇 걸음 들어가니 참나무에 암말 한 필이 매여 있고, 그 옆에 겨우 열다섯 살이 될까말까한 소년이 윗옷이 벗겨진 채 묶여 있었다. 그 소년이 울고 있었던 것이다. 그리고 몸집이 큰 농부가 가죽끈으로 소년을 마구 매질하고 있었다. 가죽끈으로 때릴 때마다 잔소리가 이어졌다.

"입 다물고 나를 똑바로 쳐다봐!"

"이제 다시는 안 그러겠어요, 주인님! 이제는 절대로 안 그런다고요. 앞으로는 양을 잘 돌보겠어요."

돈끼호떼는 이 광경을 보고 거친 목소리로 말했다.

"이봐라, 거기 있는 무례한 자여! 스스로 몸을 지키지도 못하는 연약한 자를 못살게 굴다니, 보기 흉한 행동이로다. 말에 올라 창을 들어라!(암말이 매여 있는 참나무에 한 자루의 창이 세워져 있었다) 그대의 행동이 얼마나 비겁한가를 똑똑히 가르쳐 주마!"

농부는 무시무시한 차림으로 창을 꼬나 잡은 돈끼호떼의 모습을 보자 사색이 되어 공손하게 말했다.

"기사님, 이 녀석은 제가 데리고 있는 종자인데, 제 양떼를 돌보는 일을 합니다. 그런데 이 녀석은 형편없는 멍청이라 매일 한 마리씩 양을 잃어버리고 다닙니다. 그래서 제가 이 녀석의 실수를, 아니 어쩌면 이 녀석의 능청스러움일 수도 있겠는데, 그에 대해 벌을 주었더니 이 녀석이 한다는 소리가 그 동안 밀린 급료를 주지 않았다면서 인색하다는 게 아닙니까? 하느님이 똑똑히 보고 계십니다. 이 녀석은 지금 새빨간 거짓말을 지껄이는 것입니다."

"뭐라고? 내 앞에서 거짓말을 하는구나, 이 촌놈 같으니. 하늘에 떠 있는 태양이 굽어보신다. 내가 이 창으로 네놈을 꿰뚫어야 잘못을 뉘우치겠느냐? 잔소리 말고 이 애에게 당장 급료를 지불하라. 만약 그것이 싫다면 이 자리에서 네놈을 저승으로 보내고 말 테다. 당장 이 아이를 풀어 줘라!"

농부는 머리를 숙이고 한마디 대꾸도 없이 소년을 풀어 주었다. 돈끼호떼가 소년을 보고 농부에게서 받을 돈이 얼마냐고 묻자 소년은 한 달에 7레알씩 쳐서 아홉 달 치가 밀려 있다고 대답했다. 돈끼호떼는 63레알로 목숨을 잃기 싫거든 당장 급료를 지불하라고 농부에게 명령했다. 농부는 지금까지 자기가 행한 하느님에 대한 맹세로 볼 때(사실 이 사나이는 여태껏 무엇 하나 맹세한 것이 없지만) 결코 그렇게 많은 금액은 아니라고 대답했다. 그리고 소년에게 준 신발 세 켤레와, 소년이 아팠을 때 두 번 피를 뺀 비용 1레알을 제하고 계산해야 한다는 것이었다.

"과연 그것은 일리 있는 이야기다. 그러나 신발과 치료비는 그대가 죄 없는 이 아이에게 가한 매질과 상쇄하도록 해라. 소년이 그대가 준 구두의 가죽을 찢은 대신 그대는 소년의 생살을 찢었으니 말이다. 그리고 저 애가 아팠을 때 이발사가 저 애에게서 피를 뽑았다(당시에는 이발사가 돌팔이 외과의사 노릇을 했다)고 했는데, 그대는 병도 걸리지 않은 이 아이에게 피를 흘리게 하지 않았나? 그렇게 따지면 저 애는 그대에게 동전 한 푼의 빚도 없는 셈이다."

"기사님, 그 이야기는 맞습니다만, 지금은 동전 한 푼도 갖고 있지 않으니 어떡합니까? 안드레스를 저와 함께 제 집에 가도록 해주시면 좋겠습니다. 그러면 틀림없이 지불하겠습니다."

"또 이 사람과 가야 한다고요?"

소년이 소스라치게 놀랐다.

"아아, 기사님! 생각만 해도 지긋지긋해요. 이 사람은 제가 혼자 남으면 바르
톨로메*¹처럼 제 살가죽을 벗겨버리고 말 거예요."

그러자 돈끼호떼가 장담했다.

"그런 짓은 절대로 하지 않을 게다. 내가 단단히 일러두었으니 말이다. 이 사
나이가 기사도의 법도를 걸고 맹세했으므로, 나도 이 사나이를 놓아 보내는
것이다. 아무튼 급료 지불에 대해서는 마음놓아도 좋을 게다."

"하지만 기사님, 잘 좀 보고 말씀하세요. 우리 주인은 기사도 아니고 기사
서임식 같은 건 받은 적이 없는걸요. 우리 주인은 깐따나르에 사는 부자 후안
알두도예요."

"그런 것은 그렇게 대단한 일이 아니다. 알두도라는 기사가 있으면 안 된다
는 이유라도 있느냐? 사람은 누구나 자기 하기에 달린 것이다."

"그건 그렇지만 우리 주인에게서는 그런 것을 기대하면 안 됩니다. 우리 주
인은 급료는 고사하고 제 땀과 수고도 모른 체하는 사람인데."

그 때 농부가 끼여들었다.

"아니, 아니, 모른 체할 생각은 조금도 없다, 안드레스. 제발 부탁이니 나를
기쁘게 해 줄 셈치고 나와 함께 가 다오. 모든 기사도를 걸고 맹세하겠다. 한
푼 한 푼 은화를 세어서, 거기다 덤까지 붙여서 지불해 주마."

돈끼호떼가 다시 입을 열었다.

"덤까지 붙일 필요는 없다. 레알 은화로 지불해 주어라. 그러면 나는 만족한
다. 아무튼 반드시 서약에 어긋나지 않도록 하는 것이 중요하니라. 만일 이를
어길 경우에 그대를 찾아내어 형벌에 처할 테다. 그대가 도마뱀처럼 달아나 숨
더라도 꼭 찾아내고야 말 테다. 나는 사악과 부도덕의 징벌자, 용맹스러운 돈
끼호떼 데 라만차다. 그러니 한번 맹세한 것은 꿈에라도 잊어서는 안 된다. 그
렇지 않을 때는 그대 머리 위에 형벌이 떨어질 것이니 명심하라."

말을 마친 돈끼호떼는 어느새 로시난떼에 박차를 주어 눈 깜짝할 사이에

---

*¹ 그리스도의 열두 제자 중의 한 사람. 산 채로 가죽을 벗기어 책형을 당해 순교했다.

이 세상을 비추는 태양께 맹세하건대, 이 창으로 네 놈을 꿰뚫고 말리라……

두 사람 곁을 떠났다. 농부는 돈끼호떼가 숲을 빠져나가서 완전히 보이지 않게 되자 소년에게 말했다.

"자, 이 녀석아, 이리 오너라. 방금 그 사악의 징벌자가 말한 것처럼 너한테 빚진 것을 갚아 주마!"

"그렇게 말씀하실 줄 알고 있었지요. 저 훌륭한 기사님의 분부를 주인님이 틀림없이 지키실 것이라고 믿고 있었어요. 정말 저 기사님 같은 분이라면 천 년 만 년 살아 계셨으면 좋겠어요. 그 기사님은 용감하고 훌륭한 재판관이시거든요. 주인님이 만일 내게 급료를 지불하지 않으시면 로께님('하느님' 대신에 쓰는 말로 맹세할 때 자주 쓰인다)의 이름으로 맹세하건대, 그분이 반드시 되돌아와서 아까 말씀대로 벌을 내리실 거예요."

"나도 틀림없이 그럴 줄 알고 있다. 하지만 나는 네가 아주 귀여워서 네게 줄 돈에 이자를 더해서 주고 싶어졌거든."

그러더니 농부는 소년의 팔을 꽉 잡아서는 다시 참나무에 꽁꽁 묶어 놓고 아까보다도 더욱 모진 매질을 했다.

"안드레스님, 어때? 어디 한번 그 징벌자 선생을 불러 보시지. 그자가 나의 비리를 따지지 못한다는 걸 네놈도 알게 되었을 거다. 하지만 나는 네놈이 말했던 것처럼 네놈의 살가죽을 산 채로 벗기지는 않을 것이다."

농부는 소년의 결박을 푼 다음 아까 그 재판관을 찾아가라면서 그를 놓아주었다. 소년은 용감한 기사 돈끼호떼를 찾아가서 이 사실을 일러 줄 것이고, 그러면 당신은 일곱 배나 무거운 벌을 받게 될 것이라면서 그 자리를 떠났다. 그러나 농부는 빙글거리면서 비웃었다.

우리의 용사 돈끼호떼는 이런 식으로 부도덕함과 비리를 바로잡았다. 그는 자기가 기사도를 참으로 화려하고 고매하게 실천했다고 여기고, 일의 경과에 매우 만족해하면서 고향으로 향했다.

"오, 아름다운 이 중에서도 가장 아름다운 둘씨네아 델 또보소여! 그대는 이 세상에 살고 있는 모든 여성 가운데에서 가장 행복한 여성이라 자부해도 좋습니다. 그 까닭은 돈끼호떼 데 라만차처럼 용맹하고도 고명한 기사를 복종시키게 했으니 말이오. 온 세상이 다 아는 것처럼 그는 어제 기사의 위계를 받았고, 오늘은 가장 큰 비리를 징계했소. 한 불쌍한 소년을 까닭도 없이 매질하는 흉한의 손에서 채찍을 빼앗은 거요."

이때 그는 길이 네 갈래로 갈라진 곳에 이르렀다. 그 순간 방랑 기사들이 네 거리에 이르면 대개 어느 길로 갈 것인지 망설이는 것이 생각났다. 그는 선배들의 본을 받으려고 잠시 그곳에 서서 곰곰이 생각한 끝에 로시난떼의 고삐를 놓아주어 갈 길을 맡기기로 했다. 그러자 로시난떼는 본능적으로 자기가 살던 마구간 쪽으로 접어들었다.

얼마쯤 가다가 돈끼호떼는 많은 사람의 행렬을 보았는데, 그들은 무르시아로 비단을 사러 가는 똘레도의 상인들이었다. 일행은 여섯 사람으로 각기 양산을 들었으며, 그들 외에도 말을 탄 종 네 사람과 걸어가는 나귀몰이꾼이 세 사람 있었다. 돈끼호떼는 이 일행을 보자 새로운 모험이 시작됐다고 생각했다. 자기가 책에서 읽어왔던 온갖 싸움을 그대로 흉내낼 수 있는 기회가 다가온 듯이 여겨졌다. 그래서 두 눈썹을 곤두세워 결의를 나타내면서 등자를 밟았다. 그리고는 창을 비껴들고 방패를 가슴 앞으로 바싹 당기더니, 길 한복판에 버티고 서서 방랑 기사의 일행이 가까이 오기를 기다렸다. 돈끼호떼는 이 장사치들을 방랑 기사라고 판단했던 것이다. 그들의 얼굴도 알아볼 수 있고 목소리도 알아들을 수 있을 만큼 가까이 다가오자 돈끼호떼가 거만하게 외쳤다.

"라만차의 여왕인 둘씨네아 델 또보소보다 더 아름다운 여자는 이 세상에 없다고 맹세하라. 만약 그러지 않으면 거기 있는 누구라도 이곳을 지나갈 수 없으리라."

상인들은 돈끼호떼의 풍채와 말투를 보고 그가 미친 사람임을 곧 알아차렸다. 그들은 어떤 결과가 생기는지 두고 보기로 했다. 그래서 그들 중에서 다소 익살스러우면서도 잔재간이 있는 사나이가 입을 열었다.

"여보시오, 기사님. 우리는 당신이 말하는 그 훌륭한 부인이 도대체 누구인지 알 수가 없습니다. 그분을 한번 보여 주실 수 없겠습니까? 그런 다음에 기사님의 말씀처럼 그토록 아름다운 분이라면 원하시는 대로 기꺼이 진실을 고백하겠습니다."

"아니, 부인을 보여 주고 난 다음에 명명백백한 사실을 고백한다면 뭐가 그리 대단한 일이겠느냐? 중요한 것은 그 부인을 보지 않고도 믿고, 고백하고, 확인하고, 옹호해야 한다는 것이다. 그것이 싫다면 너희들은 오만불손하고 건방진 녀석들이니 나하고 한바탕 싸워야 할 것이다. 기사도의 관습에 따라 한 사람씩 차례로 덤벼도 좋고, 너희들 같은 무리의 악습대로 한꺼번에 덤벼도 좋다. 나는 나의 정의를 믿고 여기서 기다리겠노라."

아까의 그 장사치가 말을 받았다.

"기사님, 여기 있는 우리 왕공(王公)들을 대표해서 말씀드리겠습니다. 우리는 알까르리아와 에스뜨레마두라의 황후님이나 여왕님들의 역정을 사면서까지 본 적도 들은 적도 없는 사실을 고백하여 양심의 가책을 받고 싶지는 않습니다. 그러니 그 부인의 초상화를, 비록 그것이 보리알 만큼 작은 것이라도 우리에게 보여 줄 수 없겠습니까? 실을 당겨서 실 꾸러미를 알아맞힌다는 말이 있듯이, 그리되면 우리도 그것으로 만족하겠고 당신도 뜻을 이루실 수 있지 않겠습니까? 비록 그 초상화에 있는 여인의 한쪽 눈이 애꾸이고 다른 눈에서는 진물과 고름이 흘러내린다 해도, 우리는 당신을 기쁘게 해 드리기 위해서 당신이 원하시는 대로 할 것을 맹세합니다."

"진물과 고름은 절대로 흘러내리지 않는다, 이 흉악한 놈팡이야!"

돈끼호떼는 분노에 떨며 말했다.

"내 단언하지만, 네놈이 말하는 그런 것은 절대로 흘러내리지 않는다. 솜에 싸인 호박(琥珀)이나 사향(麝香) 향기밖에 없다. 애꾸도 아니고 꼽추는 더욱 아니니! 몸매는 과다르라마의 방추(方錘)처럼 곧다. 그런데 이놈들! 내가 사모하는 그토록 아름다운 부인을 함부로 모독하다니, 그 죄에 대한 벌을 단단히 내리겠다."

돈끼호떼는 창을 들고 엄청난 기세로 말을 몰아 한 사나이에게 덤벼들었다. 그 때 만일 로시난떼가 무릎을 굽히고 쓰러지지 않았다면 겁을 모르는 그 사나이는 틀림없이 큰 봉변을 당했을 것이다. 로시난떼가 넘어지는 바람에 돈끼호떼도 바닥에 떨어져 나뒹굴었다. 그는 몸을 일으키려고 버둥거렸으나 창, 방패, 박차, 투구, 게다가 갑옷의 무게 때문에 꼼짝할 수가 없었다. 그는 일어나려고 버둥거리면서 소리쳤다.

"달아나지 마라, 이 비겁한 놈들! 기다려라, 이 노예 같은 놈들! 내 잘못이 아니다. 말의 실수로 이렇게 누워 있는 것이다."

나귀몰이꾼 중에 마음씨가 고약한 녀석이 있었다. 그는 넘어지고도 허세를 부리는 이 가엾은 기사의 갈비뼈 근처를 내질렀다. 그리고 가까이 다가가서 창을 빼앗아 도막도막 부러뜨리더니 그 중 하나로 우리의 돈끼호떼를 북소리가 나도록 두들겨 팼다. 그의 주인들이 너무 심하게 하지 말라면서 이제 그만하

화가 머리끝까지 난 젊은이는, 분이 가라앉을 때까지 매질을 멈추지 않았다.

라고 말렸지만, 이 젊은이는 분노가 가라앉을 때까지 매질을 멈추지 않았다. 돈끼호떼는 빗발치는 매질에도 굴하지 않고 그들을 향해 계속 호통을 쳤다.

매질을 하던 젊은이가 지쳐서 물러나자, 상인들은 이 매타작을 당한 가엾은 자를 화젯거리로 삼으면서 그들이 가던 길을 재촉했다.

돈끼호떼는 홀로 남게 되자 일어나려고 애를 썼다. 몸이 성했을 때도 일어나기 힘들었던 무게를, 매를 맞은 몸이 어떻게 이겨낼 수 있겠는가? 그러나 우리의 돈끼호떼는 이런 재난은 방랑 기사들에게는 으레 따라다니는 것이라고 은근히 기쁘게 생각했다. 그리고 모든 잘못을 말의 탓으로 돌렸다. 돈끼호떼는 온몸이 쑤셔서 도저히 일어날 수가 없었다.

제5장
우리 기사의 계속 이어지는 재난 이야기

몸을 조금도 움직일 수 없음을 깨달은 돈끼호떼는 늘 하던 방법을 써 보리라 마음먹었다. 그것은 전에 읽었던 책에서 어느 한 대목을 생각해 내는 것이었다. 그리하여 아이들도 알고 있고 젊은이들도 기억하며 노인들까지 진실이라 믿고 있는, 그러나 사실은 마호메트의 기적 이상으로 엉터리인 이야기가 생각났다. 그것은 발도비노스[1]가 샤를로뜨에게 산 속에서 상처를 입었을 때의 사건이었다.

돈끼호떼는 자기의 지금 처지와 그 이야기가 꼭 들어맞는다고 생각했다. 그래서 그는 땅바닥을 데굴데굴 구르면서 기사 발도비노스가 그랬던 것처럼 아주 비통한 목소리로 노래하기 시작했다.

나의 고통도 알지 못하는 아내여,
그대는 지금 어디에 있느뇨?
알 까닭이 없어서인가,
아니면 무정하기 때문인가?

돈끼호떼는 이런 식으로 로망스를 불러 나가다가 다음과 같은 구절에 이르렀다.

오, 고귀하신 만뚜아 후작님!
한 핏줄을 나눈 나의 숙부님이여!

_____

[1] 샤를마뉴의 열두 용사 중의 한 사람. 그는 자신의 아내를 유혹한 샤를마뉴의 황태자 샤를로뜨와 산 속에서 싸우다가 중상을 입고 쓰러졌는데, 숙부인 만뚜아 후작이 지나가다가 보고는 복수해 줄 것을 약속한다.

그대는 지금 어디에 있느뇨?

　돈끼호떼가 여기까지 노래했을 때, 마침 같은 동네에 사는 농부가 밀을 방앗간에 갖다 놓고 돌아오는 길에 이곳을 지나가게 되었다. 농부는 길바닥에 쓰러져 있는 돈끼호떼를 보자 가까이 다가와서는 무엇 하는 사람이며 왜 슬퍼하느냐고 물었다. 돈끼호떼는 이 사람이 틀림없이 자기의 숙부인 만뚜아 후작이라고 믿고는 로망스만 계속 불러댔다. 그것은 자신의 기막힌 운명과 황태자가 자기 아내를 사랑했다는 내용의 노래였다.

　농부는 이런 뚱딴지같은 이야기에 어이가 없었다. 하지만 우선 몽둥이 찜질로 조각조각 부서진 얼굴 가리개를 벗긴 뒤, 먼지로 범벅이 된 그의 얼굴을 깨끗이 닦아주었다. 얼굴을 대충 닦고 난 뒤 상대가 누구라는 것을 알게 된 농부는 깜짝 놀랐다.

　"끼하다님 아니세요?"—돈끼호떼가 방랑 기사로 둔갑하기 전에는 사람들이 이렇게들 불렸던 모양이다—"대체 누가 나리를 이 꼴로 만들었습니까?"

그러나 돈끼호떼는 무엇을 물어도 로망스로만 대답했다. 마음씨 착한 농부는 어떤 상처를 입었는지 보기 위해 우선 흉갑과 배갑을 애써서 벗겼다. 그러나 핏자국이나 상처는 찾아볼 수 없었다. 농부는 돈끼호떼를 땅바닥에서 일으켜 죽을 힘을 다하여 자기 당나귀에 실었다. 그런 뒤 갑옷이며 부러진 창 토막까지 모두 주워서 그것들을 로시난떼의 등에 잡아매었다. 그리고는 로시난떼와 당나귀를 자기의 마을로 향해 몰았다. 농부는 돈끼호떼가 쉬지 않고 지껄이는 황당무계한 말을 들으면서 생각에 잠겨 걷고 있었다.

돈끼호떼는 당나귀 위에 제대로 앉지도 못하고, 이따금 하늘을 쳐다보며 한숨을 쉬었다. 그래서 농부는 무엇을 그렇게 한탄하느냐고 다시 물을 수밖에 없었다. 그런데 이때 이미 돈끼호떼는 발도비노스에 대해서는 까맣게 잊어버리고, 안떼께라의 성주 로드리고 데 나르바에스*² 에게 사로잡혀 포로로 그의 성채에 끌려갔던 무어인 아빈다르라에스*³ 의 이야기를 생각하고 있었다.

돈끼호떼는 호르헤 데 몬떼마요르*⁴ 의 '디아나'에서 아벤세르라헤 집안의 도련님이 로드리고 데 나르바에스에게 하던 말투를 그대로 흉내내어 대답했다. 지금의 자기 처지에 꼭 맞게 그 이야기를 인용한 것이다. 농부는 돈끼호떼가 제정신이 아니라는 것을 확신하고, 그 어처구니없는 장황한 이야기를 들어야 하는 자기 신세를 한탄하며 걸음을 재촉했다.

돈끼호떼는 실컷 지껄이고 난 뒤에 이렇게 덧붙였다.

"돈로드리고 데 나르바에스, 내가 아까 말씀드린 그 아름다운 하리파가 지금은 바로 둘씨네아 델 또보소라는 것을 알아두시오. 나는 오로지 그녀를 위하여 이 세상 사람들이 일찍이 본 적도 없고 앞으로도 보지 못할 기사도의 혁

---

*2 15세기 스페인의 무사. 특히 무어족들과의 싸움에 공훈이 있으며 안떼께라의 성벽에 맨 먼저 쳐들어가 이 성채의 성주가 되었다.

*3 그라나다에 있는 무어 왕국의 권세 있던 씨족 아벤세르라헤 가문의 한 사람. 애인 하리파와 결혼하기 위해 가다가 도중에서 스페인의 포로가 되었는데 나르바에스의 주선으로 사흘만에 석방된다. 약속대로 아빈다르라에스가 신부를 데리고 돌아왔으므로 나르바에스는 두 사람을 놓아준다. 《라 디아나》 제5권에 들어 있는 작자 미상의 단편 《아름다운 하리파 이야기》

*4 포르투갈 태생의 소설가. 본명은 조르제 몬떼모르. 1520?~1561. 대표작 《라 디아나》 제7권은 스페인어로 쓰인 것인데, 이른바 스페인에서 목인(牧人)소설 유행의 첨단을 이루었다. 세르반떼스도 목인소설 《라 갈라떼아》를 처녀작으로 썼다.

자기 마을을 향해 길을 떠났다.

혁한 무훈을 세웠고 앞으로도 세워나갈 것이오."

이 말에 농부가 참지 못하고 대답했다.

"나리, 정말 한심하십니다. 저는 로드리고 데 나르바에스도 만뚜아 후작도 아니고 나리와 같은 동네에 사는 뻬드로 알론소에 지나지 않습니다. 그리고 나리께서도 발도비노스나 아빈다르라에스가 아니라 끼하다라는 어른이시란 말입니다."

"내가 누구라는 것은 잘 알고 있습니다. 뿐만 아니라 나는 아까 말한 사람들은 물론 프랑스의 열두 호걸도, 유명한 아홉 용사도 될 수 있습니다. 왜냐하면 그들이 세운 공훈을 모두 합치거나 각각의 공훈을 따로 하거나 어쨌든 내 공적에는 못 미치기 때문이지요."

그들은 해질 무렵에 마을에 이르렀다. 그러나 농부는 이웃 어른이 이렇게 엉망진창이 되어 당나귀를 타고 있는 몰골을 다른 사람들에게 보이고 싶지 않아서 좀더 어두워지기를 기다렸다. 그리하여 완전히 어두워진 다음에야 마을로 들어가서 돈끼호떼의 집으로 들어갔다.

집에서는 큰 소동이 일어나 있었고 돈끼호떼의 가장 친한 친구들인 마을 신부와 이발소 주인이 와 있었다. 그리고 가정부는 이 두 사람에게 큰 소리로 떠들어대고 있었다.

"글쎄, 우리 집 나리께선 어떻게 되신 걸까요, 뻬로 뻬레스 학사님?"—이것이 신부의 이름이었다—"오늘로 벌써 사흘째나 나리의 그림자도, 말도, 방패도, 창도, 등자도 보이지 않는단 말이에요. 정말 답답해서 죽을 노릇이에요. 제 짐작이 틀림없어요. 나리께서 언제나 끌어 안고 읽던 그 몹쓸 기사도 책들이 나리의 머리를 돌게 만든 거예요. 이제 생각나는군요. 나리께서 혼잣말로 방랑 기사가 되어 온 세계를 돌아다니며 무용을 떨치고 싶다고 몇 번이나 말씀하셨어요. 그따위 책들은 악마나 귀신에게 줘 버려야 해요. 라만차에서도 가장 분별 있는 분의 머리를 이런 꼴로 돌게 만들어 버리다니!"

조카딸도 이와 비슷한 말을 했다.

"제 말씀 좀 들어 보세요, 니꼴라스 아저씨."—이것이 이발사의 이름이었다—"외삼촌은 그 엉터리 기사도 책을 밤을 새워 읽었던 적이 한두 번이 아니었어요. 그리고 나서는 책을 내동댕이치고 칼을 들어 벽을 향해 마구 내리치는 거예요. 그러다가 지치면 자신이 탑만큼이나 큰 거인을 넷이나 죽였다고 말하는 거예요. 지쳐서 땀이 흐르면, 이것은 싸우다가 입은 상처에서 흐르는 피라고 그러는 거예요. 어떤 때는 냉수를 잔뜩 들이키고 나서 마음이 좀 진정되면, 이 물은 훌륭한 마술사이며 당신의 친구인 현자 에스끼페(《아마디스》에 나오는 마법사 아리끼페를 잘못 말한 것 같다)가 갖다 준 생명의 물이라고 하지를 않나…… 매사가 다 이런 식이에요. 제가 외삼촌의 이런 광기를 미리 말씀드리지 않았던 것이 큰 잘못이었어요. 그렇게만 했다면 이런 일이 일어나기 전에 미리 막을 수 있었을 것이고, 그 나쁜 책들을 모두 불살라 버릴 수 있었을 텐데. 화형에 처해야 마땅할 이단자 같은 책들을 잔뜩 가지고 있거든요."

신부가 입을 열었다.

"나도 같은 생각이다. 내일은 어떤 일이 있더라도 그 책들을 공식 재판에 부쳐 꼭 화형에 처해야겠어. 앞으로 다른 사람들이 그것을 읽고 나의 소중한 친구가 한 것처럼 되풀이하는 일이 없도록 말이야."

농부와 돈끼호떼는 그들의 말을 모두 듣고 있었다. 농부는 비로소 돈끼호떼의 병이 무엇인지 짐작이 가서 큰 소리로 외쳤다.

"어르신네들, 어서 빨리 문을 열어 주십시오. 발도비노스님에게 심한 부상을 당한 만뚜아 후작님이십니다. 그리고 안떼께라 성의 성주인 용감한 로드리고 데 나르바에스가 사로잡아 데리고 온 무어인 아빈다라에스님도 오셨습니다."

이 소리에 사람들은 모두 뛰쳐나왔다. 그리고 친구이며 주인이며 외삼촌인 돈끼호떼가 당나귀 위에 앉아 있는 것을 보자, 모두 달려들어 그를 부축해 내리려 했다.

그 때 돈끼호떼가 말했다.

"여러분, 기다리시오! 나는 말의 실수로 중상을 입고 말았소. 나를 침실로 안내하고, 할 수만 있다면 현녀 우르간다를 불러서 상처를 보살피게 해주시오."

가정부가 말했다.

"글쎄, 이것 좀 보세요! 나리께서 이렇게 되시리라는 것을 나는 벌써부터 알고 있었다니까요. 자, 어서 들어가십시다. 우르간다인지 뭔지가 오지 않아도 저희들이 잘 치료해 드릴 테니까요. 나리께서 이런 변을 당하시다니, 그 망할 놈의 기사도 책들!"

사람들은 돈끼호떼를 침대로 옮겨 살펴보았으나 상처 같은 것은 한 군데도 없었다. 그러나 돈끼호떼는 이 세상에서 가장 크고 못된 10명의 거인과 싸우다가 로시난떼와 함께 뒹굴었기 때문에 생긴 상처라고 말하는 것이었다.

이에 신부는 혀를 찼다.

"그것 참, 거인들이 어디에 있단 말인가? 어쨌든 내일은 해가 지기 전에 그 책들을 모두 불살라야겠어."

사람들은 돈끼호떼에게 이것저것 물어 보았으나 그는 거기에 대해서는 아무 대답도 하지 않았다. 다만 먹을 것을 주고, 잠을 자게 해 달라는 말만 했다. 사람들은 돈끼호떼의 소원대로 해주었다. 신부는 농부에게 돈끼호떼를 발견한 경위를 자세히 물었다. 농부는 모든 것을 빠짐없이 이야기했다. 그리고 돈끼호떼가 영문을 알 수 없는 말을 지껄여대던 이야기도 했다. 이야기를 듣고 난 신부는, 자기가 하려고 하던 일을 반드시 해야겠다고 결심했다. 그리고 이튿날 이발사인 니꼴라스와 함께 돈끼호떼의 집으로 갔다.

제6장
신부와 이발사가 우리 귀족의 서재에서 행한
유쾌하고 엄숙한 검열 이야기

우리의 주인공은 그 때까지 계속 자고 있었다. 신부는 돈끼호떼의 조카딸에게 그 모든 화근인 책들이 있는 서재의 열쇠를 달라고 했다. 조카딸은 두말없이 그것을 내놓았다. 모두들 서재로 들어갔고 가정부도 뒤따라 들어갔다. 서재에는 장정이 훌륭한 대형 책들이 100권이 넘게 있었고 소책자들도 많았다. 가정부는 갑자기 방에서 나가더니 잠시 뒤에 성수 그릇과 물뿌리개를 들고 들어왔다.

"자, 이걸 받으세요, 신부님. 이걸 뿌려서 이 방의 부정을 씻어 내야 합니다. 이 책들 속에 우글거리는 마술사들을 한 놈도 남기면 안돼요. 자기들을 여기서 내쫓았다고 원한을 품고 우리에게 마법을 걸면 큰일이니까요."

신부는 가정부의 소박함에 웃음을 머금으며, 책을 한 권씩 집어 달라고 이발사에게 말했다. 그 중에는 화형에 처하지 않아도 될 책이 있을지 모르니 어떤 내용인지 한 권씩 확인하기 위해서였다.

조카딸이 말했다.

"그럴 필요 없어요. 여기 있는 책들은 모두 나쁜 사태를 불러왔으니까 어떤 책이라도 용서하면 안돼요. 제 생각에는 마당에 책을 내던져서 쌓아 놓고는 불을 질렀으면 좋겠어요. 아니면 뒷마당으로 가져가 태우든지. 거기라면 연기가 나도 괜찮거든요."

가정부도 그렇게 하는 게 좋겠다고 했다. 두 사람은 죄 없는 책들을 없애는 데 그토록 열심이었다. 그러나 신부는 책의 제목이라도 훑어봐야 한다고 생각했다. 이발소 주인 니꼴라스가 맨 먼저 신부의 손에 쥐어 준 책은 《아마디스 데 가울라》 전4권이었다.

신부가 말했다.

"내가 듣기로는 이 책이 스페인에서 처음으로 출판된 기사도 이야기라던데. 다른 책들은 모두 이 책을 근원으로 해서 만들어졌다는 거야. 말하자면 이 책이 사악한 이단의 시작인 셈이니 가차 없이 화형에 처해야겠군."

그러자 이발사가 말했다.

"그건 안 됩니다. 제가 듣기로는 이 책이야말로 지금까지 쓰인 이런 종류의 책들 중에서 가장 뛰어나다고 하더군요. 그러니 그 내용을 봐서라도 용서해 줘야 하지 않을까요?"

"하긴 그 말에도 일리가 있군. 그렇다면 그런 이유로 당분간 목숨만은 살려두지. 그 옆에 있는 거나 이리 주게."

"이것은 아미디스 데 가울라의 아들 《에스쁠란디안의 무용담》입니다."

"아비의 덕이 아들에게까지 미치라는 법은 없지. 할멈, 이 책을 받아요. 그리고 창문을 열어 그것을 뒷마당으로 던져요. 불쏘시개로나 써야겠소."

가정부는 크게 만족해서 그대로 했다. 에스쁠란디안은 뒷마당으로 던져져 자신의 몸이 불살라지기를 기다려야 했다.

"다음은?"

신부가 이발사에게 물었다.

"다음은 《아마디스 데 그레시아》입니다. 옳지, 이쪽에 있는 것은 모두 아마디스 일족이군요."

"그렇다면 전부 뒷마당으로! 정말이지 왕비 뻰띠끼니에스뜨라와 목인(牧人) 디리넬(두 사람 다 《아마디스 데 그레시아》에 나오는 인물)이든지 그가 부른 목가든지, 아무튼 그 작가의 부질없는 이야기를 담은 책들은 모두 태워버리게. 비록 나를 낳아 주신 아버님이 방랑 기사의 모습으로 나타나신다고 해도 함께 불살라 버리고 싶을 정도야."

"나도 동감입니다."

이발사가 말했다.

"저도요."

조카딸도 끼어 들었다.

"자, 이리 주세요. 뒷마당으로 가져가게."

가정부가 신이 난 듯 책들을 받아들었다. 그것들은 대단한 분량이었다. 그래서 그녀는 층계로 내려가기를 생략하고, 책들을 창문으로 내던졌다.

"그 두꺼운 책은 뭔가?"

신부가 이발사에게 물었다.

"《돈 올리반떼 데 라우라》(1564)로군요."

이발사가 대답했다.

"이 책의 저자는 《백화원(百花園)》(1570)도 썼지. 아마 이 두 권 중 어느 쪽에 진실이 많은가를 말하기보다 어느 쪽에 거짓이 적은가를 말하는 편이 쉬울 거야. 이것도 뒷마당으로 던지라고 하게."

"다음은 《플로리스마르떼 데 이르까니아》(1556)입니다."

"플로리스마르떼님이 거기 계셨구나. 그대의 신기한 환상이나 꿈 같은 모험담은 인정하지만 즉각 뒷마당으로 가셔야겠군. 거칠고 조잡스런 그 문장으로는 거기밖에 자리가 없단 말씀이야. 할멈, 앞의 것과 함께 뒷마당으로 가져가요."

"알겠습니다, 신부님."

가정부는 신바람이 나서 시키는 대로 했다.

"이것은 《기사 쁠라디르》(1533)입니다."

이발사가 계속해서 신부에게 책들을 주었다.

"그건 오래된 책이지. 도저히 자비를 베풀 이유가 없어. 망설이지 말고 버리게."

이번에는 다른 책이 펼쳐졌다. 《십자가의 기사》라는 표제가 붙어 있었다.

"이 책이 지닌 거룩한 제목 때문에 하마터면 속을 뺀했군. 그러나 '십자가 그늘에 악마가 있다'는 말이 있거든. 이것도 불 속으로!"

이발사가 이번에는 다른 책을 집었다.

"이건 《기사도감》인데요."

"나도 그 책은 알고 있지. 그 속에는 레이날도스 데 몬딸반을 비롯한 도둑들이 나온다네. 그들은 지난날의 카쿠스가 무색할 대도들이지. 그리고 열 두 용사, 참된 역사가 뛰르뺑도 나오네. 그들은 저 유명한 마떼오 보이야르도*¹의 지저분한 이야기를 이어받았고, 그리스도교 시인 루도비꼬 아리오스또*²도 역

---

*1 15세기 이탈리아의 시인. 미완성의 로망적 서사시 《사랑의 오를란도》(1487~1494) 3권은 아리오스또의 《미친 오를란도》의 속편으로 간주된다.

*2 15~16세기 이탈리아의 시인.

시 여기서 자기 시를 짜냈으니까 그 이유만으로도 화형에 처해야 하네. 그런데 아리오스또가 자기 나라 언어가 아닌 외국어로 이야기한 것이 있다면 조금도 봐줄 수 없지만, 자기 나라 언어로 이야기한다면 나는 그이를 받들어 모실 거야."

"지금 내가 가지고 있는 책은 이탈리아말로 된 것 같은데요. 그러나 읽을 수가 없습니다."

"당신이 읽을 수 있다고 해도 별수 없네. 그 대장(《오를란도》의 역자 헤로니모 데 우레아)님이 아리오스또를 스페인에 데리고 와서 가스띠야 주 사람으로 바꾸지 않았다면 우리는 그를 용서해도 됐을 거야. 그런데 그 사람이 작품 본래의 가치를 크게 줄이고 말았으니. 하긴 시를 외국어로 번역하려는 사람들은 모두 이와 비슷한 행동을 하게 되지. 아무리 고심하고 아무리 훌륭한 솜씨를 발휘하더라도 처음의 원작만큼 높은 경지에는 도저히 이르지 못하거든. 그러니 이 책과 프랑스에 대해 다룬 책들은 어떻게 처리할 것인지 뚜렷한 방침이 설 때까지 물 마른 샘 속에 집어넣어 두라고 말하고 싶네. 하지만 우리 주변에 숨어 있을 《베르나르도 델 까르삐오》와 《론세스 바이예스》(둘 다 장시집(長詩集))만은 예외야. 이들이 내 손에 들어왔다면 즉각 할멈 손으로 건너가서 인정사정없이 불 속에 들어가야 해."

이 모든 이야기에 이발사는 동의했고, 그것이 정당하고 이치에 맞는 의견이라고 생각했다. 그 까닭은 신부가 훌륭한 그리스도 교도이며 진실을 사랑하는 사람이라서 모든 일에 대해 틀린 소리를 할 리가 없다고 믿었기 때문이다. 이어서 다른 책을 펼쳤더니 그것은 《빨메린 데 올리바》(1526)였으며 그 옆에 있는 것은 《빨메린 데 잉글라떼르라》(1548)였다.

이 책들을 보자 신부가 외쳤다.

"이 올리브는 당장 갈기갈기 찢어서 불 속에 집어넣어 재도 남지 않도록 해야 하네. 그러나 영국의 빨마(棕櫚)는 유일무이한 것이니 소중히 보존해 두도록 하지. 알렉산드로스 대제도 다리우스 왕의 노획품 가운데에서 발견한 호메로스 시인의 작품을 보관하라고 명령하지 않았나? 이 책은 두 가지 점에서 존중할 가치가 있어. 첫째는 작품 그 자체가 뛰어나기 때문이고, 둘째는 어느 영매한 포르투갈 임금님이 이것을 쓰셨다고 전해져 있기 때문이야. 미라과르다성에서의 모험 이야기는 문장의 기교가 뛰어나고 명료하며, 예지에 차서 인물들의 면모를 유감 없이 발휘하고 있어. 그러니 니꼴라스 양반, 이 책과 《아마디스 데 가울라》는 화형을 면제해 주고, 그 밖의 것은 더 이상 조사할 것도 없이 모두 없앨까 하는데 당신은 어떻게 생각하나?"

"그건 안 됩니다, 신부님. 내가 지금 손에 들고 있는 것은 그 유명한 《돈벨리아니스》(1547)인걸요."

"그 책하고 제2권, 제3권, 제4권은 모두 담즙이 있어서 대황(마디풀과에 속하는 다년초. 뿌리를 약용으로 씀)의 물로 닦아야겠어. 게다가 '명성의 성'에 대한 대목들과 그 밖에 불필요한 대목은 제거할 필요가 있어. 그러기 위해서는 형을 집행유예 해야겠지. 그래서 고쳐졌을 때에야 자비를 베풀어 주자는 거야. 그 때까지는 당신 집에 두도록 하지. 다만 누구에게도 보여주어서는 안되네."

"그렇게 하지요."

이발사가 대답했다.

신부는 기사도 책을 더 들추고 싶지 않았으므로 가정부에게 대형 서적들을 전부 뒷마당으로 던지라고 일렀다. 가정부는 폭이 넓고 우아한 옷감을 짜는 일보다는 이런 책을 불태우는 일을 훨씬 좋아하는 사람이었으므로 한꺼번에 여덟 권의 책을 창 밖으로 던졌다. 그런데 그 중에서 한 권이 이발사의 발 아래에 떨어졌다. 그것은 《명성을 떨친 기사 띠란떼 엘 블랑꼬 이야기》라는 것이었다.

그것을 본 신부가 소리쳤다.

"이럴 수가! 여기에 티란떼 엘 블랑꼬가 있는 줄은 몰랐군! 이리 줘 봐. 내가 마치 기쁨의 보고와 놀이의 광산을 발견한 기분이 드는군. 이 속에는 용사 돈 끼리엘레이손, 그 아우 또마스 테 몬딸반, 기사 폰세까, 용감한 띠란떼가 맹견과 싸우는 이야기, 시녀 쁠라세르 데미비다의 빈틈없는 행동, 과부 레뽀사다의 정사와 그 농락하는 수법, 시종 무사 이뽈리또를 연모하는 여제 등이 나와서 활약하거든. 정말이지 문장에 있어서 이것은 세계 제일의 양서라 할 수 있지. 이 책에는 기사들이 먹고, 잠자고, 죽고, 죽기 전에 유언을 남기는 등 다른 책에는 전혀 씌어 있지 않은 것들이 다 나온단 말이야. 감히 말하지만, 나는 이런 점에서는 이 책의 작자를 칭찬할 만하다고 생각해. 평생을 갤리선*3에

---

*3 중세에 지중해를 항해하던 돛과 노가 많이 달린 대형 선박. 노예나 죄수들이 노를 저었다.

갇혀서 끌려 다닐 만한 엉터리 이야기들을 넣기는 했지만, 일부러 알고 한 일이 아니니 봐주어야지. 아무튼 그것을 집에 가지고 가서 읽어보게. 그러면 내 말이 사실이라는 것을 알게 될 테니."

"그러지요. 그건 그렇고, 저 뒤에 남은 작은 책들은 어떻게 하지요?"

"그것은 분명히 기사도 책이 아니라 시집일 거야."

신부가 그렇게 말하고는 한 권을 펼쳐 보니 호르헤 데 몬떼마요르의 《라 디아나》였다. 그래서 나머지도 같은 종류일 것이라고 생각했다.

"이런 책들은 태울 필요가 없어. 기사도 책처럼 해를 끼칠 것이 아니거든. 그저 재미삼아 읽을 지혜의 책들이야."

그러나 조카딸은 그 의견에 반대했다.

"어머, 신부님! 이것도 아까 그 책들처럼 태워버려야 해요. 외삼촌은 기사병에서 나오면 이번에는 그런 책들을 읽고 목자가 된 심정으로 노래와 피리를 불며 숲이나 초원을 돌아다닐지도 몰라요. 기사가 되는 것보다 더 나쁜 것은 시인이 되는 거예요. 사람들에 의하면 그건 낫기도 어려운 병이라고 하던걸요."

"이 아가씨 말에도 일리가 있군 그래. 그렇다면 우리의 친구를 위해 이것을 빨리 없애는 것도 좋겠군. 그럼 몬떼마요르의 《라 디아나》부터 시작하기로 하지. 이건 다 태울 것이 아니라 현녀 펠리시아와 마법의 물에 대한 대목과 장시(長詩)의 대부분만 제거하면 되겠어. 산문과 이런 종류의 책의 최초라는 명예만은 남겨 주기로 하지."

이발사는 책들을 계속 펼쳐서 신부에게 건넸다.

"다음은 살라망까 사람이 지은 속편(살라망까의 의사 알론소 뻬레스)이라는 《라 디아나》이고, 또 하나는 힐 뽈로(가스빠르 힐 뽈로의 《사랑의 라 디아나》)가 쓴 같은 제목의 책이군요."

"그렇다면 살라망까 인이 쓴 책은 뒷마당에 놓도록 하고, 힐 뽈로가 쓴 책은 아폴로가 손수 쓴 작품으로 여기고 소중히 간직해 두지. 자, 그 다음은? 서두르자고. 좀 늦어진 것 같으니까."

"이 책은 사르디니아의 시인 안또니오 데 로프라조가 지은 《사랑의 운명》10권입니다."

"나는 내가 받은 신부의 품계를 두고 말하지만 아폴로가 아폴로이고, 뮤즈의 여신들이 뮤즈의 여신이며, 모든 시인이 시인이었던 이래, 이 책만큼 우스꽝스럽고 익살맞은 것은 없었네. 여태까지 이 세상에 나온 이런 종류의 책 가운데서 가장 뛰어나고 특이한 작품이지. 그러니 아직 이 책을 읽지 않은 사람은 재미있는 책을 읽었다고 말할 수 없을 거야. 이리 주게. 피렌체 천으로 만든 법의를 받은 것보다 이 책을 발견한 것이 훨씬 고마우니 말이야."

신부는 매우 만족해서 그것을 한쪽에 놓아두었다. 이발사가 말을 이었다.

"다음에는 《이베리아의 양치는 목자》(1591), 《에나레스의 물의 정(精)》(1587), 《질투훈몽(嫉妬訓蒙)》(1586)……."

"그 따위 것은 거들떠보지도 말고 할멈의 손에 넘겨주면 돼. 이유는 묻지 말게. 말하면 끝이 없을 테니까."

"다음은 《필리다의 양치는 목자》입니다."

"이건 양치는 목자가 아니라 아주 고상한 궁인(宮人)이지. 다시없는 보물로 간직해 두는 게 좋을 거야."

"이 커다란 책은 제목이 《만시전집(萬詩全集)》(1580)인데요."

"시만 이렇게 많이 안 실었어도 이 책의 가치가 더 훌륭했을 텐데. 물론 다 훌륭한 시들이지만 그 중에서 몇몇 시시한 대목들은 뺐어야 했을 거야. 저자가 나의 친구이고 또 그 사람이 쓴 보다 웅장하고 고상한 다른 저술을 존경하는 의미에서 그건 놔두기로 하지."

"이건 로뻬스 말도나도의 《소곡집》이군요."

"이 책의 저자도 나와 아주 친한 사람이야. 그 사람이 직접 노래하는 걸 들으면 감탄하지 않는 사람이 없지. 누구든지 홀딱 반할 정도로 목청이 아름답거든. 하긴 목가가 좀 길긴 하지만…… 이 책도 그 추린 것들과 같이 두게. 자, 그 다음 것은 어떤 책이지?"

"미겔 데 세르반떼스의 《라 갈라떼아》*⁴로군요."

"그 세르반떼스도 오래 전부터 내 친구지. 그 사람은 노래보다 속세의 고생에 더 익숙한 사람이야. 그 책 속에는 약간 기대할 만한 구석도 있지. 시작만 해놓고 결말이 없지만 말야. 마땅히 있어야 할 속편이나 기다릴 수밖에. 약간 손질만 하면 인기도 얻을 수 있을 거야. 자, 그 때까지 당신 집에다 간수해 두세."

---

*4 세르반떼스의 처녀작. 그는 이 작품에 가장 애착을 가지고 있었던 듯, 종종 속편을 쓰겠다고 했으나 쓰지 못하고 말았다.

"그렇게 하지요. 자, 이번에는 한꺼번에 세 가지 책입니다. 돈알론소 데 에르시야의 《라 아라우까나》, 꼬르도바의 배심관 후안 루포의 《라 아우스 뜨리아다》, 발렌시아의 시인 *끄리스또발데 비루에스*의 《엘 몬세르라또》"

"이 3권의 책은 모두 서사시로 까스띠야어로 씌어진 걸작이야. 그래서 이탈리아의 가장 유명한 작품과도 얼마든지 겨룰 수 있지. 이것들은 스페인이 갖고 있는 가장 훌륭한 보물로 보존해 두어야 해."

이제 신부는 너무 지쳐서 더 이상 검열을 할 수 없었다. 그래서 나머지 책은 좋고 나쁘고 간에 몽땅 태우기로 마음먹었다. 그 때 이발사가 또 한 권의 책을 펼쳐 들었다. 그것은 《안젤리까의 눈물》*⁵이었다.

표제를 펼쳐보며 신부가 말했다.

"이 책을 태우라고 말했다면 내가 눈물을 흘릴 뻔했군. 이 저자는 스페인에서 뿐만 아니라 세계에서도 가장 유명한 시인 중 한 사람이지. 오비디우스의 우화 몇 편을 번역했는데 참으로 훌륭하더군."

---

*5 작자는 루이스 바라오나 데 소또. 《미친 오를란도》에 나오는 안젤리까와 메도로의 삽화를 주제로 한 서사시.

제7장
우리의 훌륭한 기사 돈끼호떼가
두 번째로 집을 나가는 이야기

이러고 있을 때 돈끼호떼가 외치는 소리가 들렸다.

"자, 용사들이여, 나오라. 이곳이야말로 그대들의 용맹스러운 힘을 발휘하기에 훌륭한 장소이다. 잘못하면 궁신들이 무술경기에서 명예를 차지하게 될지도 모른다."

이 소란을 듣고 달려가느라고 나머지 책들은 더 이상 검열하지 못했다. 이 바람에 루이스 데 아빌라가 지은 《라 까롤레아》, 《에스빠냐의 사자》, 《황제의 업적》은 제대로 펼쳐보기도 전에 불 속에 들어갔다. 이 책들은 보관할 책 속에 틀림없이 포함됐을 것들로, 신부가 보았다면 아마 그렇게 가혹한 판결을 내리지는 않았을 것이다.

사람들이 돈끼호떼의 방에 들어갔을 때 그는 이미 침대에서 일어나 있었다. 그는 언제 잠을 잤더냐 싶게 눈을 말똥말똥 뜨고 고래고래 소리를 지르면서, 온 방안을 이리 뛰고 저리 뛰며 온 벽에다 칼질을 하고 있었다.

모두 그를 붙들어다 강제로 침대에 눕혔다. 돈끼호떼는 약간 진정이 되자 신부에게로 몸을 돌리고 이렇게 말하는 것이었다.

"신부님, 소위 십이 용사라고 불리는 모험가들이 연 사흘 동안 명예를 차지하고도 근위기사들에게 이 무술 시합의 승리를 빼앗긴다는 것은 정말 참을 수 없는 치욕이오."

그러자 신부가 말했다.

"진정하시오. 그 덕분에 좋은 운이 돌아올지도 모르잖소. 오늘 잃었으면 내일 얻을 수 있는 법이니까. 그것보다도 지금은 당신의 건강이나 돌보시오. 상처가 심하지는 않지만 몹시 지쳐 있는 것 같으니까."

"상처는 없소이다. 그러나 곤죽이 되도록 두들겨 맞고 짓밟힌 것은 틀림없소.

바로 저 후레자식 돈 롤단이 참나무 몽둥이로 나를 마구 두들겨 팼기 때문이오. 그 녀석은 자기와 공적을 겨룰 수 있는 유일한 적수가 나뿐인 줄 알고 질투한 것이오. 내가 침대에서 일어나 혼을 내주지 못한다면 무슨 면목으로 레이날도스 데 몬딸반이라고 큰소리칠 수 있겠소? 그건 그렇고 우선 먹을 것이나 좀 주구려. 당장 급한 것은 그것이오. 복수는 나중에 할 테니까."

그가 원하는 대로 먹을 것을 갖다 주었다. 그는 음식을 먹고 나자 다시 깊은 잠에 빠졌다. 사람들은 그의 미친 듯한 태도에 아연실색했다.

그날 밤 가정부는 뒷마당과 집 안에 있는 책들을 모조리 불살라 버렸다. 그 중에는 영구히 서재에 보관해 두어야 할 책들도 있었지만 검열자의 태만과 책의 운명이 이를 허락하지 않았으니, 속담에 죄받을 놈 곁에 있으면 죄 없는 사람도 봉변당한다는 말이 이 책들로 증명되었다.

돈끼호떼의 병을 고치기 위해 신부와 이발사가 궁리해 낸 계책 중의 하나는 서재를 벽으로 몽땅 막아 버리는 것이었다. 그렇게 하면 돈끼호떼가 깨어난 뒤에도 책이 보이지 않게 될 것인즉, 원인이 제거되면 결과가 그치지 않을까 기대한 것이다. 그리고 서재와 책들을 마술사가 가져갔다고 해버릴 생각이었다. 그 일은 신속히 이루어졌다.

돈끼호떼는 이틀 뒤에 일어났다. 그가 맨 먼저 한 일은 서재로 책을 보러 가는 것이었다. 그러나 서재가 온데간데 없어졌으므로 그는 이리저리 찾아 헤매었다.

그는 문이 있던 곳에 가서 두 손으로 밀어 보았다. 그리고 두리번두리번 사방을 둘러보았다. 그러다가 잠시 뒤에 자기 책을 넣어 둔 방이 어느 쪽에 붙어 있느냐고 가정부에게 물었다. 그녀는 대답할 말을 미리 생각해 두었기 때문에 선뜻 대답했다.

"어머나, 나리께선 없어진 방을 어떻게 찾으신다고 그러세요? 이 집에는 서재도 책도 모두 없어졌어요. 바로 그놈의 악마가 몽땅 가져가 버렸지 뭡니까?"

그러자 조카딸이 말했다.

"악마가 아니에요. 외삼촌이 집을 나가신 뒤 어느 날 밤에 어떤 마술사가 구름을 타고 와서 내리더니 그냥 서재로 들어가지 않겠어요? 그 속에서 뭘 했는지 저도 몰라요. 그러다가 조금 뒤에 다시 나오더니 지붕을 통해 날아가 버렸어요. 집은 온통 연기로 휩싸였어요. 나중에 우리가 달려가 보니 책도 서재도

간 곳이 없지 뭐예요? 그런데 그 망할 놈의 늙은이는 떠날 때 큰소리로, 자기는 이 책과 서재 주인에게 남모르는 원한을 품고 있기 때문에 이 집에 재앙을 뿌리고 가니 차차 알게 될 것이라고 했어요. 이건 확실히 기억하고 있어요. 아, 그리고 그놈은 자기의 이름은 현인 무냐똔이라고 그러던데요."

"그자는 아마 프리스똔*1이라고 말했을 거다."

돈끼호떼가 고쳐서 말했다. 그러자 가정부가 대답했다.

"글쎄요. 프리스똔이라고 했는지 프리똔이라고 했는지는 모르지만, 아무튼 그놈의 이름 끝자가 똔으로 끝나는 것만은 틀림없어요."

"그래. 그 녀석은 슬기로운 마술사로 나의 만만치 않은 적 중의 하나야. 원래 학문과 술법이 대단한 녀석이라서 내가 어느 때고 자기가 응원하는 기사를 단한 판 싸움에서 이기리라는 것을 알고 있거든. 그놈은 어떻게 해볼 도리가 없을 것을 알기에 나에게 원한을 품고 여차하면 심술궂은 짓을 하려고 덤빈단말야. 하지만 자기인들 하늘이 정해 놓은 것을 거역하거나 피할 수가 있겠어? 어림도 없지."

조카딸이 말을 받았다.

"그렇고 말고요. 하지만 누가 외삼촌더러 그런 싸움에 말려들라고 했어요? 양털 얻으러 갔다가 오히려 제 털 깎이고 돌아오는 사람이 많다는 걸 왜 생각하지 못하세요? 밀가루로 만든 빵보다 더 좋은 빵을 구하러 세상을 떠돌아다니느니 차라리 집에 가만히 계시는 게 낫지 않겠어요?"

"애야, 너 무슨 말을 그렇게 하느냐? 어떤 놈이든지 내 머리털 끝이라도 건드리려고 해 봐라. 그놈이 내 머리털을 건드리기 전에 놈의 수염을 죄다 뽑아 버리고 말 테다."

돈끼호떼가 차츰 화를 내기 시작했으므로 두 여자는 더 이상 대꾸할 수가 없었다.

돈끼호떼는 먼젓번과 같은 모험을 되풀이할 눈치를 조금도 보이지 않고 보름 동안이나 조용히 집 안에 머물러 있었다. 그동안 그는 두 친구, 즉 신부와 이발사를 상대로 지금 세상은 자신과 같은 기사를 필요로 하고 있으며 방랑 기사의 부활은 자기의 출현으로 성취되어야 한다고 주장했다. 신부는 그의 주

---

*1 헤로니모 페르난데스의 《돈 벨리아니스》의 가공의 원저자는 현자이며 마법사인 프리스똔이다.

장에 대해 어떤 때는 반박도 했다가 어떤 때는 수긍도 하면서 토론했다. 신부가 만일 이렇게 하지 않았다면 도저히 돈끼호떼를 달랠 방법이 없었을 것이다.

그러다가 돈끼호떼는 이웃에 사는 정직하지만 머리가 좀 모자라는 한 소작인을 살살 꾀어서 설득시켰다. 이 가엾은 바보는 돈끼호떼의 꾐에 넘어가서 그의 종자가 되어 집을 나갈 것을 결심하기에 이르렀다. 돈끼호떼가 그에게 한 감언이설 가운데 하나는, 만약 자기를 따라 나선다면 모험을 해서 얻은 섬의 영주를 시켜 주겠다는 것이었다.

이런 약속에 끌린 산초 빤사(그 소작인의 이름)라는 이 농부는 마누라와 자식을 버리고 돈끼호떼의 종자가 될 것을 약속했다.

그 다음 돈끼호떼는 약간의 돈을 마련하기 위해 어떤 것은 팔기도 하고 어떤 것은 저당을 잡혔다. 비록 헐값으로 처분했지만 적지 않은 돈이 마련되었다. 그리고 한 친구에게 방패를 하나 새로 빌리고 부서진 투구도 다시 손질했다. 돈끼호떼는 종자 산초에게 길을 떠날 예정일과 시간을 일러 주면서, 필요한 것들을 챙기고 이중으로 된 전대를 준비하라고 했다.

산초는 걷는 것에는 익숙하지 못하니 당나귀를 타고 갔으면 좋겠다고 했다.

돈끼호떼는 잠깐 망설였다. 당나귀를 탄 종자를 데리고 다닌 방랑 기사가 있었는가를 생각하는 것이었다. 그러나 아무리 기억을 더듬어도 그런 예는 머리에 떠오르지 않았다. 그러나 앞으로 무례하고 버릇없는 기사를 만나면 그 기사의 말을 빼앗아 산초에게 주리라 생각하고 그렇게 하라고 허락했다. 그리고 자신은 주막 주인의 충고에 따라 속옷이며 기타 필수품을 충분히 준비했다.

모든 준비가 끝나자 산초 빤사는 마누라와 자식들에게도 작별을 고하지 않고, 돈끼호떼 역시 가정부와 조카딸에게 온다간다 말 한 마디 없이 어느 날 밤 아무도 몰래 마을을 떠났다. 그날 밤에 길을 얼마나 많이 걸었던지 새벽녘이 되었을 때는 누가 뒤쫓아온다 해도 붙잡지 못할 만큼 멀리 가 있었다.

산초 빤사는 마치 족장처럼 당나귀 위에 몸을 싣고 있었다. 술이 들어 있는 가죽부대를 지닌 그는 섬의 성주가 되고 싶은 희망에 사로잡혀 거들먹거렸다.

돈끼호떼는 첫 번째 여행을 떠났을 때의 그 길을 다시 가게 되었는데, 그곳은 몬띠엘 들판을 지나는 길이었다. 이번에는 먼젓번보다 훨씬 편하게 나아갈

온갖 감언이설로 살살 꾀어서 설득하고, 갖가지 약속을 늘어놓았다.

수 있었다. 마침 아침이어서 햇빛이 비스듬히 비치고 있어 뜨겁지 않았기 때문이다.

산초 빤사가 주인을 보고 입을 열었다.

"방랑 기사 나리, 저에게 약속한 섬을 잊지 말아 주십쇼. 아무리 큰 섬이라도 문제없이 다스릴 수 있으니까요."

"잘 들어라, 산초 빤사여. 자기가 손에 넣은 섬이나 성주에 자기의 종자를 앉히는 것은 예로부터 내려온 방랑 기사들의 관습이다. 내가 그런 훌륭한 관습을 지키지 않을 것 같으냐? 아니 오히려 훨씬 더 멋지게 해 볼 생각이다. 옛 기사들은 종자들이 늙기를 기다려, 그 허구한 나날을 실컷 부려먹은 뒤, 어떤 산골짜기의 백작이나 후작의 칭호를 주는 게 고작이었지. 그러나 네가 살고 나도 살아 있으면 6일 안에 영토가 많이 딸린 왕국을 하나 얻을 수 있을 거야. 그러면 너를 그 왕국의 왕으로 앉힐 작정이다. 이것을 허풍이라고 생각하면 안 된다. 기사들에게는 보지도 못하고 생각하지도 못한 여러 가지 일들이 생기는 법이거든. 어쩌면 내가 너에게 약속한 것보다 더 많은 것들을 줄 수 있을지도 모른단 말이다."

"만일 나리께서 말씀하신 것처럼 제가 왕이 된다면 제 여편네 후아나 구띠에르레스는 적어도 왕비가 될 것이고, 내 자식들은 왕자가 된다는 말씀이지요?"

"아무렴. 그걸 의심할 자가 누가 있겠는가."

"바로 제가 의심합니다. 왜냐고요? 아무리 하느님이 이 땅 위에 비처럼 왕국을 쏟아 놓을지라도 마리 구띠에르레스(산초 빤사의 아내. 그녀의 이름은 앞에서는 후아나 구띠에르레스, 제52장에는 후아나 빤사, 《돈끼호떼 Ⅱ》 제5장에는 뗄레사 빤사로 되어 있다)의 머리 위에는 하나도 떨어질 것 같지가 않은데요? 나리, 제 여편네는 왕비가 될 가치라고는 한 푼도 없는 계집이죠. 고작해야 백작 부인이 최상이죠. 그것도 하늘이 도와야 이루어질 수 있는 일이지요."

"정성껏 하느님께 빌어라, 산초. 그러면 하느님께서 알아서 해 주실 게다. 그렇지만 성주보다 낮은 벼슬에 만족하려는 옹졸한 마음은 먹지 마라."

"그럼요. 물론입죠, 나리. 제게 무엇이든 주실 수 있는 훌륭한 분을 주인으로 모시고 있는걸요."

방랑 기사 나리, 부디 약속을 잊지 말아 주십쇼.

제8장
풍차와의 결투에서 용감한 돈끼호떼가 거둔
결과와 기억할 만한 사건

　주인과 종자는 이런 말을 주고받으며 길을 가다가 들판에 우뚝우뚝 서 있는 30~40개나 되는 풍차를 발견했다. 이것을 본 돈끼호떼가 종자에게 말했다.

　"행운의 신은 우리가 예상했던 것보다 더 좋은 방향으로 사건을 마련해 주는구나. 산초여, 저것 좀 보아라. 서른 명이 훨씬 넘는 괘씸한 거인들이 모습을 나타내지 않았느냐? 나는 저놈들을 몰살시킨 뒤 그것에서 얻은 전리품으로 부자가 되어야겠다. 이 싸움은 정의의 싸움으로, 이런 사악한 씨를 이 지구상에서 뿌리뽑는 것은 신에 대한 커다란 봉사이기도 하다."

　"거인이라뇨?"

　산초 빤사가 물었다.

　"저놈들 말이다. 바로 저기에 있는 게 거인들이 아니고 뭐냐? 놈들 중에는 2레구아*¹나 되는 긴 팔을 가진 놈도 있지 않느냐?"

　"잠깐만 나리, 저기 보이는 것은 거인이 아니라 풍차인뎁쇼. 팔이라고 하시는 것은 날개인데, 바람의 힘으로 돌아서 맷돌을 움직입죠."

　"너는 정말 이런 모험을 모르는 모양이구나. 저것은 틀림없는 거인들이야. 만약 겁이 나거든 여기서 멀리 떨어져서 내가 저놈들을 상대로 싸우는 걸 구경하고 있거라."

　돈끼호떼는 산초 빤사가 아무리 풍차라고 해도 들은 척도 않고 로시난떼에 박차를 가했다. 돈끼호떼는 놈들이 거인이라고 굳게 믿어 의심치 않았으므로 소리높여 외쳤다.

---

*1 1레구아는 5,727미터.

사람과 말이 날개에 휩쓸려 하늘 높이 떠오르고……

"도망치지 마라, 이 비겁하고 어리석은 자들아! 너희들과 대적할 사람은 오직 이 기사뿐이로다!"

이때 바람이 불어와 풍차의 커다란 날개가 움직이기 시작했다. 돈끼호떼는 이것을 보자 또 소리쳤다.

"비록 네놈들이 저 거인 브리아레오스*²보다 많은 팔을 움직인다 할지라도 나하고 한판 겨루지 않으면 안 될 줄 알아라!"

돈끼호떼는 사모하는 둘씨네아에게 이런 위기에 처한 나를 보호하소서 하고 마음 속으로 빌었다. 그러면서 방패로 몸을 가리고 창을 옆구리에 낀 채 최고의 속도로 로시난떼를 몰아 돌격해 들어가서, 바로 정면에 있는 첫 번째 풍차를 향해 창을 냅다 찔렀다.

무서운 속도로 돌아가던 풍차 날개를 찌른 순간 창은 박살이 났다. 동시에 사람과 말도 휩쓸려 하늘 높이 떠올랐다가 떨어지면서 들판을 데굴데굴 굴렀다.

산초 빤사가 당나귀를 몰아 그곳으로 달려가 보니 주인은 꼼짝달싹도 못하는 형편이었다. 돈끼호떼가 로시난떼와 함께 받은 타격은 엄청난 것이었다.

"맙소사! 글쎄, 똑똑히 살피고 일을 저지르라고 제가 그토록 말했는데 이게 무슨 꼴입니까? 저건 풍차라니까요."

"닥쳐라, 산초! 싸움은 언제나 변화무쌍한 것이다. 내 짐작컨대, 아니 짐작이 아니라 사실이지만, 내 서재와 내 책을 몽땅 훔쳐간 저 현인 프리스똔이란 놈이 거인들을 풍차로 둔갑시킨 것이다. 그놈이 내게 품은 적의는 보통 이 정도란 말이다. 그러나 결국 그놈의 사악한 술법도 내 정의의 칼 앞에는 맥을 못 추게 되고 말 것이다."

"아이고, 그럼 마음대로 생각하십쇼."

산초는 돈끼호떼를 부축해 일으켜서 다시 로시난떼 위에 태웠다. 로시난떼도 등에 부상을 입어 잘 걷지 못했다. 어쨌든 두 사람은 지금의 모험을 이야기하면서 라삐세의 좁다란 산길로 접어들었다. 돈끼호떼의 말에 의하면, 이곳은 사람의 왕래가 매우 많은 곳인 만큼 수많은 모험을 만날 수 있으리라는 것이었다.

---

*2 그리스 신화에 나오는 거인. 하늘과 땅의 아들로 50개의 머리와 100개의 팔을 가졌다.

"맙소사! 이게 무슨 꼴이람!"

돈끼호떼는 창이 없어진 것이 생각할수록 분하고 아쉬워서 산초에게 말했다.

　"디에고 뻬레스 데 바르가스라는 스페인의 기사는 싸움 도중에 칼이 부러졌다. 그는 곧 참나무의 든든한 가지를 꺾어 들고 눈부신 활약을 한 끝에 그날 엄청난 수의 무어인을 때려눕혔지. 그래서 마추까*³라는 별명이 붙었는데, 그 사나이는 물론 자손들까지 그 뒤부터 바르가스 이마추까라고 불리게 되었다는 이야기를 읽은 기억이 있다. 내가 이런 이야기를 하는 것은 참나무에서 그런 가지를 꺾어야겠다는 생각이 들었기 때문이다. 그걸 가지고 눈부신 활약을 펼쳐 네가 그 구경을 하면, 참 좋은 구경을 했고, 정말 훌륭한 주인을 모셨구나 하고 스스로 행복을 느낄 것이다."

　"그것도 하느님의 뜻에 달렸습죠. 하기야 저는 나리가 말씀하신 대로 하나에서 열까지 전부 믿고 있습니다. 그건 그렇고, 허리를 좀 똑바로 펴십쇼. 한쪽으로 기울어져 계십니다. 아마 아까 굴러 떨어졌을 때 몹시 다친 모양입니다."

　"아마 그런가 보다. 그러나 나는 아프다는 말은 한 마디도 하지 않으련다. 방랑 기사란 어떤 상처를 받더라도, 이를테면 심한 상처로 창자가 비어져 나온다 하더라도 아프다거나 괴롭다고 말해서는 안 되거든."

　"그렇다면 저는 아무 말도 하지 않겠습니다. 그러나 아프면 아프다고 말씀해 주시는 편이 저로서는 고맙겠는뎁쇼. 방랑 기사의 종자니까 저도 아프다는 소리를 하지 않아야 하겠지만요. 정직하게 말씀드린다면 저는 조금만 아파도 아프다고 말해야 합니다."

　돈끼호떼는 이 종자의 단순함에 웃지 않을 수 없었다. 그래서 언제 어느 때고 아프면 아프다, 괴로우면 괴롭다고 말해도 좋다고 타일렀다. 지금까지 기사도 중에 이런 경우가 생기면 어떻게 한다는 것에 대해서는 한 번도 읽은 적이 없었지만 말이다.

　이때 산초는 점심을 먹을 시간이라고 주인에게 일러 주었다. 그러자 주인은 별로 생각이 없다면서 산초에게 먹고 싶으면 먹으라고 허락했다. 산초는 곧 당나귀 위에서 몸을 편하게 하고, 등에 걸머진 배낭에서 먹을 것을 꺼내 들고 주

---

*3 성왕 페르난도 3세가 세상을 다스릴 때 뻬레스의 포위전에서 디에고 뻬레스 데바르가스가 '마추까' 즉 때려눕히다라는 다른 이름을 얻었던 것은 사실이며, 디에고 로돌리게스 데 아르메라의 역사책에도 기록됐고, 로망스로도 노래 불렸다.

인 뒤를 천천히 따라가면서 먹기 시작했다. 그리고 이따금씩 말라가*⁴의 양조장 주인도 군침을 삼킬 만큼 술부대의 술을 자못 맛이 있는 듯 조금씩 마셨다. 이렇게 몇 차례나 술을 마시며 가다 보니 주인이 그에게 한 약속 같은 것은 까맣게 잊어버렸고, 또 위험한 모험을 찾아 돌아다니는 것도 그에게는 괴롭기는커녕 오히려 아주 즐겁게 생각되었다.

그들은 이날 숲 속에서 하룻밤을 보냈다. 돈끼호떼는 창으로 쓸 수 있는 나뭇가지 하나를 꺾더니 부러진 창에서 창날을 빼어 나뭇가지에 잡아맸다.

그날 밤 돈끼호떼는 사모하는 공주 둘씨네아를 생각하느라고 온 밤을 뜬눈으로 새웠다. 이것은 많은 기사들이 사모하는 여인의 추억을 가슴에 품고 숲 속이나 황야에서 며칠 밤이라도 뜬눈으로 새운다는, 그가 지금까지 많은 책에서 읽은 내용에 맞추기 위해서였다.

그러나 산초 빤사는 그렇지 않았다. 평소 우거지로만 채워지던 그의 배가 그 날은 훌륭한 음식들로 가득 채워졌던 까닭에 아주 기분 좋게 잠이 들었다. 만일 주인이 흔들어 깨우지 않았다면 그의 얼굴 위에 내리쬐는 햇볕도, 새로운 하루를 시작하는 새들의 노랫소리도 그의 잠을 깨우지 못했을 것이다. 그는 일어나자마자 술부대를 만져 보았다. 그리고 어젯밤보다 술이 줄어든 것을 발견하고 마음이 서글퍼졌다. 허룩해진 술부대를 빠른 시일 내에 보충하기는 어렵다고 생각했기 때문이다.

한편 돈끼호떼는 아침 식사를 하려 하지 않았다. 그것은 감미로운 추억으로 배를 충족시키고자 마음먹었기 때문이다. 두 사람은 그들이 목적지로 삼은 라피세의 계곡을 향해 나아갔다. 그 목적지가 그들 앞에 나타난 것은 오후 3시쯤이었다.

돈끼호떼는 라피세의 계곡이 보이자 입을 열었다.

"자, 산초 빤사. 이젠 남들이 말하는 모험이라는 것에 온몸을 던질 수 있게 되었구나. 그러나 너는, 비록 내가 큰 위험에 빠졌다 하더라도 나를 지키기 위해 칼에 손을 대지 않도록 주의해야 한다. 다만 나한테 덤벼든 자들이 오합지졸이거나 형편없는 무리들이라고 판단된다면 나를 도와도 괜찮다. 그러나 상대가 어엿한 방랑 기사일 경우에는 네가 정식 기사에 임명될 때까지 참견해서

---

*4 말라가는 포도주의 명산지로서 예부터 스페인에서도 유명했었다.

는 안 된다. 그렇지 않으면 기사도에 어긋나기 때문이다."

"안심하십쇼, 나리. 저는 그저 나리의 분부대로 하겠습니다. 안 그래도 저라는 위인은 천성이 얌전해서 요란스런 다툼이나 남의 싸움에 말려 들어가는 것은 딱 질색입니다. 막상 내 몸을 지켜야 할 경우가 닥친다면 문제는 또 다르지만입쇼. 왜냐하면 하느님이 만든 규칙이든 사람이 만든 법이든 자기를 해치려는 놈에게서 몸을 지킨다는 것은 누구라도 이해할 테니까 말입니다."

"네 말이 옳다. 그러니 기사에게 덤벼들어서까지 나를 도울 생각은 하지 마라."

"꼭 분부대로 하겠습니다. 나리의 분부라면 주일날 규칙처럼 지킬 작정입니다."

이런 이야기들을 주고받으면서 나아가고 있는데, 저쪽에서 낙타를 탄 두 명의 성 베네딕트 교단의 수도사가 나타났다. 사실은 두 사람이 타고 있는 암노새가 낙타만큼이나 컸기 때문에 그렇게 보인 것이다. 그들은 먼지와 햇빛을 가리도록 안경을 쓰고 양산을 들고 있었다. 그 뒤에는 마차 한 대와 네댓 명의 말 탄 사나이들과 노새를 끌면서 걸어오는 두 명의 종자가 보였다. 마차에는 세비야로 가는, 비스까야의 귀부인이 타고 있었다. 그녀는 인디아 지역*⁵으로 부임해 가는 고급 관리 남편을 만나러 가는 길이었다. 방향은 같았지만 앞선 두 수도사들과 이 귀부인은 일행이 아니었다. 그러나 돈끼호떼는 그들을 보자 산초에게 말했다.

"내가 잘못 판단하지 않았다면 이것이야말로 지금까지 보지 못한 가장 큰 모험이 될 것이 분명하다. 저기 저 시커멓게 보이는 이상한 모습을 한 자들은, 저 마차에 있는 공주를 유괴해가는 요술사들이 틀림없다. 그렇다면 내 있는 힘을 다하여 저 놈들을 무찔러 버릴 테다."

"허, 이건 풍차보다 더 힘이 들겠는걸."

산초는 돈끼호떼의 말을 듣고는 한숨을 쉬었다.

"잘 보십쇼, 나리. 저건 성 베네딕트의 수도사가 아닙니까? 마차는 어느 지나가는 길손일 테고요. 나리, 무엇을 하든 똑똑히 보고 하시라는 제 말에 귀를 기울이십쇼. 자칫 잘못하다가 악마한테 홀리지 마시고 말입니다."

---

*5 콜럼버스는 아메리카 대륙을 끝까지 인도라고 믿었다. 그래서 라스인디아스와 아메리카 특히, 중남미를 그렇게 일렀다.

그러나 돈끼호떼는 막무가내였다.

"내 아까도 말하지 않았느냐, 산초. 너는 모험이 뭔지 도무지 모르고 있단 말이야. 내가 말한 것이 틀림없다는 사실을 곧 알게 될 게다."

돈끼호떼는 말을 마치자 성큼성큼 앞으로 나아가 두 수도사가 오는 길 한 복판에 버티고 섰다. 그리고 자기의 목소리가 상대방에게 충분히 들릴 만한 거리에 이르렀을 때 큰 소리로 외쳤다.

"이 극악무도한 놈들, 그 마차에 태워 납치해 가는 귀부인을 냉큼 풀어 주지 못하겠느냐? 만약 내 말을 듣지 않을 때는 네놈들의 악행에 대한 대가로 죽음을 면치 못할 것이다!"

그러자 두 수도사가 말고삐를 늦추었다. 그들은 돈끼호떼의 모습과 그 말하는 폼에 그저 놀라움을 금치 못하고 멍하니 서서 대답했다.

"기사님, 우리는 결코 극악무도한 무리가 아닙니다. 목적지를 찾아가는 성 베네딕트 수도사들입니다. 더구나 우리는 저 마차에 귀부인이 타고 있는지도 모르고 있습니다."

"나한테 그따위 앙큼한 거짓말이 통할 줄 아는가? 나는 이미 너희들의 정체를 알고 있다. 이 거짓말쟁이 악당 같으니라고!"

돈끼호떼는 로시난떼에 박차를 가하면서 창을 낮게 겨누더니 맹렬한 기세로 앞에 선 수도사에게 덤벼들었다. 만일 수도사가 노새에서 떨어지지 않았다면 땅바닥에 곤두박질쳤을 것은 뻔한 일이고, 죽지는 않았다 해도 크게 부상을 입었을 것이다. 한 사람의 수도사는 동료가 그렇게 당하는 것을 보자, 타고 있던 건장한 노새를 무섭게 몰아 정말 바람보다도 잽싸게 들판을 가로질러 도망쳤다.

산초 빤사는 당나귀에서 훌쩍 뛰어내리더니, 땅바닥에 쓰러진 수도사에게 덤벼들어 그의 옷을 벗기기 시작했다. 그러자 수도사의 두 종자가 왜 옷을 벗기느냐고 물었다. 산초는 이건 나의 주인 돈끼호떼가 승리를 거둔 싸움의 전리품이니까 그 수습은 당연히 내가 해야 하지 않겠느냐고 대답했다. 그러나 전리품이니 싸움이니 하는 말도 이해하지 못하는 종자들은 돈끼호떼가 저쪽에서 마차에 타고 있는 여인과 이야기를 나누고 있는 틈을 타서, 다짜고짜 산초에게 덤벼들었다. 그리고 그들은 산초를 땅바닥에 때려눕히고는 턱수염을 몽땅 뽑고 곤죽이 되도록 밟고 발길질했다. 산초는 그 자리에서 까무러치고 말았다. 종자들은 겁에 질려 덜덜 떨고 있는 수도사를 재빨리 노새에 태웠다. 수도사는 일단 노새에 올라타자 앞서 도망친 동료의 뒤를 쫓았다. 동료는 이미 저만큼 떨어진 곳으로 도망쳐서 일의 결말이 어떻게 되어가는지 지켜보고 있었다. 뒤의 수도사가 도망쳐 오자 그들은 마치 등 뒤에 악마가 따라오기라도 하는 것처럼 몇 번이나 성호를 그으면서 길을 재촉하여 달려갔다.

그때까지도 돈끼호떼는 마차 안의 부인과 말을 나누고 있었다.

"부인, 이제야 자유의 몸이 되었소이다. 그대를 납치해 가던 저 흉악한 무리들을 이 튼튼한 팔로 땅바닥에 사지를 뻗게 해 버렸소이다. 부인을 구해준 이 사람의 이름이 궁금할까 하여 말씀드리면, 각국을 방랑하는 기사이자 모험가, 아울러 그 아름다움을 비길 데 없는 둘씨네아 델 또보소 공주에게 마음을 바치고 있는 돈끼호떼 데 라만차라 합니다. 나에게 받은 은혜를 조금이라도 갚으려 한다면, 다른 것은 필요 없고 델 또보소로 나의 공주를 찾아가서 부인의 자유를 위해 이 몸이 이룬 공로를 말해 주기만 하면 됩니다."

돈끼호떼의 이런 말에 귀를 기울이고 있는 자가 있었다. 마차를 호위하고 가는 종자인 그 사나이는 비스까야 태생이었다(비스까야 사람들은 성질이 괄괄하다). 그는 돈끼호떼가 마차의 앞길을 막고 있을 뿐만 아니라, 이제부터 델 또보소로 가라느니 어쩌니 하는 수작을 듣고 돈끼호떼에게로 다가갔다. 그리고 자신의 창을 꽉 움켜잡고 형편없는 까스떼야 말에 그보다 더 심한 비스까야 사투리를 섞어서 욕설을 퍼부었다.

"꺼져라, 이 얼간이 기사놈아! 하느님을 두고 맹세하는데, 만일 마차를 놓지 않으면 여기 계신 이 비스까야 어른이 네놈을 묵사발로 만들어 버리겠다. 그래도 괜찮으냐?"

돈끼호떼는 상대의 말을 듣고 아주 침착한 음성으로 대답했다.

"만약 네가 기사였다면 내가 너의 미련하고 방자한 행위에 철퇴를 내렸을 게다, 이 구더기 같은 놈아!"

"뭐, 내가 기사가 아니라고? 나는 기독교인답게 하느님께 맹세하지만, 네놈은 형편없는 거짓말쟁이야! 만일 네놈이 창을 버리고 칼로 덤빈다면 내가 고양이를 얼마나 빨리 물에 집어 처넣는가를 알게 될 거다.*6 이래봬도 비스까

---

*6 옛날 고양이를 누가 더 빨리 물에 집어넣는가를 시합하는 놀이가 있었는데 여기에서 유래된 말. '너를 눈 깜짝할 사이에 이기고 말 테다'의 뜻.

야 사람이라면 육지에서나 바다에서나 다 양반이다. 이놈아, 이래도 또 거짓말을 할래? 혼구멍을 내주겠다고 아그라헤스가 말할 것이다!"*7

돈끼호떼는 재빨리 창을 버리고 칼을 뽑더니, 방패를 단단히 움켜쥐고 상대의 목숨을 끊고야 말겠다는 결의를 보이면서 비스까야인을 향해 덤벼들었다. 비스까야인은 상대가 습격해 오자 노새에서 얼른 뛰어내리려고 했다. 그러나 돈끼호떼가 벼락치듯 덤벼드는 바람에 어떻게 할 수가 없었다. 마침 그가 있던 곳이 마차 곁이었기 때문에 그곳에서 담요 한 장을 꺼내서 방패로 삼았다. 두 사람은 불구대천의 원수나 되는 듯 서로 맹렬한 기세로 달려들었다. 사람들은 뜯어말리고 싶었지만 비스까야인이 그 사투리로 만일 이 싸움을 말리거나 방해하는 자는 누구든지 무조건 죽이겠다고 소리쳤기 때문에 지켜보는 수밖에 없었다. 마차 안의 귀부인은 놀랍고 무서워서 마부에게 차를 비켜 세우게 하고는, 이 치열한 싸움을 숨을 죽이고 바라보았다. 그 순간 비스까야인은 돈끼호떼의 방패 너머로 어깨 위에 칼을 내리쳤다. 만일 돈끼호떼가 갑옷을 입지 않았다면 허리까지 잘려 나갔을 것이 틀림없었다. 돈끼호떼는 이 마구잡이로 들어온 일격에 고통을 느끼고 큰 소리로 외쳤다.

"오오, 내 영혼의 그리운 공주. 아름답기가 꽃에 비길 둘씨네아여. 그대 자비를 베풀어 이 궁지에 빠져 있는 그대의 기사를 구하시오!"

이 말을 한 것과 칼을 겨눈 것, 방패로 세심히 몸을 가린 것, 비스까야인에게 덤빈 것이 모두 한순간에 일어난 일이었다. 승패의 운명을 오로지 이 일격에 결판내자는 결심이었다.

비스까야인은 돈끼호떼의 엄청난 기세를 보고 적이 여간 대담하고 용감하지 않다고 깨닫고는 더욱 돈끼호떼에게 져서는 안 된다고 생각했다. 그래서 담요로 몸을 단단히 가렸는데, 그 때문에 노새를 마음대로 움직일 수가 없었다. 그놈의 노새는 이미 지쳐 있었고, 게다가 이런 싸움에는 익숙하지 못했기 때문에 한 발짝도 움직이려 하지 않았던 것이다. 돈끼호떼는 앞서 말한 바와 같이 칼을 높이 치켜들고 상대를 두 동강낼 결심으로 이 만만치 않은 비스까야인에게 육박해 들어갔으며, 비스까야인은 비스까야인 대로 똑같이 칼을 치켜들고 담요로 몸을 가리며 이를 기다리고 있었다. 구경하는 사람들은 그들이

─────────
*7 아마디스의 어머니 엘리 센다 여왕의 조카, 아그라헤스가 칼을 들고 일어설 때 이 말을 한 데서 유래한 말.

필사적으로 벌이는 무시무시한 싸움을 가슴을 죄며 지켜보고 있었다. 마차 안의 부인과 하녀들은 지금 자기들에게 닥친 이 위급한 상황에서 구해 주십사고, 스페인에 있는 모든 성상(聖像)과 성지에 대고 천만 가지 기원과 서약을 올리기에 바빴다.

그런데 이 실록의 작자는 바로 이 대목에 와서 이 결전에 대해 쓰는 것을 그치고, 지금까지 그가 적어온 것을 제외하고 더 이상 돈끼호떼의 무훈에 대한 기록을 발견하지 못했다고 해명했다. 이것은 매우 유감스러운 일이다. 이 작품의 제2의 작자는 이토록 흥미진진한 이야기가 망각의 법칙에 맡겨져 있었다는 것과, 이 고명한 기사를 주제로 한 그 어떤 기록을 자기의 고문서 서고나, 하다못해 자기의 서고에 보존해 두지 않을 만큼 라만차의 학자들이 학문에 열의가 없는 사람들이었다는 것을 믿고 싶지 않았다고 했다. 그러나 제2의 작자는 이 재미있는 이야기의 전개를 찾아내는 걸 단념하지 않았는데, 다행히 그를 기리는 하늘의 뜻으로 제2편에서 결말을 발견할 수 있었다.

제9장
용감한 비스까야인과 득의양양한 돈끼호떼 사이에서 일어난 싸움의 결말에 대하여

우리는 이 이야기의 제1편에서 용감한 비스까야인과 우리의 돈끼호떼가 시퍼런 칼을 높이 쳐들고, 서로가 상대를 마치 터진 석류처럼 두 쪽으로 갈라놓기라도 할 듯이 무서운 기세로 덤벼드는 대목을 지켜봤다. 더구나 아슬아슬하고 위태로운 이 대목에서 이야기가 뚝 끊어져 버렸는데, 작자는 이 이야기의 다음 부분이 어디에 있는지조차 언급하지 않았다.

이것은 나를 적잖이 슬프게 했다. 왜냐하면 내가 보기에 이렇게 재미있는 이야기 속에는 탈락한 부분이 적지 않으며, 그것을 발견할 가능성도 거의 없었기 때문이다. 앞부분을 읽고 얻은 즐거움이 오히려 번민의 씨가 된 것이다. 이토록 뛰어난 기사의 놀랄 만한 공적을 기록해 줄 만한 학자가 한 사람도 없었다는 것은 있을 수 없는 일이고, 또 미풍양속에도 어긋난다고 생각되었다. 모험과 사건을 찾아다닌다는 방랑 기사들은 누구를 막론하고 한 사람이나 두 사람쯤의 학자를 갖고 있어서, 그 학자에게 자기의 무훈을 기록하게 할 뿐 아니라 매우 보잘것없는 생각이나 아이들 장난 같은 행위까지 기록하게 했던 것이다. 그런데 돈끼호떼 같은 훌륭한 기사가 학자를 하나도 갖지 못했다는 것은 매우 불행한 일이 아닐 수 없다. 나는 이렇게 풍류가 넘치는 실록이, 불구의 몸이 되어 내버려졌다고는 아무래도 믿어지지 않았다. 그래서 나는 시간에게 그 죄가 있다고 생각했다. 시간이 이야기를 은폐했거나 소모시켰다고 믿었던 것이다.

나는 한편으로는 이렇게 생각하기도 했다. 돈끼호떼가 읽은 책 중에 《질투훈몽》이니, 《에나레스의 물의 정(精)과 목인(牧人)》이니 하는 근세의 읽을거리들이 포함되어 있는 것으로 보아 그 자신에 대한 이야기도 같은 근세의 것이어야 한다고. 또 설령 글로 쓰이지 않았다고 하더라도 마을 사람들이나 이웃 마을 사람들의 기억에는 남아 있을지도 모른다는 생각을 지울 수가 없었다. 이런 공상은 나를 혼미 속으로 이끌어 우리의 유명한 스페인의 용사, 기사도의 꽃이며 거울로 우러러봐야 할 돈끼호떼 데 라만차의 전 생애와 놀라운 공적을 꼭 밝혀내야겠다고 생각했다. 이 혐오해야 할 난세에서 방랑 기사의 고통과 단련을 오로지 몸으로 실천하고, 때로는 불의를 바로잡고, 때로는 과부를 돕고, 때로는 처녀들의 순결을 지켜 주고, 산에서 산으로 계곡에서 계곡으로 누비던 우리의 영웅 돈끼호떼야말로 영원히 찬미되어야 할 가치 있는 인물이다. 이 유쾌하기 이를 데 없는 이야기의 결말을 찾기 위해 적지 않은 노력과 열성을 보인 나를 보아서라도 이것은 묵살되어서는 안 된다고 감히 말하고 싶다. 하지만 행운의 여신이 나를 돕지 않았다면, 이 이야기를 주의 깊게 읽을 사람이 얻을 재미는 포기해야 했을 것이다. 아무튼 내가 그것을 발견한 경위는 대강 이러하다.

어느 날 내가 똘레도의 알까나 시장에 나갔더니, 한 소년이 비단 상인에게 몇 권의 양피지 책과 종이뭉치를 팔려고 했다. 그런데 나는 길바닥에 떨어진 종이쪽지라도 주워서 읽기를 좋아하는 성품이라, 그 때도 그 소년이 팔겠다고 하는 양피지 책 한 권을 펼쳐 보았다. 책은 아라비아 글자로 씌어 있어서 나는 그것을 읽을 수 없었다. 그래서 근처에 그 글을 읽어 줄 만한 사람이 없을까 주위를 둘러보았다. 운 좋게도 한 사나이를 찾아내어 그에게 양피지 책을 읽어줄 것을 부탁했다.

그는 책의 중간쯤을 펼쳐보더니 얼마 안 가서 웃음을 터뜨렸다. 뭐가 우습냐고 물었더니 이 책의 여백에 주(註)라고 씌어 있는데 그것이 우습다는 것이었다. 내가 좀 읽어 달라고 하자 그는 웃음을 멈추지 않고 그것을 읽어 주었다.

"여백에 이렇게 씌어 있군요. '이 이야기에 자주 인용되는 델 또보소의 둘씨네아라는 여자는 돼지고기를 소금에 절이는 솜씨만큼은 온 라만차의 어느 여자보다도 뛰어났다고 한다'"

나는 이 '둘씨네아 델 또보소'라는 이름을 들었을 때 한동안 멍해지고 말았다. 이 양피지에 돈끼호떼의 이야기가 적혀 있음을 알 수 있었기 때문이다. 그래서 나는 그에게 첫 부분을 읽어 달라고 했다. 그는 아라비아말을 까스띠야말로 번역해서, 아라비아의 역사학자 씨데 아메떼 베넨헬리에 의해 기록된 돈끼호떼 데 라만차의 이야기라고 적혀 있다고 말해 주었다.

이 책의 이름이 내 귀에 들어왔을 때, 나는 기쁨을 감추기 위해 애썼다. 그리고 비단 상인보다 선수를 쳐서 그 소년에게 반 레알의 돈을 주고 종이뭉치와 그 책들을 모조리 샀다. 만일 소년이 눈치가 빨라 내가 얼마나 탐내는가를 알았더라면 이 거래에서 6레알 이상을 얻었을지도 모른다.

　나는 그 길로 그 무어인과 함께 대성당의 회랑으로 돌아와, 돈끼호떼에 대해서 씌어 있는 그 책 내용을 빼거나 더하지 말고 그대로 까스띠야 말로 고쳐주면 원하는 대로 사례금을 주겠다고 말했다. 그러자 그는 2아르로바의 건포도와 2파네가의 밀로 충분하며, 충실하고 빠르게 번역해 주겠다고 약속했다. 그러나 나는 일을 손쉽게 처리하기 위해, 또 모처럼 만난 이 진귀한 물건을 잠시라도 떼어놓고 싶지 않아서 그를 내 집으로 데리고 갔다. 그는 한 달 반 남짓한 동안에 그것을 모두 번역했다.

　그 책의 첫 권에는 돈끼호떼와 비스까야인과의 싸움이 아주 생생하게 그림으로 그려져 있었다. 그것은 앞서 말한 바와 같이 쌍방이 칼을 치켜들고, 하나는 방패를 대신하여 담요로 몸을 가린 자세를 묘사하고 있었는데, 비스까야인의 노새는 잠시 빌려온 티가 역력했다. 비스까야인의 발 밑에는 '돈산초 데 아스뻬이띠아'라는 이름이 적혀 있었는데, 아마 그의 이름인 것 같았다. 그리고 로시난떼의 발 밑에는 '돈끼호떼'라고 씌어 있었다. 로시난떼는 정말 놀라울 정도로 정확하게 묘사되어 있었다. 가늘고 볼품 없는 기다란 몸뚱이라든가, 비쩍 말라 등뼈가 몹시 튀어나온 모습 등이 로시난떼를 생생하게 나타내고 있었다. 로시난떼 곁에는 당나귀의 재갈 끈을 쥐고 있는 산초 빤사가 있었다. 당나귀의 발 밑에는 역시 '산초 상까스'라는 설명이 붙어 있었다. 삽화에 의하면 그는 불룩하게 튀어나온 배, 작달만한 키, 굉장히 긴 다리를 가진 모습이었다. 그래서 '빤사'(배불뚝이)니 '상까스'(장다리)니 하는 이름이 붙여진 모양이었다. 책에서는 이 두 이름으로 그를 부르고 있었다. 그 밖에도 몇 가지 유의해야 할 사소한 것들이 있는데, 그렇게 중요하지도 않고 이야기의 줄거리에는 아무런 관련이 없다. 이 이야기에서 의심이 가는 사항은 작가가 아라비아인이라는 점밖에 없을 것이다. 그 나라 사람들이 허풍선이라는 것은 예부터 정평이 나 있기 때문이다. 또한 그들이 우리에게 적의를 품고 있는 점을 생각해 본다면, 이 이야기의 모자라는 부분을 덧붙이기보다는 마땅히 써야 할 대목을 쓰지 않았을 경우가 많았을 것이다. 왜냐하면 이만큼 훌륭한 기사를 칭찬할 생각이 있다면 얼마든지 붓을 휘두를 수 있었을 텐데, 정작 그렇게 해야 할 대목을 생략하고 넘어간 구석이 눈에 많이 띄었기 때문이다.

이런 일은 그릇되고 저열한 생각에서 이루어졌다. 무릇 역사가란 사실에 정확을 기하고 그 진실을 잡아내며 어떠한 사사로운 감정에도 사로잡히는 일이 없어야 한다. 또 흥미니 공포니 증오니 애정이니 하는 감정 때문에 진리의 길에서 빗나가는 일이 없어야 하는 것이다. 역사야말로 진리의 어머니가 아닌가! 역사는 시간의 경쟁자이고 모든 행위를 저장하는 창고이며, 과거의 목격자이고 현재의 모범이며, 훌륭한 교훈인 동시에 앞날을 위한 경고여야 하는 것이다.

그런데 나는 이 이야기 속에 더 유쾌했을 여러 대목이 빠져 있음을 알 수 있었다. 이 이야기 속에 좋은 점이 부족하다고 느껴진다면 그것은 주제가 좋지 않은 탓이 아니라 원작자의 책임이라고 말하고 싶다. 아무튼 이 이야기의 제2편은, 번역에 의하면 다음과 같이 시작되고 있다.

용맹스럽고 노기충천한 두 용사가 칼을 높이 쳐든 광경에 하늘도 땅도 심연도 떠는 것 같았다. 두 사람의 기세와 의기는 그토록 사나운 것이었다. 먼저 일격을 가한 것은 화가 머리끝까지 치민 비스까야인이었다. 이 일격은 분노에 찬 것이었으므로 만일 칼끝이 빗나가지 않았더라면 두 사람의 무서운 싸움도, 나아가서는 우리 기사의 모든 모험도 여기서 종말을 고했을 것이다.

그러나 행운이 돈끼호떼를 감싸고 있었는지 그는 상대의 칼끝을 살짝 피했다. 왼쪽 어깨를 내리치는 칼끝을 피하자 그쪽 갑옷이 떨어져 나갔다. 돈끼호떼는 눈뜨고는 볼 수 없는 비참한 몰골이 되고 말았다.

아아, 이런 꼴을 당한 것을 알았을 때 우리 라만차 태생 용사의 가슴 속에 복받친 분노를 그 누가 표현할 수 있겠는가. 아무튼 돈끼호떼는 다시 몸을 등자에서 벌떡 일으키더니 두 손에 칼을 꽉 잡고 비스까야인을 향해 힘껏 내리쳤다. 그 칼은 담요와 머리통에 그대로 들어맞았다. 마치 산더미가 한꺼번에 덮치는 기세였다. 비스까야인은 코와 입과 귀에서 피를 펑펑 쏟았으며 발은 등자에서 벗겨지고 팔은 고삐를 놓쳤다. 아마 노새의 목덜미를 바싹 끌어안지 않았다면 틀림없이 떨어졌을 것이다. 그러나 그 비스까야인이 노새에 매달려 있던 것은 잠시였을 뿐, 이 무서운 충격에 혼이 난 노새가 두세 번 껑충껑충 뛰는 바람에 비스까야인은 그만 땅바닥에 떨어지고 말았다.

돈끼호떼는 이 광경을 지켜보다가 말에서 훌쩍 뛰어내려 날쌔게 그곳으로 달려갔다. 그리고 상대의 코앞에 칼끝을 들이대고, 항복하지 않으면 목을 댕강 자르겠다고 소리쳤다. 비스까야인은 완전히 얼이 빠져서 말도 할 수 없는 형편이었다. 만일 그 때까지 정신없이 싸움을 구경하고 있던 부인들이 돈끼호떼 곁으로 와서 제발 자비를 베풀어 종자의 목숨을 살려 달라고 빌지 않았다면, 그 비스까야인이 어떤 꼴을 당했을지 예측할 수 없는 일이었다.

돈끼호떼는 엄숙하고 점잖게 말했다.

"솔직히 말씀드리지만 나는 부인들께서 청하는 것을 들어 주고 싶소이다. 그러나 거기에는 하나의 조건이 필요하오. 그것은 이 기사가 지금부터 델 또보소 마을의, 그 아름다움을 비길 데 없는 도냐 둘씨네아 공주를 찾아가서 내 대신 그녀가 내리는 처분대로 따를 것을 약속해야 한다는 것이오."

겁이 나서 어찌할 바를 모르는 부인들은 돈끼호떼가 원하는 것이 어떤 것인지 깊이 생각해 보지도, 둘씨네아가 어디에 사는 누구인지 물어 보지도 못하고 그저 그렇게 하겠다고 입을 모아 약속했다.

"그렇다면 그 말씀을 믿고, 혼을 단단히 내주어야 할 인간이지만 이쯤 해두겠소이다."

제10장
돈끼호떼와 산초 빤사 사이에 오고간 즐거운 의견 교환에 대하여

수도사의 노새몰이들에게 적지 않게 혼이 난 산초 빤사는 자리에서 일어나 있었다. 그리고 주인 돈끼호떼의 승부를 지켜보면서, 제발 주인에게 승리를 내려 주어, 그 결과 주인이 어느 섬을 손에 넣게 되면 약속한 대로 자기가 그 섬의 영주가 될 수 있도록 해 주소서 하고 속으로 열심히 빌고 있었다.

드디어 승부가 나서 주인이 다시 로시난떼에 올라타려고 돌아오는 모습을 보자, 그는 주인의 등자를 받쳐 주려고 말 곁으로 다가갔다. 그는 주인이 말에 오르기 전에 그 앞에 무릎을 꿇고는 돈끼호떼의 손에 입을 맞추었다.

"제발 부탁입니다, 돈끼호떼님, 방금 그 피나는 결전으로 손에 넣으신 섬을 제가 다스리게 해 주십시오. 그 섬이 제아무리 크더라도 여태까지 이 세상의 섬들을 다스렸던 다른 통치자 못지 않게 훌륭히 다스리겠습니다."

이에 대해 돈끼호떼가 대답했다.

"생각해 보아라, 산초여. 이 모험이나 이와 비슷한 그 밖의 사건이나 모두 섬에서 일어난 게 아니라 네거리에서 일어난 일이다. 이런 사건에서는 머리가 깨지거나 한쪽 귀가 잘리는 것 외에는 얻는 것이 없다. 좀더 참아다오. 언젠가는 너를 성주로 삼아 줄 뿐 아니라 그보다 훌륭하게 만들어 줄 수도 있는 모험이 일어날 테니까."

산초는 다시 한 번 주인의 손과 갑옷 자락에 입을 맞추었다. 그리고 주인을 도와 로시난떼에 올려 앉히고, 자기도 당나귀에 올라타 주인의 뒤를 따랐다. 그런데 주인은 마차의 부인들에게는 작별 인사도 하지 않을 뿐더러 말도 건네지 않고 근처의 숲 속으로 들어갔다. 산초도 당나귀의 걸음을 재촉하여 그 뒤를 따랐으나 로시난떼의 걸음걸이가 너무 빨라 뒤처지게 되자 '제발 좀 기다려 주십시오' 하고 주인에게 큰 소리로 외쳐야 했다. 돈끼호떼는 로시난떼의 고삐를 당겨서, 지친 종자가 따라올 때까지 기다렸다. 종자는 그 앞에 와서 입을 열었다.

"나리, 제 생각으로는 어느 수도원에라도 가서 몸을 숨기는 게 좋을 것 같습니다. 나리와 싸운 녀석이 그 모양이 되었으니, 산따 에르만다*¹에 이 사건을 호소하면 우리를 잡는 것은 시간 문제일 것입니다. 만일 그렇게 되면 우리 두 사람 모두 감옥에서 나올 때까지 초죽음이 될 것이 틀림없지 않습니까?"

"무슨 소리를 하느냐? 방랑 기사가 살육을 했다고 해서 재판관 앞에 섰다는 전례를 대체 어디서 들었단 말이냐?"

"아니, 저는 재판에 대한 것은 아무것도 모릅니다. 생전 그런 것은 겪어 본 기억도 없습니다. 다만 들판에서 서로 베고 찌르고 하는 자들에게는 산따 에르만다가 가만히 있지 않을 것은 알고 있지만 말입니다."

"그거라면 걱정할 것 없다. 나는 그대를 칼데아인*²의 손에서라도 구해 줄 생각이니까. 그까짓 산따 에르만다에서 구해 주는 것쯤은 문제도 아니다. 그건 그렇고, 사실을 말해다오. 이 세상에서 나보다 뛰어난 용사를 본 적이 있느냐? 상대에게 도전하는 기백에 있어서, 참고 견디는 끈질김에 있어서, 상대에게 상처를 입히는 수완에 있어서, 상대를 쓰러뜨리는 승부의 교묘함에 있어서, 나보다 뛰어났던 인물에 대해서 여태까지 어떤 책에서라도 읽은 일이 있느냐 말이다."

"솔직히 말씀드리자면 저는 까막눈이라 책 같은 건 읽지를 못합니다. 하지만 나리만큼 겁 없는 주인은 배꼽 떨어진 이래 아직 한 번도 섬긴 적이 없다는 것만은 내기를 해도 상관없습니다. 그런데 그 겁이 없다는 것이 나리에게 엉뚱한 화를 끼치지 않도록 하느님이 배려해 주시면 좋겠습니다. 그보다 일단은 나리의 상처를 치료해야 할 것 같습니다. 귀에서 피가 많이 흐르고 있지 않습니까? 이 배낭 안에 삼실 부스러기와 흰 유약이 있습니다."

"내가 그 피에라브라스의 향유*³를 한 병 만들어 가지고 오는 것을 잊지만 않았어도 그런 신세를 지지 않았을 텐데. 그게 한 방울만 있었더라도 다른

---

*1 성 동포회. 국토 회복 전쟁 중 도적을 막기 위해 13세기 무렵부터 생긴 자경단.

*2 구약성서에 나오는 흉악한 종족.

*3 《샤를마뉴의 기사 이야기》에 올리베로스가 거인 피에라브라스와 싸워서 깊은 상처를 입었을 때, 적인 거인이 안장 앞에 매달았던 단지 속의 영약을 먹여 낫게 했다고 한다.

약이 필요하지 않았을 텐데 말이다."

"대체 그건 어떤 향유입니까?"

"나는 그 향유에 대한 처방을 지금도 기억하고 있다만, 이것이 있으면 인간은 죽음을 겁낼 필요도 없고 웬만한 상처로 죽을 염려도 없다. 따라서 내가 이것을 조제하여 너에게 주면, 설혹 어느 싸움터에서 내 몸이 두 동강난 것을 목격하더라도, 너는 땅에 떨어진 한쪽을 피가 굳기 전에 재빨리 안장 위에 남아 있는 나머지 반신과 맞추어 붙이기만 하면 되는 거야. 그러고 나서 내가 방금 말한 향유를 단 두 방울만 나에게 먹여 주면 된단 말이다. 그러면 내가 사과보다 싱싱하게 되살아나는 것을 볼 수 있을 것이다."

"그런 것이 있다면 제게 약속하신 섬 다스리는 일 대신 그 묘약의 조제법을 가르쳐 주는 것이 제게는 더 낫겠습니다. 어디를 가나 한 온스에 2레알씩은 받을 테니 말입니다. 그것만 있으면 앞으로 얼마든지 고상하게 편안히 살수 있지 않겠습니까? 그런데 그것을 만들려면 돈이 많이 듭니까?"

"3레알만 있으면 3아숨부레*⁴는 만들 수 있을 게다."

"아이고 참, 그런데 어째서 나리는 그것을 만드는 방법을 제게 가르쳐 주지 않고 우물쭈물하시는 겁니까?"

"나는 그보다 더 중대한 비법을 너에게 알려 주고 그 이상 가는 은혜를 너에게 베풀고자 하는 게다. 그러나 우선은 상처를 치료하자꾸나. 생각한 것보다 귀가 아파 오니 말이다."

산초는 배낭에서 삼실 부스러기와 유약을 꺼냈다. 그러자 돈끼호떼는 자기 투구를 보더니, 정말 광기에 걸린 사람처럼 칼에 손을 갖다 대고 두 눈을 들어 하늘을 지그시 노려보면서 소리쳤다.

"나에게 이토록 엄청난 치욕을 준 어리석은 자에게 완전히 보복할 때까지 만뚜아 대후작이 그 조카 발도비노스의 죽음의 복수를 맹세했을 때 지킨 그 생활을 따를 것이다. 그분은 식탁에 앉아 빵을 먹지 않았고, 처와 잠자리를 같이하지 않았다. 여기서 분명히 말할 것은, 그 생활을 스스로 엄수할 것을 만물의 창조주와 거룩한 네 복음서를 두고 맹세하는 바이다."

"하지만 이것만은 명심해 두십시오, 돈끼호떼 나리. 만일 그 기사가 나리께

_____
*4 1아숨부레는 2,016리터.

서 말씀하신 대로 둘씨네아 델 또보소 님을 뵈러 간다면, 그 자는 자기가 할 일을 다 한 것이 됩니다. 그렇게 되면 새로운 죄를 범하지 않는 한, 또 벌을 받을 일은 없지 않습니까?"

"말 한번 잘했다. 참으로 정곡을 찌른 말이로다. 그렇다면 그 자에게 새로운 보복을 한다는 점에 대해서는 방금 한 서약을 취소하기로 하마. 그러나 내 힘으로 이 투구처럼 훌륭한 것을 다른 어느 기사에게서 빼앗을 때까지는 아까 내가 말한 생활을 엄수할 것을 또다시 맹세한다. 그렇다고 해서 내가 공연히 그런 짓을 한다고는 생각하지 말아라. 여기에는 본받을 만한 선인이 있다. 이와 똑같은 일이 사끄리빤떼가 값비싼 희생을 치르고 손에 넣은 맘브리노의 투구(《사랑의 오를란도》에서 처음으로 나타난다)에도 일어났었다."

"그런 맹세 따위는 악마에게나 주어 버리십쇼. 그런 것은 몸에도 좋지 않고 마음만 잔뜩 상하게 할 뿐입니다. 한 가지 물어 보겠습니다. 만일 며칠이 지나도 투구를 쓴 기사를 만나지 못한다면 대체 어떻게 하실 작정이십니까? 지금 나리가 새로 시작하려고 하시는, 그 만뚜아의 미치광이 후작 늙은이가 서약했듯이, 입은 채로 그냥 자느니, 시내나 마을에서는 자지 않느니, 그 밖에 여러 가지 고행을 하더라도 역시 그 맹세를 지키셔야 합니까? 나리, 잘 보십쇼. 이 근처의 길에는 투구를 쓰고 갑옷을 입은 사람은 하나도 걸어다니지 않습니다. 투구를 쓴 자는 고사하고 투구라는 이름조차 들은 적이 없는 마부나 마바리꾼밖에 더 있습니까?"

"그건 너의 착각이다. 이 십자로에 들어서서 두 시간도 되기 전에 우리는 미녀 안젤리까를 빼앗으려고 알브라까 성을 공격했던 자들보다 더 많은, 무장한 자들을 만나게 될 게다."

"정 그러시다면 그렇다고 해 둡시다. 할 수만 있다면 하느님 덕분에 만사가 잘 되어서 저에게는 적잖이 힘이 드는, 설혹 목숨을 걸고라도 손에 넣고 싶은 그 섬을 차지할 때가 한시바삐 왔으면 좋겠습니다."

"아까도 말해 주었다만 그 걱정은 하지 않아도 좋다. 만일 섬이 없다고 해도 덴마크의 왕국도 있고 소브라디사의 왕국도 있다. 모두 반지가 손에 맞듯이 너에게 꼭 알맞을 게다. 아니, 너에게 한층 더 좋을 이야기가 있지. 그러나 그 얘기는 마지막 순간까지 연기해 두도록 하자. 그보다 그 배낭에 무언가 먹을 것이라도 좀 있느냐? 오늘밤은 아까 너에게 말한 향유를 만들 성이라도 있는지 찾아봐야겠다. 하느님께 맹세하건대 귀가 몹시 아프기 시작해서 그런다."

"양파 한 개와 치즈 약간, 빵을 조금 갖고 있습니다. 모두 나리 같은 훌륭한 기사가 잡수실 만한 것은 못됩니다."

"도무지 뭘 모르는구나! 산초, 잘 기억해 두어라. 한 달 동안 아무것도 먹지 않고 버티며, 설혹 먹는다고 하더라도 가까이 있는 것만을 먹는다는 것이 방랑 기사의 자랑이다. 나처럼 숱한 이야기를 읽었다면 너도 똑똑히 알 수 있었을 것을. 기사 이야기는 무수히 있다만 그런 이야기 어디에도 방랑 기사가 무엇을 먹었다는 말은 기록되어 있지 않다. 어떤 거창한 만찬에 초대받았을 때를 제외하고는 말이다. 그러나 그런 기사들도 인간인 이상 아무것도 먹지 않고 지낼 수는 없을 것이다. 일생의 대부분의 시간을 숲이나 황야를 헤매고 다녀야 하니, 지금 네가 나에게 권하는 그런 조촐한 음식을 먹고 지낸다는 것을 알아야 한다. 그러니 산초여, 내가 좋아하고 싫어하는 것을 신경 쓸 것도 없고, 무언가 새로운 것을 만들려고 하거나, 방랑 기사의 규칙에서 벗어나는 행동을 할 필요도 없다."

"용서하십쇼, 나리. 저는 아까도 말씀드렸듯이 읽지도 못하고 쓰지도 못하므로 기사도는 알지도 못합니다. 그래서 앞으로는 기사이신 나리를 위해서 여러 가지 마른 과일을 자루에 넣어 두기로 하고, 기사가 아닌 제 자신을 위해서는 닭 종류나 좀더 배를 채울 수 있는 것을 넣어 두겠습니다."

"그렇다고 방랑 기사가 과일 이외에는 아무것도 먹어서는 안 된다는 건 아니다. 다만 그들이 보통 때 먹는 음식물이 과일이나 들판에서 자라는 야생초여야 한다는 것이다."

"그런 풀을 알고 있으면 얼마나 좋을지 모르겠습니다. 제 생각으로는 언젠가는 그런 지혜를 실제로 써먹어야 할 날이 틀림없이 올 테니 말입니다."

그리고 나서 산초는 자기가 가지고 온 음식물을 꺼내 놓았고 두 사람은 의좋게 같이 먹었다. 그날 밤 유숙할 장소를 찾아야 했으므로 이 가난하고 초라한 식사를 부랴부랴 끝마친 두 사람은 곧 말에 올라 길을 재촉했다. 그러나 산양을 치는 목자들의 오두막 근처에 이르자, 태양도 지고 마을에 도착하려던 그들의 소망도 사라지고 말았다. 그래서 두 사람은 거기서 하룻밤을 지내기로 결정했다. 마을에 이르지 못한 것이 산초에게는 매우 큰 불만이었으나 그의 주인은 노천에서 자게 된 것이 무척 만족스러웠다. 돈끼호떼는 이런 일이 일어날 때마다 자신이 기사도를 실현하고 있다고 생각했기 때문이다.

제11장
산양 치는 목자들을 상대로 돈끼호떼에게 일어난 일에 대하여

돈끼호떼는 산양을 치는 목자들에게서 극진한 환영을 받았다. 산초는 로시 난떼와 자기 당나귀를 돌보아 주고는, 냄비 안에서 부글부글 끓고 있는 소금에 절인 산양고기 냄새를 따라 가까이 갔다. 그는 그것이 당장이라도 먹을 수 있도록 알맞게 익었는지 확인해 보고 싶었지만 그렇게 하지 않았다. 마침 이때 목자들이 그것을 불에서 내리고 마룻바닥에 양가죽을 깐 뒤 두 사람을 성찬에 초대했기 때문이다. 6명의 목자들은 예의를 다하여 먼저 돈끼호떼에게 거꾸로 엎은 사료통 위에 앉게 하고, 자신들도 양가죽 주위에 둘러앉았다. 산초는 돈끼호떼의 잔에 술을 따르려고 서 있었다. 산초를 보고 돈끼호떼가 말했다.

"산초여, 방랑 기사들이 세상에서 얼마나 빨리 숭배받는지를 네가 납득할 수 있도록, 너도 내 옆에서 이 훌륭한 분들과 동석했으면 좋겠구나. 그리고 너의 주인인 나와 같은 쟁반의 음식을 먹어도 좋고, 내가 마신 그릇을 써도 좋다. 모름지기 방랑의 기사도에는 '상하의 격차가 없다'는 것을 알다오."

"참으로 감지덕지한 말씀입니다. 하지만 나리, 저도 한 말씀드리겠습니다. 저는 먹을 것만 많다면 선 채로 혼자서 먹더라도 임금님 곁에 있는 거나 같습니다. 아니, 솔직히 말씀드리면, 찬찬히 씹어 먹고 조심조심 마시고 늘 입가를 닦아야 하고 재채기나 기침도 마음대로 할 수 없는 식탁에서 맛 좋은 칠면조 요리를 먹는 것보다는, 설혹 빵과 양파뿐이라도 까다로운 인사나 범절 없이 먹는 편이 제게는 훨씬 맛이 있습니다. 그래서 말씀인데요. 제가 방랑 기사의 부하나 종자라고 해서, 나리께서 제게 베풀어 주시려고 생각하시는 그런 명예를 저에게 어울리고 이로운 것으로 바꾸어 주셨으면 고맙겠습니다. 물론 그렇게 된다면 기꺼이 받아들이겠지만 안 되는 일이라면 죽는 날까지 포기해야겠지요."

"그렇다 하더라도 지금은 이 자리에 앉아라. 자신을 스스로 낮추는 자는 하느님이 칭찬하시는 법이거든."

돈끼호떼는 산초의 팔을 잡아 억지로 자기 옆에 앉혔다.

목자들은 그들의 말을 전혀 이해하지 못했으므로 그저 묵묵히 음식을 먹으면서, 고상한 폼으로 소금에 절인 주먹만한 고기를 뜯어먹고 있는 두 손님을 지켜보고 있었다. 고기의 향연이 끝나자 목자들은 구운 개암열매를 양피 위에 가득 늘어놓더니, 석회로 만든 것처럼 딴딴한 치즈를 반 덩어리 내놓았다. 뿔로 만든 잔은 우물의 물통처럼 가득 찼다가 금방 비어져, 쉴 새 없이 빙빙 돌더니 2개의 술부대 중 하나가 순식간에 바닥이 났다. 돈끼호떼는 배를 채운 다음 한 주먹의 개암을 집더니 유심히 들여다보면서 말했다.

"행복한 시대, 행복한 세기에 옛 사람들이 황금시대라는 이름을 붙인 이유를 아시오? 그것은 지금은 우리가 소중히 여기는 황금이 그 세기에는 흔했기 때문이어서가 아니오. 그 시대에 살고 있던 사람들이 '네 것' '내 것'이라는 두 가지 말을 몰랐기 때문이지요. 그 성스러운 시대에는 모든 것을 함께 사용했소. 일용할 양식을 얻기 위해서는 맛있게 익은 열매를 아낌없이 주는, 잎이 무성한 참나무에 손만 뻗으면 되었소. 맑은 샘과 졸졸 흐르는 시냇물은 달콤하고 깨끗한 물을 사람들에게 아낌없이 주었소. 바위 틈새며 나무의 텅 빈 구멍에는 부지런하고 슬기로운 꿀벌들이 그들의 공화국을 세우고, 노동의 대가로 얻은 달콤한 수확을 아무 대가 없이 사람들 손에 맡겨 놓았소. 거대한 코르크나무는 자신의 넓은 껍질을 벗겨내어 가옥들의 지붕을 씌우는 데 사용하는 것을 허락했소. 그것은 눈, 비를 막아주기 위한 것이었다오. 그렇게 그 때는 모든 것이 온화하고 화합되어 있었소. 쟁기의 끝이 땅 속을 열어보거나 건드릴 엄두도 내지 못했소. 그 까닭은 어머니 같은 대지가, 땅을 가진 인간들을 포식하게 하고 즐겁게 할 수 있는 일들을 허락했기 때문이오. 순진하고 아름다운 양치기 처녀들은 길게 늘어뜨린 머리채를 하늘거리며, 가려야 할 곳을 얌전하게 가리는 데 족한 옷을 걸치고, 골짜기에서 골짜기로 언덕에서 언덕으로 돌아다녔소. 그녀들이 몸에 단 장식도 티라나(중동에 있던 고대의 나라 이름)의 자줏빛 물감이나 온갖 방식으로 손질한 자주색 비단이 아니라 머위와 상춘 등 푸른 나뭇잎을 엮은 것이었소. 사랑을 할 때도 마음에 떠오르는 그대로 솔직하게 표현했을 뿐, 공연한 미사여구로 잔재주를 부리는 일이 없었소. 진실하고 순수했기에 거짓이나 악은 끼여들 수 없었소. 정의에 대해서도 오늘날처럼 그토록 더럽히거나 교란시키거나 모독할 수 없었소. 재판관의 마음 속에 자유 재량이라는 것도 존재하지 않았는데, 당시에는 재판할 일도 재판받는 사람도 없었기 때문이오. 여자의 정조도 타인의 호색 때문에 더럽혀질 염려가 없었고, 어디라도 혼자 돌아다닐 수 있었소. 여자가 정조를 잃는 것은 어디까지나 본인 이 좋아서 그렇게 되었을 뿐이었소. 그런데 지금처럼 혐오스러운 우리의 시대 에서는 그 크레타의 미궁(그리스 신화의 크레타 섬에 있던 지하의 미궁)처럼 새 로운 미궁에 숨겨서 가두어 두더라도 누구 하나 안전하지 않을 것이오. 왜냐 하면 사랑이라는 전염병은 사악하고 집요한 열정처럼 아주 작은 틈으로도 스 며들어서 여자의 은신처를 엉망진창으로 만들기 때문이오. 시간이 흐르면서 악이 더욱 기승을 부리게 되었으므로 처녀들을 지키고 과부들을 돕고 빈민들 을 구하기 위해 방랑 기사라는 것이 생긴 것이오. 나 역시 이에 속하고 있는 자요. 목자 여러분, 나와 나의 종자에게 여러분이 베풀어 준 후한 대접에 진심 으로 감사를 드립니다. 하기야 자연의 법칙에 의해 살아 있는 자는 모두 방랑 기사에게 도움을 베풀 의무를 지고 있기는 하나, 여러분은 이 의무를 알지도 못하면서 나를 환대하여 대접해 준 것을 생각하면, 내가 할 수 있는 열의를 다하여 여러분들에게 감사를 표현하는 것은 극히 당연한 일일 것이오."

우리의 기사는 이런 긴 연설을 했는데―그것은 누구도 요청하지 않은 장광 설이었음은 두 말할 것도 없다―그 까닭은 그들에게 받은 개암열매가 불현듯 그에게 황금 시절을 상기시켜 쓸데없이 장황하게 말할 기분을 불러일으켰기 때문이다. 목자들은 처음부터 끝까지 한마디 말도 없이 얼떨떨한 모습으로 망 연히 그의 말에 귀 기울이고 있었다. 산초 역시 묵묵히 개암열매를 먹으면서 두 번째의 술부대에 줄곧 눈길을 보내고 있었다. 그 술부대는 술을 차갑게 하 기 위해서 코르크나무에 매달려 있었다.

돈끼호떼는 저녁 식사보다 이야기하는 데 더 많은 시간을 보냈다. 이윽고 식 사가 끝나자 목자 한 사람이 입을 열었다.

"방랑 기사님, 저희들이 나리를 후히 대접했다고 하시니 그 말씀을 증명하 기 위해서, 조금 있으면 여기 나타날 동료에게 노래를 부르게 하여 흥을 돋우 어 드릴까 생각합니다. 그 녀석은 여자와 사랑에 빠진 젊은이로서, 읽을 줄도 쓸 줄도 알며 호궁(胡弓)도 제법 켤 줄 안답니다."

"그 옛날, 행복한 시대, 행복한 세기에······"

목자가 이 말을 막 그쳤을 때 호궁 소리가 들려왔다. 그리고 호궁을 켜는 주인공이 곧 그 모습을 나타냈는데, 스물두 살쯤 되어 보이는 잘생긴 청년이었다. 그의 동료들이 저녁을 먹었느냐고 묻자 그는 먹었다고 대답했다. 그러자 아까 노래를 부르게 하겠다는 말을 꺼낸 사나이가 말했다.

"그렇다면 안또니오, 우리를 위해서 노래를 불러 주지 않겠나? 여기 계시는 손님들이 산이나 초원에도 음악을 할 줄 아는 이가 있다는 걸 아시게 말이야. 우리는 자네가 훌륭한 음악인이라는 것을 알려드렸으니 그 말이 사실이라는 것을 보여드렸으면 하네. 부탁이니 신부인 자네 큰아버지께서 지어 주신, 마을에서도 소문난 그 사랑의 노래를 들려주게."

"그러지요."

청년은 쾌히 대답했다. 그리고는 참나무 그루터기에 걸터앉아서 호궁의 음조를 가다듬더니 감미롭게 노래하기 시작했다.

안또니오의 노래

올라야, 나는 안다오.
내게 말하지 않아도
눈길을 주지 않아도
그대가 나를 사랑한다는 것을.
그대는 사랑이라는 말에 침묵하지만
나는 그대의 마음을 알고 있소.
서로의 마음을 알고 있다면
그 사랑은 불행하지 않으리라.
하지만 나의 올라야!
그대의 마음은 청동 같고
그대의 가슴은 돌과 같으니
내 마음은 슬프오.
무정한 그대인 줄 알지만
차갑게 거부하는 그대인 줄 알지만
그래도 나는

옷자락을 조심스럽게 펼쳐보는 것처럼
가냘픈 희망을 엿본다오.
부름받지 못해도
선택당하지 않아도
흔들리지 않고 굳건하던 나의 마음이
그대에게만은 덫에 채인 것처럼 다가간다오.
사랑은 예의라는 걸 알기에
내 가슴에서 우러나오는 대로
그대에게 모든 정성을 다 바치리.
그러면 그대의 굳은 마음도 풀어지리라.
언제나 당신이
내게서 눈길을 돌리지 않을 것을 원하고 있소.
당신이 나를 지켜보았다면
일요일에 입었던 옷을
월요일에도 입었다는 것을 발견했으리라.
사랑과 멋스러움은
언제나 같은 길을 간다는데
멋지고 사랑스러운 모습을
그대에게 보이고 싶어하는 나의 소망을 기억해주오.
그대의 마음을 끌려고
밤새도록 춤을 추고
닭이 '꼬끼오' 하고 울 때까지
노래를 그대에게 바친 나였소.
그대를 찬양하는 나의 말을
귀기울여 들어주기 바라오.
그대를 찬양하는 나의 말을
떼레사가 듣고 말했다오.
"천사를 사랑한다고 생각하지 마오.
당신은 보잘것없는 경망한 여자를 사랑하는 것이오.
기이한 장식으로 화려하게 차린 모습과

남의 눈을 속이는 가발에
위선적인 아름다움을 지닌 여인,
순정도 깨닫지 못하는 사람을 말이오."
내가 그렇지 않다고 분노하니
떼레사의 사촌오빠가 내게 도전했소.
그대도 알 듯이
나와 그는 힘을 겨루어 싸웠소.
그대에게 바치는 내 사랑은
한때의 들뜬 욕망이나
부질없는 기분이 아니었소.
오로지 참된 사랑의 마음이었소.
그 궁극적인 목적은
결혼이라는 멍에였소.
그 멍에의 비단 가쇄(枷鎖) 한쪽에
그대가 매이기를 바라오.
나 역시 매이리라, 그 멍에에.
만약 그대가 그 멍에를 싫다고 한다면
거룩한 성자의 이름을 두고 맹세하나니
속세를 버린 뒤가 아니면
이 산을 벗어나지 않으리라.

산양을 치는 사나이는 이렇게 노래를 마쳤다. 돈끼호떼는 노래를 더 불러주기 원했으나 산초 빤사가 동의하지 않았다. 왜냐하면 그는 노래를 듣는 것보다 잠을 자는 편이 더 좋았기 때문이다. 그래서 주인을 향해서 말했다.

"나리는 주무실 장소로 한시바삐 가는 것이 좋으실 겁니다. 이 친구들도 온종일 일만 해서 피곤할 테니 노래를 부르며 밤을 새울 수는 없을 거 아닙니까?"

"너의 말은 알아듣겠다, 산초. 그만큼 술을 마셨으니 음악을 듣는 것보다 잠을 자는 것이 더 좋은 것은 당연한 일이지."

"그렇게 이해해주시니 감사합니다. 저뿐만 아니라 모두들 그럴 것입니다."

"너는 어디든지 좋은 대로 가서 자거라. 하지만 나는 내가 지향하는 법도에 따라 밤을 새는 편이 좋을 듯하다. 그건 그렇고, 산초. 자꾸만 귀가 아파오니 이 귀를 다시 한 번 손봐주지 않겠느냐?"

산초는 주인의 분부대로 했다. 그런데 목자 하나가 그 상처를 보고는 자신이 치료할 수 있으니 걱정하지 말라고 안심시켰다. 그러고는 그 근처에 흔하게 나 있는 로메로(로즈메리)의 잎을 조금 따다가 빻은 뒤에 소금을 섞어서 귀에 붙이고 붕대로 꼭 감아 놓았다. 목자는 이렇게 했으니 다른 약은 아무것도 필요가 없다고 단언했는데, 그 말은 사실이었다.

제12장

돈끼호떼와 함께 있던 사람들에게 목자가 들려준 이야기

그때 마을에서 식량을 갖다 주는 젊은이 하나가 말했다.

"혹시 마을에서 일어난 일을 아시오?"

"우리가 어떻게 알겠나?"

그들 중에 한 사람이 말을 받았다.

"그렇다면 내 말을 들어 봐요. 사실은 그리소스또모라는 양치기가 오늘 아침에 죽었소. 그 왜 유명한 학자 말이에요. 소문을 들으니까 기예르모 어른의 딸 마르셀라 때문에 죽었대요. 양치기 처녀 복장으로 오솔길을 돌아다니던 그 아가씨에 대한 상사병으로 죽었다고 소문이 났더군요."

"마르셀라 때문에 죽었단 말이야?"

한 사람이 물었다.

"예, 그렇다니까요. 그리고 이상한 일은 무어인처럼 들판에 묻어 달라고 했대요. 그것도 코르크나무의 샘이 있는 바위 언저리에 묻어 달라고 유언했다지요? 사람들 말로는 그곳은 그리소스또모가 처음으로 마르셀라를 보고 반한 장소래요. 그 밖에도 여러 가지 유언을 남겼는데, 마을 신부님의 말에 따르면 그런 짓은 이교도인들이 하는 행동이라 들어줄 수도 없고 들어줘서도 안 된다는 거예요. 그런데 그리소스또모의 친구 중에 암브로시오라는 젊은이가 있는데, 그가 무슨 일이 있더라도 그리소스또모의 유언대로 해 줘야 한다고 우기는 바람에 온 마을이 야단법석이에요. 결국 암브로시오와 죽은 사람의 동료 목자들 생각대로, 내가 아까 말한 장소에 내일 매장하게 된다더군요. 이건 틀림없이 굉장한 구경거리가 될 거예요. 무슨 일이 있어도 꼭 가서 구경해야겠어요."

"우리도 그래야겠군."

목자들이 이구동성으로 말했다.

"누구 하나가 남아서 우리의 산양을 지켜야 하잖아? 그건 제비뽑기로 정하세."

누군가 이렇게 제안했다.

"뻬드로, 그렇게 복잡하게 일을 벌일 건 없어. 내가 대표로 남아서 산양을 돌봐줄 테니까. 그것은 내가 마음이 넓거나 구경을 싫어해서가 아니야. 지난번에 발에 찔린 가시 때문에 걸을 수가 없기 때문이지."

목자들 가운데 한 사람이 나서며 말했다.

"그렇게 해준다면 고마운 일이군."

뻬드로가 모두를 대신해서 진심으로 대답했다.

돈끼호떼는 뻬드로에게 죽은 사람과 양치는 여자에 대한 이야기를 들려 달라고 부탁했다. 그러자 뻬드로가 말했다.

"죽은 사람은 산악 지방에 사는 부잣집 아들로, 살라망가(13세기에 세워진 대학 도시)에서 오랫동안 공부를 하고는 고향으로 돌아왔는데, 책을 많이 읽어서 유식하다는 소문이 파다했지요. 왜냐하면 별이라든가 태양이나 달에 대한 학문에 통달하여 일색이나 월색 같은 것을 정확하게 가르쳐 주었기 때문입니다."

"일색이나 월색이 아니라 일식이나 월식이라고 하겠지요. 2개의 천체가 어두워지는 현상 말이오."

돈끼호떼가 지적했으나 뻬드로는 그런 잘못에 대해 아랑곳하지 않고 태연히 자기 말을 계속했다.

"그뿐 아니라 그리소스또모는 언제 풍년이 들며, 언제 근기가 온다는 것도 알아맞혔대요."

"근기가 아니라 기근이겠지요."

돈끼호떼가 또 지적했다.

"기근이든 근기든 무슨 차이가 있습니까? 아무튼 그리소스또모의 말을 들은 그의 아버지나 친구들은 큰 부자가 되었다고 하더군요. '올해는 보리를 뿌리고 밀을 뿌리지 마라. 올해는 완두콩을 심되 보리는 심지 마라. 내년에는 올리브유가 풍년이 들지만 그 다음 3년 동안은 한 방울도 나지 않을 게다' 라는 말을 했다는데, 이렇게 가르쳐 주는 대로 했더니 큰 부자가 됐다는 겁니다."

"그런 학문을 점성학이라고 하지요."

"그건 모르지만 아무튼 그리소스또모는 그런 것 외에 다른 것도 많이 알고 있었답니다. 그리소스또모가 살라망가에서 돌아와 몇 달 되지 않았을 때인데, 갑자기 그 때까지 입어왔던 긴 교복을 벗어 던지고, 목자들이 입는 가죽옷 복장에 목자들이 들고 다니는 지팡이를 들고 나타났다지 뭡니까? 게다가 그리소스또모와 함께 공부했던 절친한 친구인 암브로시오라는 사람도 마찬가지로 목자들의 복장으로 바꾸었습니다. 참! 깜박 잊었군요. 죽은 그리소스또모는 노래를 잘 지었지요. 그래서 성탄절 찬가도 만들고, 성체축일(聖體祝日)의 연극도 만들어서 젊은이들의 무대에 올리곤 했는데, 모두 훌륭한 것이었다는 평판을 들었지요. 그런데 이 두 사람의 학자가 뜻밖에 목자들의 복장을 한 것을 본 마을 사람들은 모두 깜짝 놀라서 무엇 때문에 두 사람이 그러는지 도무지 짐작할 수가 없었습니다. 이 무렵에 그리소스또모의 부친이 돌아가셔서 그리소스또모는 막대한 부동산과 적지 않은 가축과 많은 돈을 잔뜩 물려받았지요. 그 젊은이는 이제 갑부가 되었지요. 그런 복을 받아 마땅한 사람이었어요. 친구로서도 나무랄 데 없는 사람이고, 인정도 많았고, 언제나 정직한 사람의 편이었고, 하늘의 축복을 받았는지 얼굴까지 미남이었으니까요. 그런데 뒷날에 그리소스또모가 목자의 복장으로 바꾼 것은 아까 우리 동료가 말했던 것처럼 양치기 처녀인 마르셀라 때문이었습니다. 그가 마르셀라의 뒤를 따라 근처의 들과 산을 돌아다니고 싶었기 때문이라는 소문이 돌았습니다. 다시 말해서 그리소스또모는 마르셀라에게 홀딱 반했던 것이지요. 마르셀라가 도대체 어떤 여자인지 이제 이야기하려고 합니다. 이건 꼭 알아 두셔야 합니다. 나리는 이런 얘기를 생전 처음 들으실 테니까요. 설사 나리가 사르나(옴딱지)보다 오래 사셨더라도 말이지요."

"잠깐, 사라(120세까지 살았다는 아브라함의 처)가 맞을 겁니다."

돈끼호떼는 뻬드로가 말을 자꾸 실수하는 것을 참지 못하고 끼어들었다.

"사르나도 꽤 오래 살았습니다. 그런데 말입니다, 나리. 나리가 그렇게 일일이 말꼬리를 붙잡고 늘어지면 1년이 걸려도 얘기를 다 마치지 못하겠습니다."

"미안하오. 다만 사르나와 사라는 너무 차이가 나기에 그렇게 말한 것이오. 어쨌든 그대의 대답은 제법 훌륭했소. 사르나는 정말 사라보다 오래 살았으니 말이오. 그럼 그 얘기를 계속해 보오. 더 이상 아무 말도 않을 테니까."

"그럼 말씀드리지요, 나리. 우리 마을에 그리소스또모의 부친보다 더 돈 많은 농사꾼이 있었는데, 기예르모라는 사람이었지요. 그는 하느님에게서 엄청난 재산 뿐 아니라 딸 하나도 점지 받았지요. 그 딸의 어머니는 이 근처에서 제일 고귀한 여인이었는데, 딸을 낳고는 곧 죽었습니다. 지금도 한쪽에는 해님, 한쪽에는 달님이 깃든 것 같은 그 여인의 아름다운 얼굴이 눈에 선합니다. 그녀는 부지런하고 가난한 사람들에게도 늘 친절했습니다. 그분의 영혼은 지금 하늘나라에서 하느님의 사랑을 받으며 지내고 있겠지요. 그런 훌륭한 아내가 죽은 것을 슬퍼하던 남편 기예르모도, 아직 어린 마르셀라를 우리 마을의 신부님에게 맡겨 놓고는 그만 죽고 말았습니다. 그 신부님은 기예르모의 동생이며 마르셀라에게는 숙부가 되는 사람이었습니다. 어쨌든 마르셀라는 자랄수록 어머니의 아름다움을 그대로 닮아 갔습니다. 아니, 그 어머니보다 훨씬 더 아름다울 것이라고 생각될 정도였습니다.

마르셀라가 열네 살인가 열다섯 살이 되자 그녀를 보는 사람마다 그 아름다움에 넋을 잃었고, 많은 청년들이 마음을 빼앗길 정도였습니다. 마르셀라의 숙부는 그녀를 남의 눈에 띄지 않게 집안 깊숙이 숨겨 놓고 길렀지요. 그러나 아무리 그렇게 숨겨서 길러도 마르셀라가 대단한 미인이라는 소문은 세상에 널리 퍼졌습니다. 마르셀라의 아름다움과 많은 재산에 대한 소문 때문에 우리 마을 청년들은 물론 몇 십 리나 떨어진 곳에 있는 명문가의 청년들이 아내로 삼겠다고 숙부를 졸라대느라 야단법석이었지요. 그러나 숙부는 나이로 봐서는 조카를 당장 결혼시키고 싶었지만 본인의 승낙 없이 그럴 생각은 없었습니다. 물론 조카의 재산 때문에 결혼을 늦춘 것은 절대로 아니었지요. 숙부는 마을 사람들이 모두 입을 모아 칭찬할 정도로 훌륭한 신부였으니까요. 이 일은 방랑 기사이신 나리께서 꼭 알아 주셨으면 좋겠습니다. 이런 조그마한 마을에서는 무슨 일이고 사람들의 입에 오르내리거나, 이러쿵저러쿵 뒷얘기가 많은 법이지요. 이런 곳에서 모두 신부님을 칭찬할 정도면 어느 정도 훌륭한 분인지 짐작할 수 있겠지요?”

“정말 그렇군요.”

돈끼호떼가 맞장구를 쳤다.

“자, 그 뒤에는 어떻게 되었소? 꽤 재미있는 이야기구려. 게다가 뻬드로 님, 그대의 얘기 솜씨 또한 상당한 수준입니다.”

“그렇게 말씀해주시니 고맙습니다. 그 뒷얘기를 계속할까요? 숙부는 마르셀라를 아내로 삼고 싶어하는 사람들의 이름을 하나 하나 불러주며 그들의 인품에 대해서 이야기하고, 마음에 드는 사람을 고르도록 일렀지요. 그러나 마르셀라는 아직 어려서 결혼이라는 무거운 짐을 질 자신이 없다면서 거절했지요. 마르셀라의 대답에 숙부는 더 이상 결혼을 강요하지 않았습니다. 마르셀라가 좀 더 나이가 들어 자기 마음에 드는 상대를 고를 수 있을 때까지 기다리기로 했지요. 왜냐하면 숙부는 평소에 아무리 부모라고 해도 본인의 의사를 무시한 채 억지로 결혼을 결정하면 안 된다고 말씀했었거든요.

그런데 뜻밖에도 어느 날 그 귀여운 마르셀라가 양치기가 된 것이 아니겠습니까? 숙부와 마을 사람들은 말렸지만, 그녀는 듣지 않고 마을의 다른 양치기 처녀들과 함께 들판으로 나가서 자기 양을 지키기 시작한 겁니다. 마르셀라의 아름다움이 사람들 눈에 띄게 되자 얼마나 많은 부잣집 도련님과 귀족들과 농사짓는 젊은이들이 그리소스또모처럼 목자 차림으로 바꾸고는 마르셀라의 뒤를 쫓아다녔는지 모릅니다. 그런 사람들 중의 하나가 아까 말씀드린 그리소스또모였는데, 그는 마르셀라에게 반한 정도가 아니라 거의 숭배하는 수준이었지요. 그러나 마르셀라가 그렇게 자유분방하게 지냈다고 해서 정조를 잃었을 거라고 생각해서는 안 됩니다. 오히려 마르셀라는 정조를 무엇보다도 소중히 여기는 사람이어서 자신에게 접근하는 청년들에게 조그만 희망도 주지 않았으니까요.

그녀는 목자들과 교제하거나 대화하는 것을 피하지 않았고, 언제나 정답고 정중한 태도를 보였지만, 누군가가 자기 속마음을 조금이라도 비치면 곧바로 거부의 뜻을 보였지요. 이런 행동 때문에 마르셀라는 어찌 보면 이 고장에 전염병보다 더 나쁜 해독을 끼쳤다고도 볼 수 있지요. 그녀의 상냥함과 아름다움은 그녀를 그리워하며 사랑하는 청년들의 마음을 완전히 사로잡았지만, 그 냉정한 태도는 그런 청년들을 완전히 좌절시켰으니까요. 그래서 그 청년들은 뒤로는 마르셀라를 무정하다느니, 은혜를 모른다느니 하며 비난하고 욕설을 퍼부었지요. 만일 나리가 이곳에 잠시 머물러 계시면, 여기저기에서 마르셀라의 뒤를 쫓아다니다가 속절없이 꿈이 깨진 사나이들의 한탄이 울려 퍼지는 것을 듣게 될 겁니다.

여기에서 그리 멀지 않은 곳에 높다란 너도밤나무가 스물 다섯 그루 정도 있는데, 그 반질반질한 나무껍질에 마르셀라의 이름을 새겨 놓지 않은 나무는 하나도 없습니다. 그 중에는 이름 위에 왕관이 새겨져 있는 것도 있는데, 그건 마르셀라가 왕관을 쓸 만한 가치가 있을 정도로 미모가 뛰어나다는 사실을 나타내려는 것 같습니다. 이쪽에서 한 목자가 한숨을 쉬는가 하면 저쪽에서는 다른 청년이 비탄에 잠기고, 다른 쪽에서 사랑의 노래가 들리는가 하면 이쪽에서는 안타까운 슬픔의 노래가 들립니다. 참나무 밑이나 바위 아래에 앉아서 눈물에 젖은 채 뜬눈으로 밤을 지새우는 사나이가 있는가 하면, 한여름에 타는 듯한 모래 위에 누워서 하늘을 향해 괴로움을 호소하는 사나이도 있습니다.

그러나 마르셀라는 이것에도 저것에도, 이 사람에게도 저 사람에게도 전혀 마음을 움직이지 않아서 우리는 그녀의 오만이 어떤 결말을 가져올지, 그 아름다운 여인의 억센 기질을 꺾어서 그 마음을 차지할 행복한 사나이는 대체 누구일까 하고 지켜보고 있는 중이지요. 제가 지금까지 말씀드린 것은 모두 사실이고, 아까 우리 동료인 젊은 친구가 말한 그리소스또모의 죽은 원인에 대한 소문도 역시 사실입니다. 그러니 나리에게 말씀드리고 싶은 것은 내일 꼭 그리소스또모의 장례식에 가 보시라는 겁니다. 아주 볼 만할 테니까요. 그리고 그가 묻어 달라고 유언한 장소까지는 불과 반 레구아도 안 되니 말입니다."

"꼭 그래야겠소. 이렇게 재미있는 얘기로 나를 즐겁게 해주어서 정말 고맙소."

"별 말씀을! 저는 마르셀라를 사랑하는 사나이들에게 일어난 일의 절반도 알지 못하는 걸요. 내일은 더 자세한 이야기를 해 줄 목자를 길에서 만나시게 될지도 모르겠군요. 자, 이제는 지붕 밑으로 들어가 주무시는 게 좋겠습니다. 밤이슬이라도 맞으면 상처가 낫지 않을 수도 있으니까요. 물론 아까 제가 발라 드린 약은 부작용을 두려워하지 않아도 될 꽤 효험이 좋은 약이기는 하지만요."

산초 빤사는 이미 목자의 지루한 이야기에 진저리가 났으므로 주인에게 뻬드로의 움막에서 자도록 권했다. 돈끼호떼는 그들이 하라는 대로 움막에 들어갔다. 그는 마르셀라의 연인들을 흉내내어, 자기의 사모하는 둘씨네아 공주를 그리며 그날 밤을 뜬눈으로 지새웠다. 산초 빤사는 로시난떼와 당나귀 사이에 누워서, 이루지 못하는 사랑에 고민하는 사나이들 같은 건 아랑곳없이, 마치 맞아 죽은 사람처럼 깊이 잠들었다.

제13장
양치기 처녀 마르셀라 이야기 결말과 그 밖의 사건들

해가 동쪽 난간에 모습을 나타내자 여섯 명의 목자 가운데 다섯 사람이 일어나서 돈끼호떼를 깨우러 갔다. 그들은 아직도 그 유명한 그리소스또모의 장례식을 보러 가고 싶은 생각이 있다면 모시고 가겠다고 말했다.

돈끼호떼에게 이의가 있을 까닭이 없다. 그는 산초를 시켜 말의 안장을 얹게 하고는 목자 일행들과 서둘러 출발했다. 그들이 4분의 1레구아 쯤 가서 조그마한 오솔길에 이르렀을 때, 검은 가죽옷을 입고 머리에 측백과 협죽도의 꽃 장식을 쓴 여섯 사람의 목자가 그들 쪽으로 오는 것이 보였다. 그 목자들은 모두 호랑가시나무의 굵은 지팡이를 짚고 있었다. 그들 일행과 함께 말쑥하게 여장을 갖춘 두 사람의 신사가 말을 타고 왔으며, 그들 뒤에는 세 사람의 종자가 걸어서 따라오고 있었다. 양쪽 일행은 마주치게 되자 서로 정중하게 인사를 나누었다. 서로 어디로 가느냐고 물어 보고는 모두 그리소스또모의 장례식에 가는 길인 것을 알았다. 그래서 그들은 함께 길을 가게 되었다.

말을 탄 신사 중에 하나가 옆에 있는 신사에게 말을 건넸다.

"이봐요, 비발도 씨. 이 장례식을 보려고 모두들 시간을 내어 왔는데, 이건 결코 시간 낭비가 아니라고 생각합니다. 죽은 목자에 대해서나, 그 목자를 죽음으로 몰아놓은 양치기 처녀에 대한 이야기를 생각하면 이 장례식은 틀림없이 대단할 것 같으니까요."

"동감입니다. 나는 이걸 보기 위해서 하루쯤 소비하는 것에 대해서 이러니저러니 말하지 않겠습니다. 나흘을 소비한다 해도 상관없을 것 같군요."

돈끼호떼는 그들에게 마르셀라와 그리소스또모에 대해서 어떤 얘기를 들었느냐고 물었다. 이에 대해 여장을 갖춘 신사는, 오늘 아침 저 목자들을 만났는데 모두 이런 상복을 입고 있어서 왜 그런 모습으로 나왔느냐고 물었더니, 한 목자가 양치기 처녀인 마르셀라에 얽힌 무수한 청년들의 짝사랑과 그리소스또모의 죽음과 그의 장례식에 대해 들려주었다고 대답했다. 그것은 뻬드로가 돈끼호떼에게 들려준 얘기 그대로였다.

이렇게 그 이야기가 일단락 지어지자 이번에는 비발도라는 신사가 새로운 이야기를 시작했다. 그는 돈끼호떼를 향해서 이렇듯 평화로운 땅을 그토록 어마어마한 무장을 갖추고 돌아다니는 것은 어떤 이유에서냐고 물은 것이다. 이 질문에 돈끼호떼가 자신있게 대답했다.

"방랑 기사로서 나의 본분은 다른 모습으로 돌아다니는 것을 용납하지 않는다오. 안락한 생활, 즐거움, 휴식이라는 것은 모두 비굴한 궁정 사람들을 위해서 만들어진 것이오. 그러나 곤고와 불안과 결투와 모험이라는 것은 방랑 기사들을 위해서 만들어진 것이오. 나는 방랑 기사로서 미흡하나마 이렇게 말석을 차지하고 있다오."

이 말을 들은 사람들은 돈끼호떼가 미치광이라는 판단을 내릴 수 있었다. 비발도는 상대방의 광기가 어느 정도인지 알고 싶어서 방랑 기사에 대해 좀더 설명해 달라고 부탁했다.

"그러고 보니 당신들은 영국의 역사책을 읽지 않았나 보구려. 그 속에는 아서왕*[1]의 이름난 위훈이 여러 가지 적혀 있는데, 그분은 까스띠야 말로는 아르뚜스 왕이라 불렀다오. 대 브리타니아 왕국에서 옛날부터 전해져 오는 이야기에 의하면, 이 왕은 죽지 않고 마법의 힘으로 새로 변했다 하오. 그래서 때가 되면 다시 왕국을 다스리고 왕국과 왕후를 그 손에 쥐게 된다는 이야기요. 이 일이 원인이 되어 그 때부터 영국인들은 한 마리의 새도 죽이지 않는다고 하지 않소? 그런데 이 왕의 시대부터 원탁의 기사라는 기사제도가 생겨났고, 마음 착한 시녀인 낀따뇨나가 중매하여 돈란사로떼와 왕비 히네브라 사이의 연애 사건이 일어난 것이오. 여기에서 우리 스페인에서 널리 퍼진—

브리타니아에서 왔을 때의
란사로떼님보다 더
귀부인들이 사모한

---

*1 영국의 전설적인 왕. 5세기 말경에 재위했다고 하는데 실재성은 의심스럽다. 휘하의 기사단, 즉 원탁의 기사들의 모험과 연애, 성배 탐구의 이야기에서 비롯된 아서왕 전설은 맬러리의 《아서왕의 죽음》에 집대성되어 있다.

기사는 없었노라.

이런 민요가 생겨난 것이오. 그리하여 기사제도는 이 세상 각지에 차츰 퍼져나간 것인데, 공훈을 세워 이름을 남긴 기사들을 보면 용맹스러운 아마디스 데 가울라와 그 아들들과 5대에 이르는 자손들, 용사 펠릭스마르떼 데 이르까니아, 그 어떤 칭찬도 모자랄 따란떼 엘 블랑꼬, 그리고 지금까지도 우리가 눈으로 보고 입으로 말하고 귀로 듣는 무적의 용사 돈벨리아니스 데 그레시아일 것이오. 이들이 바로 방랑 기사이고 내가 지금까지 말한 것이 기사도요. 아까도 말했듯이 나는 보잘것없는 인간이지만 이 기사도를 천직으로 아는 자이며, 앞에 이름을 든 기사들이 일신을 바쳐 따른 길이야말로 내가 직접 걸어가려는 길이오. 약하고 가난한 사람들을 돕기 위해 이 한 몸을 내던질 각오를 하고, 모험을 찾아 이 황야를 헤매고 있는 것이오."

사람들은 돈끼호떼가 완전히 광기에 사로잡혔으며, 그 광기가 어떤 종류인지를 알게 되었다. 그들이 느낀 놀라움은, 처음으로 그의 광기를 알았을 때 느낀 것과 비슷한 크기였다.

제법 눈치가 빠르고 명랑한 비발도라는 신사는, 장례식이 거행되는 언덕배기까지 무사히 가려면 돈끼호떼의 엉터리 같은 이야기를 듣는 것이 낫겠다고 생각했다.

"기사님, 암만해도 귀공은 이 세상에서 가장 부자유스러운 일을 천직으로 삼고 계시는 것 같군요. 내 생각에는 저 까르뚜호파(성 부르노가 알프스 산 속에 창설한 샤르뜨 루즈회로서 계율이 엄하기로 이름난 종파)의 수도사들도 그토록 부자유스럽지는 않을 것 같은데요."

"부자유스러운 일이지요. 그러나 이 세상에 꼭 필요한 일이라는 것도 의심의 여지가 없소. 실제로 대장의 명령을 실행하는 병사가 대장에게 뒤질 것은 없지 않소? 즉, 수도사들이 무사태평한 자세로 하느님께 기도한다면 기사들은 신의 정의를 실행한단 말이오. 그들은 지붕도 없는 노천에서 견디기 힘든 한여름의 햇볕과 살을 에는 겨울의 된서리를 맞으며 칼과 무술로 평화를 지키고 있소. 뿐만 아니라 싸움을 통해서 평화를 얻기 위해서는 온 정성을 기울여서 죽을 힘을 다해야 하오. 그러므로 평화를 위해 싸우는 기사들은 평화와 휴식 속에서 하느님께 기도하는 수도사들보다 훨씬 어렵고 힘든 일을 한다는 것을 알아주시기 바라오. 그렇다고 해서 방랑 기사가 수도사들보다 훌륭하다고 말할 생각은 없소. 다만 경험으로 생각할 때 방랑 기사가 더 고생하며 굶주림과 갈증에 괴로워하고 가난에 시달린다는 것을 말할 뿐이오. 그 옛날의 방랑 기사들은 일생 동안 고난을 겪었소. 설혹 몇몇 기사가 무력으로 제왕의 자리에 올랐다고 해도 분명히 적지 않은 피와 땀을 흘렸을 것이오. 물론 그렇듯 높은 지위에 오르는 데 마법사나 현인들이 힘을 빌려주지 않았더라면 그들의 야망은 헛되이 무너졌을 것이지만 말이오."

"나도 동감입니다. 그런데 방랑 기사에 대해서 납득하기 어려운 점이 있습니다. 목숨이 걸려 있는 위험하기 짝이 없는 모험에 도전할 경우, 독실한 기독교인이라면 누구나 하느님의 가호를 비는데 방랑 기사들은 결코 그렇지 않단 말입니다. 그들은 오히려 자기들이 사랑을 바치는 여인이 마치 하느님이기라도 한 듯이 그 여인들에게 경건히 가호를 빈단 말입니다. 이건 내가 보기에는 무슨 사이비 종교같이 여겨지는군요."

"그것은 어쩔 수 없는 일이오. 만일 그렇게 하지 않으면 그 방랑 기사는 기사도를 지키지 않게 되는 것이오. 방랑 기사가 중대한 대결을 시작할 때 그 자리에 사랑하는 여인이 있다면, 지금부터 직면하는 이 위험한 상황에서 자신을 지켜달라면서 애정 어린 눈길을 여인을 향해 돌리는 것이 관습처럼 내려 왔소. 만약 여인이 그 자리에 없더라도 입 속으로 무언가 중얼거려 여인에게 기도하지 않으면 안 되는 것이오. 이에 대한 무수한 선례가 기록되어 있소. 그렇다고 기사가 신에게 자기 일신의 가호를 기원해서는 안 된다고 해석할 수는 없소. 결투하는 동안에 하느님을 찾을 만한 시간은 충분히 있으니 말이오."

"그렇다 해도 여전히 납득이 안 가는 부분이 있습니다. 내가 몇 번이나 이야기책에서 읽은 것인데, 두 기사들 사이에서 말이 오가다가 분노하게 되면 서로 말머리를 돌려서 멀리 떨어집니다. 대결을 위해 전속력으로 말을 달리는데, 이러면서도 사모하는 여인에게 자기 일신의 무운을 빌더군요. 그리고는 상대편의 창에 찔린 기사는 말 엉덩이 위에 쓰러지고, 찌른 사람은 말갈기에 매달려 간신히 땅에 떨어지는 것을 면합니다. 그런데 그렇게 절박한 상황에서 언제 하느님께 기도할 시간이 있는지 도무지 알 수 없단 말입니다. 한창 말을 달리고 있을 때 여인에게 기도할 여유가 있다면 기독교인답게 마땅히 하느님께 기도해야 하지 않습니까? 게다가 나는 기사라고 하여 모두 여인에게 기도한다고는 생각하지 않습니다. 생각해 보십시오. 모든 기사가 여인을 사랑하는 것은 아니지 않습니까?"

"그건 그렇지 않소. 사랑하는 여인이 없는 기사는 절대로 없소. 기사가 사랑을 하는 것은 하늘에 별이 뜬 것처럼 지극히 자연스럽고 당연한 일이오. 사랑을 하지 않는 방랑 기사가 나오는 이야기는 아마 누구도 읽은 적이 없을 것이오. 만일 사모하는 여인이 없는 기사가 있다면 그는 정통 기사가 아니라 가짜일 것이오. 다시 말하면 정정당당하게 기사도의 성루에 문으로 들어가는 것이 아니라 좀도둑처럼 개구멍으로 기어 들어가는 사이비 기사란 말이오."

"그렇지만 내가 기억하기에, 용사 아마디스 데 가울라의 동생 돈갈라오르에게는 사랑하는 여인이 없었다는 것을 어디선가 읽은 것 같은데요. 그런데도 그는 용감한 기사로 널리 소문이 퍼졌습니다."

"과연 그렇기는 하오. 그러나 한 마리의 제비가 왔다고 봄이 오는 것은 아니오. 뿐만 아니라 나는 그 기사가 남몰래 사랑에 깊이 빠졌다는 사실을 알고 있소. 그것도 몇 번이고 사랑에 빠질 정도로 정열적인 사나이였지요. 그가 진정한 사랑을 바쳤던 여인도 한 사람 있었지만, 워낙 속을 털어놓지 않는 기사라서 아무도 모르게 기도했던 것이랍니다."

"모든 기사가 여인을 사모해야 한다면, 귀공도 같은 입장에 있으니 역시 그러실 테지요. 귀공이 돈갈라오르처럼 말을 아끼는 분이 아니라면, 일행을 대표해서 부탁하는데 제발 귀공이 사모하는 여인의 이름과 고향과 신분과 아름다움에 대해 알려 주시기 바랍니다. 그 여인도 귀공 같은 훌륭한 기사의 연모와 섬김을 받는 사실이 세상에 알려지는 것을 기쁘게 생각할 것입니다."

여기서 돈끼호떼는 크게 한숨을 쉬고 말했다.

"내가 그녀를 섬긴다는 사실이 세상에 알려지는 것을 그녀가 좋아할지 싫어할지는 확실하게 말할 수가 없소. 다만 당신이 그렇게 정중히 질문하니 대답은 해주겠소. 그녀의 이름은 둘씨네아, 고향은 라만차의 델 또보소 마을, 신분은 공주라고 말할 수 있소. 물론 나에게는 여왕 같은 존재이지만 말이오. 그 공주의 아름다움은 이 세상의 것이라고 말할 수 없을 정도요. 시인들이 자기의 연인에게 바치는 모든 찬미가 그녀의 아름다움에 그대로 해당된다오. 예를 들자면 황금빛 머리카락, 엘리세오의 들 같은 이마, 무지개가 걸린 듯한 눈썹, 태양처럼 빛나는 눈동자, 장미꽃 같은 볼, 산호 같은 입술, 진주 같은 치아, 대리석

같은 가슴, 상아빛 손, 눈처럼 흰 살결, 더없이 곧고 높은 정절을 지닌 성품……
그 모든 가치가 어느 것과도 비교할 수 없는 신의 경지에 이르렀다고 해도 과
언이 아니지요."

"우리는 혈통과 가문에 대해서 자세히 듣고 싶습니다."

"그녀는 옛 로마의 쿠르티우스나 가이우스나 스키피오 집안도 아니고, 까딸
루냐의 몽까다나 레께센 집안도 아니며, 발렌시아의 레베이야나 비야노바 집
안도 아니오. 아라곤의 빨라폭스나 누사나 로까베르띠나 꼬레이야나 루나나
우르레아나 포스나 구르레아 집안도 아니고, 까띠야의 쎄다나 만리께나 멘도
사나 구스만 집안도 아니며, 포르투갈의 알렝까스뜨로나 빠이야나 메네스 집
안도 아니오. 그녀는 바로 라만차의 델 또보소 가문이랍니다. 이 가문은 미래
에 가장 뛰어난 명문가가 될 것이오. 이에 대해서는 세르비노(《미치광이 오를
란도》 제24곡에 나오는 스코틀랜드의 왕자)가 오를란도의 전승 기념비 밑에 '롤
단과 힘을 겨룰 자가 아니면 아무도 이것을 움직이지 마라.' 라고 써놓았소. 이
글귀에 대해서 섣불리 이의를 다는 것은 삼가주기 바라오."

"나의 혈통을 말하자면 라레도의 까초삔(벼락부자) 집안입니다. 이 말을 한
것은 내 집안을 라만차의 델 또보소 집안과 비교하려고 그런 것은 아닙니다.
그런데 솔직하게 말하면 그런 성은 여태까지 들어 본 적이 없는데요."

"뭐요? 그런 성을 들어 본 적이 없다구요?"

돈끼호떼가 버럭 소리를 질렀다.

이 두 사람의 대화에 귀를 기울이던 다른 사람들은, 심지어 목자들까지도
우리 돈끼호떼의 광기가 극에 달했다는 것을 알게 되었다. 태어날 때부터 돈
끼호떼를 알고 지냈던 산초 빤사만이 돈끼호떼가 한 말을 그대로 믿고 있었
다. 그러나 그에게도 약간 납득이 가지 않는 일이라면, 그 아름답기 짝이 없다
는 둘씨네아 델 또보소에 대한 것이었다. 왜냐하면 그는 또보소에서 가까운
곳에 살고 있었지만 여태까지 둘씨네아라는 이름이나 그런 공주에 대해서는
들은 적이 없었기 때문이다. 이런 이야기를 주거니 받거니 하면서 나아가는 동
안에 산골짜기에서 20명 정도의 목자들이 내려오는 것을 보았다. 그들은 모두
검은 모피옷을 입었고 머리에는 주목(朱木)이나 측백으로 만든 화환을 쓰고
있었다. 그들 가운데 6명의 사나이가 여러 가지 꽃과 나뭇가지로 덮은 관을 옮
기고 있었다.

이것을 본 목자 한 사람이 말했다.

"저기에 그리소스또모의 유해를 운반하는 사람들이 오네요. 저 산기슭이 그가 묻어 달라고 유언한 장소입니다."

그래서 돈끼호떼 일행은 빨리 도착하려고 길을 재촉했다. 그들이 도착했을 때는 이미 사람들이 땅 위에 관을 내려놓고, 네 사나이가 날카로운 곡괭이로 바위 옆에 구덩이를 파는 중이었다.

그들은 서로 정중하게 인사를 나누었다. 돈끼호떼와 함께 온 일행은 얼른 관을 들여다보았다. 관에는 목자의 복장을 한 사나이가 꽃들에 파묻혀 누워 있었는데 30세 정도 되어 보였다. 지금은 죽었지만 생전에는 준수하고 사나이다운 훌륭한 풍모를 지녔음을 알 수 있었다. 관 안에는 몇 권의 책과 뭔가가 적힌 종이뭉치가 펼쳐졌거나 접힌 채로 있었다. 그것을 본 사람들은 모두 침묵했다.

시체를 여기까지 운반해 온 사람 가운데 하나가 동료에게 말했다.

"이봐, 암브로시오. 여기가 그리소스또모가 말한 장소인지 확인해 보게. 고인의 유언을 그대로 지켜야 하니까 말일세."

암브로시오가 대답했다.

"이 장소가 맞아. 내 가엾은 친구는 여기에서 몇 번이나 자기의 불행을 내게 말했으니까 말이야. 그 녀석이 뭇남성들의 원수인 그 여자를 처음 본 곳도 여기이고, 사랑하고 그리워한 나머지 자기의 진심을 그 여자에게 고스란히 실토한 곳도 여기이며, 마르셀라가 그 녀석의 꿈을 냉정하게 거절하여 수치감을 안겨 줌으로써 그 녀석의 비참한 인생의 막을 내리게 한 곳도 역시 여기라네. 그래서 그리소스또모는 갖가지 불행의 기억들이 스며있는 이 자리에서 영원한 망각의 세계로 침잠하기를 원했던 거지."

그리고 암브로시오는 돈끼호떼와 그 일행들 쪽을 보면서 다시 말을 이었다.

"자, 여러분. 여러분이 동정의 눈으로 보고 있는 이 유해에는 하늘의 무한한 풍성함이 담겨 있습니다. 그는 재기가 뛰어났고, 예의범절이 두터웠으며, 우정은 불사조 같았고, 관대하고, 진지하고, 교만하지 않고, 쾌활하되 천하지 않으며, 지극히 선했으면서도 동시에 지극히 불행한 사람이었습니다. 그의 깊은 사랑은 거부되었으며, 그의 사모는 천대받았습니다. 그는 냉혹한 짐승에게 사랑을 바란 것이고, 차가운 대리석에게 절절한 애정을 보낸 것입니다. 그는 헛되이 바람을 쫓았고, 황야에서 절규했으며, 망은(忘恩)을 섬겼던 것입니다. 그 보상으로 얻은 것은 삶의 절정기에서 죽음을 맞는 것이었습니다. 더구나 그의 삶에 종지부를 찍게 한 장본인은 그가 사랑했던 양치기 처녀였습니다. 그 사실은 지금 여러분이 보고 있는 저 종이의 글들이 분명히 말해 줄 것입니다. 그가 자기를 땅에 묻은 뒤에 저 종이뭉치를 불살라 버리라고 유언하지 않았더라면 좋았을 텐데 말입니다.”

그 때 비발도가 나서서 말했다.

“그럼 당신은 그의 말대로 이 종이뭉치를 모두 태워버리겠다는 말씀입니까? 이성을 잃은 상태에서 남긴 유언대로 따르는 것은 결코 올바른 일이 아닙니다. 만일 아우구스투스 황제가 만뚜아의 시성(베르길리우스)의 유언이 그대로 실행되는 것을 허락했더라면 큰일이 났을 것입니다. 그러니 암브로시오 씨, 그 친구의 유해는 땅에 묻는다 하더라도 그가 써 놓은 종이뭉치까지 땅 속에 묻을 생각을 해서는 안 됩니다. 고인은 깊은 아픔 때문에 그런 유언을 남겼다 해도, 당신마저 그 유언대로 행동해서야 되겠습니까? 그가 남긴 그 글에 생명을 불어넣어야 합니다. 그리하여 마르셀라의 냉정함을 영원히 기억하여 후세 사람들이 이와 비슷한 불행에 두 번 다시 빠지는 일이 없도록 본보기로 삼게 하십시오. 우리 일행은 당신의 친구가 사랑을 이루지 못한 이야기를 들었고, 고인의 죽은 이유와 유언에 대해서도 들었습니다. 그 슬픈 이야기를 통해서 마르셀라의 냉정함, 그리소스또모의 사랑, 당신들 사이의 깊은 우정을 짐작할 수 있었습니다. 그뿐 아니라 오로지 눈앞의 애욕의 길만 외곬으로 달리는 사람들의 결말이 어떤 것인지도 짐작할 수 있었습니다. 우리는 간밤에 그리소스또모 씨가 죽었다는 것과 이 자리에서 장례식이 치러진다는 것을 알았습니다. 그래서 가엾은 생각도 들고, 장례식을 보고 싶기도 한 마음에 일부러 노정을 늦추고 여기까지 온 것입니다. 듣는 것만으로도 무척 슬펐던 이야기를 직접 눈으로 보려고 말입니다. 그러니 우리가 애도하는 대가로 그 종이뭉치들을 태우지 말고, 다만 일부라도 우리에게 주실 수 없는지요. 현명한 암브로시오씨, 당신이라면 우리의 간절한 부탁을 들어줄 것이라 믿습니다.”

그러더니 비발도는 상대편의 대답도 기다리지 않고 팔을 뻗어 가장 가까이에 있는 종이 몇 장을 집어 들었다. 이것을 본 암브로시오가 입을 열었다.

“정 그렇다면 집으신 것만 당신에게 드리기로 하지요. 그러나 나머지 것을 불사르는 일은 막지 마십시오. 그건 무리입니다."

비발도는 무엇이 쓰여 있는지 보려고 얼른 종이 하나를 펼쳤다. 거기에는 《절망의 노래》라는 제목이 붙어 있었다.

암브로시오가 말했다.

"그건 이 불행한 녀석이 쓴 마지막 작품입니다. 이 사람이 어떤 불행한 처지에 빠졌는지 여러분이 알아 주셨으면 하는 생각에서 말씀드립니다만, 모든 분들이 들을 수 있도록 한 번 낭독해 주실 수 있습니까? 무덤을 다 팔 때까지 그만한 시간은 있을 테니까요."

"그건 나도 바라는 바입니다."

비발도가 말을 받았다.

그 자리에 있던 사람들도 모두 같은 희망을 품고 있었으므로 비발도를 빙 둘러싸며 모여들었다. 비발도는 또렷한 목소리로 낭독했다.

제14장

죽은 목자가 남긴 절망의 시들과 뜻밖의 사건들

그리소스또모의 노래

그대는 자신의 무정함을
세상 사람들의 입에 올려
널리 전하려 하니
나는 지옥에 있는 듯한
고통스러운 마음으로
한탄의 가락을 읊조리노라.
나의 상심과 그대의 행동을
이야기하려고 애써도
가슴에 사무치는 괴로움 때문에
갖가지 생각이 솟아나서
소리의 가락도 힘이 없어라.
귀 기울여 들어 다오.
상처를 입은 내 가슴에서
울려나오는
가락도 이루지 못하는 이 소음을.
아무리 달래 보려고 해도
가슴 깊숙이 울리는
절규를 막을 길 없네.

사자의 사나운 부르짖음
승냥이의 거친 울음소리

독사의 소름끼치는 숨소리
도깨비의 요사스런 고함
까마귀의 수상한 울음소리
바다를 건너오는 바람 소리
투우에서 쓰러진 소의 울음소리
외로운 암비둘기의 우는 소리
새장에 갇힌 부엉이의 구슬픈 노랫소리
지옥에서 우글대는 요괴들이 질러대는 탄식
이 모든 소리가 하나로 뒤섞여서
환청처럼 내 귀에 들려온다.
나의 처절한 고통을
그녀에게 전하려면
새로운 방법을 찾아야겠구나.

따호 강의 백사장도
감람나무를 따라 흐르는 베띠스 강도
이 불협화음을 들으려 하지 않네.
나의 깊은 슬픔은
암산과 동굴에까지 퍼지리라.
생명 있는 혀에서 나오는 생명 없는 말들이
햇빛이 드문 골짜기나
인적이 끊어진 황량한 해변을 맴돌다 스러진다.
리비아의 들판에서 살아가는
사나운 야수 떼들이
황야에서 울부짖듯이
나는 고통을 견디지 못하고
절규하지만
그대의 냉정함에 부딪혀
공허한 메아리로 되돌아온다.
나의 이 불행한 운명은

널리 세상에 전해지리.
모멸감은 죽음을 부르고
의심은 견디기 어려워라.
오래 못 보면 괴로운 것.
망각의 두려움에
요행의 기대도 사그라진다.
그러나 죽음만은 피하지 못하니
이것을 기적이라 할 것인가?
질시를 가슴에 품은 채로
모멸감을 잊지 못하며
의심을 품은 채 살아야 하나?
이렇듯 괴롭게 보낸 나날에
한 조각의 희망도 보지 못하니
이제는 희망을 거는 방법도 잊었노라.
그리하여 고뇌에 몸을 맡기고
희망 없는 몸이라 체념하노라.

한순간이나마 기대할 게 있으랴?
질투심으로 내 영혼은
수많은 상처를 입어 만신창이가 되었네.
차라리 눈을 감아야 하랴?
이런 모멸감으로 살면서
모든 의심이 진실로 밝혀지는데
그 누가 불신하지 않으리오.
아, 슬픈 일이로다!
질투여, 나의 손에 칼을 쥐어다오.
모멸이여, 나를 포박하라.
그대는 잔혹한 승자로다.
이 몸의 괴로움 때문에
그대의 생각조차 흐려지고 있다오.

이제 나는 가노라.
깨우침도 얻지 못하고,
죽음에도 삶에도
행복을 기대할 수 없으니.
그러나 내 사랑하는 자는 복을 받아
그 마음에 근심 없기를 바라노라.

그대의 겉모습은 눈부시게 아름다우나
그대의 마음은 얼음처럼 차오.
그것은 내 탓일 것이오.
나는 그것에 대한 고민 끝에
이 악연을 끊기로 했소.
그러면 그대는
평화를 유지할 수 있을 것이오.
이슬 같은 생명을
아낌없이 버려서
슬픈 삶의 기간을 줄이려 하오.
내 육체와 영혼을
불어오는 바람에 맡기려 하오.

이 세상은 슬프고 덧없는 것.
그대의 무관심은
내 불행한 삶을 더욱 지치게 하는구려.
그대를 향한 내 마음을
이미 그대는 알면서도
모른 척 하고 있으니
나 이제 냉정한 그대에게 몸을 바치려 하오.
이 몸은 후회도 없고 할 말도 없소.
그대 앞에서 내가 죽어간다 해도

그대의 아름답고 푸른 눈동자는 흐려질지언정
결코 눈물을 보이지 마시오.
내 영혼을 그대에게 바치면서
나는 아무것도 바라는 것이 없소.
나의 죽음에 그대가 미소를 짓고
나의 장례식을 그대의 향연으로 삼으시라.
내가 이런 독설을 그대에게 한다면
나는 얼마나 어리석은 사람인가.
나의 죽음이 가까워질수록
그대의 앞날이 휘황하게 빛남을 알고 있는데.

때는 왔도다.
목마른 탄탈루스여,
황천에서 나를 찾아오라.
시지푸스는 무거운 돌을 지고 오라.
티티우스는 사나운 매를 데려오라.
수레에 앉은 에기온이여,
그리고 노고를 함께 하는 자매들이여,
모두 찾아와서
멈추지 않는 탄식을 토해내라.
그 탄식은 내 가슴에 젖어들리니
(사랑에 뜻을 이루지 못한 몸이지만)
수의조차 입지 못하는 나를 위해
구슬픈 장송곡을 부르라.

세 개의 얼굴을 가진 지옥의 괴물이
요괴와 잡귀를 데려와서
구슬픈 합창을 한다.
사랑의 포로를 애도하는데
이보다 더한 조의는 없으리라.

나와 결별한다고 해서
'절망의 노래'여,
한탄하지 말라.
슬픔으로 인해 그대가 태어났고
내 불행으로 인해 그녀가 행복할 수 있다면
내 몸은 무덤에 묻히더라도
한탄할 까닭이 전혀 없노라.

　그리소스또모의 노래를 듣는 사람들은 훌륭한 시라는 생각에 감탄을 금하지 못했다. 그러나 시를 낭독한 사나이는, 자기가 들은 것처럼 마르셀라가 얌전하고 마음이 바르다는 것을 인정할 수 없었다. 그 까닭은 그리소스또모가 이 노래 속에서 마르셀라의 평판과 명성을 해치는 질투, 의심, 가까이 갈 수 없다는 거리감 등에 대한 푸념을 늘어놓았기 때문이다. 죽은 친구의 속마음을 꿰뚫고 있다고 자부하는 암브로시오가 이에 대해서 해명했다.
　"그 의심을 풀어주기 위해 말씀드립니다만, 이 불행한 목자가 이 시를 썼을 때 마르셀라에게서 멀리 떨어져 있었다는 것을 알아주셨으면 합니다. 그는 마르셀라와 떨어져 지내는 것이 자신에게 도움이 될까 하여 일부러 그런 것입니다. 그런데 이런 식으로 사랑하는 연인과 떨어져 지내는 사람이 늘 그러하듯 그리소스또모 역시 예외가 아니었습니다. 무엇 하나 괴롭지 않은 것이 없고, 무엇 하나 두렵지 않은 것이 없었던 거지요. 그래서 그리소스또모는 상상에 불과한 질투심과 두려움으로 온갖 의심에 휩싸였고, 끝내는 그 상상들이 사실인 것 같은 착각에 빠졌습니다. 마르셀라의 정숙함은 세상이 다 알고 있는 사실이며, 약간 쌀쌀맞고 거만하고 사람을 깔보는 점을 제외하면 어떤 흠이나 트집을 잡을 일이 없습니다."
　"그렇군요."
　비발도가 맞장구를 치고는 불에서 구한 종이들 중에 나머지 한 장을 읽으려는데, 뜻밖에도 사람들 앞에 이상한(사람들은 이렇게 여겼다) 형상이 나타나 이를 가로막았다. 사람들이 판 무덤 자리 옆에 소문을 훨씬 능가할 정도로 아름다운 양치기 처녀 마르셀라가 나타난 것이다. 여태까지 그녀를 본 적이 없는 사람들은 놀라움으로 말도 못하고 멍하니 그녀를 쳐다볼 뿐이었다. 여러 번

보아온 사람들조차 마치 처음 본 사람들처럼 넋을 잃고 있었다. 그러나 암브로시오는 그녀를 보자마자 불만을 억누르지 못하고 소리쳤다.

"어떻게 여기에 왔는가? 산에 사는 냉혹한 괴물 같은 이여! 너의 무자비함 때문에 목숨을 잃은 이 가련한 사나이의 상처에서 흐르는 피라도 볼까 하여 찾아왔는가? 아니면 너의 잔인한 소행이 이 정도라는 것을 과시하러 왔는가? 아니면 잔인무도한 네로처럼 이 높은 곳에서 로마의 화재를 구경할 심사인가? 아니면 저 불효한 딸(고대 로마의 왕녀 트리아)이 부친 타르키니우스의 시체에 한 것처럼 이 가련한 사나이의 시체를 짓밟아 주려고 왔는가? 자, 무슨 생각으로 예까지 왔지? 대체 무엇을 바라는지 당장 말하라. 생전에 그리소스또모가 너를 거스른 적이 없으니, 비록 고인이 되었지만 여기에 그의 친구들이 모여 있으니 기꺼이 네 말을 따르도록 하겠다."

마르셀라가 대답했다.

"오, 암브로시오씨. 당신이 말씀하신 이유 때문에 여기 온 것이 아니에요. 제 자신을 위해서 온 거예요. 그리고 그리소스또모가 죽은 이유를 모두 제 탓이라고 돌리는 것이 잘못이라는 사실을 알려주려고 찾아온 거예요. 여러분, 제가 하는 이야기를 진지하게 들어 주시기 바랍니다. 현명하신 여러분이니 사실을 이해하는 데 그리 많은 시간도 걸리지 않을 것이며, 저도 헛된 말은 하지 않겠습니다. 여러분의 말씀에 의하면, 하늘은 저를 아름다운 여자로 만들어 주셨습니다. 그것도 보기만 하면 마음이 움직여서 무조건 저를 좋아하게 될 만한 아름다움을 말입니다. 게다가 여러분이 저에게 보여주신 애정 때문에 저는 무조건 여러분을 사랑해야 한다고 여러분은 말씀하시고, 또 바라셨어요. 저는 하느님이 주신 타고난 이해력으로 아름다운 것은 애정을 불러일으킨다는 사실을 알고 있어요.

하지만 아름답다는 이유로 사랑받는 사람이, 반드시 자기를 사랑하는 상대방을 사랑해야 한다는 것은 납득할 수 없어요. 게다가 아름다운 저를 사랑하는 당사자가 추할 수도 있는데, 추하다는 이유로 싫어하면 '네가 아름답기에 나는 너를 좋아한다. 비록 내가 추하더라도 나를 사랑해다오' 라고 하는 것은 이치에 맞지 않는 주장이에요. 그리고 양쪽이 서로 비슷한 아름다움을 지녔다고 해도 반드시 서로의 감정이 같을 수도 없습니다. 얼굴이 아름답다고 모두 애정을 불러일으키는 것은 아니니까요. 어떤 아름다움은 눈을 기쁘게 하더라도 마음까지 움직이지 않을 수도 있지요. 만일 모든 아름다움이 사람의 마음을 사로잡는다면 사람들은 어느 대상을 사랑해야 좋을지 몰라서 정처없이 헤매고 돌아다녀야 할 거예요. 아름다운 사람이 수없이 있는 이상 그것을 구하는 마음도 역시 수없이 있을 테니까요. 제가 아는 바로는, 참된 애정은 결코 나누어질 수 없고 본인의 의사에 따라야지 강요에 의해 생기는 것이 아니라고 합니다. 그런데 왜 제게 나를 사랑하는 모든 사람들의 사랑을 받아달라고 강요하시는 건가요? 만일 그것이 아니라면 말씀해보세요. 만일 하느님께서 저를 추녀로 만들어 주셨는데, 여러분이 저를 사랑하지 않는다고 제가 불평한다면 어떻겠습니까? 여러분은 그런 저의 태도를 옳다고 하시겠어요? 또한 제가 지닌 아름다움을 제가 선택한 것이 아님을 알아주세요. 그것은 하느님이 베풀어 주신 은혜일 뿐 제가 원해서 얻은 것도 아니고 제가 선택한 것도 아닙니다. 독사가 사람을 물어 죽였다고 해도 그것은 자연현상이니 죄를 물을 수 없는 것처럼, 제가 아름답다고 해서 비난을 받을 수는 없는 것입니다.

정숙한 여자의 아름다움은 먼 곳에 있는 불이나 날카로운 칼과 같아서 가까이 하지 않으면 화상도 입지 않고 상처도 입지 않아요. 명예와 정절은 마음을 장식하는 것이니, 이것이 없다면 육체는 비록 아름답다고 해도 진심으로 아름답게 여겨지지 않는 거예요. 그리고 정절이 육체와 영혼을 더욱 아름답게 하는 미덕이라면, 왜 아름답기에 사랑받는 여인이 쾌락을 위해 힘으로 달려드는 남자 때문에 정절을 잃어야 하는 겁니까? 저는 구김살 없이 자랐으며, 자유롭게 살기 위해 자연의 고독을 선택했습니다. 산야의 나무들이 제 동무들이고 맑은 시냇물이 제 거울입니다. 저는 나무와 대화하고 시냇물에게 제 아름다움을 보여줍니다. 저는 멀리 떨어져 있는 불이고, 멀리 놓인 칼입니다. 지금까지 제 모습을 보고 사랑을 불태운 사람들에게 저는 말로 깨우침을 주었습니다.

저는 그리소스또모에게도, 또한 다른 남자들에게도 희망을 갖게 한 적이 없었습니다. 제 냉정함 때문이 아니라 그리소스또모의 집착이 자기 자신을 죽였다고 해야 옳습니다. 그런데도 그분이 순정을 가졌다는 이유로 그분의 사랑을 받아주어야 했다고 저에게 책임을 지우려 하시니, 지금 그의 묘를 파고 있는 이 자리에서 말씀드리겠습니다. 그가 저에게 고백했을 때 저는 그에게 언제까지나 혼자 살고 싶고, 제 은둔의 결실과 아름다움의 전리품을 받을 수 있는 존재는 오직 대지뿐이라고 말했다는 사실을요. 제가 이렇게 솔직하게 이야 기했는데도 그가 고집을 부리면서 바람과 맞서서 항해하다가 광기의 바다 한 가운데서 가라앉은 것을 어쩌겠어요? 만일 제가 그의 마음을 현혹시켰다고 생각한다면 그건 여러분의 착각입니다. 만일 제가 그에게 기대를 갖게 했다면 그건 제가 양심을 속인 것입니다. 그는 제가 단호하게 거절했는데도 끝내 단념 하려 하지 않았던 거예요.

여러분, 어떠세요? 이래도 제 탓이라 하시겠어요? 속았다고 한탄하고, 아무 런 희망이 없다고 절망해도 좋습니다. 어쨌든 저는 아무 약속도 하지 않았고, 속이지도 않았고, 부르지도 않았고, 허락도 하지 않은 사람이니, 냉정하다느니 사람을 죽였다느니 하는 말을 마세요. 하느님은 지금까지 저의 운명적 사랑을 원치 않으셨고, 제가 스스로 사랑하는 일도 금지하셨어요. 이렇게 모든 사실 을 솔직하게 말씀드리는 것은, 혹시 지금까지도 제게 접근할 마음을 갖고 있 는 분들에게 부탁드리기 위해서예요. 그리고 앞으로 저 때문에 어느 분이 돌 아가신다 해도 그분이 질투나 불행으로 인해 죽은 것이 아니라는 사실을 알 아주셨으면 해요. 어느 누구도 사랑하지 않은 사람이 누구에게 질투를 일으 킬 수 있겠습니까? 거절을 경멸로 받아들이지 마세요. 저를 야수나 괴물이라 고 부르는 분은 저를 사람을 해치는 악마로 생각하고 그냥 내버려 두세요. 저 를 배은망덕하다고 하시는 분은 제게 어떤 은혜도 베풀지 마세요. 저를 감사 할 줄 모르는 여자라고 하시는 분은 저에게 접근하지 마세요. 저를 냉정하다 고 하시는 분은 저를 따라다니지 마세요. 괴물 같고, 은혜도 모르고, 냉정하고, 감사할 줄 모르는 저는 여러분을 찾지 않을 것이고, 접근하지도 않을 것이며, 따라다니지도 않을 테니까요.

그리소스또모가 혼자 가슴 태우며 초조해하다가 죽은 건데, 왜 저의 올바 른 행위와 신중한 태도에 죄를 덮어씌우려는 건가요? 제가 나무를 상대로 순 결을 지키고 있는데, 왜 남자들에게 순결을 바치라는 건가요? 여러분도 잘 아 시다시피 저는 재산이 많습니다. 그래서 다른 사람의 재산을 탐내지 않습니 다. 저는 자유롭기 원하고, 타인에게 구속되고 싶지 않아요. 아무도 사랑하지 않으며 싫어하지도 않아요. 이 사람을 속이고 저 사람을 찾지도 않고, 한 남자 에게 수치를 주고 다른 남자와 놀아나지도 않아요. 이 근처에 사는 양치기 아 가씨들과 평범한 이야기를 나누며 양들을 돌보는 것이 저의 기쁨이에요. 저는 산에서 자유롭게 사는 것을 원할 뿐이며, 만일 이곳에서 떠나는 날이 온다면 그것은 제 영혼의 본향으로 돌아가는 날, 바로 천국의 아름다움을 느낄 때일 거예요.”

말을 마치자마자 그녀는 누구의 대답도 들으려 하지 않고 몸을 돌려서 가까운 산 속으로 들어가 버렸다. 뒤에 남은 사람들은 모두 그녀의 아름다움도 아름다움이지만 그녀의 총명함에 감탄을 금하지 못했다. 그리하여 몇 사람은 (그녀의 아름다운 눈빛이 날카로운 화살이 되어 박힌 사람들) 아까 들은 매정한 선언을 자기 자신에게는 적용시키려 하지 않고, 당장이라도 여자의 뒤를 쫓아갈 기미를 보였다. 그것을 본 돈끼호떼는 곤경에 빠진 처녀를 구해야 하는 기사도를 발휘할 기회라고 생각하여, 칼자루에 손을 가져가면서 큰 소리로 외쳤다.

“어떤 신분이나 어떤 혈통의 인간이라도 아름다운 마르셀라의 뒤를 쫓는 일은 삼가시오. 이 말을 어길 때는 나의 격렬한 노여움에 부딪칠 것을 각오하시오. 저 아가씨는 명확하고 충분한 이유를 들어 그리소스또모의 죽음에 대해서는 추호의 책임이나 아무런 가책도 없으며, 접근하는 사나이 중에 어느 누구도 상대하지 않을 뜻을 분명히 보여주었소. 그녀는 쫓기거나 괴롭힘을 당하기보다는 세상 사람들의 찬사를 받아 마땅할 것이오. 그녀야말로 이 세상에서 올바른 생각을 품고 살아가는 유일한 여성이라는 것을 똑똑히 보여주었소.”

돈끼호떼의 이와 같은 위협 때문이었을까? 아니면 암브로시오가 죽은 친구에 대한 의무를 다하도록 그들에게 말했기 때문이었을까? 목자들은 무덤 자리를 파고 그리소스또모가 남긴 글이 불타는 구덩이 안에 관을 내려놓을 때까지, 누구 하나 움직이지도 않았고 자리를 뜨지도 않았으며 그저 눈물만 흘릴 뿐이었다. 석비가 완성될 때까지 매우 큼직한 돌로 임시로 묘혈을 덮어놓았는데, 암브로시오는 장차 석비에 다음과 같은 비문을 새길 것이라고 했다.

이곳에 사랑을 했던 사람,
차갑게 식은 한 사나이가 누웠노라.
양치기 청년이
슬픈 사랑을 이루지 못하고 죽었노라.
아름다우나 매정한 여인의

손에 죽은 몸이 되었도다.
그와 함께 사랑의 여신도
자기의 영토를 더욱 넓혔도다.

  사람들은 무덤 위에 꽃과 푸른 잎사귀를 뿌렸다. 그리고는 고인의 친구 암브로시오에게 조의를 표하고 그와 작별했다. 비발도와 그 일행들도 그렇게 했으며, 돈끼호떼도 조문객들과 나그네들에게 작별을 고했다. 나그네들은 돈끼호떼에게 자기들과 함께 세비야로 가지 않겠느냐고 권했다. 그곳은 거리에서나 길모퉁이에서나 사건이 쉴 새 없이 일어나므로 모험을 만나기에는 매우 좋은 땅이라는 것이다. 돈끼호떼는 자기에게 보여준 호의와 친절에 감사의 뜻을 표하고, 이 근처 일대에서 출몰한다고 소문난 도둑들의 손에서 영토를 탈환할 때까지는 세비야로 갈 생각도 없고 갈 수도 없다고 말했다.

  그의 결심을 알자 나그네들도 더 이상 가자고 하지 않았다. 그들은 다시 한 번 작별 인사를 하고는 돈끼호떼를 남겨 놓은 채 자기들의 여행을 계속했다. 그들은 길을 가는 동안 마르셀라와 그리소스또모의 이야기에서 돈끼호떼의 광기에 이르기까지 숱한 화제를 이야깃거리로 삼았다. 돈끼호떼는 마르셀라를 찾아가서 그녀를 위해 할 수 있는 모든 일을 해주겠다는 제의를 하려고 결심했다. 여기서 제2편이 끝나는데, 기록된 이야기에 의하면 돈끼호떼가 뜻했던 대로 일이 진행되지 않았다.

제15장
돈끼호떼가 잔인한 양구에스 사나이들과
만나서 당한 딱한 모험 이야기

돈끼호떼는 목자들과 그리소스또모의 장례식에 참석한 사람들에게 작별을 고하기가 무섭게 산초를 데리고 마르셀라가 들어간 숲 속으로 들어갔다. 그리고는 그녀를 찾아 두 시간 남짓 숲 속을 헤맸지만 끝내 발견하지 못하고, 무성한 풀로 가득한 풀밭에 이르러 걸음을 멈추었다. 그 풀밭 가까이에는 조용히 흐르는 맑은 시냇물이 있었다. 그들은 그 자리가 마음에 들어서 뜨거운 오후를 그곳에서 지내기로 마음먹었다. 돈끼호떼와 산초는 바닥에 내려선 뒤 당나귀와 로시난떼가 풀을 자유롭게 뜯어먹도록 풀어주고는, 자신들은 배낭에서 먹을 것을 꺼내서 주종의 예의도 따지지 않고 사이좋게 나누어 먹었다.

산초는 로시난떼가 워낙 점잖은데다가 꼬르도바 목장의 모든 암말들이 몰려들어도 본능을 느끼지 않을 정도로 색정이 없다는 것을 알기에 묶어 둘 생각은 아예 하지도 않았다. 그런데 운명인지 악마의 장난인지, 양구에스의 마바리꾼이 그 골짜기에서 풀을 뜯도록 암말을 풀어놓았다. 풀과 물이 있는 장소에서 한창 더울 때 휴식을 갖는 것이 이 마바리꾼들의 평소 습관이었는데, 하필이면 그곳이 돈끼호떼가 있는 장소였다.

그런데 뜻밖에 로시난떼가 이 마바리꾼의 암말들과 잠깐 어울려 볼 생각을 했는지, 암말의 냄새를 맡기가 무섭게 주인의 허락도 없이 달려가서 자기의 욕망을 드러낸 것이다. 그러나 암말들은 그런 일보다는 풀을 뜯어먹는 편이 더 좋았던지 로시난떼를 발굽으로 차고 이빨로 물어뜯었다. 덕분에 로시난떼는 배띠가 찢어지고 안장까지 날아가 완전히 벌거숭이가 되고 말았다. 설상가상으로 로시난떼가 자기 암말들에게 한 행위를 보고 마바리꾼들이 당장 몽둥이를 들고 달려와 로시난떼를 사정없이 두들겨 팼다.

그제야 로시난떼가 맞고 있는 것을 발견한 돈끼호떼와 산초는 숨을 헐떡이

푸르른 풀이 가득한 풀밭에 이르렀다.

며 달려갔다. 돈끼호떼는 산초를 돌아보고 말했다.

"내가 보건대 저자들은 기사가 아니라 천해 빠진 인간들이다. 산초, 내가 이렇게 말하는 이유는 우리 눈앞에서 로시난떼에게 가해진 이 무례에 대한 보복을 하는데 네가 도와줬으면 하는 마음을 가졌기 때문이다."

"아니, 어떤 보복을 하시려고 그러십니까? 저놈들은 스무 명이나 되는데 우리는 두 사람밖에 없잖습니까?"

"내가 백 사람 몫을 하지 않느냐?"

그러더니 돈끼호떼는 더 이상 쓸데없는 입을 놀릴 겨를이 없다는 듯 칼을 뽑아들고 양구에스 사나이들을 향해 덤벼들었다. 산초 빤사도 이와 같은 주인의 태도에 마음이 움직여서 그 뒤를 따랐다. 돈끼호떼가 한 사람에게 칼을 휘둘렀고, 그 칼은 상대가 입고 있는 가죽옷을 가르고 어깨에 상당한 상처를 입혔다.

양구에스 사나이들은 자기들 편이 많다는 사실에 자신을 얻었는지, 몽둥이를 고쳐 쥐고 무시무시한 기세로 두 사람에게 덤벼들어 마구 때리기 시작했다. 두 번째의 몽둥이질로 산초는 속절없이 땅바닥에 쓰러졌으며, 돈끼호떼도 용기를 발휘하지도 못하고 똑같은 운명에 처해 로시난떼 옆에 쓰러졌다. 양구에스 사나이들이 얼마나 심한 몽둥이질을 했는지 알 수 있을 것이다. 그들은 불쌍하고 처량한 몰골의 두 용사를 남겨둔 채 재빨리 말에 짐을 싣고는 목적지를 향해 떠나갔다.

먼저 정신을 차린 쪽은 산초 빤사였다. 그는 주인 가까이로 기어가더니 서글픈 목소리로 말했다.

"돈끼호떼님, 여보세요? 돈끼호떼님!"

"왜 그러느냐, 산초?"

돈끼호떼 역시 산초 못지않게 힘없고 고통스러운 목소리로 대답했다.

"나리, 그 블라스의 물약을 두 모금만 마셨으면 좋겠습니다. 만일 나리가 갖고 계신다면 말이죠. 그 약이 상처에 잘 듣듯이 뼈가 부러진 데도 잘 들을 테니까요."

"유감스럽다만 나는 그것을 가지고 있지 않다. 그것만 여기 있었더라면 아무 문제도 없었을 게다. 그러나 산초 빤사여, 나는 방랑 기사의 명예를 걸고 맹세한다. 운명이 나를 훼방놓지 않는다면 이틀 안에 반드시 그 약을 가져오마. 만약 그렇지 않을 때는 내 손에 장을 지지리라.”

“그러면 우리는 대체 언제나 걸어다닐 수 있을까요?”

산초 빤사가 기진맥진해서 물었다.

“며칠이 걸릴지 나도 알 수 없다. 물론 이 모든 것이 내 죄다. 나와 신분이 다른, 정식 기사도 아닌 자들을 상대로 칼을 뽑아서는 안 되었던 게야. 그래서 나는 기사도의 법을 어긴 죄로, 싸움을 다스리는 신의 형벌을 받은 거라고 생각하는 게다. 그러니 산초 빤사여, 여기서 내가 하는 말을 명심하거라. 앞으로는 그런 불한당이 우리에게 어떤 모욕을 가할 때 내가 놈들에게 칼을 뽑을 때까지 멍청히 서 있어서는 안 된다는 것이다. 나는 앞으로 절대로 그런 행동을 하지 않을 테니, 네가 먼저 칼을 들고 놈들을 응징해야 한다. 그러나 만일 놈들을 돕기 위해 기사들이 달려온다면, 그 때는 나도 가세해서 온 힘을 다해 너를 보호할 것이다. 내 힘이 어느 정도인지는 많은 경험에 비추어서 너도 알고 있을 게 아니냐?”

이 딱한 인물은 비스까야인에게서 얻은 승리 때문에 오만해져 있었던 것이다. 그러나 산초는 주인의 말을 납득할 수 없어서 이렇게 말했다.

“나리, 저는 평화롭고 온순하고 얌전한 사나이입니다. 게다가 미우나 고우나 먹여 살려야 할 처자가 있기 때문에 어떤 모욕도 지나칠 수 있습니다. 저는 상대가 농사꾼이건 기사이건 그들에게 대항하여 절대 칼을 손에 대지 않을 작정입니다. 그리고 지금부터 죽는 날까지 상대가 신분이 높건 낮건, 부자이건 가난뱅이건, 기사이건 평민이건, 신분이나 가문에 관계없이 저에게 어떤 모욕을 주더라도 깡그리 용서해 줄 작정입니다.”

“숨 좀 돌리고 좀더 편하게 말하려무나. 그리고 빤사여, 네가 잘못 알고 있는 부분을 지적해줘야겠구나. 이 얼빠진 녀석아. 만일 여태까지 거꾸로 불고 있던 운명의 바람이 갑자기 방향을 바꾸어서, 우리의 돛단배가 내가 그대에게 약속한 섬 중의 하나에 편안히 이르렀다면 말이다. 내가 그 섬을 평정해서 너를 그곳 영주로 앉히려는데, 네가 기사가 아니어서 영주가 될 수도 없고 될 생각도 없거나, 영주의 자리에 앉아서 네가 당한 모욕을 갚아줄 용기와 의지도 없다면 모든 것이 그림의 떡이 아니냐? 새로 정복한 왕국은 주민들의 심사가 불안하고 옛날 영주도 불만이 많을 테니 다시 한 번 정세를 뒤엎으려고 무슨 일을 꾸밀 것이다. 그러니 새로운 영주는 어떤 사태가 일어나더라도 공격하고 방어할 용기를 가지는 것이 중요한 일이니라."

"지금 우리에게 일어난 사건에서도 나리께서 말씀하신 그 용기가 있었더라면 좋았을 걸 그랬습니다. 하지만 쩨쩨한 사나이의 명예를 걸고 말씀드리자면, 저는 대화보다는 물약이 더 좋습니다. 그런데 나리, 일어나실 수 있겠습니까? 로시난떼도 도와 줘야 하지 않겠습니까? 이번 사건의 장본인이 그놈이니까 굳이 그렇게 해주지 않아도 되겠지만. 저는 여태까지 로시난떼가 그런 놈인 줄 몰랐습니다. 그녀석이 저처럼 아주 얌전한 놈인 줄로만 알고 있었거든요. 사람의 속까지 알려면 오랜 시간이 걸린다느니, 이 세상에는 확실한 일은 아무것도 없다느니 하고 흔히 말하지만 말입니다. 정말이지 그 재수 없는 기사놈에게 나리가 무시무시한 칼부림을 하자마자 곧이어 우리 어깨에 엄청난 몽둥이찜질이 뒤따라올 줄 누가 생각이나 했겠습니까?"

"산초, 너의 어깨는 그런 몽둥이찜질에도 견딜 수 있을지 모르지만, 부드러운 옥양목으로 감싼 내 어깨는 네가 겪은 똑같은 불행도 훨씬 강도 있게 느끼는 법이다. 내가 상상하건대, 아니 확실히 말하건대 방랑 기사에게는 이런 불행이 뒤따르는 것이 당연하다. 다만 나는 격노하여 이대로 죽고 싶은 심정이지만 말이다."

"나리, 그런 재난이 기사도의 수확이라고 한다면 그건 늘 찾아오는지, 아니면 일정한 시기에 오는 것인지 좀 말씀해 주십쇼. 하느님이 무한한 자비로 우리를 도와 주시지 않는다면 두 차례의 수확만으로도 족합니다. 도저히 세 차례까지는 우리 몸이 견뎌내지 못할 것 같습니다."

"내 말 좀 듣거라, 산초. 모름지기 방랑 기사의 생애라는 것은 숱한 고난과 비운을 면치 못하는 것이다. 이러한 방랑 기사들이 국왕이나 황제가 되는 경우도 많다. 이것은 여러 기사들의 체험이 분명히 보여주고 있으며 그들의 이야기에 대해서는 내가 너무나 잘 알고 있는 것이다. 내가 많이 아프기는 하지만, 지금부터 자기의 힘으로 높은 지위에 오른 기사들에 대해서 이야기해주겠다. 그런 사람들도 역시 높아지기 전에나 높아진 뒤에나 온갖 고난을 겪었느니라. 한 예로 용맹스러운 아마디스 데 가울라가 불구대천의 원수인 마법사 아르깔라우스의 수중에 떨어졌을 때, 마법사는 그를 기둥에 묶어 놓고 말고삐로 200대나 때렸다는 사실이 기록되어 있다. 그리고 꽤 믿을 만한 무명의 작가가 있는데, 그 사람은 이렇게 쓰고 있다. 태양의 기사가 어느 성에서 함정에 빠졌

사나이들은 얼른 몽둥이를 고쳐 쥐고……

는데, 정신을 차리고 보니 지하의 깊은 구덩이 속에서 수족이 꽁꽁 묶여 있었다. 게다가 눈 녹인 물과 모래를 섞은 관장제(灌腸劑)가 그에게 주어져서 하마터면 목숨을 잃을 뻔했다. 만일 그의 친구인 현자가 이 위기에서 구해주지 않았더라면 이 가련한 기사도 모진 꼴을 당했을 것이 틀림없다. 이런 훌륭한 기사들과 함께라면 나도 기꺼이 견딜 수 있다. 이런 사람들이 받은 모욕은 우리가 지금 받은 것과는 비교할 수 없을 정도로 심한 것이었단 말이다. 그러니 산초여, 네가 납득해 주기 바라는 것은 손에 들고 있던 도구로 어쩌다가 입은 상처는 결코 모욕이 되지 않는다는 것이다. 이것은 결투의 규정에 똑똑히 기록되어 있다. 따라서 구두를 짓는 직공이 손에 들고 있던 구두본으로 사람을 때렸을 경우 그것이 몽둥이 구실을 하기는 했지만, 그렇다고 구두본으로 맞은 사나이를 몽둥이로 맞았다고는 말할 수 없는 것이다. 내가 이런 말을 하는 것은 우리가 이번 싸움에서 혼이 나긴 했지만 그렇다고 모욕을 당했다고 착각하지 말라는 뜻에서다. 그자들이 우리를 두들긴 것은 단순한 몽둥이일 뿐이며, 내 기억으로는 그들 가운데 단 한 사람도 장검이든 단검이든 검이라고는 가진 자가 없었다는 것이다."

"거기까지 살펴볼 겨를이 없었습니다. 제가 칼에 손을 댈까 말까 하는 사이에 그 녀석들이 제 어깨를 몽둥이로 마구 두들겨 댔으니 말입니다. 그래서 저는 아무것도 보이지 않고 다리 힘도 풀려져서 지금 누워 있는 이 자리에 이렇게 뻗어 버리고 말았습니다. 여기서 새삼스럽게 그 몽둥이찜질을 당한 일을 모욕이니 아니니 하는 것은 제게 아무 소용도 없는 일입니다. 두들겨 맞은 아픔에 비하면 말이죠. 이건 제 어깨뿐 아니라 기억의 밑바닥까지 새겨졌으니 오래도록 남을 것이 틀림없습니다."

"그럴지도 모르지. 하지만 네가 꼭 알아 둬야 할 것은 그 어떤 기억도 시간과 더불어 사라지기 마련이고, 모든 고통은 죽음에 의해서 사라진다는 것이니라."

"그렇다면 고통을 사라지게 하는 죽음이나, 기억을 사라지게 하는 시간을 기다리는 불행보다 더 큰 불행이 어디 있단 말입니까? 우리의 이 불행이 한두 병의 물약으로 나을 만한 것이라면 그렇게 속상한 일도 아니겠지요. 제가 보기에 병원에 있는 물약을 몽땅 바르더라도 부족할 것 같지만 말입니다."

"산초, 이제 그 말은 하지 말아다오. 맥이 빠졌겠지만 힘을 내거라, 나도 그리 할 테니. 그리고 로시난떼의 상태를 봐주자. 그 가련한 녀석도 이번 재난에서 꽤 큰 역할을 담당했으니까."

"그건 별로 놀랄 것도 없습니다. 그놈도 역시 방랑 기사니까요. 다만 제가 납득할 수 없는 일은, 우리는 갈빗대가 부러졌는데도 제 당나귀 녀석은 조금도 측은한 얼굴을 하지 않고 태연스럽다는 것입니다."

"행운이라는 것은 불행 속에서도 빠져나갈 길을 주기 위해 한쪽 문을 열어놓는 법이니라. 내가 이런 말을 하는 것은 이 보잘것없는 짐승이 로시난떼를 대신하여 내 상처를 치료할 수 있을 만한 성까지 태우고 갈 것이 틀림없기 때문이다. 나는 이런 짐승을 타고 가는 것을 조금도 불명예라고 생각지 않을 참이다. 유쾌한 웃음의 신(디오니소스)의 스승이었던 위대한 시레누스 노인도 100개의 문을 갖춘 도시로 들어갈 때, 훌륭한 당나귀에 호기롭게 올라탔거든."

"나리의 말씀대로 그 사람이 당나귀를 타고 갔다는 게 사실일지도 모르지요. 하지만 버젓이 타고 가는 것과 얼음 부대처럼 옆으로 매달려 가는 것과는 큰 차이가 있습니다."

"결투에서 얻은 상처는 명예가 될지언정 명예를 떨어뜨리지는 않는 법이다. 그러니 빤사여, 이제 더는 말대꾸하지 말아라. 그보다 내가 아까 말한 것처럼 네 방식대로 나를 네 당나귀에 태워다오. 밤이 되어 이런 쓸쓸한 장소에서 버려지기 전에 여기를 떠나도록 하자."

"하지만 나리가 방랑 기사들은 일 년의 대부분을 황야와 사막에서 자는 것이 보통이며, 또 그것을 행복으로 생각한다고 말씀하셨잖아요?"

"그것은 말이다. 달리 어떻게 할 수 없는 경우라든가, 그들이 사랑을 하고 있을 경우의 일이니라. 해가 나거나 흐리거나 갖가지 변화무쌍한 기후에도 불구하고 2년 동안 바위에서 보낸 기사가 있었다는 이야기는 틀림없는 사실이니라. 사랑하는 여성은 그 사실을 전혀 알지 못하는데 말이다. 그 중의 한 사람이 아마디스인데, 그때 그는 자신을 벨떼네브로스라고 부르면서 뽀브레 바위(처량한 바위)에 거처를 정했지. 그것이 8년 동안인지 8개월이었는지는 정확하게 기억할 수 없다. 아무튼 오리아나 공주로부터 어떤 슬픔을 받았는지는 모르지만 그는 거기서 고행을 하고 있었던 게다. 산초, 이 이야기는 이 정도에서 그치자. 그리고 이 당나귀에게도 로시난떼처럼 무슨 재난이 일어나기 전에 얼른 이 곳을 떠나자."

당나귀의 고삐를 잡고 큰길이 나올 것 같은 쪽으로 걸어나갔다.

"아이고, 그럼 큰일이게요?"

그러고 나서도 산초는 서른 번의 '아아!'와 예순 번의 한숨과, 자기를 이렇게 만든 자들을 향해 백스무 번의 욕지거리를 뱉고는 간신히 일어났다. 그러나 완전히 몸을 펼 수가 없어서 마치 활처럼 길 한가운데 몸을 굽히고 서 있었다. 이렇게 힘들게 떠날 채비를 하는데, 당나귀는 이날의 뜻하지 않은 자유로움에 약간 멍청해져 있었다. 만일 로시난떼가 불평을 늘어 놓을 줄 아는 혀를 갖고 있었더라면, 산초나 주인에게 뒤지지 않을 정도의 불평을 늘어놓았을 것이다. 결국 산초는 돈끼호떼를 당나귀 위에 태우고, 로시난떼를 밧줄로 매어서 끌고, 당나귀의 고삐를 잡아 큰길이 있을 것으로 짐작되는 방향으로 조금씩 나아 갔다.

그런데 다행스럽게도 4*km*도 걷지 않아서 길을 만나게 되었다. 더욱이 그 길가에는 주막이 하나 있었다. 돈끼호떼에게는 주막이 아닌 성이어야 했지만 말이다. 산초는 어디까지나 주막이라고 주장하고, 주인은 주막이 아니라 성이라고 고집을 피웠다. 그러나 그 논쟁이 끝나기 전에 이미 주막에 도착했으므로 산초는 이제 더 우기지 못하고 당나귀와 말을 이끌고 안으로 들어갔다.

제16장
재치 넘치는 시골 귀족 돈끼호떼가
성이라고 생각한 주막에서 일어난 이야기

　주막 주인은 당나귀 위에 꼴사납게 얹혀 있는 돈끼호떼를 보자, 대체 어떻게 된 일이냐고 산초에게 물었다. 산초는 바위에서 떨어져 늑골이 약간 상했을 뿐이라고 대답했다. 그런데 이 주막 주인은 이런 일을 하는 여느 아낙네들과는 약간 다른 마누라와 살고 있었다. 그녀는 타고난 성품이 친절했으며 남의 불행에 마음 아파하는 여자였다. 그래서 즉시 돈끼호떼의 치료를 시작했고 젊고 인물이 고운 그녀의 딸에게도 이 손님의 치료를 거들게 했다.

　이 주막에는 얼굴이 넓고 목이 짧고 사자코인데다가 한쪽 눈은 사팔뜨기이고 한쪽 눈은 잘 보이지도 않는, 아스투리아스 태생의 처녀, 마리또르네스가 일하고 있었다. 그러나 그녀의 발랄한 거동이 보기 흉한 모든 것들을 가려 주었다. 그녀의 키는 기껏해야 7빨모*¹밖에 안 되는데다가 앞으로 약간 수그러진 어깨 덕분에 싫어도 땅바닥을 보게끔 되어 있었다. 이 특이한 용모의 하녀도 역시 주막집 딸을 거들었다. 두 사람은 돈끼호떼를 위하여 오랜 세월 짚을 넣어 두는 방으로 사용한 다락방에 매우 엉성한 침상을 마련해 주었다. 이 방에는 다른 마바리꾼도 한 사람 묵고 있었는데, 그의 침상은 돈끼호떼보다는 조금 안쪽에 마련되어 있었다. 그의 침상은 자기 당나귀의 짐안장과 말 덮개로 만들었으나 돈끼호떼의 침상은 서로 높이가 맞지 않는 2개의 의자에 거칠게 깎은 4장의 판때기를 걸쳐놓아 만들었다. 요의 찢어진 틈으로 양털이 보이지 않았다면, 손으로 만져봐서는 그 속이 어찌나 딴딴한지 돌이 들어있는 줄 알았을 것이다. 두 장의 시트는 방패 가죽으로 만든 것처럼 뻣뻣했고, 모포는 한 가닥도 틀리지 않게 올을 셀 수 있을 만큼 성겼다.

---

*1 1빨모는 약 21센티미터.

이 형편없는 침상에 돈끼호떼는 드러누웠다. 그러자 안주인과 딸이 위에서 아래까지 약을 발라주었으며, 마리또르네스는 두 사람에게 불을 비춰주었다. 약을 바르던 안주인은 돈끼호떼의 몸 여기저기에 많은 타박상이 있는 것을 알았으므로, 이것은 높은 데서 떨어진 것이 아니라 두들겨 맞은 것이 틀림없다고 말했다. 산초가 옆에서 이에 대해 변명했다.

"아니, 맞은 상처가 아니오. 바위가 워낙 뾰족뾰족 튀어나와서 거기에 부딪혀서 이런 상처가 생긴 거라오. 아주머니, 어떻게든 그 삼베 찌꺼기를 좀 남겨 두시오. 그것이 필요한 사람이 또 있으니까. 나도 실은 허리가 약간 아파서요."

"그럼 당신도 떨어지셨나요?"

"난 떨어지지 않았어요. 다만 나리가 떨어지는 걸 보고 나도 모르게 깜짝 놀랐을 뿐이라오. 그런데 마치 몽둥이로 1,000대는 맞은 것처럼 온몸이 욱신거린단 말이야."

그 때 주막집 딸이 끼어들었다.

"그럴 수도 있을 거예요. 저도 탑에서 아래로 떨어지는 꿈을 꾸다가 잠에서 깨어나면 정말로 그런 일이 일어난 것처럼 괴롭고 아프거든요."

"바로 그겁니다! 나는 꿈이 아니라 똑똑히 눈을 뜨고 있었는데도 돈끼호떼 나리 못지않게 타박상을 입었으니 말이오."

그러자 마리또르네스가 물었다.

"이 어른은 뭘 하는 분이에요?"

산초 빤사가 대답했다.

"돈끼호떼 데 라만차라고 하는 기사님이오. 먼 옛날부터 오늘에 이르기까지 있었던 방랑 기사들 중에서 가장 훌륭하고 힘이 센 기사님 중의 한 분이지."

이번에는 주막집 딸이 물었다.

"방랑 기사라니, 그게 뭐예요?"

"그것도 모르다니, 아가씨는 세상물정을 모르는 모양이군! 잘 들어둬요. 방랑 기사는 돌팔매질을 당하다가도 순식간에 황제가 되는 사람들이야. 오늘은 세상에서 가장 딱한 비참한 인간이지만, 내일은 자기 부하들에게 영토를 얼마든지 나누어줄 수 있는 분이란 말이야."

이번에는 주막집 안주인이 물었다.

"그런데 당신은 이렇게 훌륭한 기사님의 부하라면서 영지 같은 건 하나도 갖고 있지 않은 것 같으니 어찌된 일이오?"

"아직은 때가 안 돼서 그렇습니다. 우리는 모험을 찾아서 떠나온 지 한 달밖에 되지 않았고, 게다가 오늘날까지 아직 모험다운 모험을 겪지 못했단 말이오. 정작 찾는 것 대신 엉뚱한 것만 발견한 일이 부지기수니까요. 그러나 우리 돈끼호떼님의 타박상이 낫고, 내가 또한 이 타박상으로 불구만 되지 않으면 내 대망을 스페인 최고의 직위와도 바꾸지 않을 것이오."

아까부터 그들이 주고받는 말을 주의 깊게 듣고 있던 돈끼호떼는 있는 힘을 다해서 침상 위에 일어나 앉았다. 그리고 주막집 안주인의 손을 잡으며 말했다.

"아름다운 부인, 부인은 나를 이 성에 묵게 해주신 것만으로 스스로를 행복한 사람이라 부르셔도 좋으실 것이오. 내가 스스로를 자랑하지는 않겠소. 자기를 자랑하는 자는 품위가 떨어지기 때문이지요. 내가 어떤 사람인가 하는 것은 종자가 설명해 줄 것이오. 다만 이 목숨이 붙어 있는 한, 부인이 우리에게 보여주신 호의를 잊지 않으려고 이렇게 말씀드리는 것이오. 그리고 사랑의 포로가 되지 않게 해주신 하늘과, 아름답지만 좀 불쾌감이 드는 저 아가씨의 두 눈에 감사드리오."

방랑 기사의 횡설수설에 안주인도 딸도 마리또르네스도 그저 얼떨떨할 뿐이었다. 그녀들도 이러한 말이 호의의 뜻이 담긴 인사라는 것을 알았으나 그저 그리스 말로 지껄이는 것이려니 하고 생각했다. 그녀들은 돈끼호떼가 평소에 다루었던 손님들과 다르다고 여기며 상투적인 말로 답례하고 방을 나갔다. 한편 마리또르네스는 돈끼호떼 못지 않게 다친 산초를 치료해주었다.

마르또르네스는 그날 밤 마바리꾼과 같이 자기로 약속이 되어 있었다. 손님들이 조용해지고 주인들이 잠들고 나면 그를 찾아가기로 했던 것이다. 이 하녀는 한번 이런 약속을 하면, 숲 속에서 증인 하나 없는 가운데 한 약속일지라도 반드시 지키는 사람이었다. 그녀는 자기 가문이 좋다는 것을 자랑으로 삼았으며, 주막에서 일하게 된 것에 대해서도 불행한 사건 때문에 그런 처지가 되었다고 생각했기에 조금도 부끄럽게 여기지 않았다.

딱딱하고 비좁은데다가 한쪽으로 기울어진 돈끼호떼의 침상은 별빛이 흘러들어오는 건초방 한가운데 놓여 있었다. 그 옆에 산초의 침상이 있었는데, 돗자리 한 장과 거친 삼베로 보이는 담요 한 장으로 만든 것이었다. 이 2개의 침상에 이어 그 마바리꾼의 침상이 있었는데, 이것은 앞에서 말한 것처럼 그가 이곳에 끌고 온 열두 마리 당나귀 중에서도 가장 훌륭한 두 마리 당나귀의 짐 안장과 마구로 만들어져 있었다.

작가의 말에 따르면 이 마바리꾼은 아래발로에서도 가장 돈이 많은 마바리 꾼이어서, 그가 끌고 온 당나귀 열두 마리는 모두 살이 오르고 윤기가 흘렀 다고 한다. 이 원작자가 그 마바리꾼에 대해 상세히 기술하고 있는 까닭은 그 들이 서로 잘 아는 사이였으며, 먼 친척이었기 때문이라고 말하는 이들도 있 다. 씨데 아메떼 베넨헬리는 매우 세심하고 모든 사항에 대해 정확한 역사가였 으며, 비록 사소한 기록이라고 해도 그냥 넘어가는 일이 없었다. 이것은 주의 깊게 봐야 할 일이다. 역사적 사건을 극히 간단명료하게 기술하여, 저작의 가 장 중요한 대목을 부주의나 고의나 무지로 그 사건을 잉크병에 담아놓은 채 지나가게 만드는 거만한 역사가들은 베넨헬리를 모범으로 삼아야 할 것이다. 원컨대《따블란떼 데 리까몬떼》의 작가나 또미야스 백작의 사적을 기록한 저 자에게 행운이 있을지어다. 그들의 그 상세한 기록에 감탄을 금치 못하노니!

그건 그렇고 마바리꾼은 당나귀들에게 다시 한 번 여물을 주고 와서는 사 기 침상에 누워서, 절대로 약속을 어기지 않는 마리또르네스를 기다리고 있 었다.

산초는 약을 다 바르고 자리에 누워 있었는데, 아무리 잠을 자려고 애를 써 도 옆구리의 통증 때문에 도무지 잠을 이룰 수가 없었다. 돈끼호떼 역시 옆구 리의 통증으로 두 눈을 토끼처럼 커다랗게 뜨고 있었다. 주막 어느 구석이든 죽은 듯이 고요했으며, 입구 한가운데 달아놓은 등잔을 빼고는 주막 안에 불 빛이란 없었다.

이 고요한 정적 속에서 우리의 기사는 자신이 겪었던 불행한 사건들을 곱씹 으면서 온갖 기묘하고 어처구니없는 망상들을 떠올리기 시작했다. 그는 어느 유명한 성에 도착했다고 상상하고 있었다. 그리고 성주의 공주, 즉 주막집 딸 이 그의 멋있는 인물에 반해 오늘밤 양친의 눈을 피해 그와 밀회를 나누기 위 해 찾아오기로 약속했다고 생각했다. 그는 자기가 만든 이 망상을 사실로 착 각하고 자기의 순결이 아무래도 큰 위압을 받게 되리라고 근심했다. 그리하여 설혹 히네브라 여왕이 시녀 낀따뇨나를 데리고 자기 앞에 나타나더라도 둘씨 네아 델 또보스를 배반하는 일은 결코 하지 않겠다고 다짐했다.

그가 이런 부질없는 생각에 잠겨 있는 동안에 불행하게도 마리또르네스가 다가오고 있었다. 그녀는 무명끈으로 머리를 묶은 채 속옷 바람에 맨발로 마바리꾼을 찾아 발걸음 소리를 죽이며 세 사람이 자고 있는 방으로 들어왔다. 여자가 입구에 나타나자 돈끼호떼는 옆구리의 아픔으로 약을 발랐음에도 불구하고 재빨리 침상에서 몸을 일으켜 자기의 아름다운 공주를 맞이하려고 두 팔을 내밀었다. 마리또르네스는 마바리꾼을 찾으려고 두 손을 앞으로 내민 채 다가오다가 돈끼호떼의 팔에 부딪쳤다. 그러자 돈끼호떼는 여자의 손목을 꽉 잡고 자기 앞으로 끌어당겨 여자가 말 한 마디 할 시간도 주지 않고 침상에 앉혔다. 그리고는 여자의 속옷을 만졌는데, 그것은 거친 삼베에 지나지 않았으나 돈끼호떼에게는 얇고 부드러운 망사로 느껴졌다. 여자는 손목에 유리 묵주를 차고 있었지만 돈끼호떼에게는 진귀한 동양의 진주가 희미한 빛을 발하고 있는 것처럼 느껴졌다. 말갈기를 연상케 하는 여자의 머리카락도 아라비아의 찬연한 금실처럼 느껴졌다. 또한 맛이 변한 샐러드 같은 그녀의 숨결조차 돈끼호떼에게는 향기로 느껴졌다.

결국 그는 책에서 읽은 대로, 자기가 사랑하는 부상당한 기사를 찾아 온갖 장신구로 치장하고 온 공주를 상상했던 것이다. 이 가련한 기사가 얼마나 맹목적이었는지 그녀의 입김과 감촉 등에 전혀 거부감이 들지 않았다. 마바리꾼이 아닌 다른 사람들이라면 구역질을 일으킬 정도였는데도, 돈끼호떼는 마치 미의 여신을 안은 것처럼 황홀해했다. 그는 그녀를 꽉 껴안은 채 애정이 깃든 나직한 목소리로 속삭였다.

"아름답고 고상한 분이여, 요염한 자태를 아낌없이 보여주시는 그대의 후의에 내가 호응할 수 있는 처지라면 얼마나 좋을까요? 그러나 운명의 장난으로 나는 만신창이가 되어 이 침상에 누울 수밖에 없는 처지가 되었소. 그렇기 때문에 내가 아무리 그대의 마음에 응하려고 해도 내 몸이 말을 듣지 않는구려. 뿐만 아니라 이 몸은 오직 둘씨네아 델 또보소에게 연모의 마음을 맹세한 몸이오. 그렇지만 않았다면 나는 그대가 준 이 천재일우의 행운을 헛되이 놓치는 얼빠진 기사가 되지는 않았을 것이오."

마리또르네스는 돈끼호떼에게 붙잡혀 꼼짝도 못하고 땀만 흘리고 있을 뿐이었다. 그녀는 자기에게 지껄여대는 말이 무슨 뜻인지 알 수도 없었고 굳이 들으려고도 하지 않았으며, 그저 어떻게든 몸을 빼내려고만 했다.

한편 마바리꾼은 더러운 욕망에 잠을 이루지 못하고 있다가, 여자가 입구에 들어왔을 때부터 돈끼호떼가 하는 말을 가만히 듣고 있었다. 그는 아스투리아스의 여자가 다른 남자 때문에 약속을 저버릴 듯한 상황에 질투심이 일어나 돈끼호떼의 침상 쪽으로 다가갔다. 젊은 여자는 몸을 빼려고 몸부림치고 돈끼호떼는 놓지 않으려고 기를 쓰고 있는 것을 확인하자, 마바리꾼은 더 이상 참지 못하고 주먹을 들어서 기사의 여린 턱에 무시무시한 일격을 가했다. 기사의 입은 금세 피투성이가 되었다. 그러나 마바리꾼은 그것으로도 분이 가시지 않아서 기사의 등에 올라서서 말발굽보다 더 거세게 갈비뼈를 짓밟았다. 그러지 않아도 약했던 침상은 마바리꾼의 무게까지 더해지자 순식간에 바닥으로 내려앉았다. 이 요란스러운 소리에 주막 주인이 눈을 떴다. 그는 대뜸 이건 마리또르네스가 일으킨 소동이 틀림없다고 생각했다. 그녀를 큰 소리로 불렀으나 대답이 없었기 때문이다. 그는 이런 의심을 품은 채 등불을 켜들고 소리가 들리는 곳을 어렵지 않게 찾아왔다. 마리또르네스는 주인이 오는 것을 보자 공포에 질린 나머지 산초 빤사의 침상 안으로 기어 들어가 몸을 조그맣게 웅크리고 숨어 있었다. 주막 주인이 소리치면서 들어왔다.

"이 화냥년아, 어디 있어? 이 소동은 아무래도 네년 짓이 분명해."

이 소리에 산초도 눈을 떴다. 그는 자기 위에 있는 무게를 느끼자, 자기가 가위에 눌린 줄 알고 마구 주먹질을 했다. 그 중 몇 번의 주먹이 마리또르네스에게 명중하자, 그녀는 아픔을 참지 못하고 산초에게 마구 주먹질을 해댔다. 이 소동에 산초는 잠에서 완전히 깨어났다. 상대 여자가 누구인지도 모르면서 산초는 부스스 몸을 일으키더니 무조건 그녀를 껴안고 매달렸다. 그리하여 두 사람 사이에는 처참하고도 우습기 짝이 없는 격투가 벌어졌다. 마바리꾼은 주막 주인의 등잔 불빛으로 자기 여자의 꼬락서니를 보고는 돈끼호떼를 내버려두고 이번에는 산초에게 달려들었다. 주막 주인도 같이 행동했으나, 그는 전혀 다른 생각에서였다. 이 소동이 전부 마리또르네스 한 사람 때문에 일어난 것이라 생각하고 그녀를 혼내 주기 위해서였던 것이다. '고양이는 쥐에게, 쥐는 새끼줄에게, 새끼줄은 몽둥이에게 달려든다'라는 말처럼 마바리꾼은 산초에게, 산초는 하녀에게, 하녀는 산초에게, 주막 주인은 하녀에게 달려들어 모두들 숨 돌이킬 겨를도 없이 연거푸 주먹질을 해댔다. 게다가 주막 주인의 등불까지 꺼져 암흑 상태가 되자 모두들 서로 얽히고 설켜 사정없이 주먹질을 해댔으므로

침상은 순식간에 바닥으로 내려 앉았다.

그야말로 성한 것이 하나도 없게 되었다.

마침 그날 밤 주막에는 똘레도 성동포회(聖同胞會)의 관리가 묵고 있었는데, 그는 이 심상치 않은 소동에 얼른 곤봉과 경찰 신분증을 넣은 양철통을 옆에 끼고 소리를 지르면서 캄캄한 방으로 뛰어들었다.

"법에 항거하지 마라! 성동포회의 경찰에게 항거하지 마라!"

그가 제일 먼저 부딪친 것은 흠씬 두들겨 맞아 부서진 침상 위에 정신을 잃고 쓰러져 있는 돈끼호떼였다. 그는 자신의 수염을 만지며 다시 소리쳤다.

"꼼짝하지 마라!"

그러나 자신이 붙잡은 상대가 꼼짝하지 않자 이 사나이는 이미 죽었으며 여기 있는 자들이 살인자라고 판단하고 소리 높여 외쳤다.

"이 주막 입구를 닫아라! 한 사람도 밖으로 나가지 못하게 하라. 여기 사람이 죽었다!"

이 고함소리에 사람들은 깜짝 놀랐다. 주막 주인과 하녀는 자기 방으로 돌아갔고 마바리꾼은 제 침상으로 돌아갔다. 다만 불운한 돈끼호떼와 산초만은 그 자리에서 움직일 수조차 없었다. 이때 성동포회 관리는 돈끼호떼의 수염을 잡아당기고는 범인을 체포하려고 등불을 찾으러 나갔다. 그러나 주막 주인이 자기 방으로 돌아갈 때 등불을 꺼놓았으므로 아무리 찾아도 보이지 않았다. 성동포회 관리는 하는 수 없이 난로의 도움을 빌려야 했다. 그는 오랜 시간을 고생한 끝에 간신히 다른 등잔에 불을 켤 수 있었다.

제17장

용사 돈끼호떼와 충성스런 산초 빤사가
성이라고 생각한 주막에서 숱한 고난을 겪는 이야기

이때 돈끼호떼는 실신상태에서 깨어나 있었다. 그리고 전날 '몽둥이찜질을 당한 골짜기'에 누워 있을 때 종자에게 말을 건넸을 때와 똑같은 투로 그를 불렀다.

"이봐라, 산초여, 잠들었느냐? 자느냐, 산초?"

산초가 참으로 분한 듯이 퉁명스럽게 대꾸했다.

"잠이 어찌 오겠습니까? 정말 분해서! 오늘밤에 악마란 악마는 모두 나한테 달라붙은 것만 같은뎁쇼."

"네가 그렇게 생각하는 것도 무리는 아니다. 아마 내가 착각을 하고 있거나 이 성이 마법에 걸려 있거나, 둘 중 하나일 것이다. 그리고 또 한 가지 이유가 있다. 그런데 내가 지금부터 너에게 하려고 하는 이야기는 내가 죽은 뒤에도 비밀로 해두겠다고 맹세해야 한다."

"맹세합죠."

"내가 이렇게 말하는 것은 그 누구라도 타인의 이름을 더럽히는 것을 내가 가장 싫어하기 때문이다."

"맹세한다니까요. 나리의 목숨이 붙어 있는 한, 결코 지껄이지 않겠습니다. 하지만 내일이라도 지껄일 수만 있다면 얼마나 고마울지 모르겠습니다."

"내가 너에게 그토록 나쁜 짓을 했단 말이냐, 산초? 그토록 내가 빨리 죽는 것을 보고 싶어하는 이유가 무엇이냐?"

"그런 생각이 아닙니다. 다만 저는 무슨 일이든 가슴 속에 오래 간직해 두는 것이 서툴러서요. 모처럼 간직해 둔 것이 썩기라도 한다면 큰일이란 생각에서 하는 말이죠."

"어쨌든 너의 정의로움과 예의를 믿겠다. 네가 알아두었으면 하는 것은 오늘

밤 도저히 상상도 못할 이상한 일들이 일어났다는 점이다. 간단하게 말하면 조금 전 이 성의 공주님이 나한테 찾아왔다는 것은 너도 알고 있으리라 생각한다. 그녀는 지상에서 볼 수 있는 가장 훌륭하고 아름다운 공주가 아니냐? 공주의 화려한 단장에 대해 내가 감히 무어라 말할 수 있을까? 공주의 우아한 자태를 내가 뭐라 말해야 좋겠는가? 나의 그리운 공주 둘씨네아 델 또보소 님에게 충성을 다하기 위해서 침묵으로 묻어둘 그 밖의 일들은 차치하고라도 말이다. 다만 너에게 말하고 싶은 것은 하늘이 내 수중에 쥐어진 행운은 물론 모험까지 시기한다는 것이다. 앞에서도 말했듯이 이 성은 마법에 걸려 있다. 내가 공주와 달콤한 사랑을 속삭이고 있을 때, 보이지도 않고 어디서 왔는지도 모르는 무시무시한 주먹이 들이닥쳐 내 턱에 심한 일격을 가하는 바람에 피투성이가 되었거든. 그리고는 나를 흠씬 두들겨 패고 짓밟아서, 어제 마바리꾼들에게 당했던 모욕 못지 않게 비참한 꼬락서니가 되었단 말이다. 이것으로 미루어 볼 때, 이 공주의 보물인 아름다움은 무어인 마법사가 지키고 있는 게 틀림없다. 암만해도 공주는 내 차지가 아닌 것 같구나.”

“그건 제 것도 아닌 것 같습니다! 생각 좀 해보십쇼. 400명이 넘는 무어인들이 개미떼처럼 덤벼들어 저를 두들겨 팼으니, 여기에 비한다면 어제의 몽둥이찜질 따위는 새발의 피올시다. 하지만 나리, 황송하기는 합니다만, 우리가 이런 꼬락서니가 되었는데도 어째서 나리는 이것을 훌륭하고 진기한 사건이라고 하십니까? 하기야 나리께서는 방금 말씀하신 대로 미인을 두 팔에 안고 계셨으니까 그래도 낫지요. 제가 얻은 것은 이 세상에 태어나서 처음 겪는 무시무시한 몽둥이찜질 외에 무엇이 있었습니까? 저도 그렇고, 저라는 인간을 낳아 준 우리 어머니도 참 가련합니다. 저는 방랑 기사도 아니고 그런 것이 되고 싶다는 생각조차 해본 적이 없는데, 이게 무슨 꼴입니까? 불행이란 불행은 모두 제가 도맡아서 당하고 있으니 말입니다!”

“그 뒤에 너도 두들겨 맞았단 말이냐?”

“그렇다고 말씀드리지 않았습니까? 정말 화가 나서!”

“너무 흥분하지 말아라. 내가 곧 그 효력이 큰 향유를 만들 테니까. 그것만 있으면 우리는 순식간에 깨끗이 나을 게다.”

그 때 간신히 등잔에 불을 켠 성동포회 관리는 죽었을 것이라 생각한 사나이를 보기 위해 방으로 들어왔다. 셔츠 바람으로 머리에 두건을 쓰고 손에 등

불을 든 험악한 얼굴의 그를 보고 산초가 돈끼호떼에게 물었다.

"나리, 혹시 그 마법에 걸린 무어인이 우리를 혼내 주려고 되돌아온 게 아닙니까? 뭔가 하다 만 일이 있지 않을까 해서 말입니다."

"그 무어인은 아닐 것이다. 마법에 걸린 자들은 누구의 눈에도 그 모습이 보이지 않는 법이니라."

"모습은 보이지 않을는지 모르지만 느낌으로 알 수 있습니다. 그렇지 않다면 제 등이 이렇게 섬뜩할 리가 없습니다."

"내 등도 그렇긴 하다만."

돈끼호떼는 잠시 머뭇거리더니 말을 이었다.

"그러나 그것만으로는 저기 보이는 것이 마법에 걸린 무어인이라고 믿을 만한 충분한 증거가 되지 않는구나."

성동포회 관리는 이런 식으로 태연스레 대화를 나누는 두 사람을 보고 입을 딱 벌린 채 그 자리에 멈추어 섰다. 돈끼호떼는 여전히 몸을 움직이지도 못하고 반듯이 누워 있었다. 관리는 그에게 가까이 다가와 말을 건넸다.

"이봐, 어떻게 된 거야?"

"내가 만일 귀공이라면 좀더 공손한 말투를 썼을 게다. 이곳 사람들은 방랑 기사에게 그런 말투를 쓰는가? 이 무지몽매한 녀석아!"

관리는 처참한 몰골을 한 사나이로부터 이런 취급을 받자 참기 어렵도록 화가 났다. 그는 기름이 가득 든 등잔을 들어서 돈끼호떼의 머리를 힘껏 후려갈겼다. 이 바람에 돈끼호떼는 머리에 심한 부상을 입게 되었다. 주위는 금방 캄캄해지고 관리는 밖으로 나가 버렸다. 산초 빤사가 입을 열었다.

"틀림없습니다, 나리. 저건 역시 마법에 걸린 무어인입니다. 아무래도 다른 자들을 위해서는 보물을 마련해 두고 우리에게는 주먹질이라든가 등잔으로 때리는 것만 마련해 둔 것 같습니다."

"네 말이 옳다. 그러나 이런 마법 나부랭이에 대해서는 신경쓸 것 없다. 마법은 눈에 보이지 않는 환상 같은 것이라 아무리 이쪽에서 보복하려고 해도 상대가 눈에 쉽게 띄지 않기 때문이지. 그런데 산초, 가능하다면 일어나 주면 좋겠다. 일어나서 이 성의 성주를 불러서 효험이 신통한 영약을 만들 테니까 기름, 포도주, 로메로를 조금씩 달라고 부탁해다오. 그 도깨비 같은 녀석들에게 받은 상처에서 피가 많이 흐르니 지금이야말로 그 약이 필요할 때로구나."

"산초여, 너의 괴로움은 모두……"

산초는 뼈 마디마디가 쑤시는 것을 참고 자리에서 일어나, 어둠 속을 더듬어 주막 주인이 있는 곳으로 갔다. 그러다가 자기가 때린 자가 어떻게 되었는지 궁금하여 엿보고 있던 성동포회 관리와 부딪쳤다. 그러자 산초가 말했다.

"누구신지 모르지만 제발 자비를 베푸셔서 로메로, 소금, 기름, 포도주를 조금씩만 주십시오. 이 세상에서 가장 훌륭한 방랑 기사 한 분을 치료하는 데 꼭 필요해서 그럽니다. 그분은 이 주막에 머물고 있는 마법에 걸린 무어인에게 심한 상처를 입고 저쪽 침상에 누워 계십니다."

이 말을 들은 관리는 산초가 좀 모자라는 사내일 거라고 생각했다. 그러나 이제 날도 새기 시작했으므로 주막 주인을 불러서 산초가 부탁한 것을 전해주었다. 주막 주인은 선선히 필요한 것을 모두 주었다. 산초는 얼른 그것을 돈끼호떼에게 가지고 갔다. 돈끼호떼는 두 손으로 머리를 감싼 채 등잔에 맞은 상처의 아픔을 호소했다. 사실 그것은 큼직한 혹이 2개 생긴 데 지나지 않았으며, 그가 피라고 생각한 것은 아까의 소동 때 흘린 엄청난 땀이었다.

돈끼호떼는 산초에게서 약재를 받자 그것들을 모두 섞어서 이제 됐다고 여겨질 때까지 불에 끓여 혼합액을 만들었다. 그리고 그것을 넣을 유리병을 찾았으나 그 주막에는 알맞은 것이 없었다. 그래서 주인이 선심을 써서 준 올리브 항아리와 양철 초롱에 넣기로 했다. 돈끼호떼는 그것들을 향해서 여든 번 이상이나 주기도문을 외고, 또다시 그만큼 성모경과 사도신경을 외우면서 부정타지 말라고 한마디 한마디마다 성호를 그었다. 그동안 산초와 주막 주인과 성동포회 관리는 돈끼호떼를 지켜보았다. 마바리꾼도 완전히 냉정을 되찾고 자기 당나귀의 뒷바라지에 여념이 없었다.

돈끼호떼는 그가 고안하여 만들어 낸 영약의 효력을 당장 자신에게 실험하기로 했다. 그래서 항아리와 양철 초롱에 넣고 남은 것을 반 아숨부레쯤 마셨다. 그러나 마시자마자 심한 구역질이 일어나 토했으므로 배속에는 아무것도 남지 않게 되었다. 그래도 자꾸 구역질이 나고 땀이 비오듯 흘렀다. 그는 자기 몸을 폭 싸서 혼자 있게 해달라고 부탁했다. 사람들이 그렇게 해주자 그는 그대로 잠들어 3시간 이상의 수면을 취했다. 이윽고 눈을 뜨자 몸이 매우 가뿐해졌고 부상당한 곳도 덜 아픈 것처럼 생각되었다. 그는 피에라브라스의 영약을 만들어내는 데 성공했다고 믿었으며, 이 묘약이 있는 이상 앞으로는 아무리 위험한 결투나 투쟁이 있더라도 아무런 공포를 느끼지 않고 대항할 수 있다는 자신감을 갖게 되었다.

산초 빤사 역시 주인의 회복을 기적이라고 믿고 자기도 흙냄비에 남아 있는 혼합액을 먹고 싶다고 했다. 그것은 적지 않은 분량이었다. 돈끼호떼가 승낙하자 산초는 흙냄비를 두 손으로 받쳐들고 매우 경건한 태도로 단숨에 들이마셨다. 주인 못지않은 당당한 태도였다. 가엾은 산초의 위는 주인의 것만큼 민감하지는 않았다. 그러나 토하기 전에 지독한 고통을 느꼈고 엄청난 땀과 현기증에 시달린 나머지 마침내 마지막이 왔다고 생각할 정도였다. 너무나 심한 고통에 그는 처음에 영약을 욕하고 나중에는 그런 것을 준 사람에게 짐승 같은 인간이라고 욕설을 퍼부었다. 이런 산초의 모습에 돈끼호떼가 말했다.

"그런 괴로움이 오는 것은 네가 아직 정식 기사가 아니기 때문인 것 같구나. 산초, 이 영약은 기사가 아닌 인간에게는 효과가 없는 것이다."

"아아, 내가 불쌍하구나! 우리 식구도 불쌍하구나! 나리는 그런 것을 알고 계시면서 어째서 내가 마시는 것을 보고만 계셨습니까?"

이때 약의 효과가 나타나 가엾은 종자는 위아래로 토하고 싸기 시작했다. 너무나 순식간의 일이었으므로 그가 누워 있던 돗자리와 딱딱한 담요까지 모두 젖어 엉망이 되고 말았다. 이렇듯 심한 발작에다 엄청나게 땀을 흘렸으므로 본인뿐 아니라 옆에 있던 사람들도 이제 마지막이 왔다고 생각할 정도였다. 이 격렬하고 심각한 상태가 이럭저럭 2시간이나 계속되었다. 이윽고 진정이 되고 나서도 산초는 주인과는 달리 일어나지도 못할 만큼 녹초가 되어 버렸다.

그러나 돈끼호떼는 몸도 가벼워지고 완쾌된 듯한 기분이 들었으므로 지금 당장 모험을 찾아 출발하고 싶어졌다. 여기서 우물쭈물하고 있으면 이 세상에서 그의 구원과 보호를 필요로 하는 사람들에게 시간을 빼앗는 일이기도 하지만, 그 영약에 대한 확신이 섰기에 더욱 그러했다. 이런 생각에 쫓긴 돈끼호떼는 직접 로시난떼에 안장을 얹고 당나귀에도 짐 안장을 얹어 주고는 종자에게 옷을 입힌 뒤에 당나귀에 태웠다. 그리고 자기도 말 위에 올라타더니 주막의 한쪽 구석으로 가서 농부들이 쓰는 창을 집어 들었다. 그것을 기사의 창으로 사용하기 위해서였다.

주막에 있던 20명이 넘는 사람들이 모두 돈끼호떼를 바라보았는데 그 중에는 주막집 딸도 끼어있었다. 돈끼호떼는 이 처녀를 향해 이따금 깊은 한숨을 내쉬었다. 그러나 간밤에 그가 약을 바르는 것을 본 사람들은 늑골이 아파서 그러는 것이라고 생각했다.

두 사람은 말 위에 앉아 주막의 입구에 서더니 주막 주인을 불러 매우 침착하고 엄숙한 목소리로 말했다.

"성주님. 귀하의 성에서 내게 베푸신 환대, 참으로 고맙기 이를 데 없소이다. 이에 대해서는 평생 귀공에게 감사할 것이오. 만일 귀공에게 무례한 짓을 하는 못된 녀석을 혼내 주어 귀공의 은혜에 조금이라도 보답할 수 있다면, 내 천직이 약한 자를 돕고 비리를 저지르는 자들에게 원수를 갚으며 배신을 응징하는 것이라는 사실을 기억해 주십시오. 기억을 되살려서 만일 내게 맡겨야 할 일이 있거든 말씀해 주시오. 내가 받은 기사도의 명에 따라 반드시 원수를 갚아 드리겠소."

그러자 주막 주인 역시 침착하게 대답했다.

"기사님, 나는 당신에게 원한을 풀어 달라고 부탁할 일이 없습니다. 나에게 나쁜 짓을 하는 자가 있다면 내 힘으로도 얼마든지 보복할 수 있으니까요. 다만 간밤에 여기서 주무신 숙박비와, 두 마리의 짐승에게 깔아 준 짚과 보리와 저녁식사와 침상 값을 지불해 주시는 것이 더 중요한 일입니다."

"그렇다면 이 집이 주막이란 말이오?"

"그렇습니다. 꽤 평판이 좋은 주막이죠."

"나는 여태까지 착각하고 있었구나. 나는 정말이지 아주 훌륭한 성인 줄로 생각했소. 그러나 성이 아닌 주막이라면, 지금 내가 할 말은 지불을 면제해 달라는 것이오. 나는 방랑 기사의 법도에 어긋나는 일은 할 수 없소. 내가 아는 바에 의하면 방랑 기사는 어떤 주막에서 자더라도 숙박료는 물론 그 어떤 비용도 지불한 예가 없소. 그가 사람들에게서 받는 모든 환대는, 밤낮을 가리지 않고 겨울이나 여름이나 걸어서, 또는 말을 타고 다니며 굶주림과 갈증과 모든 하늘의 변화와 땅의 변화를 견디내며 모험을 찾아 헤매는 대가로서 마땅히 받아야 할 권리이기 때문이오."

"그런 것은 내가 알 바가 아닙니다. 지불이나 빨리 하시오. 쓸데없는 잠꼬대나 기사도 따위는 이제 지껄이지 마시오. 나는 받을 것만 받으면 다른 할 말은 아무것도 없소이다."

"어리석고 고약한 사람 같으니!"

돈끼호떼는 로시난떼에 박차를 가하여 농사용 창을 비껴들고 주막을 나섰

"오직, 그대가 부탁하고 싶은 것은……"

다. 아무도 그를 막지 않았고, 그 역시 종자가 자기를 따라오는지 어떤지 돌아보지도 않고 말을 달려 도망갔다.

그가 숙박비를 내지 않고 도망가자 주막 주인은 산초 빤사에게 달려들었다. 그러나 산초 역시 주인이 지불하지 않은 것을 자기가 지불할 생각은 없었으므로, 자기는 방랑 기사의 종자라서 주인을 따라 규칙이나 법도를 지켜야 한다고 말했다. 이 말을 들은 주막 주인은 화가 나서, 만일 지불하지 않을 때는 혼을 내서라도 받아 내겠다고 협박했다. 이에 대한 산초의 대답은, 주인이 받은 기사도의 체면을 생각해서 설혹 자기가 목숨을 잃는 한이 있더라도 한 푼도 지불할 생각이 없으며, 예부터 내려오는 방랑 기사들의 전통이 자기 한 사람으로 인해 무너져서는 안 된다고 했다. 또한 앞으로 이 세상에 나타날 방랑 기사의 종자들에게 이런 훌륭한 법도를 어겼다는 비난과 불평을 들어서는 안 된다는 것이었다.

산초는 과연 팔자가 사나웠다. 이때 주막에 있던 사람들 중에 양털을 빗는 네 명의 세고비아인과 바느질 직공인 세 명의 꼬르도바인, 세비야인 장사치 두 명이 있었는데, 모두 장난을 좋아하는 사람들이었다. 그들은 모두 같은 마음이 되어 산초 옆으로 다가가더니 산초를 당나귀에서 끌어내렸고, 그 중에 한 사람이 주막 주인의 침상에서 담요를 가지고 와서 산초를 담요에 쌌다. 그리고 푸른 하늘이 훤히 보이는 뒷마당으로 나갔다. 그들은 담요에 싼 산초를 위로 던져 올려 장난감처럼 받았다 던졌다 하기 시작했다.

산초의 요란한 비명이 돈끼호떼의 귀에까지 들렸다. 돈끼호떼는 걸음을 멈추고 가만히 귀를 기울이다가 비명의 주인공이 자기의 종자라는 것을 깨달았다. 그는 뭔가 새로운 모험이 일어난 것이라고 생각하여 말머리를 돌려 주막으로 되돌아왔다. 대문이 닫혀 있었으므로 어디 들어갈 데가 없나 하고 집 주위를 돌다가 그의 종자가 장난감이 되어 혼나는 꼴을 보게 되었다. 종자가 어찌나 날렵하게 공중에서 오르락내리락하는지, 만일 이때 화가 나 있지만 않았더라면 돈끼호떼 자신도 웃음을 터뜨릴 뻔했다. 그는 말에서 내려 담으로 기어올라가려 했으나, 부상을 당한 몸이라 말에서 내리는 것조차 힘들었다. 하는 수 없이 그는 말 위에 앉아서, 산초를 던져 올리고 있는 사람들을 향해 도저히 말로 형용할 수 없는 욕설을 퍼붓기 시작했다. 그러나 아무리 그렇게 해도 그들은 웃음도 장난도 그치지 않았다. 공중에 오르내리는 산초도 그들을 향

말에서 내려 담으로 기어 올라가려고 했으나……

해 협박하고 애원하고 비명을 질러댔지만 역시 소용없는 일이었다. 결국 그들 쪽에서 지쳐서 장난을 멈추고는 당나귀 위에 산초를 태우고 그에게 외투를 덮어 주었다. 인정 많은 마리또르네스는 몹시 지쳐 있는 산초를 보고 샘까지 가서 차가운 물을 길어 왔다. 산초가 그 물을 받아 입에 가져가는데 돈끼호떼가 소리쳤다.

"산초. 물을 마시면 안 돼. 물을 마시면 너는 죽고 말 게다. 자, 여기 그 영약이 있다!"

그러면서 영약이 들어 있는 항아리를 가리켰다.

"이것을 두 방울만 마시면 틀림없이 기운이 회복될 것이다!"

이 말을 들은 산초는 원망스러운 듯이 돈끼호떼를 흘겨보면서 더 큰 소리로 외쳤다.

"나리는 제가 기사가 아니라는 것을 잊으셨나요? 아니면 간밤에 토한 것도 모자라 더 토하라는 말씀이십니까? 나리의 그 물약은 악마놈들을 위해서 소중히 간직해 두십쇼. 저는 이제 내버려 두시고요!"

산초는 이 말을 마친 뒤 물을 마시기 시작했다. 그러나 첫 모금에 그것이 물이라는 것을 알자 더 이상 마시고 싶지 않았다. 그는 마리또르네스에게 포도주를 갖다 달라고 부탁했고, 그녀는 기꺼이 가져오고는 포도주 값은 자기가 지불했다. 비록 주막에서 허드렛일을 할지언정 기독교인다운 마음씨를 가지고 있었던 것이다.

포도주를 다 마신 산초는 두 발로 당나귀를 걷어차서 활짝 열려 있는 주막 문을 나섰다. 자기 뜻대로 동전 한 푼 지불하지 않은 것에 대해 마냥 기분이 좋아 있었지만, 사실 주막 주인은 숙박비 대신에 산초의 배낭을 미리 감추어 놓았다. 그러나 산초는 주막을 빠져 나가기에 바빠서 배낭이 없어졌다는 사실조차 까맣게 모르고 있었다. 주막 주인은 산초가 밖으로 나가자 재빨리 문을 잠그려 했지만 산초를 장난감처럼 가지고 놀던 사람들은 그럴 필요가 없다고 말했다. 비록 돈끼호떼가 진짜 원탁의 기사라 해도 얕보일 정도인 그의 보잘것 없는 실력을 눈치챈 것이다.

제18장
산초 빤사가 주인 돈끼호떼와 나눈 대화와
그 밖에 겪은 모험 이야기

산초는 완전히 지쳐서 이제 당나귀를 몰 힘도 없는 상태가 되어 돈끼호떼에게 다가왔다. 그것을 본 돈끼호떼가 말했다.

"산초, 나는 저 성인지 주막인지 하는 것이 틀림없이 마법에 걸려 있다는 것을 알겠다. 그 녀석들이 요괴가 아니라면 너를 그렇게 인정사정없이 가지고 놀 수가 있겠느냐? 아까 뒷마당의 담 너머로 네가 비참하게 당하는 것을 보면서도 나는 담 위로 올라가지도 못했고, 로시난떼에서 내릴 수조차 없었다. 그것은 바로 놈들이 나를 마력으로 희롱하고 있었던 탓임이 분명하다. 내 명예를 걸고 너에게 맹세컨대, 내가 담을 넘거나 말에서 내릴 수만 있었더라면, 너를 웃음거리로 만들었던 저 불한당 같은 놈들에게 단단히 복수했을 것이다. 그것이 기사도에 어긋나는 일이라는 것은 알고 있지만 말이다. 여태까지 너에게 누누이 말했듯이 기사란 자기 목숨을 지키는 경우를 제외하고는 기사가 아닌 자를 상대로 칼을 겨누는 것은 용납되지 않는 일이다."

"저도 할 수만 있었더라면 정식 기사이건 아니건 원수를 갚을 작정이었습니다. 저를 실컷 희롱한 그 녀석들은 나리께서 말씀하시는 것처럼 귀신도 아니고 마법에 걸린 인간도 아닙니다. 저와 똑같이 살과 뼈를 다 갖춘 보통 인간이 틀림없습니다. 놈들이 나를 허공으로 던져 올렸을 때 서로 이름을 불러대는 것을 들었는데, 저마다 이름을 갖고 있었습니다. 어떤 녀석은 뻬드로 마르띠네스, 또 한 녀석은 떼노리오 에르난데스였고, 주막집 영감은 뭐라더라? 아, 왼손잡이 후안 빨로메라고 했습니다. 그러니 나리께서 뒷마당의 담을 뛰어넘지 못하고 말에서 내리지도 못한 것은 마법의 탓이 아니라 뭔가 다른 이유가 있을 것입니다. 이 모든 것들로 볼 때 제가 내린 결론은, 이렇게 우리가 모험을 찾아다니다가는 제 발로 고향에 돌아가지도 못할 모진 꼴을 당하게 될 것이라는 겁니다. 저의 모자라는 머리로 생각하더라도 이제 추수 때도 되었으니 지금이라도 정신을 차려서 고향으로 돌아가는 것이 현명한 일 같습니다."

"산초, 너는 기사도에 대해서는 도무지 모르는 녀석이다!"

돈끼호떼가 호통쳤다.

"조금만 더 참아보아라. 그러면 언젠가는 지금 이 경험이 얼마나 명예로운 일인가를 네 스스로 깨달을 날이 틀림없이 올 것이다. 싸움에 이기고 적을 무찌르는 일보다 더 큰 만족이 이 세상에 있는 줄 아느냐? 이에 비할 만한 기쁨이 있다고 생각하느냐? 그런 것은 아무것도 없다."

"그럴지도 모르죠. 다만 제가 알고 있는 것은 우리가 방랑 기사가 된 뒤로, 아니 나리께서 방랑 기사가 된 뒤로 그 비스까야인과의 싸움말고는 한 번도 이긴 적이 없지 않습니까? 그때도 나리는 귀가 반쯤 잘리고 투구도 두 동강 이상 갈라져서 도망치지 않으셨습니까? 그 뒤부터 우리는 몽둥이, 주먹으로 밤낮 두들겨 맞기만 하고 게다가 저는 담요에 싸여 허공에 던져지는 모욕까지 당했습니다. 그것도 하필이면 마법에 걸린 놈들에게 그런 봉변을 당했으니, 적을 무찌르는 기쁨이 얼마나 큰 것인가 알기는커녕 놈들에게 원수나 제대로 갚을 수 있겠습니까?"

"내가 유감으로 생각하는 것도 바로 그것이다, 산초. 그러나 앞으로 나는 어떤 마법도 통하지 않는다는, 명장이 만든 모종의 검을 손에 넣고야 말겠다. '불타는 검의 기사라고 부르는 아마디스의 그 명검을 얻을 수 있을지 그 누가 아느냐? 그 검은 이 세상의 기사가 가졌던 최고의 검인데, 마법으로도 이기지 못할 뿐 아니라 면도날같이 날카로워서 그 어떤 투구나 갑옷도 그 검을 견뎌낼 수가 없다고 한다."

"나리께서 그런 명검을 발견하시더라도 그것 역시 아까의 그 영약과 마찬가지로 정식 기사에게만 소용있을 뿐 부하들에게는 그야말로 무용지물이지 않겠습니까?"

"그런 걱정은 하지 않아도 된다, 산초. 하느님이 어떻게든 좋게 해주시지 않겠느냐?"

이런 말을 주고받으면서 돈끼호떼와 종자는 길을 나아갔다.

이때 돈끼호떼는 앞에서 자욱한 모래먼지가 일며 그것이 자기들 쪽으로 몰려오는 것을 보았다. 그는 산초를 돌아보며 말했다.

"오, 산초! 운명의 신이 나를 위해 마련해 준 행운이 오늘에야말로 그 모습을 드러내는구나. 내 분명히 말하거니와 오늘이야말로 나의 굳센 팔 힘을 발휘할 날이고, 청사에 길이 이름을 남기는 훌륭한 업적을 세울 날이다. 산초, 너는 저 희뿌연 모래먼지가 보이느냐? 저것은 여러 나라 사람들로 조직된 거대한 군대가 이쪽으로 진군해 오는 것이다."

"그렇다면 군대는 두 패인 게 분명합니다. 저기 반대쪽에도 똑같이 모래먼지가 일고 있지 않습니까?"

돈끼호떼는 그쪽을 돌아보고 산초의 말이 맞다고 생각하며 몹시 기뻐했다. 이 넓은 들판에서 바야흐로 전쟁이 시작되려 하고 있는 것이다. 기사도 이야기에 나오는 전쟁, 마법, 황당무계한 사건, 연애, 결투에 대한 환상에 젖어 있던 돈끼호떼는 말과 생각과 행동이 모두 그런 방향으로만 집중되어 있었다. 사실 그들이 본 모래먼지는 서로 마주 오는 양떼가 일으킨 것이었는데, 먼지가 어찌나 심했던지 가까이 다가올 때까지 양들의 모습이 보이지 않았다. 그러나 돈끼호떼가 너무나 진지하게 군대라고 우기는 바람에 산초도 그렇게 믿기에 이르렀다.

"나리, 그럼 우리는 어떻게 하면 좋습니까?"

"어찌하다니? 약한 쪽을 편들어서 도와 줘야 한다. 내 미리 말해두지만, 우리 앞에서 오고 있는 군대는 뜨라뽀바나 섬의 군주 알리판파론 대제가 지휘하고 있다. 그리고 우리의 뒤쪽에서 오는 군대는 그 원수인 가라만따 족의 왕인 팔을 걷어붙인 따뽈린*1의 군대이다."

"그런데 두 임금님들은 왜 그토록 사이가 나빠졌습니까?"

"그 이유는 저 알리판파론이란 자가 지독히 난폭한 사교도인데, 그놈이 따뽈린의 따님에게 반했단 말이다. 그 따님은 용모도 아름답고 성품이 쾌활한 기독교 신자이다. 따뽈린은 알리판파론이 그 돼먹지 않은 엉터리 예언자 마호메트를 버리고 자기와 같은 종교로 개종하지 않는 한 자신의 딸을 줄 수 없다고 했지."

"따뽈린이 옳다는 것에 이 산초의 수염을 걸겠습니다. 저는 따뽈린을 힘껏 돕겠습니다."

---

*1 돈끼호떼가 읽은 책 중의 인물. 그는 언제나 오른팔의 옷소매를 걷어올리고 전쟁에 임한다고 한다.

"그 말대로 행하거라, 산초. 이런 싸움에는 정식 기사가 아니라도 참가할 수 있는 법이니까."

"그건 저도 잘 알고 있습니다. 그건 그렇고 이 당나귀를 싸움이 끝난 뒤에 다시 찾아내려면 어디에 두어야 좋겠습니까? 이런 짐승을 타고 전쟁에 참가했다는 말은 지금까지 들어 보지 못했습니다."

"그건 그렇다. 찾을 수 있든지 없든지 그놈의 운명에 맡기는 것이 좋겠구나. 우리가 승리를 거두면 말은 얼마든지 얻을 수 있으니까 말이다. 어쩌면 로시난떼도 다른 말과 교체될 팔자가 될지도 모르겠군. 어쨌든 산초, 내 말을 잘 들어라. 이 두 군대에 어떤 기사들이 참가하고 있는지 네가 미리 알아두어야 한다. 자, 저기 있는 언덕으로 물러나자. 저기라면 양쪽이 환하게 보일 것이다."

그들은 언덕으로 올라갔다. 만일 희뿌연 먼지가 그들의 시야를 가로막지 않았더라면 돈끼호떼는 군대라고만 믿고 있던 양떼들의 모습을 볼 수 있었을 것이다. 그는 보이지도 않고, 있지도 않는 군대를 자기의 환상 속에서 보면서 큰 소리로 떠들어댔다.

"저쪽에 노란 갑옷을 입은 기사가 보이지? 저 처녀의 발 밑에 꿇어앉아 경의를 표하고 있는 기사 말이다. 왕관을 쓴 사자가 그려진 방패를 갖고 있는 저 기사가 용감한 라우르깔꼬다. 저기 황금빛 갑옷을 입고, 하늘색 바탕에 3개의 은빛 왕관을 그린 방패를 갖고 있는 기사는 끼로시아의 대공인 미꼬꼴렘보이다. 그 오른쪽에 있는 거구의 기사는 세 개의 아라비아를 다스리는 군주인 브란다바르바란 데 볼리체이다. 저 사람은 뱀가죽으로 된 갑옷을 입고, 방패 대신 문짝을 사용하고 있는데, 그 문짝은 삼손이 죽음으로써 원수를 갚았을 때 그가 무너뜨린 신전의 문짝이라고 한다. 자, 그럼 이번에는 반대쪽으로 눈길을 돌리자. 선두에 오고 있는 새로운 비스까야의 영주, 늘 승리만 하지 패배라고는 모르는 띠모넬 데 까르까호나가 보일 것이다. 이 사람은 청색과 녹색과 백색과 황색으로 이루어진 갑옷을 입고, 사자의 털빛 바탕에 금빛 고양이가 그려져 있는 방패를 갖고 있는데, 방패에 '미우'란 글이 쓰여 있는 게 보일 것이다. 저건 저 사람이 연모하는 아가씨의 이름 첫 글자를 따서 붙인 거다. 그 아가씨는 알페니껜 델알가르베 공작의 외동딸로 절세의 미인 미울리나라고 한다. 그리고 그 뒤에 눈처럼 새하얀 갑옷에 하얀 방패를 들고 튼튼한 말에 올라타 있는 사람이 프랑스 태생의 신출내기 기사인 삐에르레스 빠삔으로 우뜨리께 남작령(領)의 영주이다. 그 옆에 파란 바탕에 작은 방울이 달린 갑옷을 입고, 얼룩진 준마를 쇠박차가 달린 뒤꿈치로 계속 차고 있는사람은 네르비아의 에스빠르따필라르도 델 보스께 공작이다. 그가 갖고 있는 방패에는 박달나무의 문양이 그려져 있으며, 까스띠야어로 Rastrea mi Suerte(나의 행운을 따르라!)라고 써 있다."

돈끼호떼는 이렇게 자기의 상상의 날개가 뻗는 대로 양쪽 군대의 무수한 기사들에게 이름을 붙여주고, 그 기사들에게 갑옷 색깔과 방패의 모양 등을 제멋대로 갖다 붙였다.

"저 앞쪽의 군대는 여러 나라 사람들로 이루어져 있다. 저 유명한 크산투스 강의 달콤한 물로 목을 적시는 사람들, 마실리안의 들판을 다니는 산골짜기의 사람들, 풍요한 아라비아의 사금을 체로 거르는 사람들, 물이 맑고 시원하기로 유명한 데르모돈의 강변에서 노니는 사람들, 금빛 팍톨루스강에 물줄기를 만들어 그 물을 끌어들이는 사람들, 약속을 지킬 줄 모르는 누미디아인, 활 솜씨로 유명해진 페르시아인, 도망치는 척하면서 싸우는 파르디아인과 메디아인, 주거가 일정치 않은 아라비아의 유목민, 피부가 새하얗고 잔인한 스키타이인, 입술에 구멍을 뚫은 이디오피아인 등 그 이름은 모두 기억나지 않는다 하더라도 그들의 용모만 보면 나는 한눈에 그들을 알아볼 수 있다. 그리고 이쪽 군대에는 올리브가 무성한 베띠스 강의 맑디맑은 물을 마시고 사는 사람들, 언제나 황금빛이 넘실대는 따호 강의 물로 얼굴을 씻는 사람들, 성스러운 헤닐의 물을 마음껏 쓰는 행복한 사람들, 목초가 우거진 따르떼시오스의 기름진 들판에서 사는 사람들, 엘리세오의 목장에서 자유롭게 사는 사람들, 황금빛 보리 이삭을 머리에 얹은 풍요한 라만차 사람들, 고다족의 낡은 유물인 쇠갑옷을 입는 사람들, 물의 흐름이 잔잔하기로 이름난 삐수에르가 강에서 목욕하는 사람들, 숨은 물줄기로 유명하고 굴곡이 많은 과디아나 강변의 광막한 목장에서 가축을 치는 사람들, 삼림이 우거진 피레네 산맥의 추위와 치솟은 아페니노 산맥의 하얀 눈에 몸을 떠는 사람들. 이렇게 유럽 전역에 있는 모든 나라의 사람들이 있다."

아무리 지금까지 읽은 황당무계한 이야기책에 넋을 빼앗겨 미치다시피 되었다지만, 그 많은 나라들에 대해 힘 하나 들이지 않고 줄줄이 늘어놓는다는 것은 참으로 놀라운 일이 아닐 수 없다. 산초 빤사는 돈끼호떼의 이야기를 들으면서 이따금 주인이 언급한 기사나 거인들의 모습을 찾아보려고 목을 길게 빼곤 했다. 그러나 어디에도 사람은 보이지 않았다.

"나리께서 말씀하시는 거인이든 기사든 간에 제 눈에는 악마가 붙었는지 하나도 보이지 않습니다. 이건 틀림없이 마법 탓일 것입니다."

"그게 무슨 말이냐? 네 귀에는 저 말의 울부짖음과 나팔소리와 북소리가 들리지 않는단 말이냐?"

"양들의 요란한 울음소리밖에는 아무것도 들리지 않습니다."

산초의 말은 사실이었다. 벌써 두 무리의 양떼들이 가까이 다가온 것이다.

"산초, 너는 겁을 내고 있구나. 그러니 제대로 보이지도 않고 들리지도 않는 거다. 공포심이란 모든 신경을 혼란스럽게 하고 사물을 있는 그대로 보지 못하게 만드는 것이다. 만약 그토록 겁이 난다면 나 혼자 여기 있을 테니 너는 으슥한 곳에 숨어 있거라. 내 도움이 필요한 사람들에게 승리를 안겨주는 것은 나 혼자의 힘으로도 충분하다."

돈끼호떼는 말을 마치자마자 창을 옆구리에 낀 채 로시난떼에 박차를 가했다. 돈끼호떼를 태운 로시난떼는 번개처럼 비탈길을 내달렸다.

그러자 산초가 소리쳤다.

"나리, 저 좀 보세요! 돈끼호떼님, 제발 돌아오세요! 하느님께 맹세하건대 나리께서 싸우시겠다는 상대는 양떼들이란 말입니다. 제발 돌아오시라니까요. 미친 짓 좀 작작 하시란 말입니다! 잘 보세요. 거인도, 기사도, 고양이도, 갑옷도, 문장을 그린 방패도, 푸른빛 방울을 그린 갑옷도, 아무것도 없단 말입니다. 아이구, 하느님 맙소사!"

이런 말을 들었다고 돌아설 돈끼호떼가 아니었다. 오히려 큰 소리로 외치면서 돌진해 갔다.

"여러분, 들으시오. 비길 데 없이 용맹한 황제와 팔뚝을 걷어붙인 따뽈린 휘하에서 싸우시는 용사들은 모두 나를 따르시오. 여러분의 적장 알리판파론데 라 뜨라뽀바나를 내가 얼마나 쉽게 쓰러뜨리는가를 똑똑히 보시오!"

이렇게 말하면서 양떼들 한복판으로 뛰어들어간 그는 정말로 적병을 창으로 찌르듯 닥치는 대로 양들을 찌르기 시작했다. 그러자 양떼를 몰고 있던 목자들은 목청이 터져라 그에게 소리를 치며 말렸다. 그러다가 조금도 효과가 없음을 알자 그를 겨냥해서 주먹만한 돌을 던지기 시작했다. 돈끼호떼는 돌팔매

이렇게 말하며 양떼들 한가운데로 뛰어들어간 그는……

같은 것에는 아랑곳하지 않고 이리 뛰고 저리 뛰면서 계속 소리쳤다.

"오만불손한 알리판파론, 네놈은 어디 있느냐? 이리 썩 나오지 못할까! 나는 저 씩씩한 따뽈린 가라만따에게 네놈이 저지른 못된 짓을 보복하기 위해 파견된 기사이니라!"

이때 조약돌이 날아와서 그의 옆구리에 명중하며 갈비뼈 두 대가 살 속에 파묻혔다. 이렇게 심한 타격을 받자 돈끼호떼는 자신이 죽었거나 큰 부상을 입었다고 생각했다. 그 순간 영약이 떠올랐다. 그는 항아리를 꺼내어 입에 대고 그것을 마시기 시작했다. 그러나 적량을 마시기도 전에 날아온 조약돌이 손목과 항아리에 정통으로 맞았다. 영약이 든 항아리는 박살이 나고, 그의 앞니와 어금니 서너 개가 깨졌으며, 손가락 2개가 짓뭉개졌다.

이 두 번째의 공격에 가없은 우리의 기사는 말 위에서 굴러 떨어지고 말았다. 그러자 그의 옆으로 달려온 목자들은 그가 죽은 것으로 생각했다. 그들은 일곱 마리가 넘는 죽은 양들을 어깨에 멘 채 양떼를 몰더니, 뒤도 돌아보지 않고 달아났다.

언덕 위에 서서 주인의 미친 짓을 지켜보고 있던 산초는 주인과 자기를 만나게 한 운명적인 시간을 저주하며 수염을 쥐어뜯었다.

산초는 주인이 땅바닥에 굴러 떨어지고, 목자들이 가 버린 것을 확인하고는 언덕에서 내려와 주인 곁으로 갔다. 돈끼호떼는 기절하지는 않았으나 꼴이 말이 아니었다. 산초가 주인에게 말했다.

"제가 뭐라고 했습니까, 돈끼호떼님. 그렇게 돌아오라고 소리치지 않았습니까? 나리께서 덤벼든 상대란 군대가 아니라 양떼들이란 말씀입니다."

"모르는 소리 작작해라. 나의 적인 마법사놈은 몸을 감추기도 하고 둔갑을 하기도 한다. 잘 들어라, 산초. 그런 녀석들은 둔갑을 해서 우리 눈을 속이는 것쯤은 식은 죽 먹기란 말이야. 그래서 나를 쫓아다니며 괴롭히는 악당놈은 내가 이 싸움에서 영예의 무공을 세울 줄 미리 짐작하고, 그것을 샘내어 적의 군대를 양떼로 둔갑시킨 것이다. 만일 내 말을 믿지 못하겠거든 당나귀를 타고 저놈들의 뒤를 몰래 쫓아가 보아라. 그러면 이제 얼마 안 가서 놈들이 원래의 기사 모습으로 바뀌는 것을 보게 될 게다. 그러나 지금은 가지 않았으면 좋겠구나. 지금의 나는 네 시중과 간호가 필요하니까. 자, 이리 와서 내 앞니와 어금니가 몇 개나 부러졌나 봐다오. 내 입 속에는 한 개도 안 남은 것 같구나."

산초는 돈끼호떼에게 가까이 다가가서 그의 입에 자신의 눈을 들이밀었다. 이때 돈끼호떼의 위 속에서 영약이 효력을 나타내기 시작하여 총알보다도 거센 기세로 안에 있던 것들이 쏟아져 나왔다. 그것은 그대로 종자의 수염에 내갈겨졌다.

"이크, 이거 못 견디겠구나!"

산초가 기겁하여 외쳤다.

"이건 대체 어떻게 된 일일까? 입에서 피를 토하다니. 가엾게도 나리는 죽게 생겼나 봐."

그러나 가만히 살펴보니 색깔과 맛과 냄새로 보아 그것이 피가 아니고 아까 주인이 마셨던 영약이라는 것을 깨달았다. 그 순간 산초는 구역질이 나서 자신의 배속에 있는 것을 주인의 얼굴에 냅다 토해내고 말았으니 그 굉장한 모습을 상상해 보라.

산초는 안장에 매달아 놓은 배낭에서 주인을 치료할 것을 찾으려고 당나귀 한테 달려갔으나 배낭은 보이지 않았다. 그는 미치도록 속이 상해서 저주를 퍼부으며, 지금까지 주인을 섬긴 급료를 포기하고 섬의 영주가 될 희망을 버리는 한이 있더라도 이젠 주인을 버리고 고향으로 돌아가야겠다고 결심했다.

이때 돈끼호떼가 자리에서 일어섰다. 그리고는 마지막 남은 이가 빠지지 않도록 왼손으로 입을 막고 오른손으로는 로시난떼의 고삐를 잡았다. 로시난떼는 주인 곁에서 한 치도 움직이지 않고 있었다(이토록 이 말은 충실하고 순했다). 그리고 당나귀에 기대선 채 턱을 괴고 있는 종자에게 다가갔다. 돈끼호떼는 자못 슬픔에 잠겨 있는 종자를 보고 말했다.

"잊지 마라, 산초. 다른 사람보다 앞서지 못한다면 남보다 뛰어난 사람이라고 말할 수 없느니라. 지금 우리에게 닥친 이 폭풍우는 곧 잔잔하게 가라앉고 만사가 좋아질 것이다. 좋은 일이든 나쁜 일이든 그렇게 언제까지나 계속되는 건 아니니까. 그리고 지금까지 줄곧 나쁜 일만 계속되었으니 차차 좋은 일도 생길 게다. 그러니 너도 내가 당한 불운에 대해 심각하게 생각할 것 없다. 이건 너하고는 별 상관이 없으니까."

"왜 별 상관이 없겠습니까? 어제 주막에서 담요로 키질을 당한 사람은 제가 아닙니까? 또한 저의 전 재산이 들어 있는 배낭이 없어졌는데, 그것도 제 일이 아닙니까?"

"뭐? 배낭이 없어졌다고?"

돈끼호떼는 깜짝 놀랐다.

"예."

"그렇다면 오늘부터는 굶어야겠구나."

"그렇습니다. 나리께서 늘 말씀하시던, 나리처럼 불행한 방랑 기사가 굶주렸을 때 식량 대신으로 먹던다 그런 약초를 이 들판에서 찾을 수 없다면 말입니다."

"지금의 나는 디오스코리데스*²가 쓴 글이나 라그나 박사가 주석을 붙인 글에 나오는 약초보다도 빵 반쪽과 청어 대가리 두 도막이 더 그립구나. 어쨌든 너는 당나귀를 타고 내 뒤를 따라오도록 해라. 모든 것을 베풀어 주시는 하느님이 설마 우리를 저버리지는 않으시겠지. 우리는 지금도 이렇게 하느님을 섬기고 있잖느냐? 생각해 봐라. 하느님은 하늘을 나는 모기, 땅바닥을 기어다니는 구더기, 물 속에 사는 올챙이까지도 돌보지 않으심이 없고, 착한 사람에게나 악인에게나 똑같이 태양의 혜택을 주시고 비를 내려 주실 만큼 사랑이 많으신 분이 아니냐?"

"나리는 방랑 기사보다는 설교를 하시는 편이 더 어울리겠습니다."

"방랑 기사란 모르는 것이 없어야 하고, 모르는 것이 있어서는 안 되는 것이다. 예전에는 파리 대학이라도 졸업한 사람처럼 야영지 한복판에서 설교와 연설을 한 기사도 있었더니라. 이것만 보더라도 칼이 펜을 누른 적도 없고, 펜이 창을 누른 적도 없다는 사실을 짐작할 수 있지."

"그건 그렇다 치고 오늘밤 숙박할 곳을 찾으러 가야 할 게 아닙니까? 이번에 야말로 하느님의 자비로, 담요로 키질하는 인간들이라든가 괴물이라든가 무어인 마법사들이 없는 곳에 가서 묵고 싶습니다. 그런 것이 있다면 이러지도 저러지도 못하고 꼼짝없이 당하고 말 테니까요."

"그래, 그건 하느님께 기도 드리자꾸나, 산초. 그러면 이번에는 네가 마음 내키는 대로 안내하여라. 이번에는 너에게 맡겨 보겠다. 그건 그렇고 이리 와서 오른쪽 윗어금니가 몇 개나 빠졌는지 좀 봐다오. 거기가 아파 죽겠구나."

산초는 손가락을 넣고 만져 보면서 물었다.

---

*2 1세기의 로마 식물학자. 군의로서 네로 황제에게 종사했음.

"나리, 이쪽 어금니는 원래 몇 개 있었습니까?"

"사랑니 빼고 4개다."

"확실한 겁니까?"

"5개 아니면 4개다. 나는 태어나서 지금까지 앞니든 어금니든 뽑은 적도 없고 빠진 적도 없으며 충치를 앓은 적도 없었으니까."

"나리의 아래쪽에는 어금니가 2개 반밖에 없습니다. 왼쪽은 하나도 남아 있지 않구요. 제 손바닥처럼 편편한뎁쇼."

종자가 전하는 슬픈 소식을 들으면서 돈끼호떼가 탄식했다.

"나도 어지간히 불우한 인간이로다! 차라리 칼을 잡는 오른팔이 아니라면 팔이 잘려나가는 편이 나았을 걸. 어금니가 없는 입이란 맷돌이 없는 방앗간이나 다름없으니, 한 개의 이는 금강석보다도 귀중한 것이니라. 그러나 우리같이 엄격한 기사도를 지켜야 할 사람들에겐 이런 일이 있을 수도 있지. 자, 당나귀에 타거라. 그리고 길을 안내해라. 네가 가는 대로 나도 따라갈 테니."

산초는 분부대로 했다. 그리고 숙박할 곳이 있음직한 장소를 찾기 위해 똑바로 뻗은 국도에서 벗어나지 않도록 길을 살펴서 갔다.

두 사람은 느릿느릿 길을 갔다. 돈끼호떼는 턱뼈가 하도 아파 마음이 즐겁지 못했고, 또 그렇게 서둘러서 갈 이유도 없었다. 산초는 무슨 말이라도 해서 돈끼호떼의 마음을 위로해주고 싶었다. 다음 장에 나오는 이야기는 산초가 들려준 이야기들 가운데 하나이다.

제19장
산초가 주인과 나눈 분별 있는 이야기와
시체를 두고 벌어지는 모험

"나리, 요즘 우리에게 일어난 모든 불행을 살펴보니 나리께서 기사도를 어겨서 그 죗값을 치르는 것이라고 생각합니다. 기억은 잘 못하겠지만 나리께서 말란드리노인지 무어인지 하는 자의 투구를 빼앗을 때까지는 멀쩡한 식탁에서 식사를 하지 않겠다느니, 여인을 안고 자지 않겠다느니 하는 맹세들을 해놓고 지키지 않았으니까요."

"과연 네 말에도 일리가 있다. 그러나 사실을 말하자면 그게 기억에서 깡그리 사라지고 없었단 말이다. 담요 소동이 일어났을 때 나에게 생각나게 해주지 않았으니 분명히 너도 잘못이 있다. 기사도의 규칙은 누구에게나 해당되는 것인데 그것을 일러주지 않았으니……."

"아니, 그렇다면 저도 무슨 맹세를 했단 말씀입니까?"

"맹세를 하건 안 하건 그건 아무래도 좋다. 다만 너와 내가 분명히 한 운명이라는 것을 알면 되는 것이다."

"어쨌든 그전 맹세처럼 이번에도 또 잊어버리는 일이 없도록 나리께서 조심하셔야 합니다. 괴물들이 이렇게 끈질기게 우리를 쫓아다니는 걸 보니 저에게 또 마법을 걸지도 모르니까요."

이런 이야기를 주고받는 사이에 밤이 되었는데, 유숙할 장소는 찾아내지도 못했다. 더욱 참기 힘든 것은 죽도록 배가 고프다는 것이었다. 배낭이 없어지는 바람에 노자도 양식도 모두 없어져 버렸기 때문이다. 게다가 이 불행의 마지막 장식을 하려는지 사건은 계속 이어졌다. 그 경위는 이러했다. 어둠이 짙어졌으나 그래도 그들은 계속 길을 더듬어 나갔으며, 산초는 이 길이 국도이니 4~8*km*쯤 가면 틀림없이 주막이 나타날 거라고 생각하고 있었다. 이렇게 어두운 밤을 허기진 종자와 주인이 나아가고 있는데, 마치 별이 움직이는 것처럼 매운 큰 불꽃이 그들을 향해 오고 있었다. 이것을 본 산초는 저도 모르게 소름이 쫙 끼쳤으며 돈끼호떼도 역시 겁이 났다. 종자는 당나귀의 고삐를, 주인은 여윈 말의 고삐를 꽉 잡아당기며 대체 무엇일까 하여 앞을 응시하는데, 불꽃은 차츰 그들 쪽으로 접근해오고 있었다. 그것이 가까워지면서 차츰 커지는 것을 보고 산초는 수은 중독에라도 걸린 것처럼 떨기 시작했고, 돈끼호떼 역시 머리끝이 쭈뼛했으나 조금 용기를 내어 입을 열었다.

"산초, 이거야말로 위험천만한 모험이 틀림없나 보다. 이번에야말로 있는 힘과 용기를 다해야겠구나."

"아이고, 내 팔자야! 이번 모험도 괴물들의 장난이라면 이걸 당해낼 갈비뼈가 없겠습니다."

"설혹 놈들이 어떤 요괴라도 말이다. 나는 놈들에게 너의 옷자락 하나 건드리지 못하게 할 테다. 지난번에는 놈들이 너를 노리개로 삼아 희롱했지만, 그때는 내가 뒷마당의 담을 뛰어넘지 못했기 때문이 아니냐? 그러나 이번에는 아무것도 방해할 것이 없는 평지에 있으니 나도 마음껏 칼을 휘두를 수 있을 것이다."

"하지만 지난번처럼 나리를 마법에 걸어 꽁꽁 묶어 버린다면 들판이든 아니든 그런 것은 아무 상관도 없지 않습니까?"

"아무튼 산초야. 용기를 내거라. 이번 경험을 통해 네가 가지고 있는 용기를 스스로 깨닫게 될 것이다."

"그러지요. 하느님이 도와주신다면 말입니다."

그리고 두 사람은 한쪽으로 비켜서서 다가오는 불꽃의 정체가 대체 무엇일까 가만히 응시했다. 잠시 뒤에 흰 옷을 입은 많은 사람들의 모습이 보였는데, 그 기분 나쁜 광경을 본 산초 빤사는 대번에 용기가 꺾여 마치 학질이라도 앓는 사람처럼 이를 부딪치며 떨기 시작했다. 이윽고 그 정체가 뚜렷해졌을 때 산초의 이는 더욱 세차게 부딪쳤다. 20명 가량 되는 사람들이 모두 말을 타고 손에 횃불을 들었으며, 그 뒤에는 검은 천을 씌운 가마가 따르고 있었다. 또 그 뒤에는 타고 있는 당나귀의 발목까지 닿을 듯한 상복을 걸친 여섯 명의 사나이가 따라오고 있었다. 그들의 느린 걸음으로 보아 타고 있는 것이 말이 아님을 알 수 있었다. 흰 옷을 입은 사람들은 나직한 목소리로 서로 소곤거리며 다가오고 있었다. 이런 시간에, 더욱이 이런 인적 없는 장소에서 이렇듯 괴상한 광경을 보는 산초는 이미 용기를 잃고 말았다. 그러나 주인은 그와는 반대 현상이 일어나 새로운 상상에 사로잡혔다. 그 가마에는 상처를 입었거나 살해당한 기사가 있을 것이 분명하고, 그 복수는 오로지 자기가 해야 하는 것이었다. 그는 당장 농부용 창을 꼬나들고 아주 늠름한 자세로 안장 위에 바로 앉더니 흰 옷을 입은 사람들이 지나가야 하는 길 한가운데로 나섰다. 그리고 소리 높여 부르짖었다.

"거기 오는 기사 여러분, 아니 뭘 하는 분이시든 그 자리에 서시오. 그리고 그대들이 어떤 사람인지, 어디서 와서 어디로 가는지, 그 관에는 무엇이 들어 있는지 자세히 말하시오. 보아하니 여러분은 무언가 나쁜 짓을 했거나 아니면 남에게 나쁜 짓을 당한 분들이 틀림없을 것이오. 그러니 여러분이 저지른 악행에 대해서 징벌을 내리거나 아니면 여러분이 받은 모욕에 대해 복수를 해드리기 위해서라도 자세한 사정을 들어야겠소."

흰 옷 입은 사람 중 한 명이 대답했다.

"우리는 갈 길이 바쁜 사람들입니다. 게다가 주막도 멀고 하니 그런 말을 여기서 일일이 설명할 수 없습니다."

그리고 당나귀에 박차를 가하여 곧장 앞으로 나가려 했다. 이 대답에 돈끼호떼는 적잖이 기분이 상하여 상대의 당나귀 재갈을 움켜잡으면서 소리쳤다.

"멈추시오. 좀더 예의를 지켜 내 물음에 대답하시오. 그것이 싫다면 모두 나를 상대로 일전을 벌일 각오를 하시오."

당나귀는 재갈을 잡히자 놀라고 두려워 앞발을 쳐들고는, 타고 있던 사람을 땅바닥에다 내동댕이쳤다. 그러자 당나귀를 모는 소년이 돈끼호떼에게 욕설을 퍼부었다.

돈끼호떼는 이미 화가 나 있었기 때문에 더 이상 상대편의 태도를 지켜보지 않았다. 그는 창을 정면으로 치켜들고 상복차림의 한 사람에게 공격을 개시하여 상당한 상처를 입혀 땅바닥에 쓰러뜨렸다. 그리고 나머지 사람들을 향해 마주섰다. 적을 연거푸 공격하여 혼란에 빠뜨린 그의 활약은 참으로 놀라울 뿐이었다. 로시난떼도 이때만은 평소와 달리 민첩하고 자신 있는 거동을 보여서 마치 날개라도 돋은 듯 보였다. 흰 옷 입은 사람들은 모두 마음이 약한 사람들이었으며 무기도 가지고 있지 않았다. 그래서 이 싸움을 피하여 손에 횃불을 든 채 들판으로 달리기 시작했다. 그것은 마치 축제의 밤에 하는 가장행렬 같았다. 상복을 입은 사람들은 옷자락과 긴 소매가 몸에 휘감기고 거치적거려서 움직일 수가 없었다. 돈끼호떼는 그들을 닥치는 대로 두들겨 패서 달아나게 만들었다. 그들은 돈끼호떼가 자신들이 가져가는 관의 시체를 빼앗으려는 지옥의 악마라고 믿었기 때문에 아무런 저항도 못했던 것이다. 산초는 주인의 용맹스러운 활약에 놀라움을 금치 못하고 이렇게 생각했다.

'과연 우리 나리는 담력이 크고 용감한 분이시다!'

가장 먼저 당나귀에서 떨어진 사나이 옆에 횃불이 타고 있어서, 그 빛으로 돈끼호떼는 사나이의 얼굴을 볼 수 있었다. 돈끼호떼는 사나이에게 다가가서 얼굴에 창을 겨누며 '항복하라, 그렇지 않으면 죽이겠다'라고 협박했다. 쓰러져 있는 사나이가 대답했다.

"전 이미 항복했습니다. 꼼짝도 할 수 없으니까요. 한쪽 다리가 부러진 모양입니다. 당신이 기독교의 기사라면 제발 저를 살려주십시오. 그렇지 않으면 당신은 큰 죄를 저지르는 겁니다. 저는 학위가 있는 수도사이며 신참 성직자란 말이오."

"그렇다면 교회에 계시는 분인 모양인데, 대체 어느 악마가 이런 곳까지 귀공을 데리고 왔소?"

"누구냐고요? 그건 바로 제 자신의 불운이지요."

"내가 처음 한 질문에 만족스런 대답을 못한다면 더 큰 불운을 만나게 되오."

"그러면 당신이 만족할 만한 대답을 해 드리지요. 제 말을 좀 들어 보십시오. 조금 전에 저는 학위가 있다고 말했는데, 실은 단순한 석사에 지나지 않으며 이름은 알론소 로뻬스라고 하지요. 저는 알꼬벤다스에서 태어났습니다. 바에사 시에서 아까 횃불을 들고 달아난 열한 명의 사제들과 함께 그 가마에 들어 있는 시체를 모시고 세고비아로 가는 길입니다. 유해는 바에사에서 돌아가신 어느 신사의 것으로, 그곳에 안치해 두었다가 방금 말씀드린 대로 그분의 고향인 세고비아로 모시고 가는 중이었습니다."

"그러면 그 신사를 죽인 자는 누구요?"

"흑사병 때문에 하느님께서 데려가셨지요."

"다른 자에게 살해된 경우라면 내가 마땅히 복수해 주었으련만, 하느님이 그 일을 생략해 주셨군요. 하느님이 그 사람에게 죽음을 내리신 것이라면 나는 잠자코 있으면서 어깨나 으쓱할 수밖에 없구려. 그런데 귀공이 알아두어야 할 것이 있소. 나는 라만차의 기사 돈끼호떼로, 전국을 돌아다니며 부정한 일을 바로잡고 위해(危害)를 제거하는 것이 천직이오."

"부정한 일을 바로잡는다는 말씀은 도무지 납득이 가지 않습니다. 당신은 내 다리를 이렇게 꺾어 놓지 않았습니까? 말하자면 곧은 것을 일부러 구부려 놓았단 말입니다. 이 다리는 이제 평생토록 똑바로 되지는 않을 것 같습니다. 당신이 나에게 저지른 잘못은 나에게 상처를 주었고, 그로 인해 나는 영원히 그 치욕을 안고 살아가야 합니다. 모험을 찾아다닌다는 당신을 만난 것은 내게 있어서 지독한 불행이란 말입니다."

"모든 일이 똑같은 방법으로 생기는 것은 아니오. 석사 알론소 로뻬스님, 잘못의 시초는 여러분이 한밤중에 흰 옷을 입고 횃불을 든 채 기도문을 외웠다는 겁니다. 게다가 상복까지 입었으니 아무리 보아도 괴물이나 다른 세상에서 온 것 같은 모양새들이었단 말이오. 그러니 나는 어쩔 수 없이 나의 임무를 해야 했던 것이오. 나는 당신들이 지옥의 악귀가 틀림없다고 생각해서 덤볐단 말입니다."

"이건 내 악운이라고 쳐도, 방랑 기사님. 당나귀 등자와 안장 밑에 끼여 있는 내 한쪽 다리를 좀 끌어내 주지 않겠소?"

"아니, 하마터면 내일 아침까지 이야기만 하고 있을 뻔했구려. 그래, 귀공은 그런 고통을 언제까지 나한테 말하지 않을 작정이었소?"

돈끼호떼는 얼른 산초에게 오라고 소리질렀다. 그러나 산초는 아까 그 일행이 버리고 간 당나귀에서 음식물을 꺼내느라 정신이 없었다. 산초는 외투에 넣을 수 있는 대로 먹을 것을 쑤셔 넣어 자기 당나귀의 등에 실었다. 그리고는 주인이 부르자 그제야 달려와서 당나귀에 끼여 있는 석사의 다리를 빼냈다. 그리고 석사를 당나귀에 태우고 횃불을 건네주었다. 돈끼호떼는 석사를 향해서 '얼른 일행의 뒤를 따라가시오. 그리고 어쩔 수 없는 일이었으니 나를 대신해서 사과의 말씀을 전해 주시오' 하고 덧붙였다. 그러자 산초도 옆에서 거들었다.

"만일 그 어른들이 자신들을 그런 꼴로 만든 용감한 분이 누구였을까 알고 싶어하거든, 그분은 세상에 이름난 라만차의 돈끼호떼, '우수에 찬 얼굴의 기사'라고 말씀해 주십시오."

이리하여 석사는 사라져 갔다. 돈끼호떼는 산초를 돌아보고, 대체 어떤 까닭으로 자기를 '우수에 찬 얼굴의 기사'라고 했느냐고 물었다.

"그 까닭은 이렇습니다. 그 가엾은 수도사의 횃불에 잠시 나리를 비쳐 보았더니, 나리께서 정말 여태까지 한 번도 본 적이 없는 슬픈 얼굴을 하고 계셨기 때문입니다. 아마 조금 전의 싸움 때문에 피로한 탓이거나 아니면 앞니와 어금니가 빠졌기 때문에 그랬는지도 모르겠습니다만."

"그게 아니란다. 그보다는 나의 갖가지 무훈의 역사를 기록해야 할 현자들을 위해서라도 옛날의 기사들이 그랬던 것처럼 나도 별호를 갖는 편이 좋다고 생각했기 때문이다. 어떤 자는 '불타는 칼의 기사', 어떤 자는 '외뿔의 기사', 혹은 '처녀의 기사', 아니면 '불사조의 기사', 때로는 '기린의 기사', 혹은 '사신의 기사' 등 여러 칭호로 세상에 널리 알려져 있다. 방금 현자가 너의 입과 생각을 통해 나를 '우수에 찬 얼굴의 기사'라고 부르도록 한 것이라면, 나는 지금부터 내 자신을 그렇게 불러야겠구나. 그리고 별호가 내게 한층 잘 어울리도록 기회가 있으면 방패에 슬퍼 보이는 얼굴을 그려 넣어야겠다."

"뭐 굳이 그런 얼굴을 그려 넣느라 시간과 돈을 낭비하실 건 없습니다. 그런 것보다 꼭 하셔야 할 일은 나리의 얼굴을 보고 싶다는 자가 있으면 나리께서 직접 얼굴을 돌려서 보여 주시면 됩니다. 그러면 초상화를 그린 방패가 없더라도 사람들은 얼마든지 '우수에 찬 얼굴의 기사'라고 나리를 부르게 될 것입니다. 저를 믿으십시오. 저, 나리. 이건 농담이었습니다. 배가 고프고 어금니가 없어진 덕분에 무척 서글픈 얼굴을 하고 있는 것처럼 보이기에 제가 농담을 한 것이니 우수에 찬 얼굴의 그림을 그릴 것까지는 없습니다."

산초의 말에 돈끼호떼는 웃고 말았다. 그러나 그는 조금 전에 생각한 것처럼 방패에 그림을 그려 넣을 것이라고 결심한 뒤에 이렇게 말했다.

"그건 그렇고, 산초, 무례하게도 하느님에게 속하는 사람에게 손을 댄 이상 파문당할 것은 각오해야겠지? 손으로 손찌검한 것이 아니라 농민들이 쓰는 창으로 다룬 것이기는 하지만 천주교인이자 충실한 기독교인으로서 성직자에게 위해를 가한다는 것은 생각지도 못한 일이다. 나는 단지 요괴나 저승의 요상한 악귀라고만 생각했기 때문에 그랬던 거다. 그건 그렇다 치고, 나는 엘 씨드 루이 디아스가 교황 앞에서 그 옥좌를 부수었을 때 그에게 일어난 사건을 기억하고 있는데, 그 때문에 그 사나이는 파문을 당했으나 그 날 호남아 로드리고 데 비바르는 끝까지 영광스럽고 용맹스러운 기사다운 행동을 했단 말이다."

돈끼호떼는 관 속에 들어 있는 것이 유골인지 확인하려고 했지만 산초가 동의하지 않았다.

"나리, 이번에는 여태까지 보아온 많은 모험 중에서 가장 위험한 것을 가장 무사히 통과하신 것 같습니다. 그 사람들은 그야말로 걸음아 날 살려라 하고 뿔뿔이 달아나지 않았습니까? 하지만 어쩌면 상대가 단 한 사람밖에 없었다는 것을 기억하고는 우리를 혼내주려고 되돌아올지도 모르겠습니다. 이제 당나귀도 기운을 차렸고 근처에 산도 있고 배도 고프니 빨리 도망가는 것이 상책입니다. 속담에 '죽은 사람은 무덤으로, 산 사람에게는 빵을'이라는 말이 있지 않습니까?"

그리고는 자기 당나귀를 몰며 주인에게 따라오라고 했다. 주인도 산초의 말이 일리가 있다고 생각하여 아무 대꾸도 하지 않고 그 뒤를 따랐다. 그리하여 두 개의 언덕 사이를 한참 걸어서 널찍하고 인적이 드문 분지로 나왔다. 거기서 두 사람은 걸음을 멈추고 산초는 당나귀의 짐을 내렸다. 두 사람은 푸른 풀밭에 몸을 내던지고 목구멍에 손이라도 달려 있는 듯이 게걸스레 아침과 점심과 새참과 저녁을 한꺼번에 쑤셔 넣고, 그 유해를 나르던 수도사들이(그들은 맛없는 음식은 좀처럼 먹지 않는 사람들이었다) 짐 나르는 당나귀에 실어 두었던 냉육(冷肉) 요리를 한 바구니 이상이나 먹어 치웠다.

그러나 그들에게는 모든 불행 가운데서도 가장 나쁜 것일 수도 있는 또 다른 불행이 덮쳤으니, 그것은 마실 포도주는커녕 입을 적실 물조차 없다는 것이었다. 목마름에 괴로워하던 산초는, 자신들이 있는 초원이 온통 파랗고 부드러운 풀에 덮여 있는 것을 발견하고 다음 장에서 이렇게 말을 꺼냈다.

제20장
용감한 돈끼호떼가 겪은, 세상의 그 어떤 기사도 겪어보지 못한 전대미문의 모험

"나리, 여기에 풀이 있다는 것은 샘이나 냇물이 가까이 있다는 증거가 틀림 없습니다. 조금 더 앞으로 나가 보는 것이 좋을 것 같습니다. 그러면 우리의 이 고통스러운 목마름을 해결할 수 있는 곳에 당도할 수 있을 것입니다. 정말 목마름이라는 것은 시장기보다도 훨씬 괴로운 것입니다."

이 말은 돈끼호떼가 듣기에도 그럴 듯했다. 돈끼호떼는 로시난떼의 고삐를 잡고, 산초는 두 사람이 먹다 남긴 음식을 당나귀 등에 실은 뒤 고삐를 잡고 초원을 더듬어 걸어가기 시작했다. 어둠 때문에 무엇 하나 보이지 않았기 때문이다. 두 사람이 200걸음도 가지 못했을 때 바위들이 떨어지는 것 같은 요란한 물소리가 들려왔다. 그 물소리를 들으니 두 사람은 힘이 솟았다. 그들은 어느 방향에서 나는 소리인가를 알기 위해서 그 자리에 멈추어 서서 귀를 기울였다. 그런데 갑자기 물소리와는 또 다른 소리가 들려왔다. 그것은 그들이 물소리를 듣고 느낀 기쁨에, 특히 타고난 겁쟁이에다 소심한 산초의 기쁨에 찬물을 끼얹었다. 그것은 쇠사슬끼리 서로 마찰하는 소리와 함께 장단을 맞추어 무엇인가를 두들기는 소리, 거기에 요란한 물소리까지 뒤섞여서 누구라도 공포를 일으킬 만한 소리였다.

앞에서 말한 것처럼 주위는 온통 깜깜했다. 게다가 그들은 아름드리 나무숲에 들어와 있었는데, 그 나무들의 잎사귀가 가냘픈 바람에 흔들거리며 기분 나쁜 소리를 냈다. 어두운 숲, 물소리에 섞여서 들리는 잎사귀가 흔들리는 소리까지 모두 공포와 두려움을 불러일으켰다. 무언가를 두들기는 소리는 그치지 않았고, 바람도 그치지 않았으며, 새벽도 아직 멀다는 사실과 함께 어디가 어디인지 지척을 알 수 없었던 그들이었기에 공포는 더욱 심해졌다. 그러나 용맹심이 뛰어난 돈끼호떼는 로시난떼 위에 뛰어올라 방패를 들고 창을 비스듣히 든 채 소리쳤다.

"산초, 내가 이 철의 시대에 태어난 것은 황금의 시대를 되살리라는 하늘의 뜻이었다. 모든 위험한 모험, 혁혁한 위업, 씩씩한 무훈은 오로지 나를 위해서 남겨진 것이다. 나야말로 원탁의 기사, 프랑스의 열두 호걸, 유명한 아홉 기사가 환생한 것이며, 쁠라띠르, 따블란떼, 올리반떼, 띠란떼, 페보, 벨리아니스 등 과거의 유명한 방랑 기사들이 이룩한 빛나는 업적들마저 빛을 잃게 하는 전례 없이 위대한 무훈을 세상에 세우고, 그들의 모든 업적을 잊혀지게 할 주인공이다. 내 충실한 종자여. 이 암흑, 이 기이한 정적, 이 숲의 정체 모를 소음, 높은 산에서 굴러 떨어지는가 생각되는 요란한 물소리, 그리고 무언가를 두들기는 듯한 저 소리를 잘 기억해 두어라. 이러한 것이 모두 하나가 되어, 아니 그 하나 하나라도 마르떼(군신 마르스)의 가슴에도 불안과 공포를 채우기에 충분한 것인데, 이런 모험에 단련되지 않은 사람에게는 오죽하겠느냐? 그러나 지금 내가 말한 모든 어려움은 나의 용기를 부채질하여, 그 어떤 어려운 모험일지라도 도전해야겠다는 열의가 내 가슴을 벅차게 하는구나. 산초, 로시난떼의 배띠를 좀더 졸라다오. 그리고 너는 하느님에게 기도하며 여기서 사흘만 기다리고 있거라. 사흘이 지나도 내가 돌아오지 않거든 혼자서 마을로 돌아가라. 그리고 곧장 또보소 마을로 가서 나의 그리운 공주 둘씨네아님에게 이렇게 전해다오. '그대에게 몸도 마음도 모두 사로잡힌 기사는 그대의 기사로서 마땅히 해야 할 모험에 도전했다가 목숨을 잃었노라' 하고 말이다."

산초는 주인의 말에 구슬프게 울기 시작했다.

"보세요, 나리. 어쩌자고 또 그런 위험한 모험을 하려는지 저는 도무지 납득할 수가 없습니다. 지금은 밤이고 여기서는 아무도 보는 자가 없으니 사흘 동안 아무것도 마시지 못한다 하더라도 길만 바꾸면 이런 위험한 일은 얼마든지 피할 수 있습니다. 우리를 보는 사람도 없으니 겁쟁이라고 할 사람도 없을 게 아닙니까? 그뿐 아니라 나리도 잘 아는 우리 마을의 신부님이 위험을 구하는 자는 위험에 죽는다고 설교하는 말을 들은 적이 있습니다. 그러니 기적이라도 일어나지 않는 한 도저히 빠져나갈 구멍이 없는 이런 기분 나쁜 일에 손을 대서 하느님을 시험한다는 것은 칭찬할 일이 못됩니다. 나리는 저처럼 담요 키질도 당하지 않으셨고, 시체를 운반하던 그 많은 적들을 물리친 승리를 거두셨으니 하느님께서 얼마나 많은 은혜를 베푸신 것입니까? 이만큼 말씀드렸는데

그러나 두려움을 모르는 돈끼호떼는 용기를 불태우며……

도 그 완고한 마음을 움직일 수 없다면, 나리가 여기를 떠나자마자 저는 너무나 무서워서 누구에게라도 제 영혼을 줄 작정입니다. 그러니 제발 생각을 좀 고쳐 먹으란 말입니다. 앞으로의 일이 더 나빠지지 않은 거라는 생각에 저는 고향을 떠나 왔고, 나리를 섬기려고 처자를 남겨 놓고 이렇게 나왔습니다. 너무 큰 희망은 쪽박을 깨뜨린다고 합니다. 저의 희망은 암만해도 깨어진 것 같습니다. 나리께서 몇 번이나 약속하신 그 재수 없고 얄미운 섬이 드디어 내 손에 들어온다는 희망에 너무 들뜬 대가로 이제 인적도 없는 이런 쓸쓸한 장소에 혼자 남겨져야 합니까? 부탁입니다, 나리. 그런 무모한 행동은 이제 그만 두십시오. 만일 그 모험을 단념하기 싫으시거든 하다 못해 내일 아침까지만이라도 기다려 주십시오. 옛날에 제가 목자였을 때 배운 학문으로는, 저 작은곰자리의 주둥이가 한밤중에는 왼팔 쪽에 있었는데, 지금은 머리 꼭대기에 있는 것을 보니 이제 먼동이 틀 때까지는 3시간도 남지 않았습니다."

"산초야, 하늘에 별 하나 보이지 않는 깜깜한 밤인데 어디에 작은곰자리가 있으며 어디에 주둥이가 있단 말이냐?"

"원래 무서울 때는 눈이 더 잘 보이는 법입니다. 땅 속에 있는 것이라도 보일 판인데 하늘 위의 것이야 새삼 말할 필요가 있겠습니까? 틀림없이 날이 샐 때까지는 얼마 남지 않았습니다."

"얼마 남지 않았건 많이 남았건 상관할 바 없다. 나는 눈물이나 애원에 움직여서 기사도를 지키지 못했다는 말은 듣고 싶지 않다. 그래서 부탁하는데 제발 아무 말도 하지 말아다오. 무엇인지도 모르는 이 무서운 모험에 도전하고자 하는 마음을 주신 하느님께서 나를 지키실 것이며 너의 슬픔을 달래주실 것이다. 네가 할 일은 로시난떼의 배띠를 꽉 죄어 주고, 이 자리에 남아 있는 것이다. 내가 죽든 살든 머지않아 이 자리로 되돌아오게 될 테니 말이다."

산초는 주인의 마지막 결심을 확인하고 자기의 눈물도 충고도 애원도 아무런 소용이 없다는 것을 깨달았다. 그러나 날이 샐 때까지만이라도 주인을 붙잡아 두려고 꾀를 내어, 말의 배띠를 조이면서 자신의 당나귀 고삐로 로시난떼의 앞발들을 묶었다. 그래서 돈끼호떼가 떠나려고 해도 말은 폴짝폴짝 뛰어오기만 할 뿐 앞으로 나아가지 못했다. 산초 빤사는 자기의 꾀가 성공하자 이렇게 말했다.

"보세요, 나리. 하느님은 분명히 제 눈물과 기도를 들으시고 로시난떼가 움직이지 못하도록 해주시지 않았습니까? 그래도 고집을 피우면서 로시난떼에게 박차를 가한다면 결국 하느님만 화나게 하는 것입니다. 돌부리를 걷어차면 발부리만 아프다는 말도 있지 않습니까?"

돈끼호떼는 마음이 조급해졌다. 그러나 말에 박차를 가하면 가할수록 더더욱 움직일 수가 없게 되자, 앞발을 묶어 둔 줄은 꿈에도 모르고 산초의 기도가 아닌 다른 원인이 있을 거라고 생각하면서, 날이 새거나 로시난떼가 움직일 수 있을 때까지 기다리기로 결심했다.

"산초, 로시난떼가 움직이지 못하니 먼동이 틀 때까지 기다릴 수밖에 없겠구나. 먼동이 트는 것을 기다려야 하다니 눈물이 날 지경이다."

"뭐 우실 것까지는 없습니다. 제가 날이 샐 때까지 재미있는 이야기를 들려드릴 테니까요. 그런데 날이 샌 뒤에 만날 그 엄청난 모험에서 힘을 낼 수 있도록 우선 말에서 내려 풀밭에서 쉬는 게 좋겠습니다."

"말에서 내리라니 무슨 말이냐? 잠이라도 자란 말이냐? 내가 위험을 눈앞에 두고 휴식이나 취하는 그런 기사인 줄 아느냐? 자려거든 너나 자거라. 아니면 무엇이든 하고 싶은 일을 하고 있든지. 나는 모험에 대비한 일을 하고 있을 테니까."

"역정내지 마십시오, 나리. 그런 생각에서 한 말은 아닙니다."

산초는 주인 곁으로 가서 한 손은 안장의 앞에, 다른 손은 안장의 뒤를 잡자 손가락 하나가 들어갈 틈도 없이 주인의 왼쪽 넓적다리를 꼭 껴안은 모습이 되었다. 여전히 규칙적으로 울리고 있는 두들겨대는 소리는 그만큼 공포스러웠던 것이다. 그러자 돈끼호떼는 아까 약속한 것처럼 재미있는 이야기를 들려달라고 말했다.

"지금 들려오는 저 무서운 소리를 이겨낼 수만 있다면 여부가 있겠습니까? 제가 제대로 이야기할 수 있고 나리가 끼어들지만 않으면 가장 재미있는 이야기를 들려드리지요. 자, 그럼 시작할 테니 잘 들어보세요. 옛날 옛적에 행복은 모든 사람에게 찾아오고, 불행은 그것을 구하는 사람에게만 오던 시절에…… 저, 나리. 옛날 이야기를 할 때 이야기 앞에 붙인 이런 전제도 절대로 아무렇게나 만든 것이 아닙니다. '불행은 불행을 구하는 자에게'란 말은 로마 사람 카토의 격언에서 따온 것입니다. 그 말은 손가락에 낀 반지처럼 나리의 경우에 꼭 들어맞는 말입니다. 그러니 나리, 일부러 재앙을 찾으러 갈 생각일랑 아예 마시고, 딴 길로 돌아가십시다. 무시무시하고 끔찍한 일만 생기는 길로 가라고 누가 등을 떼미는 것도 아니지 않습니까?"

"하던 이야기나 계속하거라. 우리가 갈 길은 나의 판단에 맡겨 두고."

"그럼 이야기하겠습니다. 에스뜨레 마두라의 어느 마을에 산양을 치는 목자가 있었습니다. 그 사람의 이름은 로뻬 루이스라고 하는데, 로뻬 루이스라는 목자는 또르 랄바라는 양치기 처녀에게 반해 버렸습니다. 이 또르 랄바는 돈 많은 목장 주인의 딸이었는데, 이 돈 많은 목장 주인은……."

"산초, 그런 식으로 두 번씩 되풀이해서 말을 하다간 이틀이 걸려도 다 끝내지 못하겠구나. 좀더 분명하고 간단하게 말해라. 좀더 분별 있는 사람답게 이야기하란 말이다. 그것이 안 되거든 아무 말도 하지 말든지."

"제 고향에서는 이야기를 할 때 언제나 이런 식으로 합니다. 저는 다른 식으로 이야기할 줄 모르고 나리께서 아무리 저더러 새로운 방법을 연구하라고 하셔도 그건 무리입니다."

"그러면 너 좋을 대로 이야기하려무나. 네 이야기를 들어야 하는 것도 내 운명인가 보다. 계속해봐라."

"네, 제가 사모하는 나리. 아까 말씀드린 것처럼 그 목자는 양치기 처녀인 또르 랄바에게 반했는데, 이 여자는 몸집이 뚱뚱한데다가 시건방지고 콧수염도 좀 나 있어서 남자처럼 보였습니다. 저는 지금도 그 여자가 눈에 보이는 것 같습니다."

"그렇다면 너는 그 여자를 알고 있다는 말이냐?"

"아뇨, 모릅니다. 하지만 저에게 이 이야기를 해준 사나이가, 이건 틀림없는 사실이니 다른 사람에게 이야기해 줄 때 그 여자를 본 일이 있다고 맹세해도 좋다고 했습니다. 그런데 시간이 흐르면서 악마가 목자의 사랑하는 마음에 훼방을 놓는 바람에 목자는 양치기 처녀를 사랑하던 마음이 증오로 변하게 되었습니다. 어떤 사람들 말로는 양치기 처녀가 목자에게 질투심을 불러일으키는 행동을 했는데, 그 행동이 도가 지나쳐서 돌이킬 수 없는 상황이 되었다고 하더군요. 목자는 양치기 처녀에게 환멸을 느끼고 고향을 떠나서 다시는 양치기 처녀의 눈에 띄지 않을 곳으로 갈 생각을 했답니다. 그런데 아이러니하게도 또르 랄바는 로뻬에게 버림을 받고 나서야 그 남자를 진심으로 사랑하게 된 것입니다."

"그것이 바로 여자들의 본성이지. 자기를 좋아하는 남자를 버리고, 자기를 싫어하는 남자를 연모한다는 것 말이다. 그래서 산초?"

"목자는 자기 생각을 실행에 옮기기 위해 양떼를 몰고 포르투갈 땅으로 가려고 에스뜨레 마두라의 들판으로 나갔답니다. 그것을 안 또르 랄바도 목자의 뒤를 쫓아갔는데, 그것도 맨발로 따라갔답니다. 손에는 지팡이를 짚고, 어깨에는 배낭을 멨는데, 그 안에는 거울과 빗과 얼굴에 바르는 분을 담은 병이 들어 있었다고 합니다. 그러나 무엇을 갖고 있었든 그건 상관없는 일입니다. 지금 여기서 그런 것을 일일이 들추어 낼 생각은 없습니다. 어쨌든 목자는 양떼를 몰고 과다아나 강에 이르러서 강을 건너려고 했는데, 마침 그 때 물이 불어서 둑이 넘칠 정도였답니다. 게다가 목자가 닿은 곳에는 강을 건너게 해 줄 나룻배 한 척도 없어서 목자는 아주 곤란한 상황에 처했답니다. 또르 랄바가 눈물을 흘리며 바로 가까이까지 따라오고 있었으니까요. 목자는 다급하게 주변을 살펴보다가 한 어부가 가까이 오는 것을 보게 되었습니다. 그 어부는 사람과 양 한 마리를 간신히 실을 만한 조그만 배를 타고 있었습니다. 아무튼 이 어부에게 사정을 말하자, 어부는 목자와 목자가 끌고 온 300마리의 양을 모두 태워 주기로 했습니다. 어부는 배를 타고 양을 한 마리 건네 받았습니다. 되돌아와서 다음 한 마리를 또 건네 받았습니다. 다시 돌아와서 또 한 마리를 건네 받았습니다. 나리, 이 어부가 싣고 건너가는 양의 수를 세어 주시겠습니까? 한 마리라도 숫자가 틀리면 이 이야기는 헛것이 되고 더 이상 이야기를 계속할 수 없으니까요. 그런데 강 저쪽의 나루터는 진흙투성이에다가 미끄러워서 어부는 오고가는 데 무척 시간이 걸렸답니다. 그래도 어부는 다음 양을 데리러 되돌아왔습니다. 그리고 다시 다음 놈을, 또 다음 놈을……."

"이제 양은 죄다 건넌 것으로 하려무나. 그런 식으로 양을 날랐다는 말은 이제 그만 하거라. 그래 가지고서는 몇 년이 걸려도 양을 다 나르지 못하겠다."

"여태까지 몇 마리 건너갔습니까?"

"아니, 내가 그걸 세고 있는 줄 알았느냐?"

"이렇다니까요. 제가 잘 세라고 말씀드렸잖습니까? 이거 큰일났군. 이 이야기도 이제 여기서 끝났습니다. 이젠 도저히 계속할 수가 없습니다."

"어째서? 강을 건넌 양의 수를 분명히 알아야 하는 게 이 이야기에서 그토록 중요하단 말이냐? 숫자가 하나라도 틀리면 이야기가 계속 안될 만큼 말이다."

"나리, 그래서가 아니고요. 아까 제가 나리에게 양이 몇 마리 건너갔냐고 묻지 않았습니까? 그러자 나리께서는 모른다고 대답하셨죠? 바로 그 순간에 앞으로 제가 이야기하려던 것이 죄다 머리에서 빠져나가 버렸습니다. 참으로 교훈이 되고 재미있는 이야기였는데 말입니다."

"아니, 그러면 그 이야기는 이제 다 끝났단 말이냐?"

"그렇습니다. 저희 어머니가 들려주신 옛날 이야기처럼 끝나고 말았습니다."

"사실대로 말하는데, 너는 정말 여태까지 누구도 생각지도 못한 아주 신기한 이야기를 들려주었다. 그 이야기하는 태도며 솜씨며 이야기를 마무리하는 방법이 내 평생 두 번 다시 구경하지 못할 것 같구나. 하지만 그다지 놀랄 일도 아닌 것은 저기서 끊임없이 들려오는 두들겨대는 소리가 너의 지성을 흔들어 놓은 것이 아닌가 싶다."

"그런 것인지도 모르겠습니다. 어쨌든 제 이야기는 더 할 게 없습니다. 양이 건너간 숫자가 틀리는 그 순간에 끝나버린 거니까요."

"어디든 좋은 데서 그치도록 하려무나. 그건 그렇고, 로시난떼가 움직일 수 있는가 시험해 보자꾸나."

돈끼호떼는 다시 박차를 가했다. 그러나 말은 여전히 두세 번 뛰어오를 뿐 앞으로 나가지는 못했다. 그토록 꽉 묶여 있었던 것이다. 이때 새벽녘의 추위 탓인지, 저녁때 먹은 것이 잘못되었는지, 아니면 단순한 생리적 현상이었는지 (이것이 가장 그럴듯한 이유였다), 산초에게는 다른 사람이 도저히 대신해 줄 수 없는 욕구가 일어났다. 그러나 그의 마음 속을 가득 채우고 있는 공포는 여간 심한 것이 아니라 주인한테서 한 치도 떨어질 수가 없었다. 그렇다고 그 욕구를 그냥 참을 수도 없었다. 그래서 그는 안장 뒤를 잡고 있던 오른손을 놓고 그 손으로 살며시 허리띠를 풀었다. 허리띠가 풀리자 바지는 금방 내려가서 마치 두 다리에 족쇄를 채운 것 같이 되었다. 그런 뒤에 셔츠를 올리고는 커다란 양쪽 엉덩이를 쑥 내밀었다. 그런데 이 무섭고 절박한 고통 속에서 이보다 더 난처한 일이 생겼다. 그것은 소리를 내지 않고는 일을 치를 수 없다는 사실이었다. 그는 이를 악물고 양 어깨를 움츠리며 숨을 죽이기 위해 기를 썼다. 그러나 이렇게 노력했음에도 산초가 걱정했던 것이 아닌 다른 소리가 튀어나왔다. 그 소리를 들은 돈끼호떼가 물었다.

"산초, 이게 무슨 소리지?"

"글쎄 말입니다. 뭔가 새로운 것이 아닐까요? 행운이나 불행이나 모두 첫걸음부터 시작하는 법이니까요."

산초는 다시 한 번 자신의 운을 시험했는데, 고맙게도 이번에는 아까처럼 요란한 소리가 튀어나오지 않고 여태까지 애를 먹였던 물건이 시원스럽게 쏟아져 나왔다. 그러나 돈끼호떼의 코도 귀처럼 민감한데다가 산초는 주인에게 꼭 달라붙어 있었으므로 어쩔 수 없이 그 냄새는 주인의 코에 닿지 않을 수 없었다. 돈끼호떼는 얼른 손가락으로 코를 잡으며 코멘 소리로 말했다.

"산초, 어지간히 무서운 모양이구나?"

"물론이죠. 그런데 나리께선 어째서 지금 그걸 깨달으셨습니까?"

"네가 지금 갑자기 냄새를 풍기기 시작했기 때문이지."

"그렇습니다. 하지만 이건 제 잘못이 아니라 이런 시간에 한 번도 와본 적이 없는 곳을 헤매게 하신 나리 탓입니다."

돈끼호떼가 코에서 손가락을 떼지 않고 말했다.

"서너 걸음 뒤로 좀 물러나거라. 그리고 앞으로는 네 몸가짐을 조심하고 나에 대해서도 예의를 갖추어라. 내가 너에게 너무 관대하게 대해 주어서 네가 나를 이렇게 가볍게 보나 보다."

"그렇다면 나리는 제가 해서는 안 될 일을 했다고 생각하나 보군요?"

"더 이상 말하지 않는 게 좋을 게다."

이런 말을 주고받으면서 주인과 종자는 밤을 지새웠다. 산초는 아침이 빠르게 다가오는 것을 깨닫자 로시난떼의 다리를 묶었던 고삐를 풀고, 자신의 허리끈을 다시 맸다. 로시난떼는 자유로운 몸이 되자, 비록 사나운 말은 아니었지만 흥분해서 앞발로 땅을 긁기 시작했다. 뒷발로만 서는 것을 로시난떼는 하지 못했던 것이다.

돈끼호떼는 로시난떼가 움직일 수 있다는 것을 알고 으스스한 모험에 착수해도 좋은 전조라고 믿었다. 여명이 비추면서 구석구석이 훤하게 밝아지고 모든 사물이 산뜻한 모습을 드러냈다. 돈끼호떼는 자신들이 아름드리 나무숲에 있다는 것을 알게 되었다. 그것은 깊은 응달을 만들고 있는 밤나무들이었다. 무엇을 두들기는 소리는 여전히 계속되었다. 그러나 그것이 대체 어디서 나는 소리인지는 알 수 없었다. 돈끼호떼는 더 이상 주저하지 않고 로시난떼에게 박차를 가하며 다시 한 번 산초에게 작별의 인사를 했다. 그리고는 앞에서 말한 대로 사흘 동안 거기서 기다리라고 하면서, 만일 사흘이 지나도 돌아오지 않거든 이 위험한 모험에서 목숨을 잃음으로써 하느님의 뜻에 따른 것이라고 생각하라고 말했다. 그리고 그리운 둘씨네아 공주에게 전할 말을 몇 번이나 일러주고, 산초가 자기를 섬긴 대가로 받아야 할 급료에 대해서는 걱정하지 말라고 했다. 자기가 고향을 떠나올 때 유언장을 만들었는데 근무한 기간대로 완전히 지불하도록 적어 놓았다는 것이다. 그러나 하느님이 이번 위험을 무사히 면하게 해주신다면 약속한 섬은 확실하게 산초의 것이 될 거라고 말했다. 산초는 이 훌륭한 주인의 인정 넘치는 말을 듣고 눈물을 흘리면서, 이번 사건이 마무리 될 때까지 주인 곁을 떠나지 않겠다고 다짐했다.

이 기록의 작자는 산초 빤사의 눈물과 숭고한 결심으로 미루어 산초가 집안이 좋고, 적어도 유서 있는 기독교인이 틀림없다고 생각했다. 산초가 보여준 상냥한 마음씨는 주인의 마음을 어느 정도 부드럽게 했지만, 그렇다고 심약함을 드러낼 만한 것은 아니었다. 돈끼호떼는 되도록 자신의 감정을 감추고 물소리와 그 무언가를 두들기는 소리가 들려오는 방향으로 나아갔다. 산초는 좋은 일이 있을 때나 궂은 일이 있을 때나 늘 변함 없는 친구인 당나귀의 고삐를 잡고 돈끼호떼를 따라 걸었다. 응달이 짙은 밤나무며 잡목 사이를 한참 나아가니 널찍한 초원이 나왔고, 그 끝에는 높은 암산이 있었다. 그 암산에서 굉장한 폭포가 쏟아지고 있었다.

그 기슭에 어설프게 지은 집이 몇 채 있었다. 그러나 그것은 집이라기보다 건물의 잔해에 가까웠다. 여전히 계속되고 있는 무언가를 두들기는 소리는 이 집들 사이에서 들리는 것이었다. 이 물소리와 무엇을 두들기는 소리에 놀란 로시난떼를 진정시키면서 돈끼호떼는 진정으로 사랑하는 여인을 마음에 그리며, 이 위기에서 자신을 지켜달라고 빌었다. 또한 하느님에게도 자신을 저버리지 말아달라고 간청하며 집 쪽으로 조금씩 다가갔다. 산초는 주인 곁에서 떨어지지 않고, 그토록 자기를 놀라게 한 정체가 무엇일까 하여 로시난떼의 다리 사이로 목을 빼고 눈을 크게 떴다. 그렇게 100걸음 정도 가다가 모서리를 막 돌아서려는 순간, 밤새도록 그들을 그토록 떨게 하고 놀라게 한, 무시무시하고 경악할 만한 소리의 원인을 발견할 수 있었다. 그것은—오오, 독자여! 부디 화내지 마시기를—큼직한 직물을 표백하는 6개의 방망이가 번갈아 내려치는 소리였던 것이다.

돈끼호떼는 소리의 진상을 눈으로 확인하자 머리에서 발끝까지 몸이 굳어 버렸다. 산초는 주인을 곁눈으로 살펴보았다. 그리고 참으로 겸연쩍은 표정으로 얼굴을 숙여 가슴에 묻었다. 돈끼호떼 역시 산초의 얼굴을 보았다. 산초는 양쪽 볼이 불룩해져서 막 터져 나오려는 웃음을 참느라 애쓰고 있었다. 이것을 보자 우울했던 돈끼호떼 역시 웃음을 터뜨리지 않을 수가 없었다. 산초는 주인이 웃기 시작하자 그만 둑이 터진 듯이 웃음을 터뜨렸다. 그러나 산초는 웃는 순간에 배가 터져서는 큰일이다 싶어 두 손으로 옆구리를 누르는 것을 잊지 않았다. 진정했다가 다시 격렬하게 웃기를 네 번이나 반복했다. 돈끼호떼는 안 그래도 마음이 언짢았는데 산초가 놀리듯 말하는 것을 듣자 화가 나고 말았다.

로시난떼는 다가갈수록 더욱더 크게 들리는 물소리와 어떤 소리에 무서워서 벌벌 떨었다.

"산초, 내가 이 철의 시대에 태어난 것은 황금의 시대를 되살리라는 하늘의 뜻이 있었기 때문이다. 모든 위험한 모험, 혁혁한 위업, 씩씩한 무훈은 오로지 나를 기다리고 있었던 것이다."

산초는 그들이 이 기분 나쁜 소리를 처음 들었을 때 돈끼호떼가 했던 말을 다시 읊어댔던 것이다.

산초에게 조롱을 당한 돈끼호떼는 자존심이 상해서 창으로 산초를 두 번 내리쳤다. 그 기세가 얼마나 사나웠던지 만일 그것이 등에 맞지 않고 머리에 맞았더라면 산초에게 급료를 지불할 필요도 없었을 것이다. 산초는 자기의 농담이 주인을 노엽게 한 것을 알자 더 이상 주인을 화나게 해서는 안 된다고 생각하고 다음과 같이 말했다.

"나리, 그렇게 화 내지 마십시오. 그저 농으로 말씀드렸을 뿐입니다."

"너에게는 농담일지 모르지만 내게는 농담이 아니다. 보아라, 산초. 설혹 저것이 직물을 치는 방망이가 아니고 다른 위험한 모험이었다면 내가 그에 도전하여 용기를 보이지 못했을 것 같으냐? 내가 아무리 기사라고 해도 저런 소리를 일일이 다 알아들어서 직물을 표백하는 방망이 소리인지 아닌지를 구별할 수 있어야 한단 말이냐? 물론 너야 이런 물건 속에서 살았던 농민이니 저런 것을 한 번쯤은 보았겠지. 그러나 나는 이 세상에 태어나서 한 번도 저런 것을 본 기억이 없다. 그게 거짓말이라면 저 여섯 개의 방망이를 여섯 명의 거인으로 바꾸어서 나한테 덤벼들게 해도 좋다. 만일 내가 그들을 모조리 때려눕히지 못한다면 그 때야말로 나를 실컷 조롱해라."

"나리, 알겠습니다. 제가 농담이 지나쳤습니다. 어쨌든 나리, 앞으로 어떤 모험이 일어나건 이번처럼 하느님께서 나리를 무사히 지켜 주셨으면 좋겠습니다. 웃음거리로 지나갔고 이야깃거리나 될 테니 다행 아닙니까? 나리는 어땠는지 몰라도 저는 정말 무서웠거든요."

"이번 일이 웃음거리가 아니라는 것은 아니다. 그러나 일부러 이야기할 것까지야 없지 않으냐? 누구나 모든 이치를 깨달을 만큼 사리분별이 명확한 것은 아니니 말이다."

"최소한 나리도 창의 이치는 알 것 아닙니까? 하느님과 제 민첩성 덕분에 머리를 피해 등을 맞았으니 다행이지만 말입니다. '귀여워하는 사람일수록 울리게 한다'는 말을 들은 적이 있습니다. 그리고 높으신 분들은 부하들에게 욕을 한 뒤에 바지 한 벌은 준다고 하더군요. 방랑 기사님들은 두들겨 팬 뒤에 섬이나 대륙의 영토를 주는지는 알 수 없지만 말입니다."

"그야 운에 따라서 다르겠지. 지나간 일은 너그럽게 넘겨라. 너는 현명하니 본능이라는 것은 인간의 힘으로 어찌할 수 없는 것을 알 것이다. 그리고 앞으로 명심할 것은, 네가 말이 너무 많으니 좀 삼갔으면 하는 것이다. 여태까지 내가 읽은 기사 소설 중에서 네가 나에게 지껄이는 것처럼 주인을 향해 입을 많이 나불거리는 종자는 한 번도 본 적이 없다. 이것은 정말 나와 너의 큰 실수다. 너의 실수는 나를 너무 존경하지 않는 것이고, 나의 실수는 종자로부터 존경을 받지 못한다는 것이다. 아마디스 데 가울라의 종자 간달린은 인술라 피르메의 백작이었는데, 자기 주군에게 말을 할 때면 손에 모자를 들고 고개를 숙이고 몸을 터키식으로 굽혔다고 한다. 그리고 돈 갈라오르의 종자 가사발은 어떤지 아느냐? 그의 과묵함이 어느 정도였는지 그 이야기의 전편에서 단 한 번밖에 이름이 불리지 않을 정도였단다. 산초, 내 말을 듣고 무엇을 느꼈느냐? 앞으로 너도 주인과 종자, 주군과 부하, 기사와 종자 사이에 어느 정도 거리를 두어야 한다는 것을 명심해라. 이제 우리도 서로 경의를 표하면서 농담을 함부로 하지 않기로 하자. 설혹 내가 너에게 역정을 낸다면 결국 물독의 손해(돌이 물독에 맞아도, 물독이 돌에 맞아도 물독의 손해라는 뜻)가 아니냐? 내가 너에게 약속한 보상은 때가 되면 반드시 내릴 것이고, 설사 손에 넣지 못하더라도 적어도 급료는 정확히 지불할 테니 그리 알아라."

"나리의 말씀은 모두 훌륭하십니다. 하지만 꼭 여쭙고 싶은 것은, 혹시 보상의 시기가 오지 않아서 급료를 기대해야 한다면, 대체 방랑 기사의 종자는 예전에는 얼마의 급료를 받았을까요? 그리고 다달이 받았는지, 아니면 미장공처럼 일당으로 받았는지도 궁금합니다."

"예전의 종자들은 급료를 받은 것이 아니라 보상을 받은 것으로 안다. 내가 집에 두고 온 유언장에 대해 너에게 이야기한 것도 만일의 경우를 생각해서 한 일이다. 이런 재난이 계속되다가는 기사인 내가 언제 어떻게 목숨을 잃을지 모른다. 그런데 저승에 가서라도 양심에 꺼려지는 일이 손톱만큼이라도 있어서는 안 되겠기에 그 유언장을 작성한 것이다. 산초, 거듭 말하지만 이 세상에서 모험가의 신상처럼 위험한 것은 없다."

"정말입니다. 직물을 표백하는 방망이 소리조차도 나리 같은 용감한 방랑 기사의 간덩이를 서늘하게 만들어 놓으니까요. 하지만 앞으로는 나리를 주군으로서 추앙하기 위해서가 아니라면 결코 제 입을 열지는 않을 것입니다."

"그렇게만 한다면 너는 사람들로부터 존경을 받으며 이 땅에서 오래도록 평화롭게 살 것이다."

제21장
맘브리노 투구에 얽힌 탁월한 모험,
그리고 우리의 무적 기사에게 일어날 가상의 사건들

그러는 동안 비가 조금씩 내리기 시작했다. 산초는 직물을 표백하는 물방 앗간으로 들어가 비를 피하고 싶었다. 하지만 돈끼호떼는 아까 조롱당한 일이 아직도 기분 나빠서 안에 들어가고 싶지 않았다. 그래서 그들은 오른쪽으로 길을 틀어서 전날에 걸었던 길과는 다른 길로 접어들었다. 얼마를 갔을 때 돈 끼호떼는 말을 타고 오는 한 사나이를 발견했다. 그 사나이는 마치 황금처럼 번쩍번쩍 빛나는 것을 머리에 쓰고 있었다.

그것을 본 돈끼호떼는 산초를 돌아보며 이렇게 말했다.

"산초, 과연 속담에는 거짓이 없구나. 속담은 학문의 어머니인 경험에서 우러 나온 것이기 때문이지. 그 가운데 '한쪽 문이 닫히면 다른 한쪽 문이 열린다' 라는 속담은 특히 그렇구나. 운명은 간밤에 직물을 표백하는 물레방아로 우리 의 눈을 속이더니 이번에는 우리가 찾는 모험의 입구를 널찍하게 열어 놓았 구나. 만일 내가 그 모험 속으로 들어가지 않는다면 그것은 분명히 내 탓이다. 더욱이 그 죄는 직물 표백에 대해서 잘 몰랐다던가, 밤이 어두웠다던가 하는 핑계로 돌릴 수도 없단 말이다. 내가 이런 말을 하는 이유는, 내가 반드시 손 에 넣겠다고 맹세한 맘브리노의 투구를 쓴 사나이가 이쪽으로 오고 있기 때문 이다."

"나리, 말할 때는 조심하시고 행동에 옮길 때는 더 조심하셔야 합니다. 이번 에도 직물을 표백하는 물레방아 같은 머쓱한 경우를 당하고 싶지 않거든요."

"바보 같은 소리 마라! 투구와 직물을 표백하는 물레방아를 어떻게 비교할 수 있단 말이냐?"

"나리는 제 말을 무시하지만 제가 일리 있는 말을 많이 해 왔지 않습니까? 지금 나리는 뭔가 잘못 보신 게 틀림없습니다. 예전에도 그랬듯이 말입니다."

"내가 뭘 잘못 보았단 말이냐? 이 의심 많고 불충한 놈아! 저기 얼룩말을 타고 머리에 황금 투구를 쓴 기사가 네 눈에는 보이지 않는단 말이냐?"

"제 당나귀와 비슷하게 생긴 잿빛 당나귀를 타고, 뭔지는 모르지만 번쩍거리는 물건을 머리 위에 얹고 오는 사람은 보입니다."

"그것이 바로 맘브리노의 투구란 말이다. 내가 저 사람과 단둘이 있도록 너는 한쪽에 비켜 서 있거라. 내가 그토록 탐내던 투구를 어떻게 손에 넣어 이 모험을 마무리하는지 잘 보아라."

"저는 나리 말대로 비켜 서 있겠습니다. 하지만 다시 말씀드리지만, 이번에는 직물을 표백하는 물레방아 같은 일이 아니기를 바랍니다."

"산초, 그 직물을 표백하는 물레방아 이야기는 이제 두 번 다시 꺼내지 말라고 몇 번이나 말했느냐? 내가 맹세하건대 또 한 번 그 이야기를 꺼내면 네 놈을 직물을 표백하듯 두들겨 팰 테다."

산초는 주인이 자기에게 퍼부은 맹세를 실천할까 봐 두려워져서 입을 다물었다.

사실 돈끼호떼가 투구와 얼룩말과 기사라고 본 것의 정체는 이러했다. 이 근처에는 두 마을이 있는데, 하나는 약방도 이발소도 없는 조그만 마을이고, 다른 하나는 모든 것이 갖추어진 큰 마을이었다. 그래서 큰 마을의 이발사가 작은 마을 사람들의 머리를 깎았다. 마침 작은 마을에 피를 뽑아야 할 환자가 생겼고 또 면도를 하고 싶다는 사람도 있어서(이 시절에는 이발사가 의술도 겸하고 있었다) 이발사가 놋대야를 가지고 집을 나선 것이다. 그런데 오는 도중에 비가 쏟아져서 이발사는 새로 장만한 모자가 얼룩지지 않도록 놋대야를 머리에 덮어썼다. 그것이 2km 밖에서도 보일 정도로 번쩍거렸던 것이다. 이발사는 산초의 말대로 잿빛 당나귀를 타고 있었는데, 돈끼호떼의 눈에는 얼룩말을 타고 황금 투구를 쓴 기사로 보인 것이다. 이렇듯 돈끼호떼는 눈에 보이는 모든 사물을 허황한 기사도 이야기에 갖다 붙여 생각했던 것이다.

이 가엾은 기사가 가까이 다가오자 돈끼호떼는 로시난떼를 몰고 나가며, 상대의 몸을 꿰뚫을 결심으로 창을 겨누었다. 그리고 상대가 점점 가까워지자, 돌진하는 속도를 줄이지도 않고 소리쳤다.

"네 이놈, 나와 승부를 겨루자! 그러기 싫거든 마땅히 내가 가져야 할 것을 냉큼 이리 내놓아라!"

이발사에게는 아닌 밤중에 홍두깨였다. 그는 돌진해오는 돈끼호떼의 창을 피하기 위해 스스로 당나귀 위에서 굴러 떨어졌다. 그리고 발이 땅에 닿자마자 노루처럼 깡충 몸을 일으키더니 바람보다도 잽싸게 들판을 가로질러 줄행랑을 쳤다. 돈끼호떼는 이발사가 떨어뜨리고 간 놋대야를 보더니 이렇게 중얼거렸다.

"이 이교도 녀석, 꽤 주도면밀한 놈인걸. 마치 해리같구나. 해리는 사냥꾼에게 쫓기면 스스로 향주머니를 깨물어 떨어뜨려 놓고 달아난다더니(이것은 정설은 아니나 그 시대에는 그렇게 믿었다)."

돈끼호떼가 산초에게 투구를 주우라고 하자 산초는 그것을 주워들고 말했다.

"이건 훌륭한 놋대야군요. 돈으로 따진다면 8레알은 되겠습니다."

산초는 그것을 주인에게 건네주었다. 돈끼호떼는 그것을 받아 머리에 뒤집어쓰고 빙글빙글 돌리면서 얼굴 가리개를 찾았으나, 그럴듯한 것이 발견되지 않자 이렇게 말했다.

"이 투구를 처음 맞춘 이교도는 머리가 굉장히 컸던 모양이야. 그런데 반쪽이 떨어져 나간 것이 유감이구나."

산초는 놋대야를 투구라고 믿는 주인의 말에 웃음이 터져 나왔다. 그러나 주인이 화를 낼 것 같아서 웃음을 참았다.

"왜 웃느냐, 산초?"

"네, 이 투구 임자의 머리통이 얼마나 컸을까 생각하니 웃지 않을 수가 없습니다. 그런데 이건 아무리 봐도 이발소의 놋대야와 똑같은뎁쇼."

"산초, 내 말을 들어 보아라. 마법에 걸린 이 유명한 물건은 어떤 사연으로 인해서 투구의 가치를 알지도 못하는 사나이의 손에 들어갔을 것이다. 그 사나이는 자기가 하는 짓이 잘 하는 짓인지 잘못하는 짓인지도 모르고, 그저 순금으로 만들어졌다는 점만 생각하고 반쪽을 녹여서 돈으로 바꾸었을 것이다. 그래서 남은 반쪽이 네가 말한 대로 이발소의 놋대야처럼 보이는 것이다. 어쨌든 나는 이 투구를 잘 알고 있기에 모양이 달라졌어도 단번에 알아볼 수 있지. 이제 대장간을 찾아가게 되면 이것을 손질해서 대장장이의 신 불카노가 전쟁의 신 아레스를 위해 만든 투구라도 도저히 따라오지 못할 만큼 훌륭하게 만들 작정이다. 그러나 그 때까지는 급한 대로 이것을 쓰고 다녀야겠다. 돌팔매쯤은 막을 수 있을 테니까."

"그건 옳은 말씀입니다. 지난번에 나리의 어금니가 다 나가버리고, 제 뱃속의 것을 전부 토해내게 한 영약이 들어 있던 항아리까지 깨졌던 군대들의 싸움에 뛰어드셨던 것처럼 깊이 개입하지만 않는다면 말입니다."

"나는 그 묘약을 잃어버린 데 대해서는 크게 상심하지 않는다. 너도 알다시피 나는 그 약을 만드는 처방을 기억하고 있으니 말이다."

"저도 기억하고 있습니다. 하지만 제가 그것을 만든다 해도 두 번 다시 그걸 마시지는 않겠습니다. 골로 갈 테니까요. 그보다는 전 상처를 입지 않도록, 또 상대방에게 상처를 입히지 않도록 눈치껏 행동할 겁니다. 그러면 그런 약이 필요할 일도 없겠지요. 담요로 키질 당한 일에 대해서는 더 이상 말하지 않겠습니다. 그런 불행은 아무리 조심해도 막을 수 없으니, 만일 다시 그런 불행을 만난다면 될 수 있는 대로 어깨를 움츠리고 눈을 꼭 감고는 운을 하늘에 맡길 것입니다."

"너는 참으로 불순한 기독교인이구나. 남에게서 받은 모욕을 도무지 잊을 줄 모르니 말이야. 도량이 넓고 기개가 높은 사람은 하찮은 일에 신경을 쓰지 않는다는 것을 알아두어라. 다리 하나가 부러졌느냐? 아니면 머리가 깨지기라도 했느냐? 그것도 아니면 갈빗대가 부러지기라도 했느냐? 왜 여태 그 장난을 잊지 못하는지 알 수가 없구나. 그건 단순한 장난이나 심심풀이였을 뿐이야. 만일 내가 그것을 장난으로 생각하지 않았다면 그곳으로 되돌아가서 빼앗긴 헬레나(트로야 전쟁의 발단이 된 그리스 제일의 미녀)를 위해 그리스인들이 행한 것보다 훨씬 잔인한 보복을 했을 것이다. 그건 그렇고, 만일 그 여인이 지금 세상에 살아 있다면, 아니 나의 둘씨네아가 그 당시에 살아 있었다면 그 여인은 아마 둘씨네아만큼 칭송받지 못했을 게다."

돈끼호떼는 하늘을 우러러보며 한숨을 쉬었다. 그러자 산초가 입을 열었다.

"장난이니 아니니 해봐야 복수를 할 수 있는 것도 아니니까 장난이라고 해두지요. 하지만 그 일은 언제까지나 잊어버릴 수 없는 일입니다. 그건 그렇고, 나리께서 물리친 그 마르띠노(맘브리노의 잘못) 녀석이 여기 버리고 간 이 얼룩말 같은 당나귀는 어떻게 하면 좋겠습니까? 그 녀석이 삼십육계 줄행랑을 친 걸 보면 이것을 되찾으러 올 리는 없겠는데요. 게다가 이건 정말 훌륭한 당나귀인뎁쇼."

"나는 내가 패배시킨 적의 물건을 빼앗은 적이 없다. 그리고 패배한 자한테서 말을 빼앗아, 그자를 걸어가게 만드는 것도 기사도에 비추어 옳은 행동이 아니다. 그러니 산초, 그 말인지 당나귀인지는 이대로 내버려두도록 하자. 우리가 이곳을 떠난 뒤에 주인이 반드시 찾으러 올 테니까."

"저는 이 짐승만은 꼭 끌고 가고 싶습니다. 끌고 가지 못한다면 하다 못해 제 당나귀하고 바꾸기라도 하고 싶습니다. 제 당나귀는 어디를 봐도 이놈보다 못하니까 말입니다. 바꿔치기까지도 허락하지 않는다면 기사도란 정말 옹졸한 것입니다. 그러면 안장이나 등자 같은 것이라도 바꿀 수 없습니까?"

"글쎄 이런 경우에 어떻게 해야 하는 건지 나도 잘 모르겠다만, 네가 꼭 필요하다면 바꾸도록 해라."

"꼭 필요합니다. 만일 이 안장을 제가 갖게 된다면 더 이상은 탐내지 않겠습니다."

산초는 허락을 받자 신바람이 나서 당나귀 탈바꿈에 착수했다. 그들은 작업이 끝나자 이발사의 당나귀에 실려 있던 음식으로 아침 식사를 마쳤다.

이렇게 주린 배를 채우고 울적한 마음도 풀어지자 그들은 다시 말 위에 올랐다. 그리고 가야 할 방향을 정하지 않는 것이 방랑 기사다운 것이므로 로시난떼의 발길이 향하는 대로 길을 갔다. 로시난떼가 가는 곳이라면 당나귀는 어디라도 순순히 따라갔다. 그들은 다시 국도로 나오기는 했으나 이렇다 할 목적도 없이 그저 길을 가고 있었다.

이렇게 길을 가면서 산초가 주인에게 말을 건넸다.

"나리, 꼭 할 말이 있습니다. 제게 침묵을 지키라는 엄명을 내린 뒤, 제가 하고 싶은 말이 배 속에서 썩어가고 있습니다. 그것이 자그마치 네 가지나 되는데, 목구멍까지 올라온 것이 꼭 하나 있습니다. 이것만은 참을 수가 없습니다."

"말해 보아라. 그러나 짧게 하도록 해라. 긴 이야기치고 재미있는 것은 하나도 없느니라."

"그럼 이야기하겠습니다, 나리. 요 며칠동안 생각했는데 이렇게 인적이 드문 곳이나 들판에서 모험을 찾아 헤매봤자 별 이득도 없습니다. 이런 곳에서 승리를 해도 그렇고, 상대를 멋지게 고꾸라뜨려도 그렇고, 보는 사람도 없고 아는 사람도 없으니까 비단옷 입고 밤길 가듯 나리의 무공과 뜻이 아무것도 아닌 게 되어 버리지 않습니까? 그래서―나리의 생각은 어떤지 모르지만 말입니다—제 생각으로는 차라리 어느 황제님이나 한창 전쟁을 벌이는 이름난 영주님을 섬기셔서 나리의 용기며 역량이며 뛰어난 재치를 나타내는 게 더 좋을 것 같습니다. 그렇게 되면 우리가 섬기는 상전은 우리의 무훈에 어울리는 상을 내리실 테고, 나리의 공훈을 기록하여 사람들의 기억에 오래도록 남을 수 있게 해주실 것입니다. 저의 공로는 아무렇게나 되어도 상관없습니다. 종자의 도리만 지키면 되니까요. 다만 기사도에서 종자의 공훈도 기록하라고 정했다면, 제 공훈도 남겨질 수 있다면 더 바랄 게 없을 것입니다."

"네 말이 그럴 듯하구나, 산초. 그러나 황제나 영주를 찾아가기 전에 이미 방랑 기사로서 많은 무공을 세워서 명성을 지니고 있어야 한다. 그러면 우리가 어느 성문을 들어설 때 우리를 본 아이들이 '저것 봐, 태양의 기사야!'라든가 '구렁이 기사야!' 하고 외치면서 우리 뒤를 졸졸 따라오고 주위를 둘러쌀 게 아니냐? 그리고 이렇게 말하겠지. '이 사람이야말로 거인 브로까브루노를 쓰러뜨린 용맹한 사람이다'라거나 '이 사람이야말로 페르시아의 대제 마멜루꼬를 900년 동안이나 걸려 있던 마법에서 풀어 준 기사다'라고 말이야. 이런 식으로 입에서 입으로 기사의 공훈이 전해져서 사람들의 입에 오르내리면 그 나라의 임금님도 왕궁의 창가에 서시겠지. 그리하여 그 기사를 보면 문장이나 방패의 표시로 누구라는 것을 인정하고 이렇게 말씀하실 것이 틀림없어. '음, 저것을 보아라! 여봐라, 궁전에 있는 모든 기사들은 저기 오는 기사도의 꽃을 맞이하도록 하라.' 이 분부에 사람들이 밖으로 뛰쳐나오겠지. 그러면 임금님도 몸소 층계 중간쯤까지 내려오셔서 기사를 껴안고, 그 얼굴에 입을 맞추고는 손을 잡고 왕비가 있는 거실로 안내하시겠지. 거기서 기사는 왕비와 함께 공주를 만나게 되는데, 공주는 이 넓은 세상에서 좀처럼 찾아볼 수 없는, 어디 하나 나무랄 데 없는 아름다운 여인일거야. 공주는 금방 기사에게 반하고 기사는 공주에게 반해서 상대방을 거룩한 존재로 여기면서 사랑의 밧줄에 묶이고 말지. 그리고 서로의 마음에 싹트는 괴로움과 애달픔을 전하려면 어떻게 말을 꺼내야 좋을지 모르는 채 마음 아파하기 시작하겠지. 아마 기사는 여기서 궁중의 온갖 진미를 다한 어느 방에 안내되는데, 거기서 갑옷을 벗고 아주 훌륭한 진홍색 외투로 몸을 감싸겠지. 그런데 갑옷을 입은 모습이 훌륭했다고 한다면 속조끼를 입은 모습은 더한층 훌륭할 거야. 이윽고 밤이 되면 왕과 왕비, 왕녀와 함께 만찬을 들게 되는데, 그동안 기사는 주변 사람들이 깨닫지 못하도록 공주에게서 잠시도 시선을 떼지 않고 공주 쪽에서도 마찬가지야. 하지만 공주는 정숙한 여인이라 조심스레 행동하겠지. 만찬이 끝나면 그 넓은 홀의 입구에 추한 난쟁이가 들어오고, 그 뒤에 두 거인이 경호하는 아름다운 부인이 나타나서 옛 현인이 고안해 낸 어떤 수수께끼를 내놓는데, 그 수수께끼를 풀면 세계 제일의 기사가 될 거라고 말하지. 왕은 그 자리에 참석한 사람들에게 그것을 해보라고 말씀하시나, 손님으로 온 기사를 제외하고는 누구 하나 푸는 사람이 없으므로 기사의 명예는 절정에 달하고, 공주는 그 일을 기쁘게 생각하겠지. 그리고 자신이 그토록 명예로운 기사에게 정을 둔 것을 흐뭇하게 여기겠지. 그런데 마침 왕은 자신과 힘이 비슷한 다른 나라 왕과 전쟁을 하는 중이었어. 빈객의 기사는 며칠동안 궁정에 묵은 뒤에 그 전쟁에 참가하여 왕을 위해 공을 세우겠다고 청하겠지. 물론 왕은 그 소원을 기꺼이 들어주는데, 기사는 그 은혜에 감사하여 왕의 손에 입을 맞추겠지. 그리하여 그날 밤 기사는 공주의 침실 앞 정원에서 격자 창살을 사이에 두고, 사랑하는 공주와 석별의 정을 나누겠지. 사실 두 사람은 그전부터 공주의 시녀 주선으로 그곳에서 여러 번 사랑을 속삭였어. 기사는 한숨을 쉬고 공주는 실신하겠지. 시녀는 물을 가져오지만, 이미 새벽이 되었으므로 공주의 명예를 위하여 두 사람의 행동이 사람들 눈에 띄지 않기를 바라기 때문에 마음을 졸이겠지. 그러다가 공주는 정신을 차리고 창살을 통해 기사에게 흰 손을 내밀겠지. 그러면 기사는 그 손에 입을 맞추고 끝내 눈물을 흘려서 공주의 손을 적시고 말겠지. 두 사람은 좋은 일이건 궂은 일이건 반드시 서로 소식을 알리자는 약속을 하고, 공주는 되도록 빨리 돌아와 달라고 기사에게 애원하겠지. 기사도 몇 번이나 그렇게 하겠다고 맹세하겠지. 기사는 다시 한 번 공주의 손에 입을 맞추고 목숨이 끊어지는 것 같은 슬픔을 안은 채 작별을 고하겠지. 그리고 기사는 침상에 드러눕는데 역시 이별의 슬픔으로 도무지 잠을 이루지 못하겠지. 이튿날 동이 트자마자 왕과 왕비와 공주에게 작별을 고하러 가는데, 기사가 왕과 왕비에게 작별인사를 하고 있을 무렵에 공주는 몸이 아파서 아무도 만날 수 없다는 전갈이 오겠지. 기사는 그것이 자기가 떠나는 데 대한 슬픔 탓이라고 생각하여 가슴이 찢어질 듯 아프고, 자칫하면 그 아픔이 겉으로 드러날 뻔하지. 사랑의 다리 역할을 하는 시녀는 마침 그 자리에 있었기에 기사의 그 모습을 모두 봐두었다가 공주에게 달려가서 아뢰겠지. 공주는 눈물을 흘리며 시녀의 말을 들고는 자기의 마음을 괴롭히는 것은 그 기사님이 어떤 분인지, 어느 왕가의 혈통인지 아닌지도 전혀 모른다는 거라고 털어놓겠지. 그러면 시녀는 그 기사님 같이 예의바르고 남자답고 품위 있는 분이 왕가의 일족이나 명문 출신이 아닐 까닭이 없다고 장담하겠지. 이 말에 공주는 위안을 받고 양친을 걱정시키지 않으려고 애써 마음을 달랜 뒤 이틀째 되는 날에 사람들 앞에 모습을 나타내겠지. 한편 기사는 전쟁터에서 왕의 적을 무찌르고, 많은 도시를 함락시키고, 수많은 승리를 거두어 다시 성으로 개선하겠지. 그리고 전에 늘 만나던 장소에서 공주와 만날 거야. 기사는 왕에게 자기 공로의 보상으로 공주를 아내로 맞고 싶다고 말하지만 왕은 기사의 정체를 모르기 때문에 허락하지 않겠지. 그러나 무슨 방법을 써서라도 결국 공주는 기사의 아내가 되는데, 왕도 나중에는 그것을 잘된 일이라고 생각하게 되겠지. 그 까닭은 기사가 지도에는 나오지도 않는 아주 작은 나라의 왕자라는 사실이 우연히 밝혀졌기 때문이겠지. 이윽고 왕이 승하하여 공주가 그 뒤를 이으니 기사는 왕이 되겠지. 왕이 된 기사는 자신의 종자와 자신이 그런 높은 자리에 앉을 수 있도록 그 때까지 애써준 사람들에 대한 논공행상을 하겠지. 당연히 종자는 공주의 시녀를 아내로 삼게 되겠지. 그 시녀는 두말할 것도 없이 기사와 공주와의 사랑을 이어준 그 시녀인데, 그 시녀도 알고 보니 공작의 딸이었다는 거야."

"바로 그겁니다. 제가 원하는 일이 바로 그런 거라니까요. '우수에 찬 얼굴의 기사'라는 나리에게 그 모든 일들이 생길 것이니, 저도 그런 날이 오기를 간절히 바라겠습니다."

"산초, 그것에 대해서는 의심할 것이 없느니라. 내가 아까 말한 이야기의 순서대로 방랑 기사들은 왕이나 황제의 자리에 올랐었고, 지금도 오르니 말이다. 다만 우리가 할 일이 있으니 어떤 왕이 전쟁을 벌이고 있으며, 아름다운 딸이 있는지 알아보는 것이다. 그러나 이런 것을 생각하기에는 시기가 좀 이르다. 아까도 말했듯이 왕궁에 들어가기 전에 다른 곳에서 먼저 이름을 드날리는 무공을 세워야 하니 말이야. 그리고 내게는 한 가지 문제가 있어. 설령 지금 전쟁을 하고 있고 아름다운 공주도 있는 국왕을 찾아내고, 내가 대단한 명성을 얻었다 해도, 내가 왕가의 혈통이거나 적어도 황제의 육촌동생쯤이라도 된다는 증거를 어떻게 찾아내야 할까? 내가 아무리 빛나는 공을 세웠다 하더라도 이런 혈통을 찾지 못하면 왕은 나에게 공주를 주지 않을 게 아니냐? 이런 약점 때문에 내 공로가 헛되이 스러질까 두렵구나. 사실 나는 재산도 있고, 500수엘도의 봉납도 받는*¹ 어엿한 명문가의 귀족이다. 그리고 내 전기를 쓰는 현인이 나의 선조와 친인척들을 조사하다 보면 내가 어느 국왕의 5대 손이나 6대 손쯤 된다는 사실을 알아낼 지도 모른다. 그러니 산초, 네가 알아두어야 할 것은 이 세상에는 두 종류의 혈통이 있다는 점이다. 그 하나는 왕공의 핏줄을 받았으면서도 세월이 흐름에 따라 차츰 몰락하여 나중에는 거꾸로 세운 피라미드처럼 되는 이들이 있고, 다른 하나는 평민 출신이 차츰 지위가 높아지면서 나중에는 왕공이 되는 이들이다. 즉, 한쪽은 예전에는 훌륭했지만 지금은 보잘것없는 신세가 된 것이고, 또 한쪽은 지금은 훌륭한 지위를 갖고 있지만 예전에는 보잘것없는 신분이었다는 차이가 있는 것이다. 이렇게 말하는 나는 대단한 명문가 출신이라서 내 장인이 되실 왕은 분명히 만족하실 것이다. 만일 그렇지 않다 해도, 내가 물장수의 아들이라고 해도 공주는 나를 무척 사랑하여 나와 결혼하고 싶어할 것이다. 그것도 아니라면 공주를 납치해야겠지. 그리고 시간이 흘러 왕이 세상을 떠나거나 왕의 노여움이 풀릴 때까지 기다릴 거다."

"그건 무력을 일삼는 사람들이 말하는 '법보다 주먹이 가깝다'는 속담을 생각나게 하는군요. 아니, 그보다도 '도와달라고 애걸복걸하느니 삼십육계 줄행랑이 최고다'고 말하는 편이 더 어울리겠습니다. 나리의 장인이 되실 임금님이 공주님을 나리에게 주려 하지 않는다면 공주님을 납치해서 도망치는 수밖에 없겠지요. 그런데 한 가지 문제가 있습니다. 나리께서 임금님과 화해하고 나라를 다스리게 될 때까지 이 종자놈은 불쌍하게도 상으로 받기로 약속된 것을 멍청히 기다리고 있어야만 한단 말입니까? 하기는 제 아내가 될 시녀가 공주님과 함께 궁전을 뛰쳐나와서 저와 함께 고생을 참으면서 살아주겠다면 다행이지만 말입니다. 물론 나리께서 그 시녀와 제가 부부가 되는 것을 허락해 주신다는 전제가 있어야겠지요."

"그 일을 방해할 자는 아무도 없을 게다."

"그렇다면 우리는 만사를 하느님께 맡기고 기다리는 수밖에 없겠습니다."

"하느님께서 나의 소원과 너의 소원대로 해주실 거다. 스스로 천하다고 생각

---

*¹ 스페인 고대의 법령으로 귀족 또는 그것에 준하는 기사는 서민으로부터 유형무형의 손해를 입었을 때 그 보상으로서 500수엘도를 받게 되어 있었다.

하는 자는 정말 천하다는 말도 있으니까."

"정말 그렇게 되었으면 좋겠습니다. 그리고 저는 전통 있는 기독교 신자니까 이것만으로도 백작이 될 자격은 충분하지 않습니까?"

"충분하기만 하겠느냐? 오히려 과분할 정도이다. 설령 네가 백작이 아니라도 조금도 걱정할 것 없다. 내가 왕이 되면 당연히 너에게 귀족 자리 하나는 내줄 수 있을 것이다. 네가 귀족이 되면 기사도 당연히 될 수 있다. 그에 대해 이러쿵저러쿵 쓸데없는 말을 하는 자가 있을지도 모르지만 말이다."

"저는 착의를 욕되게 할 짓을 하지는 않겠습니다."

"'작위'라고 말하는 거다. '착의'가 아니다."

주인이 말을 고쳐주었다.

"어쨌든 그것에 어울리게 행동할 것이란 말입니다. 제가 언젠가 어느 교회 단체에서 사환을 한 일이 있었는데, 그 때 사환 제복이 제게 잘 어울려서 그 교회의 신부가 되어도 손색없는 풍채라고 모두들 떠들어댔거든요. 그러니 제가 공작님이 입는 큰 망토를 입거나 백작님처럼 금이나 진주로 치장을 하면 그 풍채가 얼마나 훌륭하겠습니까? 아마 성 밖에서도 구경하려 모여들 것입니다."

"아마 훌륭할 게다. 그러나 수염을 좀더 자주 깎아야 할 게다. 너는 워낙 수염이 많고 지저분한 위인이니까 말이다. 이틀에 한 번이라도 면도를 하지 않으면 멀리서도 대번에 너인 줄 알아볼 것이다."

"그렇다면 전용 이발사를 채용해서 집에 데리고 있어야겠군요. 그렇게는 안 된다면 영주님들이 고관을 거느리고 다니듯 늘 제 뒤를 따라다니게 하겠습니다."

"아니, 영주들이 고관을 거느리고 다닌다는 것을 어떻게 알았느냐?"

"몇 해 전인지 잘 생각나지는 않습니다만, 제가 도시에 한 달쯤 머문 적이 있었는데, 그 때 몸집이 작은 영주님이 말을 타고 지나가는 것을 보았습니다. 사람들은 그분을 보고 아주 지체 높은 분이라고 했습니다. 그런데 그 영주님이 어디를 가나 그 뒤에는 꼭 말을 탄 사나이 하나가 꼬리처럼 뒤따르고 있었습니다. 그래서 제가 저 사람은 왜 나란히 가지 않고 늘 저렇게 꽁무니에 붙어 가느냐고 물었습니다. 그랬더니 저 꽁무니에 붙어 가는 사람은 고관이며, 영주님은 저렇게 고관을 뒤에 거느리고 다니는 법이라고 사람들이 가르쳐 주었습니다. 그래서 저는 그 때부터 그 사실을 알게 되었습니다."

"네 말이 옳다. 너도 그렇게 이발사를 거느리고 다니도록 하려무나. 관습이란 것이 한날 한시에 생긴 것이 아니니 네가 이발사를 거느리고 다니는 최초의 백작이 되는 것도 괜찮겠다. 그리고 수염을 깎는 것은 말에다 안장을 얹는 것보다 훨씬 보람있는 직책이니라."

"나리, 이발사 문제는 저에게 맡겨두시면 됩니다. 하지만 왕이 되는 일과 저를 백작으로 삼으시는 일은 나리께서 맡아 주셔야 합니다."

"그렇게 하자꾸나."

돈끼호떼는 선선히 대답했다. 그리고 그 순간 다음 장에서 이야기할 대상이 눈에 보였다.

제22장
가고 싶지 않은 곳에 억지로 끌려가던 불운한 사람들에게 돈끼호떼가 자유를 찾아준 이야기

라만차 태생의 아랍인 작자 씨데 아메떼 베넨헬리는 이 기록의 제21장에서 돈끼호떼가 눈을 들었을 때, 그들이 무언가를 보았다고 기록했다. 그것은 굵은 쇠사슬로 목이 묶이고 손에는 수갑까지 채워진 남자 12명이 걸어오는 것이었다. 그리고 그 옆에는 말을 탄 두 사나이와 걸어오는 두 사나이가 있었다. 말에 탄 두 사람은 바퀴 달린 총(화승총보다 조금 더 진보한 것)을 들고 있었으며, 걸어오는 두 사람은 창과 칼을 들고 있었다. 산초 빤사는 일행을 보기가 무섭게 입을 열었다.

"저 사람들은 임금님의 명으로 강제로 갤리선에 노를 저으러 가는 노예들입니다."

"뭐, 강제로? 임금님이 무슨 일을 강제로 시킨단 말이냐?"

"자기들이 저지른 죄로 형을 선고받고 갤리선에서 강제노역을 하러 떠나는 겁니다."

"이유야 어쨌든 자기들의 의사가 아니라 억지로 끌려간다는 말이 아니냐?"

"그렇지요."

"그렇다면 이거야말로 강한 자를 누르고 약한 자를 돕는 나의 의무를 다할 때가 아니냐?"

"나리, 임금님의 명령이 곧 정의 아닙니까? 더구나 저자들은 자신들이 범한 죄의 대가로 벌을 받는 것이니 나리께서 정의를 되찾기 위해서 하실 일은 없을 텐데요."

그러고 있는데 죄수 일행이 다가왔다. 돈끼호떼는 죄수들을 끌고 가는 교도관들에게 무슨 일로 그 사람들을 호송하느냐고 공손하게 물었다. 말을 타고 가던 교도관 한 사람이, 그들은 임금님에게 죄를 짓고 갤리선으로 노역을 가는 중이며 더 이상은 말을 할 수가 없다고 대답했다.

그러나 돈끼호떼는 쉽게 물러나지 않았다.

"그렇지만 나는 이 사람들 하나하나가 이런 불행을 겪는 이유를 알고 싶소이다."

"이 불행한 자들의 각각에 대한 기록과 판결증서는 여기 가지고 있습니다. 그러나 그것을 꺼내 읽을 만한 여유나 시간은 없군요. 정 궁금하면 당신이 직접 가서 일일이 물어 보십시오. 그들은 속시원히 이야기해줄 겁니다. 자신들이 저지른 망나니짓에 대해 떠들어대는 것을 즐기는 자들이니까요."

돈끼호떼는 교도관에게 허락을 얻어―하기야 돈끼호떼는 상대가 허락하지 않는다 해도 자기 마음대로 듣고 싶은 것을 들었을 것이 틀림없지만―죄수들에게 다가가더니, 제일 앞에 서 있는 사나이에게 대체 어떤 죄를 지었기에 이런 비참한 처지가 되었느냐고 물었다. 그러자 그 사나이는 사랑 때문에 이렇게 되었다고 대답했다.

"단지 그 이유로 이렇게 되었단 말인가? 사랑 때문에 갤리선으로 가게 된다면, 나 같은 사람은 예전부터 노를 젓고 있었을 것이다."

"기사님께서 생각하시는 사랑과는 좀 다르지요. 제 사랑은 흰 속옷이 잔뜩 들어 있는 세탁 바구니에 홀딱 반해서 그것을 꽉 껴안은 것이지요. 나라에서 억지로 그걸 빼앗아 가지 않았다면 아마 저는 아직까지도 그것을 내놓지 않았을 겁니다. 저는 현장에서 붙잡혔기 때문에 고문은 당하지 않았습니다. 즉시 재판을 받아 곤장 100대를 맞고 3년 도형에 처해졌습니다."

"도형이 무엇인가?"

"도형이란 갤리선에서 노역을 하는 거지요."

이 사나이는 스물네 살쯤 되는 젊은이였는데 삐에드라이따 태생이라고 했다.

돈끼호떼는 두 번째 사나이에게도 같은 질문을 했으나, 그는 울적해하며 아무 대답도 하지 않았다. 그러자 첫 번째 사나이가 대신 대답했다.

"기사님, 이 녀석은 우리 일행에게는 카나리아로 통하지요. 악사이며 가수이기도 하니까요."

"뭐라고? 악사이면서 가수라고? 역시 갤리선에 가는 길인가?"

"그렇습니다, 기사님. 고통 속에서 노래하는 것만큼 나쁜 것은 없으니까요(도둑인 그는 도둑 사회의 은어를 쓰고 있는 것이다)."

"내가 듣기로 노래하는 자는 고통도 덜어진다고 하던데."

"여기서는 거꾸로지요. 한번 노래하기 시작하면 한평생 울어야 한답니다."

"그것 참, 도무지 납득이 가지 않는구나."

그러자 교도관 가운데 한 사람이 끼어들었다.

"기사님, 이런 올바르지 못한 인간들 사이에서 고통에 못 이겨 노래를 부른다는 것은, 고문에 못 이겨 자백한다는 뜻입니다. 말하자면 이 녀석은 고문을 받다가 자기의 죄를 고백한 것이지요. 이 녀석은 가축 도둑이었습니다. 그래서 곧장 200대를 맞고 6년 동안 갤리선에서 노역하는 선고를 받았지요. 이자가 늘 수심에 차서 울적해하고 있는 것은, 아니라고 끝내 버틸 배짱이 없어서 고백한 것인데, 동료 도둑들이나 여기 함께 따라온 놈들이나 모두 걸핏하면 이자를 조롱하며 못살게 굴어서 그런 거랍니다. 워낙 이 인간들은 '아니오'나 '그렇소'나 글자 수는 마찬가지고, 증거품이라든가 증인에 의하지 않고 본인의 혀끝에 걸려 있는 일이니 자신이 자초한 일이라는 거지요. 내가 생각하기에도 정곡을 찌른 말이 아닌가 생각합니다."

"나도 동감이오."

돈끼호떼가 대답했다.

그리고 그는 세 번째 사나이에게 다가가서 똑같은 질문을 했는데 이 사나이는 흔쾌히 대답했다.

"나는 10두카도*¹가 부족해서 5년 동안 배에서 일하게 되었죠."

"자네를 노역에서 구할 수 있다면 내가 기꺼이 20두카도를 내놓지."

"바다 한가운데서 돈을 쥐고 있은들 필요한 것을 살 장소가 없으니 어차피 굶어죽는 것은 마찬가지죠. 내가 이런 말을 하는 것은, 지금 나리께서 내게 주신다는 20두카도를 그 때 받았다면 그 돈의 힘으로 서기의 붓끝을 누그러뜨리고, 검사 양반의 혈기를 눌러서 지금쯤 똘레도의 소꼬도베르의 광장 한가운데에 있을 것이기 때문입니다. 이렇게 사냥개처럼 줄에 묶여서 끌려가다가 길바닥 한가운데 서지 않아도 되었을 거란 말입니다."

돈끼호떼는 네 번째 죄수에게로 옮겨갔는데, 그는 가슴까지 내려온 흰 수염

---

*¹ 옛날에 유럽 제국에서 사용되었던 금화·은화.

돈끼호떼는 앞으로 나아가 다음 사나이에게 저지른 죄를 물었다.

을 기르고 있어서 위엄이 있어 보였다. 어째서 여기까지 오게 되었느냐고 묻자 그는 울기만 할 뿐 대답이 없었다. 그러자 다섯 번째 죄수가 대신 대답했다.

"이 할아버지는 화려하게 차려입고 당나귀를 탄 채 범죄자들이 가던 길을 따라갔기 때문에 배에서 4년 형을 받게 되었지요."

이에 산초 빤사가 끼어들었다.

"대단히 창피한 일이군요."

다섯 번째 죄수가 대답했다.

"그렇습니다. 이런 형벌을 받게 된 죄는 몸뚱이 중개를 했기 때문이죠. 말하자면 이 늙은이는 뚜쟁이 짓을 했을 뿐 아니라 암만해도 마법사 냄새가 났던 겁니다."

돈끼호떼가 장황하게 말을 늘어놓았다.

"순수한 뚜쟁이라면 노를 저으러 가지는 않았겠지. 오히려 노 젓는 배를 타고 돌아다니며 배의 제독이 된다면 모를까. 뚜쟁이 일이란 흔한 일이 아니고 사려 깊은 사람들이 할 만한 일이야. 멋진 공화국에서는 꼭 필요한 일이며 집안이 좋은 사람들만 할 수 있는 일이지. 더욱이 이 일에도 다른 일에서 그렇듯이 시장의 중개인처럼 일정한 수의 감찰관이 필요해. 그렇게 하면 무슨 일이 있거나 급한 결정을 내릴 때 어떤 게 오른손인지 왼손인지도 모르는 답답한 아녀자들이나 경험이 없는 시동, 어릿광대들처럼 생각이 없는 사람들에게 뚜쟁이 임무가 맡겨져서 생겨날 수 있는 많은 폐해를 피할 수 있을 테니까. 더 나아가 국가에 꼭 필요한 직무를 맡을 사람들을 선거로 뽑아야 하는 이유를 설명하고 싶지만, 지금 여기서 말하기는 곤란하군. 언젠가 그 일을 바로잡을 수 있는 사람에게 설명하기로 하지. 지금은 다만 이 노인의 백발과 지친 얼굴을 보면서 이 사람이 마법사는 아니라고 확신한다는 거지. 나는 어리석은 사람들이 생각하는 것처럼 이 세상에는 사람의 마음을 마음대로 움직일 수 있는 마법 따위는 없다고 믿네. 왜냐하면 우리의 생각은 자유로운 것이기 때문에 그것을 억지로 움직일 수 있는 약초나 요술도 없는 거거든. 흔히 멍청한 여자나 사기꾼들이 뭔가 혼합해서 독약을 만들어 사람들을 미치게 만든다고 하지만, 내가 아까도 말한 것처럼 사람의 의사를 마음대로 움직일 수는 없는 일이야."

늙은 죄수가 말했다.

"옳은 말씀입니다. 정말이지 마법사라는 혐의에 대해서라면 저는 무죄입니다. 뚜쟁이라는 것은 인정하지만, 그 일로도 나쁜 짓을 했다고는 단 한 번도 생각한 일이 없습니다. 왜냐하면 저는 세상 사람들이 누구나 즐겁고 평화롭고 태평하고 여유롭게 살기를 바랐을 뿐이니까요. 그런데 이런 저의 선한 바람도 아무런 보람 없이, 이 모양 이 꼴이 되고 말았습니다."

이렇게 말하더니 늙은 죄수는 다시 울음을 터뜨렸다. 그러자 산초는 측은한 마음이 들어 4레알 은화를 주머니에서 꺼내어 그에게 주었다.

돈끼호떼는 그 다음 사나이에게 무슨 죄를 지었느냐고 물었다. 그러자 이 사나이는 앞의 늙은이와는 딴판으로 힘차게 대답했다.

"내가 여기 오게 된 것은 내 사촌누이 2명과, 어느 두 자매를 심하게 희롱했기 때문입니다. 그 네 여자와 얼마나 심하게 놀았는지 혈족 관계가 아주 복잡해져 버렸지요. 기어이 그 죄가 발각났는데 동정해주는 이도 없고 돈도 한 푼 없었기에 하마터면 교수형을 당할 뻔했다가 6년 동안 갤리선살이를 하게 되었으니 자업자득이지요. 나는 아직 젊으니 목숨만 건질 수 있다면 무슨 일이든 못하겠습니까? 그런데 기사님, 만일 기사님께서 이 가엾은 인간들을 도와주신다면, 하늘에서는 하느님께서 보상해주실 것이고, 땅에서는 우리가 기사님의 건강과 장수를 기원할 것입니다."

이 사나이는 학생 복장을 했는데, 교도관 한 사람이 그는 말이 많고 라틴어를 잘 안다고 알려주었다. 그 사나이는 30살 정도 되었으며 약간 사팔뜨기였지만 용모가 수려했다. 그는 다른 죄수들과는 다른 형태로 묶여 있었다. 발에 달린 쇠사슬이 온 몸에 친친 감겨 있고, 목에는 2개의 가쇄가 걸려 있었다. 가쇄에서는 쇠줄 2개가 내려와 허리에 닿았고, 그 끝에는 자물쇠가 달려 있었다. 그리고 두 손에는 수갑까지 채워져 있었다. 돈끼호떼는 무슨 이유로 이 사나이는 다른 죄수들보다 더 복잡하게 묶여 있느냐고 교도관에게 물었다. 교도관은 그 죄수는 다른 죄수들이 저지른 죄를 전부 합한 것보다 더 많은 죄를 범했고, 게다가 이렇게 호송하고 있어도 마음이 놓이지 않고 언제 달아날지 모르는 악당이기 때문이라고 대답했다.

돈끼호떼가 궁금해서 물었다.

"대체 어떤 형벌을 받았기에 그러오?"

"10년의 징역이니 공민권 박탈이죠. 이 자야말로 그 악명 높은 히네스 데 빠사몬떼, 일명 히네시오 데 빠라삐야라고 한답니다."

그 때 그 죄수가 입을 열었다.

"교도관님, 좀 짚고 넘어가야겠습니다. 이름인지 별명인지 확실하게 알려주어야지요. 내 이름은 히네스. 히네시오가 아니란 말이오. 빠사몬떼가 내 성이오. 여러분이 말하는 빠라삐야('악녀를 위하여')가 아니오. 옛 말에 '서로 자기 머리에 앉은 파리나 쫓읍시다'라는 말이 있지요? 사람들이 자기들 잘못은 모르고 남 탓만 한단 말입니다."

교도관이 버럭 화를 냈다.

"도둑 중의 도둑아, 시건방진 소리 작작 해라. 따끔한 맛을 봐야 입을 다물겠느냐?"

"세상의 일이야 하느님의 뜻에 달린 법, 마음대로 하십쇼. 그러나 어쨌든 내가 히네시오 데 빠라삐야*²가 아니라는 것을 알게 될 거요."

"사기꾼아, 세상에서는 너를 그렇게 부르고 있잖아?"

"그것이 나의 불운이죠. 그러나 앞으로는 그 이름으로 부르지 않게 할 거요. 또 그 이름으로 부르는 놈이 있으면 그 놈의 수염을 몽땅 뽑을 거니까. 그런데 기사님, 뭔가 우리에게 줄 게 있으면 얼른 주고 물러나시오. 남의 신상 이야기를 듣는 것도 이제 슬슬 진력이 날 게 아닙니까? 정 그렇게 내 신상을 알고 싶거든 내 손으로 기록해 놓은 수기가 있으니, 내 이름이 히네스 데 빠사몬떼라는 거나 기억해 두시오."

교도관이 받아서 말했다.

"이자가 말하는 건 사실입니다. 이 녀석은 자기 신상 얘기를 썼는데 꽤 훌륭합니다. 하기야 그 책은 200레알에 저당 잡혀서 지금 감옥에 있지만 말입니다."

히네스가 말했다.

"200두카도만 있으면 그 책을 찾아올 수 있소."

돈끼호떼가 물었다.

"그렇게 재미있는가?"

히네스가 대답했다.

"재미있는 정도가 아닙니다. 《라사리요 데 또르메스》를 비롯한 그런 종류의

─────────

*2 글자 그대로 해석하면 '악녀의 좁쌀 히네스'라고나 할까?

이야기로 여태까지 쓰인 것 중에서, 또한 앞으로 쓰일 것 중에서 내 것에 비교할 만할 것이 없을 정도로 흥미진진합니다. 기사님께 말씀드릴 수 있는 것은 그 책은 사실을 쓴 것이며 그 사실이 어떤 허구와도 비교할 수 없을 만큼 그럴듯하고 재미있다는 것뿐입니다."

"그래, 책의 제목은 무엇인가?"

"《히네스 데 빠사몬떼의 생애》요."

"그 책이 완결은 되었는가?"

"내 삶이 끝나지 않았는데 완결될 리가 있겠습니까? 내가 태어나서부터 지난번에 갤리선으로 징역살이를 했던 일까지만 써 있습니다."

"그렇다면 전에도 갤리선에 갔었단 말이지?"

"하느님과 임금님에게 봉사하는 마음으로 4년 동안 있었죠. 덕분에 딱딱한 빵의 맛도, 가죽 채찍의 아픔도 잘 알고 있죠. 그러나 그게 그렇게 고통스럽다고 생각하지 않습니다. 왜냐하면 거기에 가면 내 책을 쓸 내용이 많아지니까요. 아직도 쓰고 싶은 내용이 산더미처럼 남아 있습니다. 게다가 스페인의 갤리선에서는 충분할 정도로 시간적 여유가 있어요. 하기야 책을 쓰는 데는 그다지 많은 시간이 걸리지 않지만요. 쓰고 싶은 내용이 머리에 모두 저장되어 있거든요."

"제법 재능이 있군."

"불행한 사람이기도 하지요. 불행이란 늘 천재를 따라다니거든요."

히네스의 탄식에 교도관이 한마디 거들었다.

"악당을 따라다니겠지."

빠사몬떼가 화가 나서 말을 받았다.

"이봐요, 교도관 나리. 높은 양반들이 당신한테 방망이를 준 것은 우리처럼 가련한 놈들을 때리는 데 쓰라고 준 게 아니오. 임금님이 명령한 장소에 우리를 이끌고 가라고 주신 거란 말이오. 만일 그러지 않으면, 젠장! 그만 둡시다. 간밤에 숙소에서 일어난 추잡스러운 짓이 백일하에 드러날 날이 있겠지. 이제 쓸데없이 지껄이지 말고 슬슬 움직여 봅시다. 이제 떠드는 것도 넌더리가 난다."

교도관은 이 반항에 대한 대가로 빠사몬떼를 때리려고 방망이를 쳐들었다. 그러자 돈끼호떼가 끼어들더니, 두 손이 묶여 있는 사람이 아니냐, 혓바닥쯤은 관대하게 봐 줘도 상관없을 테니 너무 심하게 학대하지 말라고 부탁했다. 그리고 죄수들을 돌아보며 입을 열었다.

"여러분, 여러분이 나에게 들려준 모든 이야기를 듣고 이제 똑똑히 알았소. 여러분은 스스로 저지른 죄 때문에 형벌을 받기는 하지만, 그 형벌이 합당한 것은 아니라는 것이오. 어떤 사람은 고문을 이겨내지 못해서, 어떤 사람은 돈이 부족해서, 어떤 사람은 도와줄 이가 없어서 이 꼴이 되었소. 결국 여러분은 재판관의 잘못된 판단 때문에 지금과 같은 파멸의 길을 가게 된 것이오. 그 모든 일이 내 머리에 생생하게 떠오르면서 내 마음에 설득하고 강요하는 소리가 들려온다오. 하늘이 나를 이 세상에 보낸 것은, 내가 기사도를 행함으로써 강한 자에게 학대받는 사람들을 구원하게 하기 위함이었소. 그러나 선한 일을 할 때도 신중해야 추호의 실수라도 막을 수 있는 법이오. 그러니 여러분을 호송하는 교도관들에게 여러분의 포박을 풀어 자유로운 몸이 되게 해달라고 간청하겠소. 교도관님! 이들을 자유의 몸이 되게 해준다면 이들은 임금님을 섬기기에 더욱 힘을 다하게 될 것입니다. 하느님과 대자연이 자유롭게 만들어 놓은 존재를 노예로 삼는 것은 참으로 무자비한 행위가 아닙니까? 더구나 이 불쌍한 인간들이 교도관님들에게 직접 해를 끼친 것도 아닙니다. 각자가 저지른 죄는 저 세상에서 그 죗값을 받을 것입니다. 악인은 징벌하고 선인에게는 상을 내리실 하느님이 하늘에 계시지 않습니까? 어진 사람들이 형벌 집행자가 되는 일은 결코 바람직하지 않습니다. 내가 이렇게 조용히 부탁드리는 것은 여러분이 내 청을 들어주었을 때 감사를 표시하고 싶어서입니다. 그러나 이 부탁을 거부한다면 내가 가진 창과 칼과 나의 힘이 가만히 있지 않을 것입니다."

교도관이 어이가 없다는 듯 코웃음을 쳤다.

"이건 또 무슨 웃기는 소리야? 별 얼빠진 소리를 다 듣는군! 임금님의 죄수를 우리가 놓아줄 힘이라도 있는 줄 아나? 아니면 당신이 우리에게 명령을 내릴 권한이라도 있나? 이봐요, 기사 양반! 당신 몸이나 조심하고 갈 길이나 어서 가시오. 머리통에 얹어 놓은 그 세숫대야나 똑바로 쓰고 말이오. 행여 세 발 달린 고양이 같은 건 찾지 않는 것이 좋을 거요(공연히 남의 일에 나서서 참견하지 말라는 뜻)!"

돈끼호떼가 갑자기 소리쳤다.

"너야말로 고양이다! 쥐다! 이 악당아!"

그는 이 말을 하기가 무섭게 상대편에게 덤벼들었으므로 교도관은 몸을 피할 겨를도 없이 심한 창상을 입고 땅바닥에 쓰러져 버렸다. 돈끼호떼에게 다행인 점은 쓰러진 자가 총을 갖고 있었다는 것이다. 다른 교도관들은 뜻밖의 사태에 놀라 멍청히 서 있었다. 그러나 잠시 뒤 일행은 정신을 차리더니 말을 탄 사람들은 칼을 쥐고, 걸어가던 사람들은 창을 들고 돈끼호떼에게 덤벼들었다. 돈끼호떼는 침착하게 그들이 덤벼드는 것을 기다렸다. 만일 이때 죄수들이 도망칠 기회라는 것을 깨달아 자신들을 단단히 묶고 있던 쇠사슬을 끊으려고 서두르지 않았다면, 돈끼호떼는 지독한 궁지에 빠졌을 것이다. 교도관들은 사슬을 끊으려고 하는 죄수들도 막아야 했고, 자기들에게 덤벼드는 돈끼호떼도 막아야 했기에, 이리 갔다 저리 갔다 하면서 도무지 정신을 차릴 수가 없었다. 산초는 산초대로 히네스 데 빠사몬떼를 거들어 포박을 풀어주었다. 빠사몬떼는 포박을 벗어나 자유의 몸이 되자 이 소란스러운 싸움에 뛰어드는 첫 번째 죄수가 되었다. 그는 땅바닥에 쓰러져 있는 교도관의 칼과 총을 빼앗아 여러 교도관들을 겨누면서 총 한 방도 쏘지 않고 그들을 모두 쫓아버렸다. 교도관들은 빠사몬떼의 총뿐 아니라 벌써 자유의 몸이 된 다른 죄수들의 엄청난 돌팔매질에 겁을 내어 달아나 버린 것이다. 산초는 이 사건으로 속이 탔다. 저렇게 달아난 교도관들이 반드시 이 사실을 성동포회에 알릴 것이고, 성동포회는 경종을 울려서 당장 죄인들을 잡으러 출동할 것이 틀림없기 때문이다. 그래서 주인에게 빨리 철수하여 가까운 산으로 가서 몸을 감추자고 말했다.

"그거 참 좋은 생각이다. 그러나 그보다 먼저 해야 할 일이 있다."

그러더니 돈끼호떼는 교도관들의 물건을 깡그리 약탈한 죄수들을 모두 불러모으고는 입을 열었다.

"자기가 받은 은혜에 감사하는 것은 태생이 좋은 사람들이 꼭 할 일이오. 하느님의 노여움을 부르는 최대의 죄는 은혜를 잊는다는 것이오. 여러분, 내가 이런 말을 하는 것은 나한테서 받은 은혜를 이미 몸소 경험하여 알고 있는 여러분이 이 은혜에 대한 보은으로 해주어야 할 일이 있기 때문이오. 아까 내가 당신들의 목에서 제거해 준 쇠사슬을 등에 지고 당장 길을 떠나 또보소 마을로 가서 둘씨네아 델 또보소 공주 앞에 나아가, 공주님의 '우수에 찬 얼굴의 기사'가 가보라고 해서 왔노라고 말하는 것이오. 그리고 또 당신들이 동경하던 자유의 몸이 될 때까지의 모험의 경위를 상세하게 얘기해 드리란 말이오. 그러고 나서는 어디든 마음대로 가도 좋소."

그러자 히네스 데 빠사몬떼가 죄수들의 대표로서 대답했다.

"우리의 구세주인 기사님, 기사님께서 분부하는 일을 받드는 것은 도저히 불가능한 일입니다. 왜냐하면 그 성동포회 인간들에게 발견되지 않으려면—그들이 우리를 잡으러 올 것은 불 보듯 뻔한 일이니까— 모두 함께 어울려서 길을 갈 수는 없단 말입니다. 서로 뿔뿔이 흩어져서 저마다 땅 속에 숨듯이 해서 가지 않으면 안 됩니다. 그러니 기사님께서 둘씨네아 델 또보소 공주에 대한 그 예배인가 하는 것을, 성모경과 사도신경을 몇 번 외우는 것으로 바꾸어 주셨으면 좋겠습니다. 그거라면 우리도 밤이건 낮이건, 도망치거나 쉬거나, 평화로울 때나 전쟁 때나 언제든지 훌륭하게 할 수 있으니까요. 그러나 지금 다시 저 쇠사슬을 지고 델 또보소를 찾아가라는 것은 고기 가마가 끓고 있는 이집트로 돌아가라는 이야기나 마찬가집니다(이집트에서 노예 생활을 하던 이스라엘의 백성들이 모세를 따라 이집트를 탈출한 뒤 배고픔을 참지 못하고 이집트에서 먹던 고기와 떡을 그리워했다). 그것은 아직 아침 10시도 되지 않았는데 한밤중이라고 생각하는 거나 같고, 느릅나무에 배가 열리기를 바라는 거나 마찬가집니다."

이미 화가 머리끝까지 치밀어 있던 돈끼호떼가 외쳤다.

"이런 배은망덕한 놈 같으니! 돈 히네시오 데 빠라삐야인지 뭔지 모르지만, 네 놈은 겁먹은 강아지가 뒷다리 사이에 꽁지를 말아 넣듯이 쇠사슬을 등에 지고 썩 꺼져 버려!"

빠사몬떼는 원래 참을성 없는 사나이인데다가 자기들에게 자유를 준 이가 그다지 똑바른 정신의 소유자가 아니라는 것을 깨달았다. 그는 동료들에게 눈짓을 하더니 저만치 물러나서 돈끼호떼를 향해 돌팔매질을 해대기 시작했다. 돈끼호떼가 방패로 몸을 막을 틈도 없을 정도로 돌덩이가 쉴 새 없이 날아왔다. 그런데 불쌍한 로시난떼는 아무리 박차를 가해도 마치 청동으로 만든 말처럼 아무 반응이 없었다. 산초는 자기 당나귀 뒤에 몸을 숨기고 두 사람 위에 우박처럼 쏟아지는 돌로부터 몸을 피했다. 돈끼호떼는 몸을 가릴 새도 없이 얼마나 돌을 많이 맞았는지 마침내 땅바닥에 쓰러지고 말았다.

그가 넘어지자마자 빠사몬떼가 달려들어 돈끼호떼를 깔고 앉더니 머리에서 놋대야를 벗겨 돈끼호떼의 어깨를 몇 번 후려치고는 다시 땅바닥에 두들겨서 박살을 내고 말았다. 그들은 돈끼호떼의 갑옷 위에 걸친 망토까지 벗겼는데, 만일 정강이받이가 걸리지 않았더라면 양말까지도 벗겼을 것이다. 산초한테서는 외투를 빼앗아 속옷바람으로 만들었다. 그리고는 저희들끼리 이 싸움에서 얻은 전리품들을 나누어 갖고는 사방으로 흩어져 달아났다. 물론 둘씨네아 델 또보소 공주에게 가는 것이 아니라 두려운 성동포회를 피하기 위해서였다.

　이제 당나귀, 로시난떼, 산초, 돈끼호떼만이 그 자리에 남았다. 당나귀는 고개를 푹 숙이고 아까 자기 귀를 때린 돌팔매의 폭동이 아직 그치지 않은 줄 알고 이따금 귀를 흔들곤 했다. 로시난떼도 돌벼락을 맞고는 주인 옆에 쓰러져 있었다. 산초는 속옷바람으로 성동포회가 올까 벌벌 떨었고, 돈끼호떼는 은혜를 베풀어 준 자들한테서 이런 지독한 변을 당하게 되어 무척 속이 상했다.

제23장

돈끼호떼가 겪은 모험 중에서 가장 엉뚱한, 시에르라 모레나 산지에서 벌어진 이야기

돈끼호떼는 이렇게 지독한 변을 당한 뒤에 자기 종자에게 말했다.

"산초, 천한 인간들에게 은혜를 베푼다는 것은 바다에 물을 쏟는 거나 마찬 가지라더구나. 네가 한 말을 진작 들었더라면 이런 변은 당하지 않았을 것을. 그러나 이미 지난 일이니 하는 수 없다. 이번 일은 체념하고 앞으로의 교훈으로 삼자꾸나."

"나리께서 그것을 앞으로의 교훈으로 삼으신다면 제가 터키인입니다. 정말로 제 말을 들었으면 이런 변을 당하지 않았을 것이라고 생각한다면 이번에야 말로 제가 하는 말을 믿어 주십시오. 그러면 그토록 심한 불행은 면하게 될 테니 말입니다. 그 성동포회에게 기사도니 뭐니 하고 아무리 말해 봐야 소용이 없습니다. 이 세상의 방랑 기사들이 한꺼번에 다 덤비더라도 그야말로 두 푼값어치만큼도 치지 않을 것입니다. 게다가 저는 벌써부터 그 사람들의 화살 소리(성동포회의 화살형을 말함)가 귓전에서 획획 나는 것 같습니다."

"산초, 너는 타고난 겁쟁이로다. 그러나 내가 완고해서 너의 충고를 따르지 않는다는 말을 듣지 않도록 이번에는 너의 충고를 받아들여 네가 그토록 겁내는 성동포회를 피하도록 하겠다. 다만 한 가지 조건이 있다. 내가 무서워서 이 위험에서 후퇴했느니 달아났느니 하는 말을 너의 목숨이 붙어 있는 한, 아무에게도 해서는 안 된다. 나는 네 소원을 들어주는 것뿐이니까. 알겠느냐? 만일 그러지 않으면 너는 내게 거짓말을 한 셈이니 나 역시 가만 있지 않겠다. 나도 지금까지 네가 해왔던 거짓말들을 모두 폭로할 것이다. 그리고 앞으로도 너는 끊임없이 거짓말을 할 위인이라고 퍼뜨릴 것이다. 나는 솔직히 이번 모험이 아무리 위험하다고 해도 두려운 마음을 전혀 갖고 있지 않다. 네가 두려워 떨고 있는 그 성동포회는 물론 이스라엘의 열두 지파이건, 7인의 마카베스 동포

"산초여, 비천한 자들에게 은혜를 베푸는 것은 바다에 물을 쏟는 것이나 마찬가지리……"

이건, 쌍둥이 캐스터르와 폴럭스이건, 또한 이 세상의 어떤 형제이건, 결사이건 모두 기다릴 준비가 되어 있으니 말이다."

"저 좀 보세요, 나리. 물러난다는 것은 달아난다는 것이 아닙니다. 희망보다 위험이 더 많을 때는 기다리는 것이 분별있는 행동입니다. 내일을 생각하고 오늘을 삼가고, 하루에 모든 모험을 해치우지 않는 것이 지혜 있는 사람의 행동입니다. 저는 범절을 모르는 종자기는 합니다만, 그래도 세상에서 안전하게 살아갈 수 있는 방법은 웬만큼 터득하고 있다고 자부합니다. 그러니 제가 하는 말을 귀담아 들으시면 후회하지는 않을 것입니다. 어쨌든 타실 수만 있다면 로시난떼에 올라타십시오. 타실 수 없으면 제가 거들어 드리겠습니다. 그리고 저를 따라오십시오. 암만 생각해도 지금은 빠른 손보다는 빠른 발이 필요합니다."

돈끼호떼는 더 이상 아무 대꾸도 하지 않고 말에 올라탔다. 산초가 당나귀를 타고 앞장서서 두 사람은 거기서 가까운 모레나 산맥의 한 줄기로 들어갔다. 산초는 이 산맥을 넘어 비소 또는 알모도바르 델 깜뽀로 가면, 성동포회가 그들을 찾더라도 워낙 험준한 장소라 들키지 않을 것이라고 믿고 그곳에서 며칠 동안 숨어 있을 생각을 했다. 그리고 그의 이 계획에 더욱 힘을 준 것은 당나귀에 실어 온 양식이 그 죄수들과의 싸움 속에서도 무사히 남았다는 것이다. 죄수들이 온통 뒤지고 빼앗아 간 것을 생각하면 그건 기적일 수밖에 없었다.

그날 밤, 그들은 모레나 산 속 깊숙이 들어갔다. 산초는 이곳에서 하룻밤만 묵을 것이 아니라 양식이 떨어질 때까지 며칠이고 머물러야겠다고 마음먹었다. 그리하여 코르크나무가 우거져 있는 2개의 암산 사이에서 그날 밤을 보내기로 했다. 그런데 운명이란 묘한 것이었다. 돈끼호떼의 의협심과 광기로 자유의 몸이 되었던 그 유명한 사기꾼이자 도둑인 히네스 데 빠사몬떼가 성동포회에 대한 공포감으로 도망다니다가 하필이면 이 산지에 몸을 숨기게 된 것이다. 게다가 얄궂은 운명은 돈끼호떼와 산초 빤사가 도착한 같은 장소에, 더욱이 두 사람의 얼굴을 분간할 수 있는 시간에, 뿐만 아니라 두 사람이 잠에 곯아 떨어졌을 때 히네스를 이끌어 오게 만들었다. 대체로 악당이란 배은망덕하고, 궁핍이란 해서는 안 될 일에 손을 대게 하며, 절박한 근심은 미래보다 우선하는 것이 상례이므로, 원래 은혜도 모르고 악인이었던 히네스는 산초 빤사의 당나귀를 훔치기로 결심했다. 로시난떼는 전당포에 맡기거나 팔아도 그다지 값이 나갈 만한 것이 못 되었으므로 그것에는 눈독을 들이지 않았던 것이다. 마침내 히네스는 산초 빤사가 잠든 사이에 당나귀를 훔쳐서 날이 새기 전에 먼 곳으로 달아나 버렸다.

이윽고 찾아 온 아침 햇살이 대지를 적시면서 산초 빤사는 크나큰 슬픔을 느꼈다. 그의 잿빛 당나귀가 온데간데없이 사라져 버린 것이다. 그는 당나귀를 잃은 것을 알자 이 세상에서 가장 슬픈, 그야말로 애간장이 끊어지는 듯한 울음소리를 냈다. 그 울음에 잠이 깬 돈끼호떼는 산초가 울면서 지껄이는 넋두리를 들어야 했다.

"아이고, 내 집에서 태어난 귀여운 내 새끼야! 내 자식들의 보배야! 내 마누라의 기쁨아! 이웃 사람들의 질투거리야! 내 고생의 위안아! 내 짐을 덜어 주

산초가 당나귀를 타고 앞장서서 두 사람은 바로 눈앞 모레나 산 속으로 들어갔다.

는 내 동무야! 네가 매일 벌어다 주는 스물여섯 닢은 우리 살림의 절반을 메웠거늘 이게 어찌 된 일이냐?"

돈끼호떼는 산초가 한탄하는 까닭을 알게 되자 산초를 달래었다. 집에 남겨 둔 다섯 마리 당나귀 중에서 세 마리를 산초에게 주라는 증서를 쓰겠다면서 제발 참으라고 말했다.

산초는 이 말을 듣자 눈물을 씻고 돈끼호떼의 배려에 진심으로 고마워하며 울음을 그쳤다. 어쨌든 돈끼호떼는 이 산 속에 들어온 것이 은근히 마음에 들었다. 근처의 지세를 보니 그가 찾는 모험에 썩 어울리는 장소인 듯이 여겨진 것이다. 이렇게 마을에서 멀리 떨어진 황량한 산 속에서 방랑 기사들이 만난 기괴한 사건들이 그의 기억에 선명하게 떠오르면서 다른 것은 아무것도 생각할 겨를이 없었다. 산초는 산초대로 이제는 안전한 장소에 들어섰다는 생각이

들자, 배를 채우는 일밖에는 다른 생각이 나지 않았다. 그래서 당나귀에 싣고 가던 짐을 모두 짊어지고 주인의 뒤를 따라가면서, 자루에서 먹을 것을 꺼내 연방 뱃속에 쑤셔 넣었다. 무슨 모험거리가 생길 것 같다는 돈끼호떼의 이야기 따위는 눈곱만큼도 상관이 없었다. 그러다가 문득 눈을 들어 보니 주인이 멈추어 서서 땅에 떨어진 정체 모를 물건을 창 끝으로 찍어 올리려 하고 있었다. 산초는 재빨리 달려가서 거들어 주려고 했으나 그가 당도했을 때 주인은 이미 창 끝으로 그것을 들어올린 뒤였다. 그것은 가방과 그 가방에 묶여 있는 주머니였다. 둘 다 꽤 무거워서 산초가 들어 주어야 했다. 주인은 가방 속에 무엇이 들어 있는지 살펴보라고 일렀다. 산초는 곧 시키는 대로 했다. 가방은 쇠고리와 자물쇠로 단단히 잠겨 있었지만 다 썩고 망가졌기 때문에 쉽게 열렸다. 속에 든 것은 네덜란드 마로 만든 셔츠 네 벌과 깨끗하고 상당히 진귀한 린네르 옷가지들이었다. 그리고 손수건 속에는 포르투갈 금화가 수북히 들어 있었다. 산초는 그것을 보자 소리쳤다.

"이토록 이익이 남는 모험을 베풀어 주신 하느님, 감사합니다!"

다시 가방 속을 뒤지니 장정이 훌륭한 수첩이 나왔다. 돈끼호떼는 그 수첩을 집어 들고 돈은 산초에게 주었다. 산초는 그 은혜에 감사하며 주인의 손에 입을 맞추고 가방 속의 옷가지를 몽땅 꺼내어 식량 부대에 집어넣었다. 돈끼호떼는 그것을 지켜보고 있다가 입을 열었다.

"산초, 내 생각에는 길을 잃은 나그네가 이 산으로 들어온 거야. 그 때 악당들이 나타나서 그 나그네를 죽이고 이런 호젓한 곳에 이걸 묻어 버린 것이 틀림없다."

"그럴 리는 없습니다. 만일 강도라면 돈을 이렇게 남겨둘 까닭이 없잖습니까?"

"거, 일리 있는 말이로다. 그렇다면 이것이 어떻게 된 사정일까? 가만! 혹시 이 수첩에 우리가 알고 싶은 것, 실마리가 될 만한 것, 짐작할 만한 것들이 쓰여 있을지도 모르겠다. 어디 한번 조사해 보자."

돈끼호떼는 수첩을 펼쳤다. 먼저 눈에 띈 것은 상당한 달필로 초고를 잡아 놓은 듯한 한 편의 소네트였다. 그는 산초가 알아듣도록 소리를 내어 읽었는데 그 내용은 이런 것이었다.

이렇게 말하면서 돈끼호떼는 수첩을 펼쳤다.

사랑의 여신은 매정하기도 하다.
다정함도 이 몸의 죄이런가?
마음을 에는 이 쓰라림을
내가 당해야 할 까닭이 없는 것을.
만약 사랑이 신이라면
신은 모르는 것 없을 텐데
어이 이토록 무정한가.
나를 괴롭히는
이 쓰라림은 뉘 때문이뇨?
귀여운 필리, 그대라 말 않으리라.
얌전한 그대에게
이와 같은 매정한 사랑이 깃들 리 없다.
하늘의 죄라고도 말 않으리.
머지않아 사라질 이 목숨 아닌가.
연유를 모르는 이 아픔을 고칠 약은
오로지 기적일 뿐.

"그런 노래로는 아무것도 알아낼 수가 없습니다. 노래 속에 나오는 그 실을 가지고 실뭉치를 끌어내는 것이라면 몰라도."

"뭐, 실이 나왔다구?"

"분명히 나리가 실(hilo)이라고 말씀하지 않았습니까?"

"아니다. 나는 필리라고 말했을 거야. 그건 아마도 이 소네트 작자가 가슴 속에 사모했던 어느 여인의 이름일 게다. 이 사람은 상당한 시인인 모양이다. 내가 시에 대해서는 좀 아니까 하는 말이다만."

"그럼 나리는 연가에 대해 뭘 좀 아신다는 말씀입니까?"

"네가 생각하는 것보다는 많이 알지. 장차 네가 처음부터 끝까지 운문으로 적은 나의 편지를 둘씨네아 델 또보소 공주에게 전해 줄 때면 알게 될 게다. 그 까닭을 너에게 말해 주지. 옛날 방랑 기사들은 대부분이 위대한 시인이요, 위대한 음악가였다. 이 두 가지 천부적 재능은 사랑을 하는 기사들이 꼭 지녀야 할 자질이었다. 옛 기사들의 노래는 기교보다 그 정신이 빼어났음은 두말할 나위도 없지."

"나리, 더 읽어 보십시다. 혹시 뭔가 우리가 알 만한 것이 있을지도 모릅니다."

돈끼호떼가 수첩을 넘기며 말했다.

"이건 산문으로 된 편지구나."

"무슨 용건을 적은 편지입니까?"

"서두를 보니 사랑의 편지 같군."

"그럼 큰 소리로 한 번 읽어 보시겠습니까? 저는 그런 남녀의 사랑이야기가 제일 재미있습니다."

"오냐, 그러마."

산초의 소원대로 돈끼호떼는 편지를 읽어 주었다.

"그대의 거짓 언약과 나의 불행은 내 넋두리와 내 부음이 그대 귀에 이를 이 장소로 나를 오게 했소. 아, 은혜를 모르는 그대여, 그대는 나보다 훌륭한 사람이 아니라 나보다 부유한 사람 때문에 나를 거부했소. 그러나 부가 덕이어서 존중할 만한 것이라면, 나는 감히 남의 행복을 부러워하지 않고 나의 불운을 탓하지 않으려오. 그대는 미모로 인해 높아졌으나 행위로 인해 진흙 속에 던져졌소. 미모 때문에 나는 그대를 천사로 보았고, 행위 때문에 나는 그대가 여자임을 깨달았소. 나의 마음을 휘저어 놓은 그대에게 평안 있으라. 원컨대, 그대 남편의 속임수를 신께서 영원히 감추어 주시기를 바라오. 이는 그대가 한 일을 스스로 후회하지 않고, 나 또한 내가 당한 배신에 복수하는 일이 없게 하기 위해서요."

돈끼호떼는 편지를 다 읽고 나서 말했다.

"이 편지를 쓴 사람이 여자에게 버림받은 연인이라는 것 외에는 아까의 시와 마찬가지로 아무런 실마리를 찾을 수 없구나."

그러고는 수첩을 처음부터 끝까지 펼쳐 보다가 더 많은 시와 편지를 찾아낼 수 있었다. 그 중에는 읽을 수 있는 것도 있었고, 해석이 어려운 것도 있었다. 어쨌든 대부분의 내용이 한탄, 슬픔, 의심, 낙담뿐이었다. 말하자면 비탄에 찬 내용과 모멸의 사연들이었다. 이렇게 돈끼호떼가 수첩을 훑어보는 동안 산초도 가방을 살펴보기 시작했다. 자기의 부주의나 경솔함으로 빠뜨리는 것이 없도록 가방을 구석구석 들추어 보았으며, 주머니도 빈틈없이 뒤지고 헤집고 휘

젓고, 실밥이란 실밥은 모조리 풀어 보는가 하면 양모의 술도 죄다 뜯어보았다. 우연히 발견된 100여 개의 에스꾸도 금화가 그의 마음에 이런 욕심을 불러일으킨 것이다. 그러나 처음에 발견한 것 외에는 아무것도 나오지 않았다. 그래도 그는 이 훌륭한 주인을 모시기 시작하면서부터 겪었던 몽둥이 세례와 마바리꾼의 주먹질과 부대자루의 분실과 그 밖의 갖가지 허기와 피로까지 모두 이 뜻하지 않은 횡재로 충분히 보상받았다는 생각이 들었다.

한편 '우수에 찬 얼굴의 기사'는 이 가방의 임자가 어떤 인간인지 여간 궁금한 것이 아니었다. 다만 소네트와 편지, 금화, 훌륭한 셔츠 등으로 미루어 볼 때 그 주인공은 사랑하는 여자의 무정하고 쌀쌀한 거동으로 인하여 절망에 빠진 지체 높은 연인이라는 데까지는 짐작이 갔다.

그러나 인적 없는 험한 산 속이라 물어 볼 만한 사람이 없었으며, 그저 로시난떼가 가는 대로 나아갈 뿐이었다. 돈끼호떼는 이렇듯 풀숲이 우거진 곳이라면 반드시 무슨 모험이 있을 거라는 기대감을 잊지 않았다.

이런 생각에 잠겨 나아가는데 저만큼 앞에 보이는 나직한 산마루에서 웬 사나이가 바위에서 바위로, 풀숲에서 풀숲으로 날렵하게 뛰어가는 것이 눈에 띄었다. 얼른 보기에 그는 거의 벌거숭이였으며, 검은 수염이 짙고 산발한 머리는 숱이 많았으며, 맨발에 정강이가 그대로 드러나 있었다. 허리에는 사자털빛 벨벳으로 만든 반바지를 걸쳤는데 살이 다 드러나 보이도록 너덜너덜했다. 머리에는 아무것도 쓰지 않고 날쌔게 지나갔지만 '우수에 찬 얼굴의 기사'는 이 모든 것을 재빨리 눈여겨보았다. 그리하여 그 뒤를 쫓으려 했으나 그것은 도저히 안 될 말이었다. 로시난떼는 원래 걸음이 느리고 동작이 둔해서 이런 험준한 길을 달린다는 것은 무리였다. 돈끼호떼는 그 사나이를 주머니와 가방의 임자로 선뜻 단정해 버리고, 이 산 속을 1년 동안 헤매고 다니는 한이 있더라도 그를 반드시 찾고야 말겠다고 결심했다. 그래서 그는 산초에게는 지름길로 가라고 했고, 자기는 다른 쪽으로 가겠다고 했다. 이렇게 가면 사나이가 아무리 멀리 갔더라도 만날 수 있을 것 같았기 때문이라고 말했다.

"저는 그렇게 못합니다. 나리 곁에서 떨어지기만 하면 대번에 무서워져서

소름이 쫙 끼치고 헛것이 자꾸만 눈앞에 나타납니다. 그러니까 앞으로는 손끝만큼이라도 저를 떼어놓을 생각일랑 아예 하지 마십시오."

"알겠다. 네가 나의 용기에 의지한다고 하니 어쨌든 기분은 좋구나. 네가 죽

웬 사나이가 아주 날렵하게, 바위에서 바위로……

는 한이 있어도 용기를 잃어서는 안 된다. 그러면 내 뒤를 슬슬 따라오도록 해라. 그 대신 너는 두 눈을 초롱처럼 크게 떠야 한다. 이 높다란 봉우리를 빙빙 돌아나가야 하니까. 그러면 틀림없이 아까 본 그자를 만나게 되겠지. 그자가 바로 우리가 발견한 물건의 소유주라는 것은 추호도 의심할 여지가 없다."

"그 녀석은 찾지 않는 편이 좋겠습니다. 생각해 보십시오. 만약에 우리가 그 녀석을 찾아냈는데 정말 이 돈의 주인이라고 해보세요. 그러면 십중팔구 돈을 돌려줘야 하지 않습니까? 그러니까 쓸데없는 수고는 집어치우고 진짜 주인이 나타날 때까지 제가 갖고 있는 편이 낫겠습니다. 그 때쯤 되면 분명 제가 이걸 다 써 버린 뒤일 겁니다. 그러면 상대가 임금님이라도 용서해 줄 게 아니겠습니까?"

"산초, 그건 네가 잘못 생각하고 있는 게야. 이미 우리가 주인이 누구일까 하는 의문을 품고 있는데다가 그와 정면으로 마주친 적이 있으니, 무슨 일이 있더라도 그 사람을 찾아서 물건을 돌려주는 게 도리니라. 만일 우리가 그자를 찾지 않는다면 그자가 혹 주인일지도 모른다는 의심이, 그자가 진짜 임자인데도 우리가 돌려주지 않은 것 같은 죄의식을 불러일으킬 거야. 그러니 산초, 너는 그를 찾는 문제에 대해 속 썩을 필요가 없다. 내 마음의 고민은 그를 발견함으로써 사라지게 될 것 같구나."

이렇게 말하고 나서 돈끼호떼는 로시난떼에 박차를 가했다. 산초도 히네스데 빠사몬떼 덕분에 등에 짐을 지고 그 뒤를 따랐다. 산을 꽤 돌아갔을 때 그들은 개울 속에서 반은 개에게 물어뜯기고 반은 까마귀에 쪼인 채 안장과 재갈을 달고 죽어 있는 당나귀를 발견했다. 달아난 사나이가 이 당나귀와 가방의 주인이라는 생각이 더욱 짙어졌다.

두 사람이 당나귀를 지켜보고 있는데, 양떼를 감시할 때 목자가 부는 휘파람 소리가 들리더니 뜻밖에도 그들의 왼쪽에 양떼가 모습을 나타냈다. 그 뒤를 따라 이 양들을 지키는 늙은 목자가 나타났다. 돈끼호떼는 커다란 소리로 자기들이 있는 곳으로 내려와 달라고 부탁했다. 이에 대해 그쪽에서는 역시 커다란 소리로, 양이나 이 근처를 쏘다니는 이리나 그 밖의 짐승을 제외하고는 거의 발을 들여놓을 수도 없는 이런 곳에 대체 누구를 따라 들어왔느냐고 물었다. 산초가 이리 내려오면 모든 것을 얘기해 주겠다고 대답했다. 목자는 산에서 내려와 돈끼호떼가 있는 곳으로 와서 말을 건넸다.

당나귀 한 마리가 죽어 쓰러져 있는 것을 발견했다.

"그 웅덩이에 죽어 쓰러진 당나귀를 보고 계시는구려. 이건 벌써 반 년 전부터 여기 뒹굴고 있는 거라오. 그런데 손님들은 이 근처에서 당나귀 임자라도 만나셨나요?"

돈끼호떼가 대답했다.

"아니, 아직 아무도 만나지 못했소. 다만 여기서 그다지 멀지 않은 자리에서 가방과 주머니를 보았을 뿐이라오."

"그건 나도 보았지요. 하지만 거기에 귀신이라도 붙어 있어서 무슨 재앙이라도 당할까 겁이 나고, 또 도둑으로 몰릴까봐 두려워서 들춰보기는커녕 그 옆에 갈 생각도 나지 않더군요. 원체 악마란 놈은 빈틈이 없어서 어찌된 영문인지도 모르게 걸려 나자빠질 일이 불쑥 일어나게 하니까요."

이에 산초가 말을 받았다.

"바로 내가 하고 싶은 말이오. 나도 역시 그걸 봤지만 멀찍이 피해 버렸지요. 나 또한 건드리지 않았으니까 지금도 그 자리에 고스란히 놓여 있을걸요. 나도 복잡한 일은 딱 질색이거든요."

돈끼호떼가 궁금한 얼굴로 물었다.

"그런데 노인장, 대체 그 물건의 임자가 누군지 아시오?"

"글쎄요. 제가 말씀드릴 수 있는 것은 이런 얘기뿐입니다. 이럭저럭 여섯 달쯤 되었을까요? 여기서 9㎞쯤 떨어진 곳에 목자들이 자는 오두막이 있는데, 그곳에 훌륭하게 차려입은 점잖은 젊은이가 거기 죽어 있는 당나귀를 타고, 두 분이 보고서도 손을 안 댔다는 그 가방과 주머니를 들고 찾아왔습니다. 그리고는 이 산 속에서 어디가 제일 험난하고 깊숙한지 우리에게 묻더군요. 그래서 지금 우리가 서 있는 이 근처가 그렇다고 대답했지요. 이건 틀림없는 사실입니다. 당신들이 여기서 반 마장 안으로 더 들어가 보십시오. 다시는 나오지 못할 테니까. 지금 여기도 오솔길 하나 없는 곳이라서 두 분이 어떻게 오셨을까 놀라고 있는 중이랍니다. 아무튼 그 젊은이는 우리 말을 듣더니 당나귀를 돌려서 우리가 가르쳐 준 쪽으로 사라졌습니다. 그 때 우리는 그 젊은이가 어찌나 잘생겼던지 모두 넋을 잃고 있었지요. 그러면서도 한편으로는, 거참 이상한 걸 다 물어 보는구나, 대체 무슨 볼일이 있기에 저렇게 급히 산 속으로 들어가는 것일까 하고 여간 궁금하지 않습디다. 그러고는 한동안 그 젊은이를 만나지 못했습니다. 그런데 며칠이나 지났을까? 어느 날 양치는 동료 하나가 산 속

그날 밤, 돈끼호떼는 모레나 골짜기 깊숙이 들어갔는데……

을 걸어가는데 불쑥 그 사람이 나타나더니 아무 말도 없이 다짜고짜로 마구 때리고는 끌고 가던 당나귀에 달아 놓았던 빵과 치즈를 모조리 훔쳐서 눈 깜짝할 사이에 산마루 너머로 달아나 버리고 말았습니다. 우리 동료들은 이 말을 듣고 꼬박 이틀 동안 이 산에서 제일 깊숙한 골짜기까지 그 사람을 찾아다니다가, 이틀째 되는 날 굉장히 큰 코르크나무에 우묵하게 패인 구멍 안에 들어앉아 있는 그 사람을 발견했지요. 우리를 보고 그 사람은 매우 얌전하게 제 발로 걸어 나옵디다만, 옷은 다 찢어지고 얼굴도 몰라볼 정도로 변한데다가 새까맣게 그을려서 우리는 그 사람이 아니라고까지 생각할 정도였습니다. 아무튼 그 사람은 우리한테 공손히 인사하더니 짧지만 품위 있는 말투로 이런 몰골을 하고 있다고 해서 이상하게 생각지 말라고 했습니다. 또 이게 다 그가 지은 많은 죄 때문에 고행을 하는 것이라고 말하더군요. 우리가 대체 당신은 어떤 사람인지 신분을 밝혀 달라고 물었으나 그것만은 끝내 알아낼 수 없습디다. 그래서 우리가 먹을 것 없이는 견디지 못할 테니 어디로 가야 당신을 만날 수 있는지 가르쳐 주면 기꺼이 음식물을 갖다 주겠다고 했습니다. 만약 그게 싫다면 당신 쪽에서 먹을 것을 가지러 나오든지 하고, 절대로 목자들한테서 억지로 빼앗지만 말아 달라고 부탁했지요. 그랬더니 그 사람은 우리의 제의를 고맙게 받아들이고 지난번의 약탈행위를 사과하면서 앞으로 절대로 난폭한 짓을 하지 않고 여러분의 인정에 의지하며 얌전하게 동정을 구하겠다고 말합디다. 그리고 날이 저물면 아무데나 적당한 곳을 찾아 드러누우면 그곳이 바로 잠자리라고 말하면서 결국 흐느껴 울기 시작했습니다. 그의 말을 듣고 있던 우리도 돌심장이 아닌지라 처음 만났을 때의 모습과 그 때 보는 모습을 비교해 보고 하도 안된 생각이 들어서 따라 울었지요. 아까도 말씀드렸듯이, 그는 참으로 세련되고 호감가는 젊은이며, 공손한 말투에는 명문가 출신의 고상한 인품이 그대로 드러나 있습디다. 그야 물론 듣고 있는 우리는 모두 촌놈들뿐이었습니다만, 범절을 모르는 우리 눈에도 쉬 알 수 있을 만큼 말쑥한 신사입디다. 그런데 그렇게 얘기하고 있다가 별안간 입을 다물어 버리지 않겠습니까? 그러고는 꽤 오랫동안 땅바닥을 쏘아보고 있었습니다. 그동안 우리는 그 갑작스러운 침묵이 어떤 결과를 가져오나 하고 숨을 죽인 채 가만히 지켜보고 있었지요. 그는 눈을 크게 뜨고 눈썹 하나 까딱하지 않고 오랫동안 땅바닥을 쏘아보는가 하면, 이따금 눈을 지그시 감고 입술을 악물면서 두 어깨를 치

산초가 잠든 사이에 당나귀를 끌고 가는 히네스는……

켜들곤 했는데, 그런 동작에서 우리는 무언가 갑자기 광기로 인한 발작이 일어난 게 틀림없다는 걸 알 수 있었지요. 그는 곧 우리의 생각이 틀림없다는 증거를 드러내 보였습니다. 그 때까지 반듯이 누워 있던 자리에서 후닥닥 일어나기가 무섭게 제일 가까이 있던 한 사람에게 덤벼들더란 말입니다. 만일 그 때우리가 얼른 달려들어서 두 사람을 떼어놓지 않았더라면, 그 젊은이는 아마상대편을 때려죽이거나 물어죽였을 것이 분명합니다. 그 젊은이는 덤벼들면서 '이놈, 이 배신자 페르난도야! 여기서 네 놈이 내게 한 무도한 행위의 벌을 받아라. 내 손으로 모든 죄악의 소굴, 특히 거짓과 사기가 숨어사는 네 놈의 심장을 뜯어내겠다' 하고 외치지 않겠습니까? 그 밖에도 별별 소리를 뇌까렸는데 모두 그 페르난도라는 사나이를 꾸짖으면서 욕하는 내용이었습니다. 우리가 어지간히 애를 먹은 끝에 간신히 우리 동료를 그 젊은이 손에서 떼어 내자, 그는 한 마디 말도 없이 잽싸게 풀숲과 가시덤불 사이로 뛰어들어가 버렸습니다. 우리는 더 이상 뒤를 쫓아갈 수가 없었지요. 결국 그 젊은이는 이따금 머리가 살짝 돌아버리며, 이렇게 비참한 꼴이 될 정도로 페르난도라는 사나이에게 지독히 못된 짓을 당했나 보다 하고 짐작했습니다. 그 뒤부터 지금까지 그 사람이 길에서 모습을 나타낼 때마다 그 짐작은 점점 확실해졌습니다. 그는 때로는 목자들이 갖고 있는 음식물을 나누어 달라고 부탁하기도 했지만 때로는 여전히 폭력으로 탈취해 가곤 하는 것이었습니다. 그 사람은 발작을 일으키면 우리 동료들이 기분 좋게 음식물을 내밀어도 그것을 순순히 받지 않고 일단 때려놓고 빼앗지요. 그런데 제 정신일 때는 매우 공손하고 예의바르게 자비를 베풀라고 애원을 하고, 이쪽의 친절에 대해서 몇 번이나 인사를 하면서 눈물까지 흘리는 형편입니다. 사실은 어저께 일입니다만, 나와 네 사람의 젊은 녀석들이, 그 중 둘은 내 종자고 둘은 우리 동료지요. 아무튼 우리는 어떻게든 그 사람을 찾아내고야 말겠다고 결심했습니다. 그래서 찾아내기만 하면 억지로라도 여기서 22*km*쯤 되는 알모도바르로 끌고 가서 그 사람의 병이 고칠 수 있는 것이라면 치료를 받게 해 주고, 아니면 그 사람이 제정신일 때 신분을 물어서 그 사람의 처지를 알려줄 가족이라도 있는가 알아볼 작정이었지요. 나리들의 질문에 대답할 수 있는 이야기는 이것뿐입니다. 그리고 두 분께서 발견하신 그 물건은 역시 벌거숭이로 달아난 그 사람 것이 틀림없습니다."

돈끼호떼는 산마루로 뛰어 달아난 그 사나이를 보았다는 말을 이미 늙은 목자에게 했던 것이다.

돈끼호떼는 목자의 이야기에 감동하여 그 가엾은 광인이 누구인지 알고 싶은 열의를 불태웠다. 그리고 이 산중을 샅샅이 뒤져서라도 그자를 찾아내고야 말겠다고 결심했다. 그러나 운명은 그가 생각하고 기대한 것보다 더 큰일을 해냈다. 마침 이때 저쪽 산골짜기에서 바로 그 젊은이가 모습을 나타낸 것이다. 그는 무어라고 혼자 중얼거리면서 걸어왔는데, 옆에서 들어도 알지 못할 소리였으니 멀리서는 더군다나 알아들을 수 없었다. 그의 몰골은 앞에서 말한 대로였으나 돈끼호떼는 그가 가까이 다가오자, 비록 누더기 옷이긴 했지만 그윽하게 풍기는 용연향(龍涎香)을 맡을 수 있었다. 그런 옷을 입은 인물의 신분이 천할 까닭이 없었다.

젊은이는 그들 앞에 오더니 좀 쉰 듯한 목소리로 예의바르게 인사했다. 돈끼호떼도 그에 못지않게 정중하게 인사를 하고, 로시난떼에서 내려와 무척 다정한 몸짓으로 그를 두 팔에 안으려고 가까이 다가갔다(스페인 사람들은 친한 사이에는 남자끼리도 껴안는 풍습이 있다). 그리하여 마치 오래 전부터 잘 아는 사람인 것처럼 한참 동안 젊은이를 껴안고 서 있었다. 젊은이는—돈끼호떼를 '우수에 찬 얼굴의 기사'라고 부른다면 이 사람은 '울상의 누더기 기사'라고 부르는 게 어울릴 듯했다—한참동안 안겨 있다가 몸을 떼더니, 돈끼호떼의 두 어깨에 손을 얹고 자기가 아는 사람인지 확인하려는 듯이 돈끼호떼의 얼굴을 바라보았다. 돈끼호떼의 얼굴과 모습과 갑옷을 보았을 때의 젊은이의 놀라움은, 젊은이의 몰골을 처음 보았을 때의 돈끼호떼의 그것에 못지 않았다. 결국 포옹 끝에 먼저 입을 연 사람은 '누더기 기사'였는데, 그는 다음과 같은 이야기를 했다.

제24장

계속되는 모레나 산악지대의 모험 이야기

돈끼호떼는 이 남루한 '누더기 기사'의 말에 귀 기울였는데, 젊은 기사는 이렇게 말을 이어나갔다.

"귀공이 어떤 분인지는 모르겠습니다만, 어쨌든 저에게 보여 주신 호의와 인사에 진심으로 감사드립니다. 그 호의에 못지않은 마음으로 저도 보답해 드릴 수 있는 처지였으면 좋겠습니다. 하지만 저의 현재의 운명은, 남에게서 받은 호의에 오직 마음으로만 감사할 수밖에 없는 처지입니다."

"내 마음은 오직 귀공을 도와 드리고 싶은 생각뿐이외다. 그래서 귀공을 찾아내어 이토록 이상한 생활을 하시는 이유를 알아내어 귀공의 고민을 풀어주고 싶었소. 귀공의 고민이 무엇인지 알기 전까지는 이 산악지대에서 한 걸음도 물러서지 않겠다는 결심을 했을 정도라오. 한 포기 풀까지 샅샅이 뒤져서라도 귀공을 찾아내고야 말 작정이었소. 만일 귀공의 불운이 어떤 위안도 필요 없는 그런 종류의 것이라면 나 역시 귀공과 더불어 그 불행을 한탄하면서 힘이 되어 드릴 생각이었소. 불행을 함께 슬퍼해 줄 사람이 있다면 그나마 위안이 되지 않겠소? 내 성의가 귀공에게 조금이나마 감사할 만한 가치가 있는 것이라면 귀공에게 감히 한 가지 청을 드리겠소. 귀공은 대체 어떤 분인지, 이렇게 인적도 드문 산 속에서 야수 같은 생활을 하게 된 동기가 무엇인지 들려주기 바라오. 귀공의 복색이나 인품으로 보아 이런 곳에서 살다 죽을 신분은 아닌 듯하니 말이오. 내 비록 불초의 죄인이나 몸에 지닌 기사도와 방랑 기사라는 임무를 두고 맹세하건대, 귀공의 불행을 막을 수단이 있으면 최대한 막을 것이고, 아까 말한 것처럼 귀공과 더불어 그 불행을 한탄하면서라도 힘이 되어 줄 것이오."

'우수에 찬 얼굴의 기사'가 하는 말을 들은 '누더기 기사'는 다만 상대방의 얼굴을 보기만 할 뿐이었다. 그러다가 다시 그의 얼굴을 살피더니 머리 꼭대기에서 발끝까지 훑어보았다. 그러고는 다시 그의 얼굴을 응시하면서 입을 열었다.

"혹, 먹을 것이라도 갖고 있거든 자비를 베풀어 주십시오. 저에게 보여주신 친절에 대한 답례로 음식을 먹고 나서 모두 말씀드리지요."

산초는 배낭에서, 목자는 큼직한 가죽주머니에서 먹을 것을 꺼내 주었다. 그것으로 '누더기 기사'는 빈 배를 채울 수 있었다. 그는 두 사람이 주는 음식을 허겁지겁 입으로 가져가서는 씹을 겨를도 없이 그대로 꿀꺽꿀꺽 삼켜 버렸다. 이렇게 그가 음식을 먹는 동안 본인은 물론 주위에서 지켜보는 사람들도 말 한 마디 하지 않았다. 그는 다 먹고 나더니 사람들에게 따라오라고 손짓했다. 모두들 그를 따라가자 그는 거기서 조금 떨어진 바위를 돌아 푸른 풀밭으로 그들을 안내했다. 거기에 도착하자 그는 풀밭에 반듯이 몸을 뉘었다. 따라간 사람들도 그가 하는 대로 몸을 뉘었다.

이윽고 '누더기 기사'가 자세를 편안하게 하여 입을 열었다.

"여러분, 제가 겪은 갖가지 불행을 아주 간단하게라도 듣고 싶다면, 이야기 도중에 질문을 하여 나의 슬픈 이야기의 맥을 끊지 않겠다고 약속하셔야 합니다. 만일 그런 일이 생기는 순간 내 이야기는 중단되고 말 것입니다."

'누더기 기사'의 이 말은 돈끼호떼에게 강을 건너간 양의 수를 잘못 세어 산초의 이야기를 중단하게 한 기억을 떠올리게 했다.

'누더기 기사'는 말을 이어 나갔다.

"내가 이런 말씀을 드리는 것은 나의 불행한 이야기를 되도록 간단히 끝내고 싶기 때문이죠. 갖가지 불행을 회상한다는 것은 새로운 불행을 덧붙이는 것이 되니까요. 따라서 여러분이 도중에 질문을 자제하시면 그만큼 이야기는 빨리 끝날 수 있을 것입니다. 그러나 여러분이 충분히 만족하실 수 있도록 중요한 것은 무엇 하나 빼놓지 않겠습니다."

돈끼호떼는 모두를 대신해서 그렇게 하겠다고 약속했다. 이 같은 약속을 받은 누더기 기사는 이야기를 시작했다.

"내 이름은 까르데니오이며, 태어난 곳은 안달루시아에서도 뛰어난 도시의 하나입니다. 부모님은 지체도 높고 무엇 하나 부족한 것이 없는 부자입니다. 그러나 내 일신의 불행은 아무리 돈이 많아도 구제할 수 없는 것이어서 우리 부모님은 눈물과 탄식으로 세월을 보내고, 우리 친척들도 모두 고통을 겪을 만큼 크나큰 것이었습니다. 하늘이 주는 갖가지 불행에 대해서 이 세상의 부(富)는 아무런 힘도 발휘하지 못하는 거랍니다. 그건 그렇고 내 고향에서 하나의 천국이 있었으니 그것은 내가 바라는 사랑이 마련되었던 것입니다. 부와 지체는 나보다 훨씬 나았지만, 나의 청순한 사모의 마음에 부응하기에는 믿음성이 조금 부족한 처녀 루스씬다였습니다. 그녀의 아름다움은 비범했습니다. 나는 철없는 유년시절부터 루스씬다를 사랑하고 그리워하고 동경했지요. 그녀도 그녀의 어린 나이가 허용하는 한도 내에서 천진한 마음을 기울여 나를 사랑해 주었습니다. 양쪽 부모님도 우리 두 사람의 마음을 일찍 눈치채고 있었으나, 그것에 대해 전혀 걱정하지 않으셨습니다. 차차 두 사람의 마음이 무르익으면 결국 두 사람은 결혼할 것이고, 이는 두 가문이나 부의 균형으로 봐서 조금도 거슬릴 것이 없었기 때문입니다. 그러는 동안에 우리는 어른이 되었고 서로의 애정도 성장해 갔습니다. 그런데 루스씬다의 부친은 세상에 대한 체면 때문에 내가 집에 찾아오는 것을 막아야겠다는 생각을 차츰 하게 되었지요. 아마 많은 시인들이 그토록 자주 읊은 띠스베[1]의 양친을 흉내내려 한 것인지도 모르겠습니다. 그런데 이 출입금지는 오히려 우리의 사랑을 더 뜨겁게 달구는 결과가 되었습니다. 아아, 나는 얼마나 많은 연서를 그녀에게 보냈던가! 그리고 다정하고 정숙한 회답을 몇 번이나 받았던가! 나는 내 마음 속을 털어놓고, 내 애달픈 심정을 묘사하고, 온갖 추억에 잠겨서 떠오르는 상념을 구구절절이 엮은 소곡을 몇 편이나 지었으며 사랑의 노래를 몇 번이나 불렀는지 모릅니다. 나는 가슴이 터질 것 같아서 그녀를 얻기 위해서 꼭 필요한 행동을 실천하자는 결심을 하기에 이르렀습니다. 그것은 그녀를 정식으로 아내로 맞이하겠다고 그녀의 아버지에게 청하는 일이었는데, 나는 그것을 그대로 실행했습니다. 이에 대해 그녀의 아버지는 정식 청혼을 하여 자신을 존중한 것은 감사하지만, 나의 아버지가 살아 계시니 아버지가 청혼하는 것이 정당한 절차가 아니냐고 대답했습니다. 만약 내 아버지가 루스씬다를 탐탁하게 여기지 않는다면 루스씬다를 납치해 갈 수도, 그렇게 몰래 내줄 수도 없다면서요. 나는 그분의 말이 일리가 있다고 생각했으며, 아버지가 당연히 허락하시리라 믿고 그분의 호의에 감사했지요. 그래서 그 길로 아버지에게 달려가 내 소망을 털어놓

---

[1] 부모가 허락하지 않는 연인과 묘지에서 만나다가 결국 두 연인이 다 죽고 만다는 전설의 히로인.

으려고 했습니다. 그 때 아버지는 한 통의 편지를 읽고 계셨습니다. 아버지는 내가 말을 꺼내기도 전에 편지를 내 앞에 내밀며 말씀하셨습니다. '까르데니오, 이 편지를 보면 리까르도 공작께서 얼마나 너를 각별히 생각하고 계시는지 알 수 있을 게다.' 여러분도 잘 아시다시피 리까르도 공작은 스페인 유수의 가문으로 안달루시아에서 가장 기름진 땅을 영지로 가지고 있습니다. 아무튼 그 편지를 읽어 보니, 나나 내 아버지가 편지에 적힌 부탁을 들어주지 않으면 우리의 잘못이라고 생각될 만큼 참으로 정중한 사연이었습니다. 그 부탁이라는 것은, 내가 공작 장남의 학우가 되어 주면 좋겠으며, 장차 상당한 직위를 부여해주겠으니 나를 자기 집으로 보내달라는 것이었습니다. 나는 이 편지를 읽고 아무 말도 할 수 없었습니다. 더구나 아버지는 '까르데니오, 너는 공작님의 뜻에 따라 이틀 뒤에 공작님 댁으로 출발하는 것이 좋겠다. 내가 원하는 대로 너에게 길을 열어 주신 하느님께 감사드려야 한다' 라는 말을 들으니 더욱 할 말이 없었습니다. 아버지는 여러 가지 훈계를 곁들여 주셨습니다. 이윽고 내가 출발할 날이 되었을 때, 나는 밤중에 루스씬다를 찾아가 자초지종을 이야기했습니다. 그녀의 아버지에게도 이 일을 이야기한 뒤 리까르도 공작의 요청이 뚜렷하게 결말이 지어질 때까지 혼인에 대한 일은 연기해 주면 좋겠다고 부탁했습니다. 그녀의 아버지는 내 말에 동의해 주었고, 루스씬다는 몇 번이나 되풀이해서 맹세했습니다. 그리하여 나는 마침내 공작님 댁을 찾아갔습니다. 공작님 댁에서는 나를 매우 친절하고 극진하게 대접해 주었습니다. 그런데 오래 전부터 있던 종자들은 공작님이 나한테 보여 준 총애를 질시하여 나는 대번에 그들의 미움을 사게 되었습니다. 그러나 공작님의 둘째 아들 돈페르난도는 내가 온 것을 무척 기뻐해 주었습니다. 그 사람은 풍채도 늠름하고 마음씨도 상냥하고 대범한 도련님이었는데, 우리는 얼마 안 가서 여러 사람들의 입에 오르내릴 만큼 절친한 사이가 되었습니다. 물론 공작님의 장남도 나를 귀여워해 주고 친절하게 대해 주었지만, 돈페르난도가 나에게 베푸는 친절과는 비교도 되지 않았습니다. 친구 사이라면 무엇 하나 감추는 것이 없게 되는 법이라 나와 돈페르난도의 사이도 그렇게 되었습니다. 그 사람은 자기의 마음 속을 모두 털어놓았으며, 특히 그 무렵 그를 괴롭히고 있던 어느 여자와의 관계에 대해서도 죄다 들려주었습니다. 그 때 돈페르난도는 공작님의 시녀인 농가의 처녀에게 넋을 잃고 있었습니다. 그 시녀는 상당히 유복한 농부의 딸로 얼마나 아름답고 얌전하고 영리하고 참한지 몰랐습니다. 이 농가 처녀의 나무랄 데 없는 미모와 태도에 돈페르난도는 홀딱 반했으며 끝내는 이 여자를 손에 넣어 그 정조를 차지해야겠다고 결심했습니다. 바로 그 처녀의 남편이 되겠다고 결심한 것이지요. 그 밖의 방법으로는 도저히 뜻을 이룰 수 없었으니까요. 나는 그 사람에 대한 우정으로라도 그냥 둘 수 없어서 어떻게든 그의 그런 시도를 단념시키기 위해 갖가지 예를 들어 타일렀습니다. 그러나 아무런 효과도 없더군요. 그래서 나는 차라리 공작님에게 얘기할 수밖에 없다고 생각했지요. 그런데 돈페르난도는 빈틈없이 약은 사람이어서 나의 태도에 대해 두려워하게 되었습니다. 내가 충실한 시종이었으므로 주인인 공작님에 대한 의무로 공작님의 명예에 먹칠 할지도 모를 일을 내버려둘 리가 없다고 생각한 것입니다. 그래서 나를 속이려고 이런 말을 꺼냈습니다. '이렇게 내 마음을 사로잡은 그 처녀를 잊어버리기 위해서 몇 달 동안 어디 떠나가 있는 게 좋을 것 같다. 집을 오래 비우자면 우리 두 사람이 자네의 부친 댁에 간다는 핑계를 대는 게 좋겠다. 세계제일가는 말의 명산지인 자네 고향의 명마를 사러 간다고 공작님에게 말하자.' 대충 이런 이야기였습니다. 나는 그 말을 듣자 그것이 별로 좋은 생각은 아니지만, 내 그리운 루스씬다를 다시 볼 수 있는 절호의 기회라고 생각했기 때문에 굉장히 훌륭한 계획이라고 찬성했습니다. 나는 그런 꿍꿍이속을 품고 그의 계획에 찬성한 뒤, 아무리 상대방을 사랑한다 해도 몸이 떠나면 마음이 흔들리게 되니 그 일을 빨리 실행에 옮기는 게 좋겠다고 그를 부채질했던 것입니다. 그러나 나중에 알게 된 일입니다만, 그가 나한테 이런 말을 꺼냈을 때는 이미 남편이 되어 주겠다는 구실로 그 농가 처녀를 희롱한 뒤였으며, 이 불미스러운 일이 드러났을 때 공작에게 받을 벌이 무서워서 안전하게 피할 수 있는 장소를 찾고 있었던 것이었습니다. 대체로 젊은 사람들의 사랑이라는 것은 대부분 색욕에 지나지 않는 법이지요. 색욕이 노리는 것은 결국 쾌락이며 이 쾌락을 얻고 나면 그것으로 끝나고 맙니다. 그리고 그 때까지 사랑으로 보였던 것도 시들해지고 말지요. 왜냐하면 색욕은 자연이 정해 놓은 한계를 넘어서 계속될 수 없기 때문입니다. 그러나 참된 사랑에는 결코 한계가 없습니다. 내가 강조하고 싶은 말은, 돈페르난도가 이 농가 처녀를 희롱함과 동시에 그때까지의 정열과 집념이 식어버렸다는 것입니다. 그런 이유로 처음에는 자기의 사랑을 다스리기 위해 집을 떠나려는 척했는지 몰라도 나중에는 그 사랑을 피하기 위해 도망치려는 것이었습니다. 공작님은 자기 아들의 부탁을 받아들여서 나더러 동행하라고 부탁했습니다. 이리하여 우리는 나의 고향으로 돌아갔는데, 아버지는 돈페르난도를 신분에 알맞게 대우해 주었습니다. 나는 그 즉시 루스씬다에게 달려갔습니다. 그녀를 생각하는 나의 연정이—물론 그 때까지 완전히 사그라진 것도 줄어든 것도 아닙니다— 생생하게 되살아나기 시작했습니다. 그런데 이것이 큰 잘못을 저지르는 원인이 되었습니다. 돈페르난도가 내게 보여 준 진심어린 우정을 봐서라도 무엇 하나 감추어서는 안 된다는 생각에서 내 가슴속에 있는 사랑을 그에게 털어놓고 만 것입니다. 내가 루스씬다의 아름다움과 정숙한 자태와 영리함을 극구 칭찬하는 바람에 그 사람은 그녀를 자기도 보았으면 하는 생각을 품게 되었습니다. 참으로 어리석은 행동이었습니다만, 어느 날 밤 나는 우리 두 사람이 사랑을 속삭이던 창가에 촛불을 밝히고 루스씬다를 보여 주고 말았습니다. 그런데 잠옷을 입은 루스씬다의 요염한 자태는 그가 여태까지 본 모든 아름다운 여자들을 잊어버리게 할 만한 것이었습니다. 그는 아무 말도 못하고 넋을 잃은 얼굴을 하고 있더니 끝내는 불타는 연정에 사로잡히고 말았습니다. 이 일이 내 불행의 시작임을 이 이야기를 들으면서 차츰 알게 될 것입니다. 나한테는 애써 감추고 있었지만 하느님만은 알고 있었던 그의 연정은 어떤 사건으로 인해 더욱 불타오르게 되었습니다. 어느 날 자기를 나의 아내로 맞이하도록 내 아버지에게 말해 달라는 루스씬다의 정숙하면서도 애정에 넘치는 편지를 그가 발견한 일이었습니다. 그는 편지를 읽어 보더니 세상의 모든 여자들이 조금씩 나누어 갖고 있는 아름다움과 슬기로움을 이 처녀는 혼자 모두 갖추었다고 극구 칭찬하더군요. 맞는 이야기였지만 그의 입에서 그와 같은 예찬의 말을 들으니 나는 불안하기도 하고 걱정이 되면서 그에게 차츰 의심을 품기 시작했습니다. 그는 루스씬다에 대한 모든 것을 알고 싶어했으며, 하루에도 몇 번씩 자기 쪽에서 먼저 루스씬다의 이야기를 꺼내곤 했습니다. 그런 행동들은 나에게 걱정과 질투심을 불러일으켰는데, 그것은 꼭 루스씬다의 정조나 성실성이 변하는 것을 두려워한 것은 아니었습니다. 그렇지만 그녀에 대해 품고 있는 신뢰심 그 자체가 왠지 나를 불안하게 만들더군요. 돈페르난도는 나와 루스씬다 사이에서 오고 간 편지들이 재미있다며 모두 읽으려고 했습니다. 그러던 어느 날 루스씬다는 기사 이야기가 읽고 싶다면서 책을 빌려 달라고 했습니다. 루스씬다가 좋아한 책은《아마디스 데 가울라》의 이야기였지요."

돈끼호떼는 기사 이야기라는 말을 듣기가 무섭게 얼른 말을 가로챘다.

"만일 귀공이 처음부터 루스씬다가 기사도에 대한 책을 좋아한다고 말했더라면, 내가 그 여인의 성품을 이해하는 데 그 밖의 찬사는 아무런 필요도 없었을 것이오. 만일 그런 재미있는 이야기에 흥미를 느끼지 못한다면, 귀공이 말한 여인이 그토록 훌륭할 까닭이 없기 때문이오. 그러니 그 여인의 아름다움, 우아함, 총명함을 나에게 설명하기 위해서 더 이상 설명할 필요는 없소. 그 여인의 취미를 알고 나니 그녀가 이 세상에서 가장 아름답고 훌륭한 성품의 여인임을 충분히 짐작할 수 있소. 귀공이 《아마디스 데 가울라》와 함께 《돈 루헬 데 그레시아》*²를 그 여인에게 보내 주었더라면 좋았을 거라고 생각하오. 루스씬다는 다라이다와 가라이아, 혹은 목인(牧人) 다리넬의 온갖 재난, 그리고 그 목인이 재미있고 꾸밈없이 노래하는 목가의 훌륭한 운문을 매우 좋아하리라 믿기 때문이오. 그러나 언젠가는 그 오류를 시정할 때가 오지 않겠소? 그것을 시정하려면 귀공이 우리와 함께 우리 고향으로 가겠다는 마음만 먹으면 되는 것이오. 우리 고향에 가면 내 마음의 기쁨, 내 생애의 위안이라고 할 수 있는 300권에 이르는 책을 드릴 수도 있소. 사실은 공교롭게도 뱃속이 시커멓고 질투심 많은 마법사들의 원한을 사서 지금은 한 권도 갖고 있지 않다는 사실을 고백해야 할 입장이기는 하오만. 어쨌든 귀공의 이야기를 방해하지 않겠다고 약속해 놓고 무심코 어기고 만 것을 용서해 주기 바라오. 기사도니 방랑 기사니 하는 말을 듣기만 하면, 나는 마치 햇빛이 열을 내뿜고 달빛이 습기를 머금듯 그 이야기를 하지 않으면 견딜 수 없기 때문이오. 그러니 그 일은 용서하고 그 다음 이야기를 계속해 주오. 이것이 우리에게는 무엇보다도 중요한 일이니까."

돈끼호떼가 이런 말을 하는 동안 까르데니오는 고개를 푹 숙이고 무언가 골똘한 생각에 잠겨 있었다. 돈끼호떼가 두 번이나 이야기를 계속하라고 재촉했지만 얼굴도 들지 않고 입도 떼지 않았다. 그러다가 한참 뒤에야 고개를 들더니 입을 열기 시작했다.

"나는 암만해도 이 생각을 뿌리칠 수가 없습니다. 하늘 아래 나한테서 이 생

---

*2 실바 작 《돈프로리셀》의 제3부. 다라이다와 가라이아는 그 중요 인물.

각을 제거해 줄 사람도 없고, 다른 생각으로 나를 인도해 줄 사람도 없습니다. 극악무도한 엘리사밧 선생(아마디스의 외과의사)이 마다시마 여왕과 정을 통했는데도 그것을 그렇지 않다고 믿는 사나이는 바보 숙맥이 틀림없을 것입니다."

돈끼호떼는 화를 버럭 내면서(여느 때처럼 대들면서) 대답했다.

"아니 그렇지 않소. 절대로 그렇지 않소! 그것은 너무 심한 모함이요. 곡해라기보다 오히려 파렴치요. 마다시마 여왕은 참으로 훌륭한 여인이었소. 그렇게 고귀한 분이 하잘것없는 돌팔이 외과의사와 정을 통했다는 것은 생각도 못할 억지요. 그런 생각을 고집하는 놈은 악당이며 거짓말쟁이요. 나는 그런 놈에 대해서는 걷건, 말에 타건, 무장하건 말건, 밤이건 낮이건 가리지 않고 상대가 적절히 깨닫도록 단단히 혼을 내줄 테요."

까르데니오는 돈끼호떼를 지그시 바라보았는데, 이때 그는 이미 발작이 일어난 상태라서 더 이상 자기 이야기를 계속할 수 없었다. 돈끼호떼도 조금 전에 들은 마다시마 여왕의 추문에 대한 대목에 그만 기분이 상해서 상대편의 말을 더 듣고 싶지 않았다. 돈끼호떼는 마치 소설 속의 여왕이 실제로 존재하며 자기가 사랑하는 여인인 듯 그녀를 감싸고 있었다. 이런 행동도 그가 읽은 황당무계한 이야기 덕분이었다. 까르데니오는 이미 머리가 돈데다가 거짓말쟁이니 악당이니 하는 욕설을 들었기 때문에 심한 모욕을 당한 기분이 들었다. 그래서 가까이 있는 돌멩이를 집어서 돈끼호떼의 가슴팍에 힘껏 던졌다. 돈끼호떼는 뒤로 벌렁 나자빠졌다. 주인의 꼬락서니를 본 산초 빤사가 주먹을 불끈 쥐고 미치광이에게 덤벼들었다. 그러자 누더기 기사는 산초에게 주먹을 휘둘러 단숨에 발 아래 때려눕히더니, 그 위에 걸터앉아 옆구리를 사정없이 두들겨 팼다. 이것을 말리려고 달려든 늙은 목자도 같은 봉변을 당했다. 까르데니오는 이렇게 돈끼호떼 일행을 때려눕힌 다음 유유히 산 속으로 사라져 버렸다. 그제야 부스스 일어난 산초는 아무 죄도 없이 실컷 얻어맞은 것이 분해서 늙은 목자에게 달려가, 저자가 이따금 미친다는 것을 미리 알려주지 않은 것은 영감의 잘못이며, 그것만 알고 있었더라면 이쪽에서도 자기 몸쯤은 지킬 수 있었을 거라면서 대들었다. 그러자 늙은 목자는 아까 분명히 그 말을 했으며, 그 말을 미처 듣지 못한 자가 잘못 아니냐고 대꾸했다. 이런 식으로 산초 빤사가 따지고 영감이 다시 대꾸하는 일이 반복되어 입씨름이 벌어지더니 마침내 서로 수염을 쥐어뜯고 심한 주먹다짐이 오고 갔다. 만일 돈끼호떼가 사이에 끼어들어 두 사람을 떼어놓지 않았더라면 서로 만신창이가 되었을 것이다. 산초는 다시 늙은 목자에게 달려들면서 돈끼호떼에게 말했다.

"내버려두세요. 우수에 찬 얼굴의 기사님, 이놈은 나와 똑같은 농군이라 기사의 계급도 안 가졌으니 주먹으로 힘을 겨뤄 떳떳하게 혼을 좀 내주겠습니다."

"그건 그렇다만 이번 일에 이 사람은 아무런 잘못이 없지 않느냐."

돈끼호떼는 이렇게 말하며 두 사람을 뜯어 말렸다. 그런 다음 돈끼호떼는 어떻게든 그 이야기의 결말을 듣고 싶은데 까르데니오를 찾아낼 수는 없는지 늙은 목자에게 물었다. 늙은 목자는 그의 주거지를 정확히 찾아낼 수는 없지만 이 근처를 샅샅이 뒤진다면 미친 상태이건 멀쩡한 상태이건 찾을 수 있을 거라고 대답했다.

제25장
시에르라 모레나 산악지대에서 라만차의 용사가 겪은 기이한 일들과 벨떼네브로스의 고행을 본받은 이야기

돈끼호떼는 늙은 목자와 작별하고 다시 로시난떼에 올라탄 뒤 산초에게 따라오라고 명령했다. 산초는 내키지 않는 마음으로 그를 따랐다. 그들은 험한 산 속을 헤치고 들어갔다. 산초는 주인에게 말을 걸고 싶어서 죽을 지경이었다. 그러나 자기에게 내려진 금지령을 어길 수 없어서 주인이 말을 건네주기만을 간절히 바랐다. 그러나 주인이 끝내 입을 열지 않았으므로 그는 더 이상 참을 수가 없어서 기어이 먼저 말을 꺼냈다.

"저 좀 보세요, 나리. 제발 저에게 자비를 베푸셔서 저를 집으로 돌려보내 주세요. 저는 이 길로 집으로 돌아가서 마누라와 애들을 상대로 하고 싶은 말이라도 실컷 털어놓으며 살고 싶습니다. 생각 좀 해보시란 말입니다. 이렇게 쓸쓸한 곳을 밤낮 나리만 모시고 다녀야 하고, 게다가 지껄이고 싶을 때 마음대로 지껄이지도 못한다는 것은 정말 산 채로 매장당하는 거나 다름이 없습니다. 기소뻬떼(그리스의 우화 작가 이솝을 잘못 알고 하는 말)의 시절처럼 짐승을 상대로 말할 수가 있다면 좋겠습니다. 그러면 가슴에 떠오르는 것을 내 당나귀 녀석과 수다를 떨면서 불운한 팔자를 참아낼 수 있었을 텐데 말입니다. 이렇게 계속 모험을 찾아다니면서 만나는 사람들한테 걷어차이거나 두들겨 맞기가 일쑤고, 게다가 벙어리처럼 가슴속에 떠오르는 말 한 마디 제대로 하지 못하고 입을 다물고 있어야 하다니, 이렇게 비참한 지경이 어디 있단 말입니까?"

"너의 말도 일리가 있다, 산초. 너는 내가 그 혀끝에 내린 금지령을 풀어 주었으면 해서 그러는 것이렷다. 그렇다면 해제된 것으로 치고 하고 싶은 말을 하거라. 단 이것은 우리가 이 산지를 헤매고 있는 동안만이다."

"좋습니다. 지금부터 앞으로의 일이 어떻게 되느냐는 오직 하느님만이 아시는 일이지만, 아무튼 우선은 제가 한 마디 해야 되겠습니다. 모처럼 말하는 걸 허락해 주셨으니 말입니다. 대체 어째서 나리는 그 마기마사 여왕인가 뭔가 하는 여왕의 편을 들었습니까? 그리고 그 사제인가 뭔가 하는 사람이 여왕님과 그런 관계이건 아니건 그게 어쨌다는 겁니까?—산초가 여왕의 의사 엘리사밧(Elisabat)을 abad(사제)로 잘못 들음—제 생각으로는 나리가 그 사건의 재판관도 아닌데 그 일이 어찌되거나 말거나 그냥 내버려 두셨더라면, 그 미치광이도 자기 이야기를 계속했을 것이고, 우리도 돌에 맞거나 걷어차이지도 않았을 것이며, 예닐곱 번씩이나 따귀를 얻어맞지도 않았을 게 아닙니까?"

"아니다, 산초. 만일 네가 마다시마 여왕이 얼마나 정숙하고 훌륭한 귀부인인지 알았더라면, 그런 터무니없는 소리를 지껄이는 주둥아리를 찢지 않은 나의 인내심을 칭찬해 주었을 게다. 일국의 여왕이 일개 외과의사와 정을 통한다는 말을 입에 올리거나 마음으로 생각한다는 것 자체가 벌써 여왕에 대한 엄청난 모독이라고 할 수 있다. 사실 그 광인이 말한 엘리사밧 선생은 사려가 깊고 건전한 의견을 가진 인물로, 여왕의 고문관이자 시의로서 근무하고 있었다. 그러니 여왕을 그의 정부나 된 것처럼 생각한다는 것은 징벌을 받아 마땅한 망언이랄 수밖에. 게다가 까르데니오가 그런 말을 지껄이고 있을 때 그자는 이미 머리가 돌아있었다는 사실을 생각해 봐야 한다."

"제 말이 바로 그 말입니다. 미치광이가 하는 말에 신경 쓸 이유는 없었단 말입니다. 만일 나리의 운이 나빠서 가슴에 맞았던 그 돌멩이가 머리에 맞았더라면, 아무리 까르데니오라도 미치광이라 하여 그냥 일이 넘어가지는 않았을 것입니다."

"방랑 기사쯤 되면 상대방이 제정신이건 미치광이건, 정숙한 여인의 편을 들어 주어야 하는 법이다. 평범한 부인에게라도 그래야 하는 법이거늘, 하물며 내가 존경하는 마다시마 여왕처럼 신분으로 보나 품위로 보나 더할 나위 없는 분에게는 오죽하겠느냐? 그분은 아름다울 뿐 아니라 갑자기 들이닥친 많은 불행에 대해서도 사려 깊게 인내하셨다. 그러는 데에는 엘리사밧 선생의 충언과 충성이 많은 도움이 되었던 거야. 근성이 비뚤어진 천한 놈이 잘 알지도 못하고, 그 여왕님을 그 사나이의 정부니 어쩌니 하고 함부로 지껄이는 데 참을 수가 있겠느냐? 내가 거듭 말하지만 그 따위로 생각하거나 그런 말을 입에 올리는 자들은 모두 거짓말쟁이들이야."

"저는 그런 것을 생각지도 않았고 말하지도 않습니다. 다른 놈들은 자기 빵이나 먹으라지요. 우리가 알 바 아니지 않습니까? 그 두 사람이 정을 통했는지 말았는지는 하느님만 아시겠지요. 저는 남의 일 같은 건 알고 싶지도 않고 상관하고 싶지도 않습니다. 그리고 말입니다, 저는 본시 벌거숭이로 태어났고 지금도 벌거숭이니 손해본 것도 없고 덕을 본 것도 없습니다. 설사 두 사람이 정을 통했다고 한들 그게 대체 나와 무슨 관계가 있단 말입니까? 많은 사람들이 소금에 절인 돼지고기라도 갖고 있는 줄 알고 있지만 돼지고기를 꿸 갈고리도 없는 신세란 말입니다. 그렇다고 들판에 문을 세울 수 있습니까? 게다가 하느님에 대해서도 이러쿵저러쿵 못된 소리까지 하지 않았습니까?"

"허, 기가 차는구나. 산초, 대체 무슨 얼빠진 소리를 하는 거냐? 네가 지껄여대는 속담과 우리가 지금 이야기하고 있는 일이 대체 무슨 관계가 있단 말이냐? 산초, 제발 부탁이니 입 좀 다물어다오. 지금부터는 당나귀에 박차를 주는 일에나 신경을 쓸 일이지, 너와 상관없는 일에 참견하는 것은 이제 그만둬라. 그리고 너의 오관(五官)을 움직여서 내가 지금까지 한 일도, 지금 현재 하는 일도, 그리고 앞으로 하게 될 일도 모두 도리에 맞고 기사도에 꼭 맞는다는 것을 알아다오. 기사도라면 여태까지 세상에 나타났던 어떤 기사보다도 내가 훨씬 잘 터득하고 있다고 자부한다."

"나리, 그러면 우리 둘이서 길도 없는 이 험한 산 속을 헤매면서 미치광이를 찾는 일도 훌륭한 기사도란 말입니까? 게다가 그 미친 놈을 찾아내면 전에 하다 만 일을 이번에는 마무리하려 들 겁니다. 이야기가 아니라 나리의 머리와 제 갈빗대를 모두 박살내려고 덤벼들 거라는 말입니다."

"닥치지 못하겠느냐? 내가 이곳에 온 것은 미치광이를 찾기 위해서 뿐만이 아니다. 내가 이 산악지대에서 이 땅에 대대로 전해질 명성과 영예를 떨칠 공훈을 세우려 한다는 것을 명심하거라. 그거야말로 방랑의 기사도를 완성하고 이름을 떨칠 모든 행위를 완성하는 공훈이 될 게 틀림없다."

"그 공훈은 아주 위험한 것입니까?"

"아니, 그렇지는 않다. 우리가 던지는 주사위가 이길지 질지는 모르지만. 그러나 만사는 네가 어떻게 봉사하느냐에 달려 있는 것이다."

"제가 어떻게 봉사하느냐에 말입니까?"

"그렇다. 지금 네가 심부름을 가는 곳에서 빨리 돌아오면 나의 괴로움은 그만큼 빨리 끝날 것이고 나의 영예는 그만큼 빨리 시작될 것이기 때문이다. 내

이야기의 결말이 어떻게 날 것인가 네가 너무 궁금해하니 시원하게 말해 주겠다. 저 유명한 아마디스 데 가울라는 가장 훌륭한 방랑 기사의 한 사람이었다. 아니 '한 사람이었다'고 한 것은 잘못이구나. 그 무렵 세상에 있던 기사란 기사 중에서 단 한 사람밖에 없는 제일인자라는 것이 옳은 표현일 것이다. 돈벨리아니스를 비롯해서 어떤 면에서도 아마디스에게 뒤지지 않는다고 자처한 무리들에게 재앙 있으라! 맹세하건대 그것은 그들의 건방진 오만이다! 예를 들어 화가가 자기 재능으로 이름을 날리고 싶을 때는 자기가 잘 아는 대가의 원화를 흉내내려고 노력하는 법이다. 이 법칙은 국가를 구성하는 모든 직종에도 적용된다. 따라서 신중하고 인내심이 강하다는 정평을 얻고 싶은 사람은 오디세우스를 본받아 그렇게 하면 되고, 또 실제로 그렇게들 하고 있다. 호메로스는 오디세우스의 인품과 갖가지 고난을 통해 신중함과 인내의 모습을 그려 넣었으며, 베르길리우스는 아이네이아스의 사람됨을 바탕으로 선인의 용기와 용장의 용의주도함을 보여 주었다. 그러나 오디세우스와 아이네이아스를 있는 그대로 묘사한 것은 아니다. 후대의 사람들이 미덕의 본보기로 삼고자 '이래야 한다'는 식으로 그려 넣었단 말이야. 그와 마찬가지로 아마디스는 용감하고 사랑에 빠진 기사들의 북극성이요 샛별이요 태양이었으니, 연애와 기사도의 깃발을 내건 우리 모두는 그 사람을 본받아야 하는 것이다. 일이 이러하니 산초여, 아마디스를 가장 잘 배우는 방랑 기사야말로 기사도의 극치를 가장 잘 터득하는 자라고 나는 생각한다. 아마디스가 자기의 사려·용기·기상·인내·대담성·애정 등을 가장 잘 발휘한 때는, 사랑하는 오리아나 공주에게 냉대를 받자 뻬냐 뽀브레에 숨어서 고행하며, 자기 이름을 스스로 택한 생활을 잘 나타내는 벨떼네브로스라고 바꾼 때였다. 고로 그의 흉내를 내는 것은 거인을 베어 쓰러뜨린다든가, 대군을 격파한다든가, 함대를 침몰시킨다든가, 마법을 풀어놓는다든가 하는 것보다 훨씬 쉬운 일이란 말이다. 뿐만 아니라 이 근처는 그런 고행을 본받기에 아주 적합한 곳이니까 지금 긴 머리카락을 통째로 내 쪽으로 늘어뜨리는 호기*1를 이대로 놓칠 이유가 없는 거야."

"나리께서 이 인적도 드문 곳에서 하고 싶은 일이 무엇입니까?"

"내가 말하지 않더냐? 아마디스를 흉내내어 소동과 광란을 여기서 한바탕

---

*1 好機. 스페인의 속담에 의하면, 기회는 이마 부분에 단 한 올의 머리카락만 가지고 있었는데, 그 머리카락을 잡아야만 그것이 긴 머리채로 자라난다고 한다.

"이런 산 속을 헤매는 것도 기사들의 규범이란 말입니까?⋯⋯"

연출하고 싶다고 말하지 않더냐? 그와 동시에 어느 샘가에서 미녀 안젤리까가 메도로와 추접스러운 행위를 저지른 증거를 발견했을 때의 용사 돈롤단도 흉내낼 참이다. 돈롤단은 이때의 슬픔으로 머리가 돌아서, 나무를 뿌리째 뽑고 맑은 샘물을 휘저어 놓고 목자와 가축들을 닥치는 대로 죽이고 오두막에 불을 지르고 집을 넘어뜨리고 암말을 쓰러뜨리는 등 불후의 명성과 기록의 값어치가 있는 온갖 폭행을 자행했던 거야. 하기야 그는 롤단, 오를란도, 로똘란도라는 세 가지 이름을 갖고 있었다. 아무튼 그 사람의 광란 행위를 하나에서 열까지 모두 흉내낼 생각은 없다. 그 중에서 가장 중요하다고 생각되는 핵심만을 대강 따라해 볼 작정이다. 그러나 남에게 위해(危害)를 주는 광란은 부리지 않고, 비탄으로 드높은 명성을 차지했다는 아마디스의 흉내만으로 만족할 것이다."

"제 생각으로는 그런 짓을 한 기사들은 사람들이 부추겼거나, 아니면 그런 바보 같은 고행을 해야 할 까닭이 있었던 걸로 압니다. 그런데 나리는 어떤 까닭이 있습니까? 꼭 미치광이가 되어야 하는 까닭 말입니다. 어느 공주님이 매정하게 굴던가요, 아니면 둘씨네아 델 또보소 공주님이 무어인이나 기독교인하고 무슨 관계라도 맺었다는 증거를 발견하셨나요?"

"바로 그거지. 그래서 내가 하려는 일이 특별한 거다. 방랑 기사가 까닭이 있어서 미친다면 아무 재미도 없지 않겠느냐? 중요한 점은 아무런 이유도 없는데 미치는 일이며, 내가 사랑하는 공주에게 '아무런 이유 없이도 저렇게 됐는데 만일 무슨 까닭이라도 있다면 어떤 일을 저지를지 모른다'는 생각을 갖게 하는 거야. 내가 잠시도 잊지 않는 사랑하는 공주 둘씨네아 델 또보소와의 이긴 이별은 나에게는 충분한 이유가 되지. 전에 만난 젊은 목자 암브로시오가 말하는 것을 너도 들었듯이, 헤어져 있으면 불행이 찾아오고 또한 불행이 찾아오지 않을까 염려하기 마련이다. 그러니 산초여, 이토록 기발하고 기막히고 어디서고 그 예를 찾아볼 수 없는 흉내를 중지시키려고 시간을 낭비하지 말아라. 나는 미치광이고, 나의 사랑하는 공주 둘씨네아에게 네가 전해 줄 편지의 회답을 다시 갖고 돌아올 때까지는 나는 광인이다. 그리고 그 회답이 나의 진심에 맞는 것이라면 나의 광란이나 고행도 그것으로 끝이 나지만, 만일 그렇지 않다면 나는 진짜 미치광이가 되어서 아무것도 느끼지 않게 될 거다. 그분이 어떤 회답을 주느냐에 따라 나는 고뇌와 괴로움에서 벗어나 기뻐할 수도 있고, 아니면 광인이 되어 네가 가져온 불행한 소식을 느끼지도 못할 정도로 미칠 수도 있다. 헌데 산초여, 맘브리노의 투구는 잘 간수해 놓았겠지? 그 배은 망덕한 빠사몬떼가 막 박살을 내리려고 할 때 네가 땅바닥에서 집어 올리는 것을 보았는데, 부수지는 못했겠지? 그것을 보아도 내 투구가 얼마나 단단한가 그 우수함을 알 수 있으렷다."

이에 대해 산초가 대답했다.

"정말 답답합니다, 우수에 찬 얼굴의 기사님, 나리께서 하는 말씀 중에는 가만히 참고 들을 수 없는 대목이 있습니다. 그것을 듣고 있으니 나리가 말씀하시는 기사도에 대한 것도, 왕국이니 제국이니 하는 것을 손에 넣는 일도, 섬을 나한테 주신다는 것도, 그 밖에 여러 가지 보수며 지체 높은 신분으로 만들어준다는 말씀도 죄다 허풍이고 엉터리라는 생각이 듭니다. 어째서 그런지 아십니까? 나리께서 이발사의 놋대야를 맘브리노의 투구라고 하고 게다가 나흘이나 지났는데도 그 착각에서 깨어나지 못하니, 그 누가 정신나간 사람이 아니라고 생각하겠습니까? 그 대야라면 찌그러진 것을 부대 안에 넣어 두었습니다. 만에 하나 하느님의 은총으로 언젠가 처자식을 만나게 된다면 집에서 그것을 고쳐서 면도할 때 쓸 생각으로 말입니다."

"듣거라, 산초. 너는 이 세상에 살았던 그리고 현재 살고 있는 모든 종자 가운데서 가장 둔한 놈이다. 네가 나와 여행을 떠나 벌써 여러 날이 되었는데 방랑 기사에게 일어나는 일체의 사건이 어리석고 엉터리같이 보여도 사실은 전혀 아니라는 것을 아직도 깨닫지 못했단 말이냐? 겉으로 그렇게 보이는 것은 우리 주변에는 언제나 많은 마법사들이 붙어다니면서 우리 주변의 사물을 자기들 멋대로 둔갑시켰다가 다시 원래의 모습으로 만들어놓곤 하기 때문이다. 따라서 너의 눈에는 이발소 대야로 보이는 것이 내 눈에는 맘브리노의 투구로 보이고, 다른 사람들에게는 또 다른 물건으로 보일 것이다. 그런데 진짜 맘브리노의 투구를 모든 인간들에게 놋대야로 보이게 한 것은 그것이 매우 존귀한 물건이라서 너나없이 빼앗으려고 나를 따라다닐 것이 분명해서, 나를 도우시는 현자가 참으로 슬기롭게 대처한 것이다. 그래서 아무 보잘것없는 이발소의 놋대야로밖에 안 보이기 때문에 놈들은 이것을 손에 넣으려고 덤비지 않는단 말이다. 그것은 그 투구를 부수려던 자가 가져가지 않고 땅바닥에 내동댕이친 것만 봐도 알 수 있다. 그자가 그것이 투구인줄 알았더라면 어찌 버리고 갔겠느냐? 그러니 잘 간수해 두어라, 지금은 필요 없으니까. 그보다 이번 고행에서 아마디스보다 롤단을 본받고 싶은 기분이 들면 이런 무장을 모두 벗어 던지고 태어날 때 그대로 벌거숭이가 되어야겠구나."

이런 말을 주고받으면서 두 사람은 높은 산기슭에 이르렀는데, 그 산은 마치 뾰족하게 깎아지른 큰 바위처럼 많은 봉우리 사이에서 홀로 우뚝 솟아 있었다. 기슭에는 조용히 시냇물이 흐르고 주변 일대에는 보기에도 시원하도록 푸른 풀이 무성한 초원이 있었다. 그리고 많은 야생의 나무들과 화초들이 전체 풍경을 아늑하게 만들어 주고 있었다. 우수에 찬 얼굴의 기사는 자기의 고행 장소로서 그곳을 택하기로 했다. 그는 주변을 훑어보더니 마치 미친 듯이 큰 소리로 지껄이기 시작했다.

"오, 하늘이시여! 이곳이야말로 하늘이 내게 내리신 불운을 한탄하기 위해 택한 장소이외다. 이 장소야말로 나의 상처 입은 마음을 참고 견디는 곳이 될 것이외다. 내 눈물은 시냇물을 붉게 하고, 내 그칠 줄 모르는 깊은 한숨은 야생의 나뭇잎을 흔들어 놓을 것이외다. 오, 이렇듯 인적 없는 장소를 거처로 삼은 산야의 신들이여! 그대들이 어떤 신이든 긴 이별과 마음의 걱정으로 이 험한 산중에서 슬피 탄식하고, 인간으로서의 아름다움의 극치인 그 사람의 매정한 성품을 한탄하려는 이 연인의 비탄을 귀담아 들으소서. 오, 이 험준한 산과 무성한 숲에서 사는 요정들이여! 그대들을 그리워하는 음탕한 목양의 신이 그대들의 평안을 괴롭히지 않는다면 나에게 와서 이 불행을 함께 탄식해주오. 하다못해 나의 탄식을 싫다 말고 들어라도 주오. 오, 나의 어두운 밤의 빛이여, 나의 괴로움의 영광이여, 나의 나아갈 길의 지표요, 나의 운명의 별인 둘씨네아 델 또보소여! 부디 하늘이 나에게 행운을 내려 그대가 나의 간구를 듣게 해주오. 그대가 없기에 내가 찾아온 이 장소와 이 몸이 처한 상황을 가엾이 여겨주오. 나의 변함없는 성심에 부응하는 기쁜 회답을 보내주오. 오, 오늘부터 고독한 나의 벗이 될 쓸쓸한 나무들이여! 내가 곁에 있음을 싫어하지 않는 표시로 정답게 가지를 흔들어다오. 오, 나의 종자여! 기쁜 일과 궂은 일을 가리지 않는 나의 동반자여! 이 자리에서 네가 본 나의 거동을 가슴에 깊이 아로새겼다가 이 모든 불행의 장본인인 그녀에게 전해다오."

로시난떼에서 내린 돈끼호떼는 재갈과 안장을 끄르고 손바닥으로 말의 엉덩이를 찰싹찰싹 때리면서 말했다.

"자유를 잃은 내가 너에게 자유를 준다. 운명은 가혹했지만 활약은 매우 눈부셨던 말이여! 어디든 가고 싶은 곳으로 가라. 네 이마에는 아스똘포(《미친 오를란도》에 나오는 인물)의 애마 이뽀그리포도, 브라다만떼가 비싼 값을 치른 명마 프론띠노(그라나다 산의 명마)도 너의 민첩함을 따르지 못한다고 쓰여 있다."

산초가 이것을 보고 말했다.

"제 당나귀의 안장을 벗기는 수고를 덜어 준 그놈에게 저주를 퍼붓고 싶군요. 제기랄! 저도 그 녀석 엉덩이를 때리면서 찬양할 수 있었으면 좋았을 텐데요. 하지만 당나귀가 지금 여기 있더라도 아무도 안장을 벗기지는 않을 겁니다. 벗겨서 뭐하느냐 말입니다. 제 당나귀는 사랑에 빠진 사나이나 자포자기가 된 사나이의 이야기와는 전혀 관계가 없거든요. 그 당나귀 녀석의 주인인 저는 그런 상태였던 적이 없으니까요. 우울한 얼굴의 기사님. 제가 정말로 떠나야 하고 나리가 미치광이 짓을 하셔야 한다면 로시난떼에 다시 안장을 얹는 게 좋겠습니다. 제 당나귀 대신 로시난떼를 타면 제가 갔다오는 시간을 줄일 수 있을 테니까요. 제가 걸어서 갔다가는 어느 세월에 도착해서 어느 세월에 돌아오겠습니까? 제 걸음이 얼마나 느린지는 나리도 잘 아시잖아요?"

"좋다, 산초. 네 좋을 대로 해라. 그리고 사흘 뒤에 출발하거라. 그동안에 내가 둘씨네아 공주를 위해서 행동하고 말하는 것을 머리에 잘 새겨 두었다가 그분께 잘 말씀드려야 한다."

"아니, 여태까지 본 것 말고 뭘 또 얘기해야 됩니까?"

"무슨 헛소리냐? 나는 옷을 갈기갈기 찢어야 하고, 투구와 갑옷을 던져야 하고, 이 바위에 머리를 쾅쾅 부딪쳐야 한다. 그 밖에도 네가 깜짝 놀랄 일들을 여러 가지 해야 한다."

"부탁드립니다, 나리. 머리를 부딪치는 것만은 좀 조심하셔야 합니다. 잘못하다가는 머리가 완전히 요절날지도 모르지 않습니까? 무슨 일이 있어도 바위에 머리를 부딪쳐야 하고, 그렇게 하지 않으면 이번 일을 완성시킬 수 없다고 생각하신다면, 어차피 모든 일이 흉내내는 것이고 속임수이니, 물이나 솜처럼 부드러운 것에다 머리를 부딪치는 것으로 참으시는 것이 좋겠습니다. 나머지 일은 모두 저한테 맡겨 두시구요. 그러면 저는 공주님께 나리가 다이아몬드보다 더 딴딴한 바위 모서리에 머리를 부딪치셨다고 말씀드리겠습니다."

"산초, 네 호의는 고맙다만, 내가 하는 이 모든 말은 농담이 아니다. 지극히 진지한 일이라는 것을 알아다오. 그 일을 진짜로 하지 않으면 내가 거짓말을 하는 것이 되니 그것은 기사도에 어긋나는 일이 되지 않겠느냐? 따라서 내가 머리를 부딪치는 것은 어디까지나 사실이며 그것도 심하게 효력이 있어야 하는 거다. 추호도 속임수나 기분만 내는 것이 있어서는 안 되는 거야. 그러니 상처의 치료를 위해서 삼실부스러기를 얼마간 남겨 놓고 갈 필요가 있겠지. 운 나쁘게 영약을 잃어버리고는 다시 만들지 못하고 있으니 말이다."

"그보다 더 운 나쁜 것은 당나귀를 도둑맞은 일입니다. 당나귀뿐만 아니라 그 위에 있던 삼실부스러기와 다른 물건들까지 모두 잃어 버렸으니 말입니다. 그런데 나리, 그놈의 물약만은 이제 다시는 생각도 말아 주십시오. 저는 그 이름만 들어도 속이 메스꺼워지면서 머리까지 어지러우니까요. 그리고 또 하나 부탁드리겠습니다. 나리의 미치광이 짓을 구경하기 위해서 정해 놓은 사흘은 벌써 지난 것으로 해 주시면 좋겠습니다. 그러면 저는 다 본 것으로 치고 이에 대한 것은 공주님에게 더 무시무시하게 이야기하겠습니다. 그러니 얼른 편지를 써서 저를 떠나게 해주세요. 저는 나리만 혼자 이 연옥에 남겨 두고 오래 있을 수가 없습니다. 얼른 돌아와서 나리를 구해 드리고 싶은 마음이 간절합니다."

"산초, 너는 이것을 연옥이라 부르는가? 차라리 지옥이라 부르는 편이 나을 게다. 지옥보다 더 가혹한 곳은 없으니 말이다."

"지옥에 떨어지면 '구온도 없다'고 사람들이 말합니다."

"구온이 뭐냐?"

"구온이란 것은 지옥에 떨어진 인간은 결코 밖으로 나오지 않고, 나올 수도 없다는 뜻입니다. 하지만 나리에게는 그런 일은 없을 겁니다. 제 다리가 걸음을 잘 걷지 못해도 로시난떼에 박차를 가해서 걸음을 재촉할 테니까요. 제가 델 또보소에 가서 둘씨네아님을 찾아가 나리께서 지금까지 하신 일, 또 지금부터 하시려는 소란이나 미치광이 짓을 모두 알려드릴 겁니다. 그러면 제아무리 코르크나무보다 더 딱딱한 공주님이라도 털장갑보다 더 부드러워지겠지요. 그리고는 꿀맛 같은 답장을 받아들고 마치 마법사처럼 하늘을 날아서 돌아와 이 연옥에서 나리를 구해드리겠습니다. 여기서는 빠져나갈 희망이 있으니까 지옥은 아닙니다. 아까도 말씀드렸지만 지옥에 떨어진 인간은 빠져나올 희망이 전혀 없으니까요. 나리도 이에 대해서 틀리다고는 못하실 겁니다."

"옳은 말이로다. 그런데 편지는 어떻게 쓰지?"

"당나귀의 양도 허가 증서도 써주셔야 합니다."

"빠뜨린 것 없이 죄다 쓸 참이다만 어쨌거나 종이가 없으니 어쩌지? 옛날 사람들처럼 나뭇잎이나 밀랍에 쓰면 좋겠지만, 그런 것조차 찾기가 어렵구나. 그러니 어디다 쓴담? 가만, 그 까르데니오가 갖고 있던 수첩에 써야겠구나. 그걸가지고 네가 제일 먼저 도착하는 마을의 선생님에게 부탁하여 다른 종이에 정자로 옮겨 써 달라고 하는 거다. 학교 선생님이 없으면 교회의 심부름꾼한테라도 베껴 달라고 해라. 그러나 법원 서기에게는 부탁하지 말아라. 그 인간들은 귀신도 알아볼 수 없을 만큼 마구 갈겨쓰니까 말이다."

"그럼 서명은 어떡하지요?"

"아마디스의 편지에 서명이 되어 있는 것은 한 장도 없다."

"아, 그래요? 하지만 양도 허가 증서에는 반드시 서명이 있어야 합니다. 만약 서명이 없으면 당나귀를 내주지 않을 테니까요."

"양도 허가 증서는 서명을 해서 수첩에 써놓지. 그러면 조카딸이 보고 틀림없이 내줄 게다. 그리고 편지에는 서명 대신 '죽는 순간까지 그대를 섬길 우수에 찬 얼굴의 기사'라고 써 다오. 그것이 내가 직접 쓴 것이 아니더라도 별일 없을 게다. 내가 기억하기로 둘씨네아는 글을 모르고, 여태까지 나의 글씨나 편지도 본 적이 없거든. 그것은 나의 사랑이나 그분의 사랑이나 정신적인 것이라서 서로 바라보는 것 이상으로 나아가지 않았기 때문이다. 그것마저도—언젠가는 흙에 묻힐 이 두 눈으로 그분을 사모하여 바라본 것도— 12년 동안에 겨우 네 번밖에 되지 않는다. 게다가 그 네 번 중에서도 내가 그분을 보고 있다는 것을 그쪽에서 느낀 것은 아마 한 번밖에 안 될걸. 그만큼 그분의 부친 로렌소 꼬르추엘로와 모친 알돈사 노갈레스는 그분을 소중하게 키우셨던 게야."

"저런! 로렌소 꼬르추엘로의 딸이 둘씨네아 델 또보소님이란 말씀입니까? 알돈사 로렌소라고 불리는 그 딸애가요?"

"그분이다. 온 세계의 여왕이라 해도 될 분이지."

"그 여자라면 잘 압니다. 마을에서 제일 힘이 센 청년보다 더 몽둥이를 잘 휘두른다더군요. 하느님을 두고 맹세하건대, 그녀는 착실하고 정말 나무랄 데 없는 성격에, 가슴에 털이 난 처녀랍니다. 그녀라면 자기를 사랑해주기만 한다면 방랑 기사이건 아니건 누구라도 진흙탕에 빠졌을 때 수염을 움켜쥐고라도 끄집어낼 것입니다. 아이쿠! 그 목소리와 풍채는 또 어떻구요! 어느 날 그녀가 마을 종루에 올라가서 4km나 떨어져 있는 자기 집 묵정밭에 나와 있던 젊은이를 불렀는데, 누각 바로 밑에서 듣는 것처럼 가까이 들리더랍니다. 그리고 그녀의 제일 좋은 점은 공연히 새침을 떼지 않는 것이지요. 애교도 꽤 많아서 누구하고나 농담도 잘 하고 무슨 일에든 익살을 떨며 장난치곤 한답니다. 이렇게 된 이상 말씀드리는데, 우수에 찬 얼굴의 기사님, 그녀 때문이라면 나리가 미치광이 소동을 벌여도 괜찮겠습니다. 아니, 그렇게 해야 합니다. 그녀 때문이라면 절망 상태가 되어서 목매달아 죽어도 명목이 섭니다. 누구든 그 말을 들으면, 설혹 나리가 악마에게 끌려가더라도, 거 참 잘하신 일이라고 말할 것입니다. 그녀를 보기 위해서 얼른 떠나고 싶네요. 오랫동안 만나지 못했으니 이제는 몰라보게 변했을 겁니다. 날마다 밭에 나가서 햇빛과 바람에 그을리면 여자의 얼굴이란 형편없어지니까요. 그리고 나리께 실토할 게 있습니다. 이날 이때까지 저는 아무것도 몰랐습니다. 둘씨네아님에 대해서는 나리가 사랑에 빠진 공주님이거나, 아니면 나리가 보내신 숱한 선물을 받을 만한 분이라고 고지식하게 생각하고 있었습니다. 비스끼야인이라든가 그 밖에 사람들을 보낼 정도로 나리께서 여태까지 이룬 전공과 승전보까지 합치면 그것은 정말 대단한 것이지 않습니까? 그런데 이제 와 생각해 보면, 나리께서 싸움에서 승리하여 보내셨고 앞으로도 보내실 그 패배자 녀석들이 그녀 앞에 가서 꿇어 엎드려 봤자, 그게 알돈사 로렌소에게, 아니, 둘씨네아 델 또보소님에게 대체 무슨 소용이 있다는 말씀입니까? 마침 그 녀석들이 찾아갔을 때 그녀가 삼을 뽑고 있거나 탈곡장에서 보리를 탈곡하는 중이라면, 그것을 본 녀석들이 어리둥절해할 것은 물론이고 그녀는 그녀대로 그런 선물에 웃음을 터뜨리거나 화를 낼 것이 아닙니까?"

"여태까지도 몇 번이나 너에게 말했지만 너는 너무 말이 많고, 둔한 머리로 꽤나 요령을 피우려 드는구나. 네가 얼마나 우둔하고 내가 얼마나 사려 깊은지 알 수 있도록 짤막한 이야기를 들려주마. 얼굴도 예쁘고 나이도 젊고 성격도 사근사근한데다가 돈도 많고 게다가 무척 남자를 좋아하는 과부가 있었는데, 이 여자가 아직 수염도 안 나고 뚱뚱하고 젊은 수도사를 사랑하게 되었다고 생각해봐라. 수도원장이 이것을 알게 되어 어느 날 그 과부를 보고 온정의 충고랍시고 말을 했다.

'부인, 나는 부인같이 지체도 높고 아름답고 돈도 많은 분이, 아무개같이 천하고 신분도 낮은 바보 같은 사나이를 사랑하시게 된 데 대해서 참으로 놀라고 있습니다. 이 수도원에는 교사도 수도사도 신학생도 많이 있어서 부인께서는 배라도 고르듯이, 이건 좋아, 저건 싫어 하고 골라잡으실 수 있을 텐데 말입니다.'

그러자 그 여자는 서슴지 않고 대답했다.

'원장님은 무언가 잘못 생각하고 계시는군요. 그이가 비록 바보처럼 보이더라도 내가 선택을 잘못 한 걸로 아신다면 그건 너무 고리타분한 생각이에요. 진심으로 그를 사모하고 있는 내가 보기에는 그 사람은 아리스토텔레스만큼이나, 아니 그 이상의 철학을 갖고 있는걸요.'

산초, 그와 마찬가지로 나도 둘씨네아 델 또보소를 진심으로 사모하고 있기에 그분은 나에게 있어서 이 지상의 어느 누구보다도 고귀한 공주와도 같은 분이다. 그래, 시인들이 나름대로 이름을 붙여서 예찬하는 모든 여자들이 실제로 존재했던 것은 아니야. 아마릴리스니, 필리스니, 실비아니, 디아나니, 갈라떼아니, 필리다니를 비롯해서 옛 이야기나 민요에 등장하고, 이발소나 극장에서 이름이 거론되는 여자들이 진짜 살아 있는 여자들이고, 시인들이 칭송하고 예찬해 온 여자들인 줄 아느냐? 절대 아니야. 대부분이 그들 시의 주인공으로 만들기 위해 가공해낸 여인들이야. 그것은 시인들이 자신들을 사랑에 빠진, 그리고 사랑할 용기를 지닌 남자로 그려내기 위해서지. 그러기에 나도 알돈사 로렌소라는 아가씨를 아름답고 정숙한 여자로 생각하고 그렇게 믿어 버리면 그걸로 된 거지, 가문 따위는 상관이 없는 일이야. 수녀의 위계를 주려고 가문이나 혈통을 조사해야 하는 것도 아니니까 이 세상에서 가장 존귀한 공주라고 내 스스로 정하면 그뿐이지. 산초, 네가 만일 모를까봐 하는 이야기인데 연정을 불러일으키는 것이 두 가지 있어. 눈이 부실 정도의 아름다움과 좋은 평판이야. 그런데 둘씨네아는 이 두 가지를 완벽하게 갖추었던 말이다. 아름다움으로 어깨를 겨룰 사람은 아무도 없고, 평판이 좋기로 말하자면 도저히 비교할 대상이 없단 말이야. 결론적으로 말하면 아름다움이나 고상함에 있어서 내 상상의 모습으로 그분을 완벽하게 그려냈단 말이지. 엘레나도, 루끄레시아도 따라오지 못하고 그리스와 만족(蠻族)과 라틴 등 옛 시대의 이름난 여자들 중 그 누구도 그분에게 못 미친다구. 사람들이 뭐라고 떠들어대든 상관없어. 무식한 놈들이라면 이런 나를 욕할지 모르지만 분별이 있는 사람이라면 절대로 나를 책망하지 못할 거야."

"나리의 말씀은 하나에서 열까지 다 지당하십니다. 저는 바보입니다. 이런, 어쩌자고 내 입으로 바보란 소리를 해버렸을까? 교수형을 받은 사람의 집에서는 밧줄 얘기는 꺼내지 말랬는데. 아무튼 편지를 주세요. 그럼 '잘 있거라, 나는 이사간다'*²가 되겠지요."

돈끼호떼는 수첩을 꺼내어 그 자리에 앉더니 아주 침착하게 편지를 쓰기 시작했다. 편지를 다 쓰고 나자, 산초를 불러서 읽어 주겠다고 말했다. 만일 도중에 편지를 잃어버릴 경우를 생각해서 암기시켜 두려는 것이다. 자기의 불운에 대한 모든 대비를 다한 셈인데 이에 대해서 산초가 말했다.

"수첩 속에 두 군데나 세 군데쯤 같은 내용의 편지를 써 두시기 바랍니다. 단단히 간직하고 갈 테니까 말입니다. 제가 그 내용을 외워 갈 수 있다고 여기신다면 어리석기 짝이 없는 생각입니다. 저는 원체 기억력이 좋지 않아서 때때로 내 이름조차 잊어버릴 정도입니다. 어쨌든 나리가 읽어 주시는 걸 한번 들어보기나 하겠습니다. 들어보면 기분이라도 풀어질지 모르니까요. 틀림없이 멋있는 말이 쓰여 있을 게 아닙니까?"

"그럼 들어 보아라, 이런 내용이다."

돈끼호떼가 둘씨네아 델 또보소에게 보내는 편지

더없이 기품 있고 존귀한 그대에게

우아하고 정다운 둘씨네아여, 만나지 못하는 슬픔의 칼날에 상처입고, 가슴 깊숙한 곳 아픈 자국에 괴로워하며, 나에게는 없는 건강함을 그대가 누리시길 바라나이다. 그대의 아름다움이 나를 사로잡고, 그대의 가치가 나에게는 인연 없으며, 그대의 모멸이 나를 슬프게 합니다. 설혹 나에게 참고 견디는 힘이 있더라도, 더 험해지기만 할 뿐 그칠 줄 모르는 이 괴로움을 어

---

*2 도둑이 훔쳐 가지고 나오는 이불 속에 말려 있던 노파가 집을 나설 때 했다는 말.

떻게 견디리오? 아아, 매정하다, 아름답고 그리운 그대여! 그대로 말미암아 이 몸이 감당해야 할 아픔은 나의 훌륭한 종자 산초가 상세히 전해드릴 것이오니, 나를 구해 주실 생각이라면 이 몸을 그대의 종으로 삼으시고, 싫으면 그대의 뜻대로 하소서. 그리하면 나의 삶을 마감하여 그대의 무정한 마음을 원망할 것이며 내 바람을 이룰 작정이오니.

이 목숨 다하도록 변함없이 사랑하는
그대의 '우수에 찬 얼굴의 기사' 올림.

산초가 그 편지 내용을 듣고는 감탄했다.

"제 아버지의 목숨을 두고 맹세합니다. 제가 여태까지 들어 본 편지 중에서 제일 훌륭합니다. 굉장합니다! 어쩌면 그렇게 마음에 있는 말을 하나도 빠뜨리지 않고 다 할 수 있습니까? 게다가 '우수에 찬 얼굴의 기사'라는 서명에 꼭 맞는 사연입니다. 나리는 정말 모르는 게 하나도 없는 귀신같은 분입니다."

"내가 하는 이 일은 모든 것을 알아야 할 수 있는 일이니까."

"그럼, 부탁합니다! 당나귀 세 마리의 양도 허가 증서에도 서명해 주십시오. 사람들이 잘 알아볼 수 있도록 똑똑하게 서명해 주시기 바랍니다."

"좋아."

돈끼호떼가 산초에게 읽어 준 내용은 이런 것이었다.

질녀 보아라.

이 증서대로 내가 집에 두고 와서 지금 네가 관리하는 당나귀 다섯 마리 가운데서 세 마리를 나의 종자 산초 빤사에게 내주어라. 그 세 마리는 내가 이곳에서 받은 수많은 봉사에 대해 대물변제하는 것이니 이 어음과 수령증을 받아 보관해 두어라.

시에르라 모레나 산중에서.
금년 8월 22일.

"됐습니다. 서명만 하시면 됩니다."

"아니, 서명할 필요는 없다. 내 이름만 있으면 될 게다. 내 이름 석자는 어차피 서명과 같아서 당나귀 세 마리쯤은, 아니 300마리라도 충분하니라."

"저는 나리를 철석같이 믿습니다. 그럼 저는 로시난떼에 안장을 얹을 테니 나리는 길 떠나는 저를 축복해주시기 바랍니다. 저는 지금부터 나리가 하실 어처구니없는 짓을 구경하지 않도록 당장 출발하겠습니다. 그리고 목적지에 가서 더 이상 참고 볼 수 없을 만큼 신물이 나도록 보았다고 말하겠습니다."

"산초, 꼭 필요해서 하는 말인데, 내가 벌거벗고 열 번이나 스무 번쯤 광태를 보이는 것을 보고 가다오. 반 시간이면 충분하다. 네가 직접 보고 가면 아무 거리낌없이 말하고 싶은 대로 얼마든지 덧붙여서 말할 수 있지 않겠니? 장담한다만 어차피 너는 내가 하려는 행동에 대해서 제대로 말할 수 있을 것 같지 않으니까."

"나리, 제발 부탁합니다. 저는 나리의 벌거벗은 몸뚱이는 정말 보고 싶지 않습니다. 너무 슬플 테니까요. 그러잖아도 당나귀 일로 너무 울어서 머리가 지끈거리는데 또다시 울기는 싫습니다. 나리의 미친 짓을 저에게 꼭 보여 주고 싶다면 제일 짧은 옷을 입은 채 되도록 빨리 끝내주십시오. 하기야 그런 게 저한테 무슨 소용이 있겠습니까? 아까도 말했지만 저는 조금이라도 빨리 돌아오고 싶으니까요. 아마 돌아올 때는 나리께서 학수고대하는 소식을 가져오게 될 테니 말입니다. 만일 그렇게 안 될 때는 둘씨네아님도 단단히 각오해야 할 겁니다. 만족스러운 회답을 주지 않으면 발길질을 하고 뺨을 후려쳐서라도 훌륭한 회답을 받아내고야 말겠다고 엄숙히 맹세합니다. 나리같이 훌륭한 기사가 아무런 까닭도 없이 한 사람 때문에 미쳐 가는 것을 누가 참고 볼 수 있겠습니까? 그 알량한 공주님이요? 내 입에서 이런 말이 나오게 하지 마십시오. 제가 원래 말도 거칠고 여차하면 앞뒤 안 가리고 덤비는 성격 아닙니까? 이런 일에는 제가 적격이지요. 잘못 봤다가는 큰코다치지요! 암, 내가 어떤 사나이인지 알면 만만히 볼 수 없을 걸요."

"암만해도 나보다는 네가 제정신이 아닌 것 같다."

"저는 나리만큼 머리가 돌지 않았습니다. 하지만 울화통이 터져서 어디 견딜 수 있습니까? 그런데 제가 돌아올 때까지 나리는 대체 뭘 잡수시고 지내겠다는 말씀입니까? 까르데니오처럼 목자들한테서 강도질이라도 할 생각입니까?"

"그런 걱정은 할 필요 없다. 설령 먹을 것이 있다고 해도 이 숲에서 나는 풀과 나무열매 외에는 먹지 않을 작정이니까. 내가 하고자 하는 일의 좋은 점은 굶은 것만큼이나 가혹한 고행을 할 수 있다는 거다. 그럼 잘 가거라."

산초는 그 부끄러운 광경을 다시는 안 보려고 로시난떼의 고삐를 돌렸다.

"하지만 나리는 제가 지금 무엇을 걱정하고 있는지 아십니까? 저는 지금 제가 떠나가는 이 자리에 다시 돌아올 수 있을까 그것을 걱정하고 있습니다. 워낙 깊숙한 곳이지 않습니까?"

"표시가 될 만한 것을 보아두고 가거라. 나도 되도록 이 근처를 떠나지 않도록 하겠다. 그리고 네가 돌아왔을 때 눈에 잘 띄도록 이 근처 높은 바위 위에 올라가 있겠다. 그리고 네가 나를 발견하지 못하거나 길을 잃는 일이 없도록 이곳에 지천으로 피어 있는 금작화들을 꺾어다가 평지에 나갈 때까지 곳곳에 뿌리면서 가거라. 그러면 그 금작화들은, 테세우스가 미궁에서 살아 나온 실*³처럼, 네가 돌아왔을 때 나를 찾는 표시가 되어 줄 게다."

"그렇게 하겠습니다."

산초는 금작화를 한아름 꺾어들고 주인에게 축복을 받은 다음, 서로 눈물 같은 것은 보이지 않으면서 작별했다. 그러고는 돈끼호떼가 자기를 섬기듯 돌보아 달라고 신신당부한 로시난떼에 올라타서 주인의 충고대로 곳곳에 금작화를 뿌리면서 평지로 나가는 길을 더듬기 시작했다. 돈끼호떼가 자기의 미치광이 짓을 두 가지만 보고 가라고 열심히 권했으나 산초는 그대로 떠나갔다. 그러나 그는 100걸음쯤 걸어갔을 때 되돌아왔다.

"나리가 하신 말씀이 옳은 것 같습니다. 나리의 미치광이 짓을 다 보았다고 양심의 가책 없이 맹세하려면 하다못해 한 가지만이라도 보고 가야 되겠습니다. 나리가 이런 곳에 혼자 남겠다고 한 끔찍한 광태를 벌써 보기는 했지만 말입니다."

"내가 뭐라더냐? 잠깐만 기다려라, 산초. 눈 깜짝할 사이에 해 보일 테니까."

돈끼호떼는 부랴부랴 바지를 벗어 던지고 셔츠만 입은 벌거숭이가 되었다. 그리고 서슴지 않고 껑충 뛰어오르며 두 손으로 두 다리를 탁탁 치더니 물구나무를 섰다. 산초는 두 번 다시 보고 싶지 않은 광경을 본 뒤 로시난떼의 고삐를 돌렸다. 그리고 이만하면 주인이 미쳐 버렸다고 맹세하기에 충분하다고 생각했다.

어쨌든 우리는 산초가 돌아올 때까지 그가 가는 대로 내버려 두자. 아마 그리 오래 걸리지는 않을 것이다.

---

*3 그리스 신화의 영웅 테세우스는 미궁 속에서 쇠머리에 사람 몸뚱이를 한 미노타우로스를 죽이고 미리 준비해 둔 실을 따라 빠져나왔다.

제26장
돈끼호떼가 사랑 때문에 시에르라 모레나 산 속에서 실천한 대단한 일들

그러면 '우수에 찬 얼굴의 기사'는 혼자 남아서 어떤 일을 하고 있었을까?

돈끼호떼는 아랫도리는 벗고 웃옷만 걸친 채 물구나무서기와 공중회전을 하고 있었다. 그러다가 산초가 더 이상 그 얼빠진 짓을 지켜보고 싶지 않다는 듯이 떠나버린 것을 알자, 높은 바위 꼭대기로 올라가 여태까지 결론이 나지 않았던 문제에 대해서 또 다시 생각하기 시작했다. 그것은 롤단의 거친 광란과 아마디스의 구슬픈 광란 중에 어느 것을 흉내내느냐 하는 것이었다. 그는 혼자 중얼거렸다.

"롤단이 세상에서 말하듯 용기가 뛰어난 기사였다 하더라도, 마법으로 수호되어 있던 사나이였다. 1블랑꼬의 큰 바늘로 발바닥을 찌르지 않는 한 아무도 그 사나이를 죽일 수 없었으니 놀랄 일도 아냐. 그러기에 그는 언제나 쇠창을 일곱 겹이나 댄 신을 신고 있었던 거지. 하기야 그렇게 조심했어도 베르나르도 델 까르삐오에게는 아무런 소용이 없었어. 델 까르삐오는 그런 장치를 잘 알았기에 론세스바이예스의 싸움에서 두 팔로 목졸라 죽였거든. 그러니 롤단의 무용에 대해서는 잠시 제쳐놓고 그의 광기로 옮기기로 하자. 안젤리까가 아그라만떼의 시동인 무어족 곱슬머리 청년 메도로*¹와 몇 번이나 정을 맺은 증거를 샘가에서 발견한데다 목자가 전해 준 소식을 듣고 미친 것이 틀림없다. 사실 롤단이 자기가 사모하는 공주가 부정을 저질렀다는 것을 믿었다면 그가 미쳐버린 것도 이상할 게 없지. 그러나 롤단이 발광한 원인을 흉내낼 수 없는 내가 어째서 그 결과인 광태만을 흉내낼 수 있겠는가? 나의 둘씨네아

---

*1 메도로는 아그라만떼의 시동이 아니라 다르디넬로의 시동이었다. 다르디넬로는 아그라만떼와 함께 샤를마뉴에 대항하기 위해 아프리카에서 온 왕자이다. 이외에도 세르반떼스의 착각은 곳곳에 나타난다.

델 또보소는 이 세상에 태어나서 아직 어떤 무어인도 본 일이 없을 뿐 아니라 아직도 어머니의 배 속에서 나온 그대로라는 것을 감히 맹세할 수 있다. 따라서 그분과 상관없는 일을 상상하여 내가 광인 롤단과 같은 미치광이가 된다면 그분에게 상처를 입히는 행위가 아니냐? 거기에 비해 아마디스 데 가울라는 이성도 잃지 않았고, 미치광이 소동도 일으키지 않았지만 사랑을 하는 사나이로서 최고의 명성을 얻었다. 그의 기록에 의하면 그리운 공주 오리아나가 마음이 움직일 때까지 모습을 보이지 말라고 명령하자, 그는 공주에게 버림받은 줄만 알고 한 사람의 은둔자와 함께 라 뻬냐 뽀브레에 몸을 감추고 말았다. 그 기사는 거기서 실컷 울고 오로지 하느님께 매달렸는데, 마침내 심한 고민과 궁핍 속에서 하늘의 도움을 받은 것이다. 만일 이것이 사실이라면 대체 나는 무엇 때문에 벌거숭이가 되어 나에게 아무런 위해도 주지 않는 나무를 해치려고 하는가? 그리고 목이 마를 때 마실 물을 주는 이 맑은 시냇물을 무엇 때문에 흐려 놓으려 하는가? 아마디스의 추억에 영광 있으라! 돈끼호떼 데 라 만차에 의해 재현되기를! 선인들이 들은 말을 나도 듣게 되리라. '위대한 일을 하지는 않았으나 위대한 일을 하려다가 목숨을 잃었노라. 둘씨네아 델 또보소에게 미움과 모멸을 받은 것은 그분과 헤어져 있는 것만으로도 충분하다'라고. 그러면 슬슬 실천에 옮겨 볼까? 아마디스의 행적이여, 내 기억 속에 되살아나 어디서부터 시작할 것인지를 가르쳐다오! 한데 묵주가 없으니 어떡한다?"

이때 그는 묵주를 만드는 방법이 머리에 떠올랐다. 그것은 축 늘어진 셔츠 자락을 널찍하게 찢어서 열한 개의 매듭을 짓고, 그 중 한 개는 좀 크게 만드는 것이었다. 이것이 그가 산에 있는 동안 묵주의 구실을 했으며 이것으로 성모경을 백한 번이나 외웠다. 다만 한 가지 아쉬운 것은 참회를 듣고 격려해 줄 수도사를 찾을 수 없다는 것이다.

그래서 돈끼호떼는 풀밭을 돌아다니며 자기의 슬픈 생각과 둘씨네아를 찬양하는 내용의 무수한 시구를 나무껍질이나 고운 모래 위에 적으며 시간을 보냈다.

그러나 사람들이 여기서 돈끼호떼를 발견한 뒤에까지 그대로의 모습이 남아서 읽을 수 있었던 것은 다음의 시뿐이었다.

이 산 속에서

드높게 푸르게 자라는
무수한 초목이여, 꽃이여!
나의 슬픔에 흥미 없다면
거룩한 한탄을 들어다오.
심하게 아파 오는 나의 고민에
신경쓰지 말아다오.
이 자리에서 돈끼호떼는
또보소의 둘씨네아를 그리워하며
눈물을 흘리노라.

이곳은
자신의 여인을
진정으로 사랑하는 사람이
숨어살던 곳이노라.
이렇게 쓰라린 마음의 고통이
어떻게 그를 찾아왔을까?
어디서 왔는지도 모르면서
성질 고약한 사랑의 신에
희롱당한 가련함이여.
눈물이 단지에 찰 때까지
돈끼호떼는
또보소의 둘씨네아를 그리워하며
이곳에서 눈물을 흘렸노라.
험한 바위를 헤쳐 가며
모험을 찾아
바위산과 황무지에서 발견한 것은
행복이 아니라 슬픔이기에
잔혹한 마음을 나는 원망했노라.
사랑은 부드러운 가죽끈이 아닌
모진 채찍으로 나를 치는구나.

목덜미에 채찍을 맞으며
돈끼호떼는
또보소의 둘씨네아를 그리워하고
이곳에서 눈물 흘리노라.

이런 시를 발견한 사람들은 둘씨네아라는 이름에 반드시 '또보소의'라고 덧붙인 것을 보고 실소를 금치 못했다. 이것은 둘씨네아라는 이름을 꺼낼 때마다 '또보소의'라고 붙이지 않으면 시의 뜻을 알 수 없으리라고 돈끼호떼가 생각한 것이 틀림없다고 여겼기 때문이다. 이것은 나중에 돈끼호떼 자신이 고백한 것처럼 사실이었다. 이 밖에도 그는 많은 시를 썼으나 앞에 나온 시를 제외하고는 뚜렷이 읽을 수 있는 것도 완결된 것도 없었다.

돈끼호떼는 이런 식으로 시를 쓰기도 하고, 한숨을 쉬기도 하고, 때로는 가까운 숲의 목양신과 숲의 신과 강의 요정들을 안타깝게 부르면서 자신을 위로해 달라고 애원했다. 그리고 산초가 돌아올 때까지 연명할 풀을 찾아다니며 시간을 보냈다. 산초가 돌아올 때까지는 사흘이 걸렸는데, 만일 3주일쯤 걸렸다면 아마 '우수에 찬 얼굴의 기사'는 그를 낳아준 어머니조차 알아보지 못할 만큼 무척 초췌해졌을 것이다.

그런데 심부름을 나선 산초 빤사에게 일어난 일들을 이야기하려면 돈끼호떼를 잠시 시작(詩作)과 한숨 속에 묻어 놓는 편이 좋을 것 같다. 그 경위는 이러했다. 산초는 국도로 나간 뒤 델 또보소를 향해 나아간 이튿날, 담요에 싸여 공중에 던져지는 고통을 겪은 그 주막에 도착했다. 마침 점심 때인데다가 며칠 전부터 찬 음식만 먹어 온 터라 그는 따뜻한 국물이 먹고 싶었다. 그러나 그는 이 주막을 발견하자마자 다시 공중에 던져 올려질 듯한 기분이 들어서 도저히 들어갈 마음이 생기지 않았다. 그러나 배가 너무 고파서 결국 주막 앞까지 다가갔다. 거기서 들어갈까 말까 망설이고 있는데 두 남자가 주막에서 나오다가 산초를 발견했다. 그 중 하나가 동행에게 말했다.

"석사님, 저기 말을 타고 있는 사람이 산초 빤사 아닙니까? 그 왜 우리의 모험가 돈끼호떼 댁에 있는 가정부가 말한, 종자인가 뭔가가 되어서 주인과 함께 집을 떠났다는 그 사람 말입니다."

"맞아, 그 사람이야. 게다가 저건 돈끼호떼의 말이 아닌가?"

두 사람은 돈끼호떼가 사는 마을의 신부와 이발사였으므로 산초를 잘 알고 있었다. 그들은 산초 빤사와 로시난떼라는 것을 알아보자 돈끼호떼의 소식을 들으려고 산초에게 다가갔다. 신부가 산초에게 말을 건넸다.

"이봐, 산초. 자네 주인은 어디 계신가?"

산초 빤사도 대번에 두 사람을 알아보았지만, 주인이 있는 장소와 현재의 상태는 말하지 않기로 마음먹었다. 그래서 주인은 지금 모처에서 주인님 입장에서는 매우 중대한 모종의 일을 하고 있지만, 그 일을 남에게 밝힐 수는 없다고 대답했다.

"그건 안 되지, 산초 빤사. 만약 자네가 주인 양반의 거처를 밝히지 않는다면 우리는 자네가 그분을 죽이고 소지품을 훔쳤다고 생각하게 될 거야. 그 증거로 버젓이 주인 양반의 말을 타고 있거든. 어서 그 말의 주인에 대해서 알려주게나. 그러지 않았다가는 큰일 날 거야."

"나를 협박해 봐야 소용없습니다. 나는 남의 물건을 훔치거나 사람을 죽이지 않았으니까요. 사람을 죽이는 일은 하느님과 운명만이 할 수 있는 일입니다. 우리 주인나리는 어느 산 속에서 고행을 하고 계십니다."

그러더니 산초는 단숨에 돈끼호떼의 지금 상황과 그동안에 일어난 갖가지 모험들, 그리고 자기가 어떻게 하여 주인이 홀딱 반한 둘씨네아 공주에게 편지를 전해 주러 가게 되었는지를 두 사람에게 들려주었다. 두 사람은 산초 빤사의 말을 듣고 입을 딱 벌렸다. 돈끼호떼의 광기나 기이한 성격은 이미 알고 있었으나 그것을 다시 들으니 새삼 놀라지 않을 수 없었던 것이다.

두 사람은 둘씨네아 델 또보소 공주에게 갖다 줄 편지를 보여 달라고 산초 빤사에게 부탁했다. 산초는 그 편지가 수첩에 적혀 있으며, 자기가 도착하는 첫 마을에서 누구에게 부탁하여 다른 종이에 옮겨 쓰도록 하라는 것이 주인의 분부라고 말했다. 이 말을 들은 신부는 편지를 보여주면 달필로 옮겨 써주겠다고 했다. 그래서 산초 빤사가 손을 품에 넣어 편지를 찾았는데 편지는 어디에도 없었다. 돈끼호떼는 편지를 산초에게 주지 않았으며 산초 역시 그것을 받는 것을 잊고 그냥 왔던 것이다.

수첩이 없다는 것을 알았을 때 산초의 얼굴은 흙빛이 되었다. 그는 다시 한 번 황급히 온몸을 뒤졌지만 역시 그것이 없다는 것을 깨닫자 자기의 턱수염을 절반이나 쥐어뜯었다. 그것도 모자라 자기의 얼굴과 콧잔등을 대여섯 번 주먹질했으므로 얼굴은 온통 피투성이가 되고 말았다. 그것을 본 신부와 이발사는 대체 무슨 일이기에 그토록 심한 짓을 하느냐고 물었다.

"무슨 일이냐고요? 세 마리의 당나귀가 한꺼번에 바람처럼 사라져 버렸답니다."

이발사가 물었다.

"그게 무슨 말인가?"

"수첩을 잃어버렸습니다. 그 속에는 둘씨네아님에게 보내는 편지와 주인나리의 서명이 들어 있는 증서도 있었지요. 그 증서 내용은 집에 남아 있는 당나귀 중에서 세 마리를 나한테 내주라고 조카딸에게 지시한 것입니다."

그러면서 산초는 자기의 잿빛 당나귀가 없어진 이야기를 했다. 그러자 신부는 그를 위로하면서 돈끼호떼를 만나면 그 지시를 다시 하게 하고, 증서는 관례에 따라 새로 쓰게 하겠다고 말했다. 어차피 수첩에 쓴 증서는 누구도 받아주지 않고 효력도 없는 것이기 때문이라는 말도 했다.

이 말을 듣고 산초는 안도의 숨을 내쉬면서, 그렇게 해주면 둘씨네아 공주님에게 보내는 편지가 없어진 것은 그다지 걱정할 것은 없다고 했다. 그 내용을 거의 외우고 있어서 어디서나 새로 쓸 수 있기 때문이었다.

이발사가 말했다.

"그럼 말해 봐, 산초. 내가 옮겨 쓸 테니까."

산초 빤사는 편지 내용을 생각해 내려고 머리를 쥐어뜯으며 오른쪽 발로 섰다가 왼쪽 발로 섰다가를 반복했다. 그리고 몇 번이나 땅바닥을 쏘아보고 하늘을 쳐다보고 손가락을 물어뜯었다. 두 사람은 이제나저제나 산초의 입이 열리기를 기다리고 있는데 한참 뒤에야 산초가 입을 열었다.

"석사님, 암만 생각해도 편지의 글귀가 떠오르지 않습니다. 악마가 가로채기라도 한 듯이 말입니다. 가만! 시작은 이렇게 나갑니다. '멋없이 키가 크고 조금 귀한 공주에게.'"

이발사가 가로막았다.

"'조금 귀한'은 아니겠지. '존귀한'이라든가 '더없이 기품 있는 공주에게' 쯤으로 했겠지."

"바로 그거네요. 그러고는 내 기억이 틀리지 않는다면 이렇게 계속되지요. 내 기억이 틀림없다면 말입니다. '매정하지만 아름다운 여인이여, 상처를 입어

잠도 이루지 못하는 사나이가 그대의 두 손에 입 맞추어…….' 그 다음에는 잘 모르겠습니다만, 건강인가 질병인가를 그대에게 보내고서 그 뒤 뭔가 있는 다음에 마지막이 '이 목숨 다하도록 변함없이 사랑하는 우수에 찬 얼굴의 기사 올림'으로 되어 있지요."

두 사람은 산초 빤사의 기억력이 좋은 것을 기뻐하며 극구 칭찬했다. 그리고 기회를 봐서 쓸 테니 다시 한 번 편지의 글귀를 불러달라고 부탁했다. 그래서 산초는 그 내용을 세 번이나 되풀이했는데, 그러면서 온갖 잡다한 이야기를 들려주었다. 그는 주인에게 일어난 일들을 이야기했지만, 현재 선뜻 들어가지 못하고 있는 주막에서 자기가 담요 키질을 당한 이야기는 한 마디도 하지 않았다.

산초는 자신이 둘씨네아님의 반가운 회답을 갖고 가면 주인나리가 황제나 적어도 임금님이 될 길을 찾아 출발할 준비를 하고 있다는 것, 이 일은 주인과 자기 사이에 이야기가 다 되어 있으며 주인의 뛰어난 용기로 보아 손쉬운 일이라는 것, 또 주인이 황제가 되면 자기는 그 때쯤 홀아비가 되어 있을 것이므로 황후의 시녀 한 사람과 재혼하게 될 거라는 이야기를 늘어놓았다. 그리고 그 시녀는 섬 같은 건 염두에 두지 않으므로 그 대신 풍요롭고 넓은 땅을 이어받을 여인이라는 내용도 덧붙였다.

산초는 이따금 코를 문질러가며 태연스럽게 이야기했는데, 그것이 얼마나 얼빠진 내용이었던지 두 사람은 아연실색했고, 이 가엾은 사나이의 분별력마저 잃게 한 돈끼호떼의 광기가 어느 정도인지 짐작할 수 있었다. 그러나 그들은 산초의 무분별한 행동을 고쳐줄 생각은 조금도 없었다. 그것은 산초의 행위가 양심에 거리낄 것도 아니고, 그대로 두는 편이 나을 것 같았으며, 산초의 얼빠진 이야기를 듣는 재미가 제법 쏠쏠했기 때문이다. 그래서 두 사람은 하느님께 주인의 무사함을 빌고, 세월이 흐르면 그의 말대로 황제나 적어도 대주교, 혹은 그와 비슷한 높은 지위에 오를 수도 있을 것이라고 말했다.

이에 산초가 말했다.

"신부님, 만약에 사정이 변해서 우리 주인나리가 황제가 아닌 대주교가 되고 싶어진다면, 방랑의 대주교라는 것이 대체 종자에게 무슨 이익을 줄 수 있을지 알고 싶습니다."

"일반적으로 급여를 받는 성직을 줄 수 있는데, 신도를 맡는 직분과 맡지 않는 직분이 있지. 아니면 교회 관리자인데 적지 않은 급료가 지급되는데다가 급료와 맞먹는 가외 수입이 있다더군."

"그런 일을 하려면 종자는 결혼을 하지 말아야 하고, 하다못해 미사를 거드는 일쯤이라도 알아야 하지 않습니까? 서글픈 일이지만 나는 마누라도 있고 게다가 낫 놓고 기역자도 모르는 일자무식입니다. 그러니 만일 주인나리가 황제가 되지 않고 대주교가 될 생각이라도 갖게 되면 내 신세는 어떻게 되는 것입니까?"

이발사가 위로했다.

"걱정 말아요, 산초. 우리가 자네 주인에게 대주교가 되지 말고 황제가 되도록 강력히 권할 테고 또 그분의 양심에 호소도 할 테니까. 학문보다 무용을 잘하는 양반이라 그 편이 훨씬 더 나을 거야."

"나도 그렇게 생각합니다. 뭐든지 할 수 있는 분이란 건 틀림없으니까요. 하지만 하느님께 기도하고 싶은 것은 우리 주인나리가 가장 적절하게 헌신할 수 있는 곳, 그리고 나한테는 제일 좋은 것을 베풀어 줄 수 있는 곳으로 그분을 인도해 주십사 하는 것입니다."

신부가 말했다.

"참으로 분별 있는 말이야. 훌륭한 기독교인답게 기도를 드리도록 하게. 하지만 자네가 먼저 할 일이 있어. 자네의 주인양반이 지금 하고 있는 그 쓸데없는 고행을 그만두게 하는 걸세. 마침 점심시간이니까 주막으로 들어가서 어떤 방법을 써야 할지 궁리해보세."

그러자 산초는 자기는 바깥에서 기다릴 테니 두 사람은 들어가라고 했다. 그리고 자기가 주막에 들어가지 않는 이유는 나중에 말하겠다고 했다. 그 대신 따뜻한 먹을 것과 로시난떼에게 줄 보리를 좀 보내달라고 부탁했다. 그래서 두 사람은 주막으로 들어가고 산초는 바깥에서 기다렸다. 잠시 뒤에 이발사가 산초가 부탁한 것들을 가져왔다.

그런 다음 신부와 이발사는 자신들의 목적을 달성하기 위해 어떤 수단을 써야 하는지 곰곰이 생각했다. 마침내 신부가 한 가지 묘안을 떠올렸다. 돈끼호떼의 기호에도 맞고 자기들이 원하는 것과도 맞는 것이었다.

신부가 이발사에게 말한 묘안은 이런 것이었다. 자기는 유랑하는 처녀로 변장하고 이발사는 종자의 역할을 맡아 둘이서 돈끼호떼가 있는 곳을 찾아간다,

그리고 비탄에 젖어 곤경에 빠진 처녀처럼 행세하여 돈끼호떼에게 도움을 청하면, 돈끼호떼는 용감한 방랑 기사로서 그 부탁을 들어 주려 할 것이라고 했다. 신부가 돈끼호떼에게 구하려고 하는 도움은, 한 악덕 기사가 자기에게 준 모욕을 갚으려 하니 자기가 안내하는 곳으로 같이 가 달라는 것인데, 그 사건을 해결할 때까지 처녀에게 복면을 벗으라든지 사건의 상세한 경위를 말하라든지 하지 말도록 당부하자고 했다. 돈끼호떼는 이런 조건이 달려 있어도 부탁을 들어 줄 것이 확실하니, 이 방법을 이용하여 돈끼호떼를 마을로 데리고 온 뒤에 그의 광기를 고칠 수 있는 방법에 대해 연구해 보자는 것이었다.

제27장
신부와 이발사가 이 계책을 어떻게
실천에 옮겼는가에 대한 이야기

　이발사는 신부의 묘안이 그럴듯해서 그 일을 즉시 실행하기로 했다. 주막집 안주인에게 부탁해서 스커트와 두건을 빌리고, 그 담보로 신부의 새 사제복을 맡겼다. 이발사는 주막 주인이 빗걸이로 쓰는, 밤색과 잿빛이 섞인 쇠꼬리로 턱수염을 만들었다. 이것을 보고 주막집 안주인이 그런 것을 어디에 쓰려고 하는지를 물었다. 신부는 돈끼호떼의 광태를 간단히 이야기하고, 지금 산 속에 들어가서 그를 데리고 나오려면 이런 변장이 필요하다고 말했다. 그제야 주막집 주인 부부는 그 미친 사람이 바로 주막집 손님이었으며, 물약 냄새를 풍겼던 사람이자, 담요 키질을 당한 종자를 데려온 주인이라는 사실을 알았다. 주막집 주인 부부는 신부에게 산초가 들려주지 않았던, 지난번에 주막에서 돈끼호떼로 인해 겪은 일을 전부 다 이야기했다. 그리고 안주인은 신부에게 옷을 입혀주었는데 그 모습은 정말 가관이었다. 1빨모*¹ 폭의 검은 벨벳으로 장식을 달고, 여기저기 잘라서 다른 천이 내다보이게 한 나사 치마에, 흰 비단으로 가장자리를 두른 초록 동의를 입혔다. 이 동의와 치마도 왐바 왕(스페인의 서고트 왕조) 시대에 만든 것으로 착각할 정도의 것들이었다. 머리를 땋는 것은 신부가 승낙하지 않았으므로 솜을 넣은 린네르 두건을 씌우고, 이마에는 가늘게 찢은 검은 호박단을 두르고, 다른 천으로는 얼굴과 턱을 싸는 복면을 만들었다. 이어서 양산 대신 써도 될 정도로 큰 모자를 깊숙이 눌러 쓰고, 두건 없는 망토로 몸을 푹 감쌌다. 그리고 당나귀에 여자들이 앉듯 비스듬히 올라앉았다. 그러자 이발사도 앞에서 말한 회갈색 쇠꼬리로 만들어 붉은 듯도 하고 흰 듯도 한 허리까지 내려오는 긴 수염을 달고, 자기 당나귀에 올라탔다. 그리

---

*1 약 21센티미터. 손가락을 폈을 때 엄지손가락 끝에서 새끼손가락 끝까지의 길이.

고 그들은 주막집 사람들과 작별했다.

그러나 주막을 나서는 순간 신부의 머리에 한 가지 생각이 떠올랐다. 그것은 적어도 성직에 있는 사람이, 제아무리 중요한 일이라도 이런 몰골을 한다는 것은 분별없는 짓이요, 이런 가장을 한다는 것은 잘못이라는 생각이었다. 그래서 이발사에게 이야기를 하고 복장을 바꾸자고 말했다. 말하자면 이발사가 처녀 역할을 맡고 자기가 종자 역할을 맡는다면 자기의 품위를 떨어뜨릴 일이 별로 없겠다는 것이다. 그리고 만일 이발사가 싫다고 한다면 돈끼호떼가 어떻게 되든 더 이상 상관하지 않겠다고 했다.

그 때 산초가 오더니, 이런 복장을 한 두 사람을 보고 웃음을 터뜨렸다. 결국 이발사는 신부의 제의를 받아들여 서로 역할을 바꾸기로 했다. 신부는 이발사에게 돈끼호떼를 만나면 어떻게 해야 하는가, 또 돈끼호떼가 택한 고행을 포기시키려면 어떤 말을 해야 할지를 가르쳐 주었다. 그러자 이발사는 그런 것은 가르쳐 주지 않아도 자기가 잘 할 수 있다고 대답했다. 이발사는 돈끼호떼가 있는 장소에 도착할 때까지 그런 복장을 하고 싶지 않았으므로 여자 옷을 싸들고, 신부만 수염을 단 채 산초 빤사를 앞세우고 걸었다. 산초는 산 속에서 만난 미치광이에 대한 일을 이야기했으나 가죽 주머니를 주운 것과 그 안에 들어 있던 물건에 대해서는 언급하지 않았다.

이튿날 산초는 주인을 남겨 두고 온 장소를 알 수 있도록 금작화를 뿌려 놓은 지점에 이르렀다. 산초는 여기서 옷을 갈아입는 것이 좋겠다고 말했다. 그들은 산초에게 이렇게 따라와서 변장을 한 것도 모두 돈끼호떼가 택한 곤경에서 그를 끌고 나오기 위함이니, 우리가 누구라든가 혹은 우리를 알고 있는 것 같은 말을 해서는 안 된다고 말했다. 그리고 돈끼호떼가 둘씨네아에게 편지를 전했느냐고 물으면 전해주었다고 대답하되, 둘씨네아는 글을 읽을 줄 모르므로 돈끼호떼님이 즉각 자기를 만나러 와야 한다고 대답했다고 말하라고 일러 주었다. 또한 돈끼호떼가 편안하게 살 수 있는 방법은 황제나 국왕이 되는 것이니 혹시라도 다른 마음은 먹지 말라고 충고하겠다고 약속했다.

산초는 이런 이야기를 하나하나 귀담아 들었으며, 특히 신부와 이발사가 돈끼호떼에게 대주교가 아닌 황제가 되도록 충고해 주겠다는 호의를 진심으로 고마워했다. 그것은 종자의 입장에서 주인이 대주교가 되는 것보다 황제가 되는 편이 훨씬 이득이 있었기 때문이었다. 또한 산초는 그들이 이렇게 수고하지 않더라도 주인을 고행하는 장소에서 데리고 나오려면 공주의 회답만으로도 족할 것이니, 자기가 먼저 주인을 만나서 공주의 대답을 전하는 것이 좋지 않겠느냐고 제의했다. 산초의 이와 같은 의견은 그들에게도 그럴 듯하게 들렸으므로 그가 주인을 찾아낼 때까지 거기서 기다리기로 했다.

그리하여 산초는 풀숲 사이를 헤치며 들어가고 두 사람은 골짜기에 남았다. 거기에는 시냇물이 흐르고, 주위의 바위와 나무가 상쾌하고 기분 좋은 그늘을 드리우고 있었다. 그 때는 8월이었으므로 타는 듯이 무더웠고 시간은 오후 3시였다. 그러므로 이 장소는 한층 상쾌한 곳으로 여겨져 산초가 돌아오기를 기다리기에는 더없이 적당했다.

그렇게 두 사람이 나무그늘에서 편안히 쉬고 있는데, 문득 악기의 반주도 없는 노랫소리가 들려왔다. 이런 곳에 그토록 노래를 잘 부르는 자가 있나 하여 그들은 적지 않게 놀랐다. 숲과 들판에 목청이 고운 목자들이 있다는 얘기는 들었지만 그것은 어디까지나 시인들의 과장이라고만 생각해 왔던 것이다. 더욱이 그들이 듣는 노래가 소박한 목자들의 속요(俗謠)가 아니라 도시에 사는 우아한 시인의 노래였으므로 놀라는 것도 당연한 일이었다. 그들이 들은 노래는 이런 내용이었다.

나의 행복을 훼방하는 자 누구냐?
그것은 멸시로다.
나의 근심을 자아내는 자 누구냐?
그것은 질투로다.
나의 인내심을 시험하는 자 누구냐?
그것은 이별이로다.
그리하여 이 몸의 병을
치료할 방도가 없노라.
멸시, 질투, 이별 따위가
나의 희망을 깨기 때문에.

나에게 고민을 주는 자 누구냐?
그것은 연모(戀慕)로다.

나의 영예를 거부하는 자 누구냐?
그것은 운명이로다.
나의 슬픔을 기리는 자 누구냐?
그것은 하늘이로다.
그리하여 나는 근심하다 죽으리라.
연모, 운명, 하늘이
나를 해치려 하기에.

나의 슬픔을 달래는 자 누구냐?
그것은 죽음이로다.
나에게 행복을 갖게 하는 자 누구냐?
그것은 변심이로다.
나의 괴로움을 치료할 자 누구냐?
그것은 광기로다.
그리하여 정열을 고치기 원함은
어리석은 일임을 알라.
죽음, 변심, 광기가 위로의 방법이라면
무슨 희망이 있으랴?

시간과 상황과 쓸쓸함에 어우러진 노래 부르는 사람의 낭랑한 목청은 두 사람에게 경탄을 자아내게 했다. 노래가 멈춘 뒤 그들은 또 다른 노래가 들려오지 않을까 기다리고 있었는데, 한참 동안은 아무 소리도 들려오지 않았다. 두 사람은 그토록 아름다운 목소리로 노래를 부른 사람을 찾아 나서기로 했다. 그런데 그들이 막 일어서려 할 때 다시 소리가 들려오기 시작했다. 이번에는 소네트였다.

벗을 그리는 거룩한 우정은
지상에 그림자만 남기고
평화로운 영혼이 모여드는
하늘의 신궁(神宮)으로

가볍게 나래치며 즐거이 올라갔노라.

그곳에서 그대가 원할 때면,
베일에 감추어진 위선적 평화가 드러난다.
그로 인해 때로는 마냥 선해 보이던 하늘의 일마저
의심스러워진다.

하늘의 일을 버리거라,
아니면 거짓 우정을 솔직히 고백하라.
너로 인해 진실한 우정이 무너지는구나.

거짓의 옷을 벗기지 못한다면
머지않아 세상은
혼돈에 빠져 투쟁하게 되리라.

소네트는 깊은 탄식으로 끝났는데, 조용히 귀를 기울이던 두 사람은 다시 부르려나 하고 기다리다가 노래가 들려오던 방향으로 길을 찾아 나섰다. 노래는 나중에 흐느낌과 한탄으로 바뀌었으므로 그토록 비통해하는 사나이가 대체 누구인지 알아보고 싶었던 것이다. 그들은 그 소리를 따라 어느 바위를 돌아나갔는데, 바로 거기에서 산초 빤사가 그들에게 이야기한 까르데니오와 똑같은 모습을 가진 사나이를 보았다. 그 사나이는 두 사람을 보고도 놀라는 기색도 없이 골똘히 생각에 잠겨 있었다. 그들이 다가와도 한 번 흘긋 쳐다볼 뿐이었다. 신부는 이미 그 사나이의 불행한 사연을 알고 있었으므로 그에게 다가갔다. 그리고는 짧지만 조리 있게, 이런 비참한 생활을 그만두라고 타일렀다. 이런 곳에서 생을 마친다는 것은 불행 중에서도 최대의 불행이 될 것이라는 말을 덧붙이는 것도 잊지 않았다.

이때는 까르데니오도 마음이 진정되어 있었고, 광증의 발작이 잠잠해진 상태였다. 그는 이렇게 인적이 드문 곳에 이렇게 보기 드문 복색을 한 두 사람을 보고 은근히 놀라는 듯 싶더니, 자기의 상황을 정확히 지적하는 말에 더 놀라면서—신부가 세상의 일을 다 아는 것처럼 이야기했기 때문이다—이렇게 대답했다.

"당신들이 누구인지 잘 알고 있습니다. 하느님은 선한 자들을 도와주시고 악한 자들에게도 선처를 베푸시는 분입니다. 나는 그런 도움을 받을 자격이 없는데도, 이렇게 사람들에게서 멀리 떨어진 이곳까지 사람을 보내셨으니 말입니다. 사람들은 가끔 내게로 와서 여러 가지 이유를 들어, 내 생활이 정상에서 얼마나 벗어나 있는지를 설명하면서 나를 끌어내려고 애를 썼습니다. 그러나 이 불행에서 벗어나면 분명히 더 큰 불행에 빠진다는 것을 사람들은 모릅니다. 만약 그렇게 되면 나는 사고를 할 수 없게 되고, 나중에는 완전히 이성을 잃을 것이 틀림없습니다. 하기는 그렇게 된다고 해도 조금도 놀랄 것이 없을지도 모르겠습니다. 왜냐하면 내 불행에 대한 생각이 너무 강해져서 파멸을 가져오게 되고, 그것을 막을 방법을 알 수 없어 모든 감각과 지각이 완전히 마비될 테니까요. 나도 모르게 무서운 발작에 시달리면 그 때 어떤 행동을 하는지 내 자신은 전혀 모릅니다. 그저 사람들에게 이야기를 듣거나 제시되는 증거를 보면서 그제야 어떤 상황인지 알게 되지요. 그 뒤 내가 할 수 있는 일이라고는 내 운명을 한탄하고 저주하며, 광란의 행동에 대해 사죄하는 마음으로 사람들에게 내 광란의 근본적 원인을 털어놓는 것뿐입니다. 그 원인을 알게 되면 현명한 사람들은 나를 이해하더라고요. 그리고 나를 고치지는 못해도 적어도 책망은 하지 않았습니다. 그리고 나의 광란에 대한 노여움도 나의 불행에 대한 동정으로 바뀌리라 생각합니다. 그러니 만일 여러분도 여태까지 나를 찾아온 다른 사람들과 마찬가지 의도로 오셨다면, 사려 깊은 설득을 시작하기 전에 나의 불행한 신세타령부터 들어 주시면 고맙겠습니다. 그것을 들으시면 나의 불행을 달래 보겠다는 헛수고도 그만둬야겠다고 생각하시게 될 것입니다."

두 사람은 까르데니오의 입에서 그 불행의 원인을 직접 듣고 싶었으므로 그의 의사를 강요하지는 않겠다고 다짐하고 자세한 내력을 이야기해 달라고 부탁했다. 그리하여 까르데니오는 며칠 전 돈끼호떼와 목자에게 이야기했을 때와 똑같은 말, 똑같은 순서로 가엾은 신세타령을 늘어놓았다. 먼젓번에는 엘리사밧 선생 일로 돈끼호떼가 강력하게 항의하는 바람에 이야기가 도중에 중단된 것은 이 전기(傳記)가 기술한 대로이다. 그러나 이번에는 다행히 광기의 발작이 멎은 덕분에 마지막까지 이야기할 수 있었다. 그리하여 돈페르난도가

《아마디스 데 가울라》의 책 사이에 끼워 놓았던 편지를 발견한 대목에 이르자, 까르데니오는 이런 사연이 적혀 있었다고 말했다.

루스씬다가 까르데니오 님에게

저는 날이 갈수록 도련님을 더 존경하고 존귀함을 느끼게 되었습니다. 그러므로 만일 저의 명예를 더럽히지 않고 이 곤경에서 구해 주실 생각이라면 뜻대로 하셔도 좋습니다. 아버지는 도련님이 저를 사랑한다는 사실을 잘 알고 계십니다. 아버지는 저의 의사를 존중하고 있기에 도련님을 믿을 것입니다. 그리고 제가 도련님을 생각하듯이, 아버지도 도련님을 생각할 것이며 도련님의 뜻대로 해주실 것이 분명합니다.

"이 편지를 읽고 나는 루스씬다를 아내로 삼겠다고 마음먹었습니다. 동시에 이 편지로 말미암아 돈페르난도는 루스씬다를 이 세상에서 가장 사려 깊고 슬기로운 여성이라고 생각하게 되었을 뿐 아니라, 내가 청혼하려는 걸 망쳐 놓아야겠다는 검은 마음을 먹게 되었던 것입니다. 나는 루스씬다의 아버지가 일러준 말을 돈페르난도에게도 이야기해 주었습니다. 그것은 루스씬다를 달라고 말해야 할 사람은 나의 아버지라는 것이었습니다. 그러나 나는 아버지가 승낙해 주시지 않을 것 같아서 그 말을 꺼내지 못했습니다. 그것은 아버지가 루스씬다의 성품, 정조, 아름다움을 몰라서가 아니었습니다. 사실 루스씬다는 스페인의 어느 집안에 시집을 가더라도 그 집안의 명예를 높일 만한 자격을 갖춘 사람이었습니다. 하지만 아버지는 리까르도 공작이 내게 어떻게 해 줄 것인가를 알게 될 때까지는 결혼하지 않는 편이 낫다고 생각한 것입니다. 그래서 나는 돈페르난도에게, 아버지에게 감히 그런 이야기를 꺼낼 용기가 없다고 털어놓았습니다. 이 말을 들은 돈페르난도는 자기가 내 아버지를 직접 만나 루스씬다의 아버지에게 청혼할 수 있게 돕겠다고 말했습니다. 아, 야망을 품은 마리우스여(로마의 장군)! 아, 잔인한(로마의 귀족. 야심가) 카틸리나여! 아, 사악한 술라여(로마의 독재자)! 아, 거짓말쟁이 갈라론이여(로마의 배신자)! 아, 속 검은 벨리도여(로마의 암살자)! 아, 복수심 강한 홀리안이여(안달루시아의 성주)! 아, 탐욕스러운 유다여! 속 검고 잔인하고 복수심에 불타는 거짓말쟁이여! 마음의 비밀과 기쁨을 아무런 사념 없이 너에게 털어놓은 것이 너에게 대체 어떤 해를 끼쳤단 말이냐? 어떤 모욕을 주었단 말이냐? 모두 너의 명예와 이익을 더하는 일 이외에 어떤 충고를 했단 말이냐? 그러나 이제 와서 내가 그것을 한탄한들 무슨 소용이 있으랴? 불행이 하늘에서 떨어지는 별처럼 나에게 사나운 기세로 떨어지는 것이니, 그것을 막을 힘은 이 지상에는 없거니와 어느 누구도 그것을 막을 재간이 없다는 것은 분명하다. 그건 그렇다 하더라도 훌륭한 기사이며 사려 깊은 돈페르난도가, 사랑이라는 욕망 때문에 내 아내가 될 여자를 차지할 생각을 했으리라고 그 누구인들 상상이나 했겠습니까? 하지만 이런 푸념은 아무리 늘어놓은들 소용없는 일이니 그만두기로 하고, 내 불행한 이야기의 끊어진 실이나 이어가기로 하겠습니다.

  돈페르난도는 자기의 비겁하고 사악한 음모를 실천에 옮기는데 내 존재가 방해물이 된다고 생각하고는, 말 여섯 필의 대금을 받아오라는 구실로 나를 자기 형한테 보내기로 마음먹었습니다. 그 여섯 필의 말은 자기의 악랄한 계책을 교묘히 수행하기 위해서, 내 아버지에게 말해 주겠다고 말한 바로 그 날에 산 것이었습니다. 그리고 나더러 돈을 받아 와 달라고 심부름을 시켰습니다. 내가 이 배신행위를 눈치챌 수 있었겠습니까? 그런 계략이 있을 줄 꿈에나 상상할 수 있었겠습니까? 전혀 아니지요. 오히려 나는 그토록 좋은 말을 사게 된 데 매우 만족하여 당장 출발하겠다고 대답했습니다. 그 날 밤 나는 루스씬다와 만나서 돈페르난도와 의논한 것을 이야기해 주고, 우리의 간절한 소망이 반드시 이루어질 것이라고 말했습니다. 루스씬다도 돈페르난도의 배신에 대해서는 조금도 눈치채지 못하고 빨리 돌아오라고 했습니다. 우리 아버지가 루스씬다의 아버지에게 말하면 희망은 실현될 거라고 하면서요. 그러면서 루스씬다는 눈에 눈물이 가득 괴었고, 나한테 더 하고 싶은 말이 있는 듯했으나 목이 메어 더 계속하지 못했습니다. 그 때까지 한 번도 본 적이 없는 그녀의 태도에 나는 은근히 놀랐습니다. 우리는 항상 기쁨과 즐거움을 가슴에 품고 이야기를 주고받았으며, 눈물이나 한숨이나 질투나 의심이나 불안이라는 것이 우리 사이에 끼어든 적이 없었으니까요. 하늘이 내게 루스씬다를 보내준 것은 축복이며 행운이었습니다. 나는 그녀의 아름다움과 지혜에 감탄했고, 그녀 또한 내 사랑을 기쁘게 받아들였습니다. 이 밖에도 우리는 이웃이나 지인에 대한 이야기를 나누었습니다. 나의 행동은 아무리 대담해봤자 낮은 창문의 쇠창

살 틈으로 그녀의 아름답고 하얀 손을 잡아끌어서 입술에 가져가는 정도였습니다. 내가 떠나야 할 슬픈 시간이 되자 루스씬다는 눈물을 흘리며 한숨을 쉬더니 나를 두고 안으로 뛰어들어갔습니다. 나는 루스씬다의 뒷모습을 보며 가슴아파했습니다. 그러나 우리의 아름다운 만남을 위한 잠시의 이별이라고 내 자신을 위로하며 이 슬픔을 이겨내려고 했습니다. 결국 나는 슬픔과 고통 속에 길을 떠났습니다. 그런데 어쩐지 이상했습니다. 가슴속에 뭐라고 표현할 수 없는 의구심이 들기 시작한 것입니다. 그러면서도 무엇을 의심하는지 내 스스로도 분명히 모르고 있었습니다. 아마 그것은 나를 기다리고 있던 슬픈 사건과 불행에 대한 막연한 예감이었던 것이지요.

나는 목적지에 도착했습니다. 거기서 돈페르난도의 형에게 편지를 전달했지요. 나는 진심으로 반가운 대접을 받았습니다만, 일은 빨리 끝나지 않았습니다. 아우가 아버지 몰래 돈을 보내달라고 했으므로, 일주일 동안이나 아버지인 공작의 눈에 띄지 않는 곳에 있으라고 형이 나에게 명령했기 때문입니다. 이 모든 것이 교활한 돈페르난도가 조작한 일이었습니다. 형은 돈이 있었지만 돈페르난도의 편지 내용에 따라 그렇게 명령한 것입니다. 나는 그런 사실도 전혀 몰랐지요. 나는 그렇게 여러 날을 루스씬다와 헤어져서 살아갈 수 없을 것 같았고, 슬픈 예감을 품은 채 그녀를 두고 떠나왔으므로 그런 명령을 지킬 수 없다는 생각이 들기도 했습니다. 그럼에도 나는 충직한 부하로서 명령에 복종했습니다. 그런데 도착한 지 나흘째 되던 날, 어떤 사람이 나를 찾아와서 편지 한 통을 건네주었습니다. 겉봉을 보니 루스씬다의 글씨였습니다. 나는 불안과 걱정에 싸인 마음으로 봉투를 뜯었지요. 평소에는 별로 편지를 쓰지 않는데 이렇게 편지를 보낸 것을 보면 틀림없이 무슨 중대한 일이 일어났다는 생각이 들었기 때문입니다. 편지를 읽기 전에 나는 그 사람에게 누가 이 편지를 주었는지, 그리고 여기까지 오는 동안 며칠이나 걸렸느냐고 물었습니다. 그는 점심때 시내를 걷고 있는데, 아름다운 여인이 눈물을 흘리며 창문에서 그를 불러 세웠다고 했습니다. 그리고는 이렇게 말했다고 했습니다.

'여보세요, 선생님이 기독교인이라면 하느님의 사랑으로 청하는데 이 편지를 겉봉에 쓰여 있는 분에게 꼭 전해 주세요. 이곳은 누구에게 물어도 금방 아실 수 있을 테니까요. 그렇게만 해 주신다면 하느님에 대한 큰 의무를 하시는 게 될 거예요. 그 일로 필요한 비용은 이 손수건에 싼 물건으로 대신해 주세요.'

"부디 이 편지를 겉봉에 쓰여 있는 분께 급히 전해 주십시오."

그리고 그 여인은 창문에서 손수건을 떨어뜨렸는데, 그 안에는 편지와 함께 100레알의 돈과 금반지가 들어 있었다고 했습니다. 그리고 그 여인은 남자의 대답도 기다리지 않고 창문에서 물러나 안으로 들어가 버렸다고 했습니다. 그 전에 남자가 편지와 손수건을 집어 들고 손짓으로 그렇게 하겠다고 의사 표시 하는 것을 보기는 했다고 했습니다. 어쨌든 남자는 편지를 전달하는 수고만으로 많은 보수를 받게 된 것이고, 겉봉에 쓰인 이름으로 편지를 전할 상대를 알게 되었다고 했습니다. 남자는 전부터 나를 알고 있었으며, 아름다운 여인의 눈물에 감동되어 직접 전달해야겠다고 생각하여 여기까지 왔다고 했습니다. 그리고 여기까지 오는 데 16시간이 걸렸으며, 그것은 18레구아의 거리라고 말했습니다. 넉넉한 수고비에 기분이 좋았던 신출내기 파발꾼이 이런 말을 하는 동안, 나는 그 말을 한 마디도 놓치지 않으려고 귀를 기울였지만, 두 다리는 후들후들 떨려서 서 있기도 힘든 지경이었습니다. 나는 편지를 뜯어보고 이런 사연이 적힌 것을 알게 되었기 때문입니다.

돈페르난도가 도련님의 아버님에게 이야기해서 저희 아버지에게 청혼을 하시도록 하겠다고 한 약속은 도련님을 위해서가 아니라 자기 자신의 욕망을 위해서였습니다. 그자는 저를 자기의 처로 삼겠다고 제 아버지에게 청했답니다. 그러자 아버지는 그자의 청에 응하시고 말았습니다. 그리하여 오늘부터 이틀째 되는 날에 결혼식을 올리게 되었습니다. 하느님과 집안 사람 몇몇이라는 극히 비밀스러운 혼인이 될 것입니다. 제가 이런 곤경에 처한 것을 알아주세요. 빨리 돌아오실 수 없나요? 제가 도련님을 얼마나 사모하고 있는지는 이 편지만 보아도 아실 거예요. 우리의 믿음을 파괴시킬 자와 제가 맺어지기 전에 이 편지가 도련님의 손에 닿도록 하느님께 빌고 있겠습니다.

요컨대 이것이 편지의 사연이었습니다. 이 말에 충격을 받은 나는 회답이고 돈이고 아무것도 받지 않고 당장 뛰쳐나왔지요. 돈페르난도가 나를 자기 형에게 심부름 보낸 것은 말을 사기 위해서가 아니라 자기의 욕망을 이루기 위해서였다는 것을 그제야 똑똑히 알았습니다. 돈페르난도에 대한 분노와, 오랜 세월을 사랑하던 사람을 잃지나 않을까 하는 두려움이 나를 재촉했습니다. 나는 미친 듯이 달려서 다음 날에 루스씬다가 말한 시간 즈음에 고향에 도착했습니다. 그리고는 타고 온 당나귀는 편지를 전해 준 그 친절한 남자의 집에 맡겨 두고, 루스씬다의 집으로 갔습니다. 참으로 다행스럽게도 루스씬다가 우리의 사랑의 증인인 창살 앞에 와서 서 있는 것을 발견했습니다. 나와 루스씬다의 눈길이 강하게 마주쳤습니다. 그러나 우리는 드러내놓고 아는 체할 수가 없었습니다. 벌써 분위기는 우리가 원하지 않는 방향으로 흘러가고 있었으니까요. 그녀가 얼마나 불안하고 복잡한 마음으로 나를 보았는지 그 때의 표정을 어떻게 표현할 수 있겠습니까? 루스씬다는 겨우 이렇게 말했습니다.

'까르데니오, 저는 지금 혼례복을 입고 있어요. 홀에서는 배신자 돈페르난도와 물욕에 눈이 어두워진 아버지가 다른 증인들과 함께 저를 기다리고 있어요. 하지만 그들은 나의 혼례가 죽음의 의식이 될 거라고는 생각도 못하겠지요. 도련님, 제발 흥분하지 마세요. 그리고 어떻게든 이 죽음의 의식을 지켜봐주세요. 말로 거역할 수 없는 대신 가슴에 품은 비수로 목숨을 끊어서 도련님에 대한 제 사랑을 증명해 보이겠어요.'

나는 대답할 겨를이 없을까 두려워서 말했습니다.

'아, 그 말이 거짓이 아니라는 것을 행동으로 표시해 주오. 그대가 명예를 지키기 위해 비수를 갖고 있다면, 나는 그대를 지키기 위해 장검을 가지고 있소. 만일 운명이 우리를 거역한다면 자살하기 위해서 말이오.'

이 말을 루스씬다가 끝까지 들었다고는 생각되지 않습니다. 신랑이 기다리니 빨리 나오라고 다급히 불러내는 소리가 들렸기 때문입니다. 이제 나의 기쁨의 태양은 지고 슬픔의 밤이 되어 버렸습니다. 나의 눈은 빛을 잃고 이성은 작용하지 않게 되었습니다. 그녀의 집에 들어갈 용기도 나지 않았고, 그렇다고 어디로 가야 할 지도 알 수 없었습니다. 그러나 혹시라도 무슨 일이 일어날지 모르니 내가 그 자리에 반드시 있어야 한다는 생각에 정신을 차리고 그녀의 집으로 들어갔습니다. 나는 그 집의 출입구를 훤히 알고 있었고, 은밀한 혼사라지만 집안은 상당히 분주했으므로 아무도 내가 들어가는 것을 알아채지 못했습니다. 그리하여 홀 벽에 걸린 두 장의 모직 벽걸이에 감추어진 창가에 몸을 숨기고, 그 벽걸이 틈으로 홀에서 일어나고 있는 일을 처음부터 끝까지 지켜볼 수 있었습니다. 그 때의 내 가슴에 가득한 두려움과 괴로움을 어찌 말로 다 할 수 있겠습니까? 그것은 실로 엄청나고 복잡해서 말로 표현하려고 하는 것부터가 잘못일 것입니다. 여러분은 신랑이 평상복 차림으로 그 방에 들어왔다는 것만 알아주시면 족합니다. 대부의 자격으로 루스씬다의 사촌오빠가 따랐으며, 방에는 이 집 종자들이 있었을 뿐 외부 손님은 하나도 없었습니다. 잠시 뒤 안방에서 루스씬다가 모친과 시녀 두 사람의 부축을 받으며, 그 신분과 미모에 어울리는 아름다운 복장과 화려한 화장을 하고 나타났습니다. 나는 정신이 멍해져서 루스씬다를 똑바로 볼 수가 없었습니다. 다만 빨간색과 흰색의 선명한 색채, 머리와 옷에 단 보석과 장신구의 반짝이는 광채를 깨달았을 뿐입니다. 그녀의 아름다운 금발은 보석과 홀에서 타는 네 자루의 촛불로 인해 더욱 눈부시게 빛나고 있었습니다.

오, 기억이여! 내 평안의 최대의 적! 저기 내 원수가 감탄하고 있는 여인의 아름다움과 비교할 아름다움이 있다면 지금 나에게 보여줄 수 있겠는가? 잔인한 기억이여, 차라리 그 때 그 여인이 보여준 행동을 다시 보여다오. 그러면 노골적인 모욕감으로 목숨을 버리려던 내 행동을 이해할 수 있으리라. 여러분, 나의 말을 따분하게 생각하지 말아 주세요. 나의 괴로움은 결코 짤막하게 이야기할 수 있는 성질의 것이 아닙니다. 각 부분마다 상세하게 이야기할 가치가 있다고 생각합니다."

이에 대해 신부는 따분하기는커녕 상세한 이야기가 무척 흥미 있으니 생략하지 말라고 했다.

"그럼 이야기하겠습니다. 사람들이 홀에 다 모였을 때 교구 사제가 들어와서 혼례식을 시작했습니다. 사제는 두 사람의 손을 잡고 물었습니다. '루스씬다 양, 당신은 성 마리아 교회의 명에 따라 돈페르난도 군을 법적인 남편으로 인정하겠습니까?' 나는 벽걸이 자락 사이로 머리를 내밀고 가슴을 두근거리면서 루스씬다가 뭐라고 대답하는지 귀를 기울였습니다. 그리하여 여자의 대답이 죽음의 선고가 될 것인가, 아니면 생명의 확인이 될 것인가를 기다리고 있었습니다. 그 때 어째서 나는 결단성 있게 뛰쳐나가 소리를 지르지 않았는지 모르겠습니다. '아, 루스씬다, 루스씬다! 그대가 지금 무엇을 하려는가 생각해 주오. 나에 대한 의무를 생각해 주오! 그대는 내 것이고, 다른 사나이의 것이 될 수 없다는 것을 생각해 주오! 그대가 '네'라고 대답하면 내 생명이 끊어진다는 것을 알아주오! 아, 배신자 돈페르난도! 나의 영광의 강탈자! 내 생명의 파괴자! 네 놈은 어쩌자는 거냐? 무엇을 구하느냐? 기독교인이라면 네 놈의 욕망을 채울 수 없다는 걸 알아라! 루스씬다는 내 아내요, 내가 루스씬다의 남편이란 말이다!' 하고 말입니다. 아, 나 같은 미치광이가 또 있을까요? 위험에서 멀리 떨어진 지금에야 그때는 하지도 못한 것을 했어야 했다고 지껄이고 있으니 말입니다. 생명보다 귀한 것을 속수무책으로 빼앗기고는 그 도둑을 저주하고 있으니 말입니다. 지금 이렇게 후회할 기력이 있는 것처럼 그때 내게 기력이 있었다면 그자에게 복수할 수도 있었을 게 아닙니까? 그때 난 비겁자이고 바보였으니 이제 와서 후회하다가 머리가 돌아도 싼 겁니다.

사제는 루스씬다의 대답을 기다리고 있었습니다. 그녀는 한참 동안 대답을 망설이고 있었습니다. 나는 그녀가 나와의 사랑을 위해 비수를 뽑으리라고 생각했는데 그렇지 않았습니다. 가냘픈 목소리로 '네, 사랑합니다' 하고 대답하는 소리가 들렸으며, 같은 말을 돈페르난도도 했던 것입니다. 그리고 서로 반지를 끼워 주면서 두 사람은 풀 수 없는 매듭으로 맺어지고 말았습니다. 신랑이 신부를 안으려고 앞으로 나갔을 때 신부는 갑자기 실신하여 어머니 품안에 쓰러졌습니다. 내가 들은 '네'라는 대답으로 내 희망은 기만당했고, 루스씬다의 말과 약속도 모두 거짓이라는 것을 알았습니다. 그 순간에 나는 모든 것을 잃어버렸고, 모든 행복은 떠나갔다는 것을 깨닫게 되었습니다. 나는 하늘로부터 버림받고 나를 지탱해 주는 대지로부터 소외되었으며, 공기는 한숨을 쉬는 숨마저 거부하고, 눈에 괴었던 눈물은 어느새 말랐습니다. 오직 분노와 질투의 불길만이 훨훨 타올랐습니다. 루스씬다의 실신으로 혼례식은 대소동이 일어났습니다. 그녀의 어머니가 숨쉬기 쉽도록 그녀의 가슴을 헤치자 편지 하나가 떨어졌습니다. 그것을 돈페르난도가 재빨리 주워 들고 커다란 촛불 빛에 비추어 읽기 시작했습니다. 다 읽고 나더니 의자에 털썩 주저앉아 두 손으로 얼굴을 받치고 깊은 생각에 잠겼습니다. 그는 까무러친 신부를 깨우려고 야단인 사람들 속에 끼어들려고도 하지 않았습니다.

나는 집안 사람들이 소란을 떠는 것을 보고 그 자리에서 걸어 나왔습니다. 누가 뭐라고 하거나 말거나 상관없으며, 저 사기꾼인 돈페르난도를 혼내고 실신한 배신자의 변심에 대한 이 가슴의 분노가 온 세상에 알려지도록 해야겠다는 생각뿐이었지요. 그런데 운명은 그보다 더 큰 불행을 나를 위해 준비해 두었던 모양입니다. 그 뒤로 나에게서 없어진 사리분별이 그 때만은 너무 많도록 명령해 두었던 것입니다. 그런 까닭으로 나는 내 최대의 원수에게는 복수하려 하지 않고—사실 그들은 나의 존재는 생각하지도 않고 있었으니까 원수를 갚으려면 문제도 아니었습니다— 나 자신에게 복수하려 했습니다. 마땅히 그들에게 가해야 할 형벌보다 훨씬 가혹한 형벌을 나 자신에게 주기로 한 것입니다. 왜냐하면 순식간에 당하는 죽음이라면 형벌도 쉽게 끝나기 때문입니다. 하지만 고통을 받으며 질질 끄는 죽음은 오래오래 고통을 받아야 하는 것이니까요. 결국 나는 그 집을 빠져나와서 먼저 당나귀를 맡겨 둔 집으로 갔습니다. 당나귀에 안장을 얹게 하고 집 주인에게는 작별 인사도 없이 당나귀에 올라 밖으로 나갔습니다. 마치 롯(아브라함의 조카로 소돔을 탈출했다)처럼 마을을 뒤돌아보지도 않았습니다. 이윽고 밤의 어둠이 엄습해 왔고, 밤의 침묵은 나를 탄식하게 만들더군요. 나는 누가 들으면 어쩌나, 누군가 날 알아보면 어쩌나 하는 걱정 같은 것은 젖혀둔 채 루스씬다와 돈페르난도를 실컷 저주했습니다. 내게 준 모욕이 그것으로 씻어지기라도 하듯이 말입니다. 루스씬다는 잔인하고 은혜를 모르며, 진실과 의리가 없으며, 탐욕스러운 여자라고 소리질렀습니다. 나의 원수가 부자라는 데 눈이 어두워져서 나에 대한 사랑을 그 사나이에게 돌린 것이니까요. 이렇게 저주와 욕설을 퍼부으면서도 한편으로는 그녀를 위해서 스스로 변명했지요. 그녀는 어려서부터 언제나 양친이 시키는 대로 복종했던 터라 그렇게 신분이 높고 돈 많고 고상한 기사를 사위로 삼겠다는 양친의 뜻에 따르는 것은 당연하다고요. 그것을 거절하면 머리가 돌았거나 아니면 달리 마음을 둔 사내가 있다는 추측 등을 하게 되어 그야말로 그녀의 좋은 평판을 해치는 일이 된다고 말입니다. 반대로 이렇게도 생각했지요. 만일 그녀가 그때 자기 남편은 나라고 말했더라도 양친은 딸이 용서할 수 없을 만큼 나쁜 선택을 했다고는 생각하지 않았을 것이고, 돈페르난도가 청혼하기 전까지는 우리의 의견을 존중했으니 딸의 배우자로서 나보다 더 훌륭한 남자를 바라지는 않았을 것이라구요, 게다가 루스씬다가 그 사나이에게 청혼을 받는 진퇴양난의 궁지에 빠지기 전에 나에게 먼저 청혼했다고 분명히 말했다면 나도 그에 맞추어서 적당히 말할 수 있었을 게 아니냐고 말이지요. 결국 나는 이렇게 결론을 내렸지요. 그녀는 애정과 분별력은 부족하되 야욕과 권세에 대한 동경만 커서, 우리 두 사람의 맹세마저 잊어버린 거라고요.

이런 말을 혼자 뇌까리면서 밤새도록 걸어서 새벽녘에 이 산지에 들어오는 입구에 도착했습니다. 그리고는 몇 사람의 목자들에게 이 산 속에서 제일 험한 곳이 어디냐고 물었더니 이 근처라고 가르쳐 주었습니다. 거기서 다시 사흘 동안 길도 없는 산 속을 헤치고 들어와 목초지에 도착했습니다. 이곳에서 목숨을 끊을 결심으로 이 근처에서 제일 험한 곳에 이르렀을 때, 당나귀가 피로와 굶주림 때문에 쓰러져 죽었습니다. 그래서 내 발로 걷지 않으면 안 되었습니다. 험준한 산길에 시달린데다가 굶주림까지 겹쳐 나는 더욱 괴로웠으며, 도와줄 사람을 찾을 기력조차 없었습니다. 그리하여 땅바닥에 쓰러졌고, 그 뒤 얼마나 시간이 흘렀는지도 모르게 그 상태로 있었습니다. 눈을 떠보니 목자들이 나를 빙 둘러서 있었습니다. 그들은 위급한 순간에 나를 구해 준 사람들이었습니다. 그들은 나를 발견했을 때의 상태며, 내가 얼마나 터무니없는 소리를 지껄였는가를 자세히 이야기해 주었습니다. 그 뒤부터 나는 정신이 몹시 쇠약해져서 온갖 광태를 부리는가 하면, 옷을 마구 찢고 고래고래 소리를 지르며, 나의 불운을 저주하고 내 원수의 연인의 이름을 불러 대게 되었습니다. 그런 때는 괴성을 지르면서 오직 죽고 싶다는 생각밖에 없습니다. 그러다가 정신을 차리면 지칠 대로 지쳐서 꼼짝도 못하곤 합니다.

내가 거처로 자주 삼는 곳은 이 비참한 몸을 감추어 주는 속이 텅 빈 코르크나무 구멍 속입니다. 이 근처의 산지를 왕래하는 소를 기르는 목동들이나 산양을 치는 목자들이 자비심으로, 어쩌다가 내가 지나가면 눈에 띌 만한 길목이나 바위 위에 음식을 놓아주지요. 그래서 설혹 제정신을 잃을 때라도 본능에 쫓겨 음식물을 먹게 됩니다. 내가 제정신으로 돌아와 있을 때 그들이 말해줍니다만, 목자들이 선뜻 음식물을 주려고 하는데도 내가 폭력으로 강탈한다는 것입니다. 이런 식으로 나는 비참한 여생을 보내고 있습니다. 언젠가는 하늘이 내 목숨에 종지부를 찍거나 내 기억의 끈을 완전히 끊어서 루스씬다의 아름다움도, 그녀의 배신행위도, 돈페르난도에게서 받은 모욕도 깡그리 잊게 해주겠지요. 그러나 만일 하늘이 내 목숨을 앗아가지 않고 그대로 둔다면 내 생각을 좀더 정상적으로 돌릴 수도 있을 것입니다. 그러나 그렇지 않을 경우 오직 내 영혼에 아낌없이 자비를 내려주시도록 빌 따름입니다. 나는 이제 내가 스스로 선택한 이 곤경에서 빠져나갈 힘도 없으니까요.

여러분, 이것이 내 불행에 대한 이야기입니다. 그렇다고 나를 설득시킨다든가 나의 치료에 도움이 된다고 생각하는 말들을 하는 수고를 하지 마십시오. 그것은 먹기 싫다는 환자에게 유명한 의사가 처방한 약만큼 효력이 없을 테니까요. 루스씬다가 없는 삶을 나는 조금도 원하지 않습니다. 루스씬다는 내 아내여야 했는데 이제 남의 아내가 되었으니 나는 불행한 사나이로 있고 싶단 말입니다. 루스씬다는 변심으로 나의 파멸을 결정지었습니다. 그래서 나는 몸을 망쳐 그 여자의 뜻을 이루어 줄 작정입니다. 그렇게 해서 모든 불행한 사람들이 흔히 갖는 감정이 나에게만은 없었다는 것을 후세 사람들에게 알리고 싶습니다. 위안을 가질 수 없다는 것이 불행한 사람들에게는 위안이 되는 법이지만, 나에게는 커다란 슬픔과 고민의 원인이 됩니다. 이런 슬픔과 고민은 죽더라도 끝나는 것이 아니라고 생각하기 때문입니다."

이것으로 까르데니오는 그의 길고 파란만장한 사랑과 불행의 이야기를 마쳤다. 그 때 신부가 무슨 위로의 말을 하려고 했는데 어떤 소리가 들려와서 입을 다물고 말았다. 신부의 귓가에 들려온 그 소리가 무엇인지는 제4편에서 들려주고자 한다. 우리의 슬기롭고 현명한 역사가 씨데 아메떼 베넨헬리는 여기서 제3편을 마쳤기 때문이다.

제28장
같은 산악지대에서 신부와 이발사에게 일어난
새롭고 즐거운 모험 이야기

　대담무쌍한 기사 돈끼호떼가 세상에 나온 시절은 참으로 즐겁고 행복한 시대였다. 이미 조락하여 거의 사라지다시피한 방랑 기사 제도를 세상에 재현하려는, 참으로 대견스러운 시도가 있었기 때문이다. 돈끼호떼와 산초가 펼치는 이야기뿐만 아니라 실록 속의 단편이나 일화 등은 즐거움이 전혀 없는 이 시대에 충분한 오락거리가 되어주고 있다.

　실을 한데 모아 꼬아서 실타래에 감듯 이야기는 계속되는데, 신부가 까르데니오를 위로해 주려는 순간 난데없이 들려온 소리 때문에 이야기는 중단되고 말았다. 그 소리는 슬픔이 담긴 넋두리였다.

　"아! 죽지 못해 사는 이 거추장스러운 몸뚱이를 파묻을 수 있는 장소가 이제야 발견된 것 같구나! 깊은 산속의 인적 없는 적막함이야말로 내가 찾던 장소야. 아, 어쩌면 나는 이렇게도 불행할까? 이 바위들과 풀숲이 죽은 나의 벗이 되어 주겠지. 나의 불행을 한탄하면서 하늘에 호소하기에는 더없이 좋은 장소가 될 거야. 이 세상에는 망설일 때 충고해주고, 탄식할 때 위로해주고, 괴로울 때 평안을 줄 사람이라고는 하나도 없거든."

　신부도, 그와 함께 있던 다른 사람들도 그 내용을 빼놓지 않고 귀담아 들었다. 그들은 매우 가까운 곳에서 들려오는 말 같아서 그 목소리의 주인공을 찾으려고 일어섰다. 그리하여 스무 걸음도 채 걷지 않았을 때 큼직한 바위 뒤 물푸레나무 아래에 농부 차림의 한 젊은이가 앉아 있는 것이 눈에 띄었다. 젊은이는 그 앞을 흐르는 냇물에 발을 씻느라고 고개를 숙이고 있어서 얼굴은 보이지 않았다. 사람들이 소리 없이 다가갔기 때문에 젊은이는 전혀 눈치채지 못하고 오직 발 씻는 데만 정신이 팔려 있는 듯했다. 그런데 젊은이의 다리는 마치 냇물의 돌멩이 틈에서 돋아난 2개의 하얀 수정 같았다. 그 다리의 새하얀 빛과 아름다움에 사람들은 눈이 휘둥그레졌다. 그 다리 임자의 옷차림에서 짐작할 수 있는, 흙을 밟고 쟁기질을 하고 황소를 끄는 데는 어울리지 않는 다리였다. 앞장섰던 신부는 젊은이가 눈치 챌까 봐 사람들에게 몸을 숙이거나 바위 뒤에라도 숨으라고 손짓했다. 그들은 몸을 숨긴 채 가만히 젊은이의 거동을 지켜보았다. 젊은이는 겨드랑이가 타진 윗옷을 걸치고 흰 수건으로 허리를 졸라매고 있었다. 그리고 검정색 나사 반바지에 각반을 두르고, 머리에는 검은 두건을 쓰고 있었다. 행전을 종아리 절반 위까지 걷어 올렸는데 마치 하얀 석고로 만든 것처럼 눈부시게 흰 다리였다. 발을 다 씻은 젊은이는 두건 속에서 머릿수건을 꺼내어 물기를 닦았다. 젊은이가 수건을 꺼내느라고 얼굴을 처든 순간 그를 지켜보던 사람들은 비로소 어디에도 비길 데 없는 아름다운 얼굴을 볼 수 있었다. 까르데니오가 신부에게 나직하게 소곤거렸다.

"저 사람은 루스씬다가 아니라면 여신일 겁니다."

이윽고 젊은이가 두건을 벗어들고 머리를 좌우로 흔들자 긴 머리채가 풀어지면서 아래로 흘러내렸다. 그것은 태양도 부끄러워할 정도로 아름다운 금발이었다. 그것을 본 사람들은 농부로 알고 있던 그 젊은이가 여인이라는 것을 깨달았다. 신부나 이발사가 여태까지 본 사람들 중에서 가장 우아하고 아름다운 여인이었다. 까르데니오도 루스씬다를 보지 않았다면 아마 그렇게 생각했을 것이다. 그 뒤에 까르데니오는 루스씬다의 아름다움과 겨눌 수 있는 것은 이 여인뿐이라고 인정할 정도였다. 긴 금발은 그녀의 등 뿐 아니라 몸 전체를 덮을 정도로 길고 아름다웠다. 여인은 빗 대신 손으로 머리를 빗어 내렸다. 물에 담근 발이 수정처럼 보였다면 머리를 빗는 두 손은 하얀 눈으로 빚은 듯했다. 그녀를 지켜보던 세 사나이는 감탄을 금치 못했고, 도대체 어떤 여인인지 궁금하여 견딜 수가 없었다.

마침내 그들은 모습을 보이기로 결심했다. 그들이 움직이는 기척에 그 아름다운 여인이 얼굴을 들었다. 그리고 얼굴을 가린 머리채를 두 손으로 쓸어 올리면서 소리나는 쪽을 돌아보았다. 그녀는 사람들의 모습이 눈에 띄자 벌떡 일어나 신발도 신지 못하고, 머리도 묶지 못한 채 옆에 있던 옷 보따리를 움켜쥐고 허둥지둥 달아나기 시작했다. 그러나 그 여린 발로는 돌멩이가 울퉁불퉁 솟아난 땅을 견디지 못하겠던지 대여섯 걸음도 가지 못하고 넘어지고 말았다. 그것을 본 세 사나이는 여인 곁으로 달려갔다. 신부가 입을 열었다.

마른 침을 삼키며 지켜보던 사람들은 비할 데 없는 아름다운 얼굴을 볼 수 있었다.

"아가씨, 잠깐만 기다리시오. 여기 있는 우리 세 사람은 당신을 도와주고 싶을 뿐이오. 그러니 그렇게 달아날 것은 없소. 당신의 발로는 끝까지 달아나지도 못할 것이고, 우리 역시 당신이 달아나는 것을 그냥 내버려두지는 않을 것이오."

이 말을 들은 여인은 얼떨떨하고 당황한 듯 한 마디도 하지 않았다. 신부는 여인의 손을 잡으면서 다시 말을 이었다.

"이봐요, 아가씨. 그대의 옷으로 가린 것을 그대의 머리카락이 우리에게 알려주고 있구려. 그대처럼 아름다운 여인이 어울리지 않는 옷을 걸치고, 이렇게 인적도 드문 곳에 들어오게 된 사연은 예사로운 일은 아닐 것이오. 여기서 당신이 우리를 만난 것은 행운이오. 설혹 우리가 당신을 고통에서 건져 주지는 못하더라도 최소한 충고쯤은 해줄 수 있으니 말이오. 목숨이 붙어 있는 한 고통을 받는 이에게 선의로 건네는 충고조차 거부할 정도로 괴로워하거나 극단적인 불행에 이르는 짓은 하지 마시오. 당신이 원하는 것이 무엇인지는 모르나 우리를 보고 놀라지만 말고 당신의 불행을 이야기해 보시오. 우리는 당신의 불행에 진심으로 동정하는 사람들이니 말이오."

신부가 이런 말을 하는 동안 남장한 여인은 소박한 시골뜨기가 뜻밖의 광경을 구경하듯 세 사람을 번갈아 쳐다보았으나 말은 한 마디도 하지 않았다. 신부가 다시 한 번 같은 뜻의 이야기로 타이르자 그녀는 깊은 한숨을 내쉰 다음 침묵을 깨뜨렸다.

"이런 첩첩산중도 저를 숨기는 데 도움이 되지 않는군요. 이렇게 풀어헤친 머리채를 보여 준 이상 거짓말도 할 수 없네요. 여러분이 이미 알고 계시는 것을 제가 시치미 뗀들 무슨 소용이 있겠습니까? 여러분의 호의에 감사하는 뜻에서 하라는 대로 제 신상 이야기를 하겠습니다. 하지만 지금부터 하게 될 저의 불행한 이야기가 여러분의 가슴속에 연민을 불러일으킬 뿐 아니라 마음을 상하게 하지 않을까 걱정됩니다. 저의 불행은 치료할 방법도, 달래줄 위안도 없다는 것을 알게 될 테니까요. 여러분은 제가 여자인 것도, 젊은 여인이 혼자서 이런 복장을 하고 있다는 것도 알게 되었습니다. 이런 모든 상황으로 볼 때 저를 정숙한 여인이라고 보기는 어렵겠지요. 하지만 여러분만이라도 저의 정숙함을 믿어 주기 바라는 마음에서 숨기고 싶은 일까지 죄다 말씀드리겠습니다."

그 아름다운 젊은 여인은 미모 못지않게 말씨도 매끄럽고 목소리도 고와서 세 사람은 감탄하지 않을 수 없었다. 그래서 그들은 어떻게든 도움이 되어주고 싶으니 모든 이야기를 해달라고 부탁했다. 그녀는 얌전하게 신을 신고 단정히 머리를 땋더니 가까운 바위에 걸터앉았다. 그 주위에 남자들이 둘러앉자 여인은 두 눈에 고이는 눈물을 참으려고 애쓰면서 차분한 목소리로 이야기하기 시작했다.

"안달루시아의 한 조그만 마을에 그 마을의 이름을 따서 자기의 칭호로 삼은 공작이 있었어요. 그에게는 두 아들이 있는데 영지를 상속받을 맏아들은 언행이 훌륭한 사람이었지만, 작은아들은 벨리도의 배신 행위나 갈라론의 음모를 물려받은 듯한 사람이었지요. 우리 부모님은 이 공작님의 신하로, 비록 신분은 낮지만 꽤 유복한 편이었습니다. 만일 가문과 혈통이 재력만큼만 되었더라면 별로 부족할 것이 없었을 것이고, 또 지금 제가 겪고 있는 이런 불행도 없었을 거예요. 제 불행은 어쩌면 우리 부모님이 훌륭한 가문에서 태어나지 않은 탓인지도 몰라요. 사실 우리 부모님의 신분이 그렇게 천하지는 않지만, 제 불행이 양친의 신분이 낮은 데 원인이 있다는 생각을 떨쳐버릴 수 있을 정도는 아니라는 말이지요. 아버지는 농사꾼에 평민이며 독실한 기독교인입니다. 그러나 많은 재산과 훌륭한 분들과의 교제로 차츰 귀족이라고 불리어지고 나중에는 기사라는 칭호까지 받게 되었지요. 그런 부모님이 최상의 보물로 여기며 자랑스러워한 존재는 저라는 딸이었습니다. 달리 집안을 이을 남자아이도 없었기 때문에 부모님은 이 외동딸을 여간 애지중지한 것이 아니었습니다. 저는 부모님이 자기 자신을 비춰보시는 거울이었고, 노후에 의지로 삼을 지팡이였고, 하늘만큼 커다란 희망이었지요. 이토록 지극한 사랑을 주시는 분들이어서 저는 부모님의 뜻에서 한치라도 어긋나는 일은 하지 않았습니다.

저는 부모님의 정신적 기둥이 되어드린 것처럼, 농장 경영에서도 실질적으로 그분들의 의지가 되어 드렸습니다. 고용인을 쓰는 것과 해고하는 일, 씨를 뿌리고 거둬들이는 일, 수입과 지출을 계산하는 일을 모두 제 손으로 했습니다. 올리브유를 짜고 포도주를 거르는 일, 가축을 돌보고 벌통을 관리하는 일까지도 모두 제가 할 일이었습니다. 말하자면 저는 아버지 같은 부농이 갖추어야 할 모든 조건을 알고 있었던 것입니다. 저는 농장의 감독이자 안주인의 역할을 하며 열심히 일했고 부모님은 매우 만족해하셨습니다. 목자들과 인부들과 날품팔이들에게 일을 시킨 뒤 남은 시간에는 처녀라면 마땅히 해야 할 일을 하면서 시간을 보냈답니다. 바느질과 물레질을 했으며 때로는 마음을 즐겁게 하려고 신앙서적을 읽거나 하프를 연주하기도 했답니다. 음악은 흐트러진 마음을 바로잡아주고 근심을 치료해준다는 것을 경험으로 알고 있었으니까요. 저는 부모님 밑에서 이렇게 생활했습니다. 그 일들을 자세히 이야기하는 것은 자랑을 하려는 것도 아니고, 부잣집 규수라는 말을 듣고 싶어서도 아닙니다. 다만 그런 행복한 생활을 하던 제가 아무 죄도 없이 어떻게 해서 지금과 같은 불행한 처지가 되었는지를 말씀드리려는 겁니다.

아무튼 저는 이렇게 바쁜 일과에 쫓기며 수도원과 비슷한 틀에 박힌 생활을 하고 있었기 때문에 우리집 고용인 외에는 저를 보기가 힘들었습니다. 미사를 드리러 갈 때도 아침 일찍 다녀오는데다가 어머니와 하녀들이 따라다녔고, 저는 얼굴을 푹 감싸고 몸가짐 또한 정숙해서 제 눈에 들어오는 것은 기껏해야 제가 밟고 있는 땅바닥뿐이었다고 해도 지나친 말이 아닐 겁니다. 그런데 그럼에도 불구하고 사람의 눈은 물론 고양이의 눈도 당하지 못할 돈페르난도의 집요한 눈이 저를 보고 만 거예요. 그는 앞에서 이야기한 공작님의 작은아들이랍니다."

젊은 여인이 돈페르난도라는 이름을 입에 올리자 까르데니오는 안색이 변하면서 식은땀을 흘리기 시작했다. 신부와 이발사는 재빨리 이것을 눈치채고 이따금 이 사내에게 일어난다는 광기가 발작된 것이 아닐까 하여 마음을 졸였다. 그러나 까르데니오는 땀을 흘리면서도 침착하게 농부의 딸을 바라보며 그녀가 대체 누구일까를 생각하고 있었다. 여인은 까르데니오의 그런 태도도 눈치채지 못하고 자기 신세타령을 계속했다.

"그는 저를 보고 난 뒤로 저에 대한 사랑에 사로잡혔다고 했는데, 정말 그의 행동을 보아도 충분히 알 수 있는 일이었습니다. 하지만 저의 불행한 신세타령을 빨리 끝내고 싶은 마음에서, 돈페르난도가 자기 마음을 털어놓으려고 저에게 쏟은 별의별 정성에 대한 이야기는 생략하겠습니다. 그는 우리집의 고용인들을 모두 매수하고 친척들에게도 선물을 마구 안겼습니다. 또 낮이면 우리집 앞 거리는 축제가 벌어지고, 밤이 되면 시끄러운 음악 소리에 누구 하나 잠을 못 이룰 지경이었지요. 어떻게 해서 저한테 전달되었는지도 모르는 숱한 편지와 사랑의 약속들이 넘쳐났습니다. 하지만 그런 것들은 저의 마음을 움직이지 못했고 오히려 제 마음의 문을 굳게 닫도록 만들었지요. 저의 환심을 사려고 한 모든 행동들이 역효과를 가져온 것이지요. 그렇다고 돈페르난도의 잘생긴 용모가 싫었던 것도 아니고, 저를 찬탄하고 추켜올리는 그의 마음씨가 귀찮았던 것도 아니었어요. 오히려 그렇게 훌륭한 기사에게 이토록 사랑을 받고 소중한 대우를 받으니 이루 말할 수 없는 기쁨을 느꼈으며, 그의 편지에서 나에 대한 찬사를 읽는다는 것도 기분 나쁜 일은 아니었습니다. 왜냐하면 여자들이란 아무리 못났다 해도 남들에게서 아름답다는 소리를 들으면 마음이 흐뭇해지는 법이니까요.

하지만 이 모든 것은 제 정숙한 마음과 평소 부모님한테서 받은 가르침이 용납하지 않았던 것입니다. 돈페르난도는 세상 사람들에게 자기 속셈이 알려지는 것도 예사로 알았으므로 우리 부모님도 오래 전부터 그 사람의 집념을 잘 알고 계셨습니다. 부모님은 저에게 늘 이렇게 말씀하셨습니다.

'부모의 명예나 평판은 오로지 네 정절과 행실에 달려 있다. 또 돈페르난도와의 신분의 차이도 생각해야 한다. 모든 것으로 미루어 보아 그 사람의 마음은 너의 행복을 생각한다기보다는 자신의 일시적 재미만을 생각하고 있는 것이 분명하다. 그리고 그 사람의 그릇된 구애를 거절하기 위해서 적당한 구실이 필요하다면 이 고장이나 이웃 마을의 똑똑한 젊은이와 당장이라도 혼인을 시켜주마. 우리집의 막대한 재산과 너의 훌륭한 평판을 보더라도 그런 것쯤은 조금도 어렵지 않을 게다.'

이와 같은 부모님의 확실한 약속을 저는 믿었고 단단히 결심했으므로 돈페르난도가 희망을 가질 만한 언질은 농담으로라도 주지 않았습니다.

이런 저의 신중함을 그 사람은 자기를 경멸하는 것이라고 생각했고, 이것이 그 사람의 욕망을 더욱 부채질한 것 같습니다. 만일 그가 올바른 생각을 가진 사람이었다면 여러분에게 말씀드리는 이런 일은 생기지 않았을 것입니다. 그런데 저를 차지하겠다는 생각을 그 남자에게 버리게 하려고 부모님이 저를 다른 남자와 결혼시키려 한다는 사실을 마침내 그가 알게 되었어요. 아마 저에 대한 감시가 더 심해졌기 때문일 거예요. 돈페르난도는 이 소식의 사실 여부에 몸이 달아 지금부터 말씀드릴 일을 저지르고 말았습니다. 어느 날 밤이었어요. 저는 시중드는 하녀와 단 둘이 제 방에 있었습니다. 자칫하여 제 명예가 더럽혀질 일이 생기면 안 된다고 생각하여 문이란 문은 꼭꼭 닫아걸었는데도 어찌된 영문인지 제 앞에 어느새 그가 나타난 거예요. 그의 모습을 보자 저는 질겁하여 눈앞이 캄캄해지고 혀가 굳어져 아무 말도 할 수 없었습니다. 그래서 소리를 지르지도 못했습니다만, 아마 소리를 지르게 내버려두지도 않았을 거예요. 재빨리 저에게 다가왔기 때문에 저는 얼이 빠져서 제 몸을 지킬 힘도 없었거든요. 그는 두 팔로 저를 껴안고 그럴듯한 말로 저를 설득시키기 시작했습니다. 그 말들이 모두 그럴싸하게만 들렸으니 거짓말에도 그런 힘이 있다는 것은 전 상상도 못했답니다. 이 배신자는 눈물과 한숨을 곁들이면서 저를 믿게 하려 했어요. 외동딸로 가족들 사이에서만 자란 저는 이런 일에 너무 생소해서 어떻게 해야 좋을지 몰라 당황하고 있었습니다. 그런데 차츰 그 새빨간 거짓말이 진실처럼 여겨지기 시작했습니다. 그렇다고 그 사람의 눈물과 한숨을 동정한 건 아니에요. 저는 놀라움이 어느 정도 가시자 마음을 가다듬고 용감하게 이런 말을 했어요.

'지금 이렇게 도련님에게 잡혀 있는 것이 무서운 사자에게 잡혀 있는 것과 같아서, 저의 정조를 바치겠다고 대답하지 않고는 이 위기에서 벗어날 수 없다고 해도 저는 도련님이 원하는 대답을 하지는 않을 것입니다. 도련님이 두 팔로 저를 껴안고 놓아주지 않는다면 저는 굳은 결심으로 제 마음을 더욱 단단히 묶어 놓겠습니다. 저의 이 결심이 도련님의 희망과 얼마나 다른 것인가 하는 것은 저에게 힘으로 강요할 때 틀림없이 아시게 될 거예요. 저는 도련님의 신하일지는 몰라도 노예는 아닙니다. 도련님의 혈통이 아무리 고귀하더라도 평민으로서의 제 혈통을 욕보이거나 천대할 권리는 없습니다. 평민이자 농민인 저도, 자기 자신을 소중히 하는 점에 있어서는 영주이자 기사인 도련님과 같습니다. 도련님의 권력이나 부도 저에게는 아무런 가치가 없습니다. 도련님의 말씀도 저를 속일 수 없고, 도련님의 한숨이나 눈물도 제 마음을 결코 움직일 수는 없어요. 만일 부모님이 남편감으로 정해주신 남자에게 방금 제가 말씀드린 것 가운데 어느 하나라도 발견된다면 저는 그 남자의 마음을 따르겠어요. 마찬가지로 제 본의는 아니지만 저의 명예가 완전히 지켜질 수만 있다면 도련님이 지금 완력으로 손에 넣으시려 하는 것을 기꺼이 드리겠어요. 이런 말씀을 드리는 까닭은 저의 정당한 남편이 아니면 무엇 하나 허용해 드릴 수 없다는 것을 알아주십사 하는 뜻에서예요.'

그러자 성실하지 못한 기사가 이렇게 대답했습니다. '아름다운 도로떼아!— 이것이 불행한 저의 이름입니다— 그대가 걱정하는 일이 단지 그것뿐이라면

"이 진실의 증인으로는 무엇이든 굽어보시는 하늘과······"

이 자리에서 그대의 남편으로서 맹세하리라. 이 진실을 굽어살피시는 하늘과 여기 있는 성모상이 맹세의 증인이 되어줄 것이오.'"

도로떼아라는 이름을 듣는 순간 까르데니오는 다시 놀라면서 자기가 처음 생각했던 것이 맞았음을 똑똑히 깨달았다. 그러나 이미 알고 있던 이야기가 그 뒤에 어떤 결말을 맺었는지 궁금하여 이야기를 중지시키지 않고 이렇게 말했다.

"당신 이름이 도로떼아요? 나는 그와 똑같은 이름을 가진 다른 여인을 알고 있습니다. 아마 그 여인도 당신만큼이나 불행할 겁니다. 아, 그 다음 이야기를 들려주십시오. 당신을 괴롭게 하는 만큼 깜짝 놀라게 할 일을 제가 말씀드릴 수 있을지도 모르니까요."

도로떼아는 까르데니오의 말을 듣자 그제야 그 이상하고 초라한 몰골을 유심히 살펴보았다. 그리고 자기 집안일을 조금이라도 알고 있다면 그것을 말해 달라고 부탁했다. 운명이 뭔가 자기에게 도움이 될 만한 것을 남겨주었다면, 그것은 어떤 재앙에도 굽히지 않는 용기가 될 것이라고 했다. 현재 괴로워하는 이 불행이 더 이상 커지기야 하겠느냐고 믿기 때문이라는 것이다.

까르데니오가 말했다.

"아가씨. 내가 알고 있는 것을 지금 당장이라도 얘기할 수는 있습니다만, 굳이 당신이 알 필요는 없을 것입니다."

"그러면 제 이야기로 돌아가겠습니다. 돈페르난도는 방에 있던 성모상을 약혼의 증인으로서 세워놓고 제 남편이 되겠다고 맹세했습니다. 하지만 그의 말이 채 끝나기도 전에 저는, '지금 무슨 일을 하려는가 잘 생각해 보세요. 도련님이 자기 신하인 평민의 딸과 결혼하신 것을 공작님이 아셨을 때 얼마나 노여워하실까를 각오하세요. 단순히 저의 아름다움에 눈이 어두워져서는 안 됩니다. 도련님의 잘못된 행위를 변명할 만큼 아름답지는 않으니까요. 도련님이 제게 품은 애정으로 저를 조금이라도 행복하게 해 줄 생각이 있다면 제 운명이 가는 대로 그냥 내버려두세요. 왜냐하면 신분이 다른 결혼생활은 시작할 때의 기쁨을 그대로 유지하거나 이을 수 없기 때문이에요.'라고 말했죠. 지금 말씀드린 것뿐만 아니라 그 밖에 여러 가지 말을 했지만 이런 말들로 그의 마음을 돌이킬 수는 없었습니다. 그것은 돈을 지불할 생각이 없는 사나이가 엉터리 매매 계약을 할 때 웬만한 손실은 개의치 않는 것과 마찬가지였어요. 그

때 저는 잠깐 속으로 나 자신에게 말했습니다. '그래. 결혼으로 낮은 지위에서 고귀한 지위에 오른 여자가 내가 처음도 아니야. 그리고 여자의 아름다움에 홀려서 혹은 맹목적인 애정으로 신분이 낮은 여자를 높이 끌어올린 최초의 남자가 돈페르난도인 것도 아니잖아? 내가 이 세상을 바꾸거나 새로운 풍속을 시작하는 것도 아니니까, 설혹 나한테 보여주는 이 사람의 애정이 단지 욕망을 채워 주는 기간에만 계속된다 해도 우연히 주어진 이 명예는 받아들일 만한 것이 아닐까? 게다가 나는 하느님 앞에서 이미 이 남자의 아내인걸. 만일 내가 이 사람을 쫓아내고 싶다면 폭력을 행사하게 되고 그리되면 이 사나이를 궁지에 모는 결과만 가져올 뿐이지. 그렇게 되면 내 명예는 엉망이 될 뿐 아니라 나의 순결을 모르는 자들로부터 중상을 당해 아무런 변명조차 못할 수도 있어. 이 기사가 내 허락도 받지 않고 이 방에 들어왔다는 것을 부모님이나 그밖의 사람들에게 어떻게 납득시킬 수 있을까?'

저는 그 짧은 시간 동안에 이런 것을 혼자 묻고 대답하면서 머릿속으로 궁리했지요. 그러다가 돈페르난도의 맹세며, 그가 내세운 증인이며, 그가 흘린 눈물이며, 그의 남자다운 풍채와 늠름한 모습에 제 마음은 자꾸만 끌려 들어갔어요. 그 어떤 유혹에도 꿈쩍하지 않던 제 정숙한 마음은 저도 모르는 사이에 파멸을 향해 기울었던 거지요. 그래서 하늘의 맹세와 함께 땅 위의 증인으로서 하녀를 불렀지요. 그러자 돈페르난도는 다시 한 번 맹세의 말을 하고 다짐했습니다. 증인으로 새로 성자들을 덧붙이고, 만일 제게 약속한 것을 지키지 않을 때는 저주를 받으리라고 다짐하고, 다시 눈물을 글썽거리며 큰 한숨을 몰아쉬더니 저를 껴안고 있던 두 팔에 더욱 힘을 주었습니다. 하녀가 방에서 나가고 났을 때 저는 처녀를 잃게 되었으며, 그 사내는 불성실한 배신자가 되어 버린 것입니다.

저의 불행한 밤의 이튿날 아침은 너무나 천천히 다가왔습니다. 욕망을 충족시킨 뒤에는 그 일을 치른 현장에서 한시라도 빨리 떠나는 것이 무엇보다도 좋았을 테니까요. 제가 이런 말을 하는 것은 돈페르난도가 제 곁에서 떠나려고 무척 서둘렀으며, 날이 새기 전에 벌써 거리로 나갔기 때문이에요. 그리고 저와 헤어져서 나갈 때는—처음 찾아왔을 때와 같은 열의나 애절함은 없었습니다만— 자기 마음의 진실함과 맹세에 거짓이 없다는 것을 믿어 달라면서 손가락에서 금반지를 뽑아 제 손가락에 끼워 주었습니다. 사실 그가 가버리고 나자 그 자리에 남은 저는 슬픈지 기쁜지 도대체 알 수가 없었습니다. 다만 말할 수 있는 것은 저는 이 새로운 사태에 당황하여 거의 넋이 나갔고, 돈페르난도를 제 방에 들여보낸 엄청난 짓을 저지른 하녀를 나무랄 기력도 없었다는 겁니다. 제게 일어난 사건이 좋은 일이었는지 나쁜 일이었는지조차 판단할 수가 없었기 때문이지요. 헤어질 때 저는 돈페르난도에게 '이제 나는 당신의 아내니 어젯밤과 마찬가지 방법으로 언제든 당신이 원할 때 나를 만나러 와도 상관없어요. 이 일은 어차피 세상에 알려질 테니까요.' 라고 말했습니다. 그러나 그는 그 다음 날 밤에만 찾아왔을 뿐 그 뒤로는 전혀 나타나지 않았고, 한 달 동안 길거리에서도 성당에서도 모습을 볼 수 없었습니다. 그 사람이 시내에 머물면서 매일 사냥을 하러 나간다는 것을 알고 있었습니다만, 아무리 이쪽에서 와 달라고 부탁해도 감감소식이었습니다.

그런 나날과 시간을 보내면서 저는 차츰 돈페르난도의 진실이 의심스러워졌고, 결국 모든 것이 거짓이었다는 것을 깨달았습니다. 돈페르난도가 이웃 마을에서 결혼했다는 것, 신부는 굉장히 아름다운 규수라는 것, 신부의 양친은 부자는 아니나 그 과분한 결혼을 바랄 수 있을 만큼 매우 훌륭한 귀족이라는 소문이 며칠 뒤에 우리 시에도 퍼졌던 거예요. 신부의 이름이 루스씬다라는 것과 결혼식에서 일어난 놀라운 소식도 전해졌습니다."

까르데니오는 루스씬다라는 이름을 듣는 순간 어깨를 움츠리고 입술을 깨물며 미간을 찌푸렸다. 그리고 눈에서 두어 방울의 눈물을 흘렸다. 그러나 도로떼아는 계속 말을 이어갔다.

"이 슬픈 소식이 제 귀에 들어왔을 때 제 마음은 얼어붙기는커녕 노여움이 끓어올라, 하마터면 큰길로 뛰쳐나가 그 사내가 내게 했던 배반을 외칠 뻔했습니다. 하지만 그 때 저의 분노는, 그날 밤에 어떤 일을 실행하자는 생각으로 인해 가라앉았습니다. 그것은 지금의 이 복장을 하는 것이었지요. 저는 아버지의 종자인 어느 젊은 농군에게서 이 옷들을 얻었습니다. 저는 그에게 제 불행을 모두 말하고 제 원수가 있는 곳까지 같이 가 달라고 부탁했지요. 젊은 농군은 저의 무모한 계획을 나무랐지만 그래도 제가 생각을 바꾸지 않자 세계의 끝이라도 같이 가주겠다고 하더군요. 즉각 린네르 베갯잇에 여자 옷 한 벌, 금붙이와 돈을 싸들고 밤이 깊어 고요해졌을 때 종자를 따라 집을 빠져나갔습니다. 한시바삐 도착하고 싶은 생각으로 그 도시를 향해 발걸음을 재촉했습니다. 그것은 이미 다 끝난 일을 방해하자는 생각에서가 아니라 대체 어떤 심사로 그런 짓을 했는지 돈페르난도에게 해명이라도 듣고 싶어서였지요. 이틀하고도 반나절이 걸려서 목적지에 도착한 우리는 시내에 들어가자 루스씬다의 집을 물었습니다. 제가 길을 물었던 첫 번째 남자는 이쪽에서 묻고 싶은 것보다 더 많은 사실을 가르쳐 주었습니다. 집을 가르쳐 준 것은 물론 이미 온 시내에 소문이 퍼져 있던 루스씬다의 결혼식 때 일어난 일을 죄다 이야기해 주더군요. 그 소문이란 것을 들으니 돈페르난도와 루스씬다의 결혼식 날에 신부는 신랑의 아내가 되겠다고 '네' 라고 대답하자마자 까무러치고 말았다는 거예요. 신랑이 달려가서 호흡을 편하게 해 주려고 가슴을 풀어헤치자 루스씬다가 직접 쓴 편지가 나왔다나요. 그 편지에 자기는 이미 까르데니오의 아내이므로 돈페르난도의 아내가 될 수 없는 몸이라고 똑똑하게 쓰여 있더라는 거예요. 까르데니오라는 사람은 그 남자 말에 따르면 같은 도시에 사는 꽤 신분이 높은 기사라고 합니다. 루스씬다가 돈페르난도에게 '네' 라고 대답한 까닭은 부모님 말씀을 어길 수 없었기 때문이었대요. 그 편지에 써 있는 여러 가지 사연으로 미루어 루스씬다는 결혼식이 끝나면 자결할 결심이었다는 것과 그 이유가 드러났고, 신부의 옷 어디엔가 감추어 둔 비수가 그런 사실을 분명하게 증명해 주었다는 겁니다. 그것을 본 돈페르난도는 루스씬다에게 모욕을 당했다는 생각에 분노를 참지 못하고 그녀가 깨어나기도 전에 비수로 찌르려 했다고 하더군요. 만일 신부의 양친과 그 자리에 있던 사람들이 말리지 않았더라면 아마 정말 찔러 죽였을 거라는 거예요. 돈페르난도가 곧 어디론지 사라져 버렸으며, 루스씬다는 그 다음 날에 깨어나서 자신은 까르데니오의 아내가 틀림없다고 양친에게 털어놓았다는 이야기를 들었어요. 또 이런 말도 들었지요. 사실은 까르데니오도 결혼식장에 와 있었는데 루스씬다가 '네'라고 대답하는 소리를 듣고 그만 절망에 빠져 그 도시를 떠나버리고 말았답니다. 까르데니오는 루스씬다에게서 받은 모욕과, 어째서 자기가 사람들의 눈에 띄지 않는 곳으로 가버리는지에 대해 자세하게 적은 편지를 남겨 놓고 갔답니다. 대강 이런 이야기가 온 시내에 퍼져서 모든 사람들의 입에 오르내렸습니다. 거기다가 루스씬다마저 부모님 집에서 빠져나와 시내에 잠적해 버렸다는 소식이 알려지자, 거리는 온통 이에 대한 쑥덕공론으로 들끓었습니다. 루스씬다의 모습이 시내 어디에서도 발견되지 않자 그 부모님들은 당황해서 어찌할 바를 모르고 어떻게 하면 딸을 찾아낼 수 있을지 노심초사했답니다. 이런 사실을 듣고 저에게는 희망이 되살아났습니다. 저에 대한 구원의 문이 아직 완전히 닫힌 것은 아니구나 하는 생각이 들었던 겁니다. 그리고 하늘이 돈페르난도의 두 번째 결혼을 방해하신 것은 첫 결혼에 대한 의무를 알려주고 그이도 기독교인이라는 사실을 되새기며, 나아가서는 세상에 대한 체면보다 스스로의 영혼을 더 소중히 해야 한다는 점을 깨닫게 하기 위해 그러셨다는 것을 알았습니다. 그런 생각들이 제 공상을 부채질하는 바람에 저는 아득히 멀고 가냘픈 희망을 억지로 품으면서 제 삶을 위안하며 지냈습니다.

그런데 돈페르난도를 만나지 못해 어떻게 해야 할 바를 모르고 그냥 시내에 머물러 있는데, 누군가 큰 소리로 외치는 소리가 들려왔습니다. 제 나이와 차림새를 상세히 알리면서 저를 찾아 주는 사람에게는 막대한 사례금을 주겠다는 내용이었습니다. 그리고 사람들은 저와 함께 달아난 종자가 저를 유혹해 부모님 집을 빠져나오게 한 것이라고 떠들어댔습니다. 저는 가슴이 아프고 기가 막혔습니다. 단순한 가출이라고 해도 이미 명예는 땅에 떨어진 것인데, 그렇게 천하고 방탕한 여인으로 매도되었기 때문입니다. 그런 말들이 시내에 퍼지자 저는 종자를 데리고 시내를 빠져나왔습니다. 그런데 이 종자가 저한테 약속한 충성심은 이때부터 이미 흔들리기 시작했던 것 같아요. 우리는 다른 사람들에게 발견될 것을 두려워하여 그날 밤으로 이 산 속 깊숙이 들어왔습니다만, 재앙은 재앙을 부르고 불행의 끝은 더 큰 불행의 시작이라고 하더니 정말 그대로의 일이 일어났습니다. 그 때까지 충실하고 믿음직스럽기만 하던 충직한 종자가 인적 없는 이런 곳에서 나와 단 둘이 있게 되자 그 자신의 사악한 마음에 못 이겨 남자의 욕망을 채우려 했던 것입니다. 수치감이고 하느님에 대한 경외심이고 주인에 대한 두려움이고 다 팽개치고는 저에게 달라붙기 시작하는 거예요. 제가 거칠고 엄한 말투로 그 뻔뻔스러운 의도를 꾸짖었더니 처음에 사용하려 했던 애원의 수법을 바꾸어 이번에는 폭력을 쓰려고 하지 않겠어요? 하지만 선의라는 것을 놓치거나 비호(庇護)를 게을리 하시는 일이 절대로 없는 하느님이 저를 도와 주셨어요. 그래서 저의 약한 힘으로 그다지 어렵지 않게 그를 낭떠러지로 떠밀어 버리고 그대로 달아날 수 있었습니다. 그 사람이 아직 살아 있는지 죽었는지는 잘 모르겠어요. 저는 제가 받은 충격과 피로에도 불구하고 재빨리 이 산 속으로 들어왔습니다. 이 산 속에 몸을 숨

"힘들이지 않고 그 사람을 절벽 아래로 밀어뜨렸습니다."

겨, 우리 부모님의 부탁을 받아 저를 찾아다니는 사람들의 눈을 피해야겠다는 생각밖에는 아무런 계획도 없었어요.

이 산 속에 들어와서 몇 달이 지났는지도 모르겠습니다만, 어느 날 어떤 목장 주인을 만나 이 산악지대에 있는 목장에서 가축을 지키는 일을 했습니다. 그리고 조금 전에 무심코 제 정체를 밝히는 동기가 된 이 머리채를 들키지 않으려고 언제나 들에 나와 있었습니다. 하지만 저의 이런 노력이나 경계도 아무런 소용이 없었어요. 목장 주인이 제가 남자가 아니라는 사실을 눈치채고 종자와 마찬가지로 음흉한 생각을 품게 된 거예요. 하지만 운명이 반드시 사람을 곤경에서 구해 주는 것은 아니므로 종자의 경우처럼 주인을 밀어 넘어뜨릴 낭떠러지나 골짜기가 발견되지 않더군요. 주인에게 대항하여 약한 주먹을 휘두르거나 한사코 거절하느니 차라리 그곳을 떠나 이 험준한 산 속에 다시 몸을 숨기는 편이 덜 성가실 거라는 생각이 들었어요. 그래서 저는 이 산 속에 몸을 숨긴 것입니다. 한숨과 눈물로 하느님께 불행을 호소하며, 이 불행에서 벗어날 수 있는 동정과 자비를 베풀어 달라고 빌었고, 죄없이 고향과 타향에서 사람들 입에 오르내리며 뒷공론의 험담거리가 된 이 슬픈 여인이 목숨을 버릴 기회를 달라고 기도하고 있었던 거예요."

제29장
매우 흥미롭고 즐거운 또 다른 사건들과
아름다운 도로떼아의 지혜에 대하여

"이것이 저의 비극에 대한 숨김없는 이야기랍니다. 여러분이 들으셨던 한숨이나 제 말투, 제 눈에 넘치는 눈물이 지나친 것이었는지 아닌지를 여러분은 판단하실 수 있을 것입니다. 그리고 제 불행에서 벗어날 방법을 구하려 해도 구할 수 없는 것이니, 어설픈 위로 따위는 소용이 없다는 것을 아셨을 것입니다. 다만 여러분께 부탁드리고 싶은 것은 어디로 가야만 추적자들에게 들키지 않을까 하는 공포와 불안에서 벗어날 수 있는지 그 장소를 알려달라는 것입니다. 이건 여러분에게는 쉬운 부탁이고 또한 어떤 일이 있어도 꼭 들어 주셔야만 하는 부탁이에요. 우리 부모님은 유별나게 저를 사랑하셨으니 틀림없이 저를 기꺼이 맞아주시겠지만, 부모님이 저에 대해 생각하시는 예전의 모습을 이제는 보여 드릴 수 없다는 것을 생각하면 쥐구멍에라도 들어가고 싶은 심정입니다. 청순과는 동떨어진 제 얼굴을 부모님이 보신다고 생각하면, 차라리 부모님이 영원히 제 모습을 보시지 않도록 몸을 감추는 편이 훨씬 낫다고 생각한 것입니다."

이렇게 말하고 그녀는 입을 다물었는데, 그 얼굴빛은 마음 속의 슬픔과 부끄러움을 뚜렷이 나타내고 있었다. 여자의 말을 듣고 있던 사람들은 그녀의 불행에 대해 연민을 느꼈다. 신부가 막 그녀를 위로하려고 하자 까르데니오가 재빨리 먼저 말했다.

"그렇다면 당신은 부유한 끌레나르도 가의 외동딸인, 그 아름다운 도로떼아란 말입니까?"

도로떼아는 이런 초라한 몰골의 사나이가 아버지의 이름을 말하는 것을 듣고 놀랐다. 까르데니오가 어떤 꼬락서니를 하고 있었나 하는 것은 이미 말한 대로다. 도로떼아는 남자에게 물었다.

"당신은 대체 누구세요? 어떻게 제 아버지 이름을 아시지요? 제 기억이 틀림없다면 여태까지 제 불행한 신세타령을 하는 동안 아버지 이름을 한 번도 꺼낸 적은 없는데요."

"아가씨, 나는 당신이 이야기한 루스씬다가 자기 남편이라고 말했다는 그 불행한 사람입니다. 내가 바로 불행한 까르데니오라구요. 당신을 지금의 처지로 떨어뜨린 그자의 불성실한 행동 덕분에 보시다시피 이런 누더기를 걸치고 거의 발가벗은 채 인생의 즐거움을 상실했습니다. 게다가 더욱 불행한 일은 제정신까지 잃게 되었습니다. 하늘이 가끔 제정신을 돌려주시는 극히 짧은 시간을 제외하고는 늘 내 정신을 잃고 있으니까요. 도로떼아 아가씨, 나는 돈페르난도의 천만부당한 행위를 내 눈으로 목격한 사람입니다. 루스씬다가 그자의 아내가 되겠다고 '네' 하고 대답하는 소리를 똑똑히 들은 사나이입니다. 나는 온갖 불행이 한꺼번에 일어나는 것을 조용히 지켜볼 기력이 없어서, 루스씬다가 실신한 뒤에 어떻게 되었는지, 그녀의 품에서 나온 종이쪽지로 인해 어떤 일이 일어났는지 끝까지 볼 인내심과 용기를 가지지 못했습니다. 그런 까닭에 나는 한 통의 편지를 주막 주인에게 맡겨서 루스씬다에게 전해 줄 것을 부탁한 다음, 그 때부터 내 자신을 불구대천의 원수처럼 혐오하면서 이 적적한 산 속으로 들어왔습니다. 여기서 인생을 마칠 각오를 하고 말입니다. 그러나 운명은 아마 당신을 만나는 행운을 나에게 남겨 두었던 모양이지요. 내 정신을 빼앗는 것만으로 만족했는지 목숨은 빼앗지 않았으니까요. 당신이 한 말이 사실이라면, 물론 사실인 줄 압니다만, 하늘은 우리 두 사람을 위해 우리가 생각하고 있는 것보다는 훨씬 다행스러운 결말을 이 불행 끝에 마련해 두셨나 봅니다. 아무튼 루스씬다는 나의 아내니까 돈페르난도와 결혼할 수 없고, 돈페르난도 역시 당신의 남편이니까 루스씬다와 결혼할 수 없습니다. 더욱이 루스씬다가 분명히 그렇게 말하고 있으니까 하늘은 우리에게 각자의 연인을 돌려 주실지도 모른다고 기대해도 좋겠습니다. 우리의 아내나 남편이 아직 그대로 있고 몸을 망친 것도 아니니 말입니다. 그러고 보면 우리가 손에 넣은 이 위안은 마치 뜬구름을 잡는 듯한 허황한 희망에서 솟아난 것도 아니고 터무니없는 공상에서 생긴 것도 아닙니다. 그러니 아가씨, 나도 새로운 각오를 할 것이니 제발 당신도 그 마음에 새로운 결심을 하셔서 한결 더 나은 운명을 기다리도록 합시다. 나는 기사와 기독교도의 신념을 두고 당신을 돈페르난도에게 인계할 때까지 결코 당신을 버리지 않을 것을 맹세합니다. 또 만일 그 사나이가 당신에 대한 의무를 지키지 않을 때는 기사도가 나에게 허락하는 권한을 휘두를 것이며, 나에 대한 명예 훼손은 생각하지 않고 당신에게 가한 비인도적인 처사에 대해 정의의 이름으로 응징하겠습니다. 나의 복수는 하늘에 맡기고, 땅에서는 당신이 받은 모욕을 씻어주기 위해 달려가겠습니다.”

까르데니오의 말을 듣고 도로떼아는 감격했다. 그리고 이렇게 고마운 제의에 대해 뭐라고 감사 표시를 해야 할지 몰라 그의 발에 입을 맞추려 했으나 까르데니오는 승낙하지 않았다. 그러자 신부가 입을 열어 까르데니오의 결심을 칭찬하고 두 사람에게 자기와 함께 마을로 가도록 권유했다. 마을에 가면 두 사람이 필요한 것을 마련해 줄 수도 있고, 돈페르난도를 찾거나 도로떼아를 양친에게 데려다 주는 등 두 사람에게 적합한 일들을 자연스럽게 처리할 수 있다고 설득한 것이다. 까르데니오와 도로떼아는 신부에게 감사하며 그 친절한 제의를 받아들였다.

그 때까지 잠자코 이야기에 귀를 기울이던 이발사도 두 사람을 도울 수 있는 일이라면 무엇이든 하겠다며 신부 못지않게 호의를 보였다. 그러면서 자기들이 이곳에 온 목적과 돈끼호떼의 보기 드문 광태, 그 주인을 찾으러 나간 그의 종자를 기다리는 중이라는 사정을 간추려서 말했다. 그러자 까르데니오는 돈끼호떼와 싸운 일이 마치 꿈처럼 떠올라 그것을 사람들에게 이야기했다. 그러나 그 싸움이 무엇 때문에 일어났는지는 아무래도 말할 수가 없었다.

그 때 누군가 외치는 소리가 들려왔는데, 그 목소리의 주인공은 산초 빤사였다. 자기가 떠나갈 때 있던 자리에 그들이 보이지 않자 큰 소리로 부르고 있었던 것이다. 그들이 산초를 맞이하러 나가 돈끼호떼의 소식을 물었다. 산초는 돈끼호떼가 윗도리만 걸치고 있었는데, 바짝 마르고 얼굴이 누래져서 거의 죽어가는 모습이었는데도 둘씨네아 공주만 그리워하면서 한숨을 쉬고 있었다고 말했다. 그래서 산초는 돈끼호떼에게 둘씨네아 공주가 산을 빠져나와 델 또보소 마을로 오라는 명령을 내렸다고 전했다고 했다. 그러나 돈끼호떼는 공주의 호의에 어울릴 만한 무훈을 세우기 전까지는 아름다운 그분 앞에 절대로 모습을 나타내지 않을 결심이라고 대답했다는 것이다. 그리고 이대로 두었다가는 돈끼호떼가 예정에 두었던 황제는 고사하고 대주교 자리마저 놓칠 염려가 있으니 그를 산에서 끌어내는 데 필요한 방법을 궁리해달라고 덧붙였다.

신부는 돈끼호떼를 억지로라도 거기서 끌어낼 작정이니 걱정하지 말라고 위로했다. 그리고는 까르데니오와 도로떼아를 돌아보며 돈끼호떼의 병을 고치기 위해, 적어도 그를 집으로 데려가기 위해 계획했던 일들을 이야기했다.

그러자 도로떼아가 도움을 요청하는 처녀의 역할이라면 이발사보다 자기가 더 훌륭하게 해낼 자신이 있고, 게다가 그 역할을 아주 자연스럽게 해낼 수 있는 의상도 가지고 있다고 했다. 또한 자기는 여태까지 기사담(騎士譚)을 많이 읽어서, 비탄에 잠긴 처녀가 방랑 기사에게 원조를 청할 때의 대사도 잘 알고 있으니 자기에게 그 역할을 맡기라고 말했다.

신부가 말했다.

"자, 이렇게 되었으니 즉시 착수하기만 하면 되겠소. 보아하니 행운이 우리편을 들고 있음은 의심할 여지가 없어. 당신들 두 분에게는 뜻밖에 구제의 문이 열렸고, 우리에게 필요한 난관도 그럭저럭 헤쳐나갈 기미가 보이니 말이야."

도로떼아는 곧 보따리에서 훌륭한 천으로 만든 긴 스커트와 산뜻한 녹색 스카프를 꺼내고, 상자에서 목걸이며 보석들을 꺼내더니 순식간에 치장을 마치고 아주 멋지고 기품 있는 귀부인 모습이 되었다. 이런 모든 것들은 만일의 경우를 위해서 들고 나온 것인데 여태까지 한 번도 사용할 기회가 없었다고 그녀가 말했다. 사람들은 도로떼아의 형용할 수 없는 요염한 자태에 그만 마음이 끌려, 이토록 아름다운 사람을 버린 걸 보면 돈페르난도도 어지간히 눈이 어두운 인간이라고 단정지었다. 그 중에서도 제일 감탄한 사람은 산초 빤사였으니 그로서는 이토록 아름다운 사람은 생전 처음 보는 것이었다. 산초는 신부에게 저토록 아름다운 공주님은 누구이며, 대체 무엇 때문에 이렇게 길도 없는 곳에 오게 되었는지 그 까닭을 꼬치꼬치 캐물었다.

결국 신부는 그에 대해 대답을 해야 했다.

"산초, 무엇을 감추겠나? 이 아름다운 분은 남성직계(男性直系)로 내려온 대미꼬미꼰 왕국을 이으실 공주님인데 자네 주인에게 부탁드릴 일이 있어서 일부러 예까지 찾아오셨다네. 부탁드릴 일이란 어느 사악한 거인이 이분에게 가한 모욕과 해악을 보복해달라는 것인데, 이 공주님은 자네 주인이 얼마나 훌륭한 기사인지 그 명성이 천하에 두루 떨치고 있기에 먼 길을 무릅쓰고 기니아에서 찾아오신 거란 말이야."

이대로 내버려 두면, 주인님은 황제는 고사하고……

"용케 잘도 찾아오셨군요! 만일 우리 나리가 무운이 좋아 방금 말씀하신 거인이라는 놈을 죽이고 모욕을 갚아주기라도 한다면 더 놀랍겠는데요. 그놈이 귀신만 아니라면 우리 나리는 반드시 때려눕힐 겁니다. 귀신이라면 제아무리 우리 나리라도 힘을 발휘하지 못하겠지요. 하지만 신부님, 한 가지 부탁드릴 말씀이 있습니다. 우리 나리가 대주교가 되고 싶어하지 않도록 해주십시오. 저는 내내 그게 걱정입니다. 신부님께서 이 공주님과 빨리 혼인하도록 우리 나리에게 권해 주실 수 없겠는지요? 그렇게 되면 대주교의 자리가 주어질 까닭도 없고, 왕국도 문제없이 손에 들어와서 저의 희망도 이루어지지 않겠습니까? 저는 곰곰이 생각했는데 우리 주인이 대주교가 되면 그 때는 모든 게 허사입니다. 저는 마누라가 있으니까 교회에서는 소용이 없거든요. 이제 와서 새삼 교회에서 월급을 받아먹을 수 있도록 특별 허가를 얻으려고 사방을 돌아다녀도 처자가 있으니 어쩔 수 없지 않습니까? 그러니까 신부님, 제가 말하는 요지는 우리 나리와 이 공주님을 결혼시키는 일입니다. 아참, 이분의 이름을 아직 모르는데 뭐라고 부르면 좋을까요?"

"미꼬미꼬나 공주님일세. 왕국이 미꼬미꼰이니까 그런 이름을 갖게 된 것은 당연한 일이지."

"그야 당연하겠죠. 저도 여태까지 보아 왔습니다만, 많은 사람들이 태어난 지역을 가지고 성이나 이름을 짓더군요. 뻬드로 데 알깔라라든가, 후안 데 우베다라든가, 디에고 데 바야돌리드라로 부른답니다. 기니아에서도 그렇게 하고 있는 것이 틀림없나 봅니다. 이 공주님도 왕국의 이름을 자기 이름으로 하셨으니까 말입니다."

"그런 모양이야. 어쨌든 자네 주인을 결혼시키는 데 내 온 힘을 쏟을 걸세."

산초가 너무나 만족해했으므로, 신부는 이 사나이의 단순함도 단순함이지만 그가 주인 못지않게 큰 망상에 빠져 있음을 깨닫고 새삼 아연해졌다. 자기 주인이 황제가 된다고 아무 의심 없이 믿고 있었던 것이다.

이때 도로떼아는 이미 신부의 당나귀에 타고 있었고, 이발사는 얼굴에 쇠꼬리의 턱수염을 붙인 뒤였다. 신부는 산초에게 돈끼호떼가 있는 곳에 안내해 달라고 말하고, 자기와 이발사를 만났다는 말을 주인에게 하지 말아 달라고 주의시켰다. 자네의 주인이 황제가 되고 못되고는 이 두 사람의 정체를 눈치채지 못하게 하는 데 달려 있기 때문이라고 했다. 신부와 까르데니오는 함께 가지 않을 작정이었는데, 그것은 돈끼호떼에게 까르데니오와 싸운 것을 회상시키게 하고 싶지 않았고, 신부는 이제 얼굴을 내밀 필요가 없어졌기 때문이다. 그래서 다른 사람들을 먼저 출발시켜놓고, 두 사람은 천천히 걸어서 그 뒤를 따라갔다. 신부는 이제부터 도로떼아가 해내야 하는 연기를 가르쳐 주려고 했으나, 그녀는 기사도 이야기가 가르쳐 주고 묘사한 대로 틀림없이 해낼 테니까 걱정할 필요가 없다고 대답했다.

그들이 4분의 3레구아쯤 걸었을 때, 복잡하게 솟아있는 바위들 사이에서 갑옷은 입지 않았으나 옷은 제대로 걸친 돈끼호떼의 모습을 발견했다. 산초가 저 사람이 바로 돈끼호떼라고 가르쳐 주자, 도로떼아는 당나귀에 채찍질을 하고, 턱수염이 훌륭한 이발사는 그 뒤를 따랐다. 그리하여 가까이 갔을 때 종자가 당나귀에서 뛰어내려 도로떼아를 안아 내리려고 했다. 그녀는 매우 가볍게 뛰어내리더니 돈끼호떼 앞으로 가서 무릎을 꿇었다. 돈끼호떼가 그녀를 일으켜 세우려고 했지만, 그녀는 일어나지 않고 그대로 무릎을 꿇은 채 입을 열었다.

"오, 용맹하신 기사님. 저는 친절하고 예의바른 기사님께서 제 소원을 들어주실 때까지 이 자리에서 일어나지 않을 작정입니다. 만약 그 소원을 이루어 주시면 기사님의 명성과 영예는 더욱 드높아질 것이고, 하늘 아래 가장 큰 모욕을 받으며 고난에 시달리는 처녀를 구원하실 수 있을 것입니다. 기사님의 드높은 이름을 듣고 먼 나라에서 찾아온 박복한 이 처녀에게 가호를 내려주심은 기사님의 의무라고 생각됩니다."

"아름다운 공주여, 그대가 땅에서 일어서기 전에는 공주의 청도 듣지 않을 것이며, 아무 대답도 하지 않을 작정이오."

"저는 일어서지 않으렵니다. 예의바른 기사님께서 저의 소원을 들어주실 때까지는."

"내가 받들고 있는 국왕과 조국, 내 마음의 자유를 지배하는 둘씨네아 공주에게 재앙과 불명예가 되지 않는 한 그 소원을 들어 드리겠소."

상심에 빠진 아가씨가 다짐했다.

"믿음직스러운 기사님, 방금 말씀하신 분들에게 결코 재앙이나 불명예가 되지 않을 일입니다."

그 때 산초 빤사가 돈끼호떼의 귀에 입을 대고 소곤거렸다.

"이분의 부탁을 들어 드리십쇼, 나리. 별로 대단한 일도 아닙니다. 엄청나게 큰 거인을 하나 처치하는 일일 뿐입니다. 이분은 이디오피아의 위대한 미꼬미꼰 왕국의 미꼬미꼬나 공주님이랍니다."

"어떤 분이든 상관없다. 내가 신조로 삼는 법도에 따라 양심이 명령하는 일을 당연한 의무로서 행할 뿐이니라."

그리고 아가씨를 돌아보며 덧붙였다.

"더없이 아름다운 공주님, 일어나시오. 부탁하시는 일은 반드시 들어 드리겠소."

"제가 부탁드릴 일이란 관대하신 기사님께서 지금부터 제가 안내하는 곳으로 가주는 일입니다. 그리고 저의 왕국을 빼앗은 원수를 신과 인간의 법도에 따라 그 원한을 대신 갚아 주는 것입니다. 또한 그 일을 이룰 때까지 다른 어떤 부탁에도 귀 기울이지 않겠다고 약속해 주시는 일입니다."

"그런 일이라면 어렵지 않소. 공주여, 오늘부터는 그대의 마음을 괴롭히는 근심을 씻어 버리고, 사그라져 가는 희망에 새로운 의지와 힘을 불태우도록 하시오. 왜냐하면 신의 가호와 내 무력의 도움으로 그대는 곧 국토를 수복하고, 제아무리 그것을 방해하려는 자들이 있다 하더라도 결국 그대가 광대한 왕국의 옥좌에 오르게 될 것이기 때문이오. 곧 착수합시다. 속담에도 늦어지면 방해꾼이 많다고 하니까요."

원조를 청하는 아가씨는 줄곧 돈끼호떼의 손에 입을 맞추려 했으나 그는 어디까지나 범절 있고 점잖은 기사였으므로 끝내 그것에 응하지 않았다. 오히려 그녀를 일으켜 세워 매우 예의바르고 공손하게 포옹했다. 이어서 산초에게 로시난떼의 복대를 다시 조여 매게 하고 자기에게도 갑옷을 입혀 달라고 명령했다. 그래서 산초는 말 복대의 상태를 살핀 다음 마치 전리품처럼 나무에 매달아 놓았던 갑옷을 벗겨 주인에게 입혔다. 주인은 갑옷을 다 입고 나자 이렇게 말했다.

"자, 신의 이름으로 이 고귀한 공주를 돕기 위해 출발하자."

이발사는 여전히 무릎을 꿇은 채 터져 나오려는 웃음을 참으며, 수염이 떨어져 모처럼의 계획이 수포로 돌아갈까봐 전전긍긍하고 있었다. 그리고 돈끼호떼가 공주의 소원을 들어주기로 결심한 것을 보고 자기도 일어서서 공주를 당나귀에 태웠다. 돈끼호떼도 로시난떼에 올라앉고 이발사도 당나귀를 탔으나

쑥 들어간 바위와 바위 사이에 돈끼호떼의 모습이 보였다.

산초만이 걸어가게 되었으므로 새삼 잿빛 당나귀를 잃은 것이 아깝게 생각되었다. 그러나 이미 그의 주인이 황제가 되려고 한 걸음 내디뎠으며 그렇게 될 날도 머지않은 듯이 여겨졌으므로 모든 것을 기꺼이 참기로 했다. 주인이 저 공주와 결혼하여 적어도 미꼬미꼰의 국왕이 될 것은 틀림없다고 믿었던 것이다. 다만 그 왕국이 흑인들의 땅에 있어서, 자기가 다스릴 영지의 백성들이 모두 흑인일 것을 생각하니 그게 좀 유감스러웠다. 그러나 그는 곧 좋은 해결책을 생각해내고 혼자 중얼거렸다.

"내 신하들이 흑인이라고 해서 그게 어쨌다는 거야? 깡그리 배에 싣고 스페인으로 데려와서 팔아버리면 되잖아? 흑인들을 판 돈으로 한평생 편하게 살 수 있는 직위를 살 수도 있잖아? 나는 잠만 쿨쿨 자면 되는 거야. 3만 명인지 만 명인지 되는 영지 백성들을 간단히 팔아버릴 지혜나 재간이 뭐가 필요해? 튼튼한 놈들 사이에 시원찮은 놈을 끼워서 팔아야지. 놈들은 흑인이라도 돈은 금화나 은화로 받을 테야. 그리고 나는 손가락이나 빨고 있는 거지."

그는 그런 즐거운 생각을 하면서 걸었기에 다리가 아픈 것도 몰랐다.

까르데니오와 신부는 우거진 대숲 사이로 이 광경을 바라보고 있었는데, 어떻게 합류하는가가 문제였다. 그러나 신부는 상당히 머리가 비상한 사람이었으므로 자기들의 목적을 이루는 방법을 즉시 생각해냈다. 그는 자루에 넣어두었던 가위로 까르데니오의 수염을 깎고, 자기가 입고 있던 진한 갈색의 짤막한 겉옷과 검은 망토를 그에게 입혔다. 그리고 자기는 바지와 조끼 차림이 되었다. 까르데니오는 여태까지의 모습과 너무 달라져서, 거울을 들여다본다면 자기도 자신을 알아보지 못했을 것이다. 그동안 다른 사람들은 벌써 앞질러 갔지만, 두 사람은 일행보다 한 걸음 먼저 국도로 나올 수 있었다. 그 주변은 무성한 덤불이 있고 험한 길이어서 말을 타나 걸으나 별 차이가 없었던 것이다. 신부와 까르데니오는 산에서 나가는 길목에서 걸음을 멈추었다. 그리고 돈끼호떼와 일행이 그 길목에 나타나자 신부는 돈끼호떼의 얼굴을 들여다보면서 누구인지 알겠다는 표정을 지었다. 그리고는 두 팔을 벌리고 성큼성큼 다가가서 말했다.

"이게 누구요? 기사도의 거울이며 내 고향의 귀족인 돈끼호떼 아니오? 아취(雅趣)의 정화, 약한 자의 비호와 구원, 방랑 기사의 정수를 반갑게도 이렇게 만나게 되었구려!"

"까르따헤나 항구로 가는 길을 따라서……"

이렇게 말하면서 신부는 돈끼호떼의 왼쪽 무릎을 껴안았다. 돈끼호떼는 지금 눈앞에서 보고 있는 사람의 말과 거동에 놀라 지그시 그를 지켜보더니 이윽고 그 사람이 누구라는 것을 알게 되었다. 돈끼호떼는 이런 자리에서 신부와 만나게 된 것이 놀라운지 자꾸만 말에서 내리려 했다. 그러나 신부가 그것을 말렸으므로 돈끼호떼가 말했다.

"놓아주시오, 신부님. 내가 말 위에 앉아 당신 같은 존귀한 분을 걷게 하는 것은 도리에 맞지 않는 일이오."

"아니오, 그것은 동의할 수 없는 말이오. 말을 타고 우리 시대에 직접 눈으로 볼 수 있게 된 최대의 무훈을 이룩해주시오. 나는 보잘것없는 성직자지만 귀공 일행의 어느 분이 탄 당나귀 안장 끝에라도 좀 태워 주신다면 그것으로 족하오. 그래도 이 사람은 천마 페가수스나, 아니면 유서 깊은 꼼쁠루또[*1]에서 멀지 않은 술래마의 언덕에 잠자고 있다는, 그 이름 높은 무어인 무사라께가 타던 얼룩말이라도 타는 듯한 기분이 들 것이오."

"존경하는 신부님, 그것은 절대로 응할 수 없는 일이오. 이 공주님이 내 마음을 살펴 당신에게 당나귀의 안장을 양보하도록 종자에게 명령할 것으로 알고 있소. 종자도 당나귀의 힘이 견딜 수만 있다면 안장 뒤 끝이라도 참으리라 믿소."

공주가 받아 말했다.

"당나귀는 걱정하실 것 없어요. 그리고 저의 종자에게는 아무것도 명령하실 필요가 없어요. 예의바르고 사리를 아는 위인이니 성직자가 말을 탈 수 있는데도 걸어가는 것을 그냥 보고만 있지는 않을 거예요."

"암, 그렇고말고요."

이발사가 맞장구를 쳤다. 그는 곧 말에서 내려 신부에게 올라타기를 권했는데, 권하기가 무섭게 신부는 즉시 올라탔다. 그런데 이발사가 안장 뒤에 타려고 하자, 이 당나귀란 놈이 뒷발을 허공으로 쳐들어 두 번쯤 발길질을 했다. 이 당나귀가 만일 이발사의 가슴이나 머리를 찼더라면 그는 돈끼호떼를 얼마나 저주했을지 모를 일이다. 아무튼 이발사는 놀라서 벌렁 나자빠졌으므로 수염에 대한 주의를 할 경황이 없었다. 수염이 떨어진 것을 안 이발사는 당황하여 두

[*1] 알깔라 데 에나레스의 옛 이름, 그러나 지금의 알깔라와는 위치가 약간 다른 것 같으며 술래마 언덕 주변에 걸쳐서 유적이 남아 있다.

손으로 얼굴을 가린 채 이가 부러졌다고 엄살을 떨 수밖에 없었다.

돈끼호떼는 나자빠진 종자의 얼굴에서 피 한 방울도 나지 않고 턱뼈도 괜찮은데 수염이 통째로 떨어지는 것을 보고 놀라서 소리쳤다.

"허, 기괴한 일이로다! 마치 일부러 벗긴 것처럼 수염이 얼굴에서 통째로 뽑혔구나!"

신부는 자기들의 계획이 탄로날 위험에 직면하자 얼른 수염을 주운 뒤에, 쓰러져서 신음하고 있는 이발사 곁으로 달려갔다. 그리고 그의 머리를 자기 가슴에 끌어당기더니 뭔가 중얼거리면서 단번에 수염을 붙여 놓고는 '수염을 붙이는 데 효험이 있는 기도를 했더니 이렇게 되었소'라고 말하고는 그 자리에서 물러났다. 돈끼호떼는 종자가 전과 다름없이 완벽하게 수염을 달고 있는 것을 보자 매우 감탄하면서 신부에게 시간이 있으면 자기에게도 그 기도를 가르쳐 달라고 부탁했다. 왜냐하면 수염을 뜯긴 피부는 매우 심한 상처를 입었을 텐데 그것이 깨끗하게 나아 있는 것을 보니, 그 기도의 효험은 수염을 붙이는 것보다 더 광범위하게 쓰일 것 같았기 때문이었다.

신부는 기회가 생기면 가르쳐주겠다고 약속하고는 다시 당나귀에 올라탔다. 신부, 이발사, 까르데니오는 거기서 불과 2레구아 밖에 안 되는 주막에 닿을 때까지 세 사람이 당나귀를 번갈아 타고 가기로 의논했다. 그리하여 말이나 당나귀에 올라탄 사람은 돈끼호떼와 공주와 신부였고, 걸어가는 세 사람은 까르데니오와 이발사와 산초 빤사였다.

돈끼호떼가 공주를 보고 말했다.

"공주님, 그대가 가려는 곳으로 안내해 주시오."

그러나 그녀가 대답하기 전에 신부가 입을 열었다.

"공주님은 어느 왕국으로 가실 작정인가요? 틀림없이 미꼬미꼰 왕국이겠지요?"

공주는 상황으로 보아 이 질문에 대해 '네'라고 대답해야 한다는 것을 눈치 챘다.

"맞아요, 신부님. 제가 가는 곳이 바로 그 왕국이에요."

"그렇다면 우리 마을 한가운데를 지나가야겠군요. 우리 마을에서 까르따헤나로 향하는 항로를 잡아 거기서 순조롭게 배를 타실 수 있을 것입니다. 풍향이 좋고 바다가 고요하다면 9년 이내에 메오나의 큰 늪, 다시 말해서 메오띠데스*2의 큰 늪이 보이는 곳에 도착할 수 있습니다. 그 큰 늪은 공주님의 왕국 바로 앞에 있어서 100일을 더 가면 닿는 거리지요."

"어머, 뭔가 착각하고 계시네요, 제가 우리나라를 떠나온 지 2년밖에 되지 않았고 온화한 날씨라고는 하루도 없었어요. 저는 그런 악조건에서도 그렇게 그리던 돈끼호떼 데 라만차님을 뵙기 위해 온 거예요. 그리고 그분의 소문은 제가 스페인 땅을 밟자 바로 들을 수 있었어요. 그 소문에 제 마음이 움직여서 그분을 찾아 그분의 호의에 매달리기로 마음먹고 이렇게 그분을 직접 찾아 나선 거예요."

이때 돈끼호떼가 말했다.

"나에 대한 칭찬은 이제 그만하시오. 나는 모든 종류의 아첨을 싫어하는 사람이라오. 방금 하신 말씀을 두고 하는 말이 아니나, 두 분의 대화가 나의 정결한 귀를 해롭게 하는구려. 공주님, 내가 말씀드릴 수 있는 것은 내게 무력이 있건 없건 이 목숨을 걸고 공주님을 위해 있는 힘을 다 발휘하겠다는 생각뿐이라는 것이오. 이 문제는 장차 때가 오면 하기로 합시다. 그나저나 신부님에게 부탁하고 싶은 것이 있소. 이런 장소에 종자 하나 거느리지 않고 가벼운 차림으로 오셨는데 대체 무슨 까닭인지 들려주시기 바라오."

"그 이야기라면 간단하게 대답하지요. 실은 이런 까닭이 있었소, 돈끼호떼님. 우리의 의좋은 친구로 이발사를 하고 있는 니꼴라스님과 함께, 몇 해 전에 인도로 간 내 친척이 보내온 돈을 받으러 세비야로 가는 길이었소. 그 금액은 정부가 검사를 마친 은으로 6만 뻬소가 넘으니 상당한 액수지요. 그런데 어제 이 근처에 막 다다랐을 때 네 사람의 노상강도를 만나 깡그리 털리고 턱수염까지 다 뽑혀 버리고 말았다오. 턱수염까지 뽑힌 이발사는 할 수 없이 가짜 수염을 달게 되었고, 여기 있는 이 젊은 양반(까르데니오)은 마치 딴 사람 같은 모습이 된 거요. 그런데 이 근처에 퍼져 있는 소문에 의하면, 우리를 습격한 도둑의 무리가 갤리선을 저으러 호송되어 가던 죄수들 중에 일부였다는 겁니다. 어떤 대담한 사나이가 교도관의 반대에도 끄떡하지 않고 모든 죄수들을 풀어주었다는 거지요. 아마 그 죄수들을 풀어 준 사나이는 머리가 돌았거나 죄수들 못지않은 악당이거나, 혹은 인정사정도 양심도 없는 자였던 것이 틀림없소.

---

*2 흑해에 있는 만. 여기에 그 당시 타나이스 강 같은 돈 강이 흐르고 있었다.

"나에 대한 칭찬은 그만 하시오."

늑대를 양떼 속에, 여우를 닭장 속에, 벌떼를 꿀 속에 넣으려 하는 것과 다름 없는 짓이니까요. 그는 국왕의 칙령을 어겼으니 나라의 사법권을 침범하고 자기가 태어난 나라의 국왕을 배신하려 한 것이오. 왜냐하면 갤리선의 노를 빼앗고, 지난 몇 해 동안 아무 일 없이 지내온 성동포회를 온통 떠들썩하게 만들어 놓았으니 말이오. 요컨대 스스로의 영혼을 멸망시키고, 자기 육체에도 전혀 도움이 되지 않는 행위를 하려고 했단 말이오."

신부와 이발사는 이미 산초에게서 그의 주인이 보기 좋게 승리를 거둔 모험에 대한 이야기를 들었으므로, 신부는 돈끼호떼가 어떤 태도로 나오는지 보려고 일부러 이런 이야기를 꺼낸 것이다. 돈끼호떼는 신부의 말에 얼굴빛이 변했지만, 자기가 그 인간들을 해방시켜 준 당사자라고는 차마 말하지 못했다.

신부의 말은 계속되었다.

"내 돈을 강탈해 간 자들이 바로 그들이었던 것이오. 그러나 그들이 마땅히 받아야 할 형벌을 받지 못하게 한 사나이도 하느님의 광대무변한 사랑으로 용서받기를 기도할 참이오."

제30장
매우 가혹한 고통을 겪다가 사랑에 빠진
우리의 기사를 구해내는 과정과 재미있는 기교에 대하여

신부가 말을 채 끝내기도 전에 산초가 끼어들었다.

"신부님, 사실을 말씀드리겠습니다. 그 엄청난 짓을 한 사람이 바로 우리 주인님입니다. 제가 그놈들은 모두 대단한 악당들이라 그렇게 끌려가는 것이니 그놈들을 놓아주는 것은 죄악이라고 틀림없이 미리 말해두었습니다."

이때 돈끼호떼가 소리쳤다.

"이 바보 같은 녀석! 방랑 기사들은 괴로워하는 자나 쇠사슬에 묶여 있는 자, 학대받는 자들을 길에서 만났을 때 그들이 그런 꼴을 당한 것이 그들이 범한 죄에 의한 것인지 아닌지를 일일이 따지지도 않고 관여하지도 않는다. 그들의 나쁜 행위보다 그들의 괴로움에 눈을 돌려 도움을 필요로 하는 자를 도와주는 것이 기사의 의무란 말이다. 나는 줄줄이 묶여 수심에 차 있는 불행한 사람들을 만나서 내가 믿는 기사도가 명하는 바를 실행했을 뿐이며, 그 밖의 일은 어떻게 되든 내 알 바 아니다. 신부님의 성직자로서의 존귀함과 고결한 인격을 운운할 생각은 추호도 없지만, 이에 대해서 트집을 잡는 자가 있다면 그것은 기사도에 대해 전혀 모르는 거짓말쟁이라고 단언할 수 있을 것이다. 그리고 무엇보다도 확실한 증거인 나의 칼로 그것을 똑똑히 깨닫게 해 줄 것이다."

이렇게 말하면서 그는 등자를 밟은 두 다리에 힘을 주고 투구를 고쳐 썼다. 죄수들에게서 입은 손상을 수선하기 위해 안장 앞에 걸어 놓았던 이발사의 놋대야를 아직도 맘브리노의 투구라고 생각했기 때문이다.

도로떼아는 재기가 넘치는 쾌활한 처녀였고, 산초 빤사를 뺀 모든 사람이 돈끼호떼의 광기를 웃음거리로 삼고 있다는 것을 알았다. 그녀는 자기만 뒤처지는 것이 싫어서 돈끼호떼가 얼굴이 시뻘개져서 화를 내는 것을 보며 입을 열었다.

"기사님, 제게 약속한 일을 생각해 주세요. 기사님이 약속하기를, 아무리 절박한 상황이라도 다른 모험에는 일체 손을 대지 않겠다고 하셨습니다. 그러니 고정하세요. 기사님이 무력으로 죄수들을 해방시켰다는 것을 신부님께서 미리 아셨더라면 입을 다물고 계셨을 거예요. 그뿐 아니라 혀를 세 번 깨무는 한이 있더라도 기사님의 신경을 건드릴 말씀은 하지 않았을 거예요."

신부가 맞장구쳤다.

"그 일이라면 진심으로 맹세할 수 있소. 그게 아니라면 이 수염 한쪽을 모두 뽑아 버렸을 거요."

돈끼호떼가 말했다.

"나는 아무 말도 하지 않으려오, 공주. 이미 이 가슴속에 타오르기 시작한 노여움을 가라앉히고, 약속한 일을 다 할 때까지는 얌전하게 있기로 하겠소. 그러나 그 대가로 부탁드리는데 대체 공주의 근심이란 어떤 것이고, 공주를 위해 완전한 복수를 해야 하는 상대는 누구이고 몇이나 되는지 들려주시지 않겠소?"

"예, 기꺼이 그렇게 하겠어요. 분한 일, 불행한 일을 듣는 것이 언짢지 않다면."

"그럴 까닭이 있겠소?"

"이렇게 된 이상 다른 분들도 좀 들어주세요."

그녀가 이렇게 말하자 까르데니오와 이발사는 재치 있는 도로떼아가 어떤 신세타령을 꾸며내는지 들어보려고 그녀 곁으로 바짝 다가앉고, 주인처럼 도로떼아에게 속고 있는 산초도 다가앉았다. 그녀는 안장 위에서 자세를 고치고 헛기침과 그럴 듯한 몸짓을 한 다음 우아한 말투로 다음과 같이 말을 꺼냈다.

"여러분 우선 알아 두셔야 할 것은 제 이름입니다. 제 이름은……"

여기서 잠깐 말이 막혔는데 그것은 아까 신부가 지어준 이름을 깜박 잊었기 때문이었다. 그러자 신부가 그녀의 실수를 얼버무리기 위해 끼어들었다.

"저 공주님이 불행한 얘기를 시작하려다가 당황한 것도 무리는 아닙니다. 불행이라는 것은 괴로워하는 자의 기억을 잃게 할 뿐 아니라, 자기 이름마저도 잊게 하는 일이 자주 있습니다. 대 미꼬미꼰 왕국의 정통을 이으실 미꼬미꼬나 공주라는 이름을 잊어버린 공주님의 경우처럼 말이에요. 이 정도만 말씀드려도 공주님은 말하려고 했던 것들을 쉽게 생각해낼 수 있겠지요."

"정말 그래요. 그리고 이제부터는 아무것도 지시해 주시지 않아도 될 것 같아요. 저의 거짓 없는 이야기를 끝까지 말씀드릴 테니 들어보세요. 저의 아버님이신 국왕께서는 현자 띠나끄리오라고 하며 마법에 정통하신 분이었습니다. 그런데 하라미야 왕비라고 불리던 저의 어머니가 먼저 돌아가시고 이어서 아버지도 세상을 떠나 제가 부모 없는 고아가 된다는 것을 아버지는 그 마법의 힘으로 미리 알고 계셨어요. 그러나 아버지는 그 사실로 괴로운 것이 아니라 그 뒤에 일어날 일 때문에 걱정이 많으셨어요.

우리나라와 국경을 접하고 있는 커다란 섬의 군주로 '사팔뜨기 빤다필란도' 라는 거인이 있었습니다. 사팔뜨기라고 부르게 된 것은 눈이 있어야 할 자리에 제대로 붙어 있기는 하나 언제나 사팔눈처럼 곁눈질하는 버릇 때문입니다. 그 버릇은 악의에서 나오는 것으로, 보는 사람들을 놀라게 하려는 것이었습니다. 그런데 이 거인이 제가 고아라는 사실을 알게 되면 틀림없이 대군을 이끌고 우리나라에 쳐들어와 제가 몸을 감출 조그만 마을 하나 남기지 않고 깡그리 점령해 버릴 것을 아버지는 아셨던 거예요. 물론 제가 그 거인과 결혼한다면 이런 불행이나 파멸은 면할 수 있었지만 아버지는 제가 그런 결혼을 받아들이지 않을 것을 아셨지요. 아버지는 정확한 진실을 아셨던 것입니다. 왜냐하면 저는 그 거인과의 결혼은 상상조차 해 본 적이 없었기 때문이지요.

아버지는 저에게 이렇게 말씀하셨습니다. 아버지가 돌아가신 뒤에 빤다필란도가 왕국에 쳐들어오거든 방어하지 말라고요. 제가 무너질 것이 분명하다고요. 그리고 충성스런 신하들의 전멸을 피하려면 왕국을 내주는 것이 낫다고 하셨지요. 왜냐하면 거인이 이끄는 악마와 같은 군대에 대항한다는 것은 도저히 불가능한 일이었기 때문이에요. 아버지는 몇 사람의 부하를 거느리고 일찌감치 스페인을 향해 떠나라고 하셨는데, 그 나라에 가면 전국에 용맹을 떨치고 있는 방랑 기사에게 구원받을 수 있을 것이라고 하셨어요. 제 기억력이 확실하다면 그 기사의 이름은 돈아소떼(채찍), 혹은 돈히고떼(에스빠냐의 햄버거)라고 말씀하셨어요."

그 때 산초 빤사가 끼어들었다.

"돈끼호떼라고 말씀하셨겠지요. 아니면 우수에 찬 얼굴의 기사라든가."

"맞아요. 아버지는 이런 말씀도 하셨어요. 그분은 키가 크고 얼굴이 여위었으며, 왼쪽 어깨 밑의 오른쪽에 거무스름한 점이 있고, 거기에 돼지털 같은 털이 나 있을 것이라고요."

이 말을 듣고 돈끼호떼가 종자에게 말했다.

"잠깐만, 산초. 옷을 벗을 테니 좀 거들어 다오. 그 현명한 왕께서 예언하신 기사가 과연 내가 틀림없나 확인해야겠다."

도로떼아가 물었다.

"아니, 기사님. 무엇 때문에 갑옷을 벗으려고 하세요?"

"공주의 아버님께서 말씀하신 점이 있나 없나 살펴보려고 그럽니다."

돈끼호떼의 말이 끝나자 산초가 말했다.

"그렇다고 옷을 벗으실 것까지는 없습니다. 나리의 등 한가운데에 점이 있다는 것을 저는 알고 있으니까요. 그것은 강한 사나이라는 표시입니다."

도로떼아가 침착하게 말했다.

"그만하면 됐어요. 친구끼리는 하찮은 걸로 신경쓰지 않으니까요. 어깨에 있건 등에 있건 별 차이가 없잖아요? 검은 점만 있으면 그것으로 충분해요. 그것이 어디에 있건 몸에 있는 거잖아요? 아무튼 우리 아버지가 옳게 예언하신 것은 사실이고, 저도 만사를 돈끼호떼님에게 맡기고 싶어요. 아버지가 말씀하신 분이 바로 당신이니까요. 그 증거로 얼굴 모습도 라만차뿐 아니라 스페인 구석구석까지 떨치고 있는 기사로서의 훌륭한 명성과 꼭 맞으니까요. 제가 오수나에 오자마자 그분의 숱한 무훈담을 들을 수 있었는데, 제가 찾아온 그분이 틀림없다고 즉시 확신했어요."

"그런데 어째서 오수나에서 내리셨나요? 그곳은 항구가 아니라고 하는데."

돈끼호떼가 물었다. 그러자 도로떼아가 대답하기 전에 신부가 선수를 쳐서 말했다.

"아마 공주님은 말라가에 내리신 다음 귀공의 소문을 들은 최초의 땅이 오수나였다고 말씀하실 생각이었나 보오."

도로떼아가 맞장구를 쳤다.

"맞아요. 그렇게 말씀드릴 생각이었어요."

신부가 이야기를 계속하게 했다.

"그러면 앞뒤가 맞아 들어가는군. 공주님, 그러면 그 다음 말을 계속하시오."

"이야기를 더 계속할 필요가 없네요. 저는 돈끼호떼님을 만나는 행운을 얻었으니까 이제는 마치 왕국 전체를 되찾고 여왕이 된 기분이라고 말씀드릴 수 있어요. 아무튼 돈끼호떼님은 용감하고 예의 있는 분이라 제가 모시고 가는 곳이면 어디라도 동행하겠다고 약속하셨어요. 제가 모시고 갈 곳은 '사팔뜨기'인 빤다필란도 앞인데, 그 거인을 죽이고 저한테서 빼앗은 것을 되찾아 주기 위해서지요. 이것은 저의 다정하고 슬기로운 아버지인 띠나끄리오가 예언하신 일이니까 그대로 될 것이 틀림없어요. 그리고 아버지는 칼데아*¹어인지 그리스어인지 아무튼 제가 읽을 수 없는 글로, 만일 이 예언에 나타난 기사가 거인의 목을 벤 다음 저와 결혼할 것을 희망한다면 두 말 없이 그분의 아내가 되어 왕국의 통치를 그분에게 양도하라고 유언하셨습니다."

이때 돈끼호떼가 물었다.

"너는 어떻게 생각하는가, 나의 벗 산초? 일의 경위를 들었느냐? 내가 너에게 말하지 않았더냐? 봐라, 이미 우리에게는 통치할 왕국과 맞아들일 공주가 있지 않느냐?"

산초가 대답했다.

"당연하죠! 빤다필란도를 죽여놓고도 결혼하지 않는 놈은 사나이가 아니지요. 공주님은 대단한 미인이거든요. 내 잠자리의 벼룩이란 놈도 이렇게 되어주었으면 할 것입니다."

산초는 이렇게 말하고 풀쩍 뛰어 허공에서 손으로 신발을 두 번 툭툭 치며 즐거워했다. 그리고 도로떼아의 당나귀 고삐를 잡고 그녀 앞에 무릎을 꿇었다. 산초는 자기의 왕비이자 주인으로 섬기겠다는 표시로 손에 입을 맞추게 해 달라고 부탁했다. 둘러선 사람들 모두 주인공의 광태와 종자의 단순함을 보고 웃음을 터뜨리지 않을 수 없었다. 도로떼아는 산초에게 손을 내밀어 입맞춤을 허락하면서, 하늘이 왕국을 되찾게 하는 은혜를 베푼다면 산초를 왕국의 대귀족으로 삼겠다고 약속했다. 산초가 고맙다는 인사를 하자 사람들은 그 말투에 다시 폭소를 터뜨렸다.

도로떼아가 계속 말을 이었다.

"여러분, 이것이 저의 신세타령이에요. 마지막으로 말씀드릴 것은 제가 나라를 떠나올 때 데리고 있던 종자 가운데서 지금까지 남은 사람은 저 훌륭한 수

*1 그리스의 역사가들이 바빌로니아라고 부르던 지역으로 그 수도는 바빌론이었다.

염을 기른 종자뿐이라는 거예요. 나머지 사람들은 항구에 닿기 직전에 폭풍우를 만나 모두 물에 빠져 죽었지만, 저 사람과 저는 두 장의 판자에 매달려 기적적으로 육지에 닿았습니다. 여러분도 보셨다시피 제가 여태까지 살아온 생애는 모두 기적과 이상한 일의 연속이에요. 만일 제가 지나친 말을 했거나 잘못 말씀드린 것이 있다면, 이야기를 시작할 때 신부님이 말씀하셨듯이 끊임없이 심한 고난에 부대낀 사람은 기억마저도 잃어버린다는 것을 기억하고 그 탓이라 이해해주세요."

이에 돈끼호떼가 말했다.

"더없이 고귀하고 용감한 공주여! 나는 그대를 섬기는 고난이 아무리 심하고, 설혹 전대미문이라 할지라도 결코 기억을 잃거나 하는 일은 없을 것이오. 그래서 그대에게 한 약속을 다시 확인하고 그대의 잔악한 원수와 대면할 때까지 이 세상 끝까지라도 함께 할 것을 맹세하겠소. 그리하여 신의 가호와 내 검술로 놈의 더러운 목을 이 명검으로 자를 각오를 했소. 그리고 히네스 데 빠사몬떼에게 도둑맞은 검에 대해서는 말하지 않으리다(돈끼호떼의 칼은 히네스에게 도둑맞지 않았다. 작자의 부주의에서 온 잘못이다). 그리하여 놈의 목을 자르고 공주님에게 평화로운 왕국을 지배하게 해드린 다음, 그대에 대한 나의 처신은 그대 마음에 맡기겠소. 그 까닭은 내 머릿속이 온통 그녀 생각 뿐이라, 판단력을 빼앗겨버린 이 상태에서 결혼한다는 건 불가능한 일이기 때문이오. 아, 더 이상 무슨 말을 하겠소?"

주인이 끝에 가서 결혼하고 싶지 않다고 한 말이 산초는 매우 못마땅해서 목소리를 높였다.

"제 자신에게 맹세하고 말씀드립니다. 돈끼호떼님, 나리는 제정신이 아닙니다. 아니, 이처럼 훌륭한 공주님과의 혼인을 어찌 주저할 수 있습니까? 지금 같은 행운이 그렇게 자주 올 거라고 생각하십니까? 둘씨네아 공주님이 훨씬 더 아름답단 말씀인가요? 천만에요, 반에도 미치지 못해요. 여기 계시는 공주님의 신발에도 미치지 못한다고 하고 싶을 정도입니다. 그렇게 나리가 가망도 없는 것을 바라신다면 제가 가지고 싶어하는 백작 지위 역시 다 틀린 일이지요. 결혼하셔야 합니다. 얼른 결혼하세요. 사탄을 두고 부탁드립니다. 손 안에 굴러들어온 그 왕국을 가지셔야 해요. 임금님이 되셔서 나를 후작이라든가 총독이라든가 하는 것을 시켜 주세요. 나머지는 악마가 다 가로채든 말든 상관할 일이 아닙니다."

돈끼호떼는 그리운 둘씨네아에 대해서 이렇게 모욕하는 것을 더 이상 참을 수가 없었다. 그는 창을 들고는 한 마디 말도 없이 두 번이나 산초를 세게 후려쳐 땅바닥에 고꾸라뜨렸다. 도로떼아가 그만하라고 소리치지 않았다면 아마 그를 죽였을지도 모를 일이다.

돈끼호떼는 잠시 사이를 두었다가 말했다.

"이 천한 촌놈아, 네놈이 언제라도 내 일에 참견할 수 있다고 생각하느냐? 네놈의 잘못을 언제까지라도 내가 오냐오냐하고 용서할 줄 아느냐? 그렇게 생각한다면 큰 잘못이다. 이 악당 같으니라구. 암, 네놈은 틀림없는 악당이지. 세상에 둘도 없는 둘씨네아를 욕하다니, 이 불한당 같으니. 그분이 내 팔에 깃들게 해주는 힘이 아니라면 나는 벼룩 한 마리 죽일 힘도 없다는 것을 모르느냐? 입에 독을 품은 악당 같으니. 내 팔을 갖가지 공을 세우는 방편으로 이용한 둘씨네아 공주의 힘이 없었다면, 누가 이 왕국을 수중에 넣고 그 거인의 목을 자르며, 너를 후작으로 삼아 주겠는가 말해 보아라. 그분은 내 안에서 싸우고 내 안에서 승리를 거두신다. 나는 그분 안에서 살아 호흡하며 그렇게 함으로써 내 생명과 내 존재가 있는 거다. 이 몹쓸 악당놈 같으니. 네놈 같은 배은망덕한 자는 처음 보았다! 흙먼지에서 일어나 작위를 가질 신분이 되었으면서 그런 은혜에 보답하기는커녕 그 은인에게 욕을 하다니, 예끼 고얀놈!"

산초는 주인이 하는 말을 알아들을 수 없을 만큼 심하게 다치지 않았으므로 잽싸게 일어나서 도로떼아가 타고 있는 말 뒤에 가서 주인에게 말했다.

"그렇다면 말씀해 주십쇼, 나리. 나리가 이 훌륭한 공주님과 결혼하지 않기로 하셨다면 왕국이 나리의 것이 되지 않을 것은 틀림없지 않습니까? 왕국이 나리의 것이 아니라면 대체 무엇을 저에게 주실 참이지요? 제가 원통하게 생각하는 것은 바로 그것입니다. 아무튼 나리는 이 공주님과 결혼하셔야 합니다. 마치 하늘이 내리신 분처럼 바로 여기 계시지 않습니까? 그런 다음에 둘씨네아님 쪽으로 돌아가셔도 상관없지 않습니까? 세상에는 소실을 두었던 임금님도 많았을 테니까요. 저는 어느 쪽이 아름답다고는 말하지 않겠습니다. 말이 났으니 말이지만 미모에 대해서는 양쪽 다 우열을 가릴 수 없으니까요. 둘씨네아님은 아직 한 번도 본 적이 없지만 말입니다."

"본 적이 없다니 그게 무슨 소리냐? 이 벼락 맞을 배신자야! 너는 방금 그분한테서 전갈을 가지고 돌아오지 않았느냐?"

"제 말은 그분을 찬찬히 본 적이 없다는 뜻입니다. 그분이 어디가 아름답고 어디가 훌륭한지 일일이 살펴볼 수 없는 일 아닙니까? 아무튼 훌륭하긴 훌륭한 것 같습니다만……."

"그렇다면 용서해 주마. 내가 너에게 화를 낸 것을 용서해다오. 충동적인 행동은 사람의 힘으로는 어쩔 수 없느니라."

"그건 다 알고 있습니다. 저 역시 지껄이고 싶은 충동이 언제나 일어나니까요. 입술에까지 올라오면 하다못해 한 마디라도 입 밖에 내지 않고는 못 견딥니다."

"아무리 그렇다 해도 말은 조심해야 하느니라, 산초. 물독도 샘가에 너무 자주 들고 가면…… 그 뒤는 말하지 말자(이 속담의 뒷말은 '끝내는 깨어진다'이다)."

"좋습니다. 하느님은 하늘에 계시면서 속임수를 환히 내려다보고 계시니까 내 말이 더 나쁜지, 나리의 행동이 더 나쁜지 정확한 판단을 해주실 겁니다."

도로떼아가 끼어들어서 말렸다.

"이제 그만하면 됐어요. 자, 얼른 일어나서 주인어른의 손에 입맞추세요, 산초. 그리고 용서를 빌고, 앞으로는 칭찬을 하든 욕을 하든 조심하도록 하세요. 나는 도와 드리고 싶어도 아직 만난 적이 없는 또보사 공주(둘씨네아 델 또보소의 또보소는 성인데, 또보소 공주라고 하면 어미가 o인 남성형이 되므로 여성적인 a로 바꾸어 또보사라고 한 것이다)라는 분의 욕을 해서는 안돼요. 그리고 당신이 왕자처럼 생활할 수 있는 영지도 틀림없이 얻을 수 있을 테니 하느님을 믿으세요."

산초가 고개를 푹 숙이고 주인 곁으로 가서 손을 구하자, 돈끼호떼는 침착한 태도로 손을 내밀었다. 입맞춤을 한 다음 돈끼호떼는 종자를 축복해 주고 저쪽으로 좀 가자고 말했다. 그에게 물어볼 말이 있었고, 상당히 중요한 일을 둘이서 의논해야 했기 때문이다. 두 사람은 다른 사람들과 떨어져서 조금 앞으로 나가게 되자 돈끼호떼가 말했다.

"네가 돌아온 뒤에 너를 보낸 심부름이나 네가 가져온 회답에 대해서 여러가지로 상세하게 물어 볼 장소도 겨를도 없었다. 지금 다행히 그 장소와 시간이 생겼으니 네가 나를 기쁘게 해줄 소식을 알려다오."

"무엇이든지 물어 보십쇼. 입구를 발견했으니 출구를 찾는 일도 어렵지 않을 겁니다. 하지만 나리께 한 가지 부탁드리는데 이제부터는 그런 식의 보복을 하지 말아주십시오."

"어째서 그런 말을 하느냐, 산초?"

"다름이 아니라 조금 전에 저를 때린 것은 제가 둘씨네아님에 대해서 이러쿵저러쿵 말해서라기보다, 지난밤에 악마의 장난으로 나리와 제가 싸움을 한 것이 원인입니다. 저는 둘씨네아님을 소중히 생각할 뿐더러 마치 성자의 유물처럼 우러러보고 있습니다. 물론 그분에게 유물은 없지만 나리가 사모하는 분이라는 사실만으로도 그런 겁니다."

"또 슬슬 그 얘기를 꺼내느냐? 산초, 제발 그만해라, 부탁한다. 그 말을 들으면 내 마음도 쓰라리다. 이미 그 때 너를 용서해 주었다. 게다가 '새로운 죄에는 새로운 속죄'라는 속담이 있는 것도 너는 알고 있겠지?"

이런 이야기를 나누고 있을 때 길 저쪽에서 당나귀를 타고 오는 사나이의 모습이 눈에 띄었다. 이윽고 가까이 왔을 때 자세히 보니 집시 같았다. 산초 빤사는 어디서나 당나귀만 보면 눈과 정신이 그쪽으로 빨려 들어가기 때문에 그 사나이를 본 순간 히네스 데 빠사몬떼라는 것을 알아보았고, 그가 탄 것이 자기 당나귀라는 것도 알아보았다. 분명 빠사몬떼가 타고 있는 것은 산초의 잿빛 당나귀였다. 빠사몬떼는 정체를 드러내지 않고 당나귀를 팔기 위해 집시 복장을 하고 있었는데, 그는 집시의 말뿐 아니라 많은 언어를 자기 나라 말처럼 똑같이 할 수 있었다. 산초는 그를 알아보자마자 큰 소리로 외쳤다.

"이놈아, 히네시요의 도둑놈아! 내 보물을 내놔라, 내 목숨을 내놔라, 내 위안을 가로채지 마라! 내 당나귀를 내놔라! 내 소중한 것을 내놔라! 이리 나와라, 이 악당놈아! 꺼져라, 도둑놈아! 네 것이 아닌 걸 거기 놓고 썩 꺼져라!"

그러나 이렇게 많은 말과 욕설도 사실은 필요가 없었다. 왜냐하면 히네스는 첫 마디를 듣자마자 당나귀에서 뛰어내려 쏜살같이 달아남으로써 모습을 감추었기 때문이다. 산초는 잿빛 당나귀에게 달려가 얼싸안았다.

"어떻게 살았냐, 내 소중한 녀석아! 내 눈같이 귀여운 당나귀야! 의좋은 내 동무야!"

이런 말을 뇌까리면서 마치 사람에게 하듯 입을 맞추고 쓰다듬었다. 당나귀는 아무 소리도 내지 않고 산초가 입을 맞추고 볼을 비벼 대는 대로 가만히 몸을 맡기고 있었다. 다른 사람들이 달려와서 당나귀를 찾은 것에 대해 축하했고, 특히 돈끼호떼는 이 일로 하여 당나귀 세 마리를 주겠다는 자기의 증서가 무효가 되지는 않는다고 말했다. 거기에 대해 산초는 고맙다고 인사했다.

두 사람이 이런 말을 하고 있을 때, 신부는 도로떼아에게 이야기를 전개하는 솜씨나 기사도 이야기와의 유사성 등 모든 점이 빈틈없다고 칭찬했다. 그녀는 여태까지 시간만 있으면 기사도 이야기를 탐독했으나, 스페인의 지방이나 항구가 어디에 붙어 있는지 잘 몰라서 그만 오수나에 내리게 됐다는 말을 해버렸다고 대답했다.

신부는 너그럽게 말했다.

"나도 그런 줄 알았지요. 그래서 즉시 그런 식으로 거들어 준 것인데 다행히 무사히 넘어갔구려. 그런데 이 가련한 기사는 기사도 이야기에 나오는 문체와 형식만 비슷하면 어떤 조작된 일이든 가공의 일이든 단순하게 믿어 버리니 정말 이상하지 않소?"

까르데니오가 끼어들었다.

"그렇습니다. 참으로 신기한 전대미문의 이야기군요. 그것을 공상으로 날조한다 해도 과연 그만큼 훌륭하게 만들어 낼 만한 날카로운 재능을 가진 사람이 있을지 모르겠는데요."

신부가 말했다.

"그런데 거기에는 또 다른 문제가 있소. 이 훌륭한 기사는 광태에 빠지면 참으로 어처구니없는 말을 하지만, 다른 일은 앞뒤의 조리가 꼭 맞는 의견을 내놓으며, 모든 일에 명석하고 온건한 판단력을 보여준단 말입니다. 그래서 그의 자랑인 기사도 이야기만 꺼내지 않는다면 그를 훌륭한 지성인으로 보지 않는 사람이 없지요."

그들이 이런 대화를 나누고 있는 동안 돈끼호떼도 산초와의 대화를 계속해나갔다.

"나의 벗 빤사여, 여태까지 있었던 말다툼은 다 흘려버리기로 하자. 그러니 울화나 원한을 잊고 나에게 이야기해다오. 너는 언제 어디서 어떻게 둘씨네아를 만났느냐? 무얼 하고 계시더냐? 너는 무어라고 말했더냐? 그분은 무슨 대답을 하시더냐? 내 편지를 읽고 어떤 얼굴을 하시더냐? 편지는 누가 대필해주었느냐? 그 밖에 이 일에 대해서 알아야 할 일이라고 네가 생각하는 것을 남김없이 말해다오. 나를 기쁘게 해 주기 위해 보태거나 꾸미거나 자르지 말고 말이야."

"나리, 사실을 말씀드리면 편지는 아무도 새로 쓰지 않았습니다. 저는 편지 같은 것을 가지고 가지 않았으니까요."

"그것은 네 말이 옳다. 편지를 쓴 수첩이 뒤에 떨어져 있는 것을 내가 발견한 것은 네가 출발한 지 이틀이 지난 뒤였지. 네가 편지가 없어진 것을 알면 어떻게 할까 생각하며 무척 걱정했었다. 그래서 편지가 없다고 깨달은 장소에서 되돌아올 줄 알았지."

"나리가 편지를 읽어 주셨을 때 제가 기억하지 않았더라면 아마 그랬을 것입니다. 그러나 어느 성당지기에게 머릿속에 있는 내용을 들려주며 한 마디도 빠짐없이 베껴 달랬지요. 그 친구 말로는 자기가 여태까지 많은 편지를 읽어보았지만 이처럼 훌륭한 편지는 처음 본다고 그럽디다."

"그런데 그 내용을 지금도 기억하고 있느냐, 산초?"

"아닙니다, 나리. 한 번 전하고 나서 이제 더 이상 소용이 없겠지 하고 다 잊어버렸습니다. 얼마간 기억에 남는 것이 있다면 그 '더없이 치솟은' 아니, '더없이 기품도 드높으신 공주'라는 것과 제일 뒤의 '목숨이 다하도록 변치 않을 우수에 찬 얼굴의 기사'입니다. 그리고 저는 이 두 말 사이에 300번도 넘게 '영혼'이라든가 '목숨'이라든가 '내 눈동자의 구슬'이라는 말을 집어넣었습니다."

제31장

돈끼호떼와 산초 빤사가 나눈 재미난 대화와 새로운 사건들

"그래, 해롭지 않은 이야기이군. 계속해보아라. 네가 거기에 닿았을 때 그 아름다운 공주는 무엇을 하고 계시더냐? 아마도 진주에 실을 꿰거나, 아니면 공주의 종인 이 기사를 위해서 방패의 문장이라도 수놓고 계셨을 테지?"

"제가 갔을 때는 뒷마당에서 밀 두 파네가*1를 키질하고 계셨습니다."

"그렇다면 그 밀알들이 그분의 손에 닿아 진주로 변했다고 생각해도 좋을 게다. 그런데 그 밀이 흰 밀이었느냐, 누런 밀이었느냐?"

"흔히 있는 붉은 밀이었습니다."

"장담하는데 그분의 손이 닿으면 흰 밀이 될 것이 분명하다. 그 다음에는? 내 편지를 드렸을 때 거기에 입을 맞추시더냐? 그것을 두 손으로 받들어 드시더냐? 뭔가 그런 편지에 알맞은 거동을 하시더냐?"

"제가 편지를 드리려고 했을 때 그분은 밀을 키질하고 계셨습니다. 그리고 '이봐요. 편지는 그 자루 위에 올려놔요. 이걸 다 키질하기 전에는 도저히 읽을 수 없으니까요.' 라고 말씀하셨습니다."

"우아한 분이로다! 그 뜻을 음미하면서 읽으실 작정이었을 게다. 그러고는 어떻게 되었느냐? 그렇게 일을 하면서 너와 어떤 이야기를 나누셨느냐? 너는 나에 대해서 뭐라 대답했느냐? 한 마디도 빼지 말고 속 시원하게 죄다 이야기해다오."

"그분은 아무것도 물어 보지 않았습니다. 하지만 저는 나리께서 그분을 생각하여 고행하는 모습을 상세히 이야기했습니다. 산 속에서 웃옷을 벗은 채 야만인처럼 땅바닥에 뒹굴고, 식탁도 없이 빵을 뜯고, 수염에 빗질도 하지 않고 그저 자기 운명을 한탄하며 저주하고 있다고 말입니다."

---

*1 1파네가(fanega)=55.5ℓ

"내가 운명을 저주한다고 말한 것은 좋지 않았구나. 나는 오히려 운명에 감사하고 있으며, 목숨이 붙어 있는 한 그럴 생각이다. 둘씨네아 델 또보소 같은 높은 분에게 사랑을 바칠 수 있는 몸이 되었으니 말이다."

"높고말고요. 정말 저보다 손가락 4개는 높습니다."

"아니, 그러면 네가 그분과 키를 재보았단 말이냐?"

"예, 그렇습니다. 그분이 밀자루를 당나귀에 싣는 것을 제가 도우려다가 두 몸이 딱 닿았기 때문에 저보다 손바닥 넓이 하나만큼 더 크다는 것을 알았습니다."

"그 정도의 높이는 당연한 일이지. 그 훌륭한 체격을 장식하고 있는 것은 한없는 영혼의 매력이니까! 그런데 산초, 이 한 가지만은 부인하지 못할 게다. 네가 그분 곁에 갔을 때 사바의 향료를 맡았을 테지? 그윽하면서도 야릇한 향기, 마치 고급 장갑 가게에라도 들어간 듯한 은근한 방향(芳香)을 말이다."

"제가 말씀드릴 수 있는 것은 남자에게서 나는 냄새가 코를 찔렀다는 것뿐입니다. 아마 몸을 많이 움직여서 땀에 몸이 젖어 있었던 모양입니다."

"그렇지 않을 게다. 네가 코가 막혔거나, 아니면 네 몸의 냄새를 맡은 것일 게다. 가시덤불 속의 장미, 들판에 피는 붓꽃, 용해된 호박(琥珀)이 어떤 향기를 내는지 나는 잘 알고 있다."

"그런지도 모르지요. 그 때 둘씨네아님에게 풍기는 줄 알았던 그 냄새는 나한테서도 늘 나니까요. 하지만 별로 놀랄 것은 없습니다. 어차피 악마는 다른 악마와 닮은 법이니까요."

"좋아. 그분이 밀을 다 켜서 방앗간으로 보낸 것은 알았다. 편지를 읽었을 때는 무엇을 하시더냐?"

"편지는 읽지 않으셨습니다. 읽을 줄도 쓸 줄도 모른다고 하셨잖아요? 동네방네 비밀이 알려지면 싫다면서 아무도 읽지 못하도록 편지를 갈기갈기 찢어버리셨습니다. 그리고 나리가 그분에게 바치고 있는 사랑이라든가, 그분 때문에 나리가 하시는 대단한 고행에 대해서는 제가 전한 것만으로도 충분하다고 하셨습니다. 그리고 끝으로 나리의 손에 입을 맞춘다고 전해달라며, 나리에게 편지를 쓰기보다는 직접 보고 싶으니 그 바보 같은 짓은 그만두고 숲에서 빠져나와, 특별히 중요한 일이 없으면 곧장 델 또보소로 돌아오도록 애원하며 명령한다고 말씀하셨습니다. 나리가 보고 싶어 못 견디겠다고 말입니다. 그리고 나리가 '우수에 찬 얼굴의 기사'라고 불리게 된 경위를 이야기했더니 막 웃으셨습니다. 이전에 그 비스까야인이 찾아오지 않았더냐고 물었더니, 찾아왔다면서 꽤 믿음직한 사나이였다고 말씀하셨습니다. 죄수들에 대해서도 물었는데, 여태까지는 아직 한 사람도 보지 못했다고 하셨습니다."

"거기까지는 다 좋다. 그런데 말이다. 너와 헤어질 때 내 소식을 전해 준 사례로 어떤 보수를 주시더냐? 방랑 기사와 귀부인 사이에는 서로의 소식을 전달해주는 종자나 시녀나 난쟁이에게 심부름의 사례로 무언가 훌륭한 귀중품을 주는 것이 예로부터의 관습이다."

"그야 마땅히 그럴 테지요. 저도 고마운 관습이라고 생각합니다. 하지만 그것도 옛말이지요. 요즘 세상에서는 빵과 치즈를 주는 것이 관습이 되어 있는 모양입니다. 제가 그분에게 작별 인사를 했을 때 뒷마당의 흙담 너머로 둘씨네아님이 저에게 주신 것도 역시 그거였습니다. 좀더 자세히 말씀드리면 양젖으로 만든 치즈였습니다."

"참으로 관대하신 분이구나. 너에게 황금 장신구를 주지 않은 것은 아마 그때 갖고 계신 것이 없었기 때문이겠지. 하지만 훌륭한 선물은 부활절이 지난 다음이라는 말도 있지 않느냐? 어차피 내가 만나게 될 테니까 그 때 다 생각하시겠지. 그런데 내가 이상하게 생각하는 것이 있다. 다른 게 아니라 네가 하늘을 날아서 갔다온 거라고 생각할 수밖에 없다는 거다. 여기서 델 또보소까지는 30레구아가 넘는데 그 거리를 네가 사흘 안에 왕래했으니 말이다. 그것을 나는 이렇게 해석하고 싶다. 내가 하는 일이면 모두 도와 주시는 마법의 현자가 반드시 있는 거라고. 이런 양반은 반드시 있는 법이고 또 있어야 하며 만일 없다면 내가 대단한 방랑 기사가 아닌 셈이다만. 아무튼 그 마법사가 너도 모르는 사이에 너를 도와 주신 것이 틀림없다. 현자 중에는 자리에 누워 있는 방랑 기사를 번쩍 들어 그 전날 저녁 때 있던 곳에서 1,000레구아나 떨어진 곳에서 이튿날 아침을 맞이하게 하는 이도 있거든. 만일 이런 일이 없다면 방랑 기사들이 위급할 때 도울 방법이 없다는 것이다. 어느 기사가 아르메니아의 산중에서 괴물을 만나거나, 아니면 다른 기사를 만나 싸우다가 형세가 불리해져서 생사의 기로에 이르렀을 때, 뜻밖에도 구름이나 불의 수레를 타고 동료 기사가 그를 도와 주려고 그곳에 나타났단 말이다. 이렇게 도와 주러 온 기사는 조금 전까지만 해도 영국에 있었는데, 그 기사를 도와 사지에서 건져내고 밤에는 다시 원래의 숙소로 돌아가서 맛있게 저녁식사를 하고 있더라는 것이다. 더욱이 갑이란 땅과 을이란 땅은 서로 2,000 내지 3,000레구아나 떨어져 있는데도 말이다. 이런 일들은 모두 용감한 기사들을 돌보는 현자 마법사의 기술과 지식으로 이루어지는 거다. 그러므로 산초, 네가 아주 짧은 시일에 여기서 델 또보소까지 갔다왔다고 해도 나는 불가능하다고는 생각하지 않는다. 왜냐하면 방금 말한 대로 누군가 우리 편을 들어주는 현자가, 네가 깨닫지 못하는 사이에 허공을 날아 너를 운반해 준 것이 틀림없을 것이기 때문이다."

"그럴 것입니다. 정말이지 로시난떼는 마치 귀에 수은이 들어간 집시의 당나귀처럼 나는 듯이 달렸으니까 말입니다."[*2]

"뭐? 수은이 들어갔어? 그보다 악마의 무리라도 깃들어 있었는지도 모르지. 그놈들은 무엇이든 자기들이 좋아하는 대로 달리게 하고는 태연하거든. 그건 그렇고 나의 그리운 그분이 만나러 오라고 명령하신 것에 대해서 이제 나는 어떻게 하면 좋을까? 너는 어떻게 생각하느냐? 그분의 명령이면 반드시 따라야 하지만, 지금은 우리와 함께 있는 공주에게 약속한 것이 있으니 그 명령을 따를 수도 없는 입장이니 말이다. 게다가 기사도의 법도에는 자신의 기쁨보다는 약속을 먼저 이행하도록 강요하고 있으니 말이다. 한편에서는 그분을 만나고 싶다는 욕망으로 괴롭고, 한편에서는 약속을 지키려는 마음과 이번 계획으로 손에 넣을 영광으로 들뜨는구나. 그러나 지금 내가 하고 싶은 일은 얼른 길을 재촉하여, 그 거인이 있는 곳으로 가서 당장에 놈의 목을 치고 공주에게 조국을 돌려 드리는 것이다. 그리고는 곧장 되돌아와서 나의 오감을 비추는 빛이신 그분을 만나는 것이다. 그분은 내가 늦게 온 걸 용서해 주실 것이다. 왜냐하면 내가 평생토록 무용(武勇)으로 획득한 것과 지금 현재 획득하는 것, 그리고 장차 획득하려 하는 것도 모두 그분이 나에게 주신 은혜와 내가 그분의 종이라는 데서 비롯된 것임을 잘 아실 테니 말이다. 다시 말해 내가 하는 모든 일이 그분의 영예와 명성을 더욱 높이는 일로 인정해 주실 것이 틀림없다는 말이다."

"제기랄! 나리의 머리가 이상해지셨군요? 그렇다면 말씀해주십쇼, 나리. 지참금으로 왕국 하나를 몽땅 주겠다는 이 호화롭고 근사한 결혼을 이대로 놓

[*2] 집시들은 나귀를 더 빨리 달리게 하기 위해 나귀 귀에 수은을 넣었다.

칠 작정입니까? 더욱이 그 왕국은 둘레가 2만 레구아를 넘고 인간이 살아가는 데 필요한 것은 무엇이든 갖추고 있으며, 포르투갈과 가스띠야를 합친 것보다 더 크다고 합니다. 제발 부탁이니 아무 말씀 마시고, 아까 하신 그 말씀을 부끄럽게 생각해 주시기 바랍니다. 제가 너무 간섭하는 것을 용서하시고 제 말대로 신부님이 있는 마을에 도착하는 즉시 결혼하셔야 합니다. 저기 계신 신부님이 잘 주선해 주실 것입니다. 그리고 저도 이제 남에게 충고쯤 해도 될 나이니, 지금 나리께 말씀드리는 의견은 나리께 적절한 것이라고 생각해 주시기 바랍니다. '하늘을 나는 사나운 매보다 손아귀에 든 참새'라는 말이 있습니다. 그 뜻은 좋은 것을 가지고 있으면서도 쓸데없는 것을 잡으려고 하는 자는 나중에 아무리 화를 내봐야 어쩔 도리가 없다는 뜻입니다."

"이봐라, 산초. 지금 나더러 결혼을 재촉하는 것은 거인을 죽이고 당장 국왕이 되어 너에게 은혜를 베풀고 약속한 것을 달라는 이유에서냐? 그렇다면 내가 결혼하지 않더라도 너의 소원쯤은 쉽게 이루어 줄 수 있다는 걸 알아라. 왜냐하면 나는 전투를 시작하기 전에, 만일 내가 싸움에 이길 때는 설혹 결혼하지 않더라도 왕국의 일부를 차지할 것이며, 그것은 내가 원하는 사람에게 줄 수 있다는 것을 사례조로 정해 놓을 것이기 때문이다. 그것을 받았을 때 내가 너를 제쳐놓고 대체 누구에게 주겠느냐?"

"그건 확실합니다! 그런데 나리가 차지하실 왕국의 일부는 바닷가 쪽으로 고르십시오. 만일 거기서 사는 게 싫증나면 흑인 주민들을 배에 실어서 팔아 버릴 수 있도록 말입니다. 자, 이제 나리는 당분간 둘씨네아님을 만나러 갈 생각은 마시고, 거인을 무찌르러 가서 재빨리 일을 처리해 주십시오. 하느님께 맹세코 틀림없이 대단한 명예와 이익이 된다는 걸 장담하겠습니다."

"산초, 네가 하는 말은 모두 옳다. 나는 둘씨네아님을 만나기 전에 공주를 수행해 가라는 너의 충고를 받아들여야겠지. 그러나 미리 주의해 두지만 여기서 우리가 한 이야기는 아무에게도, 우리와 같이 가는 사람들에게도 말해서는 안 된다. 둘씨네아님은 참으로 정숙한 분이라 자기의 생각이 남에게 알려지는 걸 싫어하시니까 어느 누구도 그것을 들추어 낸다는 것은 좋지 않아."

"하지만 그런 까닭이라면 무엇 때문에 나리는 무력으로 쓰러뜨린 자들을 모두 둘씨네아님 앞으로 보내고 계십니까? 그건 나리가 그분에게 진심으로 반했다는, 다시 말해서 그분의 연애 기사라고 서명하는 거나 마찬가지 아닙니까? 거기 간 자들은 반드시 그분 앞에 가서 무릎을 꿇고 나리의 분부로 항복하러 왔노라고 말해야 하는데, 두 분의 가슴속을 어떻게 감추어 두실 수 있습니까?"

"허, 너는 어쩌면 그렇게도 우둔하고 단순한가? 산초, 너는 그것이 모두 그분의 영예를 한층 더 빛낸다는 것을 알지 못하느냐? 기사도의 관례로서는 한 귀부인이 충성을 맹세한 방랑 기사를 많이 가지고 있다는 것은 대단한 명예이며, 기사들은 다만 그리움의 대상으로서 그분을 섬기는 것이다. 그러니 그 귀부인이 자기를 사모하는 기사로서 인정해 주는 것 이외에는 아무것도 바라지 않으며 가슴에 넘치는 그리움의 보답을 기대하지도 않는 법이니라."

"우리도 그런 식으로 천국에 대한 소망 또는 지옥에 대한 두려움 때문이 아닌 우리의 주님으로 사랑해야 한다는 것은 설교를 들어서 저도 알고 있습니다. 하기야 하느님은 힘을 가지고 계시니까 사랑하고 싶기도 하고 섬기고 싶기도 하지만 말입니다."

"기가 막히는 촌놈이로군! 이따금 제법 똑똑한 말을 하다니! 마치 학문을 한 사람 같구나."

"실은 눈 뜬 장님이랍니다."

이때 이발사가 잠깐 기다려 달라며 그들에게 말을 건넸다. 거기 있는 조그만 샘에서 물을 길어 가자는 것이었다. 돈끼호떼가 말을 세우자, 이제 거짓말을 하는 데 진력이 나고 주인에게 말꼬리를 잡히지나 않을까 은근히 겁을 내던 산초는 매우 반가웠다. 둘씨네아가 델 또보소 마을의 농부 딸이라는 것은 알았으나 그녀와 만난 일은 여태까지 한 번도 없었기 때문이다.

이때 까르데니오는 도로떼아가 사람들에게 발견되었을 때 입고 있던 농부옷을 입고 있었다. 그것은 훌륭한 옷은 아니었으나 그가 벗어버린 옷보다는 훨씬 단정했다. 저마다 샘가에서 말을 내려 신부가 주막에서 준비해 온 먹을 것으로 그럭저럭 시장기를 달랬다.

그렇게 하고 있을 때, 나그네 복장의 한 소년이 지나가다가 샘가에 앉아 있는 사람들을 자꾸만 돌아보았다. 그 소년은 갑자기 돈끼호떼에게 달려와 두 다리에 매달리면서 억지울음을 터뜨리며 말했다.

"아, 나리! 저를 모르시겠어요? 잘 보세요. 그 때 참나무에 묶여 있던 저를 나리가 풀어 주셨잖아요?"

돈끼호떼는 이 소년이 생각났다. 그는 소년의 손을 잡고 가까이 앉아 있는 사람들을 돌아보며 말했다.

"이 세상에서 악인들의 나쁜 짓과 해악을 징계하는 방랑 기사라는 존재가 얼마나 중요한지를 여러분에게 알려 드리겠소. 언젠가 숲 속을 지나가다가 비탄에 잠겨 구원을 청하는 부르짖음과 비통한 울음소리를 들었소이다. 사명감에 쫓겨 안타까운 소리가 나는 곳으로 달려가 보니 한 소년이 참나무에 묶여 있었소. 지금 여러분 앞에 서 있는 이 소년인데, 나는 그 때의 일을 기쁘게 생각하는 바이오. 왜냐하면 이 소년이 내게는 거짓말을 할 수 없게 만드는 증인이 되어 줄 것이기 때문이오. 그 때 이 소년은 상반신을 발가벗긴 채 참나무에 묶여 있었고, 한 농부가 이 소년을 마구 채찍질하고 있었소. 알고 보니 그 농부는 이 소년의 주인이라는 것이었소. 그것을 본 나는 무슨 까닭으로 이토록 무참하게 매질을 하느냐고 물었소. 그랬더니 그 주인이 이 소년은 자기의 고용인인데 가끔 도둑질을 해서 그렇다고 대답했소. 그런데 소년은 '나리, 주인이 저를 때리는 것은 급료를 지불해 달라고 요구했기 때문이에요.' 하고 말하지 않겠소? 그러자 주인이 어쩌고저쩌고 변명을 늘어놓았는데, 물론 그것은 나를 납득시킬 수는 없는 이유였소. 결국 나는 소년을 묶은 밧줄을 끄르게 하고 농부에게 소년을 집으로 데려가서 급료를 1레알씩 세어 지불한다는 맹세를 시켰던 것이오. 이 모든 것이 진실이지, 안드레스? 내가 얼마나 강력하게 그 농부에게 명령했는가, 또 내 명령을 모두 그대로 실행하겠다고 얼마나 황공해하면서 그 농부가 약속했는지 너도 알게 아니냐? 자, 대답해다오. 조금도 당황하거나 주저할 건 없다. 여기 있는 분들에게 방랑 기사의 존재가 세상을 유익하게 한다는 것을 인정받기 위한 것이니, 하나도 빠짐없이 이분들에게 말씀드리도록 해라."

"나리 말씀은 전부 사실이겠지요. 하지만 제게 일어난 사건의 끝은 나리가 생각하신 것과는 정반대로 됐는걸요."

"뭐, 정반대로 됐다고? 그렇다면 그 농부는 너에게 돈을 지불하지 않았단 말이냐?"

"지불해 주지 않았을 뿐 아니라 나리가 숲에서 나가시고 우리 둘만 남게 되자, 주인은 다시 저를 참나무에 묶어 놓고는 얼마나 때렸는지 마치 껍질이 벗겨진 성 바르돌로메님과 똑같은 꼴로 만들어 놓았어요. 그런데다가 주인은 나에게 채찍을 휘두를 때마다 나리를 우스갯거리로 삼고 조롱했는데, 저도 매를 맞는 상황이 아니라면 주인이 하는 말을 듣고 웃음을 터뜨렸을 거예요. 그때 주인한테 맞은 상처 때문에 저는 지금까지 치료를 받고 있어요. 정말 지독하게 혼이 났지요. 그 모든 것이 나리 탓이에요. 나리가 참견하지 않고 지나갔더라면 우리 주인은 저를 열 번이나 스무 번쯤 때리고는 화를 가라앉히고 밀린 급료를 지불해 주었을 테니까요. 그런데 주인은 나리가 공연히 모욕을 주고 심한 말을 했기 때문에 더 화가 났던 거예요. 그렇다고 나리에게 앙갚음할 수는 없으니까 저한테 분풀이를 다한 거죠. 덕분에 저는 죽을 때까지 사내 구실을 못하게 생겼답니다."

"내가 그 자리를 뜬 것이 잘못이구나. 너에게 돈을 지불할 때까지 떠나지 말 것을. 나도 오랜 세월의 경험으로 자기에게 이익이 되지 않으면 약속 따위는 헌신짝처럼 저버리는 사람들이 많다는 것을 생각했어야 하는 건데. 하지만 안드레스, 너도 생각날 것이다. 만일 그놈이 돈을 지불하지 않는다면 고래의 뱃속에 숨어 있더라도 반드시 내가 다시 찾아내고야 말 것이라고 맹세한 것 말이다."

"네, 기억하고 있어요. 하지만 아무 소용도 없던걸요."

"소용이 있는지 없는지 두고 보아라!"

돈끼호떼는 벌떡 일어나 산초에게 로시난떼의 재갈을 채우라고 명령했다. 로시난떼도 사람들이 식사를 하고 있는 동안 풀을 뜯고 있었기 때문이다.

도로떼아가 무엇을 할 작정이냐고 돈끼호떼에게 물었다. 그러자 돈끼호떼는 지금부터 그 농부를 찾아가서 고얀 짓을 한 행위를 응징하고 이 세상의 모든 농부들이 원망하더라도 동전 한 푼 모자람 없이 안드레스에게 지불시킬 작정이라고 대답했다. 도로떼아는 자기 사건이 결말지어질 때까지 어떤 사건에도 개입하지 않겠다고 약속한 것을 기억해 달라고 말했다. 그리고 그것은 누구보다도 기사님 자신이 잘 아는 일이니 자기 왕국에서 돌아올 때까지 가슴속의 노여움을 가라앉히라고 말했다.

"공주님 말씀이 맞습니다. 그렇다면 공주님 말씀대로 안드레스에게는 내가 귀국할 때까지 참아 달랄 수밖에 없구려. 하지만 나는 이 소년의 복수를 하고 급료를 다 받을 때까지 결코 뒤로 물러서지 않겠다고 다시금 맹세하고 약속할 작정이오."

안드레스가 원망스럽다는 듯이 말했다.

"그 따위 맹세는 이제 다시는 안 믿어요. 이 세상의 모든 복수보다 지금은 세비야에 갈 노자가 더 절실히 필요해요. 지금 수중에 뭔가 먹을 것이나 가져갈 것이 있으면 좀 나눠주세요. 그러면 나리나 방랑 기사에 대해 이제 영원히 잊겠어요."

그러자 산초가 간직해 둔 것 중에서 빵 한 조각과 치즈를 꺼내 소년에게 주면서 말했다. "자 받아라, 안드레스. 네 불행이 우리 모두에게 분배될 게다."

"무엇이 아저씨한테 분배되죠?"

"지금 너한테 준 치즈와 빵이란다. 이것이 언젠가 아쉬워질 때가 있을지 없을지는 하느님만이 아시는 일이다. 왜냐하면 방랑 기사를 따라다니는 우리 같은 종자들은 심한 시장기와 뜻밖의 불행과 뼈에 사무치는 별의별 고생을 다하게 되어 있기 때문이지."

안드레스는 빵과 치즈를 받았다. 그리고 더 이상 받을 게 없다는 생각이 들자 머리를 꾸벅 숙이고 길을 떠났다. 하지만 떠나기 전에 돈끼호떼에게 이렇게 말하는 걸 잊지 않았다.

"방랑 기사 나리, 제발 다음에 만날 때는 제가 몸이 두 조각이 나는 걸 보더라도 구해 주거나 도와 줄 생각일랑 말고 그냥 지나가세요. 그 정도 불행은 나리가 도와준 덕분에 당했던 그런 불행에 비하면 아무것도 아닐 테니까요. 그러면 나리, 이 세상에 태어난 모든 방랑 기사란 방랑 기사는 모두 당신과 함께 하느님의 저주나 받기를!"

돈끼호떼가 소년을 잡아서 혼내주려고 일어나려 했다. 그러나 상대편은 누구 하나 감히 쫓아갈 생각이 나지 않을 만큼 재빨리 달려가기 시작했다.

돈끼호떼는 안드레스의 이야기에 수치심과 모욕을 느끼고 있었다. 그리고 다른 사람들은 그가 더 창피를 느낄까봐 웃음을 참느라고 애쓰고 있었다.

제32장
주막에서 돈끼호떼 일행에게 일어난 사건

훌륭한 식사가 끝나자 그들은 곧 말에 안장을 얹고 도중에 특별한 사건도 일으키지 않은 채 이튿날 주막에 닿았다. 산초로서는 이 주막에 들어가고 싶지 않았으나 달아날 수도 없는 일이었다. 돈끼호떼와 산초가 오는 것을 보고 주막집 주인 부부와 딸은 진심으로 반가워하며 그들을 맞이했다. 그러자 돈끼호떼는 엄숙하고 침착한 얼굴로 환영을 받으면서 전보다 좋은 침대를 준비해 달라고 말했다. 안주인은 돈만 많이 주면 왕자님의 침대 같은 것을 준비하겠다고 대답했다. 돈끼호떼가 그러겠다고 말하자 다락방에는 제법 그럴듯한 침대가 준비되었다. 돈끼호떼는 매우 지쳐 있던 터라 바로 자리에 누웠다.

방문을 닫기가 무섭게 안주인은 이발사에게 덤벼들어 턱수염을 움켜쥐면서 말했다.

"제발 부탁이에요. 이렇게 오랫동안 내 꼬리*¹를 수염으로 사용하면 곤란하지 않아요? 얼른 돌려주세요. 우리 주인 물건을 그렇게 땅바닥에 질질 끈다는 건 모욕이에요. 아시겠어요? 나는 언제나 그 멋진 꼬리에 빗을 꽂아 두니까요."

그녀가 아무리 수염을 잡아당겨도 이발사가 그것을 돌려주지 않자 보다못해 신부가 돌려주라고 말했다. 이제 그런 변장을 할 필요가 없으며, 돈끼호떼에게 본래의 모습을 보이고는 그 죄수 도둑들에게 털려서 간신히 달아나 이 주막에 와 있는 것이라고 말하면 된다는 것이었다. 그리고 돈끼호떼가 공주의 종자는 어떻게 되었느냐고 묻거든, 공주가 직접 모든 국민의 구세주를 모시고 온다는 길이라는 것을 국민들에게 알리려고 먼저 떠났다고 말하라고 했다. 이 말을 들은 이발사는 쇠꼬리와 돈끼호떼를 구출하기 위해서 얻었던 물건들을 모두 안주인에게 돌려주었다.

---

*1 '내 꼬리'라든가 '우리 주인 것'이라는 말은 작가의 농담이다. 그대로의 뜻은 아니다.

주막집 사람들은 도로떼아의 아름다움과 목자 까르데니오의 사내다운 모습에 모두 눈이 휘둥그레지며 감탄했다. 신부는 주막 주인에게 융숭한 대접을 해달라고 지시했다. 그러자 주인은 많은 돈을 벌려고 풍성하게 식탁을 차렸다. 그동안 돈끼호떼는 자고 있었는데 먹는 것보다 잠자는 편이 그에게는 더 좋을 것 같았으므로 깨우지 말자고 의견을 모았다.

　　식사 뒤에 그들은 주막 주인 부부와 딸, 마리또르네스, 그 밖에 모든 숙박객들 앞에서 돈끼호떼의 기묘한 광태와 그를 발견했을 때의 모습을 화제로 이야기꽃을 피웠다. 주막집 안주인은 돈끼호떼와 마바리꾼들 사이에서 일어난 소동을 이야기해 주었는데, 그 자리에 산초가 없는 틈을 타서 그가 담요 키질을 당한 사건을 자세히 들려주었으므로 사람들은 모두 배꼽을 잡았다. 신부가 돈끼호떼는 기사도 이야기를 너무 읽어서 머리가 돌았다고 말하자 주막 주인이 말했다.

　　"어떻게 그런 일이 있을 수 있지요? 내 생각으로는 세상에서 기사도 이야기처럼 힘을 북돋우는 이야깃거리는 없습니다. 나는 기사도 책 두세 권과 그 밖의 책을 가지고 있습니다만, 그건 나쁜 아니라 많은 사람들의 힘을 북돋우어 주지요. 추수 때가 되면 많은 일꾼들이 이곳으로 모여드는데, 그 가운데는 반드시 글을 아는 사람이 있어서 책을 읽게 되면 30명이 넘는 일꾼들은 그 주위에 빙 둘러앉아 흰머리가 검어질 정도로 즐겁게 그 사람의 이야기에 귀를 기울인답니다. 내 경우를 말한다면, 기사들의 불을 뿜는 듯한 무서운 결투 대목을 듣고 있노라면 나도 똑같이 해보고 싶어지고, 낮이나 밤이나 그런 이야기만 듣고 싶다는 생각이 들지요."

　　안주인이 끼어들었다.

　　"나도 마찬가지예요. 이 집에서는 당신이 이야기책 읽는 소리에 귀 기울이는 때 말고는 즐거운 시간이 없으니까요. 당신은 그 이야기에 귀를 기울이느라고 잔소리하는 것까지 잊어버린다니까요."

　　마리또르네스도 맞장구를 쳤다.

　　"그건 정말이에요. 저도 역시 그런 이야기를 듣는 것이 제일 좋아요. 그런 이야기는 정말 재미있거든요. 특히 어느 귀부인이 오렌지나무 밑에서 사랑하는 기사의 팔에 안겨 있을 때 그 옆에서 늙은 시녀가 질투 반, 웃음 반으로 망을 보는 장면은 정말 못 견딜 정도예요. 그런 장면은 꿀보다 더 달콤해서 정신을 잃을 지경이에요."

신부가 주막집 딸에게 말을 건넸다.

"아가씨는 어떻게 생각하나?"

"글쎄요. 모르겠어요, 신부님. 저도 그것을 듣는 건 좋아해요. 잘 알지는 못하지만 듣고 있으면 즐겁거든요. 하지만 아버지가 좋아하시는 싸움터의 광경은 좋아하지 않아요. 그보다 기사님이 사랑하는 귀부인과 헤어질 때의 슬픈 한탄 같은 것이 굉장히 좋아요. 그것을 듣노라면 하도 딱해서 눈물이 날 정도거든요."

도로떼아가 물었다.

"만일 그 기사들이 당신 때문에 운다면 당신은 그들을 어떻게 위로해 줄 수 있을까요?"

"어떻게 할지는 모르겠어요. 이야기에 나오는 귀부인 중에는 자기의 기사를 호랑이니 사자니 하는 천한 이름으로 부르는 무척 가혹한 분이 있다는 건 알고 있어요. 세상에 그런 법이 어디 있어요? 성실한 남자를 냉정하게 대해서, 그가 자살하거나 미치게 하는 인정머리 없고 양심도 없는 귀부인은 대체 어떻게 된 사람일까요? 무엇 때문에 그렇게 거만하게 구는지 그 마음을 알 수 없어요. 명예를 존중해서 그렇다면 결혼하면 될 게 아녜요? 기사님들도 그것을 간절히 바랄 텐데."

그러자 안주인이 나무랐다.

"너 대체 무슨 말을 하고 있니? 마치 그런 것을 다 알고 있는 듯한 말투 아니냐? 처녀가 그런 이야기를 지껄이면 못써요."

"이분이 물으시는데 어떻게 대답을 안 하나요?"

신부가 입을 열었다.

"주인 양반, 그 책들을 좀 가져와 보지 않겠소? 잠깐 보고 싶어서 그러는데."

"그러지요."

주인은 자기 방으로 들어가서 가느다란 사슬로 묶은 낡은 가방을 들고 나왔다. 그것을 열어 보니, 세 권의 큼직한 책과 달필로 쓴 상당한 양의 원고가 들어 있었다. 처음에 펼친 책은 《돈 씨론힐리오 데 뜨라시아》*²였다. 또 하나

───────────

*2 작가는 베르나르도 데 바르가스. 1545년 출판.

는 《펠릭스마르떼 데 이르까니아》*³였으며, 마지막 책은 《대장군 곤살로 에르난데스 데 꼬르도바 전(傳)》*⁴에 《디에고 가르시아 데 빠레데스의 생애》*⁵를 합본한 것이었다. 신부는 처음 두 권의 표제를 읽고는 이발사를 돌아보며 말했다.

"이 자리에 내 친구의 가정부와 질녀가 없는 것이 유감이군."

"아니지요. 저도 이걸 뒷마당이나 난로로 가져갈 수 있거든요. 난롯불은 화력이 아주 좋아요."

주인이 놀란 얼굴로 물었다.

"무슨 이야기입니까? 설마 제 책을 태우실 생각은 아니겠지요?"

신부가 우물쭈물하며 대답했다.

"아니, 뭐……. 이 두 권만요. 《돈씨론힐리오》의 책하고 《펠릭스마르떼》의 책만……."

"혹시 제 책들이 이해하기 어려워서 태우시려는 겁니까?"

이발사가 끼어들어 고쳐주었다.

"이교도적이라고 말해야지. 이해하기 어려워서가 아니라."

"그렇군요. 하지만 정 태우실 생각이라면, 《대장군》과 《디에고 가르시아》로 해주십시오. 그 외에 어느 것이라도 태운다면 저는 차라리 제 자식을 불구덩이에 넣겠습니다."

신부가 말했다.

"주인장, 이 두 권의 책은 전혀 쓸모없는 책이며 엉터리 이야기와 헛소리만 쓰여 있소. 그러나 《대장군》은 진짜 역사물로 곤살로 에르난데스의 행적이 쓰여 있는데, 이 사람은 갖가지 훌륭한 공훈을 세운 덕분에 '대장군'이라고 불릴 정도였소. 이 세상에 그렇게 불릴 만한 인물은 다시는 없지. 또 디에고 가르시아 데 빠레데스라는 사람은 에스뜨레마두라 주의 뜨루히요 시에서 태어난 홀

---

*3 작자는 멜코르 오르데가. 1556년 출판.

*4 대장군 곤살로 에르난데스 데 꼬르도바는 스페인의 장군으로 '대장군'이라 불렸다. 1453~1551, 국토 회복 전쟁을 지휘했으며 그라나다의 포위 작전에 참가하여 항복 교섭을 했다. 프랑스군 공격을 위해 이탈리아에 출정하여 프랑스군을 무찌르고 나폴리 왕국을 정복했다. 이탈리아 원정의 공은 컸으나 본국에 소환된 뒤의 만년은 불우했다.

*5 유명한 스페인의 무사로 그라나다 전쟁, 이탈리아·터키군과의 싸움 등에 참가. 1466~1530, 대장군 휘하에서 경이적인 전과를 올렸다.

"다섯 거인을 허리께에서 두토막을 냈거든요."

륭한 기사로 용감무쌍한 무인인데, 타고난 힘이 얼마나 셌던지 손가락 하나로 힘차게 돌아가는 물레방아를 멈추게 했을 정도였소. 그리고 큰 칼을 움켜쥐고 다릿목을 막아서서 무수한 군대를 막아 한 사람도 그곳을 통과시키지 않았단 말이야. 그 밖에도 수많은 무훈을 세웠을 뿐 아니라 기사로서, 또 자기의 연대기를 쓰는 작가로서 겸손하게 자기 이야기를 썼소. 만일 이것을 자유롭고 공평한 작가가 썼더라면 헥토르,*6 아킬레우스*7 같은 사람들의 공훈도 다 잊어버리게 했을걸."

"그런 말은 우리 아버지에게나 하십시오. 놀랄 일이 그렇게도 없어 고작 물레방아를 세운 정도로 그러십니까? 펠릭스마르떼 데 이르까니아에 대한 이야기를 누가 읽어 준 적이 있는데, 신부님도 좀 읽어보셔야 하겠는데요. 칼을 비스듬히 내려쳤을 뿐인데 다섯 거인의 허리를 마치 어린애가 콩으로 만든 오뚝이를 자르듯이 두 동강냈다고 합니다. 어떤 때는 대군을 상대로 싸움을 했는데요, 머리끝에서 발끝까지 온통 쇠갑옷으로 감싼 160만 명이 넘는 병사들을 마치 양떼를 무너뜨리듯 무찔렀답니다. 이것은 책을 보면 금방 아시겠지만, 한 번은 그 사람이 배를 타고 강을 건너는데 물 속에서 무시무시한 불을 뿜는 큰 뱀이 나타났습니다. 그러자 그는 그 뱀 위에 뛰어올라 비늘이 나 있는 등에 걸터앉아 두 손에 엄청난 힘을 주어 목을 졸랐지요. 뱀은 숨이 막힐 지경이 되어 등에 기사를 태운 채 물 밑으로 가라앉을 수밖에 없었다는 이야기도 쓰여 있는데, 그토록 용감하고 힘센 영웅 돈씨론힐리오 데 뜨라시아에 대해서는 대체 뭐라고 말씀하실 작정입니까? 그런데요, 뱀과 기사가 강바닥에 닿았을 때 아름다운 궁전과 정원이 있더랍니다. 그러자 어느새 뱀은 노인으로 변해서 여러 가지 이야기를 해주었는데, 그 다음 이야기를 들어보세요. 잠자코 계세요, 신부님. 이 이야기를 들으면 너무 재미있어서 미칠 정도니까요. 신부님이 말씀하시는 대장군이나 그 디에고 가르시아는 모두 이

---

*6 트로이 왕 프리아모스의 아들. 트로이 전쟁에서는 군의 총지휘자로 여러 그리스 용사를 쓰러뜨렸으나 끝내 살해되어 그 시체는 그리스 군의 용사 아킬레우스의 전차 바퀴에 매달려 끌려 다녔다.

*7 그리스의 전설적인 영웅. 어렸을 때 어머니 테티스가 저승의 강물에 몸을 담가 불사신으로 만들었으나 몸을 담글 때 테티스가 붙잡았던 발꿈치 부분만은 물에 닿지 않았다. 트로이 전쟁에서 용맹을 떨쳤으나, 아폴론의 지시를 받은 헥토르의 동생 파리스의 화살을 빌뒤꿈치에 맞아 전사했다.

"큰 칼을 번쩍 쳐들고 다릿목을 막아서서……"

거*8나 먹으라지요!"

도로떼아는 이 말을 듣고 나직한 소리로 까르데니오에게 속삭였다.

"이 집 바깥양반도 조금만 더 하면 돈끼호떼의 전철을 밟겠군요."

까르데니오가 대답했다.

"정말 그렇겠소. 증세를 보니 저 사람은 그런 책에 쓰여 있는 이야기들을 모두 사실이라고 생각하는 게 분명해요. 저래서야 맨발 벗은 수도사라도 저 친구의 신념을 바꿀 수는 없겠소."

신부가 다시 입을 열었다.

"생각해봐요, 주인장. 펠릭스마르떼 데 이르까니아도, 돈씨론힐리오 데 뜨라시아도 실제로 이 세상에는 없는 기사요. 그 이야기들은 모두 머리로 지어낸 엉터리 이야기며, 추수 때 이 집에 모여드는 일꾼들이 심심풀이로 읽듯이 무료함을 달랠 목적으로 조작한 이야기란 말이오. 맹세하건대 그런 이야기들은 세상에 결코 존재하지 않았고, 따라서 그런 공훈에 대한 이야기나 사건은 실제로 일어난 적이 한 번도 없었소."

"그런 말씀은 다른 사람에게나 하십쇼! 나를 손가락 수도 모르고 구두 어디쯤에서 발이 끼는지도 모르는 바보로 생각하시나요? 나한테 그런 달콤한 사탕발림을 할 생각 마십시오. 저는 결코 바보가 아니니까요. 그런 훌륭한 책에 쓰여 있는 것이 모두 엉터리고 거짓말이라니, 저더러 암만 곧이듣게 하려고 해도 헛수고입니다. 왕실 고문관의 높은 분들의 인가를 받아서 출판된 책인데, 마치 그분들이 수많은 거짓말과 이성을 잃게 만드는 마법 같은 이야기들이 인쇄되도록 내버려 두었던 것처럼 말씀하시는군요."

"이 친구야, 내가 아까도 말했지만 그건 사람들이 할 일 없을 때 심심풀이로 보라고 만들어 낸 이야기란 말이오. 일하고 싶지 않거나, 일할 필요가 없거나, 일을 하지 못하는 사람들의 울적한 마음을 달래 주려고 장기, 공놀이, 당구가 허가된 것처럼 이런 책도 출판을 허락한 것이오. 설마 그런 이야기가 진짜라고 믿을 바보는 없을 거라는 생각에서 허가가 난 것이란 말이오. 지금 여기 계신 분들이 원한다면 그런 기사도 이야기가 훌륭한 것이 되기 위해서는 무엇을 갖추어야 하는지 말해주겠소. 그것은 유익하고 재미도 있어야 하오. 하지만

---

*8 원문은 higa, 엄지손가락 끝을 집게손가락과 가운뎃손가락 사이로 내밀어 쥐는 주먹으로, 멸시나 모욕을 나타낸다.

나는 이것을 시정할 수 있는 분과 이야기를 나눌 때가 오기를 기다리겠소. 그럼 주인장, 지금 내가 한 말을 믿고 당신이 가진 책들을 살펴보시오. 그리고 거기 쓰여 있는 이야기가 진짜인가 거짓인가 판단해보시오. 그것이 당신을 위해서도 좋을 거요. 제발 당신이 손님 돈끼호떼의 전철을 밟지 않기 바라오."

"그런 걱정은 마십시오. 저는 방랑 기사가 되는 그런 미치광이 짓은 안 할 겁니다. 저도 그런 유명한 기사들이 천하를 활보하고 다닌 시대에나 행해지던 일일 뿐 지금은 완전히 없어졌다는 것쯤은 잘 알고 있으니까요."

이런 대화가 오가는 중에 산초가 느닷없이 얼굴을 내밀었다. 지금은 방랑 기사가 유행하지 않는다는 말이며, 기사도 이야기는 모두 엉터리라는 말을 들은 산초는 걱정스러운 얼굴이 되어 생각에 잠겼다. 그리고 그는 주인의 이번 여행이 어떤 결말을 가져오나 지켜보고, 만일 자기가 생각한 좋은 결과가 오지 않으면 주인을 떠나서 처자가 있는 고향으로 돌아가 농사나 지어야겠다고 생각했다.

주인이 가방과 책을 들고 나가려 하자 신부가 말했다.

"잠깐 기다리시오. 그 깨끗한 글씨로 쓰여 있는 원고가 뭔지 보고 싶군."

주인이 그것을 꺼내어 읽어보라며 신부에게 건넸다. 그것은 8장으로 이루어진 필사본이었으며 큰 글씨로 《무모한 호기심에 대한 이야기》라는 표제가 쓰여 있었다. 신부는 3~4줄 혼자 읽어보더니 말했다.

"제목은 괜찮은 것 같군. 이것을 끝까지 읽어보고 싶은데."

"그야 신부님께서 읽어 보셔도 좋을 것입니다. 왜냐하면 여기 와서 그것을 읽어 본 몇몇 손님들은 무척 재미있어 하면서 달라고 하실 정도였으니까요. 그러나 전 이 책과 원고가 들어 있는 가방을 여기 두고 간 분에게 돌려 드릴 생각으로 남에게 주지 않았습니다. 언젠가 임자가 다시 돌아올 수도 있고, 책이 없어지면 무척 서운하게 생각할 것 같아서 아무튼 주인에게 돌려 드려야 한다고 생각했으니까요. 주막을 하고 있는 처지지만 저도 기독교인입니다."

"그렇군. 참으로 지당한 말이오. 그건 그렇고 이 소설이 내 마음에 들면 꼭 베껴가야겠소."

"그렇게 하시지요."

두 사람이 이런 말을 하는 동안에 까르데니오가 소설을 냉큼 집어 들고 읽기 시작했다. 역시 신부와 같은 생각이 들었으므로 여러 사람이 들을 수 있게 읽어달라고 신부에게 부탁했다.

신부가 쾌히 승낙했다.

"좋아, 읽기로 하지. 잠을 자는 편이 낫다는 말만 나오지 않는다면."

도로떼아가 한 마디 거들었다.

"이야기를 들으면서 시간을 보내는 편이 저한테는 무엇보다도 좋은 휴식이에요. 저는 아직도 기분이 가라앉지 않았으니까 잠은 오지 않을 걸요."

"호기심 때문이든 어떻든 일단 읽기로 하지요. 어느 정도는 재미있는 대목도 있을 것 같으니까."

이발사 니꼴라스도 같은 부탁을 했고 산초도 마찬가지였다. 신부는 그것을 보자 모든 사람들을 즐겁게 하고 자기도 즐거운 생각을 가지고 싶어서 말했다.

"그렇다면 잘 들어 보시오. 이야기는 이렇게 시작되고 있소."

제33장
무모한 호기심에 대한 이야기

이탈리아의 또스까나 주에 있는 풍요하고 유명한 도시 피렌체에 안셀모와 로따리오라는 두 신사가 살고 있었다. 그들은 둘 다 부유하고 집안이 좋았으며, 두 사람을 아는 사람들이 '두 벗'이라는 별명으로 부를 만큼 의좋은 친구였다. 두 사람 다 독신이었고, 나이도 같은데다 습성도 비슷했다. 이런 것들이 모두 두 사람 사이에 우정을 느끼게 하는 원인이었다. 안셀모는 연애나 정사 같은 도락을 좋아했고, 로따리오는 사냥에 더 흥미를 가졌다. 그러나 권하기만 하면 안셀모는 자기의 즐거움을 버리고 로따리오의 취미에 따랐고, 로따리오 또한 자기의 즐거움을 버리고 안셀모의 즐거움에 동참했다. 이런 식이었으므로 그토록 꼭 맞는 시계가 없다고 할 만큼 두 사람의 기분은 잘 맞아 들어갔다.

안셀모는 같은 도시에 사는 아름다운 규수를 열렬히 사랑했다. 그녀는 훌륭한 양친 밑에서 자랐으며 무엇 하나 흠잡을 데 없는 훌륭한 처녀였다. 언제나 로따리오의 의견에 따랐던 안셀모는 우선 친구의 의견을 들은 다음 그 처녀를 아내로 맞이하기로 결심하고 그 일을 실행에 옮겼다. 로따리오는 사절의 임무를 띠고 이 혼담을 주선하여 안셀모가 원하던 일을 이루어주었다. 안셀모의 기쁨은 이루 말할 수 없었고, 처녀 까밀라도 안셀모와 결혼한 것을 하느님께 감사했으며, 자신과 안셀모의 다리 역할을 한 로따리오에게 고마워하고 있었다.

결혼 전후에는 으레 즐겁고 떠들썩한 것이므로 로따리오는 안셀모의 집을 자주 찾아가서 성의껏 경의를 표하고 축하해 주었다. 그러나 결혼식이 끝나고 끊임없이 드나들던 사람들의 방문이며 축하가 잠잠해질 무렵 로따리오는 안셀모의 집에 가는 것을 일부러 등한히 했다. 그것은 생각이 깊은 사람이면 누구나 그렇듯, 결혼한 친구 집에 시도 때도 없이 찾아가는 것은 예의가 아니라고 생각했기 때문이다. 왜냐하면 참된 우정이란 어떤 상황에서도 변할 수 없는 것이지만, 결혼한 남자의 입장은 매우 민감한 것이어서 피를 나눈 형제와도 감정이 상할 수 있는 법이므로, 하물며 친구로서는 더욱 그러리라고 생각한 것이다.

안셀모는 로따리오의 발길이 뜸해지자, 결혼이 친구 사이를 멀리하는 원인이 될 줄 알았다면 결코 결혼하지 않았을 것이라면서 로따리오에게 불평을 늘어놓았다. 그리고 독신이었을 때는 두 사람 사이가 '두 벗'이라고 불릴 만큼 의좋은 친구로 평판을 얻었는데, 이렇다 할 이유도 없이 다만 신중한 태도를 위해서 유쾌한 별명을 잃게 된다는 것은 견디기 힘든 일이라고 말했다. 그러고는 예전처럼 자신의 집에 자주 드나들라고 부탁하면서, 까밀라는 남편인 자기의 기호와 의사밖에는 생각하지 않으며 그녀도 그들 두 사람이 얼마나 돈독한 우정을 가지고 있는지 알고 있기 때문에 로따리오가 멀어진 사실에 대해 당황해한다고 덧붙였다.

예전처럼 자기 집을 방문해 달라고 설득하는 안셀모에게 로따리오는 참으로 사려 깊고 신중하게 대답했으므로, 안셀모는 그런 친구에게 더없이 만족했다. 그리하여 일주일에 이틀과, 축제일에는 로따리오가 안셀모의 집에서 식사하기로 두 사람이 합의했다. 이 결정이 두 사람 사이에서 이루어지기는 했으나 로따리오는 자기의 체면보다 친구의 생각을 중히 여겼기 때문에 그렇게 한 것이었다. 로따리오는 아름다운 아내를 얻은 사나이는 어떤 친구를 집에 데리고 들어가든 늘 조심해야 하고, 자기의 아내가 어떤 여자 친구들과 어울리는지 항상 조심해야 한다고 말했는데, 그것은 참으로 옳은 말이었다. 광장이나 성당이나 역과 같은 곳에서는 남녀가 만나지도, 어울리지도 않지만, 아내의 친구나 친척 집에서는 곧잘 어울리기 때문이었다.

또한 로따리오는 결혼한 사나이들은 자기가 실수를 했을 경우 그것을 지적해 줄 친구가 있어야 한다는 말도 했다. 왜냐하면 남편이 아내를 너무나 사랑한 나머지 아내의 명예가 되거나 불명예가 되는 일을, 아내의 마음을 상하게 할까 두려워서 충고하지 않는 일이 흔하기 때문인데, 그렇더라도 분별력 있는 친구가 있다면 그런 일에 대해 도와줄 것이 틀림없다는 것이었다. 그러나 로따리오가 말하는 분별력 있고 성실하고 진실한 친구를 어디에서 찾을 수 있을까? 확실한 건 알 수 없지만 로따리오는 바로 그런 친구였다. 로따리오는 친구의 명예에 대해 주의 깊게 생각했고 친구의 집에 가기로 약속한 날을 조금이라도 줄이려고 애썼다. 왜냐하면 돈 있고, 인물 좋고, 집안 좋고, 훌륭한 자질을 가진 젊은이가 까밀라 같은 아름다운 여인의 집에 출입한다는 것은 할 일

없는 사람들이나 담 너머로 남의 집 구경하기 좋아하는 짓궂은 사람들의 눈에 이상하게 비칠 것이 틀림없었기 때문이다. 설령 그의 성실성과 용기로 이런 사람들의 입을 틀어막을 수 있을지는 모르나, 그래도 약속한 날의 대부분을 다른 일을 하면서 바쁜 척해서 도저히 거절할 수 없는 볼일이 있는 것처럼 믿게 했다. 이렇게 한 사람의 변명과 다른 한 사람의 불만으로 하루 하루를 보내는 날이 많아졌다.

어느 날 두 사람이 교외의 목초지를 산책하는데 안셀모가 이런 말을 꺼냈다.

"이봐, 로따리오. 하느님의 은총으로 우리 부모님 같은 분들의 자식으로 태어나 많은 재산을 물려받은 것에 대해 사람들은 타고난 행운이라든가 복이라고들 말하지. 솔직히 내가 아무리 감사를 드려도 부족한 일이야. 더구나 자네를 친구로, 까밀라를 아내로 주신 데 대해서는 더욱 그렇다네. 두 사람은 내게 있어서 보배 같은 존재이니 정말 고마움을 어떻게 표현해야 할지 모르겠네. 그런데 이 정도의 조건이라면 대개 만족하고 살기 마련인데 나는 이 세상에서 가장 불행하고 무미건조한 삶을 살고 있다네. 언제부터인지는 모르지만 이상하게도 다른 사람들에게는 있을 수 없는 한 가지 소망에 사로잡혀 괴로워하고 있기 때문일세. 나는 이런 나 자신을 이해할 수 없어 스스로를 책망하고 나무라면서 그런 생각을 지우려고 노력하고 있다네. 그런데 하마터면 세상 사람들에게 이 비밀을 누설해 버릴 뻔한 일도 있었네. 그러니 어차피 그것이 세상에 흘러나갈 거라면 자네의 비밀 창고 속에 흘리고 싶네. 자네는 입이 무거운 사람이고 진실한 친구로서 나를 돕기 위해 노력하고 있으니, 이 괴로운 집착에서 한시바삐 빠져나오려면 자네의 도움이 필요하기 때문이네."

안셀모의 말에 로따리오는 아연해졌다. 이토록 긴 변명인지 서두인지가 도대체 어떤 결말에 이를 것인지 알 수가 없었다. 게다가 자기 친구를 그토록 괴롭히는 정체가 무엇인지 이것저것 상상해보았으나 도무지 짐작이 가지 않았다. 그래서 이런 당혹감에서 빠져나오기 위해 친구에게 말하기를, 자네의 가슴 속에 감추어 둔 생각을 이처럼 장황하게 변죽만 울리는 것은 나의 진실한 우정에 대한 모욕이며, 내 입에서 그 괴로움을 달랠 수 있는 충고나 그 소망을 충족시킬 방법이 나오기를 기대한다면 단도직입으로 말하라고 했다.

안셀모가 대답했다.

"그러면 자네를 믿고 이야기하겠네. 로따리오, 나를 괴롭히는 소망은 내 아내 까밀라가 과연 내가 생각하는 것만큼 선량하고 나무랄 데 없는 사람인지 알고 싶다는 것일세. 화력으로 금의 순도를 확인하듯이 아내의 정숙함을 시험해보지 않고서는 마음을 잡을 수가 없네. 여보게, 나는 이런 생각을 갖고 있네. 열렬한 구애자의 약속과 선물과 눈물, 그리고 끊임없이 이어지는 집요한 접근에도 흔들리지 않는 여자가 바로 정숙한 여자라고 말일세. 그녀를 유혹하여 부정을 부추기지 않는다면 그녀가 정숙하다는 것이 뭐가 그리 고마워할 일인가? 제멋대로 행동할 기회가 없는 여자라든가, 남편에게 단 한 번의 바람기라도 들키는 날이면 마지막이라는 걸 아는 여자가 소심하고 얌전한 것이 뭐가 그리 감사한가? 두렵거나 기회가 없어서 행실이 바른 여자에게는, 어떤 유혹을 이겨내고 승리의 영광을 손에 넣은 여자에게 갖는 존경심은 생기지 않는다네. 그래서 자네가 내 생각을 믿고 따랐으면 하는 것이네. 나는 까밀라가 그녀한테 욕망을 품는 남자에게 유혹당하고 구애를 받는 불의 시련을 이겨내는 모습을 봄으로써 그녀의 정숙함을 확인하고 싶네. 그리하여 내가 믿는 대로 이 전투에서 승리한다면 그 때야말로 내가 행운의 사나이라고 생각하며 내 공허감이 채워졌다고 할 것이네. 저 현명한 왕*1이 '누가 찾아 얻겠느냐?' 하고 말한 그 정숙한 여자를 운 좋게 손에 넣었다고 말하겠네. 또한 내 예상과 반대의 결과가 나와도 내 의견이 적중했다는 것을 안 기쁨으로 고통을 감수할 작정이네. 이치적으로 그런 값진 경험은 으레 약간의 고통이 따르는 법 아닌가? 설사 자네가 나의 이 소망을 반대하여 무슨 말을 하더라도 나의 결심을 꺾지는 못할 걸세. 여보게, 로따리오! 내가 추진하는 이 일에 도구가 되어 주게. 얌전하고 정숙한 여자를 유혹하는 데 필요한 것은 무엇 하나 빠짐없이 갖추어 주겠네. 이런 곤란한 일을 자네에게 부탁하려는 것은 만일 까밀라가 자네에게 넘어가더라도 돌이킬 수 없는 마지막 지점까지는 가지 않을 것이 틀림없고, 그렇게 되면 단지 일어날 일이 일어났으니 그 정도로 끝난 것이 다행이라고 넘길 수 있기 때문일세. 따라서 내가 입는 상처란 아내가 부정을 하려고 했다는 생각에만 멈추게 될 것이고, 내가 당할 치욕도 자네가 침묵만 지켜주면 아무에게도 알려지지 않을 것이기 때문일세. 자네의 침묵은 죽음의 침묵만큼 확실하

---

*1 구약성서 《잠언》 제31장 10절에 '누가 현숙한 여인을 찾아 얻겠느냐' 라는 말이 있다. 현명한 왕은 솔로몬이다.

고 영원한 것을 잘 알고 있으니 말이야. 이런 형편이니 내가 인생이라고 말할 만한 삶을 사는 걸 원한다면 주저하지 말고 어서 이 전투에 뛰어들게. 내 소망을 이루어 주겠다는 열의를 갖고서 민첩하게, 그리고 우리의 우정을 확신하면서 말일세."

안셀모가 로따리오에게 말한 것은 대충 이런 내용이었다. 로따리오는 안셀모의 말을 주의 깊게 들으면서, 바로 전에 그에게 한 말을 제외하고는 상대편이 말을 다 마칠 때까지 입을 열지 않았다. 그리고 안셀모의 말이 끝나자 지금까지 한 번도 본 적이 없는 신기하고 놀라운 것이라도 바라보는 듯 유심히 안셀모를 보더니 입을 열었다.

"오, 안셀모! 나는 자네가 지금까지 한 말을 농담이라고 생각하겠네. 만일 자네가 진심으로 그런 말을 한다고 생각했다면 계속 말하도록 내버려두지 않았을 걸세. 자네의 말에는 귀도 기울이지 않고 그 장광설을 멈추게 했을 것이 틀림없네. 이건 아무래도 자네가 나라는 인간을 모르거나 내가 자네라는 인간을 모르거나 둘 중에 하나일 걸세. 그러나 그럴 까닭이 없지 않은가? 나는 자네가 안셀모라는 것을 알고 있고, 자네도 내가 로따리오라는 것을 알고 있지 않나? 다만 문제는 나는 자네를 평소의 안셀모가 아니라고 생각하고 있고, 자네 역시 나를 여느 때의 로따리오로 생각하지 않는 듯하다는 것이네. 아까 자네가 말한 것은 나의 친구 안셀모의 말투가 아니고, 자네가 부탁한 것은 자네가 알고 있는 로따리오에게 부탁할 만한 것이 아니기 때문이네. 훌륭한 친구라는 것은 어느 시인*2이 말했듯이 '제단까지만'으로 한정해 친구의 우정을 시험할 수 있다고 했네. 다시 말해서 하느님을 배신하는 일에 우정을 이용해서는 안 된다는 뜻일세. 이교도조차 우정에 대해서 이렇게 생각했는데 하물며 기독교인이 세속적인 목적을 위해 신성한 우정을 버린다면 될 말인가? 친구에 대한 우정을 지키려고 하느님에 대한 의무를 등한시할 정도라면 친구의 명예나 생명에 대한 일이어야지, 이렇게 하찮고 일시적인 이유 때문이어서는 안 되네. 안셀모, 자네에게 묻겠네. 자네는 자네의 만족감을 위해 내 몸을 위험에 빠뜨리려 하는데, 지금 말한 두 가지 이유 중에 무엇이 해당되는가? 자네의 명예나 생명이 지금 이 순간 위험에 직면하고 있기라도 한가? 아니, 절대 그렇지

---

*2 플루타르코스를 가리킴. 그리스 정치가 페리클레스가 어떤 친구로부터 거짓 증언을 부탁받았을 때 이 말을 하여 거절했다고 플루타르코스의 《아포프테그마스》에 나와 있다.

않을 걸. 내가 생각하건대 오히려 이 일이 자네의 명예와 생명을 빼앗고, 동시에 내 자신의 명예와 생명마저 빼앗을 걸세. 왜냐하면 만일 내가 자네의 명예를 빼앗으려고 애쓴다면, 내가 자네의 생명을 빼앗는 셈이 되기 때문이네. 명예를 잃어버린 사람은 송장보다 못한 법이야. 내가 자네를 그토록 심한 불행에 빠뜨리는 도구가 된다면, 나 역시 불명예스럽고 죽은 것이나 마찬가지야. 내 말을 잘 듣게, 나의 벗 안셀모. 자네가 소망하는 일에 대해 내가 생각한 바를 다 말할 때까지 꾹 참고 들어주게. 자네가 내 말을 반박할 시간을 충분히 줄 테니 말일세."

"아, 좋아. 하고 싶은 대로 하게나."

로따리오는 다시 말을 이었다.

"이봐, 안셀모. 나는 자네가 지금 무어인과 같은 정신을 가지고 있는 듯한 생각이 드네. 성서의 말씀이나 이성적인 생각이나 신학 이론으로는 그들 종파의 잘못을 깨닫게 하기 어렵네. 부정할 수 없는 수학적 증명을 통해서 쉽고 실증적이며 의심할 여지가 없는 실례를 보여주어야만 하지. 이를테면 '똑같은 두 부분에서 똑같은 부분을 빼면 그 나머지 역시 똑같다'라는 것처럼 말이네. 그래서 말로 해서 모를 때는 직접 보여주고 손으로 만지게 해야 하는데, 이 모든 방법으로도 그들을 납득시키기에는 불충분하다네. 그런데 자네에게도 이와 같은 방법을 이용해야겠어. 자네의 소망이 이치에 아주 어긋나고 이성이라고는 손톱만큼도 없기에, 내가 자네의 어리석음을 알려주는 것은 공연한 시간 낭비라고 여겨지기 때문이네. 사실은 자네의 그릇된 소망에 대한 벌로 자네가 그런 짓을 하거나 말거나 내버려두고 싶을 정도라네. 그러나 자네에 대한 우정을 갖고 있으면서 그렇게 냉혹하게 굴 수도 없고, 또 파멸할 것이 분명한 위험 속에 자네를 속수무책으로 방치해 둘 수도 없는 일 아닌가? 안셀모, 진지하게 말해보게나. 전에 자네는 내게 얌전한 여자에게 사랑을 구하라, 정숙한 여자를 설득하라, 욕심 없는 여자에게 접근하라, 착한 여자의 기분을 맞추라고 말하지 않았는가? 그래, 확실히 자네는 그렇게 말했어. 그러고 보면 자네는 얌전하고 정숙하고 욕심이 없고 착한 아내를 가졌다는 것을 스스로 알고 있는 셈인데, 대체 무엇을 더 바라는가? 아무리 내가 유혹해도 자네 아내가 그것을 물리치고 승자가 될 것이라고 생각한다면—물론 그렇게 될 것이 틀림없지만—지금 부인에게 붙어 있는 형용사 외에 무슨 형용사를 더 붙이고 싶어서 그러나? 아니면 지금보다 더 훌륭한 아내가 될 수 있다는 말인가? 아니면 자네가 말하는 대로 자네 아내를 믿지 않거나, 혹은 자네 자신이 아내에게 무엇을 바라는 지도 모르는 걸세. 입으로 말하는 것처럼 자네가 아내를 믿고 있지 않다면, 아내를 악처로 속이 후련해지도록 처벌한다면 모를까 무엇 때문에 아내를 시험하려 드는가? 자네가 믿고 있는 것처럼 훌륭한 아내라면, 진실 그 자체를 시험한다는 건 천부당만부당한 일일세. 시험한 뒤 처음과 마찬가지 평가밖에 할 수 없을 게 아닌가? 이익보다는 해를 끼치는 일을 시도한다는 것은 분별 없는 생각에서 나온 것이 분명한데, 그것이 강요받은 것도 아니고 그것을 시도하는 것이 분명히 미친 짓이라고 멀리서 봐도 알 수 있다면 더더욱 그렇지 않은가? 하느님을 위해서, 혹은 세상을 위해서, 나아가 그 두 가지를 위해서라면 어려운 일을 시도해도 괜찮을 걸세. 하느님을 위해 시도하는 것은 사람의 몸으로 천사의 생활을 하려고 성인들이 결심한 것이고, 세상을 위해서 시도하는 것은 재물을 불리기 위해서 끝없는 뱃길과 모든 풍토와 갖가지 인종들을 겪으며 나아가는 사람들이 하는 일이네. 그리고 하느님과 세상을 위해서 시도하는 것은 용감한 군인들이 할 일인데, 이들은 적의 성벽에 동그란 대포알이 꿰뚫어 놓았을 정도의 조그만 구멍을 발견하기가 무섭게 공포심과 위험을 모두 잊고 그들의 신앙과 동포와 국왕에 대한 충성심 때문에 대담하게 몸을 던지는 사람들이네. 이런 것은 드물게 시도되는 일이며, 어떤 장애물과 위험에 가득 차 있어도 이런 시도는 명예이고 영광이며 유익한 일이네. 그러나 자네가 지금 시도하려고 하는 일은 하느님의 영광도, 재물도, 명성도 주지 않네. 자네가 바라는 대로 되었다 해도 현재보다 더 우쭐해질 것도, 더 유복해질 것도, 더 명성이 높아질 것도 없네. 그리고 자네가 바라는 대로 되지 않는다면 자네는 상상도 할 수 없을 정도로 비참해지네. 그 때가 되어 자네에게 닥친 불행을 아무도 모른다고 생각해도 자네에게는 아무런 도움이 되지 않을 테니 말일세. 자네 자신이 그런 사실을 알고 있다는 것만으로도 자네는 슬픔에 빠져 한탄하고 괴로워하게 될 걸세. 이 진리를 자네에게 확인시키기 위해 유명한 시인 루이지 딴실로[*3]가《성베드로의 눈물》의 1부 마지막에 쓴 구절을 들려주겠네. 그는 이렇게 노래하고 있지.

---

* 3 이탈리아의 시인. 1510~1586. 장시 〈성베드로의 눈물〉은 1585년에 출판되었다. 여러 종류의 스페인어 번역이 있으나 여기에 인용된 여덟 줄은 세르반떼스의 번역인 듯하다.

베드로는 고민과 수치심이 커진다.
아침이 되면 아무도 보는 사람 없지만
스스로 부끄러워한다.
자기가 저지른 죄를 생각하면서
넓은 가슴에 느끼는 수치심은
남의 눈 때문이 아니라
자신이 부끄러워서이다.
하늘과 땅 외에 아무도 모르는 과오지만.

　남이 모른다고 해서 자네가 고통에서 벗어날 수는 없네. 오히려 항상 눈물을 흘려야 할 걸세. 그것은 눈에서 흐르는 눈물이 아니라 마음에서 나오는 피눈물이지. 시험의 술잔에 입을 댔던 우리의 시인(《미친 오를란도》의 작자 아리오스또)이 말하는 어리석은 신사가 흘린 것과 같은 눈물 말일세. 사려 깊은 레이날도스는 판단을 잘 하여 시험하기를 거절했었네. 그것이 시적인 허구인지는 모르지만, 그 속에는 명심해서 이해하고 따를 만한 도덕적 비밀이 간직되어 있네. 그리고 내가 지금 자네에게 하려는 말을 듣는다면 자네가 저지르려고 하는 크나큰 과오를 깨닫게 될 걸세. 안셀모, 말해보게. 하늘의 뜻이나 행운으로 자네가 참으로 훌륭한 다이아몬드의 정당한 소유주가 되었다고 해보세. 그 보석의 질이나 크기에 대해서 그것을 본 모든 보석상 주인들이 만족스러워하고, 크기나 품질이나 광택에서 그 보석을 최고의 수준이라고 평가했으며 자네 자신도 그것을 믿었다고 하세. 그런데 자네는 그 다이아몬드를 쇠망치로 두들겨서 모든 사람들이 말하듯 과연 그토록 단단하고 질이 좋은 것인가 시험할 생각이 들었다고 한다면 그것이 옳은 일일까? 게다가 자네가 그 일에 착수하여 그 보석이 그 어처구니없는 시험에 견디었다고 하더라도 그 보석의 가치나 평판이 더 높아질 것도 아니고, 만일 깨져버린다면 만사는 헛일이 되고 마네. 게다가 그 보석의 소유주는 세상 사람들한테 바보라는 평판을 얻게 될 걸세. 그러니 나의 벗 안셀모여, 까밀라는 자네가 보는 바로나 다른 사람들의 눈에 비치는 바로나 참으로 훌륭한 다이아몬드일세. 그러니 자네의 아내를 파멸에 이르게 하는 함정에 빠뜨리는 것은 잘못이라는 것을 기억하게. 설혹 그 시험에 끄떡하지 않더라도 아내의 가치가 더 높아질 것도 아니고, 만일 견뎌내지 못한다면 정조를 잃은 까밀라는 어떻게 되겠나? 또한 아내의 파멸과 자네의 파멸에 대해 자네 자신은 얼마나 안타깝고 괴롭겠나? 이 세상에는 깨끗하고 정숙한 여인보다 더 훌륭한 보배는 없고, 여인들의 명예는 그들에 대한 세상의 평판에 좌우된다는 것을 생각하게. 그런데 자네 아내의 평판은 자네도 알고 있듯이 그 이상 없을 만큼 훌륭한 것인데, 어쩌자고 자네는 이 진실을 의심하려고 애쓰는가? 여자란 미완성의 동물이네. 그러니 넘어질 만한 장애물을 놓아서는 안 되고, 부족한 점이 많은 여인들이 완성된 존재가 되기 위해 거칠 것 없이 달려가도록 아주 작은 장애물도 모두 제거해야 할 필요가 있네. 생물학자들의 말에 의하면 담비는 새하얀 털을 가진 작은 짐승인데 사냥꾼이 이것을 잡고 싶을 때는 이런 방법을 쓴다고 하네. 담비들이 잘 다니는 곳을 찾아내서 그 근처를 진흙으로 막아놓고 담비들을 그 자리로 몰아넣는다네. 담비들은 진흙이 있는 데까지 오면 자신의 흰털을 더럽히기 싫어서 차라리 붙잡히는 편을 택한다는 걸세. 이것은 자유와 생명보다 흰털을 더 소중하게 생각하는 거지. 정숙하고 순결한 여인은 흰 담비나 마찬가지야. 그리고 정숙이라는 미덕은 눈보다 깨끗하고 하얗지. 그러니 아내의 정숙함을 잃게 하고 싶지 않으면 담비에게 사용하는 것과는 다른 방법을 사용하게나. 뻔뻔한 구애자들의 선물과 아부의 진흙 앞에 그녀를 세워 두어서는 안 되네. 여자들은 그런 장애물을 짓밟고 지나갈 용기와 습성이 부족하여 스스로 방해물 속에 뛰어들지도 모르니 말일세. 따라서 그런 장애물을 제거하여 순결한 미덕과 아름다운 명예 앞에 그녀를 세워야 하네. 훌륭한 여인은 맑게 빛나는 유리거울 같아서 조금만 입김이 닿아도 흐려지게 마련이야. 정숙한 여인은 마치 성인의 유물을 다루듯 해야 하네. 존경하는 의식은 하더라도 손을 대서는 안 된다는 뜻이야. 훌륭한 여인은 화초와 장미가 만발한 정원을 가꾸듯 해야 하네. 그런 정원의 주인은 아무도 그곳에 들어가지도, 꽃을 만지지도 못하게 하지. 기껏해야 멀리서 철책 사이로 꽃의 향기를 맡고 아름다움을 즐길 뿐이네. 끝으로 방금 내 머리에 떠오른 시구 하나를 들려주겠네. 이것은 최근에 어느 연극에서 들은 것인데, 내 생각과 꼭 같네. 어느 사려 깊은 노인이 젊은 처녀의 아버지인 또 한 노인에게 딸을 남의 눈에 띄지 않도록 소중히 하고 집에만 있게 하라고 충고하는데, 여러 가지 충고 속에 이런 말이 있네.

여자는 유리이니
깨지나 안 깨지나
시험하지 말라.
엉뚱한 결과가 되고 말 테니.

깨지기는 쉬우나
다시 붙일 수는 없는 것.
깨질 걱정이 있는 곳에 놓는 것은
바보 같은 짓.

누구나 이렇게 생각하고
나 역시 그러하다.
이 세상에 다나에*4가 있는 한
황금의 비가 내릴 줄 알라.

오, 안셀모! 여태까지는 자네에 대해서만 말했는데, 이번에는 나의 형편도 좀 들어주어야겠네. 만일 이야기가 길어져도 이해해주게. 자네가 미로 속에 발을 들여놓고 나에게 구해달라고 바라니 말일세. 자네는 나를 친구라고 말하면서 나한테서 명예를 빼앗으려 하는데, 이것은 우정에도 어긋나는 일일세. 더욱이 나에게 자네의 명예마저 빼앗게 할 생각을 하고 있으니 말이야. 자네가 나의 명예를 빼앗으려 하는 것은 분명한 일이네. 까밀라는 자네가 시킨 대로 내가 그녀에게 사랑을 구하는 것을 보면, 나를 수치도 모르는 너절한 남자로 볼 것이 틀림없기 때문이지. 나의 인격과 자네와의 우정과는 너무나 어긋한 짓을 시도하는 것이니 말일세. 내가 자네의 명예를 빼앗으려고 시도한다는 것도 의심할 여지가 없네. 까밀라는 내가 사랑을 구하는 것을 본다면, 이 사람이 그이의 바람기 같은 것을 발견했기 때문에 좋지 못한 생각을 품은 것이 틀림없다

---

*4 그리스 신화에 나오는 아크리시우스 왕의 딸. 왕은 손자에게 살해당한다는 신탁을 받고 창도 문도 없는 황동의 탑 속에 딸을 유폐시켰으나, 제우스가 황금의 비가 되어 들어가 페르세우스를 낳게 했다. 왕은 모자를 바다에 띄워 보냈으나 뒤에 페르세우스는 예언대로 왕을 죽인다.

고 생각할 것이기 때문이네. 그리고 자기의 명예가 더럽혀졌다고 생각한다면 그 불명예는 자네에게까지 미치게 되네. 자네를 자기 자신과 똑같이 보고 있으니 말일세. 그러면 여기서부터 세상에서 일반적으로 행해지는 일이 일어나네. 정부(情夫)를 가지게 된 여자의 남편은 자기로서는 아무것도 모르고, 아내가 도리에 어긋난 짓을 할 만한 원인을 제공한 것도 아니고, 무관심하거나 무절제한 생활을 한 것이 아닌데도 세상 사람들로부터 비난을 받고 모욕을 당하게 되네. 그 아내의 부정을 알고 있는 사람들은 남편이 그런 불행에 빠진 것이 자업자득이 아니라 못된 아내의 바람기 탓이라고 인정하면서도, 남편을 동정의 눈이 아닌 멸시의 눈으로 바라보기 마련이네. 못된 아내의 남편이 자기는 그런 줄 몰랐고, 자기 죄도 아니며, 아내가 부정행위를 하도록 원인을 제공하지 않았어도 명예를 잃는 이유가 무엇인지 말해주겠네. 내 말을 잘 듣게. 모두 자네에게 도움이 될 이야기일 테니 말일세. 성서에 이런 이야기가 있지. 하느님이 지상 낙원에 우리들의 첫 아버지를 만들었을 때의 일이야. 하느님은 아담을 잠들게 하고 그가 잠들어 있는 동안에 그의 왼쪽 늑골을 한 개 뽑아 그것으로 우리의 어머니 이브를 만드셨네. 아담은 눈을 뜨고 이브를 보자 이렇게 말했지. '이는 내 살 중의 살, 내 뼈 중의 뼈'라고 말일세. 그러자 하느님이 말씀하셨네. '그런 까닭으로 사람은 부모를 떠나 그 아내와 만나 둘이서 한 몸이 되리라.' 그 때부터 부부의 거룩하고 은밀한 관계가 이루어졌고 이 결합을 풀수 있는 것은 오직 죽음뿐이었네. 이 기적적인 결합에는 두 개의 상이한 인간을 하나로 만드는 효력이 있는데, 훌륭한 부부에게는 더욱 큰 효력을 발휘하여 그들은 두 개의 영혼을 가지고 있지만 오직 하나의 생각밖에는 가지지 않게 되네. 아내의 육체는 남편의 육체와 하나니까, 아내의 육체에 묻은 때나 아내가 받은 상처는, 아까도 말한 것처럼 그 해가 남편의 탓이 아니라도 남편의 육체에 미친다는 것이 되네. 왜냐하면 다리의 아픔이건 몸의 일부분의 아픔이건 모두 하나의 육체이기 때문에 온몸에 느껴지듯, 복사뼈의 아픔이 머리의 탓이 아닌데도 머리에 느껴지듯, 남편 또한 아내와 일체이기 때문에 아내의 불명예를 함께 나누게 되는 것일세. 이렇게 세상의 명예나 불명예나 모두 살과 피에서 생겨나는 것과 같고, 못된 아내의 불명예도 역시 이것과 마찬가지니, 그것의 얼마가 남편에게 미쳐 자기는 모르는 일인데도 불명예스러운 남자로 취급되어도 할 수 없는 일 아니겠는가? 오, 안셀모! 자네의 선량한 아내가 가진 평온함을 교란하려는 위험을 선동하지 말게. 순결한 아내의 가슴에 조용히 가라앉은 감정을, 무의미하고 어처구니없는 호기심으로 휘저으려 한다는 것을 생각해보게. 자네가 위험을 무릅쓰고 얻으려 하는 것은 참으로 하잘것없는 것이지만, 자네가 잃을 것은 엄청나다는 것을 잊지 말게. 그것이 얼마만큼 큰 것인지는 당장 표현할 말이 생각나지 않으니 잠자코 덮어두겠네. 그러나 내가 이렇게 타일러도 자네의 악질적인 시도를 중지시키기에 부족하다면, 자네의 불명예와 불행의 도구 노릇을 해 줄 사람을 다른 데서 찾게. 내가 그 때문에 자네의 우정을 잃는 한이 있더라도 그런 도구가 될 생각은 없네. 그것이 내가 생각할 수 있는 최대의 손실일지라도 말이네."

덕성이 있고 사려가 깊은 로따리오는 긴 말을 마치자 입을 다물었다. 안셀모도 혼란스러운 생각에 빠져 오랫동안 대답조차 할 수 없었다. 그러나 다시 입을 열었다.

"친애하는 로따리오, 자네가 해 준 말을 주의 깊게 잘 들었네. 그리고 자네의 논지와 예증과 비유를 듣고 자네가 매우 현명하며 참된 우정의 극치에 서 있다는 것을 알았네. 그리고 내가 자네의 의견에 따르지 않고 내 고집을 관철한다면 행복으로부터 달아나 불행을 쫓는 것과 마찬가지라는 것도 알았다고 고백하겠네. 그건 그렇지만 자네가 생각해주어야 할 게 있네. 나는 지금 병에 걸려 있다는 것일세. 그것은 어떤 여자들이 보기만 해도 속이 메스꺼워지는 흙이나 석회나 숯이나 그보다 더 이상한 것을 먹고 싶어하는 병일세. 그러니 나를 고치려면 자네가 부드럽고 은근하게, 아니 넌지시라도 좋으니 까밀라에게 사랑을 구하기만 하면 거뜬히 나을 병이네. 까밀라도 한두 번 공격을 받아서 함락될 만큼 허약한 여자는 아닐 거고, 나는 자네가 시도하는 것만으로 만족할 것이네. 그러면 자네는 내 목숨을 건질 뿐 아니라 내가 명예를 잃지 않게 조심함으로써 우리의 우정에 대한 책임을 다하는 셈이지. 더욱이 자네는 단하나의 이유로 그 일을 해줄 의무가 있네. 나는 무슨 일이 있더라도 이 시험을 실행할 텐데, 이런 미친 짓을 다른 사람에게 부탁한다면 자네도 가만히 보고 있지 못할 걸세. 그렇게 되면 자네가 두려워하는 대로 나의 명예도 위태로워지지 않겠는가? 물론 자네의 명예도 까밀라에게 사랑을 구하고 있는 동안에는 얼마간 오해를 받을지 모르나 그것은 아무것도 아니지 않은가? 왜냐하면 얼마 뒤 예상대로 까밀라의 정조가 강하다는 것을 알게 되면 자네는 우리의 진실을 털어놓게 될 테고, 그렇게 되면 자네의 명예는 회복될 걸세. 자네의 사소한 모험이 내게 커다란 기쁨을 줄 수 있으니, 비록 자네에게 난처한 일이 생긴다 해도 꼭 해주기 바라네. 자네가 일을 시작만 해 주면 나는 다 끝난 것으로 알겠네."

로따리오는 안셀모의 절실한 기분을 알았다. 그것을 중지시키려면 이제 어떤 예를 끌어오고 어떤 문구를 늘어놓아야 좋을지 알 수 없었고, 다른 사람에게 그 좋지 않은 소망을 이야기할 우려도 있었으므로, 사태를 더욱 악화시켜서는 안 된다는 생각으로 친구의 욕구를 들어주기로 결심했다. 그리고 까밀라의 마음이 변하는 일이 없게 하여 안셀모가 만족하도록 일을 진행시키고자 마음먹었다. 그래서 안셀모에게 그 일에 대해서는 아무에게도 말하지 말고 자신이 모든 것을 맡아서 가장 적절할 때 시작하겠다고 대답했다.

안셀모는 정답게 친구를 껴안고, 무슨 훌륭한 은혜라도 받은 것처럼 그 제의에 감사했다. 두 사람은 다음 날부터 곧 일을 시작하고자 의논하고, 안셀모는 로따리오에게 까밀라와 마주 앉아 이야기할 수 있는 장소와 시간을 만들어 줄 것이며 까밀라에게 선사할 보석들도 주겠다고 약속했다. 그리고 까밀라에게 음악을 들려주고 그녀를 칭찬하는 시를 지으라고 했으며, 만일 직접 짓기가 귀찮다면 자기가 지어주겠다고 말했다. 로따리오는 뭐든지 하라는 대로 하겠다고 대답하기는 했으나 안셀모가 생각하는 것과는 다른 생각을 품고 있었다. 의논이 다 되어 두 사람이 안셀모의 집으로 돌아가 보니, 까밀라는 매우 걱정스러운 표정으로 남편을 기다리고 있었다. 왜냐하면 그 날은 어느 때보다도 귀가가 늦었기 때문이었다.

로따리오가 집으로 돌아간 뒤에 안셀모는 자기 집에 남았는데, 안셀모가 기분이 무척 좋은 데 비해 로따리오는 그 어처구니없는 일을 어떻게 처리하면 좋을지 몰라 골똘히 생각에 잠겨 있었다. 그리고 그날 밤 내내 어떻게 해야 까밀라에게 상처를 입히지 않고 안셀모를 속일 수 있을까 그 방법을 궁리했다.

이튿날 점심식사를 같이 하려고 친구 집을 찾아가자 까밀라가 상냥하게 맞이했다. 그녀는 남편이 이 친구에게 품고 있는 깊은 우정을 알고 있었으므로 언제나 반갑게 맞이했고 정성껏 대접했다. 식사가 끝나자 안셀모는 로따리오에게 자기는 부득한 일로 외출하는데 한 시간 반 안에 돌아올 것이니 그동안 까밀라와 있으라고 말했다. 까밀라는 외출하지 말라고 애원했고, 로따리오도 안셀모와 동행하겠다고 말했다. 그러나 안셀모는 귓등으로도 들으려 하지 않고, 나중에 긴히 할 말이 있다며 로따리오에게 남아서 기다려 달라고 강요했다. 그리고 까밀라에게는 자기가 돌아올 때까지 로따리오를 혼자 내버려두지 말라고 일렀다. 사실 안셀모는 그것이 조작된 일이라고는 아무도 깨닫지 못할 만큼 빈틈없는 연기를 해냈다.

안셀모가 나가자 까밀라와 로따리오는 식탁을 사이에 두고 앉게 되었다. 로따리오는 드디어 친구가 바라는 전쟁터에 쫓겨 들어와, 그 아름다움만으로도 무장한 기사단을 물리칠 것 같은 적을 바라보고 있었다. 로따리오가 두려워하는 것은 당연한 일이었다.

로따리오는 의자의 팔걸이에 팔꿈치를 올려놓고 손바닥으로 볼을 괴면서 까밀라에게 안셀모가 돌아올 때까지 좀 쉴 테니 그 무례함을 용서해달라고 말했다. 까밀라는 의자보다 소파가 훨씬 편할 거라면서 그리로 가서 쉬라고 권했다. 로따리오는 그 제안을 거절하고 의자에 앉은 채 안셀모가 돌아올 때까지 잠을 잤다. 안셀모가 돌아와 보니 까밀라는 자기 방에 들어가 있고 로따리오는 잠을 자고 있었으므로, 자기가 너무 오랫동안 나가 있어서 두 사람이 이야기할 시간뿐 아니라 잠잘 시간까지 준 셈이라고 믿었다. 그래서 로따리오가 눈을 뜨면 함께 밖으로 나가서 그 동안의 사정을 들어야겠다고 생각했다.

모든 것이 그가 생각한 대로 되어 갔다. 로따리오가 잠에서 깨어나자 두 사람은 얼른 집을 나섰다. 안셀모는 궁금했던 일을 물었는데, 로따리오는 처음부터 사랑을 고백하면 좋지 않을 것 같아서 피렌체 시의 어디를 가나 사람들의 입에 오르내리는 것은 까밀라의 아름다움과 슬기로움뿐이라며 그녀의 아름다움만 찬양했다고 말했다. 그것은 우선 까밀라의 마음을 사로잡아 다음부터는 자진해서 그의 말을 듣게 하기 위한 것이라며, 이것은 신중한 사람을 속이려고 할 때 악마가 흔히 사용하는 수단이라고 말했다. 원래 악마는 어둠의 천사지만 빛의 천사로 변해서 선인의 모습으로 접근하는 법이니, 처음에 가짜라는 사실이 발견되지 않으면 마지막에야 정체를 나타내서 자기 뜻을 이룬다고 설명했다. 이 설명에 안셀모는 아주 만족해하면서, 앞으로는 매일 비슷한 기회를 만들겠으며 설사 외출하지 않더라도 집 안에서 까밀라에게 그의 계략이 탄로나지 않게 일을 추진하겠다고 말했다.

그렇게 여러 날이 지나갔다. 로따리오는 그동안 까밀라에게 한 마디의 말도 건네지 않았지만 안셀모에게 일의 진행 상황에 대해서 말하기를, 그녀에게 접근해도 까밀라는 전혀 나쁜 징조를 보이지 않고 실낱같은 희망조차 보여주지 않으며, 오히려 그런 나쁜 생각을 버리지 않으면 남편에게 이르겠다는 협박까지 한다고 덧붙였다.

안셀모가 말했다.

"참으로 고마운 일이군. 까밀라도 말로는 최선을 다해 저항했어. 이제는 행동에 대한 저항이 보고 싶군. 4천 에스꾸도를 자네에게 줄 테니 2천 에스꾸도는 아내에게 보여 주게. 아니, 아주 줘 버리게. 그리고 또 다른 2천 에스꾸도로는 미끼로 삼을 보석들을 사게. 아무리 깨끗한 마음씨의 여자라도 아름다울수록 잘 차려입고 곱게 치장하기를 좋아하거든. 아내가 이 유혹에도 넘어가지 않는다면 나도 그 때는 만족하고 자네에게 더 이상 수고를 끼치지 않으려네."

로따리오는 어차피 헛일이라고 생각하지만 일단 시작한 일이니 끝까지 해보겠다고 대답했다.

이튿날 로따리오는 4천 닢의 금화를 받았는데 그것은 4천 가지의 고민거리를 안은 거나 마찬가지였다. 왜냐하면 이번에는 어떤 거짓말을 해야 할지 갈피를 잡을 수 없었기 때문이었다. 그러다가 그는 까밀라가 말의 유혹에 조금도 동요하지 않듯이 돈과 선물에도 눈 하나 깜짝하지 않았으니, 더 이상의 유혹도 소용없으니 시간 낭비하지 말라고 말할 결심을 했다. 그러나 운명은 뜻밖의 방향으로 나아갔다. 안셀모는 로따리오와 까밀라만 남겨놓고 옆방에 숨어서 열쇠 구멍으로 두 사람의 거동을 살피곤 했는데, 30분이 지나도 로따리오가 까밀라에게 아무 말도 하지 않는 것을 보고는 거기에 100년을 있더라도 그가 그녀에게 무슨 말을 하지 않으리라는 사실을 깨달았다. 그래서 지금까지 친구가 까밀라의 대답이라면서 전한 것이 모두 적당히 꾸민 거짓말이라는 사실을 알게 되었다. 그는 그 사실을 확인할 생각으로 숨어 있던 장소에서 나와 로따리오를 부르더니 새로운 일이 있었는지, 그리고 까밀라의 태도는 어땠는지를 물었다. 그러자 로따리오는 까밀라가 너무 냉정하게 대해서 어떤 말도 꺼낼 수 없었으며, 이제 이 일에는 더 이상 관계하고 싶지 않다고 대답했다.

"아, 로따리오! 로따리오! 내가 자네를 이만큼 신뢰하면서 이 일을 맡겼는데 자네는 이런 식으로 나올 수밖에 없는가? 나는 지금 열쇠 구멍을 통해 자네의 행동을 지켜보았네. 그런데 자네는 까밀라에게 말 한 마디 하지 않더군. 그래서 나는 자네가 아내를 설득시킬 작전을 아예 시작조차 하지 않았다는 것을 알았네. 대체 어쩌자고 나를 속였는가? 그리고 무슨 까닭으로 내가 나의 소망을 이루려고 간신히 궁리한 이 수단을 망치려 드는가?"

안셀모는 이 말밖에 하지 않았으나 로따리오를 당황하게 만들기에는 충분했다. 로따리오는 거짓말이 발각된 것을 견디기 어려운 치욕처럼 생각하고, 안셀모에게 앞으로는 자네를 만족시키겠으며 거짓말은 절대로 하지 않겠다고 맹세했다. 만일 마음이 놓이지 않으면 몰래 지켜보면 알 수 있을 거라고, 하지만 사실 그럴 필요도 없을 거라고 장담했다. 안셀모를 만족시키기 위해서 자기가 하려는 일을 보면 모든 의심을 일소할 수 있을 것이기 때문이라고 했다. 안셀모는 로따리오의 말을 믿고 그의 마음을 편하게 해주려고 일주일 동안 집을 비우고, 도시에서 멀지 않은 마을에 사는 친구의 집에 가기로 했다. 그리고 그 친구에게 자기가 떠나는 것을 까밀라도 당연한 일로 생각하도록 자신에게 와달라고 간청하는 편지를 보내라고 부탁했다.

로따리오가 답답하다는 듯이 말했다.

"안셀모, 자네는 어쩌면 그렇게 불행하고 그릇된 생각을 가졌는가? 자네는 대체 무슨 짓을 하려는 건가? 어떻게 그런 행동을 시도하는가? 어떻게 그런 일을 소망하는가? 자네는 스스로를 배신하고, 자기 자신의 불명예를 꾀하며, 자기의 파멸에 안간힘을 쓰고 있네. 자네의 아내 까밀라는 참으로 훌륭한 여인이네. 자네는 아무 걱정 없이 편안하게 그녀를 아내로 삼고 있지 않은가? 자네의 편안한 행복을 위협하는 존재는 아무 것도 없으며, 까밀라의 마음은 집의 담 밖으로 나가는 일이 없네. 자네는 그녀에게 지상의 하늘이고, 소원의 표적이며, 기쁨의 극치이네. 그리고 그녀는 무슨 일에서나 자네와 하늘의 뜻에 자기의 뜻을 따르고 있네. 그러니 그녀의 명예, 아름다움, 정조, 정숙함의 광맥은 자네가 소망하는 최상의 부(富)를 아무 대가 없이 자네에게 퍼부어 주는데, 도대체 무엇이 부족해서 자네는 땅을 파서 새로운 광맥과 지금까지 누구도 본 적이 없는 보석을 찾으려 하는가? 그것은 결국 그녀의 약점의 위태로운 발판을 의지하는 것이니 모든 것이 허물어질 위험에 몸을 맡기려는 것이네. 불가능한 것을 구하는 사람은 가능한 것까지 잃어버리는 법이네. 그것은 어느 시인이 다음과 같이 노래하는 것 그대로이네.

나는 구하노라,
삶을 죽음 속에서
건강을 병 속에서
자유를 감옥의 한가운데서
출구를 유폐된 곳에서
진심을 배신자의 가슴속에서.
그러나 나의 운명은
무엇 하나 좋을 일을
얻어 보지 못했다.
하늘이 정해 놓았나?
불가능한 일을 찾기 때문에
가능한 것조차 허용되지 않는다.

　이튿날 안셀모는 마을로 떠나갔는데, 까밀라에게는 자기가 외출하고 없는 동안 로따리오가 집도 돌볼 겸 당신과 함께 식사하기 위해 올 것이니, 자기에게 하듯이 그를 잘 대해 주라고 일러놓았다. 까밀라는 슬기롭고 신중한 여자였으므로 남편에게 그런 말을 듣자 슬퍼했다. 그리고 그녀는 안셀모에게, 당신이 안 계실 때 다른 사람이 식탁에서 당신 자리를 차지한다는 것은 옳지 않으며, 만일 내가 가사일을 잘하지 못할 거라는 우려에서 그런 조치를 취한 거라면 이번에 시험해 보라고 했다. 또 이것보다 더 어려운 일이라도 거뜬히 해낼 수 있다는 것을 알게 될 거라고 말했다. 그러나 안셀모는 이것이 내 취미이니 당신은 잠자코 복종하기만 하면 된다고 대답했다. 까밀라는 그 제안이 싫었지만 승낙하지 않을 수 없었다.
　안셀모가 떠나자 그 다음 날 로따리오가 찾아왔는데, 까밀라는 따뜻하고 정숙하게 맞이했다. 그러나 되도록 로따리오와 마주 앉는 건 피하려고 했다. 언제나 남녀 종자 가운데 몇 사람을 곁에 남도록 했다. 그 중에서도 레오넬라라는 하녀는 꼭 붙어 있게 했다. 레오넬라는 어릴 때부터 까밀라의 친정에서 함께 자라 안셀모에게로 시집을 때 데리고 왔던 하녀였다. 처음 사흘 동안 로따리오는 식사가 끝나고 식탁을 치우면 종자들이 부랴부랴 식사하러 나가느라고 까밀라와 단둘이 있게 되어도 까밀라에게 아무 말도 하지 않았다. 레오넬라만은 까밀라보다 먼저 식사를 마치고 그녀 곁을 떠나지 말라는 지시를 받고 있었지만, 레오넬라도 자신이 좋아하는 일에 정신이 팔려 있었으므로 매번 마님의 지시를 어기게 되었다. 그리하여 마치 그렇게 하라는 지시라도 받은 것처럼 까밀라와 손님만 단둘이 남겨두곤 했다. 그러나 까밀라의 빈틈없는 태도, 진지하고 성실한 몸가짐은 로따리오의 혀를 묶어 두기에 충분했다.

하지만 까밀라의 이런 행동 때문에 로따리오가 입을 열지 않은 것은 결과적으로 두 사람에게 더 큰 손해를 가져오게 되었다. 비록 말은 하지 않았어도 머리는 움직이고 있었고, 마음이 없는 대리석상까지도 사랑에 빠지게 할 정도로 착하고 아름다운 까밀라를 실컷 바라볼 수 있는 기회가 되어버렸기 때문이었다. 로따리오는 그녀에게 말을 해야 할 기회를 오로지 그녀를 바라보는 데 소비했다. 그리하여 그녀가 얼마나 사랑스러운 여인인지를 절실히 깨닫게 되었다. 이 생각은 차츰 안셀모에 대한 존경의 감정을 파괴하기 시작했다. 까밀라와 함께 피렌체를 떠나서 안셀모에게 들키지 않을 곳으로 가버리고 싶은 생각을 몇 번이나 했는지 모른다. 그러나 그 생각도 까밀라를 바라보는 순간에 느끼는 기쁨에 사로잡혀 실행하지 못했다. 까밀라의 얼굴을 보고 싶다는 짜릿한 기쁨을 어떻게든 물리쳐서 그 감정을 느끼지 않으려고 자기 자신과 싸웠다. 자기의 천박한 생각을 스스로 나무랐고, 자신을 나쁜 친구이며 나쁜 기독교인이라고까지 불렀다. 관점을 이리저리 바꾸어 자기와 안셀모를 비교했는데, 언제나 결론으로 나온 것은 자기의 불성실보다도 안셀모의 광태와 자기도취가 심하다는 것이었다. 따라서 자기가 이제부터 하려고 하는 행동은 신에게나 사람들에게 충분히 해명할 수 있는 것이니 자신의 잘못으로 말미암아 받을 벌을 두려워할 필요가 없다고 생각했다.

결국 까밀라의 착한 마음과 아름다운 자태는 바보 같은 남편이 로따리오에게 건네준 기회로 인해 망가졌고, 로따리오의 성실성마저 완전히 파괴시키고 말았다. 어느새 로따리오는 자기가 바라보고 싶어서 그녀를 바라보게 된 것이다. 안셀모가 떠나간 지 사흘이 지나자 그동안 욕망에 저항하는 마음 속의 투쟁에도 불구하고 로따리오는 사랑에 조급해진 말로 까밀라를 구슬리기 시작했다. 깜짝 놀란 까밀라는 앉아 있던 의자에서 벌떡 일어나 대답도 하지 않고 자기 방으로 들어가 버렸다. 그러나 아무리 박절한 대접을 받아도 로따리오의 희망은 사그라지지 않았다. 연애와 더불어 생기는 것은 희망이기 때문에 그는 한층 열렬한 사랑을 까밀라에게 느꼈다.

　까밀라는 뜻하지 않은 로따리오의 태도에 어떻게 하면 좋을지를 몰랐다. 이 이상 자기에게 말을 건넬 기회와 장소를 그에게 준다는 것은 위험하기도 하고 어리석은 일이라고 생각했으므로, 그날 밤 안셀모 앞으로 편지를 써서 종자에게 보낼 결심을 했다. 그 사연은 다음과 같았다.

제34장
끝없이 이어지는 무모한 호기심에 대한 이야기

대장 없는 군대와 성주 없는 성이 안전하지 못하듯이, 뚜렷한 이유도 없으면서 젊은 아내가 남편 곁에 있지 않다는 것은 아무리 생각해도 좋은 일이 못됩니다. 저도 당신이 계시지 않으므로 무슨 일이든 뜻대로 되지 않으며 도저히 이대로는 견디기 어려우니, 만일 빨리 돌아오지 않는다면 집을 이대로 비우는 한이 있어도 친정에라도 가 있어야겠습니다. 당신이 저를 보호하라고 부른 분은 이름만 보호자일 뿐 당신의 부탁보다는 자기 자신의 일시적인 욕망만 소중히 생각하는 분인 것 같습니다. 무슨 일이든 짐작이 빠른 당신이니 더 이상 아무 말씀드리지 않겠습니다. 더 말씀드려봤자 좋은 일이 없을 테니까요.

안셀모는 이 편지를 받자 로따리오가 드디어 작업에 착수하여 까밀라가 자신이 원하는 대답을 한 것이 틀림없다고 생각했다. 그래서 이 편지에 매우 흡족했고 까밀라에게는 자기가 곧 돌아갈 작정이니 무슨 일이 있더라도 집을 비워서는 안 된다고 회답을 보냈다. 안셀모의 회신에 까밀라는 깜짝 놀랐고 전보다 더 얼떨떨해졌다. 이대로 집에 남아 있을 수도 없었고, 그렇다고 친정에 가 있겠다는 결심도 더욱 하기 어려워졌다. 이대로 집에 있자니 그녀의 정조가 위태로웠고, 친정에 가게 되면 남편의 명령을 어기는 것이 되었기 때문이다.

결국 그녀는 자신에게 더욱 불리한 쪽으로 결정을 했는데, 그것은 종자들에게 입방아를 찧을 틈을 주지 않기 위해서라도 로따리오에게서 달아나지 않고 집에 그대로 남아 있기로 한 것이었다. 자기의 어디엔가 틈이 있었기 때문에 로따리오가 예의를 등한히 하게 된 것이라고 남편이 생각하게 될 것이 두려웠으므로, 이제는 남편에게 편지를 쓴 것조차 후회되었다. 그러나 그녀는 신을 믿고 자기의 양식(良識)을 믿었으므로 로따리오가 말하고자 하는 것은 무슨 일이 있더라도 잠자코 견디어 나가고, 남편에게는 어떤 걱정도 시키지 않기 위해서 이 이상 아무 말도 하지 말아야겠다고 생각했다. 그뿐 아니라 만일 남편으로부터 어째서 그런 편지를 쓸 생각이 났느냐는 질문을 받았을 때 로따리오를 변호할 방법까지 생각했다.

이런 고고하고 우아한 생각을 품은 그녀는 다음 날이 되자 로따리오의 말에 귀를 기울였는데, 그가 너무 열렬히 접근해 오자 그토록 견고한 까밀라의 마음도 마침내 흔들리기 시작했다. 로따리오의 눈물과 말이 자기 가슴속에 불러일으킨 사랑의 감정을 아무리 나타내지 않으려고 애를 써도 이제 그녀의 정절로는 버텨내기가 힘들었다. 로따리오는 이런 그녀의 마음을 눈치채자 더욱 몸이 달아올랐다. 결국 그는 안셀모의 부재로 주어진 시간과 장소를 이용하여 성의 포위를 압축해야겠다고 생각했다. 그래서 그녀의 아름다움을 찬양하여 그녀의 긍지를 부추겼다. 아름다운 여자의 높은 허영의 탑을 함락시키려면 아첨을 혀끝에 올린 행동 만한 것이 없었기 때문이었다. 사실 그는 전력을 다해 모든 수단을 동원하여 그녀의 견고한 암석을 깨뜨렸으므로 설혹 까밀라가 청동으로 만들어진 여자였다고 해도 결국은 땅에 쓰러지고 말았을 것이다. 로따리오는 자신의 감정을 노골적으로 토로하며 눈물을 흘리고, 호소하고, 약속하고, 아첨하면서 끈질기게 달라붙어 자기를 신뢰하게 하려 했다. 그리하여 까밀라의 정숙함은 마침내 무너지게 되었고, 그는 무엇보다도 그리워하던 것을 손에 넣게 되었다.

까밀라는 굴복했다. 결국 굴복하고야 말았다. 그러나 로따리오의 우정도 이미 땅에 떨어지고 말았으니 그녀가 굴복한들 무엇이 그리 대단할 것인가? 이거야말로 '사랑의 정열에 이기려면 오로지 피하는 도리밖에 없다. 이런 강적은 누구든 상대해서는 안 된다'라는 것을 우리에게 보여주는 뚜렷한 본보기다.

인간의 정열에 이기려면 신의 힘이 필요하다. 레오넬라 혼자만이 자기 안주인의 약점을 눈치챘다. 우정을 배신하고 새로운 연인이 된 두 사람이 레오넬라의 눈에 띄지 않을 수가 없었다. 로따리오는 이 일이 안셀모의 계략이었고, 이런 사태가 일어날 기회를 준 것도 안셀모였다는 말은 하고 싶지 않았다. 그녀가 자기의 사랑을 가볍게 취급하고, 자신의 구애가 진지함이 없는 한때의 바람기로 인한 것이라는 생각을 갖게 하고 싶지 않아서였다.

그 뒤 며칠이 지나서 안셀모가 집에 돌아왔다. 그러나 그는 집안에서 무엇이 없어졌는가를 깨닫지 못했다. 그것은 그가 거의 신경쓰지는 않았으나, 한편으로는 존중하고 있었던 것이었다. 그는 그 길로 곧장 로따리오를 만나러 갔다. 마침 로따리오는 집에 있었으므로 두 사람은 서로 포옹했다. 그리고 로따리오에게 궁금했던 사항을 물었다.

"오, 안셀모! 내가 자네에게 보고할 게 있네. 자네는 모든 아내의 전형이자 최고의 가치를 지닌 아내를 데리고 있다는 것일세. 아내에게 호소한 내 모든 말은 가볍게 옆으로 제쳤고, 나의 제안은 귓등으로 흘렸고, 선물은 허락되지 않았으며, 성의를 가장하여 흘린 나의 눈물도 모두 외면당했네. 요컨대 까밀라는 모든 미의 상징일 뿐 아니라 정숙한 여인이라고 칭송받을 만한 정절, 겸허, 순결 등 모든 미덕이 간직된 보고(寶庫)라는 것일세. 자, 자네 돈을 돌려줄 테니 받게. 이것은 손댈 필요도 없어서 가지고 있기만 했네. 까밀라의 굳은 마음은 선물이나 약속 같은 세속적인 것으로는 어떻게 할 수가 없었네. 만족하게나, 안셀모. 이미 행한 시험에 다른 시험을 더할 생각은 갖지 않는 것이 좋겠네. 자네는 여자에 대해서 세상 사람들이 흔히 가지기 쉬운 의심의 대해(大海)를 발도 적시지 않고 건너왔으니, 새로운 장애의 심해(深海)에 들어가려 하지 말고, 하늘이 자네에게 준 배의 고마움이나 견고함을 다른 수로(水路)안내원으로 시험해 볼 생각일랑 아예 하지 말게. 그리고 자네는 이미 안전한 항구에 닿았다는 것을 알기만 하면 되네. 그러니 안심하고 선의의 닻을 내려, 아무리 고귀한 신분의 사람이라도 피할 수 없는 죽음을 맞이할 때까지 가만히 있으면 되는 걸세."

안셀모는 로따리오의 말에 완전히 만족했으며, 그 말을 마치 어떤 신탁인 것처럼 믿었다. 그래도 안셀모는 여태까지처럼 열렬한 노력까지는 아니더라도 단순한 호기심이나 심심풀이 정도의 기분으로 앞으로도 그 일을 계속해 달라고 부탁했다. 그러면서 까밀라를 '끌로리'라는 이름으로 부르면서 찬미하는 시를 써 주기 바란다고 했다. 그 이름은 로따리오가 사랑을 바치는 어느 부인인데, 그 사람의 순결함에 알맞도록 높이 찬양하려는 뜻에서 붙여준 것이라고 말하자고 했다. 그러나 만일 로따리오가 그런 시를 짓는 것이 귀찮다면 자기가 지어 주겠다고 말했다.

로따리오가 대답했다.

"그럴 필요는 없을 걸세. 왜냐하면 일 년에 몇 번 정도의 시상(詩想)도 나를 찾아와 주지 않을 만큼 시신(詩神)과 원수를 진 것도 아니니 말일세. 자네가 말한 나의 연애 조작은 자네가 까밀라에게 말해 주게. 시는 내가 짓겠네. 주제에 알맞게 훌륭한 시는 못되더라도 적어도 내 힘이 미치는 최상의 것이 될 걸세.”

무모한 사나이와 우정의 배신자는 이렇게 합의를 보았다. 안셀모는 집으로 돌아가자, 자신이 묻지 않은 것을 까밀라가 오히려 이상하게 생각하던 일을 아내에게 물었다. 그것은 자기에게 보낸 그 편지를 어떤 동기에서 썼느냐는 것이었다. 그러자 까밀라는 자기를 보는 로따리오의 눈이 안셀모가 집에 있을 때보다 좀 친근해진 듯이 생각되어서 쓴 편지였는데, 그것은 자기가 잘못 생각한 것이었고 지나친 기우였다고 대답했다. 그러면서 지금은 로따리오가 자기의 얼굴을 보려고도, 자기와 단둘이 있는 상황을 피한다고 했다. 그러자 안셀모는 그런 의심은 전혀 할 필요가 없다면서 로따리오는 이 도시의 어느 귀부인에게 사랑을 바치면서 ‘끌로리’라는 이름으로 그 부인을 찬미하는 것을 잘 안다고 했다. 또한 그 일이 사실이 아니라 하더라도 로따리오의 성실함과 두 사람 사이의 깊은 우정에 대해서는 아무런 의심을 하지 않아도 된다고 말했다. 만일 까밀라가, 끌로리에 대한 로따리오의 사랑이 사실은 가공적인 것이고 잠시나마 까밀라를 찬미할 수 있도록 안셀모에게 그 이야기를 해두었다는 것을 로따리오에게 미리 듣지 않았더라면, 아마 그녀는 절망적인 질투의 그물에 걸려들고 말았을 것이다. 그러나 이미 모든 것을 들어 알고 있었으므로 그녀는 이 말을 예사로 들어 넘길 수 있었다.

다음 날 세 사람이 식탁에 앉았을 때, 안셀모는 로따리오에게 자네가 사랑하는 끌로리를 위해서 지은 시를 들려달라고 했다. 까밀라는 끌로리를 모르니 자네가 하고 싶은 말을 얼마든지 해도 상관없다고 부탁한 것이다.

로따리오가 대답했다.

“설혹 부인께서 그 귀부인을 안다고 해도 나는 무엇 하나 감추지 않을 걸세. 사랑을 하는 사나이가 자기 연인의 아름다움을 예찬하거나 잔인함을 지적한다고 해서 그녀의 체면이 손상될 것도 아니니 말일세. 어쨌든 내가 말하고 싶은 것은 끌로리의 무정함에 대해서 어제 소네트를 지었다는 것일세. 그건 이런 것이네.”

밤의 정적 속에

모든 사람들이 깊은 잠에 빠져 있을 때
애달프고 끝없는 나의 고민을
신과 끌로리에게 바치노라.
먼동이 트고
동녘 하늘에 아침 해가 떠오를 때면
나는 뜨거운 한숨을 지으며
쌓인 한탄을 되풀이하노라.
높은 성좌(星座)에 해가 솟아나
햇살을 곧바로 땅에 뿌릴 때
나의 한탄은 더해가고 나의 고민은 불어나누나.
밤이 되면 한탄은 되풀이되는데
나의 고민도 아랑곳지 않는
신과 끌로리의 무정함이여.

까밀라는 이 소네트가 꽤 훌륭하다고 생각했다. 그리고 안셀모는 더욱 훌륭하다고 여겼으므로 이 시를 칭찬한 끝에 이와 같은 성실한 사랑에 응하지 않는 여자는 지나치게 잔인하다고 말했다. 이에 대해 까밀라가 반문했다.

"사랑을 하는 시인들의 말이라고 모두 진실한 것일까요?"

로따리오가 대답했다.

"시인이라고 해서 반드시 진실을 말하는 건 아니지만 사랑을 하는 시인이라면 반드시 진실한 시인이 되어 말이 줄어든답니다."

안셀모가 끼어들었다.

"그건 맞는 말이야."

그 모든 것은 로따리오의 생각을 지지하여 까밀라에게 믿게 만들기 위해서였다. 그러나 그녀는 이제 로따리오를 사랑하고 있었기 때문에 안셀모의 속셈 같은 것은 깨닫지도 못했다.

그녀는 로따리오가 하는 일이라면 무엇이든 즐거웠고, 게다가 로따리오의 시가 모두 자기를 대상으로 한 것으로 생각하여 자기야말로 진짜 끌로리라고 여겼다. 그래서 만일 다른 소네트나 시구를 알고 있으면 제발 들려달라고 로따리오에게 부탁했다.

"네, 알고 있고 말고요. 아까 것만큼 좋은 것은 아니라고 생각하는데, 비평은 두 분에게 맡기겠습니다. 바로 이런 것입니다."

그대는 안 믿겠지만, 나는 내가 죽는다는 걸 알고 있다.
그대 사랑함을 후회하기보다
그대 눈앞에 나의 시체를 눕히는 것이 확실하다.
무정한 사람아,
그대로 인해 나는 죽어 가고 있다.
목숨도 영예도 애정도 없는
망각의 나라로 나는 떠나가련다.
그 때 내 가슴을 열어보면
거기에 새겨진 그대의 아름다운 얼굴을 볼 수 있으리.
그대의 무정한 마음 때문에
내 가슴속의 뜨거운 고민을 이기려고
보배보다 더욱 귀히 여기는 그대의 모습을
가슴에 새겼노라.
아, 가련하다.
어둠 때문에
북극성도 항구도 보이지 않는
위험하고 알 수 없는 항로를 더듬는 뱃사공이여!

안셀모는 이 두 번째 소네트도 먼젓번 것처럼 칭찬했다. 이리하여 안셀모는 자기를 묶는 불명예의 쇠사슬을 계속 조이고 있었다. 왜냐하면 자기의 명예에 로따리오가 먹칠을 할 때마다 자기의 명예가 더욱 높아진다고 생각했기 때문이었다. 그리고 까밀라가 타락의 한복판으로 떨어져간 층계도 그녀의 남편으로서는 덕과 명성의 절정으로 올라가는 것이었다.

얼마 뒤 까밀라가 레오넬라와 단둘이 있을 때 그녀에게 말했다.

"레오넬라, 내가 내 자신을 소중히 하지 못했던 것을 생각하면 부끄러워 못 견디겠구나. 로따리오님에게 너무 빠른 시간에 내 스스로를 바쳐 버렸으니 말이야. 거절할 수 없도록 내게 행동한 자신을 생각하지 않고, 내가 너무나 어처구니없이 경솔하게 행동한 것을 경멸하지 않을까 그게 걱정이야."

"그런 건 걱정하지 마세요, 마님. 참으로 훌륭하고 귀중하게 여길 만한 것이라면 조금 빨리 일어났다고 해서 탈이 날 것도 없고, 그 가치를 깎는 것도 아니니까요. '빨리 주는 자는 두 배를 주는 자'라는 말도 있잖아요?"

"그렇지만 이런 말도 있어. '힘이 들지 않은 것은 고마움도 덜하다'고."

"그 속담은 마님의 경우와는 다른 거예요. 사람들이 하는 말을 들어보면 사랑은 어떤 때는 날아가고, 어떤 때는 걸어가고, 어떤 사람에게는 달려가고, 어떤 사람에게는 천천히 간대요. 그리고 이쪽에서 미지근해지면 저쪽에서는 불타오르고, 어떤 사람에게는 상처를 입히는가 하면 어떤 사람은 죽여 버리고, 어떤 곳에서는 사랑의 정열이 달음박질하는가 하면 같은 장소에서 끝나버리는 것도 있고, 아침에 요새를 포위하면 밤에는 그것을 함락한다는 거예요. 사랑을 이겨낼 힘은 아무것도 없기 때문이지요. 그러니 사랑이 마님을 함락시킬 기회로, 주인나리가 집에 안 계시는 틈을 이용하여 로따리오님에게 그런 일을 시킨 거라면 두려워하거나 걱정하실 필요는 없어요. 그리고 사랑이 기회를 이루려고 할 때는 주인나리가 안 계실 때 해 버려야 하는 거예요. 주인나리가 돌아오실 때까지 우물쭈물하거나 그분이 돌아오셨기 때문에 일이 중도에서 어중간하게 끝나버려서는 안 되는 거죠. 그것은 사람들한테서 들어서가 아니라 경험으로 잘 알고 있어요. 저도 피가 끓는 젊은 계집이니 그런 건 나중에 차차 말씀드리겠어요. 그것보다 마님, 마님도 로따리오님의 눈빛이나 한숨이나 말이나 약속이나 선물에서 그분의 진심을 보려 하지 말고, 그분의 마음과 성품으로 로따리오님이 얼마나 사랑받아야 할 분인지 보세요. 그렇게 고지식하고 겁먹은 생각으로 걱정만 하지 말고 마님이 로따리오님을 소중히 여기듯 그분도 마님을 소중히 여긴다고 생각하세요. 그리고 이제 마님은 사랑의 그물에 걸리셨으니 마님을 꽉 껴안고 있는 분이 나무랄 데 없이 훌륭한 분이라는 것에 만족하세요. 그분은 훌륭한 연인이라면 반드시 갖추고 있다고 세상에서 말하는 네 가지 S, sabio(박식한), solo(독신인) solicito(부지런한) secreto(비밀을 지킴)는 물론이고 ABC의 성질을 전부 갖추고 계세요. 거짓말이라고 생각되거든 들어보세요. 그분은 제가 생각건대 (A)agradecido(감사할 줄 알고), (B)bueno(부드럽고), (C)caballero(씩씩하고), (D)dadivoso(인심좋고), (E)enamorado(사랑을 알고), (F)firme(든든하고), (G)gallardo(멋지고), (H)honarado(명예롭고), (I)ilustre(유명한), (L)leal(성실하고), (M)mozo(젊고), (N)noble(고상하고), (O)onesto(정직하고), (P) principal(품위 있고), (Q)quantioso(풍채 좋고), (R)rico(부유한), (S)는 앞에서 말한 세상에서 말하는 네 가지, (T)tacito(말이 없고), (V)verdadero(분별 있고), (X)는 억센 소리라서 그분에게는 맞지 않고, (Y)는 이미 말씀드렸고 (Z)zelador de tu honra는 마님의 명예를 절대로 지킬 분이에요."

　하녀의 ABC 내용을 듣고 까밀라는 웃음을 터뜨렸다. 그리고 이 하녀야말로 사랑 방면에서는 이론보다 경험이 더 능숙한 여자라고 생각했다. 아니나다를까, 하녀는 자기 입으로 같은 마을에 사는 명문가 청년과의 사랑 이야기를 고백했다. 그것을 듣자 까밀라는 하녀의 행동이 원인이 되어 자기의 명예가 위태로워지지나 않을까 걱정이 되었다. 까밀라는 혹시 그 사랑이 대화를 나누는 것 이상으로 깊이 들어갔는지를 물어보았다. 하녀는 부끄러워하지도 않고 그렇다고 대답했다. 대체로 마님들이 마음을 놓고 있으면 하녀들이 뻔뻔해지고, 마님들이 실수하는 것을 보면 하녀들 역시 자기의 실수에 너그러워지며, 심지어 자기의 실수를 마님에게 들켜도 겁내지 않는 것은 분명한 사실이다. 까밀라는 레오넬라에게, 나에 대한 것은 무엇이든 네 애인에게 말해서는 안 되며, 네 일이 안셀모나 로따리오의 귀에 들어가지 않도록 주의해 달라고 부탁하는 수밖에 없었다. 레오넬라는 그렇게 하겠다고 대답했다.

　그렇지만 만일 자기의 명예가 떨어진다면 이 하녀가 원인이 될 것이라고 걱정하던 까밀라의 근심은 결국 사실이 되고 말았다. 깔끔하지 못하고 뻔뻔스러운 레오넬라는 자기 안주인이 전과 달라진 것을 안 뒤로는 자기 애인을 집안에 끌어들이기 시작했는데, 설혹 마님한테 들키더라도 어떻게 하지 않을 거라고 생각한 것이다. 안주인들의 부정의 폐해는 여러 가지가 있겠지만 그 중에서도 특히 나쁜 경우는 이와 같은 것이다. 그 일로 안주인은 오히려 하녀의 노예가 되고, 까밀라의 경우처럼 하녀의 부정한 행동을 숨겨주어야 하는 일이 생기게 된다. 사실 까밀라는 몇 번이나 레오넬라가 애인과 함께 한 방에 있는 것을 보았지만, 하녀를 꾸짖기는커녕 그 애인을 숨겨줄 장소를 가르쳐주거나 남편에게 들키지 않도록 편의마저 봐주곤 했다.

　그러나 이런 노력에도 불구하고 어느 날 새벽에 남자가 나가는 것을 로따리오가 발견하게 되었다. 로따리오는 그 사람이 누구인지 몰랐으므로 처음에는 유령이라고 생각했다. 그러나 조심스레 외투를 뒤집어쓰고 얼굴을 가리면서 걸어가는 모습을 보자 그의 단순한 생각은 다른 생각으로 변했으며, 까밀라가 해명하지 않는 한 모든 사람의 파멸을 초래하게 될 것이 틀림없었다. 이런 시간에 안셀모의 집에서 나가는 남자의 뒷모습을 본 로따리오는 그 사나이가 레오넬라 때문에 집 안에 들어왔다고는 생각하지도 못했다. 아니, 이 세상에 레오넬라가 있다는 것조차도 떠올리지 못했다. 까밀라가 자기에게 쉽게 몸을 허락한 것처럼 다른 남자에게도 그랬구나 하고 생각한 것이다. 그것은 여자의 부정한 행위에 반드시 따라다니는 현상이다. 부정한 여자는 자기에게 울면서 매달리고 설득하는 바람에 몸을 맡긴 남자에게조차 신임을 받지 못한다. 그녀의 몸을 가진 남자는 그녀가 다른 남자에게도 쉽게 몸을 바치는 여자라고 취급하며, 거기서 생기는 어떤 의혹도 틀림없는 사실로 믿게 되는 것이다. 로따리오도 이때만은 평소의 빈틈없는 판단력을 잃어버리고 말았다. 그는 가슴을 쥐어뜯는 듯한 질투심과 노여움에 눈이 어두워져서, 자기에게 조금의 잘못도 하지 않은 까밀라에게 복수하려고 아직 잠에 빠져있는 안셀모에게 뛰어 들어가서 말했다.

"실은 말일세, 안셀모. 나는 며칠 전부터 내 자신과 싸우며 자네에게 숨기려고 애써 왔지만 이제는 털어놓을 수밖에 없는 사실을 말하려 하네. 실은 까밀라의 성은 벌써 함락되고 말았네. 이 사실을 자네에게 빨리 고백하지 않은 것은 그 사람의 지나가는 바람기일까, 아니면 내가 자네의 허락을 받아 접근한 사랑이 진심에서 나온 것인지 아닌지를 시험하려고 그러는 것이 아닐까 의심했기 때문일세. 까밀라가 자네와 내가 바라는 것처럼 정숙한 여자였다면, 내가 그녀에게 매달리며 구애한 사실을 진작 자네에게 말했어야 하네. 그런데 그러지 않은 것을 보면 이번에 자네가 다시 집을 비우게 될 때는 자네의 귀중품이 들어있는 방안에서 나와 만나자는 약속이 사실이었던 것일세. 그곳은 나와 까밀라가 밀회를 한 곳이지. 그러나 그렇다고 해서 자네가 당장 복수하려고 해서는 곤란하네. 죄라고는 하지만 단지 생각일 뿐이며, 막상 실행하기 직전에 까밀라가 마음을 바꾸어 후회할 수도 있으니 말일세. 그러니 지금까지 자네가 내 충고를 들어왔듯이 지금 나의 권유대로 행동하기 바라네. 그러면 자네에게 유익한 충고라는 것을 알게 될 테니 말일세. 자네는 전에도 한 것처럼 이틀이나 사흘쯤 집을 비우는 체하고 그 방안에 숨어 있게. 거기에 깃덮이불이나 그 밖에 몸을 숨기는 데 편리한 물건이 있을 거야. 그러면 자네는 자네 눈으로,

나는 내 눈으로 까밀라가 어떻게 행동하는지 볼 수 있을 걸세. 그래서 그녀의 행위가 우리가 두려워하던 부정한 행동이라면, 빈틈없고 신중하게 자네가 받은 불명예에 대해 복수할 수 있을 걸세."

로따리오의 말을 들으며 안셀모는 아연실색했다. 이런 말을 들으리라고는 꿈에도 생각하지 않던 때에 허를 찔렸기 때문이었다. 그는 이제 까밀라를 로따리오의 거짓 유혹을 이겨낼 수 있는 여자라 믿고, 승리의 영광을 남몰래 기쁘게 생각하기 시작했던 것이다. 안셀모는 잠시 입을 다문 채 눈썹 하나 움직이지 않고 마룻바닥을 바라보다가 간신히 입을 열었다.

"로따리오, 자네는 내가 자네의 우정에 기대한 대로 해주었네. 그러니 모든 일은 자네가 말하는 대로 될 것이네. 자네 좋을 대로 하게. 뜻밖의 결과가 되었지만, 될 수 있는 대로 비밀로 해주게."

로따리오는 그렇게 할 것을 약속했다. 그러나 안셀모와 헤어지자 부질없는 짓을 해버렸다는 생각이 들면서 후회가 밀려왔다. 까밀라에 대한 복수라면 이토록 잔인하고 비열한 수단이 아니어도 자기 혼자서 능히 할 수 있었기 때문이었다. 자기의 무분별하고 경솔한 행동을 나무라며 자책했지만 이미 끝난 일이라 되돌릴 수도, 해결책도 찾을 수가 없었다. 고민 끝에 이 모든 일을 까밀라에게 털어놓기로 결심했다.

그 날 로따리오는 혼자 있는 까밀라를 만났다. 그런데 그녀도 로따리오에게 이야기할 기회를 찾았던 듯 먼저 입을 열었다.

"사랑하는 로따리오, 들어보세요. 저는 지금 당장이라도 가슴이 찢어질 것 같은, 아니 터질 것 같은 걱정에 싸여 있어요. 레오넬라의 뻔뻔스러움이 차츰 심해져서 밤마다 애인을 끌어들여 아침까지 같이 있는 거예요. 제 입장이 얼마나 난처할지도 생각하지 않아요. 그런 시간에 집을 나서는 남자를 누가 보기라도 해봐요. 어떻게 생각할지 뻔하잖아요? 제가 분한 것은 그 하녀를 벌줄 수도, 꾸짖을 수도 없다는 거예요. 당신과 저와의 비밀스런 관계를 알고 있으니 아무 소리도 못하는 거지요. 그런 일들이 어떤 나쁜 결과를 가져올까 두렵군요."

까밀라의 말을 들은 로따리오는 처음에는 오늘 아침에 나가는 사나이가 레오넬라의 애인이지 자기의 애인이 아니라고 속이려는 줄로 생각했다. 그러나 까밀라가 몸부림을 치면서 우는 것을 보자 그 말이 사실이라는 것을 믿게 되었다. 이제는 로따리오가 당황하여 자기의 성급한 행동을 후회하게 되었다. 그래도 까밀라에게는 아무것도 걱정할 것이 없다면서 자기가 레오넬라의 건방진 행동을 고칠 방법을 생각해보겠다고 대답했다. 그리고 자기가 질투에 눈이 어두워져 안셀모에게 모든 것을 말해버렸다는 것과, 안셀모가 방안에 숨어 그녀가 남편을 배신하는 행위를 똑똑히 지켜보자는 의논이 된 것도 털어놓았다. 끝으로 이 무분별한 행동에 대해 용서를 구하면서, 자신의 사려가 모자라서 미궁에 빠져버렸으니 어떻게 해서든 무사히 빠져나올 수 있는 지혜를 빌려달라고 부탁했다.

로따리오의 말을 들은 까밀라의 얼굴이 새파랗게 질렸다. 그녀는 화를 내며 제법 그럴듯한 말로 로따리오를 꾸짖고, 그의 그릇된 생각과 분별없는 행동을 나무랐다. 그러나 남자가 골똘히 생각하면 할수록 머리가 멍해지는 데 비해 여자는 남자보다 머리가 잘 돌아가는 법이어서, 대책을 구하기 어려울 듯하던 문제를 단번에 해결할 수 있는 방법을 찾아냈다. 그래서 그녀는 로따리오에게 그 해결책을 알려주었다.

"내일은 아까 말한 것처럼 남편에게 숨어 있도록 권하세요. 남편이 숨어 있다는 것을 이용해서 앞으로 두 사람은 아무런 걱정 없이 밀회를 즐길 수 있도록 해 보이겠어요. 남편이 숨은 뒤에 레오넬라가 부르거든 들어오세요. 그리고 무엇이든 제가 묻는 일에는 마치 안셀모가 듣는 줄은 전혀 모르는 것처럼 대답하세요."

로따리오는 까밀라가 무엇을 계획하는지 이해할 수 없었다. 그래서 필요한 일들을 좀더 안전하고 순조롭게 할 수 있도록 까밀라의 계획을 구체적으로 이야기하라고 졸랐다.

그러나 까밀라는 그 제안을 거절했다.

"아녜요. 제가 묻는 말에 똑똑히 대답하시면 그것으로 족해요."

까밀라는 자기의 계획을 미리 알려주지 않았는데, 그 이유는 자기가 최선이라고 생각하는 방법을 로따리오가 받아들이지 않고 그보다 못한 방법을 찾을까봐 걱정이 되어서였다.

이튿날 안셀모는 친구가 사는 마을에 갔다온다는 구실로 집을 나갔다가 다시 돌아와서 방안에 숨었다. 까밀라와 레오넬라기 일부러 잘 되도록 처리했으므로 안셀모는 별로 힘들이지 않고 몸을 숨길 수 있었다. 자기의 명예가 산산이 부서지는 것을 지켜보는 두려운 마음으로 몸을 숨긴 안셀모는 까밀라에게 바라던 최고의 재산을 머지않아 잃어버릴 지경에 처해 있었다. 까밀라와 레오넬라는 안셀모가 숨어 있는 것을 확인하고 방안으로 들어갔다. 까밀라는 방안에 들어서자마자 크게 한숨을 쉬면서 말했다.

"아, 레오넬라! 네가 방해할까봐 말하지 않고 있었다만, 이런 짓을 하기보다 차라리 너한테 가져오라고 한 안셀모의 비수로 이 수치스러운 가슴을 찌르는 것이 좋지 않을까? 하지만 그러면 안 되지. 남이 저지른 죄로 내가 벌을 받는다면 바보 같은 일이야. 우선 로따리오의 그 대담하고 천한 눈이 내게서 무엇을 보았는지 알고 싶구나. 아마 나에게 고백했듯이 자신의 친구를 모욕하고 나를 불명예에 빠뜨릴 그런 나쁜 욕망을 어떻게 나한테 털어놓을 생각을 품게 되었는지 말이야. 자, 레오넬라. 창문으로 가서 그 사람을 불러다오. 아마 자기의 음흉한 계획을 실천하려고 앞에 와 있을지도 모르니까. 하지만 나는 떳떳하니까 내가 이길 건 틀림없어."

교활하고 모든 것을 다 짐작하고 있는 레오넬라가 말했다.

"어머, 마님도. 이 비수는 대체 무엇에 쓸 생각이세요? 자살이라도 하실 작정인가요, 아니면 그분을 찔러 죽일 생각인가요? 어느 쪽이든 마님의 신용과 평판은 엉망이 되고 말아요. 모욕 따위는 모르는 체하고, 그 악당이 이 집에 들어와서 마님과 저밖에 없다는 것을 알게 해서는 안 돼요. 마님, 이쪽은 여자 두 사람이고, 저쪽은 남자인데다가 잔뜩 몸이 달아 있잖아요? 그런 흉악한 뜻을 이루려고 흥분해서 마구 덤벼든다면, 마님의 생각을 실행하기 전에 마님의 목숨을 빼앗는 것보다 더 고약한 짓을 저지를 거예요. 이 집 안에서 그렇게 뻔뻔스러운 사람이 제멋대로 행동하도록 내버려두는 주인나리야말로 정말 알 수 없군요! 아, 저는 이제 마님의 결심을 다 눈치채고 있어요. 마님이 그 사람을 죽이신다면 그 뒤에 시체는 어떻게 해야 하나요?"

"무슨 말을 하고 있니, 레오넬라? 그거야 안셀모에게 묻어 달라면 될 거야. 안셀모야 당연히 자기 수치를 땅 속에 파묻는 수고쯤은 아무렇지도 않게 생각하겠지. 자, 로따리오를 빨리 불러와. 내가 받은 모욕을 복수하기 전에는 남편을 위해 정조를 지키는 내 의무를 다하지 못하는 기분이 들어서 못 견디겠어."

안셀모는 이 모든 이야기를 죄 듣고 있었는데, 까밀라가 한 마디 할 때마다 마음이 변해 갔다. 로따리오를 죽일 결심을 한다는 것을 알았을 때는 숨어 있는 장소에서 뛰쳐나오려고까지 했다. 그러나 그럴 필요가 있는 순간에 뛰어 나가자고 생각을 고쳐먹고, 까밀라의 그토록 대견스럽고 훌륭한 결심이 어떤 결말에 이르는가 두고 보자는 기분에 붙들려 있었다.

그 때 까밀라가 심한 현기증을 일으키면서 옆에 있는 침대에 쓰러지자 레오넬라가 애절하게 울부짖었다.

"아, 원통해라! 만일 이분이 내 품안에서 이대로 돌아가시기라도 하면 어떻게 해? 이 세상에서 제일가는 정숙의 꽃, 훌륭한 여성들의 왕관, 깨끗한 몸가짐의 거울이신 분인데."

이렇게 늘어놓는 넋두리를 듣는 사람들은 누구라도 이 하녀를 세상에서 제일 동정심이 많고 주인에게 충실한 하녀라고 생각했을 것이고, 그녀의 안주인을 제2의 페넬로페[1]라고 생각했을 것이다.

그러나 까밀라는 곧 정신을 차리고 말했다.

"레오넬라, 어째서 너는 그를 부르러 가지 않느냐? 태양이 비치고 밤이 지켜주는 가장 불성실한 그 친구를 말이다. 자, 빨리 가거라. 우물쭈물하고 있는 동안에 내 노여움의 불이 가라앉아 내가 생각하고 있는 정당한 복수가 단순한 협박이나 욕설로 끝나기 전에."

"곧 불러오겠어요, 마님. 하지만 그 비수는 이리 주세요. 제가 없는 동안에 마님을 사랑하고 있는 사람들을 한평생 울리는 행동을 하시면 안 되니까요."

"그런 짓은 절대로 하지 않을 테니 안심하고 갔다오너라, 친절한 레오넬라. 네 눈에는 내가 당돌하고 명예밖에 모르는 여자로 비치겠지만 루크레시아[2]만큼은 못하지. 들으니 루크레시아는 아무런 잘못도 없는데 자기를 불행 속에 빠뜨린 남자를 죽이기 전에 자살했다고 하지 않니? 나도 죽게 되면 죽을 거야. 하지만 아무 죄도 없는데 이렇게 나를 울게 만든 그 사내에게 원수를 갚아서 반드시 자기의 잘못을 깨닫게 할 거야."

---

*1 오디세우스의 아내. 남편이 트로야 원정에 나가 있는 동안 그녀는 충실하게 집을 지켰다. 그러나 청혼자 중 한 사람을 고르라는 강요를 받았으므로 시아버지의 수의를 짜야 한다는 핑계로 낮에는 수의를 짜고 밤이면 이것을 다시 풀었다.

*2 로마의 장군 콜라티누스의 아내. 폭군 타르퀴니우스의 아들 섹스투스에게 능욕당하자 남편과 아버지에게 복수를 부탁한 뒤 자결했다. 그로 인해 타르퀴니우스 일가는 로마를 쫓겨나고 로마는 왕정이 폐지되어 공화제가 수립되었다.

로따리오를 부르러 레오넬라를 내보내기 위해서는 이런 말로 한참 설득해야 했다. 결국 그녀가 나가자 까밀라는 그녀가 돌아올 때까지 줄곧 혼잣말로 지껄여댔다.

　"아, 어떻게 할까? 로따리오는 지금까지 몇 번이나 그랬듯이 쫓아 버리는 편이 좋았을지도 몰라. 비록 그 사내의 미망을 깨우치도록 하기 위한 시간이었지만, 나를 정조 관념이 부족한 여자로 보게 만드는 상황이 되고 말았어. 그렇게 하는 편이 나았을 걸. 하지만 그 사내가 자기의 불순한 생각들에 빠져 있는 지금의 처지에서 아무 일 없이 천연덕스럽게 벗어날 수 있게 하면 나의 복수도 못하고, 남편의 명예에 대한 보상도 하기 어려울 거야. 배신자는 음탕한 욕망으로 계획한 일에 대해 목숨으로 대가를 치러야 해. 까밀라가 남편에 대해 정조를 지켰을 뿐 아니라 그것을 더럽히려고 한 뻔뻔한 사내에게 복수했다고 세상에 알려야 해. 이것은 안셀모도 아는 게 좋을 텐데. 하지만 그 마을에 보낸 편지에 그 일을 적었는데도 남편이 일을 처리하기 위해 돌아오지 않는다는 것은, 남편이 착하고 남을 의심하는 성격이 아니라서, 그렇게 친한 친구의 마음에 자기 명예를 더럽힐 생각이 숨어 있다고는 믿을 수 없었기 때문일 거야. 나만 해도 상당한 시간 동안 믿지 않았으니까. 아니, 그 사내가 점점 더 무례해져서 선물이며 약속이며 눈물로 계속 구슬리려 하지 않았다면 나도 믿지 않았을 거야. 그런데 내가 왜 이런 넋두리를 하고 있지? 이제 와서 이런다고 아무 소용도 없는데. 이렇게 훌륭한 결심을 하는데 누군가의 의견이라도 필요하단 말인가? 그건 아니지. 배신자들은 어떻게 되어도 상관없는 거야! 다만 복수가 있을 뿐이야. 자, 거짓된 자여, 들어와라! 너는 죽어 마땅해. 나중 일이야 어떻게 되든 상관없어. 나는 순결한 몸으로 하늘이 남편으로 정해 준 사람의 것이 되었어. 그러니 순결하게 남편에게서 나가야 하고 그것이 불가능하다면 나의 순결한 피와 우정으로 치장된 거짓된 친구의 더러운 피를 묻히고 죽을 테야."

　이렇게 말하면서 뽑아든 비수를 손에 쥐고, 미친 사람이 분명하며 연약한 여자가 아니라 궁지에 몰린 불한당처럼 거칠고 헝클어진 걸음걸이로 방안을 왔다갔다했다.

　안셀모는 숨어 있는 깃털이불 밑에서 이 모든 상황을 지켜보고는 감탄했다. 자기가 지금까지 눈으로 보고 귀로 들은 것만으로 가장 심각한 의심을 풀기에 충분하다고 생각했고, 무슨 뜻하지 않은 잘못이 일어나서는 안 된다는 생각에 로따리오가 등장하는 시련을 어떻게 해서든 막아보고 싶었다. 그래서 하마터면 뛰어나가 아내를 껴안고 진실을 알릴 뻔했는데, 마침 이때 레오넬라가 로따리오의 손을 잡고 돌아오는 모습이 보였기에 그대로 있을 수밖에 없었다.

까밀라는 로따리오를 보더니 비수로 방바닥에 줄을 그으며 말했다.

"로따리오님, 미리 말씀드리겠어요. 당신이 만일 이 선을 넘으면, 아니 이 선에 닿기만 해도 당장 이 손에 들고 있는 비수로 제 가슴을 찌르겠어요. 이 말에 대해 대답하기 전에 먼저 들어주셔야 할 일이 있어요. 그런 뒤에 무슨 대답이든 하세요. 첫째, 당신은 제 남편 안셀모를 아십니까? 아신다면 안셀모에 대해 어떻게 생각하고 있는지 말해 주세요. 둘째, 저를 아십니까? 자, 말해 주세요. 주저할 것도, 어떤 말을 해야 할지 이것저것 생각할 것도 없어요. 당신에게 묻는 말은 어려운 질문이 아니니까요."

로따리오는 까밀라가 안셀모를 숨게 하라고 부탁한 그 순간부터 그녀가 하려는 일이 짐작되지 않을 만큼 순진하지는 않았다. 그래서 아주 빈틈없이, 교묘하게 맞장구를 치면서 진짜 이상으로 실감나게 연기를 하느라고 애썼다.

그는 까밀라에게 이렇게 대답했다.

"아름다운 까밀라, 나를 부른 이유가 내가 여기 올 때의 의도와 이렇게 벗어난 질문을 하기 위해서인 줄은 꿈에도 생각하지 못했소. 나에게 약속한 일을 미루기 위해 그런 행동을 하는 거라면 먼 곳에서 그러는 게 나았을 거요. 왜냐하면 동경하던 행복을 손에 넣는 희망이 가까울수록 더 사람을 괴롭게 하는 거니까요. 그러나 방금 한 질문에 대답은 하겠소. 나는 당신의 남편 안셀모를 알고 있소. 두 사람의 우정에 대해서는 당신도 잘 알고 있으므로 말하지 않겠소. 사랑 때문에 그 사람에게 가장 큰 과오에 대해 변명하는 치욕의 증인이 되기는 싫으니 말이오. 나는 당신을 잘 알고 있고 안셀모가 당신에게 품고 있는 것과 똑같은 감정을 갖고 있소. 그렇지 않다면 내가 내 자신에 대한 의무와 참된 우정의 신성한 법칙을 어길 까닭은 결코 없었을 것이오. 그러나 그 법칙은 사랑이라는 강적 앞에서 내 힘으로는 감당하지 못하고 속절없이 깨져 버리고 말았소."

"그렇게 고백한다면 당신은 정당한 사랑을 받을 가치가 있는 모든 것들의 적이에요. 내가 안셀모를 거울처럼 마주보고 사는 여자라는 걸 알면서도 어쩌면 그렇게 뻔뻔하게 감히 그 사람 앞에 나올 수 있었나요? 당신이 그이를 얼마나 무모하게 욕보이고 있는지 아세요? 아, 불행한 내 운명이여! 당신이 무엇 때문에 자기가 마땅히 해야 할 일을 그렇게 소홀히 했나 이제야 알았어요. 그것은 저의 경솔함 탓이었어요. 그것을 타락한 방종이라고 부를 생각은 없어요. 왜냐하면 심사숙고하여 결정한 일이 아니고, 여자가 체면 차리지 않아도 된다고 생각했을 때 무의식적으로 저지르는 부주의에서 나온 일이니까요. 만일 그렇지 않다면 저에게 대답하세요. 정말 당신은 너무하셨어요! 제가 언제 당신의 애원에 대해서, 그 추잡한 희망이 이루어질 듯한 단 한 조각의 가능성이라도 보이는 말이나 신호를 보냈던가요? 당신의 사랑의 호소에 제가 냉정하게 거부하면서 따끔한 충고를 하지 않은 적이 있었던가요? 당신의 그 선물들과 숱한 맹세를 제가 받거나 믿은 적이 있었나요? 하지만 다소간의 희망이 지탱되지 않는다면 누구도 그렇게 오랫동안 사랑을 품고 있을 수는 없다고 생각되므로 당신의 무례한 행동에 대한 죄를 제가 뒤집어쓸 생각입니다. 제 부주의가 이렇게 긴 시간 동안 당신의 집념을 부채질한 것은 사실이니까요. 그리고 당신의 죄에 알맞은 형벌도 제가 떠맡을 작정입니다. 이렇게 제 자신에게 엄격한 것처럼 당신에게도 그러겠다는 것을 당신에게 알리고 싶어서 당신을 부른 겁니다. 그리고 성실한 내 남편의 체면을 손상시킨 대가로 제가 치르는 희생의 증인이 되어 달라는 뜻도 있지요. 당신은 남편에게 고의로 상처를 입혔고, 저 역시 당신의 사악한 생각을 부채질하고 방관했던 기회를 피하지 않은 부주의로 남편의 명예를 더럽혔어요. 되풀이해서 말하지만, 저의 사소한 부주의로 당신이 이런 그릇된 생각을 품게 된 것이 아닌가 하는 우려가 저를 가장 괴롭힙니다. 그래서 저는 제 손으로 제 자신에게 형벌을 줄 생각입니다. 만일 다른 사람한테서 벌을 받는다면 저의 죄는 세상에 퍼질 것이 틀림없으니까요. 하지만 그 전에 제가 마음 속에 복수심을 품게 한 장본인을 죽이고 저도 죽을 작정입니다. 그리고 저를 이런 절망적인 상황에 빠뜨린 사람에게 공평무사한 판결을 내려 그에 알맞은 형벌을 내릴 지옥으로 그를 끌고 가 죗값을 치르게 할 것입니다.”

그녀는 말을 마치자마자 믿을 수 없을 정도의 억센 힘과 재빠른 행동으로 비수를 뽑아들고 로따리오의 가슴을 찌르려고 맹렬한 기세로 덤벼들었다. 로따리오는 이런 여자의 행위가 과연 진심인지 연극인지 분간할 수가 없을 정도였다. 왜냐하면 까밀라의 습격을 피하기 위해서는 있는 힘과 지혜를 동원하지 않으면 안 되었기 때문이다. 그녀는 이 거짓 연극을 참으로 교묘하게 해냈으니, 진실다운 색채를 보태려고 자신의 피로 물들일 생각을 했기에 로따리오에게 이렇게 말했다.

"운명이 나의 정당한 소원을 전부 들어주지는 않는다 해도, 절반도 들어주지 않을 정도로 무정하지는 않겠지."

그러고는 로따리오가 꼭 쥐고 있던 자신의 손을 빼내더니 너무 깊은 상처를 입지 않을 만한 곳을 겨냥하여, 왼쪽 어깨에 가까운 쇄골(鎖骨) 위에 칼을 찌르고는 까무러치듯 바닥에 쓰러지고 말았다.

레오넬라와 로따리오는 이 사태에 넋을 잃고 망연해졌고, 까밀라가 피투성이가 되어 바닥에 쓰러져 있는 것을 보고도 아직까지 이 돌발적인 사건의 진상에 반신반의했다. 로따리오는 새파랗게 질려서 단숨에 까밀라에게 달려가 비수를 뽑았다. 그리고 상처가 아주 가벼운 것을 알자 그때까지의 공포를 씻고 아름다운 까밀라의 기민함, 용의주도함, 날카로운 기지에 감탄했다. 그래서 이번에는 자신의 배역을 연기하려고 마치 상대방이 죽은 것처럼 까밀라를 향해 비탄의 넋두리를 늘어놓았고, 자기 자신에 대해서도 마구 욕설을 퍼붓고 자기를 이런 궁지에 몰아넣은 사나이에 대한 저주를 했다. 그리고 안셀모가 듣고 있다는 것을 알고 있었으므로, 설혹 까밀라가 죽었다고 생각하는 자라도 아마 까밀라보다 안셀모를 동정할 만한 그런 말들을 마구 지껄여댔다.

레오넬라는 그녀를 안아서 침대에 눕힌 다음 그녀를 비밀리에 치료해 줄 만한 사람을 찾아 달라고 로따리오에게 부탁했다. 그리고 마님의 상처가 낫기 전에 안셀모가 돌아온다면 마님의 부상을 뭐라고 설명해야 하는지 충고나 지혜를 빌려달라고 했다. 그러자 로따리오는 아무렇게나 좋을 대로 말하라고 했다. 나로서는 지금 도움이 될 만한 충고를 할 여유가 도무지 없으니, 우선 상처에서 피를 막으라고 하고 자신은 사람이 없는 곳으로 가버릴 거라고 했다. 그리고 고통스럽고 슬픈 표정을 지으며 집을 나섰다. 로따리오는 혼자가 되어 아무도 보지 않는 장소에 이르자 끊임없이 성호를 그으면서 까밀라의 교묘한 연극과 레오넬라의 익숙한 행동에 감탄했다. 그리고 지금쯤 아마 안셀모가 제2의 포르키아(로마의 마르쿠스 브루투스의 아내)를 아내로 가진 줄로 생각할 것 같았으므로, 그를 만나 시치미를 뗀 진실에 축하하고 싶었다.

레오넬라는 로따리오의 지시대로 마님의 출혈을 막았다. 그것은 그녀의 거짓을 진짜처럼 보이게 하는 데 필요한 양에 불과했다. 그리고 상처를 소량의

까밀라가 피투성이가 되어 바닥에 쓰러져 있는 것을 보면서도……

포도주로 씻고 되도록 교묘히 붕대를 감았다. 그러면서 레오넬라는 쉴 새 없이 중얼거렸는데, 그 말은 안셀모에게 까밀라를 순결의 화신으로 믿게 했을 내용의 것이었다. 레오넬라의 말에 까밀라의 말이 뒤섞였다. 까밀라는 자기를 겁쟁이며 비겁자라고 불렀다. 그것은 자기의 목숨을 스스로 끊는 데 필요한 용기와 힘이 없었기 때문이라는 것이다. 그녀는 하녀에게 오늘의 사건을 사랑하는 남편에게 말해야 하는지 말아야 하는지를 가르쳐 달라고 물었다. 그러자 하녀는 주인나리에게는 말하지 않는 편이 좋겠다고 대답했다. 그 이유는 주인나리가 로따리오에게 복수할 텐데 그렇게 되면 주인나리에게도 위험한 일이고, 훌륭한 아내는 남편이 남과 싸울 기회를 주는 게 아니라 오히려 그런 기회를 제거해야 하는 것이기 때문이라고 말했다. 이에 대해 까밀라는 네 의견이 옳으니 네 말에 따르겠지만, 이 상처는 발각될 것이 틀림없으니 안셀모에게 상처의 원인을 뭐라고 둘러대야 할지 잘 생각해 두라고 말했다. 그러자 레오넬라는 자기는 농담으로라도 거짓말을 못 한다고 대답했다.

까밀라가 말했다.

"그러면 나는 어떻게 하지? 내 목숨을 잃을 경우라도 거짓말을 꾸밀 줄도, 거짓말을 밀고 나갈 용기도 없으니 말이다. 이 일을 헤쳐 나갈 방법을 모른다면 어설픈 거짓말을 해서 발각되기보다는 차라리 있는 그대로 솔직하게 털어놓은 것이 낫지 않을까?"

"걱정 마세요, 마님. 오늘부터 내일까지 주인나리에게 드릴 말씀을 제가 잘 생각해 둘 테니까요. 상처의 위치로 보아 아마 발각되지 않고 숨길 수 있을 거예요. 우리의 이 올바르고 진지한 생각을 하느님도 도와주실 거예요. 안심하세요, 마님. 그렇게 겁먹은 모습을 주인나리에게 보이지 않도록 침착하세요. 그리고 나머지 일은 저와 하느님께 맡겨 두세요. 하느님은 정당한 소원이라면 무엇이든 들어주실 테니까요."

안셀모는 자기의 명예가 죽임을 당하는 이 비극을 열심히 지켜보고 있었다. 이 비극의 등장인물들이 매우 정열적이면서 효과적으로 연기했으므로 그들의 거짓이 안셀모에게는 어느새 진실로 바뀌어 비쳤다. 안셀모는 어서 밤이 되어 집을 나가서, 훌륭한 친구 로따리오를 만나 아내의 순결에서 확인한 귀한 진주를 함께 축하하고 싶었다.

밤이 되었을 때 두 여자는 안셀모가 집을 빠져나갈 기회와 편의를 일부러 만들어 주었으므로, 그는 그 기회를 헛되이 흘리지 않고 집을 나가 그 길로 로따리오를 찾아갔다. 안셀모가 친구를 만나 얼마나 기쁘게 껴안고, 자기의 기쁨을 어떻게 토로했고, 까밀라를 얼마나 칭찬했는지를 정확하게 기술한다는 것은 쉬운 일이 아니다.

로따리오는 이야기의 자초지종을 들으면서 조금이라도 기쁜 듯한 기색을 보일 수가 없었다. 왜냐하면 이 친구가 어떻게 속고 있으며, 자기가 얼마나 심한 치욕을 그에게 주고 있는지 뚜렷이 떠올랐기 때문이었다. 안셀모는 로따리오가 기쁜 얼굴을 하지 않는 것을 깨달았지만, 그것은 그가 상처를 입은 까밀라를 그대로 두고 나왔고 자기가 그 상처의 원인이 되었기 때문에 그렇겠거니 하고 생각했다. 그래서 안셀모는 이야기를 하면서 까밀라에 대한 걱정은 할 필요가 없다고 했다. 왜냐하면 여자들이 자기에게 그것을 숨길 의논을 했을 정도니까 상처는 가벼운 것이 분명하며, 자네는 오늘 밤 나와 함께 즐기고 기뻐해 주면 그만이라고 말이다. 또한 자네의 지혜와 충고가 있었기 때문에 비로소 나는 내가 바랄 수 있는 가장 높은 행복에 도달할 수 있었으며, 이제 후세에까지 기억될 그녀에 대한 찬가를 짓는 것만을 즐거움으로 삼고 싶다고 말했다. 로따리오는 이 훌륭한 결의를 칭찬하고 자기도 그런 훌륭한 기념물을 세우는 데 조력하겠다고 말했다.

이것으로 안셀모는 이 세상에서 가장 기분 좋게 속은 사나이가 되었다. 그는 영광의 도구를 가지고 가는 줄로 믿었지만, 실은 자기의 명예를 부수는 파괴자를 집으로 데리고 간 것이다. 까밀라는 겉보기에는 우울한 얼굴로, 그러나 속으로는 아주 반갑게 그들을 맞이했다. 이런 거짓이 한참 계속되었다. 그러나 그 뒤 몇 달이 지나자 운명이 수레바퀴를 거꾸로 돌렸으므로 그 때까지 그토록 교묘히 숨겨졌던 악행이 이내 드러나고 말았다. 그리하여 안셀모는 무모한 호기심 때문에 목숨을 잃게 되었다.

제35장
돈끼호떼가 포도주가 담긴 가죽 부대를 상대로 펼친 대활약과 무모한 호기심의 결말

소설의 낭독이 얼마 남지 않았을 때, 돈끼호떼가 자고 있던 다락방에서 산초 빤사가 헐레벌떡 뛰쳐나오면서 소리쳤다.

"여러분, 얼른 와서 우리 주인나리를 도와주십쇼. 지금까지 본 것 중에서 가장 지독하고 굉장한 싸움을 하고 계십쇼. 글쎄, 미꼬미꼬나 공주의 원수인 거인을 베었습니다. 마치 단칼에 베어진 무처럼 거인의 머리가 툭 잘라져서 데굴데굴 굴렀습니다!"

신부가 소설을 읽다가 놀라서 물었다.

"무슨 말을 하고 있나? 산초, 정신이 있는 건가? 거인은 여기서 2천 레구아나 떨어진 곳에 있다는데 그런 일이 있을 수 있나?"

이때 방 쪽에서 무시무시한 소리가 나더니 돈끼호떼가 외치는 소리가 들려왔다.

"게 섰거라, 이 도둑! 악당! 비겁한 자! 자, 잡았다. 네 언월도(초승달 모양의 큰 칼) 따위가 무슨 소용이라도 있을 줄 아느냐?"

아무래도 사방의 벽을 상대로 마구 칼을 휘두르는 모양이었다. 산초가 다시 말을 이었다.

"듣고만 있어서는 안 됩니다. 싸움을 말리든지, 우리 주인나리를 도와주시든지 해 주십시오. 하기야 이제는 도움이 필요 없는 것 같지만 말입니다. 거인은 이제 죽어서 하느님께 지금까지의 악업을 실토하고 있을 것이 틀림없을 테니까요. 저는 방바닥에 피가 흐르고 옆에 머리가 구르고 있는 것을 보았는데, 큰 포도주 부대 만한 머리였습니다."

이때 주막 주인이 말했다.

"이거 큰일 났다! 돈끼호떼인지 악당인지 모르지만, 자기 머리맡에 쌓아 둔 붉은 포도주 가죽부대에 마구 칼질을 한 모양이구나. 그래서 이 멍청이가 쏟아진 술을 피라고 생각한 거야!"

그가 이렇게 말하더니 방으로 달려갔으므로 다른 사람들도 우르르 따라 들어갔다. 돈끼호떼는 참으로 굉장한 몰골을 하고 있었다. 속옷 바람인데 앞은 허벅지를 감출 만한 길이도 되지 않았고 뒤쪽은 그보다 서너 치 더 짧았다. 꼬챙이처럼 비쩍 마른 정강이에 털이 숭숭 나 있어 그다지 산뜻한 풍경은 아니었다. 머리에는 때묻은 붉은 모자를 썼는데, 그것은 주막 주인의 것이었다. 왼쪽 팔에는 산초가 원한을 갖고 있는 침대의 담요를 걸치고 있었다. 오른손에는 번쩍거리는 칼을 쥐고 실제로 거인과 싸우는 것처럼 외쳐대고 있었다. 그리고 눈을 감고 있었는데, 그것은 아직 잠에서 깨지 않은 채 거인과 싸우는 꿈을 꾸고 있었기 때문이었다. 이제부터 수행하려는 모험에 대한 생각이 너무나 절실해서 이미 미꼬미꼰 왕국에 도착하여 적을 상대로 싸우는 꿈을 꾸고 있었던 것이다. 거인에게 칼을 휘두른다는 것이 그만 가죽부대를 베었으므로 온 방안이 포도주 바다가 되어 있었다.

그것을 보자 주인은 화가 머리끝까지 치밀어서 돈끼호떼에게 덤벼들어 주먹으로 마구 두들겨 팼다. 까르데니오와 신부가 떼어놓지 않았더라면 아마 거인과의 싸움은 주막 주인이 결말을 내고 말았을 것이다. 그래도 이 가엾은 기사는 눈을 뜨지 않았다.

그러는 동안에 이발사가 샘에서 찬물을 한 동이 길어 와서 머리에 쏟아 부었으므로 그제야 간신히 눈을 떴는데, 그래도 어찌된 상황인지 파악할 수 있을 만큼 정신이 든 것은 아니었다.

도로떼아는 기사가 짧고 얇은 속옷밖에 입고 있지 않다는 것을 알자 차마 자기를 도와줄 구세주와 적과의 싸움을 보러 들어가지는 못했다. 산초는 거인의 머리를 찾으려고 방바닥을 둘러보아도 보이지 않자 이렇게 말했다.

"이 집에서 일어나는 모든 일은 마법이라는 것을 잘 알고 있습니다. 지난번에도 지금 내가 서 있는 바로 이 자리에서 주먹과 곤봉으로 실컷 두들겨 맞았는데, 누가 했었는지도 모를 뿐더러 그 모습도 전혀 보지 못했거든요. 이번에는 머리가 이 근처에서 사라져 버렸단 말입니다. 내 이 두 눈으로 머리가 떨어지는 것도 보았고, 목에서 피가 샘처럼 솟는 것도 보았는데 말입니다."

주인이 소리쳤다.

"피가 샘처럼 솟다니, 뭘 씨부렁거리고 있나? 하느님과 성자들의 원수 같으니라구! 이 도둑놈아, 네가 피와 샘이라고 하는 것은 바로 가죽부대에 구멍이 뚫려 흘러나온 붉은 포도주라는 것을 아직도 모르겠나? 이 가죽부대에 구멍을 낸 놈의 영혼이 지옥에서 허우적대는 꼬락서니가 보고 싶을 정도다."

"나는 아무것도 몰라요. 다만 내가 아는 것은 거인의 머리를 찾지 못하면 내가 받을 백작의 작위나 영지가 소금이 물에 녹듯 물거품이 될 것이고, 그리되면 불행한 인간이 될 거라는 것뿐입니다."

산초는 눈을 뜨고 있으면서도 잠들어 있는 주인보다 더 심한 증상을 보이고 있었다. 주인이 한 약속 때문에 종자는 이런 상태가 되어 있었던 것이다. 주막 주인은 종자의 어리석음과 돈끼호떼의 어처구니없는 행동을 보고 화가 머리끝까지 치밀었다. 그래서 지난번처럼 돈도 받지 않고 내보내지는 않을 것이며, 이번에는 기사도의 특권이고 뭐고 찢어진 가죽부대를 꿰맬 가죽 값까지 몽땅 받아 내고 말겠다고 맹세했다.

신부가 돈끼호떼의 두 손을 잡자 돈끼호떼는 이제 모험을 다 끝내고 미꼬미꼬나 공주 앞에 있다는 생각에서 신부 앞에 무릎을 꿇고 말했다.

"고귀하고 이름 드높은 공주여, 그대는 오늘부터 이 간악한 짐승의 방해를 받을 걱정 없이 지낼 수 있소. 나 또한 오늘부터는 그대에게 한 약속에서 해방되어 자유로운 몸이 되었소. 그것은 지극히 높으신 신의 가호와 내가 목숨을 부지하며 호흡하게 하는 그 여인의 은혜 덕분이오."

그 말을 듣고 산초가 말했다.

"내 말이 맞지 않습니까? 나는 취하지 않았거든요. 우리 주인나리가 거인을 완전히 물리친 것을 보십시오. 어떻습니까? 이제 나도 영지를 갖게 되지 않았습니까?"

돈끼호떼와 산초의 어처구니없는 이야기에 누가 웃지 않을 수 있을까? 모두 웃어대는데 단 한 사람 주막 주인만은 아직도 투덜거리고 있었다. 아무튼 이발사와 까르데니오와 신부가 애를 쓴 끝에 간신히 돈끼호떼를 침대에 뉘었다. 그러자 돈끼호떼는 무척 지친 모습으로 금방 잠이 들었다. 세 사람은 돈끼호떼를 잠들게 한 뒤 주막 현관으로 나가서 거인의 목을 발견하지 못한 산초 빤사를 위로했다. 그리고 포도주의 가죽부대를 완전히 못쓰게 된 데 대해 화가 단단히 나있는 주막 주인을 달래느라 적지 않게 힘이 들었다. 주막집 안주인도 낑낑거리는 소리로 떠들어댔다.

"이런 어려운 때에 방랑 기사인지 뭔지 하는 이가 우리 집을 왜 찾아왔느냐 말이에요? 저런 기사는 만나지 않는 게 상책인데, 대체 이럴 수가 있어요? 지난번에 왔을 때는 자기는 방랑 기사니 어쩌니 하면서 자기와 종자의 밥값과 잠자리, 말과 당나귀의 짚값과 보리값을 동전 한 푼 지불하지 않고 가버렸단 말이에요. 하느님이 이 기사와 더불어 온 세계의 방랑 기사들에게 재앙을 내려 주셨으면 좋겠어요! 도대체 방랑 기사라면 무엇이건 돈 한 푼 지불하지 않아도 된다는 건가요? 방랑 기사의 계율에는 그렇게 쓰여 있나요? 게다가 기사의 뒤를 따라 온 양반은 내 꼬리를 가져갔잖아요? 돌려주었을 때는 털이 보기 흉하게 빠져서 우리 집 양반이 사용하려고 해도 쓸 수 없게 되었다구요. 그런 끝에 이번에는 포도주를 넣은 가죽부대가 찢어져서 포도주가 다 흘러 버렸으니. 난 차라리 그 기사의 피가 흐르는 게 보고 싶단 말예요. 하지만 아버지의 유골과 어머니의 혼을 두고 맹세하는데, 받을 돈을 한 푼이라도 덜 받는다면 내 성을 갈아버릴 거예요. 나는 우리 아버지의 딸이 아니라구요."

화가 난 마누라가 이런 넋두리와 온갖 잔소리를 늘어놓자 선량한 하녀 마리또르네스가 옆에 와서 거들었다. 주막집 딸은 잠자코 있으면서 이따금 빙긋이 웃기만 했다. 신부가 사람들을 각자 달래면서, 가죽부대와 포도주와 특히 보물처럼 여기는 꼬리의 손상을 최대한 변상해 줄 것을 약속했다.

도로떼아는 산초에게, 돈끼호떼가 거인의 머리를 벤 것이 사실이라면 왕국에 도착하는 대로 가장 훌륭한 영지를 줄 것을 약속했다. 이에 산초 빤사도 기분을 가라앉히고 공주에게 자기가 거인의 머리를 본 것은 사실이며, 그 증거로 거인의 수염이 아랫배에 이르도록 길게 나 있었다고 말했다. 그러나 이 주막은 마법에 걸려 있어서 그 머리가 어디로 사라졌는지 알 수 없다는 것이었다. 도로떼아는 자기도 그렇게 믿고 있으니 안심하라면서 모든 일이 잘 되어 뜻대로 일이 진행될 것이라고 위로했다.

모두 조용해졌을 때 신부는 소설을 마저 읽어야겠다고 생각했다. 이제 남은 내용은 얼마 되지 않았기 때문이다. 까르데니오와 도로떼아와 그 밖의 사람들도 나머지를 마저 읽어 달라고 부탁했다. 그래서 신부는 사람들을 즐겁게 해주기 위해 소설의 낭독을 계속하기 시작했다.

안셀모는 까밀라의 정절을 알게 된 만족감으로 흐뭇하고 편안한 나날을 보냈다. 까밀라는 로따리오에 대한 자기의 감정을 남편이 알지 못하게 연인에게 일부러 냉정한 얼굴을 보였다. 그리고 로따리오는 자기들의 관계를 한층 더 안전한 것으로 하기 위해, 자기의 방문에 대해 까밀라가 품는 불쾌감이 뚜렷이 느껴지므로 친구 집에 가는 것은 이제 그만두겠다고 말했다. 그러나 완전히 속고 있는 안셀모는 제발 그러지 말라고 부탁했다. 이렇게 안셀모는 모든 방법으로 자기의 불명예를 쌓아 가면서도 자기의 기쁨을 만들고 있다고만 믿었다.

한편 레오넬라는 밀회에서 오는 기쁨에 넋을 잃고 있었으므로, 이제는 다른 것은 아랑곳하지 않고 오로지 연인에게만 몰두했다. 조심하지 않아도 까밀라가 잘 보호해주리라 믿고 있었기 때문이었다. 결국 어느 날 밤, 안셀모는 레오넬라의 방에서 어떤 사람의 발자국 소리를 듣고 말았다. 그녀의 방에서 발자국 소리가 멈추자 누구인가를 확인하려고 문을 열려 했으나 안에서 누군가가 문을 꼭 잡고 있어서 열리지 않았다. 그러니 더욱 문을 열어보고 싶어졌다. 안셀모가 힘껏 문을 떠밀고 안으로 들어갔을 때 어떤 사나이가 창문에서 바깥으로 뛰어내리는 것이 보였다. 얼른 달려가서 붙잡아 얼굴을 보려 했으나 그러지 못했다. 레오넬라가 매달리며 말했기 때문이다.

"조용히 해주세요, 나리. 소란을 피우거나, 뛰어내린 남자를 쫓아갈 필요도 없어요. 누구인지 제가 잘 알고 있어요. 제 남편이니까요."

하지만 안셀모는 믿으려 하지 않았다. 아니, 믿기는커녕 오히려 단도를 뽑아 레오넬라를 찌르려 하면서 사실을 말하지 않으면 죽여버리겠다고 협박했다. 하녀는 너무나 무서워서 저도 모르게 중얼거렸다.

"나리, 제발 살려 주세요! 나리가 생각하시는 것보다 더 큰일을 말씀드릴 테니까요."

"당장에 말해라. 말하지 않으면 네년 목숨은 없다."

"지금은 도저히 말씀드릴 수 없어요. 정신을 차릴 수가 없는걸요. 내일까지만 기다려 주세요. 내일은 나리가 깜짝 놀라실 일을 알려 드리겠어요. 저 창문에서 뛰어내린 자는 시내에서 사는 젊은이인데, 제 남편이 될 약속을 한 사람이에요. 결코 거짓말이 아녜요."

안셀모도 냉정을 되찾고 하녀가 말한 기한까지 기다려 주기로 했다. 왜냐하면 까밀라의 정절에 대해서는 완전히 믿고 있었으므로 아내의 부정을 들으리라고는 꿈에도 생각하지 않았기 때문이었다. 그래서 모든 것을 다 털어놓을 때까지는 여기서 못 나갈 줄 알라고 하녀에게 일러 놓았다.

그는 곧장 까밀라에게로 가서 하녀의 방에서 일어난 일과 무언지 모르나 대단한 일을 알려 주겠다고 한 하녀의 말을 들려주었다. 까밀라가 얼마나 당황했는지에 대해서는 새삼 말할 필요도 없다. 너무나 큰 공포에 질린 그녀는 레오넬라가 모든 사실을 안셀모에게 털어놓을 것이 틀림없다고 생각했다. 이제 일이 어떻게 될 것인지 기다릴 용기도 없었다. 결국 그날 밤 안셀모가 잠든 틈을 타서 장신구 중에 쓸 만한 것들과 약간의 돈을 챙겨서 아무도 눈치채지 못하게 집을 빠져나갔다. 그리고 로따리오에게로 달려가서 집에서 일어난 일을 모두 이야기하고, 자기를 숨겨 주거나 안셀모에게 들킬 우려가 없는 곳으로 둘이서 도망치자고 호소했다.

까밀라의 말을 들은 로따리오는 당황해서 말이 막힐 지경이었으며, 일을 어떻게 처리해야 좋을지 궁리조차 할 수 없었다. 결국 자기 누이가 원장으로 있는 수도원으로 데려갈 생각이 났다. 까밀라도 찬성했다. 일이 급했으므로 로따리오는 허둥지둥 연인을 수도원으로 데려가 맡겨 놓은 다음, 자신도 피렌체를 떠나 버렸다.

날이 샜을 때 안셀모는 자기 옆에 까밀라가 없다는 것도 모르고 레오넬라가 털어놓겠다는 말이 듣고 싶어 하녀를 가두어 둔 방으로 갔다. 문을 열고 안으로 들어가 보니 레오넬라의 모습은 보이지 않았다. 시트가 창에 매여 늘어져 있는 것이 눈에 띄었다. 하녀가 그것을 타고 아래로 내려가서 달아나 버린 증거였다. 그는 실망하여 까밀라에게 알리려고 되돌아왔다. 그러나 그녀가 침대에도 집 안 어디에도 보이지 않자 놀라지 않을 수 없었다. 종자들에게 마님을 보지 못했느냐고 물었으나 누구 하나 분명한 대답을 할 수 있는 자는 없었다. 까밀라를 찾다가 문득 아내의 손궤가 열려진 채로 있고, 거기에서 쓸 만한 장신구가 모두 없어진 것을 발견했다. 안셀모는 그제야 비로소 자기의 불행을 깨달았을 뿐 아니라 자기 불행의 원인이 레오넬라가 아니었다는 것을 깨닫게 되었다.

안셀모는 착잡하여 옷도 제대로 입지 않고 친구 로따리오를 찾아갔다. 그러나 로따리오도 집에 없었을 뿐 아니라 종자들한테서 로따리오가 있는 돈을 전부 긁어모아 밤중에 나가 버렸다는 말을 듣고는 거의 미칠 지경이 되었다.

게다가 다시 집에 돌아가 보니 남녀 종자들까지 모두 달아나서 집 안은 텅 비어 있었다.

그는 이제 무엇을 생각해야 좋을지, 무어라 말해야 좋을지, 어떻게 해야 좋을지 몰라 차츰 정신이 이상해졌다. 아내도 없고, 친구도 없고, 종자도 없는 자신의 신세를 깨달았다. 그리고 하늘 아래에서 명예를 잃었다는 생각에 더욱 비참해졌다. 까밀라가 집을 나간 것은 자기의 파멸이라고 생각했던 것이다.

결국 친구가 살고 있는 마을로 갈 결심을 했다. 이런 재난의 씨를 자기 자신이 뿌린 그 장소였다. 집의 모든 문들을 잠그고 말에 올라 길을 떠났다. 절반쯤 길을 갔을 때 갖가지 상념에 짓눌려 더 이상 견딜 수가 없어졌다. 그는 말에서 내리더니 말을 나무에 비끄러맸다. 그리고 그 나무 둥치에 기대어 괴로운 한숨만 내쉬었다. 날이 저물 때까지 꼼짝도 하지 않고 있었다. 그 때 어떤 사나이가 말을 타고 시내 쪽에서 다가왔다. 그와 인사를 나눈 뒤, 피렌체에 무슨 색다른 일이라도 일어나지 않았느냐고 물었다. 그러자 사나이가 대답했다.

"피렌체에서는 지금까지 들어 보지 못한 일이 일어났습니다. 부자인 안셀모의 매우 친한 친구로 산 조반니 거리에 살고 있던 로따리오가 간밤에 안셀모의 마누라 까밀라를 꾀어 달아났고, 안셀모의 모습까지 보이지 않는다는 소문들이지요. 이건 까밀라의 하녀한테서 퍼진 이야기인데, 하녀는 밤중에 그 집 창문에서 시트에 매달려 내려오다가 경찰들에게 붙잡혔답니다. 사실 나는 사건의 전말을 잘 모릅니다만, 온 피렌체 사람들이 놀라고 있는 것만은 틀림없습니다. 두 사람은 여간 친한 사이가 아니어서 이런 일이 일어나리라고는 아무도 생각하지 않았거든요. 너무 사이가 좋아서 '두 벗'이라는 말을 듣고 있었을 정도니까요."

안셀모가 물었다.

"로따리오와 까밀라가 어디로 달아났는지 아십니까?"

"모르지요. 관청에서도 사방으로 찾아다닌다고 합니다만."

"그럼 안녕히 가시오."

"선생님도 안녕히 가십시오."

사나이도 이렇게 인사하고 떠나갔다.

너무나 불행한 소식에 안셀모는 미칠 정도가 아니라 숨이 넘어갈 지경이었다. 간신히 몸을 일으켜 친구의 집에 이르렀다. 이 친구는 안셀모의 불행을 아직 모르고 있었다. 안색이 누렇고 피곤에 지쳤으며 초췌한 모습을 보고 무슨 중병이라도 걸린 것이라고 생각했다. 안셀모는 잘 곳을 마련해 달라면서 종이와 펜을 달라고 했다. 친구가 종이와 펜을 가져다주자 안셀모는 혼자 있게 해 달라면서 문을 잠그고 가 달라고 거듭 부탁했다.

이윽고 혼자가 되자 안셀모의 머릿속은 불행한 생각으로 가득 찼으며, 이제 자기의 목숨도 길지 않다는 것을 깨달았다. 그래서 자기의 이상한 죽음에 얽힌 이야기를 남기기로 했다. 그러나 펜을 잡고 생각한 것을 다 쓰기도 전에 기력이 쇠진하여 무모한 호기심이 초래한 고뇌 때문에 그만 목숨이 끊어졌다.

친구는 시간이 지나도 안셀모가 아무런 기척도 없자 병세가 악화되었나 걱정이 되어 방에 들어가 보았다. 그는 엎드린 채 하반신은 침대에 상반신은 책상에 얹어놓고 있었다. 책상에는 쓰다 만 펼쳐진 종이가 놓여 있고, 손에는 아직 펜이 쥐어져 있었다. 친구는 말을 건네면서 다가갔으나 아무 대답이 없었다. 친구는 놀라고 슬퍼하며 집안 사람들을 불러 안셀모에게 일어난 불행을 알렸다. 그리고 마지막으로 종이를 보고 그것이 그의 자필임을 확인했다. 거기에는 이런 말이 적혀 있었다.

무모한 호기심이 나의 목숨을 빼앗았구나. 내가 죽었다는 소식이 까밀라의 귀에 들어가는 일이 있으면 내가 용서했노라고 전하라. 나의 아내에게는 기적을 행할 의무가 없고, 나 또한 기적을 바랄 필요가 없기 때문이니라. 나의 수치는 내 스스로 초래한 것이니 이제 새삼 무엇을 탓하랴……

안셀모는 여기까지 쓰다가 문장을 다 마치지도 못한 채 숨을 거둔 것이 분명했다.

이튿날 친구는 안셀모의 죽음을 친척들에게 알렸다. 그의 불행은 이미 온 친척들이 다 알고 있었으며 까밀라가 있는 수도원에도 전해졌다. 까밀라는 남편의 저승길에 하마터면 동행할 뻔했다. 그러나 그것은 안셀모가 죽었다는 소식 때문이 아니라 헤어진 연인의 신상에 일어난 일을 알았기 때문이었다. 소문에 의하면, 까밀라는 과부가 된 뒤에도 수도원을 나오려 하지 않았는데, 그러면서도 수녀가 될 생각은 하지 않았다. 그 뒤 며칠이 지나지 않아서 당시 나폴리 왕국에서 로트렉 자작*1이 '대장군' 곤살로 페르난데스 데꼬르도바에게 도전한 싸움에서 로따리오가 전사했다는 소식이 그녀에게 전해졌다. 로따리오는 뒤늦은 후회 끝에 당시 그 군대에 참가했던 것이다. 그의 전사를 알자 까밀라는 비로소 수녀가 되었다. 그리고 얼마 안 가서 슬픔과 우울 속에 괴로워하다가 죽고 말았다. 이것이 그토록 어처구니없는 '시작'에서 생긴 모든 일의 '종말'이었다.

신부가 말했다.

"이 소설은 꽤 잘 되어 있군. 그러나 정말로 일어난 일이라고는 도저히 생각할 수 없어. 조작한 일치고는 별로 교묘한 솜씨라고 할 수 없지. 왜냐하면 안셀모 같은 값비싼 실험을 하고 싶어하는 어리석은 남편이 있으리라고는 생각할 수 없거든. 미혼 남녀들 사이라면 그런대로 수긍할 수도 있겠지만, 남편과 아내 사이에서는 좀 무리야. 소설 작법에 대해서는 할 말이 없긴 하지만."

---

*1 1488~1528. 스페인 군이 나폴리를 점령했을 때 프랑스와 1세를 따라 지휘관으로서 참전했다.

제36장
주막에서 일어난 보기 드문 사건

이러고들 있을 때 문간에 나갔다 온 주인이 말했다.

"저기 훌륭한 손님들이 여럿 오고 있군. 우리 주막에 숙박해주면 그야말로 즐겁겠는데."

까르데니오가 물었다.

"어떤 사람들이오?"

"남자 넷은 말을 아프리카식*¹으로 타고, 창과 방패를 들었으며 모두 검은 복면을 했군요. 남자들과 함께 흰옷을 입은 여인 하나가 안장에 앉아 있는데 이 사람도 얼굴을 가렸어요. 그 밖에 걸어오는 남자가 둘 있고요."

신부가 물었다.

"가까이 왔소?"

"가까운 정도가 아니라 이제 들어오겠는데요."

이 말을 듣자 도로떼아는 얼굴을 가리고, 까르데니오는 돈끼호떼가 있는 방으로 몸을 감추었다. 그럴 겨를이 없을 정도로 주인이 말한 사람들이 우르르 주막 안으로 들어섰다. 풍채도 차림새도 제법 멋졌다. 말을 타고 온 네 사람은 말에서 내리자 안장에 앉은 여인이 내리는 것을 도왔다. 그 중 한 사람이 부인을 안아 내려 까르데니오가 숨어 있는 방 입구의 의자에 앉혔다. 그동안 여인도 남자도 복면을 벗지 않았다. 의자에 앉은 여인은 깊은 한숨을 쉬면서 이제 기력이 다한 병자처럼 두 팔을 축 늘어뜨렸다. 걸어온 사나이들이 말을 마구간으로 끌고 갔다.

이 광경을 보고 있던 신부는 이상한 차림으로 침묵을 지키는 사람들이 대체 어떤 사람들인가 알고 싶어서 그들에게로 가더니, 한 사나이에게 궁금한

---

*1 고삐도 등자 끈도 짧게 해서 타는 방법.

것을 물어보았다. 그러자 그 사나이가 대답했다.

"미안하지만 나도 이분들이 어떤 분들인지 모릅니다. 다만 알고 있는 것은 무척 지체가 높은 분들인 것 같다는 것입니다. 그 중에서도 저 여자분을 안아 내린 분은 더욱 그렇죠. 왜냐하면 다른 사람들은 모두 저분을 섬기고 저분이 시키는 대로만 하고 있으니까요."

"그래, 저 부인은 어떤 분이오?"

"그것 역시 모르겠는데요. 그럴 수밖에 없는 것이 나는 여기까지 오면서 한 번도 얼굴을 보지 못했으니까요. 그야 한숨 소리는 여러 번 들었습니다. 영혼도 꺼질 것 같은 슬픈 신음도 들었고요. 우리가 이런 것밖에 모르는 것을 이상하게 생각하지 마십시오. 나도 이 친구도 이분들을 모신 지 이틀밖에 안 되니까요. 길에서 만났는데 돈은 넉넉히 낼 테니 안다루시아까지 함께 가 달라고 부탁하지 않겠습니까?"

"누군가의 이름을 부르는 소리도 듣지 못했나요?"

"한 번도 못 들었습니다. 모두 입을 다물고 묵묵히 걸어왔는데 정말 놀랍더군요. 들리는 것이라곤 기껏해야 저 가엾은 여자분의 한숨 소리와 흐느끼는 소리뿐이었는데, 듣고 있는 이쪽이 오히려 가슴 아플 지경이었습니다. 안달루시아의 어디로 가는지는 모르지만 아마 억지로 끌려가는 것 같던데요. 여자분의 복장으로 미루어 보면 수녀거나 아니면 지금부터 수녀가 될 사람 같습디다. 그런데 스스로 수녀가 되려는 건 아닌 모양입니다. 그래서 저토록 침울해 하는 거겠지요."

"그런지도 모르겠군."

신부는 사나이들과 헤어져서 도로떼아가 있는 곳으로 돌아왔다. 도로떼아는 얼굴을 가린 여인의 한숨 소리를 들었으므로 동정심이 생겨서 가까이 다가가 말을 건넸다.

"왜 그러십니까, 부인? 혹시 여자가 시중을 들어야 하는 그런 일 때문이 아닌가요? 저라도 좋다면 말씀하세요."

이 말을 듣고도 슬픔에 잠긴 여인은 아무 말도 하지 않았다. 도로떼아가 다시 공손하게 제의해도 여전히 입을 다물고 있었다. 일행 중에서 우두머리로 보이는 복면의 기사가 다가와서 도로떼아에게 말했다.

"이 여자에게 친절을 베풀어봤자 헛수고입니다. 무엇을 해주어도 고맙게 생각하지 않으니까요. 그리고 거짓말을 듣고 싶지 않거든 이 여자한테서 대답을 들을 생각은 아예 하지 마세요."

그 때까지 입을 열지 않던 여인이 말했다.

"나는 거짓말이라고는 해본 적이 없어요. 나는 거짓말을 할 수 없는 여자라서 지금의 이런 불행을 겪고 있는 거예요. 그 증인이 바로 당신 아니에요? 내가 진실하고 정직했던 것이 오히려 당신을 비겁한 거짓말쟁이로 만드니 말이에요."

까르데니오는 이 말을 똑똑하게 들었다. 돈끼호떼가 자고 있는 방의 문짝 하나를 사이에 두고 지금 말한 여인과 가까이에 있었으니 당연한 일이었다. 그 말을 듣자마자 까르데니오가 외쳤다.

"이게 무슨 일이야? 지금 들은 말은 대체 뭐지? 아, 어떻게 그 목소리가 내 귀에 들어왔을까?"

이 고함소리에 이번에는 여인이 깜짝 놀라며 뒤돌아보았다. 그러나 목소리의 주인공이 보이지 않는지라 벌떡 일어나서 방으로 들어가려 했다. 그것을 본 복면의 기사는 여인을 꽉 붙들어 한 발짝도 옮겨놓지 못하게 했다. 그 때 여인의 얼굴을 가렸던 비단 베일이 떨어지면서, 핏기없고 놀라기는 했지만 비할 데 없이 아름답고 화사한 얼굴이 드러났다. 그녀는 주위를 두리번거리며 쉴 새 없이 눈을 굴리고 있어서 마치 미친 사람 같았다. 그런 표정이 무슨 이유에서인지 도로떼아를 비롯한 모든 사람들의 마음에 깊은 연민의 정을 불러일으켰다. 그 기사는 여인의 어깨를 꽉 잡고 있었는데, 그 일에 정신이 팔려서 자기의 복면이 흘러내리는 것을 미처 막지 못했다. 복면이 완전히 벗겨지면서 그의 얼굴도 드러났다. 도로떼아는 여인을 뒤에서 안고 있는 사나이가 바로 자기의 남편 돈페르난도라는 것을 알았다. 그 순간 도로떼아는 가슴속에서 우러나오는 슬픔으로 '아!'라는 외마디 소리를 외치면서 그 자리에서 정신을 잃고 쓰러졌다. 만일 옆에 있던 이발사가 두 팔로 받지 않았다면 그녀는 바닥에 나자빠지고 말았을 것이다.

신부도 얼른 달려와서 도로떼아의 베일을 벗기고 그 얼굴에 물을 끼었으려 했다. 얼굴이 드러나자 다른 여인을 안고 있던 돈페르난도도 도로떼아를 알아보았다. 그는 도로떼아를 보는 순간 얼굴이 창백해졌다. 그러면서도 자기 팔에서 빠져나가려고 몸부림치는 루스씬다를 계속 붙잡고 있었다. 이미 루스씬다는 까르데니오가 있다는 것을 목소리로 알고 있었으며, 까르데니오도 루스씬다가 있다는 것을 알았다. 까르데니오는 도로떼아가 까무러치면서 '아!' 하고 외치는 소리를 루스씬다인 줄 알고 허둥지둥 방에서 뛰어나왔다. 그리고 제일 먼저 본 것은 루스씬다를 껴안고 있는 돈페르난도였다. 돈페르난도도 까르데니오를 알아보았다. 이리하여 루스씬다도, 까르데니오도, 도로떼아도 자기들에게 무슨 일이 일어났는지 영문을 몰라하며 멍하니 서 있었다.

누구 하나 입을 열지 않고 도로떼아는 돈페르난도를, 돈페르난도는 까르데니오를, 까르데니오는 루스씬다를, 루스씬다는 까르데니오를 바라보고만 있었다. 먼저 침묵을 깨뜨린 사람은 루스씬다였다. 그녀는 돈페르난도를 향해 말했다.

"돈페르난도님, 당신은 모든 일에 결코 뒤로 물러설 사람이 아니지만, 당신의 신분에 맞는 행동을 하세요. 저라는 사람이 덩굴로 뒤덮인 돌담에 올라가도록 내버려두세요. 당신의 강요도, 당신의 협박도, 당신의 약속도, 당신의 선물도, 결국 제가 가까이 가려는 그분에게서 떼어놓을 수는 없었던 거예요. 보세요, 하늘은 우리가 생각하지도 못한 은밀하고 신기한 방법으로 저의 진정한 남편을 내 눈앞에 데려다 주셨잖아요? 당신도 헤아릴 수 없는 값비싼 경험으로 저에게 남편을 잊어버리게 하는 길은 오직 죽음뿐이라는 것을 깨달았을 거예요. 그러니 이토록 확실하게 깨달은 뒤에도 당신의 뜻을 단념할 수 없다면 애정을 원한으로, 희망을 분노로 바꾸어서 내 목숨을 가져가세요. 제 남편 앞에서 삶을 끝내는 것이니 이제 아무런 한이 없으니까요. 제가 죽더라도 남편은 제가 끝까지 사랑을 지켰다는 사실에 만족할 거예요."

도로떼아도 이미 정신을 차리고 루스씬다가 하는 말을 들으면서 그녀가 누구인지를 깨달았다. 도로떼아는 돈페르난도가 아직도 루스씬다의 팔을 놓아주지 않고, 루스씬다의 말에 대꾸도 하지 않는 것을 보고, 있는 힘을 다해서 일어나 돈페르난도의 발 아래 꿇어 엎드렸다. 그리고는 애처롭고도 안타까운 눈물을 흘리며 호소했다.

"서방님, 당신의 두 팔이 당신에게 햇빛을 가리며 두 눈빛을 흐리게 하지 않았다면, 당신의 발 아래 꿇어 엎드린 여인이 당신으로 인해 불행해진 도로떼아라는 것을 아셨을 거예요. 저는 당신의 장난스러운 욕심으로 당신의 아내라는 높은 지위까지 올랐던 비천한 농부의 딸이에요. 저는 정절의 법도에 갇혀서 행복한 삶을 살았습니다만, 당신의 끈질긴 유혹을 진실한 애정이라 착각하여 당신이 요구하는 대로 정숙의 문을 열고 그 열쇠를 당신에게 넘겨주었습니다. 그 행동이 얼마나 지독한 대가를 받았는가는, 저 또한 이런 장소에서 서방님을 만난 사실로도 명백히 알 수 있습니다. 하지만 그렇다고 해서 제가 타락한 끝에 여기까지 왔다고 생각하시면 곤란합니다. 다만 당신에게 버림받은 괴로움과 슬픔이 저를 이리로 끌고 온 거예요. 당신은 제가 당신의 것이 되기를 바라셨습니다. 이제 그런 바람이 사라졌는지는 모르지만 그렇다고 당신이 제 남편이라는 사실에서 벗어날 수는 없습니다. 서방님, 당신이 나를 버리게 만든 루스씬다의 미모와 신분을 제가 따라갈 수는 없지만, 제가 당신에게 바치는 비할 데 없는 애정으로 메울 수 있다는 것을 알아주세요. 당신은 제 것이니 아름다운 루스씬다님의 것이 될 수 없고, 루스씬다님은 까르데니오님의 것이니 당신의 것이 될 수 없어요. 이것만 생각하더라도 당신을 그리워하는 여인을 사랑하자고 마음먹는 것이 당신을 싫어하는 사람의 마음을 끌려고 애쓰는 것보다 훨씬 쉬운 일임을 아실 거예요. 당신은 제가 마음을 놓고 있는 틈에 공격했고, 저의 야무진 마음에 호소했으며, 제 신분을 몰랐던 바 아니었어요. 제가 어떻게 당신의 뜻대로 되었는지도 잘 알고 계시잖아요? 당신은 속은 것도 아니었어요. 만일 그렇다면, 당신은 신사이고 기독교인이니, 처음에 저를 행복하게 해준 것처럼 마지막까지 행복하게 해주는 일에 대해 왜 그리도 주저하시는 거예요? 아내로서 사랑하기 싫더라도 저는 당신의 법적인 아내이니 사랑해주셔야 해요. 그것도 싫다면 최소한 노예로라도 삼아주세요. 당신의 것이 될 수만 있다면 설사 노예가 된다 해도 저는 행복할 거예요. 저를 버려서 제가 세상 사람들의 입에 오르내리는 일이 없게 해주세요. 제 부모님의 노후를 슬프게 만들지 마세요. 우리 부모님이 당신의 부모님을 정직하고 성실하게 섬겨온 것을 보더라도 이건 너무나 가혹한 처사입니다. 당신의 피가 제 피와 섞이는 것이 더럽다고 생각한다면, 이 세상의 귀족 가운데 그런 식으로 피가 섞이지 않은 사람은 드물다는 사실을 알아주세요. 어머니로부터 받은 피는 명문가의 자손에게 문제될 일이 아니며 모름지기 참된 고귀함이란 도덕성에 있답니다. 만일 당신에게 도덕성이 부족하여 마땅히 제게 해야 할 일을 거부한다면, 고귀함이라는 점에 있어서는 제가 당신보다 훨씬 낫다는 결론이 나오지요. 서방님, 마지막으로 제가 말씀드리고 싶은 것은 당신이 바라시건 그렇지 않건 간에 저는 당신의 아내라는 것입니다. 그 증인은 당신의 말씀입니다. 저를 천하게 생각하고 당신의 고귀함을 자랑하실 생각이라면 그 말씀에 거짓이 있어서는 안될 거예요. 또한 당신이 손수 하신 서명이 증인이며, 저에 대한 맹세를 할 때 증인으로 부른 하느님 역시 증인입니다. 설혹 이 모든 것이 없더라도 당신의 양심은 제가 말씀드린 이 진실을 증명하기 위해 당신이 향락에 빠져있는 순간에도 소리 없이 외칠 겁니다. 그리하여 당신의 더할 나위 없는 즐거움이나 만족을 흐려놓을 거예요."

상처 입은 도로떼아가 격한 감정과 눈물에 잠겨 이와 같이 호소하자, 돈페르난도와 동행한 사람들, 그 자리에 있던 모든 사람들은 동정의 눈물을 흘렸다. 돈페르난도는 한 마디 말도 없이 듣고 있었고, 도로떼아는 말을 다 마치자 심하게 흐느껴 울며 탄식했다. 이것을 보고 슬퍼하지 않는 자가 있다면 그는 아마 청동으로 만든 심장을 가지고 있었을 것이다. 루스씬다도 도로떼아를 바라보고 있었는데, 그 아름다움과 침착함에 놀라고 그녀가 겪은 상처에 깊은 동정심을 가졌다. 마음 같아서는 그녀에게 다가가 위로의 말을 해주고 싶었으나, 돈페르난도가 자기를 두 손으로 꽉 붙잡고 있어서 그럴 수가 없었다. 돈페르난도는 일이 이쯤 되고 보니 당황하여 어쩔 줄 몰랐다. 그는 한참동안 도로떼아를 바라보더니 이윽고 팔을 풀어 루스씬다를 놓아주며 말했다.

"아름다운 도로떼아여, 그대의 승리다! 그대의 승리! 그토록 많은 진실을 부정해버릴 용기는 도저히 없으니까."

돈페르난도가 손을 놓자 루스씬다는 현기증을 일으켜 곧 쓰러질 듯했다. 그러나 까르데니오가 바로 가까이에 있었다. 그는 돈페르난도의 눈에 띄지 않으려고 뒤쪽에 있었던 것인데, 그 순간 주저하지 않고 루스씬다를 붙들어 꽉 껴안으며 말했다.

"오, 성실하고 굳건하고 아름다운 나의 사람아, 만일 자비로운 하늘이 그대에게 휴식을 주실 생각이라면, 운명 덕분에 그대를 나의 것이라 불러도 괜찮을 때 그대를 안았고, 지금 이 순간 그대를 맞이한 이 가슴보다 더 안전한 곳은 없으리라."

이 말을 들은 루스씬다는 까르데니오를 바라보았다. 그리고는 그가 누구인지를 처음에는 목소리로 알았으나 이제는 눈으로 똑똑히 확인했다. 그녀는 정숙함을 잊고 까르데니오의 목에 두 팔로 매달려 그 얼굴에 자기 얼굴을 비비며 말했다.

"아, 나의 서방님! 당신이야말로 이 노예의 참된 주인이에요. 당신에게 의지하는 내 삶을 운명이 아무리 방해하고 위협하더라도 이것은 변함 없을 거예요."

이것은 돈페르난도에게도, 그 자리에 있던 모든 사람들에게도 뜻밖의 광경이었다. 사건의 의외의 발전에 다같이 넋을 잃었다. 그때 도로떼아는 돈페르난도가 얼굴빛을 바꾸며 까르데니오에게 복수라도 할 듯이 칼에 손을 대는 것을 보았다. 도로떼아는 재빨리 남자의 무릎을 껴안고 거기에 입을 맞추며 움직이지 못하도록 꼭 붙들고는, 다시 눈물을 흘리며 말했다.

"무슨 짓을 할 생각이에요? 저의 둘도 없는 서방님! 당신의 발 아래 당신의 아내가 있습니다. 그리고 당신이 아내로 삼고 싶은 분은 그 남편의 팔에 안겨 있습니다. 하느님이 하신 일을 어긴다는 것이 당신에게 과연 좋은 일일까요? 그런 일을 할 수 있다고 생각하세요? 루스씬다님은 어떤 장애에도 굴하지 않고 자기의 성실함과 정숙함을 확인했어요. 그리고 당신이 보는 앞에서 사랑의 눈물에 젖은 눈으로 진정한 남편의 얼굴과 가슴을 들여다보고 있어요. 하느님의 마음을 두고 부탁합니다. 당신의 신분을 두고 간청합니다. 제발 노여워하지 말고, 서로 사랑하고 있는 두 분에게 하늘이 내려 주시려고 하는 시간을 당신의 방해 없이 보낼 수 있게 해주세요. 그렇게 해야만 당신은 훌륭하고 존귀한 혈통에 어울리는 관용을 베푸는 것이 되고, 또한 세상 사람들은 당신을 정욕보다 이성이 뛰어난 분이라고 칭송하게 될 거예요."

도로떼아가 이렇게 말하는 동안 까르데니오는 루스씬다를 껴안았으면서도 돈페르난도에게서 시선을 거두지 않고 있었다. 그는 만약 자기에게 해를 끼치려 한다면 전력을 다해 반격하리라고 마음먹고 있었다. 이때 돈페르난도의 동행자들도, 처음부터 이 자리에 동석했던 신부와 이발사와 사람 좋은 산초 빤사에 이르기까지 모두 달려들어 돈페르난도를 에워싸고는 도로떼아의 눈물을 잘 보라고 부탁했다. 그리고는 아까 그녀가 호소한 일이 사실이라면 그녀의 정당한 희망이 배신당하는 일이 없도록 해달라고 하며, 이렇게 모두가 생각하지도 않던 장소에서 함께 만나게 된 것도 우연처럼 보이지만 결코 우연이 아니라 하늘의 각별한 섭리라고 이구동성으로 외쳤다.

신부는 루스씬다를 까르데니오에게서 떼어놓을 수 있는 것은 오직 죽음뿐이며, 설혹 칼날이 두 사람을 베어서 떼어놓는다고 해도 두 사람은 자기들의 죽음을 더없는 행복으로 생각할 것이 틀림없다고 말했다. 그리고 결코 떼어놓을 수 없는 그들의 만남을 인정하여 하느님이 허락하신 행복을 그들이 누릴 수 있도록 관대한 마음을 보이는 것이 훌륭한 분별력이라고 말했다. 이어서 도로떼아의 아름다움에 시선을 돌려주기 바라며, 아름다움에 있어서는 그녀와 어깨를 나란히 할 수 있는 여인은 한 사람도 없으며, 또 무엇보다 그녀의 정숙함과 당신에 대한 애정의 지극함을 생각해야 한다고도 했다. 아니 그것보다도 당신 스스로가 기사이고 기독교인이라는 것을 자랑으로 삼고 있다면 약속한 말을 반드시 이행하는 것이 하느님에 대한 의무라는 것을 판단해주기 바란다고 말했다. 신부는 아무리 천한 신분이라도 미모와 정숙한 품성만 갖추고 있다면 어떤 고귀한 신분으로라도 끌어올릴 수 있으며, 그렇게 끌어올려 준 사람에게 불명예가 될 우려는 조금도 없다고 했다. 왜냐하면 미(美)의 특권이라는 것은 설혹 거기에 정욕의 강한 힘이 작용했다고 하더라도 그 속에 악이 작용하지만 않으면 그 정욕을 추구한 자가 결코 책망을 받을 까닭이 없기 때문이라고 말했다.

사실 이런 말 외에도 사람들이 여러 가지를 덧붙여서 말했으므로 고귀한 피를 이어받은 돈페르난도인지라 그 격정이 누그러졌다. 이제 그는 아무리 거역하려 해도 거역할 수 없는 도리를 따르지 않을 수 없었다. 그리하여 사람들이 권하는 충고에 따랐다는 증거로 몸을 굽혀 도로떼아를 안으며 이렇게 말했다.

"자, 일어나시오. 내 마음 속에 자리잡은 사람이 내 발 아래 꿇어 엎드려 있다는 것은 말이 안 되오. 내가 지금까지 한 말을 행동으로 나타내지 않은 것은, 그대가 나를 사랑해주는 성실함을 깨달아 그대의 가치에 알맞도록 그대를 존중할 줄 알게끔 가르쳐 주시려는 하늘의 뜻이었는지도 모르오. 그대에게 부탁하고 싶은 것은 지금까지 내가 저지른 비인간적인 처사와 갖가지 과오를 책망하지 말아 달라는 것뿐이오. 왜냐하면 그대를 나의 것으로 하려고 내 마음을 충동질한 원인과 힘이 어떻게든 그대의 것이 되지 않도록 나의 마음을 강요했기 때문이오. 이것이 진실임은 이제 기쁨에 넘치는 루스씬다의 눈을 보면 알 것이오. 저 눈 속에 내 잘못에 대한 변명이 보일 것이 틀림없소. 이제 루스씬다는 지금까지 그리워하던 사람을 만나 그 사람을 자기 것으로 만들었고,

다짜고짜 그녀를 낚아채고는……

나는 나에게 소중한 그대의 존재를 발견했으니, 저 사람이 까르데니오와 함께 편안하고 행복한 세월을 길게 누렸으면 하는 생각이 간절하오. 나도 귀여운 도로떼아와 더불어 행복하고 긴 세월을 보낼 수 있도록 해주십사고 신에게 기도드리겠소."

이렇게 말하면서 돈페르난도는 다시 한 번 도로떼아를 가슴에 안고 진실한 애정이 깃든 자기 얼굴을 그녀의 얼굴에 갖다댔다. 그의 애정과 후회의 증거로 흘러내리는 눈물이 사람들의 눈에 띄지 않도록 애써 자제하지 않으면 안 되었다. 하기야 루스쩬다와 까르데니오의 눈물과 그 자리에 있는 사람들의 눈물도 굳이 그럴 필요는 없었다. 어떤 사람은 자기 자신의 기쁨으로, 어떤 사람은 남의 즐거움 때문에 너나없이 실컷 울었는데, 그 광경은 마치 모든 사람들에게 무언가 아주 궂은 일이라도 닥친 듯이 여겨질 정도였다. 산초 빤사까지 울고 있었다. 하기야 나중에 그가 한 말을 들어보면, 그가 운 이유는 도로떼아가 자기가 그토록 많은 은혜를 기대하고 있던 미꼬미꼬나 공주가 아니라는 것을 알았기 때문이라는 것이다. 한참 동안 사람들의 울음과 감격이 계속되었다. 이윽고 까르데니오와 루스쩬다는 돈페르난도 앞에 가서 무릎을 꿇고, 그토록 사려 깊은 말을 해 준 호의에 진심으로 감사의 인사를 했으며, 돈페르난도는 이에 대해 대답할 말을 찾지 못해 쩔쩔맸다. 그래서 그들을 일으켜 세우고 깊은 애정과 경의를 보이면서 두 사람을 얼싸안았다.

그리고 돈페르난도는 도로떼아를 돌아보더니, 고향에서 이렇게 먼 곳까지 어떻게 왔는지 들려 달라고 말했다. 그녀는 간략하고 조리 있게 아까 까르데니오에게 말한 것을 남김없이 이야기했다. 그 이야기는 돈페르난도뿐 아니라 그와 동행한 사람들이 들어도 무척 흥미있는 것이었으므로 좀더 길었으면 하고 생각했을 정도였다. 도로떼아는 대단한 말솜씨로 자기의 모험담을 무척 재미있게 이야기했다.

그녀의 이야기가 끝나자 이어서 돈페르난도가 자기 일신에 일어난 일들을 이야기했다. 바로 루스쩬다의 품에서 자기는 까르데니오의 아내이므로 돈페르난도의 처가 될 수 없다고 선언한 편지를 발견한 뒤의 일에 대해서였다. 그는 한때 루스쩬다를 죽일 생각까지 했으며 만일 루스쩬다 부모의 방해가 없었다면 그랬을지도 몰랐다. 그리하여 망신을 당하고 분한 나머지 좀더 교묘하게 복수할 결심으로 그녀의 집을 뛰쳐나왔다. 다음 날 루스쩬다가 부모님 집에서 행방을 감추어 어디로 가버렸는지 아무도 모른다는 소식을 들었는데, 몇 달이 지나서야 루스씬다가 어느 수녀원에 있으며, 까르데니오와 함께 살지 못하면 평생 수녀원에서 나오지 않을 각오라는 것을 알게 되었다. 그 사실을 알자 곧장 자기와 동행할 기사를 뽑아 그녀가 있는 곳으로 갔다. 자기가 그곳에 있다는 것이 알려지면 수녀원에서는 한층 경계를 엄중히 할 것이었으므로 아무에게도 그 사실을 알리지 않았다. 어느 날 수녀원의 문이 열리는 것을 지켜보고 있다가 두 사람은 입구에 나가 망을 보게 하고, 자기와 또 한 사람이 안으로 들어가서 루스씬다를 찾았다. 마침 화랑에서 한 수녀와 이야기하고 있던 그녀를 발견했다. 그리하여 다짜고짜 그녀를 납치하여 어느 마을로 달아나서는 그곳에서 그녀를 데리고 가는 데 필요한 것들을 마련했다. 그런 일을 아무 지장 없이 할 수 있었던 것은 수녀원이 도시에서 멀리 떨어진 들판에 있었기 때문이었다. 루스씬다는 자기가 돈페르난도의 손아귀에 든 것을 알고는 까무러치고 말았다. 그리고 정신을 차린 뒤에는 줄곧 울며 한숨을 쉴 뿐 한 마디의 말도 하지 않았다. 그리하여 침묵과 눈물 속에서 그들은 이 주막에 닿았던 것이다. 이렇게 되고 보니 자기로 보아서는 결국 지상의 모든 불행에 결말을 짓는 천국에 온 거나 다름없이 되었다고 그는 이야기를 마쳤다.

제37장
미꼬미꼬나 공주 이야기와 익살스러운 모험 이야기

　이런 이야기에 귀를 기울이고 있던 산초는 너무 가슴이 아팠다. 작위를 얻을 희망은 연기처럼 사라지고, 아름다운 미꼬미꼬나 공주는 도로떼아가 되어 버렸으며, 거인은 돈페르난도가 되어 버렸고, 자기 주인은 무슨 일이 일어났는지도 모르고 천하태평으로 꿈 속에 빠져 있었기 때문이었다.

　도로떼아는 지금 손에 넣은 이 행복이 꿈인지 생시인지 알 수 없었고, 까르데니오 역시 불안을 느꼈으며, 루스씬다의 마음도 그러했다. 돈페르난도는 하마터면 자기의 명예와 영혼을 잃어버릴 뻔했던 복잡한 미로에서 빠져 나오게 해준 신의 은혜에 감사드렸다. 마지막으로 주막에 있던 사람들은 그렇게도 복잡하고 성가시던 사건이 제대로 처리된 데 만족하고 기뻐했다.

　신부는 눈치 빠르게 그들이 되찾은 행복을 각각 축복해주었다. 그 중에서 가장 기뻐하고 신이 난 사람은 주막집 안주인이었다. 그것은 까르데니오와 신부가 돈끼호떼가 입힌 손해에 이자를 붙여서 배상을 해 주겠다고 약속했기 때문이었다. 오직 산초만이 행운에 버림받아 낙심하는 가엾은 사나이가 되었다. 그는 시무룩한 표정으로 간신히 잠에서 깨어난 돈끼호떼의 방으로 들어가서 말했다.

　"우수에 찬 얼굴의 기사님, 나리는 이제 거인을 죽인다든가 공주님에게 왕국을 되돌려주는 일에 대해 걱정할 필요가 없으니 실컷 주무십시오. 만사가 다 끝장이 나고 말았으니까 말입니다."

　"나도 그렇게 생각한다. 왜냐하면 나는 방금 거인을 상대로 평생에 걸쳐 일어날까 말까한 격렬하고 처참한 결전을 벌였기 때문이다. 내 단칼에 녀석의 목이 뎅겅 잘려 바다에 떨어지자, 피가 어찌나 많이 솟아나는지 내를 이루어 흐르더구나."

　"마치 '붉은 포도주처럼'이라고 말하는 편이 나을 겁니다. 만일 나리가 모르신다면 알아두셔야 하겠기에 말씀드리겠습니다. 죽은 거인은 구멍이 뚫어진 가죽부대였고, 나리가 피라고 생각한 것은 부대에 넣어 두었던 6아르로바(스페인, 포르투갈, 남미에서 사용되는 무게의 단위. 1아르로바는 약 12킬로그램)의 붉은 포도주였다는 것도 말입니다. 그리고 잘라진 머리는 빌어먹을, 그따위 것은 악마나 가져가 버리면 좋을 텐데!"

"무슨 말을 하고 있느냐? 너 정신이 나갔느냐?"

"일어나세요, 나리. 그러면 도로떼아라는 여염집 여자가 되고 만 공주님이라든가, 그 밖에 다른 일들을 알게 되어 나리도 기가 찰 테니까요."

"나는 그런 일에 눈썹 하나 까딱 않는다. 지난번 이 집에 묵었을 때 여기서 일어나는 것은 죄다 마법이라고 내가 말한 것을 기억하느냐? 그러니 그런 일들이 또 일어났다고 한들 별로 이상할 것은 없지."

"제가 담요 키질을 당한 것이 마법이었다면 저도 그렇게 생각했을 겁니다. 그런데 그 일은 마법이 아니라 진짜였습니다. 그 증거로 주막 주인이 담요 끝을 잡고 저를 공중으로 던지면서 신이 난 얼굴을 했던 것을 다 보았단 말입니다. 비록 제가 어리석고 죄가 많지만 사람들의 얼굴은 알아볼 수 있다니까요. 그것은 마법이 아니라 재난이었고 웃음거리였습니다."

"그만두어라. 이제 하느님께서 모든 일을 해결해 주시겠지. 그 옷을 이리 주어라. 밖으로 나가서 네가 말하는 사건과 마법을 보고 싶구나."

산초가 옷을 집어 주었다. 돈끼호떼가 옷을 입는 동안 신부는 돈페르난도를 비롯한 여러 사람들에게 돈끼호떼의 광태와, 그가 그리워하는 공주의 냉정한 태도 때문에 은둔하려 했던 뻬냐 뽀브레에서 그를 끌어내려고 꾸몄던 계략 등을 들려주었다. 그리고 산초가 말한 모험도 모두 이야기했으므로, 이것을 들은 사람들은 놀라워하며 웃음을 터뜨렸다. 누구나 그렇게 생각하듯 거기 모인 사람들도 머리가 돌지 않고서야 그런 광기를 부릴 수 없다고 여긴 것이다. 신부는 말을 이어서 이제는 도로떼아도 행복해졌기에 앞으로의 계획을 더 진행시킬 수 없으니 돈끼호떼를 고향으로 데려가려면 다른 계획을 세워야 한다고 말했다. 그러자 까르데니오가 여기까지 끌어온 계획을 그대로 진행시키되 도로떼아의 역할을 루스씬다에게 부탁하자고 제안했다.

그러자 돈페르난도가 끼어들었다.

"아니, 그건 안 됩니다. 나는 도로떼아가 그 역할을 계속해 주었으면 하오.

그 유쾌한 기사의 고향이 여기서 그리 멀지 않다면 그 사람의 치료를 한몫 거드는 것도 즐거운 일 아니겠소?"

"여기서 이틀만 가면 도착할 거리라오."

"좀더 시간이 걸린다 해도 그런 훌륭한 일을 하기 위해서라면 나는 기꺼이 함께 하겠소."

이때 돈끼호떼가 머리에 우그러진 맘브리노의 투구를 쓰고, 방패를 팔에 걸고, 막대기인지 창인지를 든 채 무장을 갖춘 모습으로 나타났다. 돈페르난도와 그 밖의 사람들은 반 레구아나 길이의 여위고 누런 얼굴, 짝이 맞지 않는 투구와 갑옷 차림이면서 진지한 표정을 짓고 있는 돈끼호떼를 그저 멍하니 바라볼 뿐 아무 말도 하지 못했다. 돈끼호떼는 아름다운 도로떼아를 가만히 바라보더니 이윽고 매우 엄숙하고 침착하게 입을 열었다.

"아름다운 공주님, 여기 있는 나의 종자로부터 그대가 고귀한 신분을 잃고 공주라는 지체 높은 신분에서 여염집 아가씨로 변하셨다고 들었소. 만일 그것이 내가 그대에게 필요한 원조를 베풀지 못할까 염려하는 마음에 그대의 부친이신 국왕께서 내린 명령에 의한 것이라면, 국왕께서는 아무것도 모르시며 기사도 이야기에 매우 어두운 분이라고 할 수 있겠소. 국왕께서 기사도 이야기를 철저히 읽으셨다면 나보다 이름 없는 기사들조차 훨씬 어려운 임무를 완수했다는 사실을 곳곳에서 발견하셨을 것이며, 오만한 거인 하나쯤 쓰러뜨리는 것은 아주 쉬운 일이기 때문이오. 실제로 나는 조금 전에 거인과 싸웠는데, 그 이야기를 하면 내가 거짓말을 한다고 생각할 테니 입을 다물고 있겠소. 모든 진실을 밝혀주는 시간이 그 일에 대해 알게 해줄 것이오."

이때 주막 주인이 끼어들었다.

"당신이 싸운 상대는 거인이 아니라 가죽부대 2개였소."

그러자 돈페르난도가 주막 주인에게 잠자코 있으라며 무슨 일이 있더라도 돈끼호떼의 말을 가로막아서는 안 된다고 말했다. 그래서 돈끼호떼는 말을 이을 수 있었다.

"지체 높고 신분을 잃은 공주여, 만일 내가 말씀드린 이유로 국왕께서 그와 같은 변신을 그대에게 강요하셨다면 그런 것은 믿을 필요가 없소. 나의 칼로 헤쳐 나가지 못할 위험이란 이 세상에는 하나도 없기 때문이오. 나는 이 칼로 그대의 원수의 머리를 땅에 떨어뜨리고 머지않아 그대의 머리 위에 다시 왕관을 얻어 드리겠소."

돈끼호떼는 여기까지 말하고 공주의 대답을 기다렸다. 그녀는 이미 돈끼호떼를 고향에 데리고 갈 때까지는 종전의 계략을 진행하자는 돈페르난도의 결심을 알고 있었으므로 애교 있게, 그러면서도 품위 있게 대답했다.

"용감하신 우수에 찬 얼굴의 기사님, 저의 신상이 변했다는 이야기를 누가 말씀드렸는지 모르지만 그것은 정확하지 않습니다. 왜냐하면 지금의 저는 어제의 저와 조금도 다르지 않으니까요. 하기야 행복한 일 때문에 얼마동안 저의 신상에 변화가 생긴 것은 사실입니다. 그리고 저로서는 그 이상 바랄 수 없는 변화였습니다. 그렇다고 해서 제가 예전의 제가 아니라든가, 기사님의 용기와 힘에 의지하겠다는 제 생각을 바꾼 것은 아닙니다. 그러니 기사님, 저의 아버님에게 다시 명예를 돌려주시고 그분이 사리에 밝고 생각이 깊은 분이라고 믿어 주세요. 아버님은 학문의 힘으로 저의 불행을 구하기 위해 이토록 쉽고 틀림없는 방법을 발견하게 해주셨으니까요. 만일 기사님이 아니었다면 저는 결코 현재의 이 행운을 만나지 못했을 것이라고 확신합니다. 제 말이 진실임은 여기 계시는 많은 분들이 증언하실 수 있을 거예요. 한 가지 말씀드리고 싶은 것은 내일 이곳을 출발하고 싶다는 것입니다. 오늘은 얼마 못 갈 테니까요. 그리고 제가 고대하는 성공의 앞날은 하느님과 기사님 가슴에 깃든 용기에 맡겨두기로 하겠어요."

영리한 도로떼아의 이런 말을 듣고 난 돈끼호떼는 산초를 돌아보고 매우 화가 난 표정으로 말했다.

"산초, 이 녀석! 너는 이 스페인에서 가장 고약한 악당이야. 떠돌이 도둑아, 말해봐라. 방금 너는 내 평생 느끼지 못했던 모욕을 안겨주는 온갖 잠꼬대를 뇌까리지 않았더냐? 여기 계신 공주님이 여염집 처녀로 변신했다는 둥 거인의 머리를 자른 것이 아니라 포도주 부대에 구멍을 뚫은 것이라는 둥 하면서 말이다."

그는 하늘을 쏘아보고 이를 악물면서 으르렁거렸다.

"나는 반드시 너를 처치하여 이 세상에 앞으로 태어날 모든 거짓말쟁이 종자들에게 본보기로 삼아줄 테다!"

"잠깐, 나리. 고정하십쇼. 미꼬미꼬나 공주님이 변신했다는 이야기는 제가 틀렸을지도 모릅니다. 하지만 거인의 머리라든가, 가죽부대에 구멍을 뚫어 놓은 일이라든가, 피가 붉은 포도주였다는 것은 하느님을 두고 맹세하겠습니다. 그 증거로 나리의 머리맡에 찢어진 가죽부대가 뒹굴고 있지 않습니까? 붉은 포도주는 온 방안에 호수가 되어 있구요. 거짓말이라고 하신다면 달걀을 프라이할 때 알게 될 겁니다.*¹ 말하자면 여기 있는 주막 주인이 나리에게 손해 배상을 청구할 때 알게 될 거라는 말입니다. 어쨌든 공주님이 전과 다름없는 상태라면 진심으로 반가울 뿐입니다. 내 몫과도 관계가 있는 일이니까요."

"산초, 이런 말을 하기 미안하지만 너는 정말 어리석고 미련하구나."

돈페르난도가 두 사람의 언쟁을 말리기 시작했다.

"그만두시오. 이 일에 대해서는 더 이상 말하지 맙시다. 그리고 공주님이 오늘은 시간이 늦었으니 내일 출발하자고 하시니 그렇게 합시다. 오늘 밤은 아침이 밝아올 때까지 즐거운 이야기를 하자구요. 그리고 내일이 되면 모두 함께 돈끼호떼님을 모시고 떠나기로 하겠습니다. 돈끼호떼님이 위대한 임무를 이룩하는 과정에서 용맹스러운 공훈을 세울 것이 틀림없으니 그 공훈을 가까이에서 목격하고 싶군요."

돈끼호떼가 대답했다.

"나야말로 귀공을 받들어 모시고 따라가고 싶소. 나에게 보내 주시는 호의와 나에 대한 고마운 평가에 진실로 감격하오. 그 평가가 사실이 되도록 노력하겠소. 만일 그렇지 않을 때는 목숨이라도 내던질 각오를 하겠소."

돈끼호떼와 돈페르난도의 정중하고 공손한 대화는 주막에 어떤 사나이가 들어옴으로써 중단되었다. 사나이의 옷차림으로 보아 무어인들이 사는 땅에서 방금 돌아온 기독교인 같았다. 깃이 없는 반소매의 푸른 나사로 지은 연미복에, 같은 빛깔의 린네르 바지를 입고 있었기 때문이다. 또한 같은 빛깔의 모자를 쓰고, 대추색 편상화(編上靴)를 신고, 가슴에 비스듬히 건 가죽끈에는 언월도를 차고 있었다. 그의 뒤에서 두건으로 얼굴을 가리고 무어식 옷차림을 한 여인이 당나귀를 타고 들어왔다. 금란(金襴)으로 된 머리 장식을 하고, 온몸은 망토로 감싸고 있었다. 남자는 풍채가 좋았고 나이는 사십이 조금 넘은 듯했다. 턱수염을 길게 길렀으며 얼굴색은 거무스레했다. 한 마디로 옷이라도 잘 입혀 놓으면 그 풍채로 보아 좋은 가문의 남자로 여겨질 정도로 교양있는

---

*1 프라이팬을 훔쳐 달아나는 도둑에게 주인이 무엇이냐고 묻자 '달걀을 프라이할 때면 알게 되지요' 라고 대답했다고 한다.

인상이었다. 그는 들어서면서 독방이 있느냐고 물었는데, 없다는 소리를 듣자 퍽 낙심하는 것 같았다.

그러나 무어식 옷차림을 한 그 여인을 두 팔로 안아 당나귀에서 내려놓았다. 도로떼아, 루스씬다, 주막집 안주인, 주막집 딸, 마리또르네스는 생전 처음 보는 신기한 옷차림에 호기심이 나서 무어 여인을 둘러쌌다. 무어 여인이나 같이 온 사나이나 독방이 없어 낙심하는 것을 보고, 인정 많고 싹싹하고 재치 있는 도로떼아가 여인을 향해 말했다.

"아가씨, 쉬실 곳이 마땅치 않다고 그리 걱정하실 건 없어요. 주막이란 으레 그런걸요. 만일 괜찮다면 우리와 함께 하룻밤 묵으셔도 돼요. 나중에 다른 곳에서는 이런 환대를 받기 어려울 거예요."

얼굴을 가린 여인은 앉았던 자리에서 말없이 일어나더니, 가슴에 두 손을 십자 모양으로 포개고 고맙다는 표시로 깊숙이 허리를 굽혔다. 여인이 말을 하지 않는 것을 보자 사람들은 그녀가 틀림없이 무어 여인이며 스페인어를 할 줄 모른다고 생각했다. 이때 다른 일에 정신이 팔려 있던 포로(아프리카에서 포로 생활을 한 기독교인)가 여인들이 무어 여인을 둘러싸고, 그녀가 알아듣지 못하는 말을 건네고 있는 것을 보고 말했다.

"여러분, 이 처녀는 내 말이나 겨우 알아들을까 말까 할 정도이고, 자기 나라 말밖에는 할 줄 모른답니다. 그래서 여러분이 물어도 대답하지 못하는 겁니다."

루스씬다가 말했다.

"우리가 뭘 물어 본 건 아니에요. 그저 오늘 밤 우리와 함께 한방에서 쉬자고 권했을 뿐이에요. 이런 일로 곤란을 겪고 있는 외국 분에게는, 특히 여성일 경우에는 친절히 해야 한다고 생각하니까요."

포로가 대답했다.

"이 처녀와 저에게 보여주신 친절에 감사드리며 여러분의 손에 입을 맞추고 싶습니다. 이런 형편이라 여러분이 보여준 친절에 대한 고마움이 더욱 크니까요."

이번에는 도로떼아가 포로에게 물었다.

"그런데 이 아가씨는 기독교 신자인가요, 무어인인가요? 옷차림이나 말이 없는 것을 보니 우리가 달갑지 않게 여기는 종교를 가진 것 같은데요."

"옷차림과 몸은 무어인이지만, 정신은 참으로 경건한 기독교 신자입니다. 기독교 신자가 되려는 열망이 대단하거든요."

루스씬다가 물었다.

"그럼 아직 세례는 받지 않으셨군요?"

"이 처녀의 조국인 알제리를 떠나온 뒤로는 아직 그럴 기회가 없었습니다. 그리고 지금까지 우리의 성 교회가 명령하는 모든 의식을 제대로 알기도 전에 급하게 세례를 받을 만큼 다급한 지경에 이르지도 않았거든요. 그러나 하느님께서는 머지않아 이 사람의 신분에 알맞은 정결한 세례를 받도록 보살펴 주실 겁니다. 이 처녀는 몸에 걸친 옷이나 제 옷이 보여주는 것보다 훨씬 고귀한 분이니까요."

포로의 말에 사람들은 무어 여인과 포로에 대한 정체가 더욱 궁금해졌다. 그러나 아무도 굳이 물어보려 하지 않았다. 그들의 정체에 대해서 묻는 것보다는 그들에게 휴식을 주는 것이 더 급하다고 생각했기 때문이다. 도로떼아는 여인의 손을 잡아 자기 곁에 앉히고는 얼굴을 가린 베일을 벗으라고 권했다. 여인은 무슨 말을 하는 것이며, 어떻게 해야 할지 모르겠다는 표정으로 포로를 보았다. 포로는 아랍말로 베일을 벗으라는 말이니 그렇게 하라고 일러주었다. 그리하여 무어 여인이 베일을 벗었는데, 베일 속에서 드러난 그 아름다운 얼굴은 도로떼아의 눈에는 루스씬다보다 더 예쁘게 보였고, 루스씬다의 눈에는 도로떼아보다 더 예쁘다고 느껴졌다. 그리고 그곳에 있던 사람들은 만약에 도로떼아나 루스씬다의 자색에 비할 만한 얼굴이 있다면 바로 이 무어 여인의 얼굴이라고 확신했다. 어떤 면에서는 무어 여인에게 점수를 더 주는 사람도 있었을 것이다. 원래 아름다움이란 사람들의 정신을 온화하게 만들고 마음을 휘어잡는 매력이 있으므로 사람들은 금방 이 아름다운 무어 여인에게 친절을 베풀고 싶은 마음을 가졌다.

돈페르난도가 포로를 향해서 처녀의 이름이 무어냐고 묻자, 렐라*2 소라이다라고 알려주었다. 그러자 처녀는 말귀를 알아들었는지 불만이 가득한 얼굴로 얼른 말했다.

"아니야, 소라이다가 아니야. 마리아, 마리아야."

---

*2 Lela 또는 Lella. 이 아랍어는 라틴어의 Domina, 스페인어의 Dona에 해당되며 여인의 이름 앞에 붙이는 경칭이다.

그녀는 자기 이름이 소라이다가 아니라 마리아라는 것을 몇 번이고 강조했다. 이 무어 여인의 호소하는 듯한 말을 들은 어떤 사람들은 눈물을 흘렸는데, 특히 여자들은 더욱 그랬다. 천성적으로 인정이 많고 잘 우는 사람들이었기 때문이다.

루스씬다는 그 여인을 사랑스럽다는 듯이 껴안으면서 말했다.

"그래, 그래. 마리아, 마리아예요!"

"그래, 그래. 마리아야. 소라이다, 마깡헤."

무어 여인이 대답했는데, '마깡헤'는 '아니야'라는 뜻이다.

그럭저럭하는 동안에 밤이 되었다. 돈페르난도와 같이 온 사람들의 요청으로 주막 주인은 온갖 정성을 다하여 진수성찬을 차렸다. 식사 시간이 되자 모두 종자용 식탁인 긴 식탁에 저마다 자리를 잡았다. 이 주막에는 둥근 식탁이나 네모진 식탁이 없어서 종자들이 쓰는 긴 식탁으로 대용할 수밖에 없었던 것이다.

사람들은 돈끼호떼가 사양하는데도 불구하고 그를 제일 상석에 앉혔다. 돈끼호떼는 자기 옆자리에 미꼬미꼬나 공주를 앉히고 싶어했다. 그 까닭은 자기가 공주님을 보호하는 임무를 맡았기 때문이었다. 이어서 루스씬다와 소라이다가 앉고, 그 맞은편에는 페르난도와 까르데니오가 앉았다. 그 옆에는 포로와 그 밖의 기사들이 각각 자리를 잡았고, 신부와 이발사는 여인들 곁에 앉았다.

이리하여 모두들 즐거운 식사를 하게 되었는데, 갑자기 돈끼호떼가 식사를 하다 말고 식탁 연설이라는 것을 하겠다고 나서자 흥은 절정에 이르렀다. 돈끼호떼가 식탁 연설을 하게 된 동기는 전에 목자들과 같이 식사를 했을 때 느꼈던 것과 비슷한 감정이 솟아났기 때문이었다.

그는 연설을 시작했다.

"여러분, 가만히 생각해 보면 방랑 기사도에 종사하는 사람들은 일찍이 들어보지도 못한 위대한 일들을 겪게 되는구려. 만약 그렇지 않다고 한다면, 우리가 지금 이 성 안에 들어와 모여서 서로의 신분과 정체를 알 수 있는 행운을 누릴 수 있겠소? 우리야 다 아는 일이지만, 내 옆에 앉아 계신 분이 공주님이라는 것을 누가 감히 말할 것이며, 내가 바로 사람들의 입에 오르내리는 우수에 찬 얼굴의 기사라는 것을 그 누가 알겠느냐는 말씀이오. 이 기술과 수련은 이제 의심해서는 안 될 것이오. 이 기술과 수련은 사람이 창조한 모든 것보다 뛰어나며, 위험해질수록 더 존중받아야 한다는 것은 분명한 일이오. 문(文)이 무(武)보다 우세하다고 주장하는 자는 내 앞에서 썩 꺼져 버리시오. 나는 그렇게 주장하는 위인들이 누구이건 이렇게 쏘아붙이겠소. 너희들은 자신도 알지 못하는 소리를 지껄이고 있다고 말이오. 이런 자들이 반드시 내세우는 것은 정신노동이 육체노동보다 우월하다는 것이오. 무사의 일은 단지 육체만으로 훈련하는 것이니 건강한 체력만을 필요로 하는 노동자들과 다를 바 없다는 거지요. 그러나 그들은 우리 무사들이 해야 할 일들 중에서 머리를 써야 비로소 발휘할 수 있는 용맹한 행동이 얼마나 포함되어 있는지를 모르오. 또한 한 군단을 거느리거나 포위된 도시의 수비를 맡은 무장의 용기가 육체뿐 아니라 정신에 의존해야 한다는 사실을 그들은 모르고 있소. 그렇지 않다면 적군의 의도, 계획, 전략, 그리고 입을 우려가 있는 각종 장애와 손실에 대한 대비를 단순히 체력만으로 할 수 있겠는가를 생각해 보면 될 것이오. 그런 일들은 모두 지능의 작용이며, 육체는 전혀 관계없는 일이오.

이처럼 무(武)도 문(文)과 같이 정신을 필요로 한다면, 이번에는 두 정신, 다시 말해서 문인의 정신과 무인의 정신 중에서 어느 것이 더 보람 있는 일을 하느냐를 살펴봅시다. 그것은 저마다 도달하려는 목적이나 결말에 따라서 스스로 명백해질 것이오. 왜냐하면 둘 중에 어느 것이 더 고귀한 목적을 지향하는지 그 의도를 존중해야 하기 때문이오. 우선 문(文)이 가진 목적을 살필 때, 영혼을 천국에 이끄는 목적을 가진 신성한 문학에 대해서는 여기서 언급하지 않겠소. 그렇게 끝없이 높은 목적에 대해서는 그 밖의 어떤 것도 겨룰 수 없기 때문이오. 여기서 내가 말할 것은 속세의 문(文)에 대한 것인데, 그것의 목적은 공평한 분배를 하여 훌륭한 법도를 이해시키고 지키게 하는 데 있소. 확실히 이런 목적은 고매하고 찬양받을 만하나, 무(武)를 숭상하는 자들이 받을 만한 찬양에 비하면 아무것도 아니오. 왜냐하면 무의 궁극적인 목적은 평화이기 때문이오. 평화야말로 이 세상에서 인간이 원하는 가장 큰 행복이오. 그러기에 이 세계와 인류가 받은 최초의 복음은 밤중에 천사들이 가져온 우리의 구세주 예수님의 탄생 소식이었소. 그 때 하늘에서 '지극히 높은 곳에서는 하느님께 영광이요, 땅에서는 기뻐하심을 입은 사람들 중에 평화로다' 하고 노래한 것이오. 그리고 땅과 하늘의 더없는 스승(그리스도)께서 제자들과 추종자들에게 가르쳐 주신 인사는, 남의 집에 들어갈 때 '이 댁에 평안 있으라' 하고 말하는 것이었고, 또 몇 차례나 '나의 평화를 그대들에게 주노니 그대들에게 나의 평화를 보내노라. 평화는 그대들과 더불어 있으라' 하고 말씀하셨소. 그것은 마치 보석이나 귀중품을 주시는 것처럼 말씀하셨는데, 이것이 없다면 하늘에도 땅에도 아무런 행복이 있을 수 없소. 이 평화야말로 전쟁의 참된 목적이니, 무(武)의 목적이 바로 평화라고 말할 수 있을 것이오. 전쟁의 목적이 평화라는 점에서 문(文)의 목적보다 뛰어나다는 진실을 끌어낼 수 있소. 이번에는 학자의 육체적 노고와 병사의 노고에 대한 이야기로 옮길 테니, 어느 쪽이 더 고된지 살펴보기 바라오."

이와 같이 훌륭한 말로 돈끼호떼는 연설을 진행시켜 나갔는데, 이때 그의 말을 듣고 있던 사람들 중에 누구 하나 그를 미쳤다고 생각하는 이가 없었다. 오히려 대부분의 사람들이 무(武)와 인연이 깊은 기사였으므로, 진정으로 기쁘게 돈끼호떼의 이야기에 귀를 기울였다. 돈끼호떼는 말을 이어나갔다.

"학자의 노고는 주로 가난이오. 이렇게 말씀드리는 것은 모든 학자가 다 가난해서가 아니라 극단적인 것을 예로 들고 싶어서 그러는 것이오. 게다가 가난에 괴로워하고 있다는 말만으로 나는 그들의 불운에 대해서 더 이상 말할 필요가 없다고까지 생각하는 바요. 왜냐하면 사람들이 가난하면 좋을 것이 없기 때문이오. 가난에 괴로워하는 것도 각양각색이어서 혹은 굶주림을, 혹은 추위를, 혹은 헐벗은 모습을, 혹은 이 모든 것을 다 합친 상황으로 괴로워하오. 그러나 그 모든 괴로움도 먹지 못하는 것에 비교할 바가 아니오. 세상의 유행에 뒤떨어진 옷을 입거나, 부자들이 쓰다 남은 것을 사용하게 되는 것보다 학자에게 가장 비참한 일은 '수프를 얻어먹는 일'일 것이오. 그래도 다른 집에 가면 화로나 난로 옆에서 충분한 온기는 못 얻을지라도 최소한 추위를 면할 수 있고, 밤에는 지붕 밑에서 잠을 자게 된단 말이오. 그 밖의 사소한 일에 대해서는, 이를테면 속옷이 모자란다거나, 여분의 신이 없다거나, 옷이 다 낡아서 털이 빠졌다거나, 재수 좋게 어느 연회에 초대받아 게걸스럽게 먹다 배탈나는 일까지 언급할 생각은 없소. 이와 같이 학자는 험하고 곤란한 길에서 비틀거리다가 넘어지고, 저기서는 일어났다가 여기서는 다시 넘어지면서 원하는 목적지에 도착하는 것이오. 내가 지금까지 만난 많은 사람들은, 모두 이런 실라[3]

---

[3] 이탈리아 해안의 암초.

와 까리브디스*⁴를 넘어서야 마치 행복의 날개를 단 것처럼, 다시 말씀드리면 왕좌에 앉아 세상을 다스리고, 주린 배를 진수성찬으로, 추위를 따뜻함으로, 벌거숭이를 예복으로, 돗자리에서 자던 몸이 네덜란드 마직과 비단 이불에서 자게 되는 것으로 바뀌니, 이것이야말로 그들의 덕행에 대해 마땅히 주어진 보수라 할 것이오. 그러나 그들의 노고도 싸움터의 병사의 노고에 비하면 까맣게 미치지 못하는데, 그 까닭을 지금부터 말씀드리겠소."

---

*4 시칠리아 해안의 소용돌이.

제38장
돈끼호떼가 문무(文武)의 길에 대하여 했던 기묘한 연설

돈끼호떼가 다시 말을 이었다.

"학자에 대해서는 가난과 같은 구체적인 사례로 시작했으니, 병사가 학자보다 더 부자인가에 대해 검토하도록 하지요. 그러면 병사만큼 가난한 자는 이 세상에 없다는 것을 아시게 될 것이오. 병사들은 오로지 형편없는 급료에만 의지하고 있는데, 그것마저 늦어지거나 전혀 받지 못하는 형편이고, 혹은 생명의 위험과 양심의 소리도 아랑곳하지 않고 자기 손으로 물건을 훔치는 일도 있소. 때로는 입을 옷조차 없어 칼자국이 난 가죽조끼 한 장이 나들이옷도 되고 속옷도 되는 일이 비일비재하며, 북풍이 휘몰아치는 한겨울에 들판에 서서 자기의 입김만으로 추위를 견디는 일도 드물지 않소. 그 입김이야말로 텅 빈 배 속에서 나오는 것이라 원래의 입김과는 달리 차디차다는 것을 잘 알고 있소. 밤이 되어 잠자리에 들어가면서 그 모든 불편함에서 벗어나려고 생각한다면 큰 잘못이오. 잠자리가 너무 좁다고 생각한다면 그건 틀림없이 병사의 잘못이오. 땅이라는 잠자리는 얼마든지 다리를 쭉 뻗을 수 있고, 이불이 몸에 감길 염려도 없으며, 마음대로 이리 뒤척이고 저리 뒤척일 수 있기 때문이오! 이런 고생이 모두 끝나고 드디어 수련을 마쳤다는 증서를 받는 날이 온다면, 다시 말해서 전투를 하는 날이 오게 되면 그 때는 머리에 실로 만든 장식을 달게 됩니다. 이것은 관자놀이를 스치거나 다리를 다치게 만든 총검의 상처를 치료할 때 쓰는 실뭉치로 만든 것이요. 비록 자비로운 신의 도움으로 무사히 생명을 보전한다고 해도 예로부터 이어진 가난은 면할 수 없고, 이름을 날리려면 몇 차례의 전투에서 승리하지 않으면 안 되는 것이오. 그러나 이런 기적이 일어난다는 것은 극히 드문 일이지요. 만일 여러분이 그런 경우를 본 적이 있다면 말씀해 주시기 바라오. 싸움터에서 쓰러진 자에 비해 상을 받은 자의 수가 얼마나 적은가를. 아마 여러분은 이렇게 말씀하실 것이오. 전사자는 숫자로 셀 수 없을 정도이고 살아서 상을 받은 자들은 세 자리의 숫자 안에 들 정도이니 비교할 수 없다고 말이오. 그런데 학자의 경우에는 이 모든 것이 반대요. 그들이 모두 부정한 방법으로 그랬다고는 말하지 않겠지만 그럭저럭 살아갈 정도로는 받고 있기 때문이오. 그에 비하면 병사들은 노고는 매우 크나 그 보상은 매우 적소. 그러나 이에 대해서는 다음과 같이 대답할 수 있을 것이오. 3만 명의 병사에게 상을 주기보다 2천 명의 학자에게 상을 주는 편이 훨씬 쉽다고 말이오. 왜냐하면 학자에게 상을 주는 것은 그 직책에 있는 자에게 주면 족하지만, 병사에게 상을 주려면 그들이 섬기는 군주의 재산에 의존해야 하기 때문이지요. 그러니 이것은 병사에게 상을 줄 수 없다는 내 이론을 뒷받침하는 것이오. 그러나 이 문제는 출구를 발견하기 어려운 미로이니 잠시 제쳐놓고, 그보다 문(文)에 대한 무(武)의 우월에 대한 문제로 되돌아가기로 하겠소. 이것은 쌍방이 주장하는 여러 가지 의견이 있어서 아직 연구의 여지가 남아 있는 문제요. 이 가운데 하나를 들자면 문(文) 측에서는, 만일 문(文)이 없다면 무(武)도 존재할 수 없다고 하오. 전쟁에도 법규가 있어서 법규를 따르는 바 그 법규는 학자가 다스리는 것이기 때문이라는 거지요. 이에 대해서 무(武) 측에서는 법규라는 것은 무력 없이는 존재할 수 없다고 대답하지요. 왜냐하면 무력에 의해서 국가는 방위되고, 왕국은 보존되고, 도시는 수비되고, 통로는 안전을 유지하고, 해상은 해적선으로부터 보호되기 때문이오. 만일 무력이 없다면 국가도, 왕국도, 군주국도, 도시도, 해류의 통로도 전쟁이 계속되어 특권과 폭력을 마구 휘두르는 혼란한 시기가 될 것이 틀림없기 때문이라는 것이오. 게다가 사물은 노력이 필요하면 필요할수록 더 높이 평가되고, 또 그것이 분명한 이치요. 누구나 문(文)으로 이름을 내리면 오랜 세월을 불면과 공복과 누더기와 현기증과 소화불량 등을 견뎌야 하는데, 그 가운데 몇 가지는 이미 내가 앞에서 언급한 것이오. 그러나 훌륭한 병사가 되기 위해서는 학자가 되기 위한 모든 노고와 비교가 되지 않을 만큼 숱한 노고를 필요로 하오. 매 순간마다 목숨을 잃을 수 있는 위험에 직면하기 때문이오. 아무리 학자가 가난과 궁핍의 두려움에 떤다고 하더라도, 병사가 품는 공포에 비하면 아무것도 아니오. 병사가 포위된 요새서 반월보(半月堡)나 성루에 올라 보초를 서고 있을 때, 자기가 서 있는 초소에 적병이 갱도를 파고 쳐들어오는 것을 느끼더라도, 어떤 경우에도 자기 자리를 떠나서는 안 되고 가까이 다가온 위험에서 달아나는 것은 허용되지 않기 때문이오. 이런 경우에 병사가 할 수 있는 것은 다만 대장에게 사태를 보고하여 적의 갱도에 대항하여 갱도를 파서 위험을 방지하는 것뿐이오. 자기는 언제 갑자기 날개도 없이 구름 위로 올라갔다가 본의 아니게 나락의 밑바닥에 떨어질까 하는 불안에 떨며 맡은 자리를 지키는 것이오. 이것이 사소한 위험이라고 생각된다면, 두 척의 병선이 바다 한가운데서 뱃머리와 뱃머리가 맞부딪쳤을 때의 상황은 사소한 위험이겠소, 아니면 커다란 위험이겠소? 뱃머리와 뱃머리가 부딪친다면 병사에게는 겨우 두 발을 디딜 정도의 발판밖에는 설 자리가 없소. 더욱이 자기 몸에서 창 한 자루의 거리에, 적선에서 노리는 대포의 수와 맞먹는 죽음의 사자가 을러대는 위협을 앞에 두고, 한 발이 미끄러지기라도 하면 금방 바다 밑 깊숙이 떨어진다는 것을 알고 있으면서도, 명예에 투철한 불굴의 용기로 빗발 같은 화승총의 사격을 무릅쓰고 좁은 통로로 적선에 뛰어오르려고 하는 것이오. 더 놀라운 일은 한 사람이 세상의 종말까지는 떠오르지 못할 밑바닥에 떨어지자마자 다음 사람이 그 자리를 맡는데, 이 사람도 바다에 떨어지면 잇따라 다른 사람이 바로 그 뒤를 잇는 것이오. 이거야말로 전쟁의 위기마다 볼 수 있는 용감무쌍함의 극치라 할 것이오. 그건 그렇고 대포라는 악마적인 무기의 무서운 분노를 몰랐던 그 행복한 시대에 축복 있으라! 생각건대 대포를 발명한 사나이는 그 악마 같은 발명품 때문에 지옥에 떨어져 상을 받고 있을 것이 틀림없소. 왜냐하면 이 발명 때문에 비천한 겁쟁이의 손이 용맹한 무사의 목숨을 끊게 했고, 의기와 열성이 한창인 용사의 팔이 분기하고 있을 때, 어디선가 유탄이 날아와서 오랜 세월을 살아가야 할 사람의 사고와 생명을 한 순간에 끊어버리기 때문이오. 이런 생각을 하면 현재 우리가 살고 있는 이 지긋지긋한 시대에 방랑 기사라는 임무를 맡게 된 것을 속으로 깊이 후회하고 있다고 말하고 싶을 정도요. 나는 어떤 위험도 두려워하지 않지만, 화약과 탄환이 이 팔과 이 칼날의 위력으로 대지의 구석구석까지 이름을 떨칠 기회를 공연히 빼앗지 않을까 불안을 느끼기 때문이오. 그러나 하늘이여, 당신의 뜻이 향하는 대로 하소서. 내가 이번에 기도하는 일은 지난날의 방랑 기사들보다 훨씬 무서운 위험에 직면하는 것이니 만일 이 일을 성공적으로 완수하는 날에는 더 큰 명성을 얻을 수 있을 것이오.”

다른 사람들이 저녁식사를 들고 있는 동안에 돈끼호떼는 이런 장광설을 늘어놓았다. 그동안 산초가 몇 번이나 식사가 끝난 뒤에도 하고 싶은 말을 얼마든지 할 기회가 있을 테니 식사를 하라고 권했으나, 그는 자기 입에 음식을 가져가는 일조차 잊고 있었다. 그의 말을 듣고 있던 사람들은 어떤 문제를 논하더라도 뛰어난 이해력과 사고력을 나타내는 사람이, 그가 자랑으로 삼는 불행하고 보잘것없는 기사도를 논하기만 하면 사려와 분별을 완전히 잃는 모습을 보고 동정심이 다시 일어났다. 신부는 돈끼호떼에게 자기는 문(文)에 종사하고 대학을 나온 사람이지만, 무(武)에 대해서 당신이 한 말은 모두 지당하며 그 의견을 모두 지지한다고 말했다.

저녁식사가 끝나고 식탁 위가 치워졌다. 주막집 안주인과 딸, 마리또르네스는 그날 밤 여자 손님들만 묵기로 한 돈끼호떼가 자던 다락방을 치우는 동안 돈페르난도는 '포로'에게 여태까지 겪은 신상 이야기를 해달라고 부탁했다. 소라이다를 데리고 들어왔을 때의 모습으로 보아 그가 매우 진기하고 흥미 있는 경력을 가지고 있을 것 같아서였다. 이에 대해서 포로는 기꺼이 그렇게 하겠지만, 자신의 이야기가 기대만큼 재미있을지 걱정이라면서 아무튼 이야기를 들려주겠다고 말했다. 신부를 비롯해서 모든 사람들이 그 말에 감사하며 이야기를 해 달라고 다시 한 번 부탁했다. 그는 사람들이 모두 부탁하는 것을 보고는 명령을 해도 될 만한 처지이니 부탁까지 할 것까지는 없다고 말했다.

"그러면 여러분, 잘 들어보십시오. 색다른 취향을 곁들여서 꾸며낸 이야기 따위는 도저히 따라갈 수 없는 진짜 이야기를 들려 드릴 테니까요."

그가 이렇게 말하자 사람들은 자리에 앉아 조용해졌다. 사람들이 소리를 죽이고 자기가 입을 열기를 기다리는 것을 보고, 그는 기분 좋은 목소리로 이야기를 꺼냈다.

제39장
포로가 이야기하는 자기 신상에 일어난 일

"우리 일족은 라스 몬따냐스 데 레온(스페인 서북부 지방)의 한 마을에서 으뜸가는 집안이었으며, 재산보다는 너그러운 성품으로 좋은 평판을 얻고 있었습니다. 작은 마을이기는 했지만 아버지는 재산가라는 소리는 들었습니다. 사실 재물을 쓰는 데 신경쓰는 것만큼 그것을 지키는 쪽으로 노력했더라면 실제로 재산가가 되었을 겁니다. 아버지의 심한 낭비벽은 젊은 시절 군대에서 생긴 것입니다. 군대라는 곳은 구두쇠는 물건을 아끼지 않는 사람으로, 아끼지 않는 사람은 낭비가로 만드는 곳이니까요. 만일 구두쇠 군인이 있다면 그건 괴짜입니다. 극히 드문 존재지요. 우리 아버지는 낭비가보다 더한 방탕자 수준에 가까웠는데, 아내와 대를 이을 자식이 있으면서 그랬다니 안 될 말이었지요. 아버지는 세 아들을 두었는데, 모두 제 갈 길을 정할 그럴 나이가 되었습니다. 그런데 아버지는 당신의 낭비벽을 아무래도 제어할 수 없다고 깨달았기 때문에, 자기를 인심 좋은 낭비가로 만드는 원인을 스스로 제거할 생각을 하게 되었답니다. 다시 말해서 알렉산드로스 대제가 보아도 검소하다고 생각할 만큼 재산을 깨끗이 포기하기로 하신 거지요. 어느 날 아버지는 세 아들을 부르더니 이런 이야기를 하셨습니다.

'얘들아, 내가 너희들을 진심으로 사랑한다는 말을 하고 싶으면, 너희들은 내 자식이니 그렇다고 말하기만 하면 될 것이다. 그리고 너희들을 그다지 사랑하지 않는다고 생각하게 하려면, 너희들에게 재산을 남겨 주고 싶어하는 마음을 조금도 억제하지 않는 것으로 알 수 있다. 그래서 내가 너희들을 아버지로서 사랑하고 있으며, 의붓아버지가 하듯이 자식들을 파멸시킬 생각이 아니라는 것을 너희에게 알려주기 위해 오래 전부터 생각해 왔던 일을 실천하려 한다. 너희들도 이제는 제각기 나아갈 길을 정해도 좋을, 최소한 더 나이가 들면 너희들의 명예와 이익이 될 직업을 가져야 할 나이다. 그래서 내가 생각한 것은 재산을 넷으로 나누어서 너희들에게 세 부분을 각자에게 똑같이 나누어주고, 나머지 하나는 내 몫으로 하여 여생을 보내는 데 쓸까 한다. 그리고 너희들이 각자 재산을 나누어 갖고는 내가 지금부터 말할 분야 가운데 한 분야를 맡아서 그 길로 나아가기 바란다. 속담이란 오랜 세월에 걸친 신중한 경험에서 생긴 간결한 격언이라 모두 진실이지만, 특히 스페인에는 내 생각과 꼭 맞는 진실한 속담이 있다. 그 속담은 '교회냐, 바다냐, 왕실이냐'라는 것인데, 이 뜻은 권세와 부를 가지려면 성직자가 되거나 바다로 나가서 장사를 하거나 왕궁에 들어가서 국왕을 섬기라는 것이다. '국왕의 빵조각이 영주의 은상(恩賞)보다 낫다'는 말도 있지 않느냐? 이런 말을 하는 것은 너희들 가운데 한 사람은 학문을 전공하고, 또 한 사람은 장사를 하고, 나머지 한 사람은 왕궁에서 임금님을 섬겨야 하는데, 그 일은 무척 어려우니 그 대신 무훈으로 임금님을 도왔으면 하는 것이다. 전쟁터에서 그다지 큰 돈은 벌 수 없지만 권세와 명성은 크게 높일 수 있으니 말이다. 그러면 일주일 안에 너희들 몫을 금화로 바꾸어서 1아르디떼도 속이지 않고 나누어주겠다. 내 의견에 따를 생각이 있는지 없는지 지금 이 자리에서 너희들의 의견을 들려다오.'

이렇게 말씀하신 아버지는 먼저 장남인 나에게 대답할 것을 분부하셨습니다. 나는 재산을 분배하지 말고 쓰고 싶은 대로 마음껏 쓰시라고 하면서 우리는 얼마든지 재산을 만들 수 있는 젊은이라고 일단 말씀드렸습니다. 그리고는 아버지가 바라는 대로 무예의 길로 나아가서 그것으로 하느님과 국왕을 섬기겠다고 대답했습니다. 바로 아래 동생도 같은 말을 하고는 자기 몫으로 된 재산을 갖고 라스 인디아(인디아 지역)로 건너가겠다고 말했습니다. 내가 생각하기에 제일 영리한 막내 동생은 성직자가 되든지, 아니면 이미 시작했던 학문을 완성하기 위해 살라망까로 가고 싶다고 말했습니다.

우리가 이렇게 직업을 선택하자 아버지는 우리 삼형제를 끌어안았습니다. 그리고 짧은 시일에 우리에게 약속하신 일을 모두 다 완수하셨습니다. 내가 기억하기로는 금화로 3천 두카트(유럽의 옛 금화)씩을 각자에게 나누어 주셨고 —이것도 우리의 숙부 뻘 되는 분이 다른 가문으로 넘어가지 않도록 우리 부동산을 고스란히 매수하여 현금으로 지불해 주었습니다—, 우리 형제들은 그날 아버지에게 작별을 고했지요. 그런데 그때 나는 연로하신 아버지 몫이 너무 적으면 안 될 것 같아서 내 몫인 3천 두카트 중에서 2천 두가트를 아버지에게 다시 돌려 드렸지요. 그 나머지로도 군인이 되는 데 필요한 것을 갖추기에 충분했기 때문입니다. 두 아우도 내 행동을 본받아 각기 1천 두카트씩 아버지에게 드렸습니다. 그래서 아버지에게는 금화로 4천 두카트와, 부동산으로 남겨 둔 3천 두카트 이상의 재산이 남게 되었지요. 결국 우리는 아버지와 앞에서 말씀드린 숙부와 함께 크게 슬퍼하며 눈물을 흘리면서 헤어졌습니다. 두 분은 우리에게 좋은 일이건 나쁜 일이건 신상에 일어난 일을 자주 알려 달라고 부탁했습니다.

우리는 그렇게 약속한 뒤 두 분의 축복을 받으면서 한 사람은 살라망까로, 한 사람은 세비야로, 그리고 나는 양모를 수송할 제노바 배가 한 척 있다는 정보를 듣고 알리깐떼로 떠나게 된 것입니다.

이렇게 해서 내가 아버지의 집을 나온 지도 벌써 20년의 세월이 흘러갔습니다. 그동안에 나는 몇 번이나 편지를 보냈습니다만, 아버지와 아우들에 대해서는 아무 소식도 듣지 못했습니다. 그렇게 세월이 흐르는 동안 내가 지내온 생활을 간단히 말씀드리기로 하지요. 나는 알리깐떼에서 배를 타고 순조롭게 항해하여 제노바에 도착했고, 거기서 다시 밀라노로 가서 무기와 군복을 몇 벌 마련했습니다. 삐아몬떼로 가서 의용병이 될 생각으로 말입니다. 그런데 내가 알렉산드리아 데 라빠야로 가고 있을 때, 알바 대공*¹이 플랑드르로 진군중이라는 소문을 들었지요. 나는 계획을 바꾸어 그의 휘하로 들어가 종군하고, 출격할 때는 옆에서 그를 호위했으며, 에그몬트*²와 호른*³ 두 백작의 처형에 입회하고, 디에고 데 우르비나라는 이름의 과달라하라 출신인 유명한 대위의 부관으로 승진했습니다. 그런데 플랑드르에 가서 얼마 되지 않았을 때, 지금은 세상을 뜨신 교황 피우스 5세가 베네치아 및 스페인과 동맹을 맺고 공동의 적인 터키와 대적하신다는 소문이 돌기 시작했습니다.

이보다 앞서 이미 터키는 베네치아인들의 지배를 받던 이름 높은 키프러스 섬을 함대로 공략해 버렸는데, 이는 참으로 슬프고 불행한 손실이었습니다.

＊1 페르난도 알바레스 데 똘레도는 까를로스 5세와 펠리뻬 2세에게 종사한 장군. 1508~1582. 이탈리아에서 프랑스군과 이탈리아군을 격파한 뒤 플랑드르를 점령했다.
＊2 라모랄 에그몬트는 플랑드르의 군인이며 정치가. 1522~1568. 네덜란드의 독립과 신교 보급을 도모하여 스페인과 싸우다가 알바 공작에 의해 호른 백작과 함께 체포되어 처형되었다.
＊3 네덜란드의 정치가. 에그몬트와 함께 브뤼셀에서 참수되었다.

동맹군의 총사령관에는 우리 국왕 돈 펠리뻬 폐하의 배다른 형제인 침착한 돈후안 데 아우스뜨리아 전하*⁴가 되는 것이 분명했으며, 대규모 전쟁 준비가 이루어지고 있다는 소문도 전해졌습니다. 이런 일들이 모두 내 마음을 부추기고 영혼을 흔들어 다가올 전투에 참가하고 싶은 욕망을 솟구치게 했지요. 그래서 다가올 다음 기회에는 대위로 승진할 전망이 거의 확실한데도 나는 모든 것을 내동댕이치고 그리로 달려갔던 것입니다. 마침 돈후안 데 아우스뜨리아 전하께서도 제노바에 막 도착하셔서 베네치아 함대와 합류하기 위해 나폴리로 옮기려 하셨는데, 이윽고 메시나에서 그 계획을 실천하시더군요. 나는 이미 보병 대위의 계급으로 매우 운 좋은 싸움*⁵에 참가했습니다만, 그런 영광스러운 승진도 내 공적이라기보다 그저 운이 좋았을 따름이지요. 그 때 기독교 세계에 있어서 지극히 경사스러운 날이 왔습니다. 온 세계가 해상에서 터키인이 무적이라는 미망에서 깨어났던 것입니다. 터키인의 긍지와 오만이 분쇄되던 그 날, 그 싸움터에 있던 모든 자가 행복했음에도 불구하고—항복한 터키인보다 그 자리에서 죽은 기독교인이 더 행복했을 것입니다— 나 혼자만 불행했습니다. 왜냐하면 그 때가 로마 시대였다면 해전수훈관*⁶ 정도는 기대할 수 있었겠지만 그렇게 역사적인 날이 하루 지나서 나는 발에는 족쇄를, 손에는 수갑을 차게 되었습니다. 그 사정은 다음과 같습니다.

알제리의 임금으로 대담하고 운수 좋은 해적 알루크 알리가 말타 함대의 기함을 습격해서 항복시키는 바람에 배 안에는 생존자가 세 사람밖에 없었는데, 그 세 사람도 중상을 입었기에 후안 안드레아*⁷의 전함이 이를 구하러 달려갔고, 나는 중대와 함께 이 전함에 타고 있었습니다. 나는 본능적으로 적함에 뛰어올랐는데, 그 순간 적함이 전함에서 떨어져 나가면서 내 부하들이 나를 뒤따라 넘어오지 못하게 막았으므로, 나는 적들 무리에 혼자 뛰어든 꼴이 되었습니다. 결국 너무 많은 적들에게 저항도 제대로 하지 못하고 부상당한

---

*4 까를로스 5세의 서자. 1547~1578. 이탈리아와 아프리카와 플랑드르 등지에 원정하여 스페인의 국위를 빛냈다.
*5 레판토 해전을 말함. 1571. 스페인과 베네치아 연합함대가 터키 함대를 전멸시킨 해전으로 세르반떼스는 이 싸움에 참전하여 가슴과 왼팔에 부상을 입었다.
*6 적의 배에 가장 먼저 뛰어오른 사람에게 상으로 주는 금관.
*7 후안 안드레아 도리아. 제노바 출신의 해군 제독으로 레판토 해전에서 스페인 함대의 사령관으로 참전했다.

채 항복하게 되었던 것입니다. 그래서 알루크 알리는 전 함대와 함께 살아남았고, 나는 이 사람의 포로가 되어 기뻐하는 사람들 속에서 나만 홀로 슬퍼하고, 자유인이 된 사람들 가운데서 나 홀로 포로의 신세가 되고 만 것이지요. 그날 바라던 자유를 획득한 기독교인은 1만 5천 명에 이르렀습니다. 그들은 모두 배를 젓는 노예로 터키 함대에 타고 있었던 것입니다.

　나는 콘스탄티노플로 끌려갔는데, 거기서 터키 황제 셀림은 내 주인에게 해전 중에 의무를 다하고 말타 교단의 단기(團旗)를 빼앗은 용기를 보여 줬다고 하여 해군 제독에 임명했습니다. 나는 2년째 되던 1572년에 나바리노에서 3등 대기(터키 해군 사령관의 깃발) 기함의 노를 젓고 있었습니다. 그 때 나는 터키의 전 함대를 항구 안에서 사로잡을 수 있는 기회를 놓치는 것을 이 눈으로 보고 깨달았지요. 함대에 있던 모든 해군과 보병들은 그 항구 안에서는 습격을 면할 수 없다고 생각하여 공격이 시작되기 전에 재빨리 육지로 달아나려고 옷과 신발을 준비하고 있었기 때문입니다. 우리 해군에 대해 품고 있는 그들의 공포는 그렇게 대단한 것이었습니다. 그러나 하늘의 뜻은 그와는 달랐습니다. 그것은 우리를 다스리는 총대장의 책임이나 실수가 아니고 기독교인 세계의 죄 탓이었기에, 우리를 처벌할 형리를 항상 우리 곁에 남겨두는 것이 신의 뜻이었나 봅니다. 실제로 알루크 알리는 나바리노 근처에 있는 섬으로 철수하여 병사들을 상륙시키고는 항구를 요새화하여 후안님이 돌아올 때까지 조용히 기다리고 있었습니다. 후안님의 귀환 항해에서는 '라 쁘레사(노획물)'라는 이름의 갤리선이 붙잡혔습니다. 그 유명한 해적 '붉은 수염'의 아들*8이라는 자가 이 배의 함장이더군요. 잡은 사람은 그 싸움터의 우뢰(雨雷), 병사의 아버지, 백절불굴의 함장으로 이름 높은 산따 끄루스 후작 돈알바로 데 바산*9이 인솔하는 '라 로바(암늑대)'라고 일컬어진 나폴리 함대의 기함이었습니다. 그리고 내가 여기서 꼭 말하고 싶은 것은 라 쁘레사를 포획할 때 일어난 사건입니다. 바바롯사의 아들은 너무나 잔인하여 포로를 몹시 학대했으므로, 노를 젓던 포로들은 라 로바가 돌격해 오는 것을 보자 일제히 노를 집어던지고는, 갑판 위에서 얼른 노를 저으라고 소리치는 함장을 붙들어 선미에서 선수로 밀어 보내면서 마구 물어뜯었습니다. 그래서 시간이 조금 지나자 이미 그 영혼은 지옥

---

*8 라 쁘레사 호의 함장은 튀니스의 국왕 '붉은 수염'의 아들이 아니라 손자였다고 한다.
*9 그라나다 태생의 해군 제독. 526~558. 오랫동안 무어족과 싸운 무훈이 있었다.

에 떨어져 버렸으니, 포로를 대하는 그의 잔인함으로 포로들이 그에게 품었던 증오심은 이렇게도 강했던 것입니다.

우리는 다시 콘스탄티노플로 돌아갔지요. 이듬해인 1573년에 돈 후안이 터키인들에게서 튀니스 왕국을 빼앗아 물레이 아메드를 튀니스 왕으로 앉히고, 이 세상에서 가장 잔인무도한 무어인 물레이 아메드가 품었던 왕위 복귀의 희망을 끊어버렸다는 소문이 그곳까지 들리더군요. 터키 황제는 이 손실을 몹시 분하게 여겼는데, 그 왕가의 인간들이 가진 간교한 지혜를 동원해서 그자보다 더 그것을 희망하던 베네치아인과 화평을 약속했고, 그 다음 해인 1574년에는 라 꼴레따와 돈 후안 님이 튀니스 가까이에 반쯤 쌓다 만 성새를 공격해 왔습니다. 이런 시기에도 나는 여전히 노를 젓고 있어서 자유에 대해 아무런 희망을 가질 수가 없었지요. 적어도 몸값을 지불하고 자유를 얻을 생각은 하지 않았는데, 무슨 일이 있더라도 아버지에게는 이 나쁜 소식을 전하지 말자고 마음먹고 있었기 때문이지요.

결국 라 꼴레따는 함락되고 성채도 빼앗겼으니, 이 두 요새지에 터키인 용병이 7만 5천 명, 아프리카 전역의 무어인과 아라비아인이 40만 이상이나 몰려왔습니다. 이 대군은 막대한 탄약과 무기를 갖추었을 뿐 아니라, 두 손에 흙을 한 줌씩만 쥐어도 라 골레따와 요새가 파묻혀 버릴 만큼 수많은 공병을 이끌고 왔던 것입니다. 그 때까지 난공불락을 자랑하던 라 골레따가 먼저 함락되고 말았는데, 수비대가 약해서 함락된 게 아니었습니다. 그들은 방위에 있어서 가능한 일은 모두 다 했으니까요. 경험에 의하면 그 황량한 모래밭에 구축한 방벽을 무너뜨리기란 쉬운 일이었죠. 사실 성 안에는 2빨모만 파면 물이 나왔거든요. 터키 군 쪽에서는 2바라를 파도 물이 나오지 않았기에 함락되고 말았지요. 그들은 많은 모래 부대로 성벽보다 더 높이 방벽을 쌓아올리고, 높은 곳에 올라가서 탄알을 쏘았으므로 누구 하나도 버티고 항전할 수가 없었던 것입니다.

우리 스페인군은 라 골레따에 머물러 있지 말고 성 밖으로 나가서 상륙 지점에서 요격해야 했다는 것이 전반적인 의견이었습니다. 그런데 이런 말을 하는 이들은 멀리 떨어진 곳에서 아무 경험도 없는 주제에 이러쿵저러쿵 말하는 사람들이지요. 라 골레따와 요새에는 7천 명이 될까 말까 한 병력밖에 없었는데, 아무리 대담하다고 해도 그렇게 적은 인원으로 적의 대군에 대항하여 성 밖에서 싸우거나 요새를 지킬 수 있었겠습니까? 또한 지원군도 없는 요새를 어찌 빼앗기지 않을 수 있겠습니까? 더구나 집요한 적들이 자기들 땅에서 포위하고 있다면 더욱 그렇지 않겠습니까? 그러나 많은 사람들의 의견이면서 또한 나도 그렇게 생각하는 것은, 하늘이 그 악의 온상인 땅을 차라리 파괴되도록 내버려두셨다는 것입니다. 패배를 모르는 까를로스 5세가 그것을 공략했던 것을 상기하는 것 이외에는, 현재에도 그러하고 장래에도 저 요새의 돌덩이가 주추가 될 필요가 있다고 믿는 것을 제외하면 조금도 이익 될 것이 없이 낭비만 되는 막대한 국고를 빨아먹는 해면이나 좀같은 존재이기 때문입니다. 그리고 요새도 터키인들이 조금씩 조금씩 점령해 갔습니다. 요새를 수비하는 병사들이 참으로 용감하고 완강하게 대적했으므로 22회의 습격에서 전사한 병사의 수는 2만 5천 명을 넘었지만 저항을 포기하지 않았기 때문이지요. 성 안에 살아남은 300명 가운데 상처를 입지 않은 채 잡힌 자는 없었습니다만, 이거야말로 그들의 분투와 용기의 확실한 증거이며, 사력을 다해 진지를 지키려 했다는 증거라고 할 수 있겠지요. 주위에 못을 판 낮은 망대에서 발렌시아 출신의 유명한 장군인 돈후안 사노게라가 지휘를 하고 있었지만, 결국 항복하고 말았지요. 라 골레따의 지휘관 돈삐드로 뿌에르또까르레로도 붙잡혔는데, 그는 진지를 지키기 위해 할 수 있는 일은 모두 다 했습니다. 그리고 그것을 잃은 것을 무척 분하게 생각하고 포로로서 콘스탄티노플로 끌려가다가 비탄에 잠겨 죽었습니다. 가브리엘 체르벨론이라는 요새의 수비대장도 붙잡혔는데, 이 사람은 밀라노 출신의 무장으로 매우 뛰어난 건축가이자 용감한 군인이었습니다. 이 두 요새에서 많은 아까운 인물들이 전사했습니다. 그 중에 하나가 산 후안 교단의 무사 바간 데 오리아였으며, 이 사람의 온화한 성격은 그 유명한 동생 후안 안드레아 데 오리아에 대한 너그러운 태도에서 잘 나타나고 있지요. 그리고 이 사람의 최후가 특히 측은했던 것은, 마침내 요새가 함락되는 것을 알았을 때 무어인의 복장으로 따바르까로 보내주겠다고 제의해온 아라비아인을 믿다가 그 손에서 죽게 된 일입니다. 따바르까는 산호 채취를 업으로 삼는 제노바인들이 그 근처의 해안에 가지고 있는 조그마한 숙소입니다. 이 아라비아인들은 오리아의 목을 잘라 터키 함대의 제독에게 들고 갔습니다. 그러자 이 제독은 그 아라비아인들에게 스페인의 속담인 '배신행위는 기쁘지만 배신자는 미워한다'라는 내용을 실제로 실행하더군요. 제독은 목을 가져온 사람들에게 오리아를 생포하지 않고 죽였다는 이유로 교수형에 처하라고 명령했으니까요.

요새를 지키다가 패한 기독교인 가운데 안달루시아의 어느 마을 출신으로 돈뻬드로 데 아길라르라는 사람이 있었습니다. 이 사람은 매우 훌륭하고 영리한 군인이었으며, 요새에서는 소위였습니다. 그리고 시에서 특히 뛰어난 재주를 지녔지요. 이런 말을 하는 것은 이 사람이 나와 같은 주인의 노예가 되어 우리 갤리선의 내 옆자리에 왔기 때문입니다. 이 사람은 우리 배가 그 항구를 출항하기 전에 소네트를 두 개 지었습니다. 하나는 라 골레따에게, 또 하나는 요새에 바치는 비문체(碑文體)의 소네트였습니다. 나는 여러분에게 그 소네트 두 곡을 들려 드리고 싶습니다. 그것을 외우고 있고, 또한 슬픔보다는 기쁨을 느끼게 하는 소네트임을 확신하니까요."

포로가 돈뻬드로 데 아길라르의 이름을 말했을 때 돈페르난도는 동행한 기사들을 돌아보고 서로 미소를 나누었다. 그리고 소네트 이야기에 이르자 그중 한 사람이 말했다.

"이야기를 진행시켜 나가기 전에 부탁이 있습니다. 방금 말씀하신 돈뻬드로 데 아길라르가 어떻게 되었는지 들려주실 수 있습니까?"

"내가 알기로는 콘스탄티노플에서 2년을 있다가 그 뒤 알바니아인 복장을 하고 그리스인 스파이와 함께 도망쳤다는 것입니다. 그러나 자유의 몸이 되었는지는 모르겠습니다. 그 뒤 1년이 지났을 때 그 그리스인을 콘스탄티노플에서 보았지만, 탈출이 성공했는지 실패했는지를 물어보지 못했으니까요."

그때 어느 기사가 대답했다.

"그는 자유의 몸이 되었지요. 사실 돈뻬드로는 우리 형입니다. 현재 우리 고향에서 건강하게 부자로 살면서 결혼도 하고 세 아이까지 가졌지요."

"그것 참 고마운 일이군요. 그런 은총을 하느님에게서 받다니, 내 생각으로는 잃었던 자유를 되찾는 기쁨에 비길 만한 것은 이 세상에 아무것도 없다고 생각합니다."

기사가 덧붙여 말했다.

"게다가 나도 형이 지은 소네트를 알고 있답니다."

"그렇다면 당신한테 듣는 편이 낫겠군요. 아마 나보다 훨씬 잘 외울 수 있겠지요."

"좋습니다, 해보지요. 라 골레따에 대한 소네트는 이런 것입니다."

"목을 잘라 터키 함대 제독에게 가져갔습니다."

제40장
이어지는 포로의 이야기

훌륭한 행동의 보상으로
거추장스러운 옷 벗고 몸도 가벼이
낮은 세계를 떠나
높은 하늘에 날아오른 행복한 영혼이여.

불타는 분노와 정의를 품고
사력을 다하여 싸운 그대들.
거친 파도도 해변의 모래도
적과 아군의 피로 물들었구나.

팔은 지쳐 버렸으나 사라지지 않은 용기.
패배하여 죽어가지만
그대들의 가슴에는 빛나는 승리가 있다.

요새와 총칼 사이에서
슬프게 쓰러진 그대들 위에
영원토록 세상의 영예, 하늘의 영광 빛나리라.

포로가 감회에 젖은 목소리로 말했다.
"내가 기억하고 있는 것도 바로 그렇습니다."
기사는 계속해서 소네트를 외웠다.
"내 기억이 틀리지 않다면 성채에 대한 소네트는 이런 것입니다."

멸망한 불모의 이 땅에
부서져 넘어진 망대에서
무사들의 거룩한 영혼 3천은
거룩한 집을 향해 살아서 올랐노라.

처음 힘차게 휘두른 팔에도
이제는 힘이 빠질 대로 빠져
얼마 남지 않은 병사들은
쇠잔하여 적의 칼 아래 쓰러졌노라.

이 땅이야말로
지난 세월부터 지금 세상까지 그칠 새 없이
천만 가지 추억과 슬픔에 찼노라.

그러나 그대들 비참한 가슴에서 빛나는 하늘로
거룩한 영혼되어 올라갔으니
거친 무리에게 짓밟히는 일 다시는 없으리.

이 소네트는 서투르다는 생각이 들지 않았다. 포로는 지난날의 친구 소식을
듣게 되자 기뻐하며 이야기를 계속했다.

"아무튼 라 골레따와 성채가 함락되자 터키인들은 라 골레따를 부수라고 명
령했습니다. 이제 성채 쪽은 부수고 치우고 할 것도 없을 정도가 되었기 때문
입니다. 그래서 되도록 일을 빨리 해치울 작정인지 성의 세 곳에 지뢰를 설치
하기 시작합니다. 그런데 아무리 지뢰를 터뜨려도 몹시 허약해 보이던 그 낡은
성벽은 좀처럼 부서지지 않고, 오히려 말짱하게 서 있던 엘 프라띤*1이 축조
한 새 성벽이 허물어지지 뭡니까? 결국 함대는 승리를 자랑하며 위세도 당당
하게 콘스탄티노플로 돌아갔습니다. 그 뒤 몇 달이 지나지 않아서 우리 주인
알루크 알리가 죽었습니다. 이 사나이는 터키말로 우찰리 파르탁스, 즉 '쇠버짐

---

*1 까를로스 5세와 펠리뻬 2세에게 종사한 건축가로 라 골레따뿐만 아니라 지브롤터, 그 밖의
   성을 쌓았다.

머리의 개종자'라고 불렸지요. 사실 그는 머리에 쇠버짐이 잔뜩 있었습니다. 터키인 사이에서는 서로 단점이라든가 장점을 들어서 이름을 짓는 풍습이 있지요. 그들에게는 오토만 집안에서 나온 네 가문의 성씨밖에 없어서 그 밖의 다른 사람들은 방금 말씀드린 것처럼 몸의 상처라든가 성격상의 특징으로 별명과 성을 지었던 것입니다. 그런데 이 쇠버짐 머리의 개종자는 터키 황제의 노예 생활을 14년이나 하면서 노를 저었어요. 서른네 살이 넘도록 노를 젓고 있다가 어느 터키인한테 뺨을 맞은 데 원한을 품고 개종을 했답니다. 말하자면 복수를 하기 위해 지금까지의 기독교 신앙을 버린 거죠.

그는 워낙 담대한 사나이였으므로 터키 황제의 다른 많은 총신들이 밟았던 지루한 경력을 거치지 않고 알제리의 왕이 되었습지요. 그 뒤 그 나라에서는 셋째로 높은 관직인 해군 제독이 되었습니다. 그는 칼라브리아 태생으로 성품이 훌륭했으며, 포로들에게 인간적인 대우를 했으므로 포로의 수가 3천 명에 이르렀습니다. 그가 죽자 3천 명의 포로들은 그의 유언대로 터키 황제와 개종자들에게 분배되었습니다. 터키 황제는 죽은 신하가 있으면 그 역시 상속자가 되어서 고인의 자식들과 함께 그 유산의 일부를 분배받지요. 그런데 나는 어느 베네치아 태생의 개종자에게 할당되었습니다. 이 사람은 어느 배의 하급 선원이었을 때 알루크 알리에게 붙잡혔는데, 주인의 마음에 들었기 때문에 가장 사랑하는 시종이 되었답니다. 동시에 그는 지금까지 본 적이 없을 만큼 잔인한 개종자가 되었지요. 이름은 핫산 아가였으며, 나중에는 큰 재산을 모으고 알제리 왕까지 되었지요. 콘스탄티노플에서 그 사람 밑으로 간 나는 스페인이 훨씬 가까워졌으므로 어느 정도 만족했는데, 그것은 누군가에게 나의 불행한 운명을 알리고 싶어서가 아니라 알제리에서는 콘스탄티노플에 있는 것보다 좀 더 나은 운명이 기다릴지 모른다는 생각 때문이었습니다. 이미 콘스탄티노플에 있을 때 나는 모든 탈출 수단을 다 사용했지만 결국 그 기회를 얻지 못하고 말았습니다. 그러나 나는 자유로운 몸이 된다는 희망을 버린 적이 없으므로 알제리에서는 그토록 바라던 소망을 이룰 수 있는 다른 방법을 찾자고 생각했습니다. 계획했던 일이 생각만큼 좋은 결과를 가져오지 않더라도 금방 낙담하지 않고, 설혹 그것이 실낱같은 소망이라도 거기에 마음을 의지하여 새로운 계획을 세우고 방법을 궁리하곤 했습니다.

이렇게 스스로를 위로하면서 세월을 보내던 나는 터키인들이 '목욕탕'이라고 부르는 감옥에 갇히게 되었습니다. 거기에는 기독교인 포로가 있었는데, 국왕의 노예에서 개인 소유의 노예에 이르기까지, 심지어는 '창고 노예'라고 부르는 관청의 포로에 이르기까지 모두 함께 갇혀 있었습니다. '창고 노예'들은 시에 소속되어 토목 공사라든가 그 밖의 일을 하는데, 이런 포로가 자유를 얻는다는 것은 매우 어려운 일이었지요. 왜냐하면 공유의 노예들이라 주인이 없기 때문에 설혹 몸값을 손에 쥐더라도 자유를 얻는 데 필요한 흥정을 할 상대가 없었기 때문입니다. 일부 시민들은 이 '목욕탕'에 자기들의 포로를 데리고 왔는데, 그 중에는 자유를 주겠다고 흥정이 된 포로들이 많았습니다. 몸값이 도착할 때까지 거기서라면 포로도 비교적 편하게 지낼 수 있고 도망칠 염려도 없었기 때문이지요. 국왕의 포로들은 몸값 지불에 대한 이야기가 매듭지어지면, 몸값이 늦게 지불될 경우만 빼고 다른 노예들과 함께 노역을 하러 나가는 일이 없었습니다. 그것은 좀더 열심히 자신을 구해달라는 편지를 쓰게 하기 위해서였습니다. 몸값 지불이 늦어지면 다른 포로들과 함께 노동을 하거나 장작을 패러 가야 했는데, 그것은 결코 쉬운 노역이 아니었지요. 그런데 나도 풀려나게 될 상황이 되었습니다. 내가 대위였다는 사실이 밝혀지면서 무일푼이라고 아무리 우겨도 몸값을 지불할 사람들 속에 억지로 끼워 넣더군요. 나는 몸값을 지불할 것이라는 표시로 쇠사슬에 묶여 그 감옥에서 역시 몸값을 지불할 약속이 되어 있는 포로들과 유명 인사들과 함께 하루 하루를 보내고 있었습니다. 그런데 굶주림과 헐벗음에 괴로운 일은 늘 있었던 일이지만, 특히 괴로웠던 것은 기독교인을 대하는 내 주인의 학대를 보고 듣는 일이었습니다. 거의 매일 누군가를 교수형에 처하거나 찔러 죽이기도 하고, 귀를 자르기도 했습니다. 더욱이 그 일이 아주 사소한 이유로, 어떤 때는 아무 이유가 없는데도 일어났습니다. 오죽하면 터키인들조차 그는 그렇게 하고 싶어서 그런 짓을 저지르는 것이며 '전 인류의 살인자'라는 성질 탓이라고 말할 정도였습니다. 스페인의 병사인 사베드라 아무개라는 자만이 그의 학대에서 제외되었지요. 그 병사는 몇 해 동안 그곳 사람들의 기억에 남을 만한 일들을 했는데, 그 일이 모두 자유를 얻기 위한 것이었지요. 그런데도 주인은 그를 때리거나 때리도록 명령하거나, 욕을 한 적이 한 번도 없었습니다. 우리는 사소한 사건으로 그가 찔려 죽을까 봐 걱정했고, 그 자신도 몇 번이나 그런 일을 두려워했습니다. 만일 시간이 넉넉하다면 이 병사의 다른 행적에 대해서도 말하고 싶습니다. 그것은 아마 내 신상 이야기는 도저히 미치지 못할 만큼 여러분들을 즐겁고 놀라게 할 것입니다.

우리의 감옥 안마당 위로는 부자이고 높은 신분인 어느 무어인의 저택 창문이 있었습니다. 그 무어인의 집 창문은 창문이라기보다는 구멍 같았으며, 촘촘히 창살을 댄 두툼한 덧문으로 가려져 있었습니다. 어느 날 나는 세 명의 동료와 함께 감옥 옥상에 올라가서 심심풀이로 쇠사슬을 단 채 제자리 뛰기를 하고 있었습니다. 다른 기독교인들은 모두 일하러 나가고 없어서 우리만 남아 있었던 때였지요. 그런데 내가 무심코 고개를 드니 지금 말씀드린 그 가려진 창문에서 막대기가 튀어나왔습니다. 막대기 끝에는 보자기로 싼 것이 매달려서 마치 잡아보라는 듯이 흔들거리고 있었습니다. 우리는 그것을 가만히 보고 있었는데, 동료 한 사람이 막대기를 떨어뜨릴 작정인가 보려고 그 아래로 가서서 보았습니다. 그러자 막대기는 싫다고 고개라도 젓듯이 좌우로 흔들렸습니다. 다른 동료가 가 보았지만 역시 먼젓번처럼 좌우로 흔들렸습니다. 세 번째 동료가 갔을 때도 마찬가지였습니다. 그것을 본 나도 그 기회를 놓칠 수 없어서 그 막대기 밑으로 갔는데, 내가 밑에 서자마자 보자기로 싼 것이 내 발 아래로 떨어졌습니다. 나는 얼른 보자기를 끌렀는데, 그 안에는 또 하나의 보자기가 들어 있고 그 안에는 10시아니의 돈이 있었습니다. 시아니는 무어인들이 쓰는 질이 떨어지는 금화로, 1시아니는 우리나라의 10레알에 해당하는 돈입니다.

내가 이것을 발견하고 얼마나 기뻐했겠습니까? 그렇지만 기쁨 한편으로는 대체 어디서 이렇게 고마운 것이 우리에게, 더욱이 나에게 찾아왔는지 의문이었습니다. 내가 아니면 막대기를 떨어뜨리려 하지 않았던 사실로 볼 때 이 은혜는 나를 목표로 한 것이 틀림없었습니다. 그렇게 생각하니 고맙기도 했지만 이상한 생각이 들기도 했습니다. 나는 막대기는 내던지고 돈만 갖고 옥상에 돌아왔는데, 다시 창문을 쳐다보니 거기서 하얀 손이 나와서 재빠르게 폈다 쥐었다 하는 것이 보였습니다. 그래서 우리는 그 집에 살고 있는 여자가 우리에게 희사해준 것이 틀림없다고 생각하며, 감사의 표시로 고개를 숙이고 몸을 굽혀 가슴에 두 팔을 얹는 무어식 인사를 해보였습니다. 그러자 그 창문에서 조그만 십자가가 나오더니 금방 안으로 들어가 버렸습니다. 이 신호로 어느 기독교인 여인이 노예로 붙잡혀 온 것이 분명하며, 그 여인이 우리에게 은혜를 베푼 것이라고 생각했지요. 그러나 다시 생각하니 하얀 손이라든가 팔목의 팔찌로 볼 때 이슬람교도로 개종한 기독교인 여인일 거라고 짐작했습니다. 개종한 여자를 그 주인이 정실로 삼는 일은 꽤 있었고, 더구나 주인들은 동족의 여인보다 그런 여자를 더 귀하게 여기는 경우가 많았습니다. 우리의 의견은 분분했지만 모두 사실과는 동떨어진 것이었습니다. 그 날부터 우리는 막대기라는 별이 나타난 그 창문을 바라보며, 그것이 우리의 갈 길을 알려줄 북극성이라고 생각하며 마음의 위안으로 삼았습니다. 그러나 그 뒤 보름이 지나도록 막대기도, 손도, 그 어떤 신호도 보이지 않았습니다. 그동안 우리는 그 집에 대체 누가 살고 있을까, 과연 개종한 기독교인 여인이 살고 있을까 궁금해하면서 사실을 알아내려고 온갖 노력을 기울였지만, 거기에는 하지 무라드라는 바타의 요새 성주였던 돈 많은 무어인이 살고 있다는 것 외에는 무엇 하나 가르쳐 주는 사람이 없었습니다. 그러나 우리가 또다시 거기서 시아니 금화의 비가 내릴 줄은 꿈에도 생각하지 않고 있을 때, 뜻밖에도 또 막대기가 나타났습니다. 거기에는 전보다 훨씬 더 두툼한 보자기가 매달려 있었습니다. 그리고 그것은 지난번과 마찬가지로 감옥에 우리만 남아 있을 때였습니다. 우리는 이미 경험했던 실험을 되풀이하여 전에 함께 있던 세 동료가 한 사람씩 나보다 먼저 그 아래로 가 보았습니다. 그러나 나 이외의 누구에게도 막대기는 떨어지지 않다가, 내가 그 자리에 가기가 무섭게 떨어지는 것이었습니다. 보자기를 끌러 보니 스페인 금화가 40에스꾸도, 그리고 아라비아말로 적은 종이 쪽지가 한 장 들어 있고 글의 끝에는 큼직한 십자가가 그려져 있었습니다. 나는 십자가에 입을 맞추고 금화를 가진 뒤 옥상으로 돌아와서 모두가 나란히 서서 무어식 인사를 했더니 또 손이 나타났습니다. 내가 그 쪽지를 읽어보겠다는 신호를 보내자 창문이 닫히더군요. 우리는 모두 이 사건에 얼떨떨해하면서도 마음이 들떴습니다. 그런데 우리 가운데 누구 하나 아라비아말을 하는 사람이 없었습니다. 쪽지에 쓰여 있는 사연을 알고 싶은 우리의 열망은 대단했지만, 그것을 읽어줄 사람을 찾는 일은 무척 어려웠습니다.

　결국 나는 내 친구라고 자칭하던 무르시아 태생의 개종자에게 이 일을 맡기기로 했습니다. 그는 내가 실토하는 비밀을 지켜야만 하는 이유를 가지고 있었습니다. 개종자 중에는 기독교인의 나라에 돌아갈 의사가 있을 때는 신분이 높은 포로의 증명서를 지니고 가는 자가 흔히 있었습니다. 그 서류는 형식은 어떻든 개종자 아무개는 선량하며, 항상 기독교인에게 친절히 대하고 기회가 있을 때마다 도망치려고 한다는 것을 보증하는 것이지요. 이런 서류를 고지식한 생각에서 입수하려고 하는 사람도 있었지만, 개중에는 어떤 속셈이 있어서 얻으려는 이들도 있었습니다. 기독교인의 땅에 약탈하러 갔다가 실패하여 붙잡히면 이 서류를 꺼내 보이고, 기독교인의 땅에 머물기 위해서 터키인들과 함께 해적선을 타고 왔다고 말할 작정이지요. 그러면 우선 위험을 면할 수 있고, 교회의 용서도 받게 되니 기회를 봐서 바바리(이집트를 제외한 북아프리카의 옛 이름)로 되돌아가 전과 같은 생활을 계속할 수 있으니까요. 물론 이런 서류를 사용하는 경우라도 그것을 진지한 목적으로 입수하여 기독교인이 사는 땅에 정착하는 사람들도 있습니다. 내가 말씀드린 친구도 이런 개종자의 한 사람으로 내 모든 동료들의 증명서를 가지고 있었지요. 그 서류에 우리는 그의 보증에 도움이 될 만한 말을 되도록 많이 써 놓았지요. 그러니 만일 그 서류가 무어인의 눈에 띄게 되면 산 채로 화형을 당하게 될 것입니다. 나는 그가 아라비아어를 잘 알며 말뿐 아니라 쓰기도 할 줄 안다는 것을 알고 있었습니다. 그래서 그에게 모든 것을 털어놓기 전에 우연히 내 방의 틈 사이에서 이 쪽지를 발견했는데 읽어주지 않겠느냐고 부탁했습니다. 그는 쪽지를 펴서 잠시 입 속으로 중얼거리며 들여다보는 것이었습니다. 내가 해석할 수 있느냐고 물으니 잘 알겠다면서 내용을 한 마디씩 정확히 알려면 잉크와 펜을 가져오라고 말했습니다. 그가 요구하는 것을 가져다 주었더니 그는 조금씩 번역하여 내용을 다 옮기고는 말했습니다.

'여기 스페인어로 써 놓은 것은 이 무어말 쪽지의 내용을 전부 옮긴 것입니다. 그리고 렐라 마리엔이라는 것은 '우리의 성모 마리아'라는 뜻이라는 것을 알아두십시오.'

우리는 쪽지를 읽어보았는데 그 사연은 다음과 같았습니다.

제가 어릴 때 아버지는 한 여자 노예를 소유하고 있었습니다. 이 노예가 저에게 기독교인의 기도문을 우리말로 가르쳐주고, 렐라 마리엔에 대해서 많은 이야기를 들려주었습니다. 그 기독교인은 죽었습니다만, 그 뒤 그녀는 내 앞에 두 번이나 나타났으므로 나는 그녀가 지옥에 간 것이 아니라 알라 곁으로 갔다는 것을 알고 있습니다. 그녀는 나에게 니타났을 때 '렐라 마리

"무르시아 출신의 개종자에게 이 일을 말해서 부탁하기로 했습니다."

엔을 뵐 수 있도록 기독교인의 나라로 가요. 렐라 마리엔은 당신을 무척 사랑하고 있습니다' 하고 말했습니다. 그러나 저는 그곳에 어떻게 하면 갈 수 있는지 모릅니다. 많은 기독교인들을 이 창에서 보았지만 당신 이외에는 어느 분도 신사 같지 않았습니다. 저는 매우 아름답고, 나이도 어리고, 가지고 갈 돈도 많습니다. 저를 함께 데리고 갈 수 있을지 잘 생각해주세요. 만일 당신이 원하신다면 그곳에서 제 남편이 되어도 좋습니다. 설혹 그럴 생각이 없다 해도 괜찮습니다. 렐라 마리엔이 저와 결혼할 분을 보내주실 겁니다. 이런 것을 적었는데, 부디 이것을 읽어주도록 부탁할 사람을 조심하세요. 무어인을 믿으면 안 됩니다. 그들은 모두 악당들이니까요. 제가 가장 괴로워하는 일이 그것입니다. 제발 아무에게도 이야기하지 마세요. 만일 제 아버지가 이 사실을 알게 되면, 당장 저를 우물 안에 처넣고 돌뚜껑으로 막을 것입니다. 막대기에 실을 달아놓을 테니 거기에 답장을 매달아주세요. 아라비아말로 써줄 만한 사람이 없다면 신호를 보내주세요. 렐라 마리엔께서 당신의 편지를 읽을 수 있도록 해주시겠지요? 그분과 알라께서 당신을 지켜주시기를. 그 여자 노예가 일러준 것처럼 이렇게 몇 번이나 입을 맞추는 십자가도 당신을 지켜주시기를 기원합니다.

어떻습니까, 여러분? 이 쪽지의 문구가 우리를 감동시키고 기쁘게 한 것은 당연하지 않겠습니까? 우리가 이렇게 감격하고 기뻐하는 것을 보고 개종자도 그 쪽지가 우연히 발견된 것이 아니라 누군가가 우리 동료의 한 사람에게 써 보냈다는 것을 눈치챘습니다. 그러자 그는 만일 자기의 짐작이 맞는다면 자기를 믿고 모든 것을 털어놓으라고 하며, 우리의 자유를 위해서라면 목숨도 아끼지 않겠다고 애원했습니다. 그리고는 호주머니에서 금속으로 만든 예수의 상을 꺼내어 그 상이 나타내는 신과 자신이 진심으로 믿는 신의 이름을 걸고, 우리가 실토하는 일에 대해 비밀을 지키겠다고 눈물로 맹세했습니다. 즉 자기가 보기에는 확실히 그 편지를 쓴 여인을 통해 그 자신과 우리 모두 자유를 얻을 수 있을 것이고, 자기가 그토록 바라던 일도 이루어질 거라고 했습니다. 지금까지는 자기의 무지와 죄로 말미암아 썩은 수족처럼 절단되어 있던 어머니인 성 교회 신도로 복귀할 수 있으리라는 것이었습니다. 개종자가 눈물을 흘리면서 진심으로 지난날의 과오를 침회하며 이렇게 말했으므로, 우리는 그 사실을 털어놓기로 했습니다. 그래서 모든 것을 숨기지 않고 그에게 이야기했습니다. 그리고는 막대기가 나타난 창을 가르쳐 주었습니다. 그는 집을 잘 기억해 두었다가 대체 누가 그 집에 살고 있는지를 조사해보기로 했습니다. 그리고 무어 여인의 편지에 답장을 주는 것이 좋겠다는 결론을 내리고, 이젠 그것을 해 줄 사람도 생겼으니 그 즉시 나는 개종자에게 답장을 쓰게 했습니다. 그것은 지금부터 말씀드리는 것과 같은 사연입니다. 이 사건에서 내게 생긴 중요한 일들은 무엇 하나 잊지 않았고, 또 살아 있는 한 기억에서 지워버릴 수 없을 것입니다. 무어 여자에게 보낸 편지의 내용은 이러했지요.

　사랑하는 여인이여! 참된 신 알라와, 신의 참된 어머니이시고 그대를 사랑하시기에 그대의 마음에 기독교인의 나라로 갈 생각을 일으키신 복된 마리엔의 가호가 그대에게 있기를.
　그분이 그대에게 명령하신 것을 실행하려면 어떻게 하면 좋은지 가르쳐 달라고 부탁하십시오. 그 자비로우신 분은 반드시 가르쳐주실 것입니다. 나도, 나와 함께 있는 기독교인들도 그대를 위해서 할 수 있는 모든 것을, 설혹 목숨을 버리는 한이 있더라도 다할 것을 맹세합니다. 언제고 답장을 보낼 테니 하고 싶은 일이 있다면 서슴지 말고 편지로 알려주십시오. 이 편지로 알 수 있듯이, 위대한 알라 신께서 그대들의 말을 할 줄도 알고 쓸 줄도 아는 기독교인 포로를 보내셨습니다. 그러니 걱정하지 말고 그대들이 생각하는 일을 모두 알려주시기 바랍니다. 그대가 말씀하신 기독교인의 나라에 가서 내 아내가 된다는 일에 대해서는 성실한 기독교인으로서 약속하겠습니다. 아시다시피 기독교인은 약속한 일을 무어인보다 훌륭하게 지킵니다. 알라와 성모 마리엔이 그대를 지켜주시기를. 사랑하는 여인이여.

이 편지가 봉해지자 나는 이틀 동안을 감옥이 텅 비기를 기다렸습니다. 그리하여 감옥이 비자 나는 막대기가 나타나는가를 보려고 언제나 가는 옥상의 그 자리에 나갔더니 과연 막대기가 나타나는 것이었습니다. 나는 그것을 보자 누가 그것을 쥐고 있는지 몰랐지만 실을 달아달라고 편지를 흔들어 보였습니다. 그런데 이미 실이 막대기에 달려 있었으므로 나는 거기에 편지를 매달았지요. 그러자 우리의 그 별은 보자기라는 평화의 흰 깃발을 달고 다시 나타났습니다. 보자기를 떨어뜨렸기에 집어 보니 그 안에는 모든 종류의 은화와 금화를 합해서 50에스꾸도 이상의 돈이 들어 있지 않겠습니까? 덕분에 우리의 만족감도 50배나 되어 자유를 얻는다는 희망을 갖게 되었습니다. 그 날 밤 개종자가 돌아와서, 그 집에는 우리가 들었듯이 대단한 부자인 하지 무라드라는 무어인이 살고 있으며, 그에게는 전 재산의 상속자인 외동딸이 있다고 말했습니다. 그 딸은 이 도시 사람들이 입을 모아 말하기를 바바리 최고의 미인이라고 한다고 이야기했습니다. 그리고 이 땅에 부임해온 총독들은 그녀를 아내로 달라고 애원했지만 그녀는 결혼할 의사가 없다고 했으며, 이제는 죽었지만 한 기독교인 여자 노예가 있었다는 사실도 알아냈다고 들려주었습니다. 이런 일들은 편지에 쓰여 있는 것과 같았습니다.

우리는 무어 여인을 데리고 모두 기독교 국가로 달아나려면 어떤 수단을 써야 좋을지 개종자와 의논했습니다. 결국 소라이다의 다음 편지를 기다리자는 데 의견이 일치했습니다. 소라이다란 지금 마리아라 불리고 싶어하는 이 무어 여인의 이름입니다. 왜 그런 결정을 내렸냐 하면 그 모든 어려움을 해결해 줄 사람은 소라이다밖에 없다는 것을 잘 알고 있었기 때문이지요. 이야기가 이렇게 결론이 나자 개종자는 걱정할 것 없다고 말하더군요. 바로 자기가 목숨을 버리거나 우리를 자유의 몸으로 만들어주겠다고 말입니다. 그 뒤 나흘 동안 감옥은 사람으로 가득 차서 막대기가 나타나는 것도 나흘이나 늦어졌습니다. 이윽고 여느 때와 같이 감옥이 텅 비자 큼직하게 부풀어있는 보자기를 달고 막대기가 나타났습니다. 막대기와 보자기는 나를 향해서 내려왔는데, 보자기 안에는 다른 편지와 함께 금화 100에스꾸도가 있었습니다. 개종자도 그 자리에 있었으므로 우리 방으로 데리고 가서 편지를 읽어 달랬더니 이런 내용이라고 말하더군요.

저의 주인님, 스페인에는 어떻게 갈 수 있는지 저는 잘 모릅니다. 렐라 마리엔게 여쭈었지만 대답해주지 않으셨어요. 저로서 할 수 있는 일은 이 창문을 통해서 많은 금화를 여러분께 드리는 거예요. 그 돈으로 여러분의 자유를 사도록 하세요. 어느 한 분이 기독교인의 나라에 가서 배 한 척을 사가지고 다른 분들을 데리러 오세요. 저는 바다에 가까운 바바손 문(門)에 있는 아버지의 농장에 가 있을 거예요. 올 여름은 아버지와 종자들과 함께 거기서 지내게 되었어요. 거기라면 밤중에는 안심하고 저를 데리고 가서 배에 태울 수 있을 거예요. 당신이 제 남편이 되어주신다는 말씀을 꼭 지켜주세요. 만일 안 지키시면 마리엔께 기도하여 당신을 벌주도록 하겠어요. 배를 마련하러 가는 일을 맡길 사람이 없거든 당신이 자유를 사서 직접 다녀오세요. 당신은 기사이고 기독교인이니, 다른 분보다 일을 잘 마치고 돌아오실 수 있으리라 믿고 있습니다. 농장에 대해서는 되도록 미리 알아두세요. 그리고 당신이 여느 때처럼 그 자리를 서성거리면 감옥이 텅 비어 있다는 것으로 알고 많은 돈을 드리겠어요. 알라께서 당신을 수호해 주시기를. 저의 주인님께.

두 번째 편지는 이런 내용이었습니다. 우리는 그것을 읽고는 저마다 자기가 자유를 사겠다면서 틀림없이 갔다오겠다고 맹세했으며, 저 역시 그렇게 했지요. 이에 대해 개종자가 절대적으로 반대했습니다. 모두 함께 자유로운 몸이 되는 것이 아니라면 누구 하나만 자유로운 몸이 되어 나가는 데는 결코 찬성할 수 없는데, 이는 경험에 의하면 자유로워진 사람들은 포로 때의 약속을 제대로 지키지 않기 때문이라고 했습니다. 또 지금까지 몇 번이나 신분 높은 포로들이 그런 방법으로 사람을 사서 배를 준비하고, 자기 몸값을 지불해준 사람을 데리러 돌아오는 데 넉넉하게 돈을 주어 발렌시아나 마요르까로 보낸 적이 있었지만 돌아온 사람은 아무도 없었으며, 이는 자유를 얻은 기쁨과 그것을 잃는다는 불안감이 이 세상의 의무를 완전히 지웠기 때문이라는 것이었습니다.

그리고 우리에게 자기의 말이 진실이라는 것을 증명하기 위해, 어느 기독교인 신사들 사이에서 최근에 일어난 일로, 놀랍고 믿기 어려운 일이 끊임없이 발생하는 그 땅에서도 전례가 없는 기이한 사건을 이야기해주더군요. 요컨대 이때 해야 할 일은 기독교인을 사기 위해 주어진 돈을 자기에게 주어 레투안이나 그 근해의 무역상이 된다는 구실로 배 한 척을 알제리 현지에서 사게 하는 일이라고 했습니다. 자기가 그 선주가 되면, 우리를 거기서 구해내 배에 태울 수 있는 방법을 쉽게 찾을 수 있다는 것이었지요. 그리고 무어 여인이 말한 대로 우리들 전부의 자유를 살 수 있는 돈을 준다면 더욱 좋은 일이니, 자유의 몸만 된다면 대낮이라도 쉽게 배에 올라탈 수 있다고 했습니다. 다만 곤란한 일은 무어인들은 약탈하러 나가기 위한 큰 배가 아니면 배를 사거나 갖는 일을 허가하지 않는다는 것이었습니다. 왜냐하면 배를 사는 자가 특히 스페인 인이라면 기독교 국가로 가기 위한 목적 외에는 배를 소유하고 싶어하지 않기 때문이라고 했습니다. 그러나 기독교 국가에서 생활한 경험이 있는 무어인을 포섭하여 그와 함께 배를 공유하고 장사의 이익을 분배한다는 약조를 하되, 자기가 배의 실소유자가 되면 다른 문제는 모두 해결될 것이라고 말했습니다.

그래서 나와 동료들은 무어 여인이 말한 대로 마요르까로 배를 사러 사람을 보내는 편이 낫다고 생각했습니다. 개종자의 말을 듣지 않으면 우리의 일을 전부 폭로하여 우리의 목숨이 위험해지고, 만일 소라이다와의 교섭을 폭로하기라도 한다면 그녀를 구하기 위해 우리 모두 목숨을 잃을 것이기에 그에게 감히 반대할 수 없었습니다. 그래서 우리는 하느님과 개종자에게 우리를 맡기기로 하고, 즉시 소라이다에게 답장을 써서 마치 렐라 마리엔의 계시라도 받은 듯 충고한 대로 따르겠고, 이 일을 미루거나 당장 실현하거나 하는 것은 모두 그녀의 생각에 달렸다는 내용을 보냈습니다. 그리고 나는 이 무어 여인의 남편이 될 것을 다시 한 번 다짐했습니다. 다음 날 아침 감옥이 비었을 때 여인은 몇 번에 걸쳐 막대기와 보자기를 사용해서 우리에게 2천 에스꾸도의 금화와 편지를 보내왔습니다. 거기에는 돌아오는 '후마', 즉 금요일에 아버지의 농장으로 갈 텐데 돈이 부족할 경우 미리 연락하면 요구하는 대로 돈을 주겠다는 내용이었습니다. 그녀의 아버지는 대단한 부자라서 그 일을 눈치채지도 못할 것이고, 더욱이 열쇠는 모두 자기가 갖고 있다고 했습니다. 우리는 곧 개종자에게 500에스꾸도를 주어 배를 사게 했습니다. 그리고 마침 그 때 알제리에 와 있던 발렌시아 상인에게 800에스꾸도를 주어 나를 사게 했습니다. 그 상인은 내 보증인이 되어 발렌시아에서 배가 도착하는 대로 내 몸값을 지불하겠다는 약속으로 왕의 손에서 나를 인수했던 것입니다. 그런 약속을 한 이유는 만일 그때 당장에 돈을 지불하면 내 몸값이 이미 여러 날 전에 알제리에 도착했는데도 그 상인이 자기가 돈을 착복하려고 입을 다물고 있었다고 왕이 의심할 게 분명했기 때문입니다. 말하자면 내 주인이 너무 교활해서 나는 당장 돈을 지불할 기분이 들지 않았던 것입니다.

소라이다는 농장으로 옮겨야 하는 금요일 전날에 1,000에스꾸도를 보내오면서 자기가 떠난다는 것을 알렸고, 내가 자유를 얻으면 당장 아버지의 농장을 알아보아 그곳에 갈 기회를 만들어 자신을 만나라고 신신당부했습니다. 나는 그렇게 하겠다고 대답하고, 아울러 그 여자 노예가 가르쳐 준 기도문과 특히 렐라 마리엔에게 우리의 일을 부탁하는 기도를 해달라고 했습니다. 그 다음 우리는 감옥에서 쉽게 나갈 수 있도록 우리 동료 세 사람의 자유를 사달라고 했습니다. 왜냐하면 돈이 있는데도 나만 자유의 몸이 되고 동료들은 그렇지 못하면 그 동료들이 일을 폭로하거나 악마의 꾀임에 넘어가 소라이다를 해코지할 수도 있었기 때문입니다. 동료들의 인품이 믿을 만해서 이런 걱정은 굳이 하지 않아도 되었지만, 나는 되도록 일을 위태롭게 할 요소는 조금이라도 남기고 싶지 않았습니다. 그래서 내가 자유를 산 것과 마찬가지 방법으로 발렌시아 상인에게 내가 가진 돈을 다 주어서 그들의 자유를 사도록 했습니다. 그러나 만약의 위험에 대비해서 이 상인에게는 우리가 소라이다와 교섭하고 있는 내용에 대해서는 절대로 입 밖에 내지 않고 있었습니다."

제41장
포로가 하는 이야기의 끝

"보름도 채 지나지 않아 우리 개종자는 30명이 탈 수 있는 훌륭한 배를 샀습니다. 그리고 사실처럼 보이게 하려고 셰르셀이라는 항구까지 항해하려고 했습니다. 그곳은 알제리에서 오랑 쪽으로 20레구아 떨어진 곳인데, 말린 무화과의 거래가 활발했지요. 따가리노를 데리고 이 항해를 두세 번 거듭했습니다. 따가리노란 아라곤 출신의 무어인을 바바리에서 부르는 명칭입니다. 그라나다 출신의 무어인은 무데하르, 후에스 왕국에서는 무데하르를 엘체라고 합니다. 이들은 전쟁에서 왕에게 충성하는 사람들입니다. 개종자는 출항할 때마다 소라이다가 기다리고 있는 농장에서 활로 쏘아 닿을 수 있는 거리의 두 배쯤 떨어진 조그만 만에 닻을 내렸습니다. 그리고 거기서 노를 젓는 무어인들과 함께 이슬람교식 예배를 보기도 하고, 앞으로의 계획을 미리 연습하기도 했습니다. 때로는 소라이다의 농장을 찾아가서 과실을 달라고 했는데, 소라이다의 아버지는 처음 보는 개종자에게도 과실을 주었습니다. 나중에 나한테 들려준 이야기로는, 소라이다에게 자기는 내 명령으로 당신을 기독교 국가로 데려갈 사람이라면서 안심하라고 이르고자 했으나 그렇게 할 수 없었답니다. 왜냐하면 무어 여인들은 남편이나 아버지의 허락 없이는 절대로 무어 남자나 터키인 곁에 가지 않기 때문이었지요. 기독교인 포로인 우리에게는 그런 원칙에서 약간 벗어나 말을 건네기도 하지만 말입니다. 그런데 나는 그가 소라이다와 말을 나누지 않은 것을 오히려 다행이라고 생각했습니다. 소라이다가 자기의 중대사를 개종자한테 들으면 아마 당황했을 테니까요. 어쨌든 하느님은 별도의 섭리로 우리 개종자의 희망을 들어주시지 않았던 것입니다.

셰르셀을 왕복하는 데는 아무런 위험이 없다는 것을 확인한 개종자는 언제 어디서나 마음 내키는 대로 정박할 수 있었고, 따가리노도 개종자의 의사대로 잘 따라주었습니다. 나도 이미 자유를 얻었으니, 노를 저을 기독교인들을 모으는 일만 남아 있었습니다. 개종자는 나에게 자유를 얻은 세 사람의 동료 외에 어떤 사람들을 태울 생각인지, 우리가 떠나기로 한 다음 금요일까지 이야기해 놓으라고 말했습니다. 그리하여 나는 곧 12명의 스페인인과 이야기를 마무리지었지요. 모두 건강하고 다른 사람들보다 자유로이 도시를 떠날 수 있는 사람들이었는데, 갑자기 그 인원을 채우는 것도 쉬운 일은 아니었습니다. 왜냐하면 해적질을 하기 위해 떠나는 배 스무 척이 대기하고 있다가 노를 저을 사람을 많이 데려갔기 때문입니다. 내가 구한 열두 사람도, 그 주인이 올 여름은 해적질을 하지 않고 조선 중에 있는 갤리선이 완성되기를 기다리기로 했기에 겨우 내 제의에 응할 수 있었던 겁니다. 나는 그들에게 금요일 저녁에 남의 눈에 띄지 않도록 하지 무라드의 농장 쪽으로 가서 내가 갈 때까지 기다리라고 일러두었지요. 그리고 이것을 한 사람 한 사람에게 따로따로 알려주고, 거기에서 다른 기독교인과 만나더라도 내가 거기서 기다리라고 한 말 이외에는 일체 하지 말라고 단단히 주의를 주었습니다.

이렇게 준비가 끝나자 이제 내가 할 중대한 일만 남았습니다. 그것은 소라이다에게 일의 진척 상황을 알려주고, 기독교인의 배가 다시 방문하리라고 예상했던 그 날짜보다 빨리 별안간 우리가 들이닥치더라도 결코 놀라지 말라고 일러두는 것이었습니다. 그래서 나는 농장으로 가서 소라이다와 대화를 나눌 수 있을지 없을지를 시험해보기로 했습니다.

어느 날 출발을 앞두고 나는 야채를 뜯는다는 구실로 그곳을 찾아갔지요. 그곳에서 제일 먼저 만난 사람이 소라이다의 아버지였습니다. 소라이다의 아버지는 알제리 전 지역과 콘스탄티노플에서도 포로와 이슬람교인 사이에서 사용하는 말—아라비아어도 스페인어도 특정한 어느 나라 말도 아닌, 여러 나라 말이 섞여 있어서 서로 이해가 가능한 말—로 여기 들어와서 무엇을 하느냐, 누구의 노예냐고 물었습니다. 나는 아르나우트 마미의 노예로 샐러드를 만드는 데 필요한 야채를 뜯고 있다고 대답했지요. 그것은 아르나우트 마미가 그와 절친하다는 것을 알고 있었기 때문이지요. 아니나다를까 그는 내 수법에 넘어가서 내 몸값 이야기가 다 되어 있는지, 주인은 내 몸값으로 얼마를 원하는지를 물었습니다. 이런 대화를 나누고 있을 때 농장의 집에서 아름다운 소라이다가 나왔습니다. 그녀는 아까부터 나를 보고 있었던 것이지요. 무어 여인들은 기독교인에게 얼굴을 보이지 않고, 그렇다고 숨지도 않으므로, 자기 아버지와 내가 함께 있어도 조금도 머뭇거리지 않았습니다. 소라이다의 아버지는 소라이다가 멀리 있는 것을 보고 그녀의 이름을 부르며 빨리 오라고 손짓까지 하더군요.

소라이다가 내 앞에 섰을 때의 그 아름다운 자태, 정숙함, 화사함, 그리고 그 몸에 지닌 장신구에 대해 여기서 새삼 말씀드릴 필요는 없을 겁니다. 다만 아름다운 목덜미와 귀, 머리에 꽂은 진주알의 숫자가 머리카락보다 많았다는 것만 말씀드리겠습니다. 풍속대로 맨발 발목에 까르까호*¹를 달고 있었습니다. 그것은 순금에 무수한 다이아몬드를 박은 것인데, 나중에 소라이다에게 들은 말로는 그녀의 아버지는 그것이 1만 도블라 정도에 상당하고, 팔찌도 비슷한 값어치를 한다더군요. 진주의 수도 대단했으며 게다가 모두 최상품이었습니다. 무어 여인의 최고 사치는 질 좋은 여러 가지 모양의 진주로 몸을 장식하는 것이었지요. 따라서 진주는 다른 어느 나라보다도 무어 족의 나라에 몰려 있었습니다. 소라이다의 아버지는 알제리에서도 최고급 진주를, 스페인 돈으로 20만 에스꾸도 이상이나 가졌다고 했습니다. 그 모든 것을 물려받을 사람이 바로 나의 아내가 될 이 여인인 것입니다.

그토록 모진 고생을 겪고 난 지금도 그 자색이 이렇게 남아 있는데, 그 때 그런 장식을 하고 나타났을 때는 얼마나 아름다웠겠습니까? 여인들의 아름다움에는 절정이 있는 법이어서, 환경에 따라 그 미모가 덜해진다는 것은 누구나 다 아는 사실일 겁니다. 어쨌든 소라이다는 그 때 한껏 치장을 해서 최고의 아름다움을 보이며 내 앞에 나타났던 것입니다. 적어도 내게는 그 때까지 본 중에서 가장 아름다운 여인으로 보였습니다. 게다가 내가 그녀에게 입은 은혜도 있었던 터라 그야말로 하늘의 선녀가 나를 돕기 위해 이 지상에 내려온 것처럼 느껴졌습니다.

소라이다가 옆에 오자 소라이다의 아버지는 내가 자기의 친구 아르나우트 마미의 포로며, 샐러드를 만들 야채를 뜯으러 왔다고 그 나라 말로 말하더군요. 그러자 소라이다는 입을 열어 내가 기사인지, 자유를 얻지 않은 이유는 무엇인지를 물었습니다. 나는 이제 자유의 몸이며, 내 몸값은 1,500설타니 정도로 그만큼 주인이 나를 높게 평가하고 있다고 대답했습니다. 그 말을 들은 소

---

*1 발찌, 혹은 고리 장식이라는 무어 말.

라이다가 말했습니다.

'만일 당신이 우리 아버지의 노예였다면, 그 두 배가 넘는 돈을 내더라도 당신이 자유를 얻게 하지 않았을 것이다. 당신들 같은 기독교인들이 하는 말은 모두 거짓말이고, 항상 무어인을 속이기 위해서 가난한 척 하니까.'

'그런 일이 있었는지도 모르지요, 아가씨. 하지만 나는 주인에게 정직하게 이야기했습니다. 온 세계의 누구와도 나는 언제나 정직하게 말해왔으며, 앞으로도 그럴 작정입니다."

'그러면 언제 떠나나요?'

'아마 내일 쯤일 겁니다. 사실은 프랑스 배가 한 척 와 있답니다. 그 배는 내일 출항하니 나도 그 배를 탈 생각입니다.'

'조금 더 기다렸다가 스페인의 배를 타는 편이 프랑스 배를 타는 것보다 좋지 않을까요? 프랑스는 스페인과 사이가 좋지 않으니까요.'

'스페인으로부터도 곧 배가 온다는 소문은 있습니다. 그 소문이 사실이라면 기다리는 편이 좋겠지만, 어쨌든 나는 내일 떠나게 될 것 같습니다. 우리나라로 돌아가서 사랑하는 사람들과 만나고 싶은 마음이 가득하기에 다음 배를 기다릴 수 없군요. 아무리 좋은 배라도 너무 늦으면 곤란하니까요.'

'당신 부인이 고향에 있나 보죠? 그래서 빨리 돌아가고 싶은 거겠지요.'

'아니, 나는 미혼입니다. 그러나 돌아가면 결혼하기로 약속했지요.'

'약혼녀는 아름다우신 분인가요?'

'그럼요. 그 여인의 아름다움에 대해 말한다면, 아가씨와 많이 닮았다고 할 수 있지요.'

이 말을 듣고 소라이다의 아버지는 즐겁게 웃으며 말했습니다.

'이봐, 기독교인! 내 딸과 많이 닮았다면 틀림없이 미인이겠군. 이래봬도 내 딸은 이 나라의 제일가는 미인이니 말이야. 내 말이 참말인지 거짓말인지 살펴보게나. 내가 진실을 말하는지 금방 알 수 있을 거야.'

소라이다의 아버지는 스페인어를 할 줄 알았으므로 자기 딸과 나의 대화를 열심히 통역해주었습니다. 소라이다도 도처에서 통용되는 천한 말을 알고는 있었지만, 말보다 몸짓으로 의사를 전달했기 때문입니다. 그렇게 이야기를 계속 하고 있는데 한 무어인이 달려오더니, 농장의 흙벽인지 석벽인지를 네 사람의 터키인이 넘어 들어와 아직 익지도 않은 과일을 따먹는다고 큰 소리로 알렸습니다. 소라이다의 아버지는 파랗게 질렸으며, 소라이다의 안색도 변했습니다. 무어인이 터키인에게, 그 중에도 병사들에게 갖는 공포는 거의 본능에 가까울 정도로 일반적이었던 것입니다. 터키인은 매우 거만했으며, 자기들이 지배하는 무어인을 대할 때의 횡포가 어찌나 심한지 거의 노예처럼 학대했습니다. 소라이다의 아버지가 소라이다에게 말했습니다.

'애야, 나는 저 짐승들과 담판을 짓고 올 테니 너는 집 안으로 들어가 숨어 있거라. 그리고 기독교인, 너는 야채를 뜯거든 언제고 돌아가거라. 알라께서 너를 너희 나라로 무사히 보내 주시기를······.'

나는 그에게 인사했고, 소라이다의 아버지는 나와 소라이다를 남겨 두고 터키인과 담판하러 달려갔습니다. 소라이다는 아버지의 말대로 떠날 듯한 기미를 보이더니, 아버지의 모습이 숲 저편으로 사라지자 금방 돌아와서 눈에 눈물을 글썽거리며 나에게 말했습니다.

'아멕시, 기독교인, 아멕시?'

이 말은 '가시나요, 기독교인, 가시나요?' 라는 뜻입니다. 나는 대답했지요.

'그렇습니다. 그러나 당신과 함께 가지 못한다면 절대로 가지 않겠습니다. 다음 금요일에 나를 기다려 주십시오. 우리가 몰려오더라도 놀라지 마십시오. 틀림없이 기독교인의 나라로 갈 수 있을 테니까.'

나는 우리의 대화가 오해받지 않도록 조심해서 말했습니다. 그녀는 한 팔을 내 목에 걸고 힘없는 발걸음으로 집을 향해 걸어가기 시작했습니다. 그런데 하필이면 그 때 소라이다의 아버지가 터키인들을 쫓아버리고 되돌아오다가 우리의 이런 모습을 보게 되었습니다. 소라이다는 눈치가 매우 빠른 여인이었으므로 내 목에서 팔을 치우려 하지 않고 오히려 몸을 더 기대면서 금방이라도 쓰러질 듯한 모습을 보였습니다. 나도 소라이다를 부축하는 체 했지요. 소라이다의 아버지는 우리가 있는 곳으로 달려왔는데, 딸의 그런 모습을 보자 어찌된 일이냐고 묻더군요. 그러나 소라이다는 대답하지 않았습니다. 그러자 소라이다의 아버지가 말합디다.

'틀림없이 짐승놈들이 들어온 데 놀라서 까무러친 모양이군.'

그는 딸을 내 가슴에서 떼어내 자기 가슴에 기대게 했습니다. 소라이다는 한숨을 쉬고 눈물을 글썽거리면서 다시 이렇게 말했습니다.

'아멕시! 기독교인, 아멕시!'

"당장이라도 실신할 것 같습니다."

말하자면 '가요, 기독교인, 가요!' 라는 뜻입니다. 그러자 소라이다의 아버지가 대답했습니다.

'애야, 기독교인더러 가라고 할 것까지는 없다. 너에게 잘못한 것도 없고, 터키놈들도 이제는 다 가버렸으니까. 자, 아무것도 무서워할 건 없어. 방금 말했듯이 터키놈들은 내가 점잖게 타일렀더니 다시 나가버렸단 말이다.'

그 때 내가 소라이다의 아버지에게 말했습니다.

'나리 말씀대로 아가씨는 터키인을 두려워하고 있습니다. 하지만 저에게 가라고 하니 거역하고 싶지 않군요. 그러면 이만 실례하겠습니다. 그리고 나리께서 허락하신다면 필요할 때 이곳에 다시 야채를 뜯으러 오겠습니다. 우리 주인 말씀이, 샐러드에는 이 농장의 야채보다 더 좋은 것은 아무데도 없다는군요.'

'언제든지 필요할 때마다 와서 뜯어 가거라. 내 딸이 그렇게 말한 것은 너나 기독교인이 싫어서가 아니야. 터키인더러 가라고 말한다는 것을 그만 너에게 가라고 말한 것 같다. 그게 아니면 이제 야채를 뜯으러 가도 좋다는 뜻으로 한 말이겠지.'

이렇게 해서 나는 두 사람과 헤어졌지요. 소라이다는 발걸음이 떨어지지 않는 듯 아버지의 부축을 받으며 가버렸습니다. 나는 야채를 뜯는다는 구실로 농장 안을 마음대로 돌아다니면서 출구와 입구, 건물의 문단속, 그 밖에 우리의 계획에 도움이 될 만한 조건들을 살펴보았지요. 그 일이 다 끝나자 개종자나 우리 동료들에게 일어날 일들을 이것저것 생각하면서, 운명이 나에게 보내준 아름다운 소라이다와의 행복을 아무 걱정 없이 즐길 기대에 가득 차서 마음이 흥분되었습니다.

드디어 시간이 흘러서 우리가 학수고대하던 그 날이 왔습니다. 우리가 그동안 심사숙고와 긴 논의를 거쳐 마련한 방법에 따라 이제 소원을 성취할 때가 온 것입니다. 내가 농장에서 소라이다와 대화했던 다음 날인 금요일 저녁에 우리의 개종자는 소라이다가 있는 농장 맞은편에 배를 정박시켰던 것입니다.

노를 젓기로 한 기독교인들은 벌써 준비를 갖추고 그 근처에 여기저기 숨어 있었습니다. 그들은 배를 한시바삐 탈취하고 싶어서 내 신호를 고대하며 긴장하고 있었지요. 왜냐하면 개종자가 이미 다 알고 있는 줄은 꿈에도 모르고, 자기들의 힘으로 배에 탄 무어인늘을 무찔러 자유를 얻어야 한다고 믿었던 섯입

"소라이다는 가슴이 찢어진 듯한 얼굴을 하고……"

니다. 나와 동료 세 사람이 모습을 나타내자 숨어 있던 사람들이 우리에게 모여들었습니다. 그 때는 도시의 성문들이 다 닫혀 있어서 그 근처 풀밭에는 사람이라고는 얼씬도 하지 않는 시간이었습니다. 그 자리에 모인 우리는 먼저 소라이다를 데리러 갈 것인가, 아니면 노를 젓는 무어 빠가리노*² 부터 항복시킬 것인가 결정을 짓지 못했습니다. 이런 의논을 한창 하고 있을 때 우리의 개종자가 달려와서 무엇 때문에 우물쭈물하는가, 벌써 시간이 다 되었고 무어인들은 마음놓고 잠들어 있다고 말했습니다. 우리가 아직 결정을 못 했다고 하니 가장 중요한 일은 먼저 배를 빼앗는 일이며, 지금이라면 아주 쉽고 안전하게 해낼 수 있으니, 소라이다는 그 뒤에 데리러 가도 된다고 주장했습니다. 우리는 그 말이 옳다고 생각하여 더 이상 주저하지 않고 개종자를 앞세워 배로 몰려갔습니다. 개종자는 제일 먼저 뛰어들면서 언월도를 뽑아 들고 무어말로 소리쳤습니다.

'목숨이 아깝거든 아무도 움직이지 마라!'

이때는 이미 기독교인들은 거의 배 위에 올라와 있었습니다. 무어인들은 용기도 없었을 뿐 아니라 선장이 느닷없이 호통치는 바람에 깜짝 놀라 어느 누구도 무기를 잡으려 하지 않았고, 사실은 무기도 거의 가지고 있지 않았습니다. 그들은 아무 소리도 못하고 기독교인들이 묶는 대로 손을 맡겼습니다. 기독교인들은 무어인들에게 누구든 소리를 지르는 자가 있으면 모두 칼로 찌르겠다고 위협하면서 그들의 손을 묶었습니다. 그 일이 끝나자 우리 중의 절반은 남아서 포로를 감시하고, 나머지 절반은 개종자를 앞세워 하지 무라드의 농장으로 달려갔습니다. 다행히 문을 밀자 잠기지 않았던 듯 쉽게 열렸습니다. 그래서 소리 없이 소라이다가 있는 집으로 접근해 갈 수 있었습니다.

소라이다는 창가에 서서 우리를 기다리고 있었습니다. 그녀는 접근하는 사람들의 기미를 알아차리고 나직한 소리로 우리가 니사라니인지 물었습니다. 말하자면 기독교인들인지를 물은 것입니다. 내가 그렇다면서 나오라고 대답했습니다. 내가 있다는 걸 알자 그녀는 잠시도 머뭇거리지 않고 순식간에 층계를 내려와 문을 열었습니다. 너무나 아름답고 화려한 복장을 한 그녀를 보자 우리는 무슨 말을 해야 좋을지 모를 정도였습니다. 나는 재빨리 소라이다의

---

*2 알제리의 주민 중에서 머슴살이하는 시골 출신의 노동자. 배의 노를 젓기 위해 고용된 사람도 있었다.

손에 입을 맞추었고, 개종자와 나의 두 동료도 그렇게 했습니다. 그러자 사정을 모르는 다른 사람들까지 우리가 한 행동을 그대로 따라하더군요. 소라이다가 자기들에게 자유를 준 여인임을 깨닫고 감사하는 것 같았습니다.

개종자가 무어말로 물었습니다.

'아버님은 이 농장에 계십니까?'

'그렇습니다. 하지만 지금은 주무시고 있어요.'

'그러면 아버지를 깨워서 함께 모시고 가야겠군요. 그리고 이 아름다운 농장에서 값이 나갈 만한 것은 모두 가지고 가는 게 좋겠습니다.'

'아니에요. 아버지는 그냥 두고 가세요. 그리고 이 집에는 내가 가지고 가는 것 이외에는 아무것도 없어요. 그것은 여러분이 모두 부자가 될 만큼 많답니다. 잠깐만 기다려주세요. 지금 보여드릴 테니까요.'

그녀는 곧 돌아올 테니 그 자리에서 움직이지 말고 조용히 기다리라고 말하고는 다시 집 안으로 들어갔습니다. 내가 무슨 일이냐고 개종자에게 물었더니, 그녀의 말을 통역해 주었습니다. 나는 소라이다가 바라지 않는 일을 결코 해서는 안 된다고 했습니다. 그러는 사이에 소라이다는 에스꾸도 금화가 잔뜩 들어 있는 상자를 들고 나왔습니다. 그것은 여자 혼자서 나르기에는 많은 양이었습니다.

그런데 운이 나쁘게도 소라이다의 아버지가 그동안 잠에서 깨어나 바깥에서 들려오는 소리를 듣게 되었습니다. 그는 창 밖을 내다보고는 거기 있는 사람들이 모두 기독교인이라는 것을 알게 되었지요. 그는 아라비아어로 크게 외쳤습니다.

'기독교인이다! 기독교인이다! 도둑이다, 도둑!'

이 고함에 우리는 그만 당황해서 갈팡질팡했습니다. 그러나 개종자는 우리가 이 절박한 위험에서 벗어나기 위해서는 계획을 밀고 나가야 한다고 생각하여, 일른 층계를 뛰어올라가 하지 무라드의 방으로 갔습니다. 다른 사람들도 그를 따라 몇 명이 뛰어올라 갔습니다. 나는 소라이다가 까무러쳐 나의 품에 안겨 있어서 그 자리에 있어야 했습니다. 하지 무라드의 방으로 들어간 우리 일행은 재빨리 일을 해결하여 하지 무라드를 끌고 내려올 수 있었습니다. 그의 두 손은 묶였고, 입에는 재갈이 물려 있어 말을 할 수 없었습니다. 우리는 입만 뻥긋해도 목숨을 부지할 수 없을 거라고 그를 협박했습니다. 소라이다는 그 광경을 차마 볼 수 없다는 듯 눈을 가렸습니다. 하지 무라드는 자기 딸이 자진해서 그 일에 가담한 줄은 몰랐기에 공포에 떨고 있었습니다. 그 때 가장 중요한 것은 농장에서 빠져나오는 일이었기에 우리는 민첩하게 움직여서 배로 돌아왔습니다. 배에 남아 있던 사람들은 우리에게 무슨 변이 일어났나 하여 매우 걱정하면서 기다리고 있더군요.

우리들 전부가 배로 돌아간 것은 새벽 2시쯤이었습니다. 배에 도착하자 하지 무라드의 두 손을 풀어주고 입에 물렸던 재갈도 풀어주었습니다. 그리고 개종자는 말을 하면 목숨을 잃게 된다고 다시 한 번 다짐했습니다. 소라이다의 아버지는 배 안에서 딸의 모습을 보자 안타까운 듯 한숨을 쉬었습니다. 더욱이 딸이 내 품에 안긴 채 저항하지도 않고, 울지도 않고, 침착하게 있는 것이 더욱 슬픈 듯 한숨을 쉬었습니다. 그러면서도 그는 아무 말도 하지 않았습니다. 개종자가 협박을 실행할까봐 두려워했기 때문이지요.

그런데 소라이다는 우리가 노를 젓기 시작하자, 하지 무라드와 묶여 있는 무어인들을 보고 개종자를 불렀습니다. 그리고는 무어인들을 풀어주고 아버지를 해방시켜 달라고 나에게 전해달라며, 자기를 그토록 사랑해 준 아버지가 자기 때문에 포로가 되어 끌려가는 것을 보느니 차라리 바다에 뛰어들어 죽겠다고 말했습니다. 나는 개종자의 통역을 듣고 그렇게 하겠다고 대답했습니다. 그러나 개종자는 그러면 안 된다고 했습니다. 지금 여기서 풀어놓았다가는 순식간에 육지에 알려져 알제리가 떠들썩해질 것이 틀림없고, 프라가따(쾌속 범선) 서너 척이 추적하여 바다와 육지 양쪽에서 우리를 독 안에 든 쥐처럼 만들어 달아나지도 못하게 되니, 기독교인의 나라에 도착하는 즉시 풀어주는 것이 좋겠다고 말했습니다. 모두 이 의견에 찬성했습니다. 소라이다도 그 설명을 듣고 우리가 그녀의 요구를 금방 들어주지 못하는 까닭을 납득해주더군요.

곧 우리의 용감한 일꾼들은 즐거운 침묵과 경쾌한 움직임 속에 저마다 노를 쥐고, 제일 가까운 기독교 국가인 마요르까 군도를 향해서 열심히 저어갔습니다. 그런데 북풍이 약간 강하게 불고 파도가 일기 시작했기에 마요르까로 향하지 못하고, 알제리에서 60해리 지점에 있는 셰르셸 사람들에게 발견될 것이 걱정되어 오랑을 향해 해안을 따라 표류할 수밖에 없었습니다. 또한 테투안에서 화물을 싣고 오는 갤리선과 마주치게 되는 것도 걱정이었습니다. 그러나 그것이 해적선이 아니고 화물선이라면 들키지 않을 것이고, 오히려 대형 선

"항해 중 소라이다는 나의 가슴에 머리를 묻고 있었습니다……"

박에 수용되어 우리의 항해가 훨씬 안전하게 될지도 모른다고 생각하기로 했지요. 배가 나아가는 동안 소라이다는 아버지의 얼굴을 보지 않으려고 내 손등에 얼굴을 묻고 있었습니다. 나는 그녀가 우리를 보호해달라고 렐라 마리엔의 이름을 부르고 있다고 짐작했습니다.

적어도 30해리는 갔다고 생각될 무렵에 날이 밝았습니다. 활을 쏘아서 닿는 거리의 세 배쯤 되는 곳에 비로소 육지가 나타났습니다. 그곳은 인적이 없고 우리를 수상하게 여길 사람은 아무도 없는 곳이었습니다. 그래도 노를 열심히 저어 먼 바다로 나갔습니다. 바다는 전보다는 잔잔해져 있었습니다. 약 6해리 쯤 나가서 노 젓는 사람들에게 반씩 교대하여 식사를 하라고 했습니다. 식량은 넉넉했습니다. 그러나 노 젓는 사람들은 지금은 아직 쉴 때가 아니며, 노를 젓지 않는 사람들이 음식물을 가져와서 먹어 주면 좋겠다고 하며 노를 놓고 싶지 않다고 말하는 것이었습니다. 우리는 그렇게 해주었습니다. 이 무렵 바로 뒤에서 바람이 불기 시작했으므로 재빨리 돛을 올렸습니다. 그래서 다른 방향으로는 아예 갈 수도 없이 오랑을 향해 곧장 나아가야 했습니다. 해적선과 마주치는 두려움 외에는 아무것도 거칠 것 없이 우리는 시속 8해리 이상의 속도로 항해를 계속했습니다.

　무어 빠가리노들에게도 먹을 것을 주었습니다. 개종자는 너희들은 포로가 아니며, 기회가 오면 당장 자유로운 몸으로 풀어 줄 작정이라고 위로했습니다. 소라이다의 아버지에게도 같은 말을 했더니, 그가 대답했습니다.

　'오, 기독교인들아! 다른 일 같으면 너희들의 관대하고 그럴 듯한 말을 믿고 기다릴 수도 있었을 거다. 그러나 내게 자유를 준다는 말을 곧이곧대로 믿을 만큼 내가 바보인줄 아느냐? 너희들이 그리 쉽게 나를 고국에 돌려줄 생각이라면 내 자유를 빼앗았을 리가 없다. 더욱이 내가 어떤 사람이며, 내게 자유를 주면 얼마만큼의 돈이 들어온다는 것도 알고 있는 처지에 말이다. 금액 이야기가 나왔으니 하는 말인데, 나와 이 불행한 딸의 몸값으로 얼마가 필요한가를 말한다면 너희들이 원하는 만큼 주겠다고 지금 당장 약속하마. 만일 그게 안 된다면 딸이라도 놓아주어라. 그 아이는 내 영혼의 가장 크고 훌륭한 부분이니 말이다.'

　이렇게 말하면서 참으로 비통하게 울기 시작했으므로 우리 중에 감동하지 않는 사람이 없었습니다. 소라이다는 아버지가 우는 모습을 보고 그만 감정이 격해져서 아버지에게로 달려가 얼싸안더군요. 그리고 아버지의 얼굴에 자기 얼굴을 가져다대고 두 사람이 함께 구슬프게 울었습니다. 거기에 있던 사람들 중에서도 많은 사람들이 따라 울었습니다. 그러다가 소라이다의 아버지는 딸이 나들이옷을 입고 장신구를 가득 달고 있는 것을 발견하자 의아한 듯 그들의 말로 물었습니다.

　'얘야, 이게 어떻게 된 일이냐? 어제 저녁 무렵 이 무서운 재앙을 만나기 전에는 평상복을 입고 있었는데? 너는 옷을 갈아입을 시간도 없었을 텐데, 마치 축하할 일이라도 생긴 것처럼 몸치장을 하고, 우리가 가장 잘 살 때 사준 가장 좋은 옷을 입고 있으니 대체 어찌된 일이냐? 어서 그 까닭을 말해다오. 나는 현재의 불행보다 그 이유가 도무지 납득이 되지 않고 두렵구나.'

　소라이다의 아버지가 딸에게 한 말을 개종자가 우리에게 모두 말해주었고,

딸은 한 마디도 대답하지 않았습니다. 그러자 소라이다의 아버지는 배 한쪽 구석에 딸이 언제나 귀중품을 넣어 두는 상자가 있는 것을 발견했습니다. 그 상자는 알제리의 저택에 남겨두고 농장에는 가지고 왔을 까닭이 없기 때문에 점점 더 혼란스러워하며 어떻게 해서 기독교인의 손에 그것이 들어가게 되었으며, 그 안에는 무엇이 들어 있는지를 딸에게 물었습니다. 그러자 소라이다가 대답하기 전에 개종자가 대답하더군요.

'당신의 딸에게 그렇게 여러 가지를 꼬치꼬치 캐물어 봐야 아무 소용없습니다. 내가 대답하는 단 한 마디로 모든 것을 알게 될 테니까요. 아가씨는 기독교 신자입니다. 그리고 우리의 쇠사슬을 끊어 포로의 신세에서 자유의 몸으로 만들어 준 분입니다. 아가씨는 이 배에 자진해서 타셨습니다. 그리고 이렇게 된 것을 어둠 속에서 광명으로, 죽음에서 생명으로, 고통에서 영광으로 빠져나온 사람처럼 만족해하고 있습니다.'

'얘야, 이게 무슨 뜻이냐? 이 사람이 하는 말이 모두 사실이냐?'

소라이다의 아버지가 어안이 벙벙한 듯 딸에게 물었습니다.

'예, 사실이에요.'

소라이다가 그제야 입을 열어 대답했습니다.

'네가 정말 기독교 신자란 말이냐? 게다가 자기 아버지를 적의 손에 넘겨준 계집이란 말이냐?'

소라이다의 아버지는 여전히 믿지 못하는 얼굴이었습니다.

'기독교 신자인 것은 확실해요. 하지만 결코 아버지를 이 지경으로 만들려고 하지는 않았어요. 저는 아버지를 불행하게 만들 생각은 손톱만큼도 없었으니까요. 다만 제 자신이 행복해지는 것은 늘 원한 일이었어요.'

'그래서 너는 어떤 행복을 얻었느냐?'

'그건 아버지께서 렐라 마리엔께 물으시면 아시게 될 거예요. 저보다 더 잘 말씀해 주실 테니까요.'

이 대답을 듣자마자 소라이다의 아버지는 믿기 어려울 만큼 잽싸게 바다로 뛰어 들었습니다. 입고 있던 거추장스러운 긴 옷 덕분에 잠시 바다 위에 뜨지 않았다면 그대로 빠져 죽었을 것입니다. 소라이다가 아버지를 살려 달라고 큰 소리로 외쳤습니다. 우리는 즉시 달려들어 그의 겉옷을 잡고 끌어올렸지만, 익사 직전이라 정신을 잃었더군요. 소라이다는 매우 슬퍼하면서 아버지가 죽기

나 한 듯이 그의 몸에 엎드려 비탄에 잠겼습니다. 우리가 소라이다의 아버지를 엎어놓자, 그는 많은 물을 토하고 2시간 정도 지나서야 정신을 차리더군요.

그동안 풍향이 바뀌어 뱃머리를 육지로 돌려야 했고, 해변으로 밀려가지 못하도록 힘껏 노를 저어야 했습니다. 다행히도 만에 있는 조그마한 곳에 도착했습니다. 그 곳은 무어인들이 카바 루미아라고 부르는 곳이었습니다. 우리 말로 옮기면 '악녀 기독교인'이라는 뜻이지요. 스페인을 망하게 한 악녀가 묻힌 곳이라는 전설이 있답니다. 무어말로 카바는 '악녀', 루미아는 '기독교인'인데, 지금도 부득이한 사정이 아니면 그곳에 정박하는 것을 불길하다고 생각하지요. 웬만해서는 접근도 하지 않는 곳입니다. 그러나 우리에게는 불길하기는커녕 거센 파도를 피할 수 있는 안성맞춤의 안전한 항구가 되었습니다. 우리는 육지에 보초를 세우고 손은 노에서 놓지 않은 채, 개종자가 나누어주는 음식을 먹으면서 하느님과 성모에게 기도했습니다. 출발이 좋았으니 결말도 좋게 해달라고 빌었지요.

소라이다의 부탁으로 소라이다의 아버지와 아직 묶여 있는 무어인들을 육지에 올려주자는 일이 검토되었습니다. 눈앞에 자기 아버지와 동족들이 묶여서 포로가 된 모습을 바라본다는 것은, 마음 약하고 선한 소라이다로서는 도저히 견딜 수 없는 일이었으니까요. 우리는 떠날 때 그렇게 하기로 결론을 내렸습니다. 사람이 사는 곳에서 멀리 떨어진 그 바닷가에 두고 가더라도 그다지 위험하지는 않을 것이라고 생각했기 때문입니다.

우리의 기도에 하늘도 무심하지 않았습니다. 곧 풍향이 바뀌더니 바다가 이내 잔잔해져 이미 시작한 항해를 힘차게 계속할 수 있었습니다. 이렇게 되자 우리는 무어인들의 결박을 풀어주고 한 사람씩 상륙시켰습니다. 그들은 그저 얼떨떨한 표정이었습니다. 이윽고 소라이다의 아버지 차례가 되어 상륙시키려 하자, 이제 완전히 정신이 든 그가 말했습니다.

'기독교인들아! 네놈들이 나에게 자유를 주는 것을 이 나쁜 계집이 왜 기뻐하는지 아느냐? 나에 대한 연민 때문인 줄 알겠지? 천만에, 내가 있으면 나쁜 욕망을 이루는 데 방해가 되기 때문이다. 이 계집애가 종교를 바꾸려 하는 것도 네놈들 종교가 우리 종교보다 훌륭해서라고 생각해서는 안 된다. 네놈들 나라에서는 우리나라에서보다 더러운 짓을 얼마든지 할 수 있다는 것을 알기 때문이야.'

"제발 돌아와, 모든 것을 용서할테니!"

그는 나와 또 한 사람의 기독교인에게 두 팔을 잡힌 채—그것은 무슨 난폭한 짓을 할까 두려워서였습니다만— 소라이다를 쏘아보면서 외쳤습니다.

'이 염치없는 년! 악귀 들린 계집애! 태어날 때부터의 원수! 이 장님아, 미치광이야! 넌 이 개들을 따라서 어디를 가려 하느냐? 내가 너를 잉태한 순간이 저주스럽다. 너를 키울 때 온갖 응석을 다 받아 주고 금이야 옥이야 길렀던 나날이 저주스러워.'

그대로 지껄이게 두었다가는 끝이 없을 것 같아서 나는 얼른 소라이다의 아버지를 육지에 올려버렸습니다. 그러자 그는 육지에서도 저주와 한탄을 계속하며, 마호메트와 알라에게 우리를 멸망시키고 죽게 해달라고 기도하는 것이었습니다. 우리가 돛을 올려 출발하자 말소리는 들리지 않았지만 그의 몸짓은 보였습니다. 그는 수염과 머리털을 쥐어뜯으며 땅바닥을 뒹굴었는데, 다음과 같이 외치는 소리가 들려왔습니다.

'사랑하는 내 딸아, 돌아와다오! 이 해변으로 돌아와다오. 모든 것을 용서하마. 그 돈은 그놈들에게 다 줘버려. 이제 그놈들의 것이 되었으니. 그리고 이 슬픈 아비에게 돌아와 위로해다오. 나를 버리고 떠나가면 나는 이 자리에서 죽어버리고 말 거야.'

소라이다는 이 말을 듣고는 목놓아 울며 그 자리에 쓰러지고 말았지만, 다음의 말 이외에는 아무 대답도 못했습니다.

'아버지, 저를 기독교 신자로 만들어준 렐라 마리엔이 제발 아버지의 슬픔을 잊게 해주기를. 알라도 제가 이렇게밖에 할 수 없었다는 것을 알고 계세요. 이 기독교인들이 제 마음을 움직이는 데 아무 상관없다는 것을 알라가 알고 계세요. 설령 제가 이 사람들과 함께 갈 생각을 하지 않고 집에 있을 생각을 했더라도 도저히 견디지 못했을 거예요. 아무리 아버지가 나쁜 일이라고 말씀하셔도, 제가 좋은 일이라고 믿고 있는 이 일을 완수하도록 제 영혼이 저를 채찍질하니까요.'

소라이다는 이렇게 말했지만 이제 아버지의 귀에까지 들리지 않았고, 이쪽에서도 그의 모습을 볼 수 없었습니다. 나는 소라이다를 위로하고 다른 사람들은 항해에 전력을 기울였습니다. 그리고 순풍의 도움을 받아 이튿날 새벽에는 틀림없이 스페인 해안에 도착할 수 있다고 생각했지요. 그러나 좋은 일에는 항상 불행이 따라다니기 마련입니다. 그런 일 없이 순수하게 좋은 일만 찾아오는 일은 극히 드문 법이므로, 우리도 그런 예에서 제외되지 않았습니다. 아니면 소라이다의 아버지가 그 딸에게 퍼부은 저주 탓인지도 모르지요. 왜냐하면 어떤 아버지라도 그런 상황에서는 저주하지 않고는 못 견뎠을 테니까요. 아무튼 이제 완전히 바다 한가운데로 나와서 새벽 3시쯤 되었을 무렵이었습니다. 우리는 돛을 높이 단 채 노를 배 위에 끌어올리고 항해하는 중이었지요. 바람이 뒤에서 불고 있어서 노를 저을 필요가 없었던 것입니다. 휘영청 밝은 달빛을 받으면서 나아가고 있는데, 문득 보니 바로 옆에 한 척의 횡범선이 오지 않겠습니까? 그것은 돛이란 돛은 모두 올리고 키를 바람 부는 쪽으로 약간 돌려 우리들 바로 앞을 가로지르려 오고 있었습니다. 너무 가까웠으므로 우리는 배가 부딪치지 않게 하려고 돛을 내렸습니다. 저쪽도 키를 돌려서 우리를 일단 지나 보냈습니다. 그런데 횡범선의 뱃전에 나타난 사람들이 우리를

"느닷없이 포탄 두 발이 날아왔습니다……"

향해 뭘 하는 사람들이냐, 어디로 가느냐, 어디서 왔느냐고 물었습니다. 그러나 프랑스말로 물었으므로 개종자가 말했습니다.

'대답해서는 안 된다. 저놈들은 틀림없이 약탈을 일삼는 프랑스 해적들이다.'

이런 경고에 우리는 아무도 대답하지 않았습니다. 그리고 조금 더 나아가는데 느닷없이 횡범선에서 이쪽을 향해 두 발의 포탄을 쏘았습니다. 두 발이 다 쇠사슬이 달린 포탄이었는지 하나는 배의 돛대 가운데를 맞혀서 부러뜨리고 돛과 함께 바다에 떨어졌으며, 또 한 발이 잇따라 날아와 배 한가운데에 맞아 선체를 부서뜨렸습니다. 불행 중 다행으로 그들의 횡포는 이것으로 끝났습니다. 그러나 배가 차츰 가라앉기 시작했으므로 우리는 큰 소리로 구원을 청하며 횡범선에 타고 있는 사람들에게 살려달라고 애원했지요. 당장 가라앉을 판이었으니까요. 그러자 그들은 닻을 내리고 보트를 내리더니, 무장한 프랑스인

열두 명이 큰 활과 화승총까지 들고 올라타서는 우리 배에 접근해 왔습니다. 그리고 우리 인원이 얼마 되지 않고 배가 가라앉는 것을 보자 보트에 타게 했습니다. 그러면서 우리가 무례하게 대답도 하지 않아서 이런 결과가 되었다며 꾸짖었습니다. 개종자는 소라이다의 상자를 바다에 던져버렸는데 그것을 눈치챈 사람은 아무도 없었습니다.

이렇게 해서 우리는 프랑스 배에 올라탔지요. 그러자 프랑스 사람들은 우리에 대해서 알고 싶은 것을 미주알고주알 묻더니 모든 것을 빼앗아 버렸습니다. 심지어 소라이다의 발목 장식까지 탈취했습니다. 나는 소라이다의 재난을 슬퍼하기보다는 해적들이 값지고 귀중한 장식물을 빼앗는데 그치지 않고 그보다 훨씬 값진 것, 즉 소라이다가 가장 소중히 여기는 것까지 빼앗지 않을까 하여 여간 걱정스러운 것이 아니었습니다. 그런데 그 녀석들의 욕심은 금품 이외의 것에까지 미치지는 않았지만, 그들의 탐욕은 정말 그칠 줄 모르더군요. 포로들의 옷가지까지 돈푼이 될 만하면 모조리 벗겨갈 정도였으니까요.

게다가 그들 사이에서 우리 일행을 돛에 싸서 바다에 던져버리자는 의견까지 나왔습니다. 그들은 브르따뉴 사람으로 행세하면서 스페인 항구에 들러 장사를 할 생각이었으므로, 우리를 살려두었다가는 약탈한 사실이 드러나 벌을 받을 것이 틀림없었기 때문입니다. 그러나 선장은,—이자가 바로 소라이다의 물건을 강탈한 놈입니다— 자기는 현재까지의 노획물로 만족하므로 스페인의 항구에는 들르지 않고, 지브롤터 해협을 밤중에 통과해서 라로첼라로 직행하고 싶다고 말했습니다. 그래서 의논 끝에 배에 딸린 보트와 얼마 남지 않은 우리의 항해에 필요한 것을 주기로 결정하더니, 이튿날 스페인의 육지가 보이는 곳에서 그대로 실행하더군요. 육지가 보이자 우리는 그 때까지의 불행이 언제 있었냐는 듯 깨끗이 잊어버렸습니다. 자유를 되찾은 기쁨은 그만큼 컸던 것입니다.

우리가 두 통의 물과 소량의 과자와 함께 보트로 내려진 것은 정오 무렵이었습니다. 선장은 웬 자비심이 생겨났는지 소라이다가 보트에 타려고 할 때 40에스꾸도의 금화를 주고, 부하 녀석들이 지금 입고 있는 옷까지 벗기려는 것을 말리더군요. 우리는 보트에 올라타고는, 원망스럽다기보다 오히려 감사하는 표정을 보이며 우리에게 베풀어준 친절에 감사의 뜻을 표했습니다. 횡범선은 방향을 해협 쪽으로 틀더니 멀어져 갔습니다. 우리는 앞에 보이는 육지를 향해 힘껏 노를 저어 갔습니다. 해가 질 무렵에는 훨씬 가까워져서 그런 속력이라면 밤이 깊어지기 전에 도착할 것 같았습니다. 그러나 그날 밤은 하늘이 흐려서 달도 보이지 않았으므로 어떤 곳에 도착할지 알 수 없었으므로 덮어놓고 나아가는 것도 위험할 것 같았습니다. 그러나 거친 바닷가든 마을에서 먼 곳이든 상관하지 말고 육지로 돌진하자고 주장하는 사람들도 많았습니다. 테투안의 해적선이 근처에 와 있을 수도 있으니 얼른 상륙하면 그런 걱정은 없어지기 때문이라는 것이지요. 테투안의 해적은 날이 저물 무렵 바바리를 떠나 새벽에 스페인 해안에 도착해서 약탈하고는 자기들의 집으로 돌아가니까요. 아무튼 여러 가지 의견 중에서 선택된 것은 조금씩 접근해가다가 파도가 조용해지면 어디든지 상륙하자는 것이었습니다. 이윽고 자정이 되기 조금 전에 이상한 형상을 한 높은 산기슭에 닿았습니다. 그 산은 바다 바로 옆에 있는 게 아니라 마침 알맞게 상륙할 수 있을 만한 공간이 있더군요. 우리는 보트를 모래사장에 대고 육지에 올라 땅에 입을 맞추고 감격의 눈물을 흘렸습니다. 그리고는 하느님께 우리에게 베풀어주신 은혜를 찬양하며 감사를 드렸습니다. 남아 있는 식량을 들고, 배는 육지에 올려놓고 산 속 깊숙이 들어갔지요. 우리가 밟고 있는 땅이 기독교인의 나라라는 것을 좀처럼 믿을 수 없어서였지요.

우리가 생각한 것보다 훨씬 늦게 날이 밝았습니다. 산꼭대기에 마을이나 하다 못해 양치는 오두막집이라도 있을까 해서 산꼭대기까지 올라갔지요. 그러나 아무리 둘러봐도 마을은커녕 사람의 그림자 하나, 오솔길 하나, 큰길 하나도 눈에 띄지 않았습니다. 그래서 우리는 안으로 더 깊숙이 들어갈 결심을 했습니다. 여기가 어디라는 것을 가르쳐줄 만한 사람을 만나야 한다는 생각에서였지요. 그런데 내게 가장 괴로웠던 것은 소라이다가 그렇게 험한 길을 걷는 것을 바라보는 일이었습니다. 한 번은 내 어깨에 태워주었지만, 소라이다는 내가 힘든 것을 걱정하느라고 더 피곤해했습니다. 그래서 그런 수고는 두 번 다시 시키려 하지 않으려는지 꾹 참고 일부터 쾌활한 체하면서 걷는 것이었습니다. 내가 줄곧 손을 잡은 상태로 적어도 1킬로미터쯤 걸었을 때였습니다. 우리 귀에 방울이 울리는 소리가 들려왔습니다. 그것은 가까운 곳에 가축이 있다는 증거였지요. 모두 그 소리가 어디서 날까 하여 돌아보았습니다. 그러다가 코르크나무 밑에서 양치는 소년을 발견했는데, 소년은 막대기에 주머니칼로 무언가 열심히 새기고 있었습니다. 그는 우리가 말을 건네자 고개를 들더니 갑자기 벌떡 일어났습니다. 이건 나중에 안 일입니다만, 제일 먼저 소년의 눈에 띈 것은 개종자와 소라이다였습니다. 이들이 모두 무어인 복장이었으므로 바바리의 야만족들이 습격해온 것으로 지레짐작하고는, 재빨리 숲 속으로 달려 들어가면서 목청껏 외쳐댔습니다.

'무어인이다! 무어인이 올라왔다! 무어인이다! 무기 준비!'

그 소리를 듣고 우리는 당황해서 어떻게 하면 좋을지 몰랐습니다. 그러나 양치는 소년의 고함으로 온 마을이 발칵 뒤집힐 것이 틀림없었고, 또 어차피 해안 경비대원도 무슨 일이 일어났는지 순시하러 올 것이므로, 개종자에게는 터키옷을 벗기고 포로가 입는 윗옷을 입히기로 하여, 우리 중에 한 사람이 자기는 속옷 바람이 되어 얼른 옷을 벗어주었습니다. 그것이 끝나자 모든 것을 하느님께 맡기고는 양치는 소년이 뛰어들어간 길을 따라 걸어갔습니다. 그러나 언제 경비대에게 포위당할지 몰라 제정신이 아니었습니다. 우리 생각은 빗나가지 않았습니다. 두 시간도 채 되지 않아서,— 이때 이미 우리는 숲 속에서 평지로 나와 있었습니다— 50명 정도의 기수들이 말고삐를 짧게 잡고 부랴부랴 달려오는 것이었습니다. 우리는 그 자리에 멈추어 서서 그들을 기다렸습니다. 경비대는 우리에게 가까이 왔는데, 찾으러 온 무어인 대신 초라해 보이는 기독교인들을 보았으므로 오히려 자기들이 얼떨떨한 표정을 지었습니다. 그 중 한 사람이 아까 양치는 소년이 무기를 준비하라고 떠들었던 것이 당신들 때문이냐고 물었습니다. 내가 그렇다고 대답했지요. 그리고 우리가 지금까지 겪은 일과 어디서 온 어떤 사람들인지를 밝히려 했을 때, 우리 일행 중의 기독교인 한 사람이 우리에게 말을 건넨 기사의 얼굴을 알아보았습니다. 그러자 그 기독교인은 나에게는 더 이상 말을 할 기회를 주지 않고 흥분한 듯 입을 열었습니다.

'여러분, 더 이상 바랄 수 없는 좋은 곳으로 인도해주신 하느님에게 감사를 드립시다! 왜냐하면 제가 착각한 것이 아니라면 우리가 지금 밟고 있는 이 땅은 베레스 말라가의 일부입니다. 또한 포로 생활을 한 세월 탓에 내 기억력이 약해지지 않았다면, 지금 우리에게 질문한 분은 나의 작은 외숙부 뻬드로 데 부스따만떼 님이지요?'

기독교인 포로가 이렇게 말하자 기마 무사는 얼른 말에서 뛰어내려 그에게 달려가더니 힘껏 포옹하며 말했습니다.

'내 귀여운 조카야, 확실히 내 조카로구나. 네가 죽은 줄로만 알고, 나와 네 어머니인 누님과 모든 가족들이 울었단다. 하느님이 너와 만날 기쁨을 주시려고 우리를 이렇게 살려 두셨구나. 네가 알제리에 있다는 건 알고 있었는데, 지금 너나 같이 온 사람들의 행색을 살피건대 모두 기적 같은 자유를 얻은 것 같구나.'

'그렇습니다. 자세한 것은 나중에 천천히 말씀드리기로 하겠습니다.'

젊은이가 대답했습니다.

기사들은 우리가 기독교인 포로들이라는 것을 알자 말에서 내렸습니다. 그리고 거기서 1레구아 반쯤 떨어진 벨레스 말라가시(市)로 데려가려고 저마다 자기 말에 타라고 권했습니다. 몇 사람은 보트를 도시 쪽으로 가지고 가려고, 우리가 그것을 버리고 온 장소로 달려갔습니다. 다른 사람들은 우리를 말 뒤쪽에 태웠는데, 소라이다는 기독교인 젊은이의 외숙부 말에 올라탔지요.

도시 사람들이 모두 우리를 맞이하러 나왔습니다. 미리 알리러 간 사람한테서 우리가 도착한다는 소식을 들었던 것이지요. 사람들은 자유를 얻은 기독교인과 포로가 된 무어인을 보고도 놀라지 않았습니다. 그 해안 일대의 사람들은 자유를 얻은 기독교인 포로와 포로가 된 무어인들도 모두 자주 보아왔기 때문이지요. 그러나 소라이다의 아름다움에는 역시 눈이 휘둥그레지더군요. 여행에 시달리기는 했지만, 이제는 기독교 국가에 도착하지 못하면 어쩌나 하던 불안감도 사라지고 무사히 도착한 기쁨에, 그녀의 아름다움이 활짝 피어나 있었기 때문이지요. 소라이다의 얼굴은 환하게 빛났고, 훈훈한 색채까지 더했던 것입니다. 만일 그 때 내가 그녀에 대한 사랑으로 정신이 혼미해진 상태가 아니라면, 나는 소라이다보다 아름다운 여인은 이 세상에 존재한 적이 없었다고, 적어도 내가 본 중에는 없다고 감히 말씀드립니다.

우리는 우리에게 베풀어진 은혜에 하느님께 감사를 드리기 위해 곧 성당으로 갔습니다. 성당에 들어서자 소라이다는 렐라 마리엔과 닮은 얼굴이 여럿 있다고 말하더군요. 우리는 그것이 모두 성모상이라고 대답했습니다. 개종자는 성모상의 뜻을 알기 쉽게 설명하고, 그 하나하나가 실제로 소라이다에게 말을 건넨 렐라 마리엔 그 자신이라고 생각하여 미사를 드리라고 말했습니다. 소라이다는 태어날 때부터 총명하고 온순하고 밝은 성격이었으므로 성모상에 대해서 들은 이야기를 금방 이해했습니다.

성당에서 나온 우리는 도시의 여러 집으로 흩어져 안내되었습니다. 그러나 개종자와 소라이다와 나는 우리와 함께 온 기독교인 젊은이의 안내로 그 부모의 집으로 갔습니다. 젊은이의 부모는 꽤 넉넉한 집안이었고, 우리를 마치 자기 자식처럼 대해 주었습니다.

우리를 벨레스에 엿새 동안 있었습니다. 그 동안에 개종자는 자기에게 필요한 신고를 모두 마쳤으므로, 이단 심문소(異端審問所)에 청원해서 기독교회의 성도단에 복귀하기 위해 그라나다 시(市)로 떠나갔고, 자유를 얻은 그 밖의 기독교인들도 제각기 원하는 곳으로 떠나갔습니다. 소라이다와 나는 프랑스의 선장이 의리로 소라이다에게 준 금화만을 가지고 뒤에 남았습니다. 그 돈으로 소라이다가 아까 타고 온 그 당나귀를 산 것이지요. 오늘날까지 남편의 역할은 뒤로 미룬 채, 아버지로서 혹은 종자로서 소라이다의 시중을 들면서 우리 아버지가 아직 살아 계시는지, 어느 동생이 나보다 더 훌륭한 행운을 잡았는지 보러 가는 길이지요. 하늘이 나를 소라이다의 남편으로 선택해 주셨으니, 그 밖의 어떤 행운이라도 지금의 내 운명만큼 고맙지는 않을 겁니다. 소라이다가 지닌 가난에 따르기 마련인 고생을 인내하는 끈기와 가능한 한 빨리 기독교인이 되고 싶어하는 마음이 참으로 가상하여, 나도 진심으로 내 평생을 이 여인을 위해 바치겠다는 결심을 하게 되었지요. 그러나 내가 이 사람의 것이 되고, 이 사람이 내 것이 된다는 기쁨에 젖어 있다가도, 과연 내 고향에 이 사람을 안주시킬 공간이 있는지, 또 오랜 세월이 지났으니 가족의 누군가가 죽어서 아버지와 아들들의 재산이나 생활에 큰 변화가 일어났다면, 만일 아버지와 아우들도 죽었다면, 나를 기억하는 이가 하나도 없지 않을까 하는 불안감에 마음이 무거워집니다.

여러분, 내 신상에 대해서 말씀드려야 할 것은 이것뿐입니다. 이야기가 재미있었는지 신기했는지는 여러분의 현명한 머리로 판단해주시기 바랍니다. 내 생각을 말씀드리자면, 좀더 간단히 이야기할 수 있었다는 후회가 든다는 것입니다. 그런데 사실은 이 장황한 이야기도 여러분을 지루하게 만들지 않으려고 자질구레한 내용은 여러 군데 생략한 것입니다."

제42장

계속 주막에서 일어난 일과 그 밖에 알아야 할 사건들

이런 이야기를 마치고 포로는 입을 다물었다. 그러자 돈페르난도가 말을 건 넸다.

"대위님이 그 기이한 사건을 이야기하는 솜씨는, 참신하고 신기한 그 내용에 참으로 어울리는군요. 모든 것이 색다르고 변화가 많은 이야기라서 듣고 있는 사람들이 자신도 모르게 넋을 잃고 손에 땀을 쥐게 됩니다. 당신의 이야기가 어찌나 재미있는지 내일 아침에 똑같은 이야기를 다시 듣는다 해도 마치 처음 듣는 이야기처럼 느껴질 정도입니다."

그의 말에 이어서 까르데니오를 비롯한 다른 사람들은 자기들이 할 수 있 는 일이라면 뭐든지 하겠다고 호의와 성의를 가득 담은 말로 제의했으므로 포 로도 그들의 친절한 마음에 진심으로 기뻐했다. 그 중에서도 돈페르난도는 만 일 자기와 함께 자기 집에 간다면 형인 후작에게 소라이다의 대부가 되어 달 라고 부탁할 것이고, 자기는 대위라는 신분에 어울리는 격식을 갖추어 무엇 하나 부족함이 없이 고향으로 돌아갈 수 있게 하겠다고 말했다. 그러나 포로 는 정중하게 인사만 할 뿐, 그 후한 제의를 받아들이려 하지 않았다.

어느새 날이 저물어가고 있었다. 완전히 어두워졌을 무렵 기마 종자 몇 사 람의 호위를 받으며 한 대의 마차가 주막에 도착했다. 그들은 하룻밤 묵어가 겠다고 했는데, 안주인은 방마다 다 차서 1빨모의 공간도 없다고 대답했다.

말을 타고 온 종자 한 사람이 말했다.

"아무리 그렇더라도 설마 우리 법관 나리께서 주무실 방 하나 없단 말 인가?"

법관이라는 소리에 주막집 안주인은 당황하면서 말했다.

"나리, 실은 침상이 없습니다. 하지만 법관 나리가 침상을 가지고 오셨다면 어서 들어오십시오. 나리가 주무실 수 있도록 저희 내외의 방을 비워 드릴 테니까요."

"그렇다면 다행이군."

종자가 말했다.

이때 한 사나이가 마차에서 내렸는데, 그 복장만 보아도 그 사람의 관직을 짐작할 수 있었다. 왜냐하면 그가 입고 있는, 실꾸리처럼 보이는 울퉁불퉁한 소매가 달린 긴 겉옷이 종자가 말한 법관이라는 지위를 알려주고 있었기 때문이었다. 이 법관은 한 소녀의 손을 잡고 내렸다. 소녀는 많아야 열여섯 살쯤 되어 보였으며, 여행복 차림인데도 눈부시게 화사하고 아름다워서 그 모습을 본 모든 사람들이 경탄을 금하지 못하고 눈을 크게 떴다. 이미 이 주막에 묵고 있는 도로떼아와 루스씬다, 소라이다를 보지 않았다면 이 소녀처럼 아름다운 여인을 찾기 힘들 것이라고 믿었을 정도였다.

법관이 소녀와 함께 주막에 들어서자 돈끼호떼가 그 모습을 보고는 입을 열었다.

"귀공은 편안한 마음으로 이 성에 들어와서 피로를 풀도록 하시오. 좁고 불편한 곳이기는 하나 무(武)와 문(文)을 불러들이지 못할 정도로 좁고 불편한 곳은 이 세상 어디에도 없다오. 게다가 무나 문이 미녀를 동반하여 안내자가 될 때는 더욱 그러하며, 문인인 귀공이 이 아름다운 아가씨를 동반한 것이 바로 그 경우라오. 이 아가씨를 맞이하려면 성채가 성문을 열고 들어와야 할 뿐 아니라, 바위가 부서지고 산은 스스로 깨져 평탄해져야 하오. 되풀이해서 말씀드리지만, 귀공은 이 낙원으로 어서 들어오시오. 이 속에서 귀공이 데리고 오신 '하늘'이 거느리기에 알맞은 별과 태양을 발견하게 될 것이기 때문이오. 이곳에서는 무(武)도 자리를 얻고, 미(美) 또한 극치를 보이고 있소."

법관은 돈끼호떼의 말을 듣고 은근히 놀라며 그를 유심히 바라보았다. 법관이 놀란 것은 돈끼호떼의 말보다는 그 몰골 때문이었다. 법관은 뭐라고 대답해야 좋을지 생각이 나지 않는지 머뭇거리고 있었다. 그런데 눈앞에 루스씬다와 도로떼아와 소라이다가 나타나자 법관은 더욱 놀랐다. 그녀들은 새로운 손님이 도착했다는 소식과 주막집 안주인이 전해 준 소녀의 아름다움을 듣고 환영하려고 나온 것이었다. 돈페르난도, 까르데니오, 신부는 예의있고 정중하게 법관을 맞이했다. 법관은 지금까지 보고 들은 일에 어리둥절하여 들어왔고, 주막에 있던 아름다운 여인들은 모두 그 아름다운 소녀를 진심으로 반갑게 맞아주었다.

　법관은 이 주막에 있는 사람들이 모두 귀한 신분의 사람들이라는 것을 깨달았다. 그래도 돈끼호떼의 몰골과 태도는 아무래도 납득이 가지 않았다. 마침내 사람들 사이에서 정중한 인사가 오가고, 주막의 방 배당을 검토한 결과 먼저 정했던 대로 하기로 결정했다. 말하자면 여인들은 앞에서 말한 것처럼 모두 다락방에 들어가서 자고, 남자들은 이들을 경호하기 위해 밖에 몰려 있기로 한다는 것이었다. 법관도 자기 딸인 소녀가 부인들과 함께 쉬게 되는 것이 마음에 들었고, 딸도 기꺼이 그렇게 하기로 했다. 그리하여 주막 주인의 침구 일부에 법관이 가져 온 침구의 절반을 보태서 여인들은 그 날 밤을 생각했던 것보다 훨씬 편안하게 지낼 수가 있었다.

　포로는 처음 법관을 보았을 때부터 자기 아우가 아닌가 하는 예감에 가슴이 두근거렸다. 그래서 법관을 따라온 종자 중에서 한 사람을 붙들고 이름과 출신지를 물었다. 종자는 법관의 이름이 학사 후안 뻬레스 데 비에드마이라고, 라스 몬따냐스 데 레온의 어느 마을에서 오신 분이라고 가르쳐 주었다. 그는 종자의 말과 자신이 보고 깨달은 점을 미루어볼 때, 법관이 부친의 충고로 학문의 길에 오른 자기 아우라고 확신했다. 그래서 기쁨에 들떠 돈페르난도, 까르데니오, 신부를 부르더니 법관이 자기의 아우임에 틀림없다고 말했다. 또한 그는 종자로부터 자기 아우가 라스 인디아스에 법관으로서, 말하자면 멕시코 대법원에 부임하는 길이라는 말도 듣게 되었다. 뿐만 아니라 소녀는 법관의 딸이며, 소녀의 어머니는 딸을 낳다가 세상을 떠나서 딸에게 남겨진 아내의 유산이 집안 것이 되었으므로, 그 덕분에 아우는 큰 부자가 되었다는 것도 알았다. 그래서 어떻게 자신을 밝혀야 좋을지, 형제라는 사실이 알려진 뒤 자기의 가난한 처지를 알았을 때 아우가 부끄러워하거나 않을지, 아니면 따뜻한 마음으로 맞이하게 될지 그것을 미리 알려면 어떻게 해야 할지를 세 사람에게 의논했다.

　그러자 신부가 말했다.

　"그 실험은 내게 맡겨 두시오. 대위님을 아주 반가이 맞아줄 것은 의심할 여지가 없으니까요. 그분의 훌륭한 용모가 나타내고 있는 품격이나 사려 깊은 태도로 보아 오만하거나 은혜를 잊거나 할 우려는 조금도 없을 뿐 아니라, 그분이라면 인생이 행운과 불운의 연속이라는 것을 모르실 까닭이 없을 것 같소."

포로가 대답했다.

"그건 그렇다 쳐도 갑자기 불쑥 나타나기보다는 먼저 변죽을 울려서 내 정체를 밝힐까 하는 생각이 들어서요."

신부가 대답했다.

"방금도 말했듯이 그 점에 대해서는 모두 만족할 만한 방법으로 내가 주선해보겠소."

이때는 이미 저녁식사 준비가 다 되어 있어서 모두들 식탁에 앉았다. 포로와 여인들만 자기들 방에서 따로 식사를 했다. 식사 도중에 신부가 말을 꺼냈다.

"법관 나리, 내가 몇 해 동안 포로 생활을 했던 콘스탄티노플에 나리와 같은 성을 가진 동료가 있었지요. 그는 스페인 보병대 중에서 가장 용감한 병사였습니다. 참으로 용감하고 담대한 사나이였지만 운이 없는 점에서도 따를 자가 없었지요."

법관이 물었다.

"신부님, 그 병사의 이름은 무엇이었습니까?"

"루이 뻬레스 데 비에드마라고 하지요. 라스 몬따냐스 데 레온의 어느 마을 출신이라면서 부친과 자기 형제들 사이에 있었던 이야기를 들려주더군요. 그것이 그토록 진실한 사람의 이야기가 아니었다면, 길고 긴 겨울밤에 난롯가에서 할머니들이 이야기하는 흔해빠진 옛날이야기라고만 생각했을 겁니다. 들어보니 그 부친은 재산을 세 아들에게 나누어주고 카토*1의 교훈보다 더 훌륭한 교훈을 주었더군요. 내가 말할 수 있는 것은, 그가 선택한 군문에 종사한다는 목적이 처음에는 성공하여 몇 해 안 가서 오로지 자신의 용기와 노력만으로 보병 대위로 승진하게 되었을 뿐 아니라 머지않아 대령이 될 것이라는 소문이 날 정도였지요. 그런데 운이 뒤바뀌어 버렸답니다. 행운을 기대하고, 그 행운을 손에 넣을 수 있었을 순간에 행운이 돌아서고 만 거지요. 숱한 사람들이 자유를 되찾은 레판토 해전에서 오히려 그 사람은 자유를 잃고 말았답니

---

*1 대(大)카토를 말함. 로마의 정치가, 재무관, 통령, 검찰관을 지냈다. 중소토지 소유자의 유지를 주장하고, 그리스 문화의 침입을 배척하여 옛 로마의 소박함과 간소함으로 복귀하기를 역설했다.

다. 나는 라 골레따에서 포로가 되었지만, 그 뒤 우여곡절 끝에 콘스탄티노플에서 우리는 함께 지내게 되었지요. 그 다음에 그 사람은 알제리로 옮겨졌는데, 바로 그곳에서 지금까지 이 세상에서 일어난 일 중에서 가장 보기 드문 사건이 그 사람에게 일어났다는 것을 알고 있습니다."

이어서 신부는 소라이다와 법관의 형 사이에서 일어난 사건을 간추려서 들려주었다. 법관은 그 이야기의 자초지종을 매우 진지하게 듣고 있었다. 신부는 조그마한 범선으로 건너온 기독교인들을 프랑스 사람들이 약탈했으며, 자기 동료였던 사나이와 미모의 무어 여인은 무일푼이 되고 말았다는 대목까지만 이야기했다. 그리고 이 두 사람이 그 뒤 어떻게 되었는지, 과연 스페인에 도착했는지 아니면 프랑스인들이 그들을 프랑스로 데려갔는지는 알지 못한다고 말했다.

포로는 조금 떨어진 자리에서 신부의 말을 듣고 있었는데, 그동안 자기 동생의 행동을 자세하게 지켜보고 있었다. 동생은 신부의 이야기가 마지막에 가까워진 것을 알자 깊은 한숨을 내쉬며 두 눈에 눈물을 가득 담은 채 입을 열었다.

"아, 신부님! 방금 들려주신 이야기가 얼마나 제 가슴을 쳤는지, 제가 아무리 자제하려 해도 이 두 눈에 넘쳐 나는 눈물을 막지 못하는 것으로 짐작하실 수 있을 것입니다. 신부님이 말씀하신 그 용감한 대위는 제 형님입니다. 형님은 저나 동생*2보다도 굳건하고 고상한 정신을 가지고 있었으므로 군직이라는 명예롭고 고귀한 길을 택했습니다. 그것은 신부님도 형님에게 들으셨듯이, 저의 부친께서 우리 삼형제에게 권하신 세 가지 길 중에 하나였습니다. 저는 문관의 길로 나아갔고, 신과 제 자신의 노력 덕분에 보시다시피 이런 지위에 오를 수 있었습니다. 아우는 지금 페루에서 큰 부자가 되어 살고 있습니다. 아우가 아버지와 저한테 송금해 준 것만으로도 아우가 처음 가져간 돈을 보상하고 남을 뿐 아니라, 아버지께 보내는 돈은 아버지의 낭비벽을 충분히 만족시켜드릴 만합니다. 그래서 저도 아무 걱정 없이 연구에 몰두할 수 있어서 현재의 지위에 오른 것입니다. 아버지는 이제 여생이 얼마 남지 않았는데, 장남의 소식을 학수고대하며 장남의 얼굴을 보기 전에는 눈을 감을 수 없다고 늘 신

---

*2 법관이 삼형제 중 막내인데, 둘째형을 동생이라고 부른 것은 세르반떼스의 착오이다.

께 빌고 계시지요. 그런데 그토록 사려 깊은 형님이 그런 심한 고생과 슬픔을 겪으면서도 어째서 그 소식을 아버지에게 알리는 것을 등한히 했는지 이상하군요. 아버지나 우리 형제 중에 누구라도 형님의 소식을 알았더라면, 몸값을 마련하는 데 그런 막대기에 희망을 걸 필요가 없었을 것입니다. 그러나 제가 제일 걱정하는 것은 그 프랑스인들이 과연 형님을 풀어주었을까, 아니면 자기들의 약탈 행위를 감추기 위해 형님을 죽이지나 않았을까 하는 것입니다. 이제 저는 이번 여행을 떠날 때의 그 기쁨은 다 사라지고, 슬프고 무거운 기분으로 여행을 계속하게 되었군요. 아, 그리운 형님! 지금 형님은 어디 계신가요? 저는 아무리 괴로운 변을 당하더라도 형님을 찾아내어 고난에서 구해드리고 싶습니다. 아! 설령 바바리의 가장 깊은 토굴 속에서라도 형님이 아직 살아 있다는 소식을 우리 연로하신 아버지께 알려줄 사람은 없을까? 그러면 아버지의 재산, 아우의 재산, 내 재산까지 고스란히 바쳐서라도 거기서 구해드릴 텐데. 아, 아름답고 인정 많은 소라이다! 그대가 우리 형님에게 베풀어준 친절에 보답할 수 없는 것일까? 그대의 새로운 영혼의 탄생과 결혼식에 참석할 수 없는 것일까? 만일 그럴 수 있다면 우리 모두가 기뻐할 일인 것을.”

사람들한테서 들은 자기 형에 대한 소식에 깊은 연민을 느낀 법관은 이런 말과 넋두리를 늘어놓았다. 듣고 있던 사람들은 모두 법관의 슬픔을 생각하고 함께 눈물을 흘렸다. 신부는 자기의 계획과 포로가 바라는 것이 순조롭게 진행된 것을 알자, 더 이상 사람들을 슬픔 속에 방치해서는 안 된다고 생각했다. 그는 식탁에서 벌떡 일어나 소라이다가 있는 방으로 들어가서 그녀의 손을 잡고 나왔다. 그 뒤를 루스씬다와 도로떼아와 법관의 딸이 따라 나왔다. 포로는 신부가 무엇을 하려는지 궁금하게 생각하며 기다리고 있었다. 신부는 다른 손에는 포로의 손을 잡고는 두 사람을 데리고 법관과 그 밖에 여러 사람들이 있는 곳으로 가서 말했다.

“법관 나리, 눈물을 거두십시오. 그리고 당신이 바랄 수 있는 한도껏 최대한의 희망을 가지십시오. 왜냐하면 당신 앞에 서 있는 분들이 당신의 형님과 형수님이니까요. 이분이 비에드마 대위님, 그리고 이분이 형님께 친절을 베풀어준 무어 아가씨지요. 당신에게 말했던 프랑스인들은 이 두 분을 이렇게 초라한 모습으로 만들었지만, 이것이 당신에게는 넓은 가슴으로 관용을 충분히 발휘할 수 있는 다시없는 기회라고 생각합니다.”

포로가 달려가서 아우를 힘껏 껴안자, 아우는 두 손으로 형의 가슴을 밀어내며 조금 떨어져서 상대편의 얼굴을 가만히 들여다보았다. 그리하여 틀림없는 형이라는 것을 확인하자 기쁨의 눈물을 흘리면서 형을 와락 끌어안았으므로 그 자리의 많은 사람들이 함께 눈물을 흘렸다. 이때 두 형제가 주고받은 말과 두 사람이 표현한 감격은 글로 나타낼 수 없을 정도였다. 형제는 우선 그때까지 있었던 일을 간단히 이야기했고, 형제의 아름다운 우애를 유감없이 나타냈으며, 법관은 소라이다를 껴안고 자기 전 재산을 그녀에게 바치겠다고 약속하며 자기 딸에게 소라이다를 껴안게 했다. 그리하여 아름다운 기독교 소녀와 천하절색인 무어 여인은 지켜보는 사람들을 다시 한 번 눈시울을 젖게 만들었다.

　거기에는 돈끼호떼도 서서 한 마디 말도 없이 그 기이한 일의 경과를 지켜보고 있었다. 포로와 소라이다는 아우와 함께 세비야로 돌아가서 자신이 자유의 몸이 되었다는 소식을 부친에게 알리고, 그들의 결혼식과 소라이다의 영세에 참석하게 하자는 의논이 이루어졌다. 왜냐하면 라 누에바 에스빠냐로 가는 선대(船隊)가 그로부터 한 달 뒤에 세비야로 출항하는데, 만일 법관이 그 배를 놓치면 여행을 못하게 될 수도 있는 난처한 상황이라 예정한 여정을 바꿀 수 없었기 때문이었다.

　어쨌든 모두들 포로의 이 즐거운 사건에 만족해하고 기뻐했다. 이제 밤이 3분의 2나 지났으므로 나머지 시간은 각자 물러가서 쉬기로 했다. 돈끼호떼는 거인이나 불한당들이 이 성에 감추어진 '아름다움'이라는 보물을 탐내어 습격할지도 모른다면서 성을 지키겠다고 제의했다. 돈끼호떼를 아는 사람들은 모두 그 제의에 대해 고마워했으며, 법관에게도 돈끼호떼의 이상한 증세를 알려주어 그는 적지 않은 흥미를 느끼게 되었다.

　오직 산초 빤사만이 사람들이 잠자리에 늦게 들어가는 것에 초조해했고, 다른 사람들보다 고급 침상에서 자게 되었다. 사실 그 고급 침상이라는 것은 산초의 당나귀 안장 위였다. 산초는 그 안장 때문에 심한 변을 당하게 되는데, 그 이야기는 뒤로 미루도록 하겠다. 아무튼 여인들은 모두 방으로 들어가고 남자들은 그럭저럭 불편한 대로 몸을 쉬었으나, 돈끼호떼만은 약속한 대로 보초를 서기 위해 주막 밖으로 나갔다.

　먼동이 트기 직전에 참으로 구성진 노랫소리가 여인들의 귀에 들려왔다. 모두들 그 노랫소리에 귀를 기울이고 있는데, 그 중에서도 특히 도로떼아는 눈을 뜬 채 열심히 듣고 있었다. 그 곁에는 법관의 딸인 도냐 끌라라 데 비에드마가 누워 있었다. 누구도 그토록 노래를 잘 부르는 사람이 누구인지 짐작조차 할 수 없었으나, 그것은 무반주로 부르는 한 사람의 목소리였음이 분명했다. 어떻게 들으면 안마당에서 노래하는 것 같았고, 또 어떻게 들으면 외양간에서 노래 부르는 것처럼 들리기도 했다. 여인들이 어디서 들려오는지도 모르는 이 노랫소리에 귀를 기울이고 있을 때, 까르데니오가 문간에 와서 말했다.

"주무시지 않고 있다면 들어보세요. 당나귀를 모는 젊은이의 노래가 들리지 않습니까?"

"지금 듣는 중이에요."

도로떼아가 대답하자 까르데니오는 물러갔다. 도로떼아는 다시 노랫소리에 집중했는데 가사는 이런 것이었다.

제43장
당나귀를 모는 젊은이의 즐거운 사연과
주막에서 일어난 기괴한 이야기들

이 몸은 사랑의 뱃사공.
천 길이나 되는 사랑의 바다를
어느 항구라 정하지도 않고
기약도 없이 나는 가네.

먼 하늘에 보이는
팔리누루스*1가 본 것보다도
더 아름답게 빛나는
저 별을 향해서 나는 가네.

어디로 이 몸을 이끌어 갈지
혼돈 속에서 저어간다네.
허전한 마음을 감추며
별을 바라보는 내 영혼이여.

무정할 정도의 정숙함.
보기 드문 수줍음.
애타게 보고 싶은 저 별을
보이지 않으려고 감추는 구름.

---

*1 《아에네이스》에 나오는 아이네이아스 선대의 선장.

아, 끌라라!*²
외롭게 빛나는 별이여!
그대의 빛으로 청순해진 나.
그대의 얼굴이 감추어지면
나는 그 자리에서 죽어가리라.

노래 부르는 사람이 여기까지 불렀을 때, 도로떼아는 이렇게 좋은 노래를 끌라라에게 들려주지 않는 것은 냉정하다고 생각했다. 그래서 끌라라를 흔들어 깨웠다.

"자는 걸 깨워서 미안해요, 아가씨. 하지만 지금까지 한 번도 들어본 적이 없는 아름다운 노랫소리를 들려주고 싶어서요."

끌라라는 무척 졸린 듯이 눈을 떴는데, 도로떼아가 무슨 말을 하는지 알지 못한 듯 다시 물었다. 도로떼아가 되풀이해서 설명하자 끌라라도 주의 깊게 귀를 기울였다. 그러다가 노래를 2절까지 듣더니 갑자기 학질이라도 걸린 듯 몸을 떨면서 도로떼아의 품에 안겼다.

"아, 언니! 어쩌자고 나를 깨웠어요? 운명이 지금 이 순간 나의 눈과 귀를 막아버렸으면 좋겠어요. 그래서 저 노래 부르는 가엾은 사람을 보지도 듣지도 못하게 해주면 고맙다고 생각할 텐데요."

"아가씨, 그게 무슨 뜻이에요? 노래를 부르는 사람은 당나귀를 모는 젊은이라고 하던데?"

"아니에요. 저분은 사방에 영지를 가진 분이에요. 그리고 내 마음 속에도 저분이 영지를 갖고 있고요."

도로떼아는 소녀의 감성적인 말을 듣고 놀라면서, 아직 어린 나이에 비해 무척 깜찍하다고 생각했다.

"저, 끌라라 양. 당신은 내가 알아들을 수 없는 말을 하네요. 좀더 분명하게 이야기해 줘요. 마음의 영지가 무엇인지, 아가씨를 그토록 안절부절못하게 하는 저 노래의 주인공에 대한 이야기를 들려주세요. 하지만 지금은 아무 말 하지 않아도 좋아요. 모처럼 저렇게 아름다운 노래를 듣게 되었는데, 아가씨 이

---

*2 clara는 '밝다'는 형용사의 여성형. 동시에 법관의 딸인 끌라라를 가리킨다.

야기 때문에 중단하고 싶지 않거든요. 어머, 이번에는 다른 노래를 부르는 모양이에요."

"천천히 들어보세요."

끌라라는 그렇게 말하더니 정작 자신은 노래를 듣지 않으려고 두 손으로 귀를 막았다. 그것을 보고 도로떼아는 다시 한 번 놀랐으나, 곧 노랫소리에 집중했다.

대견스러워라, 나의 희망.
무성한 가시덩굴 속을 헤치고
스스로 만드는 길도 없는 길을
힘차게 앞으로 나아가네.
그대가 죽음과 나란히 가는 것을 보더라도
두려워할 것은 없다.

게으른 자는 영광의 관도 승리도
끝내 얻지 못하리.
운명에 항거하는 일도 없고
자기의 관능을
오로지 무위한 쾌락에만 맡기고 있으니
어찌 행복이 찾아올 수 있으리.

사랑이나 영예를 비싼 값으로 팔아본들
무슨 소용 있으리요.
기호에 따라 헤아리는
보배보다 더한 것은 없으니
손쉽게 얻는 것은
값없는 것임을 누구나 아노라.

오로지 사랑 하나로
그 어떤 고난도 극복하리라.

그러기에 나도 사랑을 안고
험한 사랑을 추구해 간다.
그리고 아직도 지상에서
하늘을 나는 꿈 버리지 않는다.

여기서 노랫소리는 그쳤는데 갑자기 끌라라가 흐느껴 울기 시작했다. 도로떼아는 부드러운 노래와 비통한 흐느낌에 어떤 사연이 깃들어 있는지 알고 싶어졌다. 그래서 그녀는 끌라라에게 아까 무슨 말을 할 생각이었느냐고 다시 물었다. 그러자 끌라라는 루스쎈다가 들을 것을 염려하여 도로떼아의 귀에 바짝 입을 대고는 이야기를 시작했다.

"언니, 방금 노래를 부른 사람은 아라곤 왕국*³ 출신의 어느 기사의 아들로 두 군데나 영지를 가지고 있답니다. 그는 마드리드에 있는 우리집 건너편에 살고 있었어요. 내 아버지는 집의 창문이라는 창문을 다 겨울에는 커튼으로, 여름에는 망사를 친 덧문으로 막아 놓고 있었어요. 그런데 언제인지는 모르지만 대학에 다니는 저 도련님이 교회에서인가 어디서인가 나를 보았어요. 그러고는 나를 좋아하게 되어서 창문으로 자꾸 손짓을 하거나, 눈물을 흘리면서 자기의 사랑을 내게 알리려고 애를 쓰는 거예요. 결국 나도 저 도련님을 믿고 사모하게 되어 저분이 요구하는 사랑이라는 게 무엇인지도 모르면서 저분을 사랑하지 않고는 못 견디게 되었어요. 저분이 나에게 한 손짓 중에는 손과 손을 꼭 잡는 것으로 나와 결혼하고 싶다는 뜻을 알려온 것이 있었어요. 나도 그렇게만 된다면 정말 좋겠다고 생각했지만, 내가 외동딸이고 어머니도 안 계시니 누구에게도 의논할 사람이 없었어요. 내 아버지와 도련님의 아버지가 집을 비우셨을 때 커튼이나 망사를 친 덧문을 조금 열고 얼굴을 내보일 뿐 그 외에는 어떤 호의도 보이지 못하고 지금까지 지내왔어요. 그런데 저분은 그 정도의 반응에도 무척 신이 나서 마치 미친 듯한 모습을 보이곤 하셨지요. 그러다가 아버지가 새로운 임지로 부임하실 시기가 되었고, 저분도 그 사실을 알게 되었어요. 그런데 그것은 내가 알려드린 것이 아니에요. 어떻게 그런 사실을 알려드릴 수가 있겠어요? 저분은 그만 병이 나서 자리에 눕게 되었는데, 아마 너무

———————
*3 중세기 스페인에 있었던 왕국 이름.

실망해서 그렇게 되었나 봐요. 그래서 우리가 출발하는 날에 하다못해 눈인사라도 하고 싶었는데, 저분의 얼굴조차 볼 수 없었어요. 그런데 떠나온 지 이틀째 되던 날 여기에서 하룻길 정도의 어느 주막에 도착했을 때, 저분이 당나귀를 모는 옷차림으로 입구에 서 있지 않겠어요? 그 모습이 너무 자연스러워서 만일 내가 저분의 모습을 마음에 새겨 두지 않았더라면 도저히 저분이라는 것을 알아보지 못했을 거예요. 저분을 알아보고 나는 놀랍고 기뻤어요. 저분은 아버지의 눈을 피해서 나를 훔쳐보았고, 우리가 묵은 주막에서도 언제나 아버지를 피했으며, 내 앞을 지나가면서도 아버지의 눈을 피했어요. 나는 저분이 누구라는 것을 알고 있기에 나에 대한 사랑 때문에 저렇게 고생스럽게 걸어다닌다고 생각하니 마음이 쓰리고 아팠어요. 그래서 저분이 있는 곳에 시선을 보내지 않을 수가 없었어요. 저분이 어떤 생각으로 집을 떠났는지, 어떻게 자신의 아버지 곁을 떠나올 수 있었는지는 모르겠어요. 저분은 외아들인데다 훌륭한 도련님이라 아버지로부터 여간 사랑을 받은 것이 아니었거든요. 그리고 이야기할 게 또 있어요. 저분이 부르는 노래는 모두 자신이 지은 거예요. 사람들이 하는 말을 들어보면 저분은 머리가 영리하고 시를 아주 잘 짓는다고 하거든요. 저는 저분의 모습을 보거나 노래하는 것을 들을 때마다 아버지가 저분을 알아볼까 봐, 또 우리의 마음을 눈치챌까 봐 두려워서 온 몸이 부들부들 떨리고 가슴이 두근거려요. 나는 아직 저분과 한 번도 말을 나눈 적은 없지만, 그래도 저분이 더할 수 없이 좋아져서 저분 없이는 이제 살아갈 수 없을 것 같아요. 언니, 아까 언니가 좋은 목소리라고 칭찬한 그 노래를 부른 분에 대해서 내가 이야기할 수 있는 것은 이것이 전부예요. 노래만 들어도 단순히 당나귀를 모는 젊은이가 아니라 내가 말한 대로 내 마음에 영지를 갖고 있는, 내 마음의 주인이라는 것을 알 수 있을 거예요."

"이제 아무 말도 하지 말아요, 끌라라."

도로떼아가 이렇게 말하면서 몇 번이나 소녀에게 입을 맞추었다.

"더 이상 말하지 말고 날이 밝기만 기다립시다. 두 사람의 사랑은 참으로 깨끗하게 시작되었어요. 그 시작에 어울리는 행복한 열매를 맺도록 하느님께서 도와주실 거예요."

"아니에요. 틀렸어요, 언니! 저분의 아버지는 그야말로 높은 신분에 대단한 부자라서 나 같은 여자는 며느린커녕 아드님에게 딸린 하녀로도 부족하다고 생각하실 거예요. 그러니 어떻게 열매가 맺기를 기대할 수 있겠어요? 그렇다고 우리 아버지 몰래 결혼한다는 것은 이 세상을 다 준다고 해도 할 수 없는 일이에요. 나는 다만 저분이 나를 포기하고 되돌아가는 것만 바랄 뿐이에요. 저분의 모습이 보이지 않게 되고 오랜 시간이 흐르면 지금의 이 괴로움도 점점 줄어들겠지요. 그러나 나 혼자서 생각하는 이 방법도 나에게는 아무런 도움이 되지 않을 것 같아요. 도대체 어떻게 일이 이 지경이 되었는지, 저분에 대한 내 사랑이 어디서 스며들어왔는지 알 수가 없어요. 나는 아직 어리고 저분도 어린 걸요. 우리가 동갑인 것은 분명한데, 나는 아직 열여섯 살도 되지 않았어요. 성 미카엘 날이 되면 열여섯 살이 된다고 아버지께서 말씀하셨으니까요."

도로떼아는 끌라라가 순진하게 이야기하는 것을 듣고 저도 모르게 그만 웃고 말았다.

"아가씨, 이제 그만 자도록 해요. 곧 날이 새겠어요. 날이 새면 좋은 일이 있을 거예요."

이렇게 그녀들은 다시 잠이 들고 온 주막 안이 조용해졌다. 다만 주막집 딸과 하녀 마리또르네스만이 자고 있지 않았다. 이 두 사람은 돈끼호떼의 상식을 벗어난 광기를 알고 있었고, 그가 갑옷을 걸치고 말을 탄 채 주막 밖에서 보초를 서고 있다는 것도 알고 있었으므로 그를 곯려 주거나 그의 어처구니 없는 소리를 들어보자고 작정했다.

그런데 이 주막은 옥외로 향한 창문이 하나도 없고, 다만 밖에서 짚을 던져 넣는 구멍이 하나 뚫려 있을 뿐이었다. 이 구멍으로 선머슴 같은 두 처녀가 내다보니, 돈끼호떼는 말에 올라앉아 창문에 기댄 채 이따금 괴롭고 깊은 한숨을 쉬는 것이었다. 그러다가 갑자기 부드럽고 정겹고 사랑스러운 목소리로 지껄이는 것이었다.

"오, 귀여운 둘씨네아 델 또보소! 모든 아름다움의 극치, 슬기의 정점, 형용할 수 없는 우아함의 보고, 정절의 샘, 그리고 마지막으로 이 세상에서 가장 유익하고 올바르고 즐거운 것의 이상이여! 그대는 지금 이 시간에 무엇을 하고 계시오? 오로지 그대를 섬기기 위해 무수한 위험에 스스로 몸을 던지는 그대의 노예인 이 기사를 생각하고 계신지. 오, 세 얼굴의 천체*4여, 내 임의

---

*4 달을 가리킴. 즉 초승달, 보름달, 그믐달의 세 가지.

소식을 전해다오. 아마도 당신은 내 임의 아름다운 용모를 부러워하며 지금도 그 얼굴을 바라보고 있으리라. 지금 임은 호화로운 왕궁의 화랑을 거닐면서, 혹은 발코니 난간에 가슴을 기댄 채 스스로의 청순함과 고귀함을 더럽힘 없이, 자기로 인해 괴로워하는 나의 슬픔을 어떻게 위로해줄 것인지, 이 몸의 고난에 어떤 영예를 줄 것인지, 이 몸의 불안에 어떤 안정을 줄 것인지, 요컨대 이 몸의 죽음에 어떤 삶을, 이 몸의 봉사에 어떤 상을 내릴 것인지 곰곰이 생각하고 계시리라. 태양이여! 당신은 진작 일어나 나의 공주를 보고자 부라부랴 말에 안장을 얹어놓으라. 당신이 내 임을 볼 때는 이 몸 대신 축복의 말 전할 것을 잊지 말기를. 그러나 공주에게 축복의 말을 전할 때는 내 임의 얼굴에 당신의 입술이 닿지 않기를. 당신을 향한 나의 질투는 일찍이 당신이 텟살리아의 광야나 페네우스의 강변을 땀에 흠뻑 젖어 달렸을 때, 저 걸음 빠른 무정한 아가씨(아폴로에게 쫓기는 다프네)에게 품었던 질투보다 훨씬 크리라는 것을 알라. 당신이 질투와 연모의 정에 빠져 뛰어다니던 곳이 어디인지 뚜렷이 기억하지는 못하지만."

돈끼호떼가 슬픈 목소리로 여기까지 지껄였을 때 주막집 딸이 쥐새끼 우는 소리를 내면서 말했다.

"여보세요, 나리. 괜찮다면 이리 좀 오세요."

이 소리에 돈끼호떼는 고개를 돌려 밝은 달빛 아래 보이는 구멍에서 자기를 부르고 있는 것을 발견했다. 하기야 그의 눈에는 그 구멍이 금빛 창살로 지은 창문으로 보였다. 이 주막이 그가 공상하는 것처럼 훌륭한 성이었다면 아마 그것도 무리는 아니었을 것이다. 그리고 돈끼호떼의 고장난 머릿속에는 이 성의 마님이 애지중지하는 따님인 아름다운 공주가 연정을 이기지 못하고 자기에게 청혼하러 온 것이라는 엉뚱한 공상이 떠올랐다. 그는 예의를 모르는 무정한 사나이로 보이지 않기 위해 로시난떼의 고삐를 돌려 구멍 쪽으로 접근했고, 거기서 두 젊은 여인을 발견하고는 냉정하게 말했다.

"딱한 일이오, 아름다운 공주여. 그대의 지극히 높은 인품과 정숙함에 보답하기 어려운 엉뚱한 사람에게 연모의 마음을 보내셨소. 이 몸은 처음 본 순간부터 내 영혼의 절대적인 주인이 된 그분 외에 다른 여인에게는 마음을 바치지 않겠다고 맹세했소. 그러니 이 보잘것없는 방랑 기사를 책망하지 마시기를. 착한 공주여, 나를 용서하시고 집으로 돌아가시오. 그대의 마음을 더 털어놓아 나를 더 무정한 인간으로 만들지 마오. 그대가 나에게 품고 있는 연정 외에 그대의 마음을 달랠 수 있는 다른 것이 있거든 나에게 부탁하시오. 헤어져 있는 나의 그리운 공주를 두고 맹세하건대 그 소원을 꼭 이루어 드리리다. 설혹 그대가 메두사의 뱀 머리카락이나 유리병에 채운 햇빛 자체를 원한다 해도 말이오."

이때 마리또르네스가 입을 열었다.

"우리 공주님은 그런 건 조금도 필요 없어요, 기사님."

"그렇다면 그대의 공주는 무엇을 바라시는가, 영리한 시녀여?"

"공주님을 이 구멍으로 나오게 한 그 애절한 소망을 풀어주려면 기사님의 한쪽 손만 내밀어 주시면 됩니다. 그 정도라도 공주님의 명예를 위태롭게 하는 일이에요. 만일 공주님의 아버님이 눈치채시면 공주님의 다리는 성하지 못할 테니까요."

"공주님의 아버지께서 그러실 리가 없지. 사랑에 괴로워하는 딸의 허약한 몸에 손을 댔다가 세상에서 가장 추한 죽음을 맞이하고 싶지 않다면."

마리또르네스는 돈끼호떼가 틀림없이 한쪽 손을 내밀 것 같았으므로 어떻게 할까 생각하다가 구멍에서 내려와 마구간으로 달려갔다. 거기서 산초 빤사의 당나귀 고삐를 끌러서 부리나케 구멍으로 되돌아왔다. 이때 돈끼호떼는 사랑의 아픔에 괴로워하는 공주가 있다고 상상한 창살에 손이 닿도록 로시난떼의 안장 위에 서서 한쪽 손을 내밀면서 말했다.

"공주, 이 손을 잡으시오. 아니 정확히 말해서 세상의 악인들에게 철퇴를 내리는 이 손을 잡으시오. 자, 이 손을 잡으시오. 어떤 여인의 손도 닿지 않았던, 내 몸의 주인이신 그분의 손도 닿지 않았던 손이오. 이 손을 내미는 것은 입을 맞추라는 것이 아니라 내 손의 신경 조직과 근육의 생김새와 혈관의 굵기, 분포를 보고 이런 손을 가진 팔의 힘이 어느 정도인지 짐작하라는 뜻이오."

마리또르네스가 대답했다.

"어디 좀 보여주세요."

그리고는 고삐로 동그랗게 고리로 만들어서 거기에 돈끼호떼의 손목을 걸고는 구멍에서 내려와 고삐의 다른 한쪽을 곳간문의 빗장에 묶어 놓았다. 돈끼호떼는 손목에 끈의 거칠거칠한 감촉을 느끼며 말했다.

"공주는 내 손을 쓰다듬는 셈이 아니라 강판으로 갈고 있는 것 같구려. 그토록 거칠게 하실 건 없소. 내가 그대에게 냉정하게 대하는 것이 이 손의 잘못도 아니고, 그토록 조그마한 부분에 모든 화풀이를 하는 것은 옳지 않소. 깊이 생각하는 사람은 그렇게 심하게 보복하지 않는 법이오."

그러나 돈끼호떼의 말을 아무도 듣고 있지 않았다. 마리또르네스는 그를 고삐로 묶고는 주인집 딸과 함께 웃음을 삼키면서 얼른 주막 안으로 들어가 버렸기 때문이었다.

앞에서도 말했듯이 돈끼호떼는 말안장 위에 서서 한쪽 팔을 구멍 안으로 집어넣고 있었고, 그의 손목은 입구의 빗장에 묶여 있었다. 만일 로시난떼가 좌우 어느 쪽으로든 움직이면 싫어도 한쪽 팔로 매달리게 될 판이었다. 그는 두려움과 걱정에 진땀이 날 지경이었다. 그래서 조금도 몸을 움직이려 하지 않았다. 하기야 로시난떼의 끈기와 온순함을 생각한다면 꼬박 100년이라도 움직이지 않을 것 같기는 했다.

그러다가 돈끼호떼는 자기의 몸은 묶인 채 귀부인들이 이미 사라져 버렸다는 것을 깨달았다. 이 모든 일은 지난번에 바로 이 성에서 마바리꾼으로 변신한 무어인들에게 실컷 욕을 본 것과 같은 마법으로 일어난 일이라고 상상하고 자기의 경솔함과 무분별함을 저주했다. 이 성에서 그토록 호되게 당하고도 또다시 멍청하게 이 성에 들어왔기 때문이었다. 어떤 모험을 시도했다가 성공하지 못했을 때는 그 모험이 자기가 아닌 다른 기사들을 위해 마련된 것이라는 증거이니, 방랑 기사는 그것을 다시 시험할 필요가 없는데 자기는 똑같은 성에 다시 온 것이 아닌가. 그래도 그는 혹시 여기에서 벗어날 방법이 있을까 하여 팔을 당겨 보았다. 그러나 단단히 묶여 있어서 그의 시도는 수포로 돌아갔다. 하기야 로시난떼가 움직여서는 안 되기 때문에 조심스럽게 당기기는 했다. 그는 안장에 앉고 싶었지만 그대로 서 있거나 손을 빼내는 수밖에 없었다.

그 때 그는 그 어떤 마법도 듣지 않는 아마디스의 칼이 있었으면 하고 생각하기도 했고, 자기의 불운을 저주하는가 하면, 자신이 마법에 걸려 이렇게 서 있는 동안에 세상이 입을 손실에 대해 과장하여 생각하기도 했다. 그리고 자기가 그리워하는 둘씨네아 델 또보소를 떠올리기도 하고, 자신의 훌륭한 종자 산초 빤사를 불러보기도 했지만, 그 종자는 깊은 잠에 빠져서 당나귀의 안장에 드러누웠으므로 이때는 자기를 낳아준 어머니조차 까맣게 잊고 있었다.

또한 현인 리르간데오*5와 알끼뻬*6를 부르며 구원을 청하기도 하고, 사람 좋은 우르간다를 불러 대면서 살려 달라고 호소하기도 했다. 그 자리에 그렇게 선 채 절망과 초조 속에 마치 황소처럼 신음하고 있는 그의 몸에 아침 햇살이 비치기 시작했다. 그는 마법에 걸렸다고만 생각하고 있었으므로 고통이 영원히 계속될 것으로 알고, 낮이 된다 해도 이 고통이 사라지리라고는 기대하지 않았다. 뿐만 아니라 로시난떼가 꼼짝도 하지 않는 것을 보고는 더욱 그렇게 믿었다. 그래서 자기와 말이 이런 식으로 먹지도 마시지도 자지도 못한 채, 이 불운이 지나갈 때까지, 아니면 더 훌륭한 마법사가 이 마법을 풀어줄 때까지 이러고 있을 수밖에 없다고 믿었다.

그러나 그의 믿음에는 커다란 착오가 있었다. 날이 새기 시작했을 무렵 훌륭한 옷차림으로 안장 앞에 총을 놓은 채 말을 탄 네 명의 사나이가 주막에 도착했던 것이다. 그들은 아직 닫혀 있는 문을 세게 두드렸다. 아직도 보초를 서고 있던 돈끼호떼가 그들을 보고는 커다란 소리로 외쳤다.

"기사인지 종자인지는 모르나 이것들 보시오. 이 성의 문을 아무리 두드려도 소용없는 일이오. 이 시간에는 성 안에 있는 사람들이 모두 잠들어 있고, 태양이 지상을 고루 비출 때까지는 성채의 문을 여는 관습이 없다는 것은 누구나 다 아는 일 아니겠소? 저쪽으로 물러나서 날이 더 밝을 때까지 기다리시오. 당신들을 맞아들이는 일이 옳은지 그른지는 그 때 가서 결정하기로 합시다."

한 사나이가 비웃으며 말했다.

"제기랄, 이까짓 게 무슨 성이며 요새란 말이오? 그런 까다로운 의식을 우리더러 지키라는 거요? 당신이 이 주막의 주인이라면 빨리 문을 여시오.

우리는 말에게 여물만 주고 당장 떠날 나그네들이오. 갈 길이 바쁘단 말이오."

"그러면 기사분들 눈에는 내가 주막 주인 따위로 보인다는 말이오?"

"무엇으로 보이는지는 알 바 아니지만 이 주막을 성이라고 부르다니, 당신이

<hr />

*5 《태양의 기사》의 스승이며 기록자. 마법학을 열심히 공부하여 뛰어난 현자가 되었다고 전해진다.
*6 《아마디스 데 그레시아》에 의하면 당대 제일가는 마법사였다고 하며 《리수아르떼 데 그레시아》에서 얼굴도 모르는 우르간다의 둘째 남편이 된다.

돈끼호떼의 두 발은 설 곳을 잃고……

허튼 소리를 지껄이고 있는 것만은 틀림없소."

"이건 성이오. 그것도 이 지방에서 제일가는 성이오. 더욱이 이 안에 계신 분들은 손에 황금의 홀을 쥐고 머리에 왕관을 쓴 분들이라오."

"말을 거꾸로 하는군. 머리에 홀을 쓰고 손에 왕관을 들었겠지. 아마 웬 떠돌이 극단이 여기 묵고 있는 모양이군. 떠돌이 극단의 배우들이라면 당신이 말한 것처럼 왕관이나 홀 같은 것을 들고 다니거든. 암만 생각해도 이런 보잘 것없는 주막에, 더욱이 이토록 외딴 곳에 왕관이나 홀을 가진 분들이 묵을 것 같지 않단 말이야."

"세상 일을 모르는 분들이군. 당신들은 방랑 기사에게 흔히 일어나는 일들을 도무지 모르고 있단 말이야."

돈끼호떼와 말을 나누던 사나이와 그 일행은 대화에 싫증이 나서 다시 문을 힘껏 두들기기 시작했다. 그 소리가 너무 요란했으므로 주막 주인뿐 아니라 잠을 자던 손님들이 모두 잠에서 깼다. 주인은 누가 부르는지 알아보려고 자리에서 일어나서 밖으로 나왔다. 그 때 주막문을 두들긴 네 사나이가 타고 온 말들 가운데 한 마리가 로시난떼의 퀴퀴한 냄새를 맡으러 다가왔다. 로시난떼는 뻣뻣하게 서 있는 주인의 몸을 지탱하기 위해 침울하고 애처롭게 두 귀를 축 늘어뜨린 채 꼼짝도 하지 않았다. 그러나 아무리 통나무 같은 로시난떼라 해도 피와 살을 가진 생명이라, 자기에게 애교를 부리며 다가오는 말의 냄새를 맡고 흥분하기 시작했다. 그래서 로시난떼는 조금 몸을 움직였는데, 그 바람에 돈끼호떼의 두 발은 설 곳을 잃게 되어 안장에서 미끄러졌으니, 한쪽 팔로 매달리지 않았다면 땅바닥으로 굴러 떨어질 뻔했다. 그는 어찌나 아팠는지 손목이나 팔이 빠졌다는 생각이 들 정도였다. 그는 바닥과 매우 가까이 닿아 있어서 발끝을 힘껏 뻗으면 가까스로 땅에 닿을 정도였다. 그러나 이것이 오히려 그에게는 해를 끼쳤다. 이제 조금만 노력하면 발바닥이 땅에 닿겠다는 생각에서 땅에 내려서려고 몸부림치며 다리를 힘껏 뻗는 바람에, 마치 도르래에서 고문을 받으면서 다리가 땅에 닿을까 말까 하는 정도에 매달려 있는 자들과 같은 꼬락서니가 되었다. 조금만 몸을 뻗으면 땅바닥에 닿는다는 괜한 희망에 속아 힘껏 다리를 뻗는 바람에 자기의 고통을 더 심하게 만들고 말았다.

제44장
주막에서 계속 벌어지는 굉장한 사건들

돈끼호떼가 지른 비명이 너무 요란스러웠으므로 주인은 깜짝 놀라서 누가 저렇게 소리를 지르나 하여 뛰쳐나왔고, 자고 있던 다른 사람들도 밖으로 나왔다.

이 비명에 잠을 깬 마리또르네스는 틀림없이 그것이 원인이라고 생각하여 짚을 넣어 두는 곳간으로 달려갔다. 그러고는 아무에게도 들키지 않게 돈끼호떼를 매달았던 고삐를 풀었다. 그 바람에 돈끼호떼는 주막 주인과 나그네들 앞에서 바닥으로 떨어졌고, 사람들은 그에게 달려가 대체 어떻게 된 일이냐고 질문을 퍼부었다. 돈끼호떼는 한 마디 대답도 없이 손목에서 고삐를 끄르고는 일어서서 로시난떼에 올라타더니, 방패를 팔에 고정시키고 창을 쥐고는 꽤 먼 거리까지 물러갔다가 다시 달려오면서 외쳤다.

"그 누구이건 내가 마법에 걸린 것이 당연한 일이라고 말하는 자가 있다면, 미꼬미꼬나 공주의 허락을 받아 그자의 거짓을 만천하에 폭로하고 일대일의 결전을 벌이리라."

나그네들은 돈끼호떼의 선언에 깜짝 놀랐다. 그러나 주막 주인이 저 사람은 돈끼호떼라고 하는데 제정신이 아니니 상대할 것 없다면서 그들의 놀라움을 가라앉혔다.

나그네들은 주막 주인에게 혹시 이 주막에 열다섯 살 정도 되는 젊은이가 묵지 않았느냐, 당나귀를 몰고 있으며 인상이나 복장은 이러이러하다고 말했다. 들어보니 끌라라의 연인을 말하는 것이었다. 주인은 지금 이 주막에는 워낙 많은 손님들이 묵고 있으므로 그런 젊은이는 눈여겨보지 못했다고 대답했다. 그런데 나그네 가운데 한 사람이 법관이 타고 온 마차를 보더니 말했다.

"확실히 여기 계신다. 이것이 도련님이 뒤쫓아갔다는 그 마차야. 우리 가운데 한 사람은 입구에 남고, 나머지는 안으로 들어가서 찾기로 하지. 아니, 또

한 사람은 이 주막 주위를 둘러보는 게 좋겠군. 뒷마당의 흙담을 타고 도망치시면 곤란하니까."

"그게 좋겠네."

나머지 나그네들은 그 제안에 찬성했다.

그래서 두 사람은 안으로 들어가고 한 사람은 입구에 남았으며 또 한 사람은 주막 주위를 감시하러 나갔다. 주막 주인은 이 모든 것을 지켜보고 있었다. 아까 자기에게 들려준 그런 특징을 가진 젊은이를 찾으려는 것은 알겠지만 어째서 이렇게 소란을 피우는지 알 수가 없었다.

날이 환히 밝은데다 돈끼호떼가 일으킨 소동 때문에 모두 자리에서 일어났는데, 특히 끌라라와 도로떼아는 더 일찍 일어났다. 한 사람은 가까이에 연인이 있다는 사실에 마음이 심란했고, 또 한 사람은 그 젊은이를 보고 싶은 호기심에 제대로 잠을 잘 수가 없었던 것이다. 돈끼호떼는 네 사람의 나그네 가운데 누구 하나 자기에게 관심을 갖지도 않거니와 자기의 질문에 대답도 하지 않아 매우 분노한 상태였다. 만일 그가 신봉하는 기사도에 방랑 기사는 약속 이외의 일을 해도 괜찮다는 조항이 있었다면, 아무리 약속한 일을 완수할 때까지는 다른 일에 손을 대지 않겠다고 맹세했더라도 그 나그네들에게 덤벼들어 힘으로라도 대답을 강요했을 것이다. 그러나 미꼬미꼬나 공주를 왕국의 옥좌에 앉힐 때까지는 새로운 일을 시작한다는 것은 옳은 일이 아니라고 생각되었기에 나그네들의 일이 어떤 결과를 가져오는지 조용히 방관하는 수밖에 없었다. 이윽고 그들 가운데 한 사람이 젊은이를 찾아냈는데, 젊은이는 당나귀를 모는 다른 젊은이 옆에서 누가 자기를 찾는지도 모르고 깊이 잠들어 있었다. 나그네는 젊은이의 팔을 잡으며 말했다.

"돈루이스님, 입고 계신 옷은 도련님에게 잘 어울리는군요. 그 잠자리도 도련님 어머니께서 도련님을 키우실 때 쓰신 것처럼 훌륭하구요."

젊은이는 잠에 취한 눈을 비비면서 자기에게 말을 거는 사람을 유심히 바라보다가 자기 아버지의 종자라는 것을 알아보고는 눈이 휘둥그레졌다. 종자가 계속 말을 이었다.

"이렇게 된 이상 할 수 없습니다, 돈루이스님. 이제 단념하고 집으로 돌아가셔야 합니다. 도련님의 아버지이고 제 주인인 어르신이 돌아가시는 것을 바라지 않는다면 말입니다. 주인님은 도련님이 사라진 뒤 너무 걱정하신 나머지 언제 어떻게 될지 모르는 형편에 계시니까요."

"대체 어떻게 아버지가 아신 거지? 내가 이런 복장으로 이리로 떠나온 것을 말이야."

"도련님이 모든 계획을 이야기해 주었던 그 학생이 주인님께 털어놓았습니다. 도련님이 모습을 감추셨을 때 주인님이 한탄하시는 모습에 동정심을 갖게 된 것이지요. 그래서 저희 네 사람이 이렇게 도련님을 찾으러 나오게 된 것입니다. 이제 저희가 모두 도련님의 시중을 들기 위해 이곳에 왔고, 도련님을 그토록 기다리는 주인님 앞에 모시고 돌아가게 되었으니 저희도 말로 표현할 수 없을 만큼 기쁩니다."

"하지만 그건 내가 그렇게 하고 싶거나, 아니면 하느님이 그렇게 명령하시는 경우에나 그럴 수 있지."

"집으로 돌아가지 않고 대체 어떻게 하시겠다는 말입니까? 하느님이 대체 무슨 명령을 하신다는 말입니까? 도련님은 집으로 돌아가는 것 외에 다른 방법이 없습니다."

두 사람 사이에 오가는 이런 대화를 돈루이스 곁에서 자던 또 한 사람의 당나귀를 모는 젊은이가 모두 듣고 있었다. 그는 그 자리를 떠나서 돈페르난도와 까르데니오와 그 밖에 다른 사람들에게 가더니 방금 일어난 일을 전해주었다. 그는 나그네가 젊은이에게 '돈'이라는 경칭을 붙여서 부르는 일이며, 서로가 주고받은 대화며, 아버지에게 데려가려 하나 젊은이가 좀처럼 응하지 않는다는 것을 그들에게 말했다. 그들은 이런 사정과 함께 젊은이가 천부적인 미성을 가지고 있다는 것을 알게 되었으므로 젊은이에 대해서 좀더 자세히 알고 싶어졌고, 만일 나그네들이 힘으로 뜻을 이루려 한다면 젊은이를 도와주어야겠다는 생각까지 하게 되었다. 그래서 그들은 돈루이스가 아직도 종자와 승강이하면서 자기 주장을 고집하는 곳으로 갔다.

이때 도로떼아가 방에서 나왔고 그 뒤에는 끌라라가 무척 심란한 얼굴로 서 있었다. 도로떼아는 까르데니오를 따로 부르더니 당나귀를 모는 젊은이와 끌라라의 사정을 간략하게 들려주었다. 그러자 까르데니오는 도로떼아에게, 젊은이의 아버지가 보낸 종자들이 젊은이를 찾으러 와서 일어난 일을 이야기했다. 그 소리는 작지 않아서 끌라라도 듣게 되었으므로 그녀는 그만 정신이 아찔해졌다. 만일 도로떼아가 다가가서 부축해주지 않았더라면 바닥에 쓰러질 뻔했다. 까르데니오가 도로떼아에게 방에 들어가 있으면 자기가 어떻게 해서든지 잘 수습해보겠다고 말했으므로 그녀들은 그 말에 따랐다.

돈루이스를 찾으러 온 네 종자는 주막 안으로 몰려 들어가서 젊은이를 에워싸더니 시간을 끌지 말고 한시바삐 아버지를 위로해드리기 위해 돌아가자고 설득했다. 그러나 그는 자기의 인생, 명예, 영혼을 건 일의 목적을 이루기 전에는 결코 돌아갈 수 없다고 대답했다. 그러자 종자들은 그에게 점점 가까이 가면서, 그와 함께가 아니라면 도저히 되돌아갈 수 없다며 승낙을 하건 안 하건 데리고 가겠다고 말했다.

돈루이스는 고집스럽게 말했다.

"그렇게는 안 돼! 내 시체를 들고 간다면 모르지만 말이야. 만일 데려가려면 나를 죽이고 데려가."

이때는 주막에 묵고 있는 사람들 거의 모두가, 특히 까르데니오, 돈페르난도와 그 동료들, 법관, 신부, 이발사, 그리고 이제 성의 보초를 설 필요가 없다고 생각한 돈끼호떼까지 모여있었다. 까르데니오는 젊은이의 이야기를 알고 있었으므로 그를 데려가려고 하는 종자들에게 이 젊은이가 싫다는 데도 굳이 데려가려는 이유를 물었다.

네 종자 가운데 한 사람이 대답했다.

"그 이유는 이 도련님의 아버님인 주인님을 살리기 위해서입니다. 도련님이 집을 나가신 탓으로 주인님은 잘못하면 목숨을 잃을 지경이 되었거든요."

이에 대해 돈루이스가 말했다.

"여기서 나에 대한 말을 지껄일 건 없다. 나는 자유의 몸이니 내 마음이 내키면 언제든지 돌아간다. 내가 싫다면 너희들 중에 누구도 나에게 강요할 수는 없는 거야."

조금 전에 말을 꺼낸 종자가 대답했다.

"이성(理性)이 도련님을 집으로 안내할 것입니다. 설혹 그것이 도련님을 움직이지 못한다면 저희가 의무를 다해 그 일을 실천하겠습니다."

이때 법관이 끼어들었다.

"이 일의 발단을 알고 싶구나."

종자가 이웃이었던 법관을 알아보고 대답했다.

"법관 나리, 이 도련님을 모르시겠습니까? 이분은 바로 나리의 이웃에 살고 있던 도련님입니다. 지금 보시다시피 신분에 맞지 않는 차림으로 집을 뛰쳐 나오셨습니다."

법관은 그제야 돈루이스를 자세히 바라보고는 그가 누구라는 것을 알게 되자 그를 얼싸안으며 말했다.

"이게 무슨 철없는 짓인가, 돈루이스군! 신분에 맞지 않게 이런 몰골로 여기까지 올 피치 못할 사정이라도 있었단 말인가?"

젊은이는 눈물을 흘리며 아무 말도 하지 못했다. 법관은 종자들에게 모든 일이 다 잘 될 테니 안심하라고 했다. 그러고는 돈루이스의 손을 잡고 한쪽으로 데려가서 대체 무슨 까닭으로 집을 나왔느냐고 물었다.

그 때 주막 문간에서 소란스러운 말소리가 들려왔다. 그것은 두 숙박객이 돈루이스의 종자 4명이 간밤에 일으킨 소란으로 모든 사람들이 정신이 없는 틈을 타서, 숙박비도 지불하지 않고 그대로 달아나려 했기 때문이었다. 주막 주인은 다른 사람 일보다는 자기 장사에 더 열심이었기 때문에 그들을 붙잡아서는 숙박비를 내놓으라고 욕설을 퍼부었고, 숙박객들은 주먹질로 그에 맞섰다. 그리하여 호되게 두들겨 맞은 가엾은 주막 주인은 비명을 지르며 구원을 요청해야 했다. 주막집 안주인과 딸은 돈끼호떼 외에는 도와줄 사람이 없다고 생각했다. 그래서 딸은 돈끼호떼에게 애원했다.

"기사님, 하느님이 내려주신 그 힘으로 제발 우리 아버지를 살려주세요. 두 악당 놈들이 아버지를 마치 절구에서 밀가루를 빻듯 하고 있어요."

돈끼호떼는 유유히 대답했다.

"아름다운 아가씨, 지금은 그대의 요구를 들어드릴 수 없소. 왜냐하면 나는 일단 약속한 모험을 완수하기 전에는 다른 모험에 손을 대지 못하도록 되어 있기 때문이오. 다만 그대를 돕기 위해 내가 할 수 있는 일을 말씀드리면, 얼른 가서 아버님께 될 수 있는 대로 그 싸움을 오래 끌어서 항복하지 말라고 말씀드리시오. 그동안에 부친의 곤경을 도울 수 있는 허락을 미꼬미꼬나 공주에게서 받아 내겠소. 그 허락만 떨어지면 부친을 구원하는 일을 반드시 해낼 것이오."

옆에 서 있던 마리또르네스가 기가 차다는 듯이 말했다.

"어머머, 그게 뭐야? 기사님이 허락을 받기도 전에 우리 주인님은 저 세상으로 가버릴 걸요."

"시녀여, 내가 허락을 받을 때까지 기다려 주시오. 그렇게만 되면 주인이 저 세상으로 간다고 해도 걱정할 건 없소. 내가 주인을 저 세상으로 보낸 자들에게 반드시 호되게 복수해줄 테니, 일단은 만족할 수 있을 것이오."

돈끼호떼는 이것으로 말을 맺고 도로떼아 앞으로 가서 무릎을 꿇더니, 지금 존망의 위급한 처지에 빠진 이 성의 주인을 구원하러 갈 수 있도록 허락해달라며 제법 방랑 기사다운 말투로 청원했다. 공주는 쾌히 허락했으므로 그는 곧 방패를 팔에 고정시키고 칼을 들고는 아직도 두 숙박객이 주인을 두들겨 패고 있는 문간으로 달려갔다. 그러나 돈끼호떼는 그 자리까지 달려가고는 멍청하게 서 있었다. 마리또르네스와 안주인이 왜 그러고 있냐며 주인을 살려달라고 재촉했지만, 돈끼호떼는 꼼짝도 하지 않았다.

"내가 가만히 서 있는 이유는 종자 따위를 상대로 칼을 뺀다는 것이 떳떳한 일이 못 되기 때문이오. 내 종자 산초를 여기에 불러주시오. 이런 경우의 지원이나 보복은 그가 할 일이니 말이오."

주막 입구에서의 주먹다짐은 마침내 최고조에 달해서 주막 주인은 온몸이 상처투성이가 되었고, 마리또르네스와 안주인과 딸은 그저 악을 쓰고 흥분할 뿐이었다. 그녀들은 돈끼호떼의 겁많고 나약한 모습과, 자기 주인이며 남편이며 아버지인 주막 주인에게 일어난 불행에 격분하여 어찌할 줄을 몰랐다.

그러나 우리는 주막 주인을 잠시 내버려두기로 하자. 주막 주인을 도울 사람이 없는 것도 아닐 것이고, 만일 없다고 해도 고통스러워하다가 저절로 조용해질 것이다. 우리는 50보만 되돌아가서, 법관이 돈루이스를 한쪽으로 데려가서 초라한 옷차림으로 여기까지 걸어서 온 이유를 물었을 때 젊은이가 뭐라고 대답했는지를 알아보기로 하자.

젊은이는 법관의 두 손을 꼭 잡고는 가슴이 미어지는 슬픔을 참지 못하고 하염없이 눈물을 흘리며 말했다.

"법관님, 저는 다만 이 말씀밖에 드릴 수가 없습니다. 하늘의 뜻인지 나리의 이웃에 산 덕분에 나리의 따님인 도냐 끌라라의 모습을 본 순간부터 그분을 연모하여 제 마음의 주인으로 삼았다는 것입니다. 그러니 저의 참된 주인이자 아버님인 나리께서 반대하지 않는다면, 오늘 당장에라도 따님을 제 아내로 삼겠습니다. 따님 때문에 저는 아버지를 버렸고, 따님 때문에 이런 옷차림을 했습니다. 마치 화살이 과녁을, 뱃사공이 북극성을 향해 가듯 어디까지라도 따님의 뒤를 따르려고 말입니다. 따님은 그저 제가 눈물 흘리는 모습을 멀리서 보고는 비로소 제 마음을 짐작한 데 지나지 않습니다. 나리는 제 양친이 풍족하고 신분이 높다는 것을 알고 계시고, 제가 그분들의 뒤를 이을 외아들이라는 것도 알고 계십니다. 이런 조건들이 나리의 마음을 흡족하게 한다면 저를 당장 나리의 사위로 삼아주십시오. 만약 제 아버지께서 다른 계획이 있어 제가 발견한 이 행운을 마음에 들어하지 않는다 해도, 사물을 변화시키고 파괴하는 데 있어서 시간은 사람의 의지보다 훨씬 강하답니다."

사랑에 빠진 젊은이는 이렇게 말하고 입을 다물었다. 법관은 젊은이가 자기 가슴 속에 간직한 생각을 매우 진지하게 털어놓은 데 놀라고 감탄했지만, 생각하지도 않은 갑작스러운 일이라 어떤 태도를 취해야 좋을지 알 수 없었다. 그래서 법관은 젊은이에게 당장 끌려가지 않도록 종자들은 어떻게든 잘 구슬려 놓고, 모든 사람에게 다 좋은 조치를 생각할 시간을 가져야 한다고 말할 뿐 다른 말은 할 수 없었다. 돈루이스는 법관의 손에 입을 맞추고 그 손을 눈물로 적셨다. 이 행동이 법관의 마음을 움직인 것은 당연한 일이었고 아마 대리석이라도 감동시켰을 것이다. 법관은 사려 깊은 사람이었기에 딸의 입장에서 이 혼담은 썩 괜찮은 일이라는 것을 깨달았다. 그래서 가능하다면 돈루이스의 아버지를 만나서 그의 동의를 얻은 다음에 일을 추진하고 싶었다. 들은 바로는 돈루이스의 아버지는 자기 아들을 귀족으로 만들고 싶어한다고 했기 때문이었다.

이때 두 숙박객과 주막 주인은 화해를 하고 있었다. 돈끼호떼가 숙박객들을 협박하지 않고 온화한 말로 주막 주인이 달라는 금액을 지불하도록 설득했기 때문이었다. 그리고 돈루이스의 종자들은 법관과 돈루이스의 결심을 기다리고 있었다. 그런데 이때 결코 잠들지 않는 악마가 이발사를 주막으로 들어오게 했다. 그 이발사는 돈끼호떼에게 맘브리노의 투구를 빼앗기고 산초 빤사와 억지로 마구들을 바꾼 사람이었다. 이발사는 마구간으로 자기 당나귀를 끌고 갔다가 마침 거기서 안장을 손질하던 산초를 보게 되었다. 안장을 보자마자 이발사는 대뜸 그것이 자기 것이라는 것을 알아채고 다짜고짜 산초 빤사에게 덤벼들었다.

"이놈아, 이 도둑놈아! 이제야 잡았다! 내 놋대야와 안장과 나한테서 빼앗아 간 마구를 전부 내놔라!"

산초는 마른 하늘에 날벼락처럼 느닷없이 붙잡혀서 욕설을 듣게 되자 한 손으로는 안장을 움켜쥐고, 다른 한 손으로는 이발사의 뺨을 힘껏 후려쳤다. 그 바람에 이발사의 입은 피투성이가 되고 말았다. 그래도 이발사는 안장을 좀처럼 놓으려 하지 않으며 오히려 더 큰 소리로 떠들어댔다. 이 시끄러운 싸움에 주막에 있던 사람들이 죄다 달려왔는데, 그들을 향해 이발사가 다시 외쳤다.

"도와주세요, 나리들! 내 것을 다시 찾으려고 했더니 이 강도놈이 나를 죽이려 합니다."

산초가 변명했다.

"거짓말 마라. 나는 강도가 아니야. 우리 주인이신 돈끼호떼님이 당당히 싸워서 얻은 전리품이란 말이야."

돈끼호떼도 그 자리에 와 있었는데, 자기 종자가 훌륭하게 공격하고 방어하는 것을 보고 마음이 흐뭇해져서, 앞으로 제법 쓸모가 있을 사나이라고 생각되어 기회가 되면 그를 기사의 지위로 끌어올려야겠다고 생각했다. 돈끼호떼가 보기에 산초는 기사도를 잘 지킬 것처럼 보였던 것이다.

싸우는 도중에 이발사가 뇌까린 말 중에는 이런 것도 있었다.

"여러분, 이 안장이 제 것이라는 것은 제가 언젠가는 죽는 것만큼 틀림없는 사실입니다. 저는 이것을 제가 낳은 것처럼 환히 알아볼 수 있습니다. 이 마구간에는 제 당나귀가 있는데, 이것이 제가 거짓말을 할 수 없는 증거입지요. 그 당나귀에 안장을 얹어보세요. 그게 꼭 맞지 않으면 저를 거짓말쟁이라고 욕해도 상관없습니다. 또 있습니다. 안장을 도둑맞은 날에 새 놋대야도 도둑맞았지요. 한 번도 쓰지 않은데다가 1에스꾸도나 준 고급 대야랍니다."

여기에 이르자 돈끼호떼는 더 이상 가만히 있을 수가 없어 그들 사이에 끼어들어가 두 사람을 떼어놓고는, 증거물인 안장을 바닥에 내려놓고 말했다.

"이 얼빠진 남자가 저지르는 잘못을 모든 사람들은 똑똑히 봐주시기 바라오. 이자는 옛날에도 그랬고, 지금도 그러하고, 장래에도 맘브리노의 투구를 놋대야라고 부를 것이기 때문이오. 나는 이 투구를 전투에서 당당히 싸워 빼앗아 정당한 소유주가 되었소. 안장에 대해서는 이러쿵저러쿵 말하지 않으려오. 다만 이자에 대해서 내가 말할 것은 나의 종자 산초가 이 패배한 겁쟁이 손에서 마구를 빼앗아 자기 당나귀의 장식으로 삼겠다고 나에게 간청했다는 것이오. 그래서 내 허락이 떨어지자 종자는 그것을 자기 것으로 삼았소. 마구가 안장으로 바뀐 사실에 대해서는 나도 이렇게 설명할 수밖에 없소. 이런 변화는 기사도에서는 흔히 일어날 수 있는 일이라고나 할까? 그 증거를 보여주겠소. 이봐, 산초. 얼른 달려가서 이 멍청한 녀석이 놋대야라고 하는 그 투구를 이리 가져와서 보여드려라."

"큰일나게요, 나리. 우리에게 이로운 증거라고 하시지만 그건 나리가 하는 말씀이지요. 이 녀석의 마구가 안장으로 바뀌었으니 그 마리노*¹의 투구인지 뭔지 하는 것도 틀림없이 놋대야입니다!"

"내가 하라는 대로 해라. 아무리 이 성이라 하더라도 모든 것이 마법의 조롱만 당하기야 하겠느냐?"

산초는 놋대야를 놓아 둔 곳으로 달려가서 그것을 들고 왔다. 돈끼호떼는 그것을 받아들고 말했다.

"여러분, 자세히 보시오. 여기 있는 이자가 무슨 낯짝으로 이것을 놋대야라고 우기며, 투구라는 것을 인정하지 않는지 모르겠소. 나는 내가 섬기는 기사도를 두고 맹세하지만, 이 투구는 틀림없이 이 녀석한테서 빼앗은 투구이며, 이 사실은 무엇 하나 보태지 않은 진실이오."

산초도 돈끼호떼의 말을 거들었다.

"그건 틀림없습니다. 우리 주인나리가 그것을 빼앗은 뒤 지금까지 그걸 쓰고 싸우신 적이 한 번 있었는데, 재수 없게도 쇠사슬에 묶여 있는 녀석들을 살려주셨을 때였습니다. 이 대야 투구가 없었다면 아마 큰 변을 당했을 것입니다. 그 때 심한 돌팔매질을 당했으니까요."

---

*1 산초가 맘브리노의 투구를 착각하고 아무렇게나 부른 것이다.

제45장
맘브리노의 투구와 안장에 대한 의혹,
그리고 이미 일어난 모험에 대한 진상이 밝혀지는 이야기

이번에는 이발사가 끼어들었다.

"여러분은 어떻게 생각하십니까? 이 사람들이 하는 이야기 말입니다. 아직도 놋대야가 아니라 투구라고 우기고 있는데요."

돈끼호떼는 엄숙한 얼굴로 으름장을 놓았다.

"내 말을 반대하는 사람이 기사라면 사기꾼이고, 내 말을 반대하는 사람이 종자라면 천 번도 더 거짓말을 했다는 것을 알려 주겠다."

우리의 이발사 니꼴라스도 줄곧 그 자리에 있었다. 그는 돈끼호떼의 광기를 부채질하여, 모든 사람이 즐겁도록 놀림거리로 만들고 싶었기에 또 다른 이발사에게 말을 건넸다.

"이발사 양반, 실은 나도 당신과 같은 직업이고 벌써 20년 전에 면허증을 받았다오. 그러니 이발사가 사용하는 도구에 대해서라면 무엇 하나 모르는 것이 없소. 게다가 젊었을 때는 잠시 동안이지만 군대에도 갔다 왔으니 투구가 어떻게 생긴 것인지, 철모가 어떻게 생긴 것인지, 얼굴 가리개가 붙은 투구가 어떤 것인지, 그 밖에도 병사들이 사용하는 무기라면 잘 알고 있소. 나는 남의 생각이라도 옳을 때는 언제나 따르지만, 지금 이 훌륭한 나리가 손에 들고 계시는 것이 놋대야가 아니라는 것을 알고 있소. 그리고 이것은 투구임에는 틀림없으나 온전한 투구는 아니라고 생각하오."

돈끼호떼가 의기양양하게 덧붙였다.

"물론 온전하지는 않소. 절반이 깨졌으니, 그러니까 얼굴 가리개가 떨어져 나갔으니 말이오."

신부도 친구인 이발사의 속셈을 눈치채고 거들었다.

"그렇군요."

그러자 까르데니오도, 돈페르난도와 그의 친구들도 이에 동조했다. 법관도 돈루이스에 대한 일로 곰곰이 생각에 잠겨 있지 않았던들 역시 이 장난에 한몫 거들었을 것이다. 그러나 그는 자기 생각에 열중했기 때문에 이런 장난에 아예 가담하지 않았다.

놀림을 받고 있는 이발사가 말했다.

"하느님 맙소사! 이런 멀쩡한 분들이 어떻게 이걸 놋대야가 아니라 투구라고 할 수 있을까요? 머리가 영리한 사람들이 모인 대학 전체를 놀라게 할 일이오. 대강 좀 해두십쇼. 이 놋대야가 투구라면 이 안장도 나리가 말씀하시는 것처럼 마구가 되어야 하지 않겠소?"

돈끼호떼가 타일렀다.

"내 눈에는 안장으로 보이지만, 그에 대해서는 상관하지 않겠다고 아까도 말하지 않았소?"

신부도 말했다.

"안장이건 마구건 돈끼호떼님에게 결정지어 달라는 것이 제일 좋겠소. 이런 기사도에 대해서는 여기 있는 분들이나 나나, 돈끼호떼님을 도저히 따를 수가 없으니까요."

돈끼호떼가 말했다.

"여러분, 내가 이 성에서 두 번 유숙했는데 그 때마다 매우 기이한 일들이 일어났소. 그러니 이 성 안에서 벌어지는 일에 대해 질문한다면 정확한 대답을 할 수 없소. 여기서 생기는 모든 일은 마법으로 일어나기 때문이오. 처음에는 마법에 걸린 무어인에게 몹시 고통을 받았고 산초까지 그 일당에게 곤란을 겪었소. 바로 어젯밤에도 2시간이나 한쪽 팔로 매달려 있었소. 도대체 무슨 영문인지도 모르면서 그런 재난에 빠졌단 말이오. 따라서 이런 혼란스러운 일에 내 의견을 말한다면 아마도 경솔한 판단을 내릴지도 모르겠소. 이것이 투구가 아니라 놋대야라는 주장에 대해서는 이미 대답했소. 그러나 이것이 안장인지 마구인지를 밝히는 일에 대해서는 뭐라고 판단을 내릴 기분이 나지 않소. 오로지 여러분의 현명한 판단에 맡길 생각이오. 여러분은 나와 같은 정식 기사가 아니니, 이 성의 마법도 여러분에게는 아무런 효력이 없을 것이오. 그러니 내 눈에 비치는 것과는 달리 자유로운 생각을 통해서 이 성의 사정을 진실 그대로 판단하실 수 있을 것이오."

돈페르난도가 대답했다.

"지당하신 말씀입니다. 지금 돈끼호떼님이 하신 말씀이 옳습니다. 이 문제의 판정은 우리에게 달려있습니다. 그러니 좀더 확실한 근거를 갖도록 여러분의 의견을 하나 하나 들어보고 그 결과를 보고하겠습니다."

돈끼호떼의 기질을 알고 있는 사람들에게는 이 모든 것이 웃음거리가 될 만한 내용이었다. 그러나 그를 모르는 사람들, 그 중에서도 돈루이스와 그의 종자들, 그리고 마침 주막에 들어와 있던 세 명의 성동포회 관리로 보이는 나그네들에게는 어처구니없는 이야기였다. 그러나 누구보다도 절망한 사람은 이발사였다. 자기의 놋대야가 맘브리노의 투구로 바뀌었으니, 안장도 분명히 훌륭한 마구로 바뀔 것이라고 짐작했기 때문이었다. 돈페르난도가 이 싸움의 원인이 된 보물이 안장인지 마구인지 조용히 말해달라고 귀엣말을 하면서 한 사람씩 의견을 물으며 돌아다니는 모습을 보고 웃지 않는 사람이 없었다. 돈페르난도는 돈끼호떼를 알고 있는 사람들의 의견을 다 듣고 나자 큰 소리로 말했다.

"이발사 양반, 사실을 말하면 이렇게 많은 분들의 의견을 일일이 듣고 돌아다니는 데 지쳐버렸소. 내가 알고 싶은 것을 누구에게 물어봐도 '이것이 당나귀의 안장이라니 말도 안 된다'면서 이것이 훌륭하고 혈통 좋은 말의 마구라고 하니 말이오. 그러니 이발사 양반, 당신과 당신의 당나귀에게는 안됐지만 이것은 마구일 뿐 안장이 아니니 단념하는 게 좋겠소. 당신이 아무리 우겼어도 안 통하지 않았소?"

가엾은 이발사가 말했다.

"여러분이 내 말이 틀리지 않았다고 한다면 나는 천당에 가지 못해도 상관없습니다. 내가 암만 봐도 그것은 안장이지 마구가 아닙니다. 그건 내 영혼이 하느님 앞에 섰을 때라도 그렇게 주장할 수 있습니다. 그런데 법률도 형편에 따르랬다고*1 더 이상 말하지 않겠습니다. 나는 정말이지 술에 취한 것이 아닙니다. 죄는 지었을지 모르지만 아침부터 술이라고는 한 방울도 마시지 않았으니까요."

이발사가 지껄이는 어리석은 넋두리는 돈끼호떼의 어처구니없는 말 못지 않

---

*1 '법률은 임금님의 뜻에 달렸다'는 속담이 있다.

게 웃음을 자아냈다. 이때 돈끼호떼가 말했다.

"그렇다면 각자 자기 것을 챙길 뿐이오. 하늘의 은혜를 입은 자는 성 베드로의 축복을 받을 것이오."

네 사람의 종자 가운데 하나가 입을 열었다.

"이것이 계획된 장난이 아니라면, 여기 계시는 분별 있는 분들이 이구동성으로 이것은 놋대야가 아니고, 저것은 안장이 아니라고 똑똑히 말씀하시는 이유를 우리는 아무리 생각해도 납득할 수 없습니다. 하지만 그토록 강력하게 주장하시는 걸 보니 반드시 그럴 만한 이유가 있다는 생각이 듭니다. 그렇지 않습니까? 맹세코 말하지만 이건 이발사의 놋대야가 아니고, 저건 당나귀의 안장이 아니라고 해도 누구든 나에게 그런 거꾸로 된 주장을 믿게 할 수는 없을 겁니다."

이때 신부가 말했다.

"암탕나귀 것인지도 모르지."

종자가 대답했다.

"그거나 이거나 마찬가지입죠. 문제는 그런 것이 아니고 여러분이 말씀하시는 것처럼 안장이냐 안장이 아니냐 하는 겁니다."

이 말을 듣고 아까 주막에 들어와 말다툼을 지켜보던 성동포회의 관리 한 사람이 버럭 화를 냈다.

"안장이 틀림없어. 저건 틀림없는 안장이야! 그렇지 않다고 생각하거나 말하는 녀석들은 술에 취한 것이 분명해."

돈끼호떼가 발끈하며 대꾸했다.

"거짓말 마라, 이 흙이나 파먹는 악당 같으니!"

그러고는 손에서 놓은 적이 없는 창을 치켜들더니 관리의 머리를 향해 거센 일격을 가했다. 만일 이때 관리가 몸을 비키지 않았다면 그 자리에 뻗어버리고 말았을 것이다. 창은 땅바닥에 떨어져 산산조각이 났다. 다른 관리들은 동료가 변을 당하는 것을 보자 성동포회에 도움을 구하려고 큰 소리를 질렀다.

주막 주인은 성동포회 편이었으므로 안으로 뛰어 들어가서 몽둥이와 칼을 가지고 나와 성동포회 편에 섰다. 돈루이스의 종자들은 이 소동에 휩쓸려 도련님이 달아나면 큰일이라고 생각하여 돈루이스를 둘러쌌다.

이발사는 집 안에 이렇게 소동이 일어나자 다시 안장을 움켜잡았으나 그와 동시에 산초도 안장을 움켜잡았다. 돈끼호떼는 칼을 뽑아 관리들을 향해 달려 갔다. 돈루이스는 종자들에게 거친 소리로, 자기는 놓아두고 돈끼호떼와 그를 돕는 돈페르난도와 까르데니오를 도와주라고 소리쳤다. 신부도 주막집 안주인 도 고래고래 소리를 질렀으며, 딸은 비명을 지르고 마리또르네스는 울부짖었 다. 도로떼아는 어쩔 줄 몰라서 허둥지둥했고 루스씬다는 넋을 잃었으며 끌라 라는 까무러쳐 버렸다. 이발사는 산초를 후려갈기고, 산초 역시 이발사에게 덤 벼들었으며, 돈루이스는 자기를 놓치지 않으려고 팔을 잡은 종자를 주먹으로 때려서 입 안을 피투성이로 만들었다. 법관은 돈루이스를 도와주었으며, 돈페 르난도는 성동포회 관리를 넘어뜨리더니 그 몸뚱이를 마구 짓밟았다. 주막 주 인은 다시 소리를 지르며 성동포회의 도움을 구했다. 이런 식으로 온 주막이 울음소리와 고함과 비명, 혼란과 공포와 경악, 부상과 칼부림, 주먹다짐과 몽 둥이질과 발길질과 피바다로 순식간에 변해버렸다. 이렇게 엉망진창이 된 혼 란 속에서 돈끼호떼는 지금 자기가 아그라만떼 들판의 난투*2 속으로 돌입하 고 있다는 생각이 들어서 온 주막이 쩌렁쩌렁 울리도록 큰 소리로 외쳤다.

"모두들 중지하시오! 모두 칼을 거두시오! 모두 고정하시오! 모두 내 말을 들 으시오, 목숨을 보존하고 싶거든 내 말을 들으시오!"

그 우렁찬 목소리에 사람들은 소동을 멈추었다. 그러자 그는 다시 말을 이 었다.

"여러분, 이 성은 마법에 걸려 있소. 악마의 무리들이 이곳에 살고 있다고 내 가 말하지 않았소? 그 증거로 아그라만떼의 들판에서 일어난 난투가 여기에 서 일어나 우리 사이를 마구 휘젓는 것을 여러분의 눈으로 똑똑히 보았을 것 이오. 여기서는 칼 때문에, 거기서는 말 때문에, 저기서는 독수리 때문에, 또 이쪽에서는 투구 때문에 서로 싸울 뿐 서로가 이해하지 못하는 이 양상을 보 시오. 그러니 법관님과 신부님은 이리 와 주시오. 한 분은 아그라만떼 왕의 역 할을, 다른 한 분은 소브리노 왕의 역할을 하셔서 우리 모두가 평화를 되찾도 록 해주십시오. 전능하신 신을 두고 말하지만, 이 자리에 계시는 거룩한 분들 이 이런 보잘것없는 일로 서로 살생한다는 것은 어리석기 짝이 없는 일 아니

---

*2 《미친 오를란도》의 제14~27장의 장면, 샤를마뉴가 파리에서 아그라만떼 왕에게 포위당하 자 하늘이 미카엘에게 명하여 '혼란의 신'을 보내어 무어군을 교란시켰다.

겠소?"

성동포회 관리들은 돈끼호떼의 말투를 이해할 수 없었고, 게다가 돈페르난도와 까르데니오와 그 일행들에게 혼쭐이 났으므로 좀처럼 진정하려 들지 않았다. 그러나 이발사는 싸우다가 턱을 다치고 안장이 부서졌으므로 싸움을 그만두고 싶어졌다. 산초는 돈끼호떼의 목소리가 귀에 들어오자마자 참으로 충직한 종자답게 복종했고, 돈루이스의 네 종자들도 떠들어 봤자 자기들에게는 아무 이득이 없다는 것을 깨닫고 조용해졌다. 오직 주막 주인만이 무슨 일이 있을 때마다 이 주막에서 소동을 일으키는 저 미치광이 녀석을 처벌해 달라고 끈질기게 고집을 부리고 있었다. 결국 소동은 잠시 가라앉았는데, 최후의 심판날까지 돈끼호떼의 상상대로 안장은 마구가, 놋대야는 투구가, 그리고 주막은 성(城)이 되었다.

그리하여 간신히 사람들이 조용해지고 법관과 신부의 설득으로 모두 화해하자, 돈루이스의 종자들은 그에게 당장 집으로 돌아가자고 매달렸다. 돈루이스가 종자들과 이야기를 나누는 동안, 법관은 돈페르난도와 까르데니오와 신부에게 돈루이스가 자기에게 들려준 이야기를 털어놓으면서 이런 경우에 어떻게 처리해야 좋은지를 의논했다. 결국 돈페르난도가 돈루이스의 종자들에게 자기 신분을 밝힌 다음, 돈루이스가 지금으로서는 아버지를 만나고 싶어하지 않으니 자기가 돈루이스를 안달루시아로 데리고 가겠으며, 그곳에 가면 자기 형인 공작이 돈루이스의 신분에 알맞은 대접을 할 것이라고 말하기로 했다. 그리하여 돈페르난도의 신분과 돈루이스의 생각을 네 종자가 알게 되었으므로, 이들 가운데 세 사람은 돈루이스의 아버지에게로 돌아가서 이 사실을 알리고, 나머지 한 사람은 남아서 돈루이스의 시중을 들고 세 사람이 돌아올 때까지, 아니면 돈루이스의 아버지가 종자들에게 다른 명령을 내릴 때까지 그의 곁을 떠나지 않기로 결정했다.

이런 식으로 아그라만테 왕의 위엄과 소브리노 왕의 깊은 사려로 그토록 얽히고 설킨 소동도 결말이 났다. 그러나 화합의 적이요 평화의 원수인 악마는 사람들을 혼란 속에 빠뜨렸는데도 무시당하고 조롱당했을 뿐 얻은 것이 거의 없었으므로 새로운 싸움과 소동을 일으키기로 했다.

그런데 성동포회 관리들은 자기들과 싸운 사람들의 신분을 엿듣고는 조용해졌고, 무슨 일이든 간에 싸움에서 손해를 보는 것은 결국 자기들이라고 생각했으므로 이 싸움에서 손을 뗴었다. 하지만 그 중의 한 사람은—돈페르난 도에게 얻어맞고 짓밟힌 사나이였는데— 범인들을 잡기 위해 지니고 다니는 체포 영장들 중에서 돈끼호떼가 갤리선의 죄수들을 해방시킨 것에 대하여 성 동포회가 발급한 영장이 있었던 것을 생각해냈는데, 이것은 산초가 두려워하 던 일이었다.

그래서 그 관리는 돈끼호떼의 인상 착의와 일치하는가를 확인하려고 주머 니에서 한 장의 양피지를 꺼내고는 그것을 천천히 읽어나가기 시작했다. 읽기 에 그다지 능숙한 편이 아니어서 한 마디씩 읽을 때마다 눈을 들어 돈끼호떼 의 얼굴과 영장의 인상 착의를 비교해보고는 그가 틀림없이 영장에 적혀 있는 인물이라는 것을 깨달았다. 이 사실을 확인하자마자 그는 양피지를 접어 왼손 에 들고 높이 쳐들면서, 오른손으로는 돈끼호떼의 목을 숨이 막히도록 꽉 움 켜잡더니 큰 소리로 외쳤다.

"성동포회의 명령이다! 이 사람을 체포해도 좋다는 영장을 읽어 보라. 이 강 도를 잡으라고 분명히 쓰여 있으니까."

신부는 영장을 받아보고 성동포회 관리가 말하는 것이 모두 사실이며 인 상 착의도 돈끼호떼와 일치한다는 것을 알았다. 그러나 당사자인 돈끼호떼는 시골 촌뜨기가 무례한 짓을 하는 것을 보며 노기가 치밀어 올라 온몸의 뼈들 이 삐걱거리는 소리를 낼 정도로 있는 힘을 다하여 관리의 멱살을 잡았다. 만 일 동료들이 도와주지 않았다면 돈끼호떼가 그를 놓기도 전에 관리는 그 자 리에서 숨이 넘어갔을 것이다. 주막 주인은 어떻게 해서든지 관리를 도와주려 고 당장 쫓아갔다. 안주인은 안주인대로 남편이 다시 싸움에 끼어들려는 것을 보자 악을 썼으며, 마리또르네스와 딸도 하느님과 그 자리에 있는 사람들에게 구원을 요청했다. 사태가 이렇게 되어 가자 산초가 말했다.

"이것 보라고, 이 성의 마술에 대해서는 우리 주인나리의 말씀이 하나에서 열까지 모두 사실이란 말이야. 여기서는 한시도 조용할 때가 없다니까!"

돈페르난도가 관리와 돈끼호떼를 떼어놓자, 한 사람은 상대편의 목덜미를, 다른 한 사람은 상대편의 멱살을 잡고 있던 손들을 풀어놓았다. 그리고 두 사 람 모두 그제야 간신히 숨을 내쉬었다. 그러나 관리들은 범인을 끈질기게 체 포하려 들었다. 그들은 자기들을 도와 돈끼호떼를 잡아서 넘기는 것이 국왕과 성동포회에 봉사하는 길이며, 자기들은 도둑이며 산적이며 노상강도를 체포하는 것이니 협조를 부탁한다고 소리쳤다. 그들이 떠들어대는 소리를 듣고 돈끼호떼는 빙그레 웃으면서 여유만만하게 말했다.

"이리 오너라, 천박한 악당들아. 쇠사슬에 묶인 자들에게 자유를 주고, 죄인들을 풀어주고, 가엾은 자들을 도와주고, 쓰러진 자들을 일으켜주고, 궁핍한 자들을 돕는 사람을 너희는 강도라 부르느냐? 아, 지긋지긋한 녀석들. 너희의 저열하기 짝이 없는 두뇌는 방랑 기사도 속에 간직된 하늘의 거룩함도 이해할 수 없고, 방랑 기사의 그림자는 물론 그가 나타난 모습에조차 예의를 다하지 못하는구나. 너희의 죄와 무지조차 깨닫지 못하니 이 어찌 답답하지 않으랴! 자, 앞으로 나오너라! 너희들은 성동포회 관리가 아니라 도둑놈들이다. 성동포회의 면허를 가진 강도들이다. 자, 말하라. 나와 같은 기사를 체포하라는 영장에 서명한 무식한 자가 대체 누구냐? 원래 방랑 기사란 모든 법률이 미치지 못하고, 그들의 칼이 법도이고, 그들의 기개가 특권이며, 그들의 의지가 하늘의 뜻임을 모르는 자가 누구냐? 다시 말하지만 방랑 기사가 정식 기사에 서임되면, 모든 특혜와 면제를 얻게 되는 귀족 증명서가 따로 없다는 것을 모르는 그 바보가 누구더냐? 방랑 기사가 재산세, 결혼세, 시민세, 통행세, 뱃삯을 지불한 예가 어디 있더냐? 어느 재단사가 방랑 기사를 위해 만들어 준 의복의 바느질삯을 받더냐? 어느 성주가 방랑 기사를 성에 맞아들여 숙박료를 받더냐? 어느 국왕이 방랑 기사를 식탁에 초대하지 않더냐? 어느 처녀가 방랑 기사를 사모하여 자진해서 몸을 맡기지 않은 적이 있더냐? 마지막으로, 자기에게 덤벼드는 500명의 성동포회 관리들을 상대로 혼자서 500대의 몽둥이질을 할 만한 기백이 없는 방랑 기사가 이 세상에 어디 있었으며, 어디 있으며, 앞으로 있을 것이라고 생각하느냐?"

제46장

성동포회 관리들의 눈부신 모험과
우리의 믿음직스러운 기사 돈끼호떼가 보인 맹활약

　돈끼호떼가 이런 말을 지껄이는 동안, 신부는 관리들을 상대로 그의 거동과 말로 짐작할 수 있듯이 돈끼호떼는 제정신이 아니니 여러분들이 직무를 밀고 나가 봐야 아무 소용없으며, 설혹 그를 체포하여 끌고 가더라도 미치광이라는 이유로 곧 석방해야 할 것이라며 설득하고 있었다. 그러자 영장을 가지고 있던 관리는 돈끼호떼의 광기를 판단하는 것은 자기의 직무가 아니며, 자기는 오직 상사의 명령을 시행하면 그만이니, 일단 체포하기만 하면 그 뒤에 300번을 석방하건 말건 자기로서는 알 바 아니라고 말했다.

　그러나 신부는 설득을 중단하지 않았다.

　"그렇더라도 이번에는 저 사나이를 끌고 가지 않는 것이 좋을 거요. 내가 보건대 아마 호락호락 끌려가지는 않을 것 같으니 말이오."

　사실 신부가 이토록 간절히 설득하고, 한편에서 돈끼호떼가 그토록 엄청난 광태를 보임으로써 성동포회 관리들이 돈끼호떼의 질환을 몰랐다면 그들이 더 미쳤을지도 모른다. 그들은 얌전히 있는 편이 낫다고 생각했고, 게다가 아직도 대단한 적의를 불태우며 싸움을 계속하고 있는 이발사와 산초 빤사를 화해시키는 중재자 역할까지 했다. 결국 그들은 당국의 관리로서 사건의 발단을 조정하게 되었는데, 양쪽이 완전히 만족했다고는 할 수 없으나 적어도 일단 군소리 없이 일의 낙착을 보게 되었다. 안장은 서로 교환하되 복대나 재갈끈은 그대로 두기로 했다. 그리고 맘브리노의 투구에 대해서는 신부가 돈끼호떼 모르게 눗대야 값으로 8레알을 이발사에게 지불했고, 이발사는 영수증을 써서 앞으로는 약속이 잘못되었다며 트집잡지 않겠다는 증서로 삼았다.

　이렇게 가장 중요하고 골치 아픈 두 가지 분쟁이 해결되고 나니, 돈루이스의 종자 가운데 세 사람은 집으로 돌아가고 한 사람은 돈페르난도가 돈루이스를 데려가는 곳까지 함께 따라가기로 하는 데 대한 동의를 구하는 일만 남았다. 그런데 이미 행운이 주막의 연인들과 용기 있는 사람들의 편에 서서 창을 부러뜨리고 장애물들을 제거했기 때문에, 모든 사건은 원만하게 결말이 났다. 종자들이 돈루이스의 뜻을 받아들였던 것이다. 이에 끌라라도 무척 기뻐했는데, 그 때 그녀의 얼굴에서 가슴 속의 기쁨을 보지 못한 사람은 하나도 없었다.

소라이다는 자신의 눈앞에 펼쳐진 사건들을 모두 이해한 것은 아니지만, 각 사람들의 안색을 보고 슬퍼하기도 하고 기뻐하기도 했는데, 특히 그녀가 계속 눈을 떼지 못하고 바라보며 마음을 바쳤던 스페인 남자에게 그러했다. 신부가 이발사에게 배상한 것을 눈치 빠르게 엿본 주막 주인은 이 기회를 놓치지 않았다. 그는 돈끼호떼의 숙박료는 물론 손상된 가죽부대의 값과 포도주 값을 모두 지불하지 않으면 로시난떼도, 산초의 당나귀도 주막에서 호락호락 내보내지 않겠다고 을러댔다. 신부는 주막 주인을 달랬고 돈은 돈페르난도가 대신 지불해 주었다. 법관도 돈을 내놓겠다고 순순히 말했다. 이런 식으로 모든 사람들이 평화와 안식을 되찾았으므로 이제 주막은 돈끼호떼가 말했던 아그라만테 들판의 난투가 아니라, 옥타비아누스 시대와 같은 평온처럼 느껴졌다. 이 모든 일에 대한 사람들의 일치된 의견은 신부의 선의와 뛰어난 화술, 그리고 돈페르난도의 관용에 감사해야 한다는 것이었다.

한편 돈끼호떼는 그토록 심했던 싸움에서 자기뿐 아니라 산초까지 벗어나 자유의 몸이 되자, 어차피 시작한 여행을 계속하여 자신이 선택된 그 위대한 모험을 완수하는 것이 좋겠다는 생각이 들었다. 그래서 단호한 결심으로 도로떼아 앞에 나아가 무릎을 꿇었지만, 그녀는 일어서지 않으면 아무 이야기도 듣지 않겠다고 거부했다. 이에 돈끼호떼는 자리에서 벌떡 일어나 입을 열었다.

"더없이 아름다운 공주님, '근면은 행운의 어머니'라는 말은 흔한 속담이지만, 수많은 중대사에서, 소송에 걸린 자가 열의를 보이면 어떤 결말이 나올지 모르는 소송에서도 바람직한 결과가 나온다는 것을 경험하여 알고 있소. 그런데 이 진리가 가장 들어맞는 경우는 전쟁이오. 전쟁에서는 신속함과 기민함으로 적의 책략을 막고, 적이 방비를 강화하기 전에 승리를 얻을 수 있기 때문이오. 내가 이런 말을 하는 것은, 우리가 이 성에 머무는 일이 아무런 이익도 되지 못하고 오히려 커다란 재앙을 가져와서 언젠가는 후회로 가슴을 쥐어뜯는 일이 있을까 근심되기 때문이오. 공주님의 적인 거인이 약은 첩자를 통해서 내가 자기를 무찌르려 한다는 것을 이미 알고 있을지 누가 아오? 그래서 피로를 모르는 내 팔의 힘으로도 속수무책인 어떤 난공불락의 성이나 요새로 방비할 시간을 그에게 주고 있는지도 모르겠소. 그러니 공주님, 앞에서 말씀드렸듯이 우리의 기민한 움직임으로 그놈의 계략에 대비하고, 즉각 행운을 향해 나가도록 합시다. 공주님 같은 위대한 분이라면 희망하시는 행운을 이루는 데 그리 오랜 시간이 필요하지는 않을 것이오."

그러더니 돈끼호떼는 입을 다물고 매우 침착하게 공주의 대답을 기다렸다. 공주도 지체 높은 사람에게나 어울리는 태도로 돈끼호떼에게 대답했다.

"기사님, 고아나 고통 받는 사람들을 돕는 것이 기사의 의무라고는 하지만, 곤경에 처한 저에게까지 은혜를 베풀어주시려 하니 그 마음에 진심으로 감사드립니다. 여자들도 은혜를 잊지 않는다는 것을 보여드리기 위해서라도 기사님의 소원과 저의 소원이 하늘의 뜻으로 이루어지기를 간절히 바랍니다. 저의 출발에 대해서는 그렇게 하는 것이 좋겠습니다. 저는 모든 것을 기사님의 뜻에 맡기겠어요. 이 몸의 수호를 이미 기사님께 맡겼고, 영지를 되찾는 일도 일임하지 않았습니까? 기사님이 깊이 생각하고 결정한 일을 어길 생각은 조금도 없답니다."

"하느님의 손에 맡긴 것이오. 이렇듯 고귀한 분이 나에게 몸을 굽히셨으니, 그대를 일으켜 왕위를 이어받도록 할 기회를 잃고 싶지 않소. 그러면 곧 출발합시다. '지체하는 것에 위험이 있다'는 속담이 내 염원과 여행길을 재촉하니 말이오. 하늘은 나를 놀라게 하거나 떨게 할 어떤 지옥도 보여주지 않았으니, 여봐라, 산초, 어서 로시난떼에 안장을 얹고 너의 당나귀와 공주님이 탈 말을 준비하라. 우리는 성주와 여기 계신 분들에게 작별하고 즉각 출발할 것이다."

그 자리에서 모든 이야기를 듣고 있던 산초는 머리를 좌우로 흔들면서 말했다.

"안됩니다, 나리. 듣자하니 이 마을에는 아주 좋지 않은 일이 있답니다. 훌륭한 부인들 앞에서 이런 말을 하기는 좀 뭐하지만 말입니다."

"이 세상의 어느 마을에, 어느 도시에 내 얼굴에 먹칠하는 나쁜 일이 있단 말이냐, 이 촌뜨기야!"

"나리께서 역정을 내신다면 전 아무 말씀도 하지 않겠습니다. 훌륭한 종자로서 해야 할 의무도 하지 않고, 충실한 종자로 주인에게 해야 할 말도 안 하겠습니다."

"하고 싶은 말이 있으면 뭐든지 하려무나. 나를 겁먹게 하는 말이 아니라면 말이다. 네가 겁을 먹는다면 너다운 행동이다. 내가 겁을 먹지 않는 것도 역시 나다운 행동이다."

"그런 게 아니라, 참 답답해서! 말하자면 자신을 미꼬미꼰 왕국의 공주라고 자칭하는 이분이 우리 어머니처럼 평범한 여인이라는 것을 확실히 알고 있습니다. 틀림없습니다. 정말로 자기가 말하는 것처럼 그런 지체 높은 분이라면 남이 안 볼 때를 틈타서 이곳에 있는 어떤 사람과 코를 문지르는 행동은 하지 않을 게 아닙니까?"

산초의 말에 도로떼아의 얼굴이 새빨개졌다. 왜냐하면 그녀의 남편인 돈페르난도가 이따금 남이 안 보는 틈을 타서 자기 정욕에 대한 표현으로 그녀의 입술을 덮치곤 했기 때문이다. 그 모습을 본 산초는, 그런 행동은 대국의 공주보다는 창녀에게나 훨씬 어울린다고 생각했던 것이다. 그래서 도로떼아는 산초에게 한 마디도 반박하지 못했고, 또 반박하고 싶지도 않아서 산초가 계속 말하도록 내버려두었다.

산초는 다시 말을 이었다.

"나리, 제가 이런 말씀을 드리는 이유가 있습니다. 만일 우리가 시골길이나 국도를 터벅터벅 걸어서 모질고 고생스러운 낮과 밤을 보낸 끝에, 이 주막에서 별 짓을 다하는 인간들이 우리가 겪은 고생의 수확을 가로채려 한다면 말입니다. 제가 로시난떼에 안장을 얹거나 당나귀에 안장을 얹은 일을 서두를 필요가 없다고 생각합니다. 그러려면 차라리 이곳에 남아 있는 편이 나을 겁니다. 창녀는 실을 잣게 하고 우리는 밥이나 먹자는 말입니다."

오, 맙소사. 종자의 이 무례하기 짝이 없는 말을 들었을 때 돈끼호떼의 노여움은 어땠을까? 그는 혀도 잘 돌아가지 않고 목소리는 떨렸지만 두 눈에서 불꽃을 튀기며 다음과 같이 외칠 만큼 격해졌다.

"오, 이 악한 촌놈! 버릇없는 녀석! 무례한 놈! 무식한 놈! 말주변 없는 놈! 말버릇 없는! 건방진 놈! 불평불만만 가득한 놈! 어떻게 내 앞에서, 아니, 이 고귀한 부인들 앞에서 그런 말을 하느냐? 어쩌면 그렇게 천하고 어처구니없는 말을 그 멍청한 머리로 생각해 내느냐? 내 앞에서 꺼져라, 이 덜 돼먹은 녀석아!

거짓말만 늘어놓는 놈! 사기꾼 창고! 악질 소굴! 나쁜 일만 꾸미는 녀석! 헛소리만 퍼뜨리는 녀석! 고귀한 분들에게 마땅히 해야 하는 예의를 모르는 이 원수같은 놈아! 꺼져라! 두 번 다시 내 앞에 나타나지 마라. 나타나면 내 노여움을 네게 톡톡히 알려줄 테다!"

그는 이렇게 말하면서 눈썹을 치켜 뜨고 두 볼을 잔뜩 부풀리며 사방을 쏘아보고는, 오른발로 땅을 세게 밟았다. 이 모든 행동은 그의 속에서 부글부글 끓어오르는 분노의 표시였다. 주인의 이런 말과 역정을 내는 모습을 보자 산초는 기가 팍 죽어서 그 순간 발 밑의 땅이 입을 벌려 자기를 삼켜버렸으면 좋겠다고 생각할 정도였다. 그리고 어떻게 하면 좋을지 몰라서 버럭버럭 화를 내고 있는 주인에게서 등을 돌려 달아났다. 그러나 눈치가 빠르며 재치가 있는 도로떼아는 돈끼호떼의 기질을 잘 알고 있었기에 그의 노여움을 달래주었다.

"우수에 찬 얼굴의 기사님, 기사님의 착한 종자가 버릇없이 한 말 때문에 상처를 받을 건 없어요. 그가 근거도 없이 그런 말을 할 까닭도 없고, 그의 뛰어난 분별력과 기독교인다운 양심으로 볼 때 설마 거짓 증언을 하겠어요? 기사님도 말씀하셨지만 이 성에는 마법에 걸린 일들이 벌어지고 있어요. 제가 생각하기에 산초가 보았던 행동, 그러니까 제가 정숙함에서 벗어난 행동을 했다는 것도 아마 산초에게 그 마법의 힘이 작용했기 때문에 벌어진 일인 것 같아요."

"전능하신 신을 두고 맹세하겠소. 진실로 지당하신 말씀이오. 뭔가 못된 허깨비 같은 것이 죄 많은 산초 앞에 나타나 마법에 의하지 않고는 도저히 볼 수 없는 일을 보게 한 것 같소이다. 남을 모함하는 증언을 할 용기조차 없는 저 겁쟁이가 얼마나 사람이 좋고 단순한지는 나도 잘 알고 있으니 말이오."

돈페르난도도 끼어들었다.

"그럴 것이오, 틀림없이 그럴 것이오. 그러니 돈끼호떼님, 그런 환상에 분별력을 잃은 산초를 용서하셔서 처음처럼 귀공의 교단 속에 넣어 주십시오."

돈끼호떼가 산초를 용서한다고 대답하자 신부는 곧 산초를 부르러 갔다. 산초는 매우 공손한 태도로 되돌아와서 무릎을 꿇고 주인의 손을 요구했다. 돈끼호떼는 손을 내밀어 입맞춤을 허락한 다음 축복을 내리며 말했다.

"산초, 이제야말로 너도 알았을 게다. 내가 너에게 몇 번이나 말한 것처럼 이 성의 모든 일은 마법이 꾸민 일이라는 것을 말이다."

"그렇다고 생각합니다. 하지만 담요에 싸여 키질을 당했던 사건만은 다릅니다. 그건 정말로 있었던 일이라니까요."

"그건 그렇지 않으니라. 정말 그렇다고 한다면 내가 그 때 너의 원수를 갚아 주었을 것이다. 아니, 지금이라도 그렇게 했을 것이다. 그런데 그 때나 지금이나 네가 받은 모욕에 대한 원수를 누구에게 해야 할지 알 수 없지 않느냐?"

모두들 담요 사건에 대해서 알고 싶어했으므로 주막 주인이 산초 빤사가 허공으로 키질당한 사건을 자세하게 이야기했다. 그 이야기를 들은 사람들은 웃음을 터뜨렸는데, 만일 돈끼호떼가 그것을 마법의 소행이라고 다시 확인하지 않았다면 산초는 부끄러워서 쥐구멍에라도 숨으려고 했을 것이다. 그렇기는 하지만 돈끼호떼가 장담하는 것처럼 꿈이나 상상 속의 귀신들이 한 짓이 아니라, 틀림없이 뼈와 살을 갖춘 사람들에 의해 행해진 일이었다. 자기 주인의 말을 그대로 믿을 만큼 산초가 어리석지는 않았던 것이다.

그 명배우들이 이 주막에 묵은 지 이미 이틀이 지난 상태였다. 그래서 이제 슬슬 출발할 때라고 생각했으므로 미꼬미꼬나 공주의 구원을 꾸며대면서 도로떼아와 돈페르난도가 돈끼호떼를 마을로 데려간다는 번거로운 절차 대신, 처음 생각한 대로 신부와 이발사가 어떻게든 고향으로 데려가서 그의 광기를 고치는 방법을 연구하기로 했다. 그들이 택한 방법은 이러했다. 마침 그곳을 지나가던 소몰이꾼과 의논하여 다음과 같이 일을 진행하도록 부탁했다. 먼저 돈끼호떼가 넉넉하게 들어가 앉을 수 있게 통나무를 격자로 엮은 우리를 만들었다. 이어서 돈페르난도와 그 일행들은 주막 주인과 신부의 지시에 따라 얼굴을 가리고 저마다 여러 가지 모습으로 변장하여, 돈끼호떼의 눈에는 그 성에서 본 사람들이 아닌 전혀 다른 사람들로 보이게끔 했다.

그들은 이 절차가 끝나자 돈끼호떼의 방으로 들어갔다. 그는 얼마 전의 소동으로 피곤하여 세상 모르고 잠들어 있었던 것이다. 그들은 돈끼호떼를 꽉 잡고는 손발을 꽁꽁 묶었다. 돈끼호떼가 놀라서 눈을 떴을 때는 꼼짝도 할 수 없었으며, 자기 눈앞에 기괴하기 짝이 없는 사람들의 얼굴을 보고 그저 얼떨떨해하고 당황할 뿐이었다. 그러나 곧 평소의 터무니없는 공상에 빠져들어 이 괴이한 모습의 사람들은 모두 마법의 성에서 온 요물들이며, 더욱이 자기는 움직일 수도 대항할 수도 없게 되었으니, 분명히 자신도 마법에 걸려든 것이라고 믿게 되었다. 모든 일은 이 계략의 착안자인 신부가 기대했던 것과 조금도 다르지 않았다. 오직 한 사람, 산초만이 거기 있는 사람들 속에서 여느 때와 다름없는 판단력을 지닌 채 원래의 모습을 하고 있었다. 그는 그의 주인과 똑같은 병에 걸리기 일보 직전에 있었으나 그 이상한 모습을 한 사람들이 누구라는 것을 모르는 것은 아니었다. 그 사람들이 느닷없이 쳐들어와 주인을 꽁꽁 묶어 버렸으므로 어떻게 될 것인지 납득이 갈 때까지는 어설프게 입을 뗄 기분이 나지 않았다. 그의 주인 역시 이 재난의 결말을 알려고 조용히 기다리며 한 마디의 말도 하지 않았다. 이 재난의 결말은 아까 그곳에 운반된 우리 속에 돈끼호떼를 가두고는 나무에 단단히 못을 박아 아무리 밀고 당겨도 꼼짝달싹하지 못하도록 한 것이다.

그런데 사람들이 우리를 어깨에 짊어지고 방 밖으로 나가려 했을 때 무서운 소리가 들려왔다. 그것은 신부의 친구인 이발사가 꾸민 목소리였는데, 다음과 같이 말하고 있었다.

"오, 우수에 찬 얼굴의 기사여! 그대가 감금된 일을 슬퍼하지 마라. 그대의 노력으로 모험을 신속하게 종결시키기에 적합하기 때문이니라. 그 모험은 라만차의 사나운 사자와 델 또보소의 흰 비둘기가 부부라는 부드러운 멍에에 긍지 높은 목덜미가 매인 뒤에나 끝나리라. 이 굉장한 결합에 씩씩한 새끼 사자가 이 세상의 빛 속에 나타나 용맹스러운 아비의 예리한 발톱을 본받으리라. 그리고 달아나는 님프의 추적자*¹가 그의 재빠른 자연의 운행으로 눈부시게 빛나는 별들을 다시 찾아가기 전이리라. 그리고 허리에 칼을 차고 턱에 수염을 기르고 후각이 발달한 매우 충직한 종자여! 너의 눈앞에서 방랑 기사가 이렇듯 끌려가는 것을 보고 낙심하거나 한탄하지 마라. 만일 이 세상의 창조주가 허락하신다면 곧 네 스스로도 믿지 못할 만큼 더없이 높고 거룩한 지위에 올라 너의 정다운 주군이 한 약속대로 되리라. 나는 현명한 여인 멘따로니아나를 대신하여 너에게 급료가 지불될 것을 보장하노라. 너는 그것을 눈으로 목격할 것이니라. 그러니 너는 마법에 걸린 용맹한 기사의 뒤를 따르라. 그들이 걸음을 멈추는 곳에 네가 있음이 좋으리라. 나로서는 더 이상 말할 수 없으니, 이제 신에게 모든 것을 맡기고 나는 나만이 아는 곳으로 돌아가리라."

이 예언을 끝내면서 이발사는 목소리를 높였다가 차츰 낮추었다. 그 억양이

---

*1 태양신 아폴론, 님프는 다프네를 말한다.

"오, 우수에 잠긴 기사여! 갇힌 몸을 슬퍼하지 말지니……"

너무나 부드러웠으므로 이 계략을 알고 있는 사람들조차 그의 말이 진실이라고 착각할 뻔했다.

돈끼호떼는 이 예언의 뜻을 완전히 이해했으므로 마음의 위로를 받았다. 다시 말해 자기가 사랑하는 둘씨네아 델 또보소와 신성하고 정당하게 결혼하고, 그녀의 축복받은 몸에서 라만차의 영광을 위해 자기의 아이가 태어난다는 것을 알았던 것이다. 그는 목소리를 높이고 한숨을 지으며 말했다.

"오, 누구인지 모르나 그런 행복을 나에게 예언한 사람이여! 원컨대 이 몸 대신 나의 일을 다스리는 어진 마법사에게 가서 방금 여기서 나에게 하신 너무나 기쁘고 비길 데 없는 약속들이 이루어질 때까지 이 감옥에서 이 몸을 죽게 하는 일이 없도록 부탁해주시오. 그 일이 이루어질 때는 감옥의 고난도 영예이고, 이 몸에 얽힌 쇠사슬도 위안이며, 몸을 누인 이 침대도 무서운 싸움터가 아니라 행복이 넘치는 첫날밤의 이부자리로 생각하겠소. 또 나의 종자 산초 빤사가 받은 위안에 대해서는 그 선량한 마음씨와 훌륭한 행위로 볼 때 좋은 일에나 궂은 일에나 나를 버리지 않으리라 확신하는 바요. 왜냐하면 비록 어느 쪽의 불운으로 그에게 증여하기로 한 섬이나 그에 못지 않은 것을 주지 못하게 되더라도 그의 급료만은 없어지지 않기 때문이오. 나는 이미 내 유언장에 그의 훌륭한 봉사에는 미치지 못하지만 내가 할 수 있는 최대한의 것을 주겠다고 분명히 적어놓았으니 말이오."

산초 빤사는 공손히 몸을 굽혀 돈끼호떼의 두 손에 입을 맞추었다. 두 손이 묶여 있어서 한 손에만 할 수 없었기 때문이다.

이윽고 요괴들은 어깨에 짊어졌던 우리를 소달구지 위에 갖다 얹었다.

제47장
돈끼호떼가 걸린 불가사의한 마법과 그 밖의 놀라운 사건들

돈끼호떼는 우리에 갇혀서 소달구지에 얹혀졌을 때 말했다.

"나도 방랑 기사에 대해서는 숱한 이야기를 읽었지만, 마법에 걸린 기사를 이렇듯 게으르고 느린 동물들이 싣고 가는 것은 일찍이 읽은 적도, 본 적도, 들은 적도 없다. 먹구름 속에, 혹은 불 수레에 태우거나, 아니면 히포크리프[*1]나 이와 비슷한 괴수의 등에 싣고 나르는 것이 보통인데, 나를 소달구지에 실어서 운반하다니. 이건 정말 이해할 수 없는 혼란이로다! 어쩌면 요즘의 기사도나 마법은 옛날과는 다른 방법을 쓰고 있는지도 모른다. 게다가 나는 이 세상에 나타난 새로운 기사이며 벌써 오래 전에 잊혀진 방랑 기사라는 직업을 부활시킨 최초의 기사이고 보면, 이것 또한 새로운 마법이요, 마법에 걸린 자를 싣고 가는 새로운 방식이 고안된 것이 분명하다. 산초, 너는 이것에 대해 어떻게 생각하느냐?"

"저는 기사 소설을 나리만큼 읽지 않았기에 잘 모르겠습니다. 하지만 우리 주위를 서성대는 이 인간들이 모두 인간들은 아니라고 생각합니다."

"뭐, 인간이라고? 무슨 잠꼬대냐? 이들이 어째서 인간들일 수가 있느냐? 나를 잡아가려고 기괴한 모습으로 나타난 악마들이라는데도! 네가 이 사실을 확인하고 싶다면 놈들을 만져 보고, 쓰다듬어 보아라. 그러면 공기로 된 몸을 가졌으며 오직 눈에만 보일 뿐이라는 것을 알게 될 테니까."

"사실은 이미 만져 봤습니다. 그랬더니 살이 잡히던데요? 게다가 이야기로만 듣던 악마와는 전혀 다른 특징을 가지고 있습니다. 악마란 놈은 유황 냄새나 다른 고약한 냄새가 난다고 들었는데, 이놈은 반 레구아 앞에서도 벌써 향유 고래 냄새가 나던 걸요?"

[*1] 그리스 신화에 나오는 상상 속의 말. 독수리의 머리와 날개를 가졌다.

산초는 돈페르난도에 대해서 말하고 있었는데, 그는 워낙 귀공자였으므로 산초가 말하는 향기도 났을 것이다.

"나의 벗 산초여, 그것에 대해 놀랄 건 없다. 너에게만 가르쳐 주겠는데 그들에게서 향내가 난다고 하더라도 그것은 자신에게서 나는 향내는 아닐 것이다. 만일 그들에게서 나는 향내라면 좋은 향기일 리가 없다. 분명히 고약하고 메스꺼운 냄새일 게다. 그 까닭은 그들은 항상 지옥을 몸에 달고 다니고, 그들이 주는 고문은 쉴 새가 없기 때문에, 사람들을 행복하고 기쁘게 해줄 좋은 냄새를 풍길 리가 없지. 네가 말하는 향유고래의 향기를 풍겼다는 그 악마는 말이다, 아마 네가 냄새를 잘못 맡았거나 아니면 악마가 자기를 알아보지 못하게 너를 속인 걸 거야."

이런 대화가 주인과 종자 사이에 오갔고, 돈페르난도와 까르데니오는 산초가 자신들의 계략을 눈치챌까 두려워했다. 그래서 그들은 서둘러 출발하기로 하고 주막 주인을 따로 불러서 로시난떼에게는 안장을, 산초의 당나귀에는 안장을 얹도록 지시했다.

주막 주인은 재빨리 지시에 따랐다. 그리하여 까르데니오는 로시난떼의 안장 앞에 방패와 놋대야를 매달고는, 산초에게 당나귀를 타고 로시난떼의 고삐를 잡으라고 명령했다. 또한 소달구지 양쪽에는 총을 든 성동포회의 관리를 한 사람씩 배치했다. 수레가 움직이기 직전, 주막집 안주인과 딸이 돈끼호떼를 전송하러 나와서 그의 불행을 슬퍼하는 척 하며 우는 시늉을 했다. 이것을 본 돈끼호떼는 그녀들을 향해서 말했다.

"울지 마시오, 친절하신 부인들이여. 이런 불운도 내가 정진하는 길에서는 흔히 있는 일이라오. 그리고 이런 재앙이 내 몸에 일어나지 않았다면 유명한 방랑 기사라고 말할 수도 없을 것이오. 이름도 영예도 없는 기사들에게는 이런 쓰라린 일들이 일어나지 않을 테니까요. 그러기에 세상에서 그들의 이름을 기억하지 못하는 것이오. 하지만 용감한 기사들에게는 이런 일이 반드시 일어나오. 그들의 덕행과 용기는 많은 왕자들과 숱한 기사들의 질투심을 불러일으켜 나쁜 방법으로 훌륭한 기사들을 파멸시키려는 마음까지 가져오기 때문이오. 그러나 마법의 시조 조로아스터가 터득한 모든 마술도 덕행 앞에서는 아무런 소용이 없소. 그만큼 덕행 자체가 힘이 있기에 태양이 하늘에서 빛나듯 세상에 빛을 발할 것이오. 아름다운 부인들이여, 만일 나도 모르는 사이에 여

우리에 갇혀 소달구지에 태워진 돈끼호떼는……

러분에게 무슨 실례를 저질렀다면 부디 용서해주시오. 내가 알면서도 의도적
으로 그랬겠소? 그리고 음흉한 마법사가 나를 가둔 이 감옥에서 풀어달라고
하느님께 기도해주시오. 만일 여기서 탈출하여 자유의 몸이 된다면 이 성에서
여러분께 입은 은혜를 언제까지나 잊지 않을 것이고, 그 은혜에 알맞은 봉사
와 보상을 반드시 할 생각이오."

성의 귀부인들과 돈끼호떼 사이에 이런 일이 있는 동안, 신부와 이발사는
돈페르난도와 그 일행들, 포로와 그 형제, 그리고 완전히 행복을 되찾은 여인
들, 특히 도로떼아와 루스쎈다에게 작별 인사를 했다. 모두들 얼싸안으며 앞으
로의 소식을 서로 알리자고 약속했다. 특히 돈페르난도는 신부에게 돈끼호떼
에 대한 편지를 어디로 보내면 되는지 가르쳐주면서, 자기로서는 그 소식을 전
해듣는 것 이상의 기쁨은 없을 것이라고 덧붙였다. 그리고 자신도 신부가 기
뻐할 만한 모든 일, 즉 자기의 결혼이나 소라이다가 영세 받는 일, 돈루이스의
일, 루스쎈다가 집으로 돌아가는 일 등을 알려주겠다고 약속했다. 신부는 돈
페르난도가 부탁하는 일은 모두 정확하게 실행하겠다고 다짐했다.

주막 주인은 신부에게 다가가 몇 장의 종이를 내밀었다. 《무모한 호기심에
대한 이야기》가 들어 있던 가방 속에서 발견했는데, 그 가방 임자는 두 번 다
시 돌아오지 않을 것이니 모두 가지라면서, 자기는 글을 읽을 줄 모르니 필요
없다고 말했다.

신부는 고맙다고 인사를 한 뒤 그 종이를 펼쳐보니 작품 서두에 《링꼬네떼
와 꼬르따디요의 소설》이라고 적혀 있었다. 다른 소설 《무모한 호기심에 대한
이야기》가 잘된 작품이었고 언뜻 보기에 같은 작가에 의해 쓰인 것 같았으므
로 그것도 아마 잘된 작품일 거라고 짐작했다. 그래서 한가할 때 읽어볼 셈으
로 품에 넣어 두었다.

신부는 말에 올라탔고, 친구인 이발사도 돈끼호떼가 눈치채지 못하도록 복
면을 한 채 말에 오르고는 소달구지 뒤에서 말을 몰았다. 그들이 행진하는 순
서는 이랬다. 선두에는 소몰이꾼이 끌고 가는 소달구지, 그 양쪽에는 앞에서
말했듯이 성동포회 관리들이 총을 들고 가고, 그 뒤를 이어서 당나귀를 탄 산
초 빠사가 로시난떼의 고삐를 잡고 뒤따랐다. 제일 뒤에는 튼튼한 당나귀를
탄 신부와 이발사가 얼굴을 가린 채 무겁고 침착한 태도로 따라갔는데, 소의
느린 걸음걸이에 속도를 맞추며 나갔다. 돈끼호떼는 우리 안에서 두 손이 묶

인 채 두 다리를 뻗고 통나무에 기대앉아 있었다. 묵묵히 얌전하게 앉아 있는 모습은 살아 있는 인간이라기보다 석상 같았다.

이리하여 그들은 느릿느릿한 침묵 속에 2레구아쯤 나아가다가 어느 골짜기에 이르렀다. 그 장소가 소몰이꾼에게는 소들을 쉬게 하고 풀을 뜯게 하는 데 적당한 곳으로 보였다. 그가 신부에게 자기의 생각을 말하자 이발사는 저만큼 앞에 보이는 언덕을 넘으면 소몰이꾼이 쉬고 싶다는 장소보다 풀도 훨씬 많고 쾌적한 골짜기가 있으니 좀더 앞으로 나아가자고 했다. 이발사의 의견이 그럴듯하여 그들은 골짜기를 향해 다시 길을 갔다.

이때 신부가 뒤로 고개를 돌렸는데, 그들 뒤에서 아주 잘 차려 입은 예닐곱 명의 말 탄 사나이들이 오는 것이 눈에 띄었다. 그들은 순식간에 다가왔는데 그도 그럴 것이, 소의 느린 걸음걸이가 아니고 교회 참사원의 당나귀를 타고 가듯 매우 성급하게, 거기서 1레구아도 안 되는 곳에 있는 주막에 한시바삐 도착하여 쉬고 싶었기 때문이었다. 그 바쁜 걸음의 일행은 한가한 사람들에게 다가가 서로 정중한 인사를 나누었다. 그런데 따라온 사람들 가운데 하나는 실제로 똘레도 교구의 참사원이자 일행의 우두머리였다. 그는 소달구지, 성동포회 관리, 산초, 로시난떼, 신부와 이발사, 그리고 우리 안에 갇혀 있는 돈끼호떼를 보고는 이 사람을 이렇게 연행해 가는 까닭이 무엇이냐고 물어보지 않을 수 없었다. 하기야 교구의 참사원은 성동포회 관리들이 들고 있는 밧줄을 보고, 돈끼호떼가 상습적인 강도나 성동포회로부터 벌을 받을 만한 죄를 지은 죄수가 틀림없다고 짐작은 하고 있었지만 말이다.

질문을 받은 관리의 한 사람이 말했다.

"어째서 이 기사가 이런 식으로 끌려가고 있는지 본인에게 물어보십시오. 우리는 모르는 일이니까요."

이 말을 듣고 돈끼호떼가 말했다.

"혹시 귀공들은 방랑 기사도에 조예가 깊고 정통한 분은 아니신지요? 그런 분들이라면 이 몸이 겪는 불행을 말씀드리겠지만, 그렇지 않다면 공연히 시간만 허비하는 헛수고는 하고 싶지 않소."

그 때 이미 신부와 이발사는 나그네들이 돈끼호떼와 말을 주고받는 것을 보고, 자기들의 계략이 탄로나지 않도록 대답하려고 곁에 와 있었다.

돈끼호떼의 물음에 교회 참사원이 대답했다.

"사실 나는 비얄빠도의 《수물라》*² 보다 훨씬 많은 기사담을 알고 있다오. 그러니 무엇이든 마음놓고 이야기해도 괜찮소."

"그렇다면 됐소. 기사 여러분, 나는 음흉한 마법사들의 질투와 기만때문에 마법에 걸린 채 이 우리 속에 갇혀 있다는 것을 알아주시오. 덕행이라는 것은 올바른 사람들에게 사랑을 받기보다 악인들에게 박해를 받는 일이 훨씬 더 많기 때문이오. 나는 방랑 기사지만 그 명성이 곧 잊혀지는 이름 없는 기사는 아니오. 이들의 질투에도 불구하고 페르시아가 기른 마법사들, 인도의 브라만,*³ 이디오피아의 바라문 교도들 속에 속하며, 방랑 기사들이 무(武)의 영예로운 절정을 차지하려 할 때 따라야 할 후세의 모범과 거울이 될 만한 사람이오."

이때 신부가 끼어들었다.

"돈끼호떼님이 하시는 말씀은 사실입니다. 이분이 마법에 걸려서 이 달구지에 탄 것은 이분의 죄가 아니라 덕을 혐오하고 무예와 용맹함에 화가 난 무리들의 악의 때문입니다. 귀공께서 혹시 소문을 들으셨는지 모르나 이분이야말로 우수에 찬 얼굴의 기사올시다. 그 용감한 무훈과 의로움은 그것을 흐리게 하는 질투의 여신과 그것을 감추려 하는 악마가 있다 하더라도 단단한 청동과 불변의 대리석에 틀림없이 새겨질 사실입니다."

교회 참사원은 갇힌 사람과 자유로운 사람들이 이런 말을 지껄이는 것을 듣고는 아연해져서 하마터면 성호를 그을 뻔했으며, 대체 어떻게 된 일인지 전혀 이해할 수 없었다. 그를 따라온 사람들도 놀라고 있었다. 거기에다 이 대화를 들으려고 가까이 와 있던 산초 빤사가 이런 말을 하여 모든 일을 엉망으로 만들어버렸다.

"그런데 여러분, 제가 여쭙는 말을 그럴듯하다고 생각하시든, 터무니없다고 생각하시든 상관없지만 말입니다. 사실을 말씀드리면 우리 주인나리인 돈끼호떼님이 마법에 걸렸다면 우리 어머니도 마법에 걸렸다는 이야기입니다. 우리 주인나리는 모든 게 제대로입니다. 음식도 먹고, 물도 마시고, 대소변도 가립니

─────────────

*2 가스빠르가르디요 데 비얄빠도의 수마 수물라룸을 말한다. 기독교 교리를 변증법적으로 논술한 교과서. 1557년.
*3 바라문을 말하는 것인데, 다음의 나행현자(裸行賢者)도 그리스의 gimnosophista로서 바라문을 말한다. 따라서 이디오피아와는 관계가 없다.

다. 어제 우리 속에 갇히기 전에 하신 것처럼 말입니다. 그러니 주인나리가 마법에 걸렸다는 사실을 제가 어찌 믿겠습니까? 제가 듣기로 마법에 걸린 사람은 먹지도 않고, 자지도 않고, 지껄이지도 않는다고 많은 사람들에게서 들었습니다. 그런데 우리 주인나리는 말리는 사람만 없다면 서른 명 몫의 말씀을 하신다는 말입니다."

그리고 신부를 돌아보더니 말을 이었다.

"아, 신부님! 내가 눈치채지 못했다고 생각하십니까? 이 새로운 마법이 어느 쪽으로 구르는가 내가 눈치도 못 채고 짐작도 못한다고 생각하십니까? 아무리 얼굴을 가려도 나는 다 알고 있다는 걸 아셔야 합니다. 아무리 거짓으로 감추려 해도 나는 훤히 알고 있다는 걸 아셔야 합니다. 시샘이 지배하는 곳에서는 덕이 살 수 없고, 쩨쩨한 근성이 있는 곳에서는 관대한 마음이 자랄 수 없습니다. 쳇, 밉살스럽기는! 신부님만 참견하지 않았어도 우리 주인나리는 벌써 미꼬미꼬나 공주님과 혼인하고, 나도 최소한 백작은 되었을 것 아닙니까? 우리 주인나리인 우수에 찬 얼굴의 기사님의 인정과 나의 눈부신 봉사를 생각하면 분명히 그렇게 되었을 겁니다. 하지만 주변에서 하는 말이 사실이라는 것을 이제 알게 되었습니다. 운명의 수레는 물레방아의 수레보다 더 빨리 돈다는 것, 그리고 어제 높은 자리에 있던 사람이 오늘은 밑바닥에 떨어진다는 것 말입니다. 내 아이들과 마누라가 불쌍해서 못 견디겠습니다. 그들은 아비가 어느 섬이나 왕국의 영주가 되어서 집에 들어서는 것을 기대하며 나를 기다렸을 텐데, 이제 말고삐를 잡고 돌아오는 것을 보게 되었으니 말입니다. 저, 신부님. 내가 이런 말을 하는 것은 바로 우리 주인나리에 대한 이 학대를 마음에 새겨 두십사 해서 입니다. 그리고 저 세상에 가셨을 때 우리 주인나리를 우리에 가둔 일로 해서 하느님께 꾸중을 듣지 않도록 조심하십시오. 우리 돈끼호떼님이 갇혀 있는 바람에 할 수 없는 모든 구원과 공덕들을 죄다 신부님이 책임지시라고 이 자리에서 다짐해 두려는 것 뿐입니다."

이에 이발사가 끼어들었다.

"이봐, 자네 제정신인가? 그러고 보면 자네도 역시 자네의 주인과 한통속이 아닌가? 정말 자네도 우리 안에 들어가 주인과 함께 있어야겠군. 자네가 자네 주인처럼 기사니 뭐니 하는 것을 보니 주인하고 같은 마법에 걸린 모양이야. 이런 좋지 않은 상황에서 터무니없는 약속에 걸려 들어가 섬이니 영주니 지껄이는 걸 보면 잔뜩 바람이 들었어."

"나는 바람이 든 게 아닙니다. 상대가 임금님이라 해도 나는 그 말에 바람이 들지 않습니다. 비록 가난하지만 조상 대대로 기독교인이고, 어느 누구에게도 동전 한 푼 빚지지 않았습니다. 나는 섬을 원하지만 다른 사람들은 더 나쁜 것을 탐내고 있어요. 그리고 사람은 누구나 일하기에 뭐든지 될 수 있는 법이지요. 사람으로 태어난 이상 교황도 될 수 있는데, 하물며 섬의 영주쯤이야 뭐가 대수롭습니까? 우리 주인나리는 더 나누어줄 상대가 없을 만큼 풍성하게 손에 넣으실 겁니다. 이발사 양반, 나리도 말조심 하세요. 수염만 깎으면 다인 줄 아십니까? 같은 말이라도 '아' 다르고 '어' 다른 겁니다. 내가 이런 말을 하는 것도 서로의 뱃속을 알 만큼은 알기 때문이에요. 나에게는 속임수가 통하지 않아요. 우리 주인나리가 마법에 걸려 있는지는 하느님만 알고 계십니다. 아무튼 이제 그만두지요. 섣불리 말했다가는 상황이 더 나빠질 테니까요."

이발사는 산초에게 더 이상 대꾸할 생각이 없었다. 산초의 그 우직한 성미 때문에 자기와 신부가 감추려 하고 있는 정체가 탄로나서는 안 될 것 같았기 때문이었다. 이와 똑같은 두려움 때문에 신부도 교회 참사원에게 좀 앞으로 나오라면서 우리에 갇혀 있는 사나이에 대한 재미있는 이야기와 비밀을 이야기하겠다고 말했다. 그래서 참사원은 종자들과 함께 신부 곁에 가서 돈끼호떼의 신분과 생활, 광태와 버릇, 그리고 그가 정신 착란이 일어난 근본 원인에서 우리 안에 갇힐 때까지 일어난 여러 가지 사건의 경위, 또한 그의 광기를 고칠 방법을 찾기 위해 고향으로 데려가려고 꾸민 계략에 대해 들었다. 돈끼호떼에 대한 이 진기한 이야기를 듣고 종자들과 교회 참사원은 새삼 놀랐다. 그 말을 다 듣고 났을 때 참사원이 입을 열었다.

"신부님, 저도 기사담이라는 것이 세상에 해독을 끼친다는 것을 알고 있었습니다. 저도 할 일이 없을 때면 헛된 호기심에서 인쇄된 이야기라면 무엇이고 첫 부분만은 읽었지요. 그러나 처음부터 끝까지 다 읽어낸 것은 단 한 권도 없습니다. 정도의 차이야 있지만 이거나 저거나 다 똑같고, 저것보다 이것이 더 훌륭하다거나, 이것보다 다른 쪽이 더 낫다고 생각할 수 없었기 때문이지요. 게다가 제가 보건대 이런 종류의 작품이나 저작은 밀레토스 이야기[*4]라 부르

[*4] 고대 소아시아에 있었던 그리스령 밀레토스, 즉 이오니아에서 많은 문학 작품이 나왔었는데, 흥미 본위의 것이 많았으므로 후세에 도덕성이 희박한 이야기를 가리키게 되었다.

는 우화 속에 들어가는데, 단지 독자들을 즐겁게 할 뿐 교훈이 될 만한 것은 없는 어처구니없는 이야기입니다. 다시 말해서 즐거움과 교훈을 동시에 주는 우화와는 대조적이지요. 그런 책들의 주된 목표가 즐거움을 주는 것이라 해도 그렇게 터무니없는 엉터리뿐이라면 어떻게 사람을 즐겁게 할지 짐작이 가지 않는군요. 즐거움이란 시각이나 상상력이 포착하는 아름다움과 조화를 이루어야 느낄 수 있는 것입니다. 그래서 추함과 부조화를 가지고 있는 것은 우리에게 아무런 기쁨을 주지 못하는 것입니다. 그런데 열여섯 살의 소년이 탑 같은 거인을 과자로 만든 거인처럼 한칼에 두 동강 낸다든지, 결전의 양상을 묘사할 때 백만 정병(精兵)이 있다고 서술한 뒤에 이야기의 주인공이 그 적들에게 도전한다고 하면, 아무리 우스꽝스럽더라도 별 수 없이 그 기사의 억센 팔 힘만으로 승리를 얻었다고 생각해야 하지 않겠습니까? 그러니 그런 책이나 이야기에 대체 어떤 아름다움이 있을 것입니까? 어느 부분이 전체 속에서 조화를 갖고 있습니까? 그리고 왕국을 물려받을 여왕이나 공주가 이름도 없는 방랑 기사의 가슴에 몸을 맡기는 그 어처구니없는 행위를 뭐라고 평해야 좋겠습니까? 기사들로 가득 찬 커다란 탑이 마치 순풍을 만난 배처럼 바다 위를 가는데, 오늘은 롬바르디아에서 밤을 맞이하고, 내일은 인도의 후안 주교*5의 나라나 프톨레마이오스도 발견하지 않았고 마르코폴로도 본 적이 없는 땅에서 아침을 맞이한다는 식의 이야기들입니다. 전혀 교양이 없는 야만인이라면 모르되 대체 어떤 이상한 인간이 이런 내용에 만족할 수 있겠습니까? 이런 제 의견에 대해서, 그런 책들은 거짓 이야기니 자질구레한 진실에 신경을 쓸 필요가 없다고 한다면, 저는 거짓도 진실로 보이면 보일수록 좋고, 그럴듯할수록 더 바람직하다고 대답할 작정입니다. 가공의 이야기도 그것을 읽는 사람들의 이해(理解)와 결부되어야 합니다. 다시 말해서 불가능한 일을 가능하게 하고 과장된 것은 얼마간 완화해서 독자의 마음을 감탄시키고, 안절부절못하게 만들고, 열광시키고, 완전히 즐거운 기분에 잠기게 하여 거기서 감탄과 기쁨이 보조를 맞추도록 써야 하는 것입니다. 그런데 이런 것들은 진실과 사실을 기피하는 작가로서는 도저히 할 수 없는 일이지요. 작품이 완벽하게 되느냐 안 되느냐 하는 것도 이 점에 달려 있지요. 저는 중간 부분이 서두와, 또한

---

*5 Prester Junan 중세에 아비시니아 또는 아시아에 강대한 기독교 국가를 건설했다고 하는 전설상의 성직자.

끝이 서두나 중간부분과 균형이 잡혀서 이야기의 본체와 세부사항이 하나를 이루는 그런 기사도 이야기는 지금까지 읽어본 적이 없습니다. 그 대신 억지로 부분들을 연결시키기 때문에 균형이 잡힌 작품을 만든다기보다 키메라*6 같은 것을 만들었다고 생각할 수밖에 없습니다. 더욱이 문체는 딱딱하고, 내세우는 공훈과 공명은 모두 싱겁고, 연애는 음란하고, 예의는 엉망이고, 싸움은 지루하고, 인물의 대화는 보잘것없고, 여행은 뒤죽박죽이고, 요컨대 그럴듯한 기교와는 도무지 거리가 멀더군요. 그러니 무익한 족속들을 내쫓듯 이런 책들도 기독교 사회로부터 추방되어 마땅합니다."

신부는 참사원의 말에 열심히 귀를 기울이면서, 말하는 것으로 보아 분별력이 있고 머리도 총명하다고 생각했다. 그래서 자기도 같은 의견이며, 기사도 이야기에는 좋은 감정을 가지고 있지 않으므로 돈끼호떼가 가지고 있던 많은 책을 전부 불살라 버렸다고 말했다. 그리고 자기가 행한 책의 검열과 화형에 처하거나 살려준 일을 들려주자 참사원은 무척 재미있어 했다. 그러면서 기사도 이야기들의 수많은 결점에도 불구하고 한 가지 좋은 점을 찾아냈는데, 책 속에서 분별력을 발휘하기에 좋은 소재를 제공하고 있다는 것이다. 왜냐하면 기사도 이야기에서는 아무런 거리낌없이 펜을 놀리게 하기 위해 난파, 폭풍우, 싸움터에서의 재회와, 결전 따위를 묘사할 수 있고, 또한 대장은 적의 간계를 미리 발견하는 신중성을 발휘하며, 부하들을 격려하거나 만류시키는 청산유수 같은 웅변가로서의 의견을 진술하여 생각은 노련하고, 결단은 신속하며, 방어와 공격을 매우 용기 있게 그릴 수 있다는 것이었다. 혹은 가엾고 비극적인 사건을, 때로는 즐겁고 생각지도 못한 사건을 서술할 수 있다고 했다. 여기서는 순결하고 재기 넘치고 얌전한 절세가인을, 저기서는 기독교를 신봉하는 용감하고 정중한 기사를, 이쪽에서는 무모하고 오만한 야만인을, 저쪽에서는 예의 바르고 용감하여 만인이 우러러보는 왕자를, 그리고 신하들의 성실함과 충성스러움, 왕들의 권세와 자비를 묘사할 수 있기 때문이라는 것이다.

작자는 점성술사, 뛰어난 우주학자, 음악가, 국가의 문제에 대한 많은 지식을 갖고 있는 자로서 나타낼 수 있고, 만일 본인이 원한다면 마술을 터득하고 있다는 것을 과시할 기회도 생길 것이다. 작가는 오디세우스의 지혜, 아이네이

---

*6 가공적인 괴물로 상반신은 사자, 하반신은 염소, 꼬리는 용, 입에서는 불이 뿜겨져 나온다.

아스*7의 인내, 아킬레우스의 용기, 헥토르의 불행, 시논*8의 간계, 에우리알루스*9의 우정, 알렉산더의 아량, 카이사르의 용맹, 트라야누스*10의 자비와 성실, 조피로스*11의 충성, 카토의 심려 등 영웅의 면목을 완성시킬 수 있는 모든 행동을, 어떤 때는 한 사람에게 집중시키고, 어떤 때는 여러 사람에게 나누어서 나타낼 수 있는 것이다. 그리고 이것이 평온한 문체와 기지에 찬 진실로 쓰여졌다면, 분명히 다채롭고 아름다운 실로 짠 비단이 될 것임은 의심할 여지가 없다. 이 책이 완성된 뒤에 완벽함과 아름다움을 발휘해서 모든 작품에 요구되는 최고의 목적인 즐거움과 교훈성을 동시에 느낄 수 있을 것이다. 이런 서적들의 자유분방한 저술법은 작자에게 서사시인, 서정시인, 비극 작가, 희극 작가로서 뿐만 아니라 매우 감미롭고 즐거운 시학(詩學)과 웅변학을 보여줄 수 있는 기회가 되기 때문이다.

이상 기술한 것이 교회 참사원이 주장하고 있는 내용이었다.

---

*7 트로이 왕가의 자손으로 트로이 멸망 후 아버지와 아들 아스카니우스와 함께 각지로 유랑하다가 뒤에 로마의 시조가 되었다.

*8 그리스 군의 목마를 트로이 성내로 끌어들이기 위해 일부러 포로가 되어 적을 속였다.

*9 아이네이아스의 친구, 적군 속으로 아이네이아스를 찾으러 들어갔다가 전사했다.

*10 로마 오현제(五賢帝)의 하나였던 스페인 태생의 군인.

*11 페르시아의 다리우스 1세에게 종사한 충신. 일부러 귀와 코를 베고 바빌로니아인 앞으로 가서 다리우스가 그렇게 하는 것처럼 꾸몄다. 그렇게 적의 신뢰를 얻고 적의 성문을 열게 했으므로 다리우스 왕에게 승리를 안겨 주었다.

제48장

교회 참사원이 기사도 소설에 대해 평가한 이야기와 그의 재치를 인정할 만한 그 밖의 문제들

신부가 맞장구를 쳤다.

"정말 말씀하시는 그대로입니다. 그러기에 그리스와 라틴의 두 시성*¹이 운문으로 명성을 얻었다고 하여 산문에서도 기술과 법칙을 무시한 채 비슷비슷한 내용으로 마구 써 갈긴 인간들을 오늘날까지 비난하는 것이지요."

"나도 가능하다면 기사도 이야기를 한 권 써서 그 속에 방금 내가 지적한 취지를 빠짐없이 담고 싶다는 욕심을 갖곤 했었지요. 아니, 사실을 고백하자면 100장 이상이나 써본 적도 있습니다. 그래서 그것들이 내 취지에 맞는지 안 맞는지 시험해 보려고 이러한 읽을거리의 애호가인 학식이 높은 사람들과, 그저 엉터리로 쓰인 내용을 읽고 싶어하는 무식한 사람들에게 각기 보여주었습니다. 고맙게도 모두들 호평을 해주더군요. 그래도 나는 그 이상은 쓰지 않았습니다. 왠지 내 직무와 거리가 먼 일을 하고 있는 듯한 기분이 들었을 뿐 아니라 세상에는 사리에 밝은 사람보다 무식한 사람들이 더 많아 보였기 때문입니다. 물론 다수의 어리석은 사람들에게 웃음거리가 되더라도 소수의 총명한 사람들로부터 칭찬을 듣게 된다면 해 볼만하겠습니다만, 그런 책을 읽게 되는 대부분의 오만한 속인들이 마구 해대는 비판에 휩쓸리기 싫었던 거지요. 그러나 이야기를 마지막까지 써내자는 생각을 나한테서 빼앗아 간 것은 요즘 상연되고 있는 연극입니다. 내가 생각한 것을 대략 말씀드리자면 이런 거지요.

'요즘 유행하는 연극은 창작극이건 역사물이건 대부분이 엉터리이며, 다리와 머리가 없는 괴물이다. 그런데도 속인들은 좋아라 하며 귀를 기울이고, 쓸만한 대목이라고는 약으로 쓰려 해도 없는데 훌륭한 연극인 줄 알고 갈채를

---

*1 호메로스와 베르길리우스.

"말씀하시는 그대로입니다." 신부는 참사원에게 말했다.

보낸다. 게다가 그런 작품을 쓰는 작가나 연기하는 배우들이 말하기를, 어리석은 일반 대중들이 이런 연극이 좋다고 하니 이것과 다른 것은 안 된다고 한다. 결국 예술이 요구하는 구성을 가졌고 일관된 줄거리를 추구하는 작품은 그 것을 이해하는 4~5명의 지식이 있는 이들에게밖에 통하지 않는다. 다른 많은 사람들의 경우에는 그런 기술상의 이야기 따위는 알려고도 하지 않는다. 그들은 소수의 호평보다는 많은 사람들로부터 빵을 얻는 편이 낫다고 말한다. 책도 앞에서 말한 법칙을 지키려고 고생해봤자 헛수고일 뿐이다.'

나는 몇 번이나 배우들에게 당신들의 생각은 틀렸고, 예술의 법칙을 충실히 따르는 연극을 공연한다면 관객도 많이 올 것이고 평판도 높아질 것이라고 설득했지만 소용없었습니다. 그 사람들은 자기들의 생각에 사로잡혀서 완고하기 짝이 없으므로 그 사람들을 계몽시키는 것은 아주 어려운 일입니다. 지금도 기억합니다만, 한 번은 내가 그런 완고한 무리 중의 한 사람에게 말했지요.

'몇 해 전에 스페인의 어느 유명한 시인이 지은 3편의 비극이 우리나라에서 공연되었소. 모두 훌륭한 작품이어서 관객들은 학식이 있는 사람들이나 단순한 인간들이나, 평범한 시민이나 귀족이나 모두 감탄하면서 결과가 어떻게 될 것인지 손에 땀을 쥐며 구경했소. 그래서 그 3편의 각본으로 그 뒤에 공연된 희극 30편을 합한 것보다 더 많은 수익을 배우들이 올렸는데, 당신도 기억하시나요?'

그러자 그 극단 단장 겸 작가가 대답하더군요.

'그건 아마 《라 이사벨라》, 《라 필리스》, 《라 알레한드라》*²를 두고 하시는 말씀인가 보지요.'

'그렇소, 그 작품이오. 당신에게 묻고 싶은 것은 그 3편의 작품이 얼마만큼 엄밀하게 예술의 법칙을 지키고 있었는가, 또 법칙을 지키느라 작품 그 자체의 좋은 점을 발휘하지 못하고 세상의 갈채를 받지 못한 일이 있는가를 생각해 보라는 겁니다. 잘못은 보잘것없는 작품을 요구하는 대중이 아니라 훌륭한 작품의 공연을 잊고 있는 작가들에게 있지요. 아무렴, 그렇고말고요. 《망언의 보답》도 엉터리가 아니었고, 《라 누만시아》*³도 엉터리가 아닙니다. 《사랑의 상인》이라는 연극에서도 그런 점은 발견되지 않았고, 《친절한 적》에서도 그런 점은 없었습니다. 그 밖에 재주 있는 시인들이 명성을 떨치고, 역할을 맡은 배우들에게도 수익을 안겨 준 몇 편의 작품에도 그런 점은 없었습니다.'

나는 이 밖에도 여러 가지 말을 덧붙였는데, 그것은 그 사람을 약간 얼떨떨하게 만든 것 같더군요. 그러나 그의 잘못된 생각을 버리게 할 만큼 완전히 납득시키지는 못했습니다."

신부가 말을 받았다.

"참사님, 당신이 문제삼은 내용이 요즘 우리 주변에서 공연되고 있는 연극에 대한 증오를 불러일으키는군요. 그것은 기사도 이야기에 대해서 품고 있는 감정과 마찬가지입니다. 툴리우스*⁴의 말에 따르면, 연극이라는 것은 인생의 거울, 풍속의 모범, 진실의 영상이어야 하는데, 요즘 공연되고 있는 작품들을 보

---

*2 모두 루페르시오 레오나 드 데 알헨소라의 작품.
*3 세르반떼스의 비극.
*4 마르쿠스 툴리우스 키케로를 가리킴.

면 엉터리의 거울, 어리석은 모범, 호색의 영상이거든요. 생각해 보십시오. 1막 1장에서 배내옷에 싸인 갓난아이가 2장에서는 벌써 수염을 기른 어른이 되어 등장하니, 이렇게 관객들을 황당하게 하는 일이 또 있겠습니까? 용감한 노인과 겁쟁이 젊은이, 미사여구를 주워섬기는 종자, 충고를 잘하는 종자, 노동자 차림의 국왕, 하녀가 된 공주가 나오는 이런 심한 엉터리가 어디 있겠습니까? 그리고 상연된 연극 속의 사건이 시대와 장소를 초월하니, 이에 대해서 어떻게 이해해야 합니까? 1막은 유럽에서 시작하고, 2막은 아시아에서, 3막은 아프리카에서 끝나며, 만일 이 연극이 4막까지 있다면 4막은 아메리카에서 끝나는 등 세계 4대륙 전체가 나오는 연극을 본 적이 있었지요. 그런데 사실(寫實)이라는 것이 연극이 가지는 가장 중요한 점이라면, 페핀 왕*5과 샤를마뉴 시대에 일어난 사건을 그리면서 그 주인공을 마치 고드프르와 드 부용*6처럼 십자가를 들고 예루살렘에 들어가 성스러운 집을 탈취한 헤라클리우스*7 황제로 만들었으니, 이걸 어떻게 이해해야 하는지요? 이 둘은 몇 백 년의 차이가 있는데 말입니다. 게다가 희곡은 꾸며낸 이야기에 불과한데도 역사상의 사실인 것처럼 인물과 시대에 전혀 관계없는 사건의 단편을 짜깁기하면서 사실성 있는 체제도 없으니, 누가 그런 연극에 만족감을 느끼겠습니까? 그런데 더 웃기는 것은 이런 연극에 대해 나무랄 데 없는 작품이며, 더 이상 요구한다는 것을 부질없는 행동이라고 거리낌없이 지껄여대는 무식한 인간들이 있단 말입니다. 이번에는 종교극으로 눈을 돌려볼까요? 그런 연극에서 나오는 엉터리 기적들은 대체 뭡니까?

게다가 그 성자의 기적을 다른 성자의 일로 만들어 버리곤 하는데 그 기괴한 착각은 또 뭡니까? 더욱이 통속극에서도 무지한 관객을 놀라게 하여 연극을 보러 오게 하자는 속셈에서 아무 때나 기적을 끌어내고 있습니다. 이런 일들이 모두 사실과 역사, 나아가서는 스페인의 예술에 불명예를 가져옵니다. 극작의 법칙을 충실히 지키는 외국 사람들은 우리 연극을 불합리하고 엉터리라고 생각하면서 우리를 야만스럽고 무식하다고 바라볼 테니까요. 정연한 질서

＊5 키가 작은 왕 Pepin Short. 714~768. 샤를마뉴의 아버지. 카롤링거 왕조의 기틀을 마련했다.
＊6 로렌 백작. 제1차 십자군에 가담하여 예루살렘을 함락시키고 왕이 되었으나, 신중하게도 왕호를 '성묘(聖墓)의 수호자'라 칭했다.
＊7 동로마 황제. 헤라클리우스 왕조의 창시자.

를 갖춘 사회가 연극을 권장하는 주된 목적은 건전한 오락을 통해 대중을 즐겁게 하고, 무료감에서 일어나는 불쾌감을 다른 데로 돌리자는 데 있습니다. 그런데 이런 목적은 연극이 좋거나 나쁘고를 막론하고 이룰 수 있으니 굳이 법칙을 강요할 필요가 없다고 주장하는 사람이 있다면, 나는 훌륭한 연극이라야 그런 목적을 달성할 수 있다고 대답할 작정입니다. 훌륭한 연극을 보면 관객은 진실을 배우고, 사건에 감격하고, 재치 있는 대사를 통해 현명해지고, 심한 속임수를 눈치채면서 분별력을 가지고, 악에 대해 분개하며, 미덕에 완전히 매료된 채 집으로 돌아갈 것이 틀림없기 때문입니다. 훌륭한 연극은 설혹 그것이 아무리 거칠고 외설적이어도 관객의 마음 속에 반드시 이런 기분을 불러일으키며, 그런 장점을 갖추지 않은 연극에 비해 사람의 기분을 즐겁고 기쁘게 충족시키는 것입니다. 하기야 이렇게 된 것은 연극을 쓴 시인들의 죄는 아니지요. 그들 가운데는 자신들이 잘못되었다는 것을 잘 알고 있고, 어떻게 해야 하는지도 알고 있지만, 각본이란 상품과 마찬가지라 그런 것이 아니면 배우들이 사려 하지 않을 것을 알고 있으니까요. 그런 까닭으로 시인은 자기 작품에 돈을 지불해주는 배우의 주문에 따라 글을 쓰려고 합니다. 이것이 진실이라는 것은 우리 나라의 행운아인 천재(로뻬 데 베가)가 쓴 무수한 각본을 보면 알게 될 것입니다. 그야말로 참으로 화려하고, 교묘하고, 호화스러운 말투와 엄숙한 격언이 가득합니다. 그는 품위 있는 표현과 문체로 그 이름이 천하에 널리 알려진 작가입니다만, 배우들의 기호에 맞추려 했기 때문에 몇몇 작품 외에는 완벽에 이르지 못하고 있습니다. 어떤 작가들은 덮어놓고 마구 쓰기만 하기에 연극이 끝나면 봉변을 당할까 두려워서 달아나는 경우도 있습니다. 왕족에게 불경한 행위가 되었거나, 어느 명문 귀족의 이름을 더럽히는 내용을 상연한 탓으로 봉변을 당한 예가 꽤 많으니까요. 그 밖에 내가 말하지 않은 경우도 많지만 이만 생략하지요. 하지만 앞으로 사리분별이 분명하고 사려가 깊은 사람이 모든 연극이 상연되기 전에 각본을 검열한다면 그런 염려는 없어지겠지요. 다시 말해 스페인 전국에서 상연될 각본을 모두 검열하는 겁니다. 그 사람의 허가와 도장과 서명이 없으면 어디에서도 상연을 허락하지 않는 거지요. 그러면 배우들은 궁중에 작품을 보낼 때 신경을 쓸 것이고, 작품이 통과되면 안심하고 그것을 상연할 것이며, 작가들은 작품 검열이 걱정되어 좀더 신중하게 주의를 기울이겠지요. 그렇게 되면 훌륭한 각본이 늘어날 것이고, 스페인 작가들에 대한 평판이 좋아질 것이고, 배우들의 이익과 안정을 보장하여 연극에 대해 바람직한 모든 일이 쉽게 달성될 것입니다. 그리하여 신부님이 하셨듯이 어느 누가 검열하더라도 완벽하여 버릴 것이 하나도 없는 작품들이 출간되어 유쾌하고 값진 문장들이 우리말을 풍부하게 하고, 새로 나온 작품의 찬란한 빛 앞에 낡은 작품의 빛이 흐려지는 계기가 될 것이며, 나아가서는 무위도식하는 사람들뿐 아니라 일에 열중하는 사람들에게도 건전한 즐거움을 줄 것입니다. 항상 활시위를 당길 수는 없듯이 인간 역시 뭔가 건전한 오락거리가 없으면 지탱해가기 어려우니까요."

교회 참사원과 신부의 이야기가 여기에 이르렀을 때, 이발사가 두 사람 옆으로 다가오더니 말했다.

"여기입니다, 학사님. 잠시 쉬면서 소에게 부드러운 풀을 실컷 뜯게 하는 데 적합하다고 말했던 그곳입니다."

신부가 대답했다.

"과연 그런 것 같소."

교회 참사원에게 두 사람의 생각을 전하자, 그도 눈앞에 펼쳐진 아름다운 골짜기의 풍경에 마음이 끌려 그들과 함께 머물고 싶은 마음이 생기게 되었다. 교회 참사원은 그 장소에 머물러 신부와 더 대화를 나누면서 돈끼호떼의 공훈 이야기도 좀더 자세히 듣고 싶었기에, 종자들에게 자기는 여기서 점심을 먹고 쉬었다 갈 테니 여기서 그리 멀지 않은 주막으로 가서 모든 사람들이 먹을 것을 가져오라고 일렀다. 그러자 한 종자가 식량을 실은 당나귀는 이미 주막에 도착해 있을 테니 주막에서는 말에게 줄 여물만 얻어오면 충분하다고 대답했다.

그러자 참사원이 말했다.

"아, 그렇다면 저기 있는 말들을 모두 그리로 끌고 가고, 식량을 실은 당나귀를 데려오도록 해라."

이런 일이 진행되고 있는 동안 산초는 신부와 이발사의 끊임없는 감시의 눈길을 피해 돈끼호떼가 갇힌 우리 앞으로 다가가서 말했다.

"나리, 내내 제 양심에 걸리는 일이 있어서 나리가 마법에 걸린 일에 대해서 말씀드리겠습니다. 다름이 아니라 저기 가면을 쓰고 있는 두 사람은 우리 고향에 사는 신부님과 이발사 아저씨입니다. 그 양반들은 나리가 훌륭한 공훈을 세우는 것이 질투가 나서 나리를 모시고 가려는 겁니다. 주인나리는 마법에 걸린 게 아니라 바보처럼 속고 있는 거지요. 그걸 확인하기 위해서 한 마디 여쭈어 보겠습니다. 만일 제가 생각하는 것처럼 나리가 대답하신다면 이 사기꾼들의 꼬리를 잡을 수 있고, 이건 마법이 아님을 깨닫게 될 것입니다."

"뭐든지 물어보아라, 산초여. 속시원하게 대답해줄 테니. 네 말에 의하면 저기 있는 두 사람이 우리 고향의 신부와 이발사라는데, 그 두 사람과 참으로 많이 닮았다는 것은 인정한다. 하지만 신부와 이발사라고는 생각하지 않는 게 좋을 거다. 우리를 마법에 건 자들이 저런 모습을 하고 있는지도 모르니까. 마법사들은 자기가 원하는 모습으로 얼마든지 둔갑할 수 있다. 그들이 내 친구들처럼 둔갑한 것은 너를 망상의 미로 속에 빠뜨리고, 설사 네가 테세우스의 실*8을 가졌다고 하더라도 도저히 빠져나올 수 없게 하려는 저의에서 그랬을 것이다. 게다가 내 분별력을 흔들어 이 재앙이 어디서 온 것인지조차 짐작하지 못하게 하려는 것이다. 어쩌면 네가 말한 것처럼 우리 고향의 신부와 이발사일 수도 있지만, 이렇게 내가 우리에 갇혀 있지 않느냐? 초자연적인 힘이라면 모르되 인간의 힘으로는 도저히 이렇게 될 수가 없다. 내가 걸린 이 마법의 양상은 내가 이제까지 읽었던 마법에 걸린 방랑 기사들 이야기 중에서 가장 강력한 마법이라고 할 수 있다. 공연히 신경쓰지 말고 안심하여라. 그들이 만일 신부와 이발사라면 나는 터키 사람이다. 그건 그렇고, 네가 나한테 물어볼 것이 있다고 했는데 말해보아라. 지금부터 내일까지 계속 질문한다 해도 대답해주리라."

그러자 산초는 답답하다는 듯 소리를 질렀다.

"아이고, 성모님, 살려 주십시오. 나리의 머리가 그렇게 단단하게 굳었습니까? 제가 말씀드린 것은 모두 틀림없는 사실입니다. 나리가 이렇게 잡혀가는 이유가 마법이 아니라 계략에 의한 것이라는데 전혀 깨닫지 못하시는군요. 그렇다면 나리가 마법에 걸려 있는 것이 아니라는 걸 똑똑히 보여드리겠습니다. 저는 어떻게 해서든지 하느님께서 나리를 이 고문에서 구해내고, 생각지도 않는 순간에 둘씨네아님의 품에 안기도록 해드리겠습니다."

---

*8 크레타 섬의 미궁에 갇힌 테세우스는 크레타의 왕녀 아리아드네의 도움을 받아 사람 몸뚱이에 쇠머리를 한 미노타우로스를 물리치고 입구에 매어놓은 실 끝을 찾아 무사히 밖으로 나온다.

"맹세는 그만두고 궁금한 게 있으면 서슴지 말고 물어라. 내가 성실하게 대답해주겠다고 말하지 않았느냐?"

"그렇다면 묻겠습니다. 제가 알고 싶은 것에 대해서 보태거나 줄이지 않고 정직하게 대답해주셔야 합니다. 방랑 기사의 명예를 걸고 나리가 선언하신 것처럼, 칼과 창을 들고 맹세하는 모든 기사들은 진실만을 말한다고 생각하듯 말입니다."

"결코 거짓말을 하지 않는다고 분명히 말했다. 이제 진저리가 나니 서론은 그만두어라. 그리고 어서 본론을 말해라, 산초."

"저도 나리가 마음이 부드럽고 거짓말을 안 한다는 건 잘 알고 있습니다. 이제 본론으로 들어가겠습니다. 이건 주인나리와 나 사이의 일이라 무례를 무릅쓰고 여쭙겠습니다. 혹시 나리는 우리에 들어간 뒤부터 지금까지, 큰 물과 작은 물을 하고 싶은 생각이 들지 않으셨습니까?"

"산초, '물을 한다'는 말이 무슨 뜻인지 모르겠구나. 정확한 대답을 듣고 싶다면 좀더 똑똑하게 물어보아라."

"나리가 작은 물, 큰 물을 모르실 까닭이 없는데요. 아이들이 학교에 들어가면 그것부터 배우지 않습니까? 진짜 모르신다면 알아두십시오. 말하자면 '도저히 참을 수 없는 일이 생각날 때'가 없었냐는 말입니다."

"그래! 이제야 네 말을 알아듣겠다, 산초! 그건 몇 번이나 있었지! 지금도 그렇다! 이 궁지에서 나를 좀 구해다오. 사실 그다지 깨끗한 이야기는 아니다만."

제49장
산초 빤사가 돈끼호떼와 주고받은 사려 깊은 대화

산초가 의기양양하게 말했다.

"그래요, 제가 기다렸던 대답이 바로 그겁니다. 어떻습니까, 나리? 우리 주변에서 누구에 대해 쑥덕공론을 할 때 흔히 이런 말을 하지 않습니까? '아무개는 어디가 아픈지 먹지도 마시지도 않고, 잠도 안 자고, 무엇을 물어도 대답도 하지 않는 것이 꼭 마법에라도 걸린 것 같구나.' 하고 말입니다. 마법에 걸렸다는 것은 먹지도 않고, 마시지도 않고, 자지도 않고, 또한 제가 말한 눌 것도 안 누는 그런 사람을 두고 하는 말입니다. 하지만 나리처럼 생리 현상을 느끼고, 권하면 마시고, 생기면 먹고, 물어보면 대답하는 것을 볼 때 마법에 걸린 건 아닙니다."

"네 말이 맞다. 그러나 이미 내가 마법에도 여러 가지 방법이 있다고 말하지 않았더냐? 세월이 흐르면 마법도 변하는 법이니, 옛날에는 하지 않던 일이라도 오늘날에는 나와 같은 행동을 하게 되는 지도 모르지 않느냐? 그러니 시대의 관습에 대해서 군이 반박하거나 거기서 결론을 끌어내려고 해서는 안 된다. 나는 내가 마법에 걸렸다는 사실을 알고 있으며, 내 양심을 걸고 확신하고 있다. 만일 내가 마법에 걸리지도 않았는데 이렇게 무기력하게 우리에 갇혀 있다면, 숱한 곤경에 빠진 사람들에게 도움을 주지 못하고 간과하고 있는 셈이니 이것만으로도 내 양심은 괴로울 것이다."

"그야 그렇습니다. 하지만 좀더 사정을 알아 안심하시려면, 나리가 이 감옥에서 탈출을 시도해보는 것이 좋겠습니다. 저도 온 힘을 다해 이 우리에서 나리를 끌어내겠습니다. 나리의 사랑스러운 로시난떼를 다시 타기 위해서라도 한번 애써 보십시오. 그 녀석도 맥없이 고개를 푹 숙인 걸 보니 암만해도 마법에 걸려 있는 것 같습니다. 이 일이 잘 되면 다시 한 번 사생결단의 모험을 찾아 나서자구요. 만일 실패하더라도 우리 안으로 되돌아올 시간은 충분하니까요. 충실하고 정직한 종자의 법에 따라 주인나리와 함께 우리에 들어가겠다고 약속하지요. 물론 그것은 나리의 운이 어지간히 나쁘거나 제가 멍청해서 방금 말씀드린 것처럼 계획대로 일이 풀리지 않을 때나 일어날 최악의 경우지만 말입니다."

"네가 하자는 대로 하겠다, 산초. 내가 자유를 얻을 기회라고 네가 생각할 때면 언제라도 말이다. 나는 하나에서 열까지 네가 하자는 대로 할 작정이다. 그러나 산초, 너도 언젠가는 내 불행의 원인에 대해서 네가 잘못 생각했음을 깨달을 때가 있을 것이다."

방랑 기사와 종자가 이런 대화를 주고받고 있을 때, 신부와 교회 참사원과 이발사는 말에서 내려 두 사람이 기다리는 장소에 이르렀다. 소몰이꾼은 소에서 멍에를 풀어 소가 푸른 초원을 마음대로 돌아다니게 했다. 그 초원의 싱그러움은 돈끼호떼처럼 마법에 걸린 사람은 물론이려니와 그의 종자처럼 제정신을 가진 분별력 있는 사람들까지도 쉬고 싶은 마음이 들게 만들었다. 산초는 돈끼호떼를 잠시 우리에서 나오게 해달라고 신부에게 부탁했다. 만일 주인을 우리에 그대로 가두어 둔다면, 저 감옥도 자기 주인처럼 기사의 체면에 어울리는 청결함을 유지하지 못하게 될 것이라고 이유를 댔다. 신부는 그 부탁을 들어주고 싶은 생각은 간절하지만, 주인이 자유로워지면 제멋대로 행동하여 아무도 찾을 수 없는 곳으로 달아날까 걱정이라고 말했다.

산초는 간곡하게 사정했다.

"도망치지 않는다는 것은 제가 장담하겠습니다."

교회 참사원도 옆에서 거들었다.

"나도 장담하지요. 만일 주인께서 우리의 동의가 없는 한 이곳을 절대로 떠나지 않겠다고 기사로서 약속한다면 말이지요."

처음부터 경위를 듣고 있던 돈끼호떼가 대답했다.

"좋소, 약속하리다. 나와 같이 마법에 걸린 자는 자기가 하고 싶은 대로 할 자유가 없는 것이오. 왜냐하면 마법을 건 자는 한 장소에서 300년 동안이나 움직이지 못하게 할 수 있고, 혹시 달아난다 해도 하늘을 날아서 다시 끌고 올 수도 있기 때문이오."

그리고는 이런 사정이니 나를 풀어주어도 상관없고, 그것은 여러 사람들을 위해서도 좋은 일이라고 했다. 또 나를 풀어주지 않으면 그들은 이 자리를 뜨지 않는 한 견딜 수 없는 악취를 맡아야 할 것이라고 경고했다.

교회 참사원은 돈끼호떼의 묶여 있는 손을 꼭 쥐었다. 돈끼호떼가 맹세하자 사람들은 그를 우리에서 나오게 했다. 돈끼호떼는 우리에서 나와 자유로운 몸이 된 것을 무척 기뻐했다. 그는 우선 몸을 쭉 펴더니, 그 다음에는 로시난떼에게로 가서 엉덩이를 두어 번 찰싹찰싹 때리며 말했다.

"모든 말의 꽃이며 거울인 이 귀여운 녀석아, 하느님과 성모님 안에서 우리 둘이 바라던 대로 될 날도 머지 않았다. 너는 이 주인을 등에 태우고, 나는 네 등에 올라타 하느님이 당신의 뜻에 따라 나를 이 세상에 보내신 임무를 수행하자꾸나."

그러고는 산초와 함께 조금 떨어진 곳으로 가서 기운을 되찾자, 종자가 말했던 일을 실천에 옮기고 싶은 기분을 한층 강하게 느꼈다.

교회 참사원은 그의 모습을 보고는 그의 광기의 기이함, 그리고 훌륭한 지혜를 나타내는 말과 행동에 감탄했다. 다만 기사도에 대한 이야기로 옮겨가기만 하면 침착성을 완전히 잃어버리는 게 안타까울 뿐이었다. 모든 사람들이 식량을 가져올 당나귀를 기다리려고 푸른 풀밭에 앉았을 때, 참사원은 그만 동정에 이끌려 돈끼호떼에게 말을 건넸다.

"선생, 기사도 이야기를 읽는 무익한 행동이 당신의 분별력을 완전히 잃게 해서 마법에 걸렸다는 종류의 거짓말을 믿게 된 모양이구려. 수많은 아마디스의 자손을 비롯해서 이름난 기사들과 뜨라뻬손다*1의 대제, 펠릭스마르떼 데 이르까니아, 귀부인을 태우는 갖가지 말들, 방랑하는 처녀, 큰 뱀과 괴물, 거인, 일찍이 없었던 모험, 별의별 마법, 결전, 격렬한 일대일의 결투, 화려한 의상, 사랑에 괴로워하는 공주, 백작이 되는 종자, 익살꾸러기 난쟁이, 사랑의 편지, 사랑의 속삭임, 용감한 여성 등 기사도 이야기들이 다루는 그 숱한 엉터리를 이세상에 실제로 일어났던 일이라고 믿는 사람들이 어디 있겠습니까? 내 자신의 경우를 봐도 기사도 이야기를 읽으면서 그것이 모두 거짓말이며 엉터리라는 생각이 들기 전까지는 어느 정도 흥미를 느낍니다만, 그 정체를 깨닫게 되면 설사 그 이야기가 걸작이라고 하더라도 벽에 내던지고 말지요. 눈앞에 불이라도 있으면 그 속에 던져 넣을지도 모르지요.

---

*1 소아시아 동북부에 있던 제국. 1204~1461.

그것들은 사기꾼에 거짓말쟁이며, 자연의 법칙에서 벗어난 새로운 종파와 새로운 생활 방식을 만들어내며, 나아가 무지한 속물들이 그 거짓을 진실이라 믿게 하고 있으니 그만한 형벌을 받아 마땅합니다. 기사도 이야기가 얼마나 고약한 것인가 하는 것은, 명문가의 현명한 귀족들의 머리까지 교란시키는 횡포를 부리고 당신 같은 사람에게도 작용한 결과를 보더라도 알 수 있는 일이지요. 사자나 호랑이를 구경거리로 삼아 돈을 벌려고 사방으로 끌고 다니듯, 당신을 소달구지에 싣고 다니는 것은 참으로 극단적이었소. 자, 돈끼호떼님, 자신을 가엾게 여기고 분별 있는 동료들에게로 돌아가십시오. 하늘이 당신에게 주신 풍부한 분별력을 잘 이용해서 당신의 양심과 명예를 한층 드높일 만한 다른 읽을거리에 당신의 재능을 사용하십시오. 그래도 모험이나 기사도에 대한 책을 읽고 싶으면 성서 속의 사사기를 읽으십시오. 그 속에서 장대한 진실과 용맹스러운 공훈을 볼 수 있을 겁니다. 루시따니아*²의 비리아또,*³ 로마의 시저, 카르타고의 한니발, 그리스의 알렉산드로스, 까스띠야의 페르난 곤살레스 백작,*⁴ 발렌시아의 엘씨드, 안달루시아의 곤살로 페르난데스, 에스뜨레마두라의 디에고 가르시아 데 빠레데스, 헤레스의 가르시 페레스데 바르가스, 똘레도의 가르씰라소,*⁵ 세비야의 돈마누엘 데 레온*⁶처럼 용맹스러운 공훈은 읽는 사람에게 즐거움과 교훈을 주고, 기쁨과 감동을 줄 것입니다. 돈끼호떼님, 이것이 당신의 뛰어난 이해력에 알맞은 읽을거리가 된다면 당신은 역사에 정통해지고, 도의를 사랑하게 되고, 선을 배우게 되고, 행동이 올바르게 되고, 무모함을 범하지 않는 용사가 되고, 담력이 높아지고, 나아가서 하느님께는 영광을, 자신에게는 이익을, 당신의 고향인 라만차에는 명예를 가져다줄 것입니다."

돈끼호떼는 주의 깊게 교회 참사원의 말에 귀를 기울이고 있었다. 이윽고

---

*2 지금의 포르투갈로 스페인에서 분리되기 전의 호칭.

*3 기원전 150년 무렵 로마인의 정복에 항거한 루시따니아의 수령으로, 훗날 암살되었다.

*4 까스띠야의 백작으로 10세기 중엽 나바라 왕국의 산초 1세와 싸웠다. 그의 무훈은 옛 로망스에서 많이 노래되었다.

*5 젊어서 전사한 시인 가르씰라소 데 라베가. 1503~1535. 스페인에서 이탈리아파 시인의 대표자였다.

*6 사자 우리에 떨어진 귀부인의 장갑을 우리 속에 들어가 꺼내왔는데, 많은 중세 로망스에 이 이야기가 노래되었다.

이야기가 다 끝나자 한참동안 상대편을 바라보다가 입을 열었다.

"귀공의 말씀은 이 세상에 방랑 기사들이란 없고, 모든 기사도 이야기는 거짓말이고 엉터리이며 이 사회에서 유해무익하다는 거군요. 그러니 그것을 읽은 것은 좋지 않고, 그것을 믿는 것은 어리석은 일이니, 하물며 그것을 흉내내어 그런 책이 가르치는 방랑 기사도의 고행길에 들어가려는 것은 더욱 어리석은 일임을 깨닫게 하려는 것 같소. 게다가 아마디스의 모든 기사들이 이 세상에 존재했다는 사실마저 부정할 작정으로 보이는구려."

"당신이 말한 그대로입니다. 바로 그 이야기입니다."

"귀공은 또한 이렇게 말했소. 그런 책은 내게 막대한 해를 끼쳤는데, 바로 분별력을 잃게 하여 우리에 들어가게 만들었기 때문이라고요. 내가 잘못을 시정하여 한층 진실되고 즐거움과 교훈을 주는 책으로 바꾸는 것이 낫다고 말이오."

"그렇습니다."

"그런데 나는 분별력을 잃고 마법에 걸린 자는 오히려 귀공이라고 생각하는 바이오. 세상에서 이처럼 인정받고 진실로 믿어지는 것에 대해 그토록 폭언을 퍼부었기 때문이오. 귀공처럼 그것을 부정하는 사람들은 그 책을 읽고 화를 내며 그런 책에 가한다는 형벌을 똑같이 받아 마땅하오. 아마디스를 비롯하여 모든 이야기에 가득 차 있는 모험을 찾는 기사들이 세상에 존재하지 않았다는 억지스러운 주장은 태양이 빛나지 않고, 얼음은 차갑지 않고, 대지는 만물을 키우지 않는다고 주장하는 것과 마찬가지이기 때문이오. 왕녀 플로리페스와 기 드 부르고뉴의 이야기나 피에라브라스의 만띠블레 다리의 모험 이야기는 샤를마뉴 황제 시대 때 있었던 일인데, 이런 일들을 진실이 아니라고 사람들에게 납득시킬 수 있는 지혜를 세상의 누가 가졌다는 말이오? 만일 이것이 거짓이라면 헥토르나 아킬레우스, 트로이 전쟁과 프랑스의 열두 용사, 영국의 아서 왕 등이 있었다는 말도 거짓이란 말 아니오? 더욱이 아서 왕 이야기에는 오늘날까지 까마귀로 변해 왕위에 오를 날만 기대하고 있다는데? 또한 구아리노 메스끼노[7]의 역사 이야기, 성배(聖杯)를 찾는 모험에 대한 역사 이야기도 거짓말이며, 돈 뜨리스딴과 이세오 왕비의 연애(트리스탄과 이졸데),[8]

---

*7 샤를마뉴 대제 가문의 왕자.
*8 켈트족의 전설을 바탕으로 한 중세 사랑이야기의 두 주인공.

히네브라와 란사로떼*⁹의 연애도 조작한 이야기라고 주장할 수 있겠구려. 포도주를 따르는 데 있어서는 대영제국에서 제일가는 명인이었던 시녀 낀따뇨나를 본 기억이 어렴풋이 난다는 사람들이 있는데도 말이오. 참, 이것은 틀림없는 사실이라 지금도 생각이 나는구려. 내 조모님은 기품 있는 노부인을 보실 때마다 '애야, 저분은 시녀 낀따뇨나를 참으로 많이 닮았구나' 하고 말씀하셨소. 그 일로 나는 조모님께서 낀따뇨나를 알고 계시거나 최소한 초상화라도 보신 것이 분명하다고 짐작했던 것이오. 그건 그렇고 삐에르레스와 아름다운 마갈로나의 연애 이야기*¹⁰가 진실이 아니라는 것을 그 누가 부정할 수 있겠소? 오늘날까지도 왕실 무기고에는 용감한 삐에르레스가 올라타 하늘을 날았던 목마의 핸들 역할을 한 굴대가 보관되어 있소. 소달구지에 박힌 것보다는 약간 큰 것이오. 이 굴대 옆에는 바비에까의 안장도 있소. 또 론세스바이예스에는 롤단이 불던 뿔피리가 있는데, 크기가 굵은 대들보만 하다오. 이런 일로 미루어 볼 때 열두 용사도 있었고, 삐에르레스도 있었고, 씨드도 있었고, 또 '모험을 찾아 헤매는 사람들'이라고 세상에서 말하는 이와 유사한 기사들도 모두 있었다고 추정할 수 있는 것이오. 만일 그렇지 않다면, 부르고뉴에 가서 모센*¹¹ 삐에르레스라 일컫던 차르니 영주와 아라스 시(市)에서 싸우고, 이어서 바실레아(바젤의 옛 이름) 시로 가서 모센 앙리끄 드 르메스땅과 싸워, 이 두 차례의 싸움에서 승리를 거두고 혁혁한 명성을 떨친 루시따니아 용사 후안 데 메를로*¹²가 방랑 기사였다는 것도 거짓이라고 하시오. 또 용기 넘치는 스페인 사람 뻬드로 바르바와 구띠에르레 끼하다─나는 이 끼하다의 피를 받은 남자 직계이오만─가 부르고뉴에서 숱한 모험과 도전을 수행하고, 성 폴 백작의 아들들에게 이긴 것도 사실이 아니라고 하시오. 마찬가지로 돈페르난도 데 게바라가 모험을 찾아 독일로 가서 아우스뜨리아 공작 집안의 기사 메씨레 게오르그와 싸운 것도 부정하고 싶으면 하시오. 수에로 데 끼뇨네스*¹³의

---

*9 아서 왕 이야기에서 기네비어 왕비와 란슬로트.

*10 12세기 말엽 베르나르 트레비에르의 작품.

*11 스페인 중앙의 왕국 아라곤의 경청.

*12 15세기 스페인의 무사.

*13 15세기의 무사. 1434년에 올비코 강 다리에서 열렸던 무술 시합에서 아홉 동생과 함께 한 달 동안 계속 우승했다. '영예의 장사'라는 이야기는 1588년에 출판되었다.

무술 시합도, 모센 루이스 데 팔레스*14가 까스띠야의 기사 곤살로데 구스만을 물리친 공명도, 그 밖에 우리나라와 이국의 기독교 기사가 이룩한 무훈들도 잠꼬대였다고 말하고 싶으면 하시오. 이것들은 모두 증거 있는 진실이니, 이것마저 부정하는 사람이야말로 제정신이 아닌 사람들이오."

교회 참사원은 돈끼호떼의 사실과 거짓이 뒤섞인 이야기를 듣고, 또 그가 방랑 기사에 대한 사항이라면 무엇이든 알고 있는 데 놀라면서 대답했다.

"돈끼호떼님, 당신이 말씀하시는 이야기에서 스페인의 방랑 기사에 대한 것이 진실이라는 것은 부정할 수 없고, 또한 프랑스에 열 두 용사가 있었다는 것도 인정합니다. 그러나 대주교 뛰르빵이 쓴 것처럼 그들이 그런 것을 행했다는 것을 믿을 생각은 없습니다. 왜냐하면 그 사람들은 프랑스의 여러 왕이 선출한 기사들이며, 용기나 신분이나 공훈에 있어 모두 비슷비슷했으므로 동등하다고 일컬어졌다는 것이 진실이니까요. 사실 그들은 동등한 것이 당연했지요. 오늘날 산띠아고 교단이라든가 깔라뜨라바 교단*15처럼 기사는 모두 용감하고 무예에 뛰어나고 가문이 좋아야 한다고 단정짓고 있었으니까요. 그래서 오늘날 산후안의 기사라든가 알깐따라의 기사라고 부르듯이 그 무렵에는 동배(同輩)의 열두 기사라고 불렀답니다. 엘씨드가 실제로 있었다는 것은 의문의 여지가 없는 일이고, 베르나르도 델 까르삐오 역시 마찬가지지요. 하기야 그들이 수행했다고 전해지는 갖가지 무훈에 대해서는 의문의 여지가 많다고 보고 있습니다만, 당신이 말씀하시는 삐에르레스 백작의 것이라는 굴대, 뭐 어느 왕가의 무기고에 바비에까의 안장과 보관되어 나란히 있다는 그 굴대에 대해서는 내 잘못을 고백하지요. 나도 어지간히 얼빠진 자이거나 근시였던 모양으로, 신발은 분명히 보았는데 그 굴대는 못 보고 말았으니까요. 하물며 당신이 말씀하시듯 그렇게 큰 나무였다면 더욱더 그렇지요."

"분명히 거기에 있었단 말이오. 그 증거로는 그것이 쇠가죽 자루에 들어 있다는 것이오. 곰팡이가 피어서는 안 되니까요."

"아무렴, 여부가 있겠습니까? 그러나 내가 받은 성직을 두고 말씀드립니다만, 나는 본 기억이 없습니다. 그리고 한 걸음 양보해서 그것이 거기에 있다고 하더라도 그 많은 아마디스 일족의 이야기라든가, 흔히 듣는 많은 기사 이야

---

*14 아라곤의 알폰소 5세에게 종사한 인물인 듯하다.
*15 둘 다 12세기에 회교도에 맞서 조직된 기독교 군단.

기를 꼭 믿어야 할 의무가 있을 까닭은 없습니다. 뿐만 아니라 당신처럼 성실하고 뛰어난 자질과 명석한 두뇌를 가진 분이 엉터리 기사도 책에 쓰여 있는 그런 기괴하고 엄청난 미치광이 짓을 사실로 여기고 있다는 것도 이치에 맞지 않는 이야기지요."

제50장
돈끼호떼와 교회 참사원이 주고받은
기지에 찬 논쟁 및 그 밖의 사건들

돈끼호떼가 대꾸했다.

"갈수록 이상한 말씀만 하는구려. 국왕폐하의 윤허와 심사 위원회의 인가를 얻어서 인쇄되고, 어른과 아이, 가난한 자와 부자, 학식 있는 자와 무식한 자, 평민과 기사, 요컨대 어떤 신분과 지위에 있든 모든 종류의 사람들이 똑같은 기쁨을 느끼면서 읽고 칭찬한 책들이 거짓이란 말이오? 더욱이 그토록 진실한 모습을 갖추고 아버지와 어머니, 고향, 친척, 연령, 장소, 이러저러한 기사나 기사들이 이룬 공적을 날짜와 더불어 상세하게 이야기를 전개해가고 있는데도 말이오? 이제 입을 다물고 그런 폭언은 삼가시오. 내가 이렇게 말씀드리는 것은 사려 깊은 사람으로서 마땅히 해야 할 것을 귀공에게 충고하는 것이라오. 무엇보다 기사도 이야기를 읽으시오. 그러면 독서에서 얻는 기쁨이 어떤 것인지 알게 될 것이오. 그렇지 않다면 대답해보시오. 여기 우리 눈앞에 부글부글 끓는 콜타르의 큰 호수가 나타나고, 그 속에 큰 뱀, 작은 뱀, 도마뱀, 그 밖에 온갖 무섭고 끔찍한 생물들이 우글거리는데, 호수 한가운데서 매우 슬픈 소리로 '기사여, 이 무서운 호수를 바라보는 그대가 누구인지 모르지만 만일 이 검은 물 밑에 숨겨진 보물을 손에 넣고 싶다면, 용기를 발휘하여 검게 들끓는 이 물 속에 몸을 던지라. 그렇게 하지 않으면 이 검은 물 밑에 묻힌, 일곱 천사가 사는 일곱 성에 간직된 기이한 것을 그대는 결코 볼 수 없으리라' 하고 말하는 것보다 더 재미있는 일이 있겠소? 그 기사는 이 무서운 소리를 듣자마자 자기에 대한 것은 완전히 잊고, 앞으로 들이닥칠 위험도 전혀 개의치 않고서, 몸에 걸친 무거운 갑옷을 생각도 없이, 신과 자기가 섬기는 공주의 가호를 빌면서 부글거리는 호수 한가운데로 몸을 던져 어디로 가는지도 모르는 사이에, 옛 도원성도 미치지 못할 꽃이 활짝 핀 들판에 있다면 어떻겠소? 거기는

"부글부글 끓어오르는 콜타르의 큰 호수가 나타나는가 싶더니……"

하늘이 더없이 맑고 태양도 더한층 밝게 비친다오. 초록 물이 뚝뚝 떨어질 듯한 싱싱한 나무들이 무성한 고요한 숲이 보이고, 그 초록의 아름다움은 보는 눈을 즐겁게 하며, 나뭇가지 사이를 날아다니는 다채로운 빛깔의 새들이 부르는 노랫소리가 정답게 들려오지요. 그런가 하면 거기에 흐르는 시냇물에는, 수정을 녹인 듯 맑게 비치는 물이 체에 거른 황금인지 티없는 진주인지 분간하지 못할 정도로 자잘한 모래와 하얀 자갈 위를 흐르지요. 한편 이쪽에는 가지각색의 줄무늬가 새겨진 돌과 매끄러운 대리석으로 쌓인 연못이 보이고, 저쪽에는 몹시 거칠게 만들어진 연못이 보이는데, 그곳에는 나선형으로 꼬인 희고 노랗고 아주 작은 조개껍질들이 놓여 있고, 그 사이사이에는 화려한 수정과 모조 에메랄드 조각들이 섞여 있어 갖가지 빛깔의 교묘한 수법을 자랑함으로써, 인공이 자연을 모방했지만 오히려 자연보다 낫다는 걸 보여주지요. 문득 저쪽을 바라보니 견고한 성인지 화려한 왕궁인지 모를 것이 나타나는데, 성벽은 황금으로 된 두꺼운 판, 총 구멍은 다이아몬드, 문은 지르콘*¹으로 되어 있다오. 무엇보다도 성의 축조가 참으로 훌륭해서 마치 그것이 다이아몬드, 석류석, 홍옥, 진주, 황금, 에메랄드 같은 것으로 꾸며진 듯 전체 구조의 아름다움이 두드러졌소. 그런데 이것을 보고 나면 성문에 한 무리의 처녀들이 나타나는 것을 보게 되오. 그 의상의 화려함과 아름다움은 내가 여기서 책이 전하는 것을 귀공에게 그대로 소개하려고 들었다가는 언제 끝날지 모를 것이오. 그런데 처녀들 중에 우두머리로 보이는 한 사람이 부글부글 끓는 호수에 몸을 던진 담대한 기사의 손을 잡고 한 마디 말도 없이 훌륭한 성인가 왕궁으로 데리고 들어가지요. 그리고는 갑옷을 벗기고 어머니의 배에서 태어날 때 모습 그대로 만들어 따뜻한 물로 몸을 씻기고, 이어서 온몸에 향수를 골고루 바른 뒤 향기 나는 얇은 망사로 만든 속옷을 입혀주지요. 그러면 다른 처녀가 다가와서 어깨에 망토를 걸쳐 주는데, 그것이 또한 아무리 싸더라도 도시 하나의 값, 아니 그보다 더 비쌀 것이라니 이 얼마나 놀라운 이야기요? 그들이 기사를 다른 홀에 안내하여 들어가자 그곳에는 이미 음식이 골고루 갖추어진 식탁이 준비되어 있어서 기사는 그저 경탄할 뿐이었다니, 어떻겠소? 손에 부어 주는 물이 향유고래에서 내뿜는 향기와, 향기 좋은 꽃을 증류한 것이었다니 어떻소?

---

*1 적황색의 투명한 보석. 12월의 탄생석.

"저 하늘은 여태껏 본 적이 없을 정도로 눈부시게 개고……"

상아 의자에 앉게 되었다니, 이것은 어떻소? 또한 모든 처녀들이 침묵을 지키면서 기사의 시중을 들었다니, 어떻게 생각하시오? 갖가지 훌륭한 산해진미가 잇따라 나오는 바람에 어느 것부터 손을 대야 좋을지 몰랐다니, 어떻소? 식사 중에도 누가 노래를 부르는지 어디서 울리는지 모르는 음악 소리가 들려온다니, 이 또한 어떻소? 이윽고 식사가 끝나서 식탁이 치워지자 기사는 의자에 편안히 몸을 기대고는 습관처럼 이쑤시개를 사용하고 있는데, 갑자기 홀의 문이 열리면서 앞서 나온 처녀들보다 훨씬 아름다운 처녀가 들어와서 기사 옆에 앉더니, 그곳이 어떤 유래를 가진 성이고, 어떤 경위로 자기가 마법으로 성에 갇혀 있는지에 대한 이야기와 함께, 기사가 놀라워하고 이 기사의 이야기를 읽는 독자 또한 놀랄 만한 그 밖의 일들을 이야기한다면? 그러나 나는 더 이상 이 이야기를 계속할 생각이 없소. 왜냐하면 어떤 기사도 이야기의 어느 대목을 읽더라도 그것을 읽는 사람은 반드시 기쁨을 느끼고 감탄한다는 것은 이 일례를 보더라도 짐작할 수 있을 것이기 때문이오. 그러니 귀공도 내 말을 믿고 이런 종류의 책들을 읽으시오. 그러면 귀공이 울적해졌을 때는 그 울적함을 달래줄 것이고, 성질이 비뚤어졌을 때는 그것을 고쳐줄 것이오. 나에 대해 말하자면 방랑 기사가 된 뒤로는 용감하고, 공손하고, 의젓하고, 예의바르고, 관대하고, 정중하고, 대담하고, 온화하고, 참을성 있고, 고난과 속박을 견디고, 마법의 현혹도 참고 견디어 나가게 되었소. 비록 얼마 전부터 미치광이 취급을 받아 우리에 갇혀 있기는 하나, 하늘이 돕고 운명이 나를 거역하지 않는다면, 머지않아 어느 왕국의 왕이 되어 이 가슴 속에 담긴 감사의 마음과 아량을 발휘할 작정이오. 가난한 자는 마음 속에 성의를 가득 품고 있더라도 그 관대한 미덕을 표시할 수가 없소. 그러니 마음으로만 생각하는 감사는 실천 없는 신념과 마찬가지로 아무 의미 없이 죽은 것이기 때문이오. 그러기에 내가 황제가 될 좋은 기회가 속히 도래해서 내 친구들, 특히 나의 종자인 이 가련한 산초 빤사에게 선을 베풀 수 있게 되기를 염원하는 것이오. 그리고 오래 전에 산초에게 약속한 백작 영토를 주고 싶소. 다만 한 가지 마음에 걸리는 것은 그가 과연 그 영지를 다스릴 능력이 있을까 하는 것뿐이라오."

이 마지막 말을 듣기가 무섭게 산초는 주인에게 바싹 다가서서 말했다.

"돈끼호떼님, 나리가 그렇게 자주 약속하고 제가 그렇게 학수고대하는 그 백작 영토를 제게 줄 수 있도록 힘을 써보십시오. 저는 다스릴 만한 능력이 있다

"갑자기 홀의 문이 열리더니 아까 나온 처녀보다 훨씬 아름다운 처녀가 들어왔다."

고 약속할 수 있습니다. 만일 그렇지 못하다면 다른 방법이 있습니다. 듣자하니 이 세상에는 영주님의 영지를 빌려서 한 해에 얼마씩 돈을 바치고 영지를 관리하는 사람들이 있어서, 영주님은 태평스럽게 빈들빈들 놀면서 들어오는 임대료나 마음대로 쓰고 다른 일은 전혀 신경쓰지 않는다는데, 저도 그렇게 하지요, 뭐. 저는 임대료를 얼마를 내지 않으면 안 된다는 소리는 하지 않겠습니다. 공작님처럼 영지의 임대료만으로 살아가고, 그곳은 그들에게 완전히 맡겨 마음대로 다스리게 할 겁니다."

그 때 교회 참사원이 끼어들었다.

"그건 말이야, 산초 양반. 다만 임대료를 받는 것뿐이라면 그렇게 생각해도 좋아. 하지만 재판은 영지의 주인이 하는 것이라 재능과 판단력이 필요하지. 더욱이 판결을 그르치지 않는 정직성이 중요하단 말이야. 만일 처음부터 이것이 부족하면 중간에도 마지막에 가서도 언제나 틀리게 마련이지. 그리고 하느님은 어리석은 자의 훌륭한 소원은 들어주셔도, 약아빠진 인간의 나쁜 소원에는 귀를 기울이지 않으시는 법이야."

"저는 그런 철학은 모릅니다. 다만 백작 영토가 손에 들어오면 다스리는 방법도 알게 될 거라고 생각합니다. 저도 다른 사람과 마찬가지의 영혼을 갖고 있고, 몸도 아직 누구에게 뒤지지 않으니 다른 사람이 다스릴 수 있는데 저라고 못하겠습니까? 그렇게 되면 저는 제가 하고 싶은 일을 해볼 참입니다. 하고 싶은 대로 하면 희망이 이루어지죠. 희망이 이루어지면 만족하게 살 수 있죠. 만족하게 살면 그 이상 바랄 게 뭐가 있겠습니까? 그 이상 바랄 게 없으면 다 된 게 아니겠습니까? 그러니 제발 영지만 주십시오. 그런 다음 서로 만나 이야기를 나눠 봅시다."

"그것도 나쁜 철학은 아니오, 산초 양반. 그렇다고 하더라도 그 백작 영토에 대해서는 여러 가지 할 말이 있지."

그러자 돈끼호떼가 말을 받았다.

"그 이상 할 말이 있을지는 모르나, 나는 자기 종자를 인술라 피르메 백작으로 만든 저 위대한 가울라의 아마디스의 전례를 따라, 지금까지의 방랑 기사가 가질 수 있었던 종자 중 가장 훌륭한 종자의 한 사람인 산초 빤사를 백작으로 만들어 줄 것이오."

참사원은 돈끼호떼가 말하는 조리에 맞는 듯한 엉터리 논리, 호수의 기사가 겪은 모험을 묘사할 때의 그 어조, 그가 읽어준 책들의 아주 그럴듯한 거짓말이 자기에게 준 인상에 아연실색했는데, 그보다 주인이 약속한 백작 영토를 대단한 열의로 고대하고 있는 산초의 어리석음이 더 놀라웠다.

이때 식량을 운반하는 당나귀를 찾으러 주막에 갔던 참사원의 종자가 돌아왔다. 그는 양탄자와 초원의 푸른 풀을 식탁으로 삼고 나무 밑에 앉아 식사를 했는데, 그곳의 푸른 풀을 소몰이꾼들이 이용하도록 하기 위해서였다. 한창 식사를 하고 있는데, 갑자기 바로 옆의 가시나무와 빽빽한 관목 숲 사이에서 요란한 소리와 함께 방울 소리가 나더니, 다음 순간 온몸의 털이 검정과 하양과 잿빛으로 얼룩진 아름다운 산양이 뛰쳐나왔다. 그 뒤에서 한 산양지기가 산양을 향해 큰 소리로, '게 섰거라'라든가 '네 동무들에게로 돌아가라'는 말을 외치며 나타났다. 산양은 겁에 질려 자신을 살려 달라는 듯 사람들 앞으로 오더니 걸음을 멈추었다. 산양지기는 금방 쫓아와서 산양의 뿔을 움켜쥐고는 마치 상대가 사고와 이해력을 가지고 있기라도 한 듯 산양에게 말했다.

"아, 할 일 없이 싸다니고 드세기만 한 이 얼룩아. 어째서 너는 요즘 그렇게 안절부절못하느냐? 늑대가 너를 놀라게 하더냐? 이 녀석아, 왜 그러는지 말이나 해봐라. 이 예쁜 것아, 네가 암놈이라 가만히 있을 수 없다는 것 외에 무슨 까닭이 있겠느냐? 네 성깔이며, 네가 흉내내는 암놈들의 성깔 따위는 흙이나 먹으라지! 돌아가자, 돌아가. 만족스럽지 못하더라도 네 우리 안이나 동무들과 함께 있으면 훨씬 안전할 게 아니냐? 동무들을 지키며 앞장서야 할 네가 옆길로 빠져 돌아다니고 있으면 네 동무들은 어떻게 되겠느냐?"

산양지기의 말은 듣고 있던 사람들, 특히 교회 참사원을 기쁘게 했다. 교회 참사원이 산양지기에게 말했다.

"여보시오, 고정하시오. 그리고 그렇게 기를 쓰고 산양을 자신의 무리 쪽으로 쫓지 않아도 될 거요. 당신이 말한 것처럼 그 녀석이 암놈이라면, 아무리 당신이 방해하려 해도 자연의 본능에 따라 행동할 것 아니오? 이거나 한 입 먹고 한 잔 합시다. 그러면 화도 좀 가라앉을 것이고, 산양도 한숨 돌리게 될 테니까."

그러더니 냉동한 토끼의 등심살을 칼 끝에 찍어서 내밀었다. 산양지기는 그것을 받으며 고마워했다. 그는 포도주를 한 잔 마시고는 기분을 가라앉힌 다음에 입을 열었다.

"내가 이 짐승을 보고 그렇게 진지한 말을 했다고 해서 나를 바보 같은 사나이로 생각하지는 마십시오. 사실은 내가 산양에게 한 말에는 숨은 이유가 있습니다. 나는 시골 사람입니다만, 인간과의 교제와 동물과의 교제를 분간하지 못할 만큼 촌놈은 아닙니다."

신부가 말했다.

"나도 그렇게 생각하오. 깊은 산은 학자를 기르고, 목자의 오두막은 철학자를 기른다는 말은 이미 경험으로 알고 있는 일이지."

산양지기가 대답했다.

"적어도 온갖 고생을 한 사람을 받아 주기는 하지요. 이 사실을 믿어 주시고 그것을 확인해 주시라는 뜻에서 청하지도 않는데 나서서 죄송합니다만, 만일 싫지 않다면, 또 잠시 여러분의 귀를 기울일 생각이 있다면, 저분(신부)이 말씀하신 것과 제가 말씀드리는 것을 뒷받침하는 이야기를 들려 드리고 싶습니다."

이에 대해서 돈끼호떼가 입을 열었다.

"보아하니 그 사건은 기사도의 모험과 비슷한 듯하니 나로서도 그 이야기가 매우 듣고 싶소. 그리고 이분들은 이해가 빠르고, 감각을 일깨우고 기쁘게 하며 만족시키는 신기한 일들을 매우 좋아하는 분들이니, 아마 그대의 이야기가 마음에 들 것이오. 내 생각에는 그대 이야기가 이분들의 구미에 맞을 이야기일 듯 싶구려. 어서 시작하시오. 우리 모두 귀를 기울이겠소."

그 때 산초가 끼어들었다.

"저는 빠지겠습니다. 고기가 든 이 파이를 가지고 저 강가에 가서 한 사흘치쯤 실컷 먹어두어야겠습니다. 방랑 기사의 종자란 엿새가 걸려도 빠져나가지 못할 만큼 깊은 숲 속에 들어가 헤맬 수도 있으니, 먹는 일이라면 더 먹을 수 없을 만큼 먹어둬야 하는 법이라고 우리 주인나리한테서 들은 적이 있으니까요. 그리고 사람은 배가 고프거나 안장 부대에 음식물을 준비해 두고 있지 않으면, 이따금 그 자리에서 미라가 되어버리거든요."

돈끼호떼가 말을 받았다.

"산초, 네 말이 옳다. 마음 내키는 대로 가서 먹을 수 있을 만큼 실컷 먹어두어라. 나는 배는 채웠으나 마음에는 아직 음식을 주지 않았으니, 이 사람의 이야기를 듣고 그것으로 마음을 채워야겠다."

교회 참사원도 맞장구를 쳤다.

"우리도 모두 마음에 음식을 주도록 합시다."

그러고는 산양지기에게 어서 이야기를 시작하라고 재촉했다. 산양지기는 뿔을 잡고 있던 산양의 등을 두어 번 때리며 말했다.

"얼룩아, 내 옆에 앉아 있거라. 네 산양 친구들한테 돌아가려면 아직 시간이 있으니까."

산양은 그 말을 알아듣는 모양이었다. 왜냐하면 주인이 그 자리에 앉자 산양도 그 곁에 발을 쭉 뻗더니, 주인이 지금부터 하려고 하는 이야기에 관심을 가진 듯 그의 얼굴을 쳐다보았기 때문이었다.

산양지기는 이렇게 이야기를 시작했다.

제51장
산양지기가 돈끼호떼를 데리고 돌아가는 사람들에게 들려준 이야기

"이 골짜기에서 3레구아쯤 떨어진 곳에 마을이 있습니다. 작은 마을이지만 이 근처에서는 꽤 부유한 편이지요. 그 마을에 매우 존경을 받고 있는 농부가 있습니다. 부자에게는 존경이 따르게 마련이지만, 그 분은 재산보다는 몸에 지닌 미덕 때문에 존경을 받고 있었습니다. 그런데 농부의 말에 따르면, 그를 가장 행복하게 했던 것은 매우 아름답고 영리하며, 애교와 정숙함을 갖춘 외동딸 때문이었지요. 그 처녀를 본 사람이라면 누구나 하늘과 자연이 그녀에게 준 훌륭한 자질에 놀라곤 했습니다. 어릴 때부터 예쁘더니 자라면서 그 아름다움은 더해져, 열여섯 살이 되었을 때는 그 미모를 따를 사람이 없을 정도가 되었습니다. 그녀의 미모에 대한 소문은 인근 마을에까지 퍼지게 되었지요. 아니, 인근 마을뿐이라고 말한다면 잘못이겠군요. 사실은 멀리 떨어진 도시에까지 그 소문이 퍼져서 임금님이 계시는 궁전에까지 이르고 그 밖에도 많은 사람들의 귀에 들어갔습니다. 세상에 드문 일이요, 기적이라고 해서 사방에서 이 처녀를 보려고 몰려드는 형편이었습니다. 그녀의 부친은 딸의 신변을 감시하고, 그녀도 행동에 몹시 조심했습니다. 처녀가 자기 몸을 지키기 위해서는 본인의 조심스러운 몸가짐이 중요하지, 자물쇠나 감시나 쇠고리는 별 효과가 없으니까요.

부친의 재산과 처녀의 미모는 이 마을에서와 마찬가지로 다른 마을 사람들의 마음까지 움직여서, 아내로 삼기 위해 처녀를 달라는 사람들이 너무 많았습니다. 부친은 마치 값진 보석을 처분해야 하는 문제에 맞닥뜨린 사람처럼 머리가 혼란스러워서, 끈질기게 조르는 수많은 젊은이 중에서 대체 누구에게 딸을 주어야 할 것인지 결단을 내리지 못할 지경이었습니다. 그녀에 대한 희망을 품은 수많은 젊은이들 가운데 저도 끼어있었지요. 저는 그녀의 부친이 제 사람됨도 알고 있고, 같은 마을 태생이며, 혈통도 부끄럽지 않은데다 한창 나이에 재산도 넉넉하고, 영리하다는 것을 알고 있기에 잘될 것이라는 큰 희망을 품고 있었습니다. 그런데 같은 마을에 저와 비슷한 조건을 갖춘 또 다른 젊은이가 처녀를 달라고 공작을 펴기 시작했습니다. 그녀의 부친은 우리 두 사람 중 어느 쪽이든 자기 딸에게는 좋은 남편감이 될 것이라고 생각했으므로, 누구를 선택할지 저울질하게 되었습니다. 결국 부친은 그 이야기를 레안드라—저를 이런 비참한 처지로 만든 그 부잣집 딸의 이름입니다—에게 하여 두 사람의 조건이 비슷하다면서 딸의 의사에 맡기겠으니 선택하라고 말했습니다. 자식들의 성혼(成婚)을 바라는 양친이라면 모두 본받을 만한 일이지요. 별볼일 없는 사람들 가운데서 선택하라는 것이 아니라, 좋은 젊은이들 가운데서 선택하라고 했으니 말입니다. 레안드라가 어느 쪽을 좋아했는지는 모릅니다. 다만 알고 있는 것은 그녀의 부친이 딸의 나이가 어리다는 구실로 딱 부러지게 승낙하지도 않고, 이도 저도 아닌 말로 우리 두 사람을 대했다는 것입니다. 저와 경쟁하게 된 젊은이는 안셀모였고, 저는 에우헤니오입니다. 이 비극에 휘말린 사람들의 이름을 기억해 주십시오. 그 비극의 결말은 아직 나지 않았지만, 비참할 것임은 충분히 짐작이 갈 것입니다.

마침 이때 우리 마을에 사는 비쎈떼 데 라 로사라는 젊은이가 나타났습니다. 그는 가난한 농부의 아들이었는데, 군인이 되어 이탈리아와 여러 나라를 거쳐서 돌아온 것입니다. 그가 열두 살밖에 안 되었을 때 어느 대장이 중대와 함께 우리 마을을 지나다가 그를 데리고 갔는데, 12년쯤 지나서 그 소년은 수정 메달이며 가느다란 쇠사슬 같은 것을 잔뜩 단 화려한 빛깔의 군복을 입고 돌아왔던 것입니다. 그는 오늘은 저 옷, 내일은 이 옷으로 갈아입었는데, 모두 화려했으며 무게도 나가지 않고 부피도 나가지 않는 옷들이었습니다. 본래 짓궂고 틈만 있으면 묘한 짓을 일삼는 농부들은 이것에 주목하여 그의 옷과 장식들을 일일이 살피고 그 수를 세었지요. 그러다가 그의 옷이 대님과 양말이 붙어 있는 것으로 빛깔만 다를 뿐 세 벌밖에 없다는 것을 발견했습니다. 그러나 그가 다양하게 갈아입었으므로 만일 그것을 일일이 세어보지 않았더라면 열 벌 이상의 옷과 스무 벌 이상의 깃털 장식이 있는 것으로 알았을 것입니다. 제가 옷에 대해서 말하는 것을 부질없는 행동이라고 생각하지 마십시오. 그것이 제 이야기에서는 중요한 역할을 하니까요.

비쎈떼는 포플러나무 그늘에 있는 돌벤치에 앉아서 여러 가지 공훈담을 들려주어 사람들의 입을 떡 벌어지게 했지요. 온 세계에서 그가 보지 못한 나라는 없었고, 그가 참전하지 않은 전투도 없었습니다. 모로코와 튀니스에 있는 인구 이상의 무어인을 죽였고, 간떼와 루나와 디에고 가르시아 데 빼레데스를 비롯한 무수한 명장들과 세상에서 보기 드문 결투를 벌여, 자신은 피 한 방울 흘리지 않고 모두 승리를 거두었다고 했습니다. 그런가 하면 갖가지 전투에서 입은 총상이라며 여러 군데 난 상처를 보이기도 했습니다. 그렇게 오만해진 그는 같은 신분의 사람들이나 아는 사람들에게는 하대를 했고, 자신의 아버지가 자신의 팔이고, 자신의 혈통은 자신의 업적이며, 군인의 신분이라는 것만 다를 뿐 그 외에는 국왕에게조차 뒤질 게 없다는 말을 뇌까리기도 했습니다. 이 오만함에다가 음악에도 재능이 있어서, 기타에게 말을 시키듯 기타를 치기도 했습니다. 또한 그는 시인으로서의 소질도 있어서 마을에서 일어나는 사소한 일로도 길이가 1레구아 반이나 되는 로망스를 쓰곤 하더군요.

어쨌든 방금 제가 설명한 비쎈떼 데 라 로사, 용사이고 멋쟁이며 음악가이고 시인인 그를, 레안드라는 광장 쪽으로 난 자기 집 창문에서 자주 바라보았습니다. 그리하여 번쩍거리는 그의 화려한 옷이 이 처녀의 마음을 끌었고, 한 사건에서 스무 편의 시를 짓는 로망스가 그녀를 사로잡았습니다. 그가 떠벌리고 다닌 공훈담이 그녀의 귀에 들어가서 마침내 악마가 시킨 것이 틀림없는 사건이 벌어지고 말았습니다. 그것은 비쎈떼가 레안드라에게 구애하기 전에 그녀 쪽에서 먼저 그를 사랑하게 된 것입니다. 연애 문제에서는 여인이 바랄 경우에 사랑이 더 쉽게 이루어지는 법이라, 레안드라와 비쎈떼는 금방 마음이 맞게 되었습니다. 그리하여 레안드라는 많은 후보자들을 제치고 홀아비인 부친의 집을 나와 비쎈떼와 함께 마을에서 모습을 감추어 버렸습니다. 비쎈떼는 자신이 지금까지 참가했던 많은 전투에서의 승리 이상의 눈부신 승리를 거둔 셈이지요. 이 사건은 온 마을을 놀라게 했고, 그 소식을 들은 사람들마다 놀라움을 감추지 못했습니다. 저와 안셀모는 넋을 잃었고, 부친은 슬퍼했으며, 친척들은 부끄러워했습니다. 성동포회 관리들은 친척들의 요청으로 재빨리 두 사람에 대한 수색에 나섰습니다. 모든 통로는 막히고, 숲이나 그 밖의 장소는 철저하게 수색되었습니다. 그리하여 사흘째 되는 날 어느 산의 동굴에서 속옷 바람의 레안드라를 발견했는데, 그녀가 집에서 들고 나간 보석들과 금

"지구상에서 그가 가보지 않은 나라는 없었으며……"

품은 남아 있지 않았습니다. 관리들은 그녀를 비탄에 잠긴 부친에게 데려가서 사건의 경위를 물었습니다. 그녀는 담담하게 비쎈떼 데 라 로사가 자기를 속였다는 것, 아내로 삼겠다고 약속하며 집을 나올 것을 부추기더라는 내용을 고백했습니다. 또한 세계에서 가장 풍족하고 훌륭한 도시인 나폴리로 데려가겠다는 것, 자신은 완전히 속아넘어가서 비쎈떼를 믿었다는 것, 부친한테서 빼돌린 귀중품들은 가출하던 날 밤에 그에게 주었다는 것, 그는 자신을 험한 산으로 데려가서 자신을 발견한 그 동굴에 가두어 놓았다는 것 등을 털어놓았습니다. 불행 중 다행으로 자기의 몸에는 손도 대지 않고 귀중품만 빼앗은 뒤에 떠나갔다고 했습니다. 이 일은 모든 사람들을 또 한 번 놀라게 했습니다. 욕구에 대한 젊은이의 자제력이란 여간 어려운 일이 아니라 믿어지지 않았지만, 그녀가 확고하게 단언했기에 그녀의 부친은 마음을 돌려서 한 번 잃으면 결코 되찾을 희망이 없는 보배를 잃지 않고 딸이 돌아왔으니 잃어버린 재산은 개의치 않기로 했습니다. 레안드라가 돌아온 그 날, 그녀의 부친은 딸을 근처에 있는 마을의 수도원에 가두었는데, 시간이 자기 딸에 대한 나쁜 소문을 조금이라도 지워 주기를 바라서였습니다. 그녀가 잘했건 잘못했건 상관없는 사람들은 레안드라가 아직 철이 없다는 이유를 들어 그녀의 잘못을 덮었습니다. 그러나 그녀의 분별력과 총명함을 아는 사람들은 그녀의 죄를 무지의 탓으로 돌리지 않고, 그녀의 경솔함과 자유분방한 성격 탓으로 돌렸지요.

레안드라가 유폐되자 안셀모는 눈이 멀고 말았습니다. 바라보는 것만으로도 만족을 느꼈는데 아예 사라졌기 때문입니다. 제 눈도 암흑에 휩싸여 기쁨을 향해 인도해줄 빛을 잃고 말았습니다. 레안드라가 보이지 않자 우리의 슬픔은 깊어지고 우리의 인내는 사라졌으며, 군인의 복장을 저주하고, 레안드라 부친이 그녀를 제대로 지키지 못한 사실을 미워했습니다. 그리하여 안셀모와 나는 마을을 떠나 이 골짜기로 들어올 의논을 하게 되었습니다. 여기서 안셀모는 자신의 양떼를 기르고, 나 또한 많은 산양을 기르기 시작한 것입니다. 이렇게 산에서 살아가면서 우리의 열정을 달래기도 하고, 아름다운 레안드라를 노래로 찬양하기도 하고, 혹은 혼자 한숨을 쉬면서 하늘을 우러러 불평을 호소하며 생활하고 있는 것입니다. 그러자 레안드라의 다른 구혼자들도 우리를 따라서 이 험한 산으로 찾아와 우리와 마찬가지 생활을 하고 있습니다. 그런데 그 수가 너무 많아져서 이곳이 목자들과 가축 우리로 가득 찼기 때문에 이곳이

"사흘째가 되서야 산 속 동굴에서 레안드라를 발견하고……"

목가적인 라르카르카디아로 변해버린 듯해졌고, 어느 곳이든 아름다운 레안드라의 이름이 들리지 않는 곳이 없었습니다. 이쪽에서 레안드라를 고집 세고 변덕스럽고 품행이 좋지 않다면서 저주하면, 저쪽에서는 경솔하고 엉덩이가 가볍다고 욕을 했습니다. 누군가가 레안드라를 용서해주면 한편에서 누군가는 그녀를 비난했습니다. 한쪽에서 그녀의 미모를 칭송하면 다른 쪽에서는 그녀의 성격에 트집을 잡았습니다. 결국 모두 그녀를 욕보이고 모두 그녀를 숭배하는 셈입니다. 많은 사람들에게 이런 광기가 널리 퍼져서 그녀를 만난 적도 없으면서 냉정하더라고 털어놓는 이들이 나타나기도 하고, 그녀의 본심보다 그녀의 죄가 먼저 드러났으므로 그녀가 누구에게도 품게 한 적이 없는 질투를 느끼고 슬퍼하는 이들조차 있는 형편입니다. 바람을 향해 스스로의 불행을 뇌까리는 목자들이 앉아 있지 않은 바위틈이나 시냇가나 나무 그늘이란 없고, 레안드라의 이름이 메아리칠 수 있는 곳이면 어디서고 그 이름을 되풀이하여 울려왔으며, 산이 '레안드라' 하고 산울림을 보내면 냇물은 '레안드라' 하고 속삭일 정도였습니다. 우리는 레안드라 때문에 넋을 잃고 혼이 빠졌으며, 희망도 없는데 기다리고, 이렇다 할 까닭도 없이 두려움에 떨고 있는 실정입니다. 이런 어처구니없는 사람들 속에서 그나마 분별력 있는 사나이가 안셀모인데, 그는 달리 한탄할 일이 많으면서도 오직 그녀가 없다는 사실에 대해서만 한탄하고, 훌륭한 솜씨의 바이올린 연주에 맞추어 탁월한 재능을 나타내는 시를 읊으면서 슬퍼하고 있습니다. 저는 그와는 다르게 쉽고 확실한 길을 걷고 있습니다. 그것은 여인의 경솔함, 무절제함, 이중인격, 믿지 못할 약속, 깨져버린 맹세, 마지막으로 자기의 생각을 펼칠 때의 무분별함을 욕하는 것입니다. 여러분, 이것이 제가 여기 왔을 때 이 산양에게 그런 말을 한 까닭입니다. 이 녀석은 제가 가진 산양 중에서 가장 훌륭한 녀석이지만 암놈이라서 경멸했던 것이지요. 여러분에게 말하겠다고 약속한 이야기는 바로 이런 것입니다. 이야기는 서툴고 지루했지만, 그 보상으로 여러분에게 식사 대접을 하겠습니다. 가까이에 제 오두막이 있고 거기에는 갓 짠 양젖과 맛있는 치즈, 그 밖에 눈에도 혀에도 즐거운 잘 익은 과실들이 있답니다."

제52장
돈끼호떼와 산양지기 사이에서 일어난 격투, 고행자들과 겪은 보기 드문 모험에서 얻은 행복한 결말

산양지기의 이야기는 모든 사람들을 재미있게 해 주었다. 특히 교회 참사원이 그 이야기를 마음에 들어했다. 뭐든지 꼬치꼬치 파헤치는 성격의 그는 산양지기를 시골뜨기 목자가 아닌 세련된 도시풍의 청년으로 보았던 것이다. 그래서 깊은 산 속의 생활은 분별 있는 사람을 낳는다는 신부의 말은 참으로 옳은 이야기라고 말했다. 모두가 에우헤니오를 돕겠다고 제의했는데, 그 가운데 가장 대범한 태도를 보인 사람이 돈끼호떼였다.

"양치기 양반, 정말이지 내가 무언가 모험을 시작할 수만 있다면 지금 당장 손을 써서 틀림없이 당신을 행복하게 만들어 주었을 것이오. 내가 원장 수녀나, 그 밖에 어떤 작자들이 방해를 하더라도 무조건 레안드라를 수도원에서 구출해냈을 것이오. 물론 그녀에게 난폭한 행동은 절대로 하지 않겠지만 말이오. 그리고는 당신에게 인계하여 당신의 처분에 맡겼을 것이오. 아무튼 나는 사악한 마법사의 힘이 선의에 넘치는 또 다른 마법사의 힘을 따르지 못할 것이라는 희망을 하느님께 기대하고 있소. 때가 오면 의지할 곳 없고 곤궁에 빠진 사람들을 구해야 하는 나의 임무를 다해 보호와 원조를 약속하겠소."

목자는 돈끼호떼의 흉한 몰골과 험악한 표정을 뜯어보더니 옆에 있는 이발사에게 물었다.

"여보시오, 저런 모습으로 저런 말을 하는 저분은 대체 누구요?"

이발사가 대답했다.

"치욕을 물리치고, 간악함을 바로잡으며, 처녀들을 보호하고, 거인들을 놀라게 하고, 모든 싸움에서 승리를 거둔, 그 이름도 유명한 돈끼호떼 데 라만차님이시오."

"아, 그래요? 마치 방랑 기사 이야기를 읽는 것 같군요. 기사들은 모두 선생님이 이분에 대해서 말씀하시는 것과 같은 일들을 하니까요. 하지만 제가 생각하건대, 그건 선생님이 농담을 하고 계시거나, 아니면 이 나리의 머릿속이 텅 비어 있거나 둘 중의 하나겠지요."

이때 돈끼호떼가 불쑥 소리쳤다.

"이 악당아, 너야말로 머리가 텅 빈 멍텅구리로다! 너보다는 내 정신이 훨씬 말짱하단 말이다!"

이렇게 말하기가 무섭게 옆에 있는 빵을 집어서 목자의 얼굴에 냅다 던졌는데, 얼마나 세게 던졌는지 목자의 코가 납작해지고 말았다. 장난을 모르는 목자인지라 정말 변을 당하는 줄 알고 양탄자고 냅킨이고 식사를 하는 사람들을 개의치 않고 돈끼호떼에게 덤벼들어 멱살을 잡았다. 만일 산초 빤사가 얼른 달려가서 그의 등에 매달려 식탁 위에 쓰러뜨림으로써 쟁반과 컵 등을 박살내지 않았더라면, 아마 돈끼호떼는 숨이 끊어지고 말았을 것이다. 돈끼호떼는 자유로운 몸이 되자 목자에게 돌진하여 그에게 올라탔다. 목자는 산초의 발길질로 얼굴이 피투성이가 되었는데, 복수할 생각으로 식사용 나이프를 찾아 기어다녔다. 참사원과 신부가 말리자, 목자는 어느 틈에 돈끼호떼를 넘어뜨리고 소나기 같은 주먹질을 퍼부었다. 그 바람에 돈끼호떼의 얼굴도 목자처럼 피투성이가 되었다.

참사원과 신부는 배를 움켜쥐며 웃었고, 관리들은 재미있다는 듯 깡충깡충 뛰면서 싸우는 개들을 부추기듯 쌍방을 부추겼다. 오직 산초만이 주인을 더 도우려 했으나, 자기를 방해하는 참사원의 종자를 뿌리치지 못해 속을 태우고 있었다.

함께 얽혀 이리 뒹굴고 저리 뒹구는 두 사람을 제외하고는 모두 즐거워서 왁자하게 떠들고 있는데, 그때 아주 구슬픈 나팔 소리가 들려왔다. 사람들은 일제히 소리나는 쪽으로 고개를 돌렸다. 그 소리를 듣고 가장 흥분한 사람은 돈끼호떼였다. 비록 자기 뜻과는 반대로 목자 밑에 깔려 있으면서도 상대방을 향해 외쳤다.

"네가 나를 억누를 힘이 있는 것을 보면 악마가 틀림없다. 너에게 부탁하는데 한 시간만 휴전을 제의한다. 왜냐하면 우리 귀에 들려오는 저 처량한 나팔 소리가 뭔가 새로운 모험으로 이 몸을 부르는 것처럼 여겨지기 때문이다."

이미 때리고 맞는 데 진력이 나 있던 목자는 얼른 그에게서 떨어졌다. 돈끼

산초 혼자서만 애를 태웠는데……

호떼는 일어나서 소리가 나는 쪽으로 얼굴을 돌렸는데, 고행자들처럼 보이는 흰 옷을 입은 많은 사나이들이 산길을 내려오고 있었다.

사실 그 해에는 구름이 대지에 비를 뿌리지 않아 사방에서 성체행렬, 기도, 고행 등으로 자비의 손길을 빌며 비를 내려달라고 하느님께 기원을 드리고 있었다. 이런 목적으로 그 근처에 사는 마을 사람들이 이 골짜기의 산허리에 있는 한 성소에 행렬을 지어 찾아가는 길이었다. 그 기묘한 고행자들의 모습을 본 돈끼호떼는 그 때까지 몇 번이나 보았을 텐데도 기억을 못하고, 이것은 모험이며 방랑 기사인 자신만이 해낼 수 있는 일이라고 착각했다. 게다가 상복으로 싸서 짊어지고 가는 성모 마리아 상을 비겁한 악한들이 납치해 가는 지체 높은 귀부인으로 보았다. 그런 생각이 머릿속에 스치기가 무섭게 그는 풀을 뜯고 있는 로시난떼에게로 재빨리 달려가더니, 그 위에 올라탔다. 그리고는 로시난떼에게 재갈을 물리고, 자신은 방패를 팔에 걸더니 함께 있던 사람들을 향해 큰 소리로 외쳤다.

"고귀한 동행자 여러분, 이제야말로 방랑 기사도를 행하는 기사가 이 세상에 존재한다는 것이 얼마나 중요한가를 보여 드리리다. 말씀드리건대 여러분은 저기 납치되어 가는 저 부인이 얻는 자유 속에서 방랑 기사가 존경받아 마땅한 까닭을 보게 될 것이오."

이렇게 말하자마자 돈끼호떼는 허벅지로 로시난떼를 조였는데, 그 이유는 박차를 달지 않았기 때문이었다. 그러고는 재빨리 말을 몰아 고행자들을 뒤쫓았다. 신부와 참사원과 이발사가 돈끼호떼를 붙들려 했으나 소용없는 일이었다. 산초가 이렇게 외쳐도 조금도 속력을 줄이지 않았다.

"돈끼호떼님, 어디 가세요? 우리의 기독교에 대항하도록 부추기다니, 대체 어떤 악마가 그 가슴 속에 도사리고 있습니까? 참으로 서글픕니다. 저것은 고행자의 행렬이고, 실려 가는 여자 분은 정결하신 성모님의 거룩하신 조각상이라는 것을 어째서 모르십니까? 나리, 나리가 하시는 일을 잘 생각해 보십쇼. 이번 일이야말로 정말 해서는 안 되는 일입니다."

산초의 노력도 헛일이었다. 그의 주인은 흰 옷을 입은 사나이들에게 다가가 상복의 부인을 구하려는 데 정신이 팔려, 산초의 말은 귀에 들어가지도 않았다. 아마 국왕의 명령이 있었다 해도 돌아서지 않았을 것이다. 그는 로시난떼를 세우더니 숨을 헐떡이며 쉰 목소리로 말했다.

"네 이놈들, 너희들은 아마 악한들이기에 얼굴을 가리고 있는 것이렷다. 내 말을 잘 듣거라."

성상(聖像)을 운반해 가던 사람들이 가장 먼저 걸음을 멈추었다. 그리고 기도를 하고 있던 네 사람의 수도사 중 하나가 돈끼호떼의 이상한 몰골과 우스꽝스러운 상태, 그리고 비쩍 마른 로시난떼를 보고는 의아한 듯 말했다.

"지금 우리 형제들은 뼈를 깎는 고행 중에 있으니, 할 말이 있거든 빨리 말하십시오. 그리고 두 마디로 말할 만큼 짧지 않다면 걸음을 멈추어 이야기를 들을 수가 없습니다."

이에 돈끼호떼가 얼른 응수했다.

"한 마디로 말하마. 지금 당장 그 아름다운 부인을 자유로운 몸으로 만들어라. 그 눈물과 슬픈 얼굴은 네놈들이 억지로 끌고 간다는 증거이며, 무언가 난폭한 행동을 가했다는 뜻이리라. 나는 이 세상의 불의를 타파하기 위해 태어났기에 그분이 희망하는 자유를 드리지 않고는 너희들을 여기에서 한 걸음도 나아가지 못하게 하리라."

이 말을 들은 사람들은 돈끼호떼가 미친 것이 틀림없다고 믿고서 마음껏 웃어대기 시작했다. 그런데 그들의 웃음은 돈끼호떼의 분노에 화약을 터뜨리는 결과가 되었다. 돈끼호떼가 그 이상 한 마디도 하지 않고 칼을 뽑아 달려들었기 때문이다. 성모 마리아 상을 짊어지고 가던 사람들 중에서 하나가 짐을 동료에게 맡기고 끝이 두 갈래로 난 막대기, 즉 쉬는 동안에 관을 받치는 데 쓰는 막대기를 집어들고 돈끼호떼에게 맞섰다.

그는 돈끼호떼가 내려친 칼을 그 막대기로 받아쳐서 두 동강이 났는데도 손에 남은 나머지 반쪽으로 돈끼호떼가 칼을 쥔 쪽의 어깨를 호되게 후려쳤다. 농부의 억센 힘을 방패로 막지 못한 가엾은 돈끼호떼는 그만 땅으로 떨어져 뒹굴었다. 숨을 헐떡이며 쫓아온 산초 빤사는 돈끼호떼가 말에서 떨어지자, 이분은 아무에게도 나쁜 짓을 한 적이 없고 지금은 마법에 걸린 상태니까 더 이상 때리지 말라고 소리쳤다.

그러나 그 농부의 매질을 멈추게 한 것은 산초의 목소리가 아니라, 사지가 축 늘어진 돈끼호떼의 모습이었다. 농부는 돈끼호떼가 죽은 줄 알고 옷자락을 걷어올리고는 마치 사슴처럼 냅다 들판으로 달아나 버렸다.

이때는 이미 돈끼호떼의 일행이 달려와 있었다. 달려오는 돈끼호떼 일행과 석궁을 가진 성동포회 관리들을 본 행렬의 일행들은 뭔가 좋지 않은 일이 일어날 것을 두려워하면서 성상 주위에 원모양으로 에워쌌다. 그리고는 끝이 뾰족한 얼굴 가리개를 벗은 뒤 채찍을 움켜쥐었으며, 수도사들은 그들대로 촛대를 움켜쥐고 몸을 지킬 각오를 하고 습격을 기다렸다. 그러나 걱정했던 것보다 일은 쉽게 해결되었다. 주인이 죽은 줄로만 안 산초가 주인의 몸에 매달려 세상에서 가장 안타깝고 우스꽝스럽게 눈물을 흘렸기 때문이다.

신부는 행렬 속에 있는 다른 신부를 알아보았다. 서로 알아보자 양쪽의 일행이 품고 있던 공포심이 가라앉았다. 먼저 알아본 신부가 상대편 신부에게 돈끼호떼가 누구인지 한두 마디로 깨우쳐 주었고, 신부와 고행자 일행은 돈끼호떼가 살았는지 죽었는지를 확인하러 갔다가 산초 빤사가 눈물을 흘리며 늘어놓는 넋두리를 들었다.

"아, 기사도의 꽃인 나리께서 단 한번의 몽둥이질에 그토록 훌륭한 삶을 마감하시다니! 아, 가문의 자랑, 온 라만차 지방뿐 아니라 온 세상의 자랑과 영예인 나리께서 사라진다면, 악을 응징받을 걱정이 사라져 악당들은 제 세상을 만난 것처럼 날뛰게 되겠지요? 아, 알렉산드로스보다 멋지고 근사한 분이여! 불과 여덟 달의 봉사로 바다에 둘러싸인 가장 훌륭한 섬을 저에게 주시나이까? 아, 오만한 자에게는 온순하고, 온순한 자에게는 오만하며, 위험을 무릅쓰고 치욕에 견디며, 근거도 없는 사랑을 하고, 선인을 흉내내어 악인을 채찍질하며, 비열한 자의 원수였던 방랑 기사! 그 누구도 겨룰 수 없을 정도로 위대한 분이여!"

산초가 늘어놓는 넋두리에 돈끼호떼는 정신을 차렸다. 그가 제일 먼저 한 말은 이러했다.

"정다운 둘씨네아, 그대 옆에 있지 않은 것이 이런 불행을 가져오는가 보오. 나를 일으켜다오, 산초여. 그리고 마법의 수레에 나를 다시 태워다오. 어깨가 부러져서 로시난떼의 안장을 누를 수가 없구나."

"나리, 기꺼이 그렇게 하겠습니다. 나리를 생각해 주는 이분들과 함께 마을로 돌아가서, 더 큰 이익과 명예가 되는 방랑에 나서도록 하십시다."

"그 말 한번 잘했다, 산초. 지금 흐르는 별의 사악한 기운을 보내는 것이 매우 현명한 방법이라 할 수 있겠지."

교회 참사원과 이발사와 신부도 그렇게 하는 것이 좋겠다면서 산초 빤사의 순진함을 기뻐했다. 그들은 돈끼호떼를 소달구지에 실었다. 교회 참사원은 신부에게 돈끼호떼가 정신이 돌아왔는지, 아니면 광기가 계속되는지 앞으로 그 소식을 알려달라고 부탁하고는 다시 여행을 계속했다. 결국 모두들 뿔뿔이 헤어져서 그 자리에는 신부, 이발사, 돈끼호떼, 산초 빤사, 그리고 자기의 주인처럼 모든 것을 목격한 로시난떼만 남게 되었다.

소몰이꾼은 소에 멍에를 씌우고 돈끼호떼를 짚더미 위에 눕힌 다음, 전과 같이 신부가 인도하는 대로 길을 나아갔다. 그들은 엿새만에 돈끼호떼의 고향에 도착했다. 마을에 들어간 때가 대낮인데다가 일요일이어서 광장에는 마을 사람들이 모여 있었다. 돈끼호떼를 실은 달구지가 그곳을 가로 질러갔다.

사람들은 달구지를 타고 온 사람을 보려고 다가갔다가 자기의 이웃인 돈끼호떼임을 알고는 깜짝 놀랐다. 한 소년은 돈끼호떼의 가정부와 그의 조카딸에

산초의 넋두리를 알아들은듯 돈끼호떼는……

게 달려가서 그녀들의 숙부이자 주인이 비쩍 마르고 누런 얼굴로 소달구지 위의 짚더미에 실려왔다고 알렸다. 두 사람의 선량한 아낙네들은 외마디 비명을 지르고, 자기들의 뺨을 때리며, 기사도 책을 던지며 저주를 퍼부었다. 돈끼호떼가 집안으로 들어오는 것을 보자 이 행동은 되풀이되었다.

돈끼호떼가 돌아왔다는 소식을 듣고 산초 빤사의 마누라도 달려왔다. 그녀는 자기 남편이 종자로서 돈끼호떼를 따라간 것을 알고 있었으므로, 산초를 보자마자 당나귀가 무사한지를 먼저 물었다. 산초는 당나귀가 자기 주인보다 잘 지냈다고 대답했다.

그녀가 소리쳤다.

"어머, 고마워라. 모든 것이 하느님 덕분이에요. 하지만 말해줘요. 종자로 근무하여 무슨 이득이라도 있었나요? 내 옷가지라도 사왔나요? 아이들의 신발이라도 사왔겠지요, 네?"

"그런 건 아무것도 가져오지 않았어. 하지만 더 근사한 걸 가지고 왔지."

"그것 참 잘됐네요. 더 근사한 것 좀 보여줘요, 네? 당신이 없는 긴 세월 동안 슬프기도 하고 외롭기도 했던 이 마음을 기쁘게 해줘요."

"집에 가서 보여주지. 지금은 좀 참아. 하느님 덕분에 우리가 다시 모험을 찾아 떠날 수 있게 되면 당신은 내가 백작, 아니면 섬의 영주가 되는 걸 보게 될 거야. 그것도 흔해빠진 섬이 아니라 아주 훌륭한 섬의 영주 말이야."

"그러면 오죽이나 좋겠수? 그런데 그 섬이라는 것이 대체 뭐예요? 나는 뭐가 뭔지 모르겠는걸요."

"꿀은 당나귀 입에 맞지 않지. 임자도 때가 되면 알게 돼. 그리고 부하들한테서 마님소리를 들어봐, 더 깜짝 놀랄 테니까."

"무슨 소리를 하고 있는 거예요, 여보? 마님이니, 섬이니, 부하니 그게 다 무슨 소리예요?" 후아나 빤사가 물었다. 후아나 빤사란 산초의 아내 이름이었다. 산초의 친척은 아니었으나 아내가 남편의 성을 따르는 것이 라만차의 풍습이었으므로 이렇게 불렸던 것이다.

"허허, 후아나, 그렇게 성급하게 모든 것을 한꺼번에 알려고 허둥대지 말라구. 내가 당신에게 사실을 말하는 것만으로 충분하니까 이제 입 좀 다물어. 다만 이왕 말이 나온 김에 더 말할 것은 모험을 찾아서 헤매는 정직한 방랑 기사의 종자가 되는 것보다 더 즐거운 일은 이 세상에 없다는 거야. 하기야 100가지 모험에 부닥친다 해도 99가지는 대개 질이 좋지 않은 고약한 것이라서 일이 잘 풀리지는 않지. 나는 그걸 경험으로 알게 되었어. 하지만 그런 일이 있더라도 사건을 찾아서 산을 넘고, 숲을 뒤지고, 바위 산을 밟고, 성을 찾아가고, 돈 한 푼 지불하지 않고 마음 내키는 대로 주막에 묵는다는 것은 여간 기분 좋은 일이 아니야."

이런 대화가 산초 빤사와 후아나 빤사 사이에 오갔다. 한편 돈끼호떼의 가정부와 조카딸은 돈끼호떼의 옷을 벗기고 그가 전에 쓰던 침대에 눕혔다. 돈끼호떼는 곁눈질로 그녀들을 보고 있었으나 자기가 어디에 와 있는지는 아직 알지 못했다. 신부는 조카딸에게 숙부를 정성껏 돌봐주라고 말하고, 집으로 데리고 돌아오는 데 얼마나 고생했는가를 일러주면서 두 번 다시 달아나는 일이 없도록 하라고 당부했다. 이에 두 여인은 다시 하늘을 쳐다보며 소리를 지르고는 기사도 이야기에 대한 저주를 되풀이했다. 그 자리에서 그들은 그런 거짓말과 엉터리 이야기를 쓴 작가는 지옥에나 떨어지라고 기원했던 것이다. 요컨대 그녀들은 조금이라도 몸이 좋아지면 자기들의 주인이자 숙부인 돈끼호떼가 또 떠나지나 않을까 두려워하면서 어찌할 바를 몰라했다. 그리고 그 뒤 그녀들이 두려워한 대로 되었다.

그런데 이 이야기의 작가는 돈끼호떼가 세 번째 출격에서 연출한 일을 호기심과 열성으로 찾아보았으나, 신빙성 있는 기록을 발견하지는 못했다. 다만 돈끼호떼는 세 번째 집을 나갔을 때 사라고사로 갔고, 그 도시에서 열린 유명한 여러 시합에 참가했으며, 거기서도 용기와 분별력에 어울리는 일들이 일어났다는 소문이 라만차의 전설 속에 남아 있다.

그의 죽음과 최후에 대해서도 작가는 무엇 하나 조사할 방법이 없었다. 만일 그가 운 좋게 한 늙은 의사를 만나지 못했던들 영영 조사하지 못했을 것이다. 그 의사의 말에 따르면 개축된 낡은 교회의 허물어진 무덤 속에서 납상자 하나를 발견했다는 것이다.

그 상자에는 고딕 문자이지만 까스띠야어의 운문(韻文)으로 쓰인 양피지가 몇 장 들어 있었다. 거기에는 돈끼호떼의 공훈이 많이 적혀 있었으며, 또 그의 생애와 행동에 대한 여러 가지 묘비명에 찬사와 더불어 둘씨네아 델 또보소의 아름다움, 로시난떼의 생김새, 산초 빤사의 충성 등이 쓰여 있었다고 말했다.

이것을 판독해서 분명히 밝힐 수 있었던 것이 작가가 여기에 수록한 몇 편이다. 이 작가는 이 이야기를 세상에 내놓기 위해 라만차의 고문서라는 고문서는 전부 조사하고 들추는 데 소비한 막대한 노력의 보상으로, 분별 있는 사람들에게 베푸는 신용을 기사도 책에도 베풀어 줄 것을 부탁하고 있다.

그럼으로써 작가는 보상을 받았다고 생각하여 만족할 것이고, 용기를 얻어 그에 못지 않은 기사도 이야기들을 찾아낼 것이다.

납상자에서 발견된 양피지에 쓰인 첫 말은 이런 것이었다.

라만차 마을, 라 아르가마시야의 학자들이,
용감한 돈끼호떼의 생애와 죽음에 대해서 이렇게 기록하노라.

라 아르가미시야의 학자 '콩고 흑인'이
돈끼호떼의 무덤에 바치노라

묘비명

라만차 지방을, 하손*¹ 데 끄레따의 사냥감보다
더 장식한 미치광이.
풍향계와도 같은 재치.
가장 넓었을 장소에서 가장 날카로운
카타이*²에서 가에따*³에까지 이른다.
청동판에 시를 새기는
처참하지만 향긋한 시재(詩才).

사랑과 용기를 갑옷 삼아
아마디스 일족을 뒤로 제치고
갈라오르 일당을 가볍게 다루며
벨리아니스 등을 억누르고
로시난떼를 타고 길을 간 사나이가
이 차가운 돌 아래 잠들었다.

라 아르가마시야의 학자 '식객'이
둘씨네아 델 또보소를 찬양하며

여기 보이는 통통한 얼굴에
가슴은 풍만하고 힘이 넘친다.

---

*1 황금 양피를 뺏으러 간 일행의 우두머리 이아손의 스페인 발음.
*2 중세 작가들은 중국을 카타이라고 불렀다.
*3 지중해 쪽에 있는 이탈리아 항구.

이것이 돈끼호떼가 연모하던
또보소의 여왕 둘씨네아로다.
시에르라 네그라의 이곳저곳과,
몬띠엘의 이름난 광야,
잡초 무성한 아랑후에스를
오로지 님 때문에 다녔네.

로시난떼의 죄인가.
라만차의 처녀와 불굴의 방랑 기사여!
아, 그대들의 쓰라린 운명은 무엇 때문인가.

처녀는 가고 미모도 사라졌도다.
기사는 불멸의 이름을 남겼으나
끝내 벗지 못했네. 사랑과 노여움, 그리고 미망.

라 아르가마시야의 재치 있는 학자 '변덕쟁이'가
돈끼호떼의 말 로시난떼를 찬양하여

마르스가 피 묻은 발로 밟은
호화로움을 자랑하는 다이아몬드 옥좌에서
라만차의 미치광이는 신기한 힘으로
열에 들떠 깃발을 흔들어댄다.
부수고, 자르고, 베고, 쪼개는
날카로운 칼과 갑옷을 내린다.
새로운 무훈!
새로운 용사는 새로운 검법의 기술을 창조한다.

설혹 갈리아가 아마디스를 찬양하고
그 씩씩한 자손들에 의해

천 번의 승리를 얻더라도
오늘날 돈끼호떼가 벨로나*⁴ 여신에게 받는
영광의 관을 거룩한 라만차에 비할쏘냐?
반드시 그리스, 갈리아에 못지 않은 자랑거리가 되리.

그 영예 영원히 살아남아
그 빛으로 로시난떼마저도
브리야도르,*⁵ 바이아르드*⁶의 명성을 뛰어넘으리.

라 아르가마시야의 학자 '냉소가'가 산초 빤사에게

산초 빤사는 기묘한 사나이.
몸집은 작지만 담력은 크며
단순하지만 거짓 없는 종자라 장담하겠다.

백작이 거의 될 뻔했는데
당나귀조차도 예사로 안 보는
무례하고 말 많은 세상 인간들이
공연한 훼방을 놓아 버렸네.

당나귀에 올라앉은 온순한 종자는
온순한 말인 로시난떼 뒤에서 주인을 따른다.

가엾다, 인생의 덧없는 희망!
그대는 휴식을 약속하지만
그늘에 서서 연기 같은 꿈으로 끝나겠지.

---

*4 로마인들이 숭배한 전쟁의 여신.
*5 오를란도가 타던 말.
*6 역시 《미친 오를란도》에 나오는 말로서 레이날도스가 타는 말.

라 아르가마시야의 학자 '도깨비'가 돈끼호떼의 무덤에

묘비명

로시난떼의 등에 올라앉아
이곳저곳을 방랑하면서
괴로움과 고통을 겪은
기사가 이곳에 잠들었노라.

그 옆에 어리석은 산초 빤사도
땅 속에 잠들어 있네.
이 세상의 종자 가운데서
보기 드문 충복이었네.

라 아르가마시야의 학자 '똑딱'이 둘씨네아 델 또보소의 무덤에

묘비명

둘씨네아, 여기에 잠들어 있네.
흉악한 죽음의 손은
풍만했던 그 육체도
먼지와 흙으로 만들어 버렸네.

훌륭한 집안에서 태어나
귀인의 풍모를 지녔으며
돈끼호떼의 가슴을 태운 불꽃이자
마을 사람의 자랑이었네.

이것만이 읽을 수 있는 시들이었다. 그 밖의 것은 글자가 좀먹고 판독하기 어려워서 어떻게든 읽어 달라고 어느 학자에게 맡겼다. 그는 피나는 노력 끝에 해독할 수 있었고, 돈끼호떼의 세 번째 출발을 기대하면서 그것을 발표할 생각이라고 말했다.

혹은 다른 사람이 더 훌륭한 악기로 노래하리라.*⁷

---

*7 아리오스또 작 《미친 오를란도》에 나오는 시.

김현창(金顯暢)

한국외국어대학교 스페인어과를 졸업하고 스페인 국립마드리드대학교에서 문학박사학위를 받았다. 서울대학교 서어서문학과 교수 및 서울대학교 스페인 중남미연구소 소장 역임. 대한민국학술원 회원이며 서울대학교 서어서문학과 명예교수이다. 저서로는 《스페인어 문법》《스페인어 발달사》《현대세계문학 속의 동양사상》, 편저로는 《스페인문학정신》 《중남미문학정신》, 역서로는 《안개(Unamuno)》《돈끼호떼》 등이 있다.

세계문학전집011
Miguel de Cervantes
EL INGENIOSO HIDALGO
DON QUIJOTE DE LA MANCHA
돈끼호떼 I
미겔 데 세르반떼스/김현창 옮김
동서문화사창업60주년특별출판
1판 1쇄 발행/2016. 9. 9
발행인 고정일
발행처 동서문화사
창업 1956. 12. 12. 등록 16-3799
서울 중구 다산로 12길 6(신당동 4층)
☎ 546-0331~6 Fax. 545-0331
www.dongsuhbook.com
*
사업자등록번호 211-87-75330
ISBN 978-89-497-1470-7 04800
ISBN 978-89-497-1459-2 (세트)